기억은 눈을 감지 않는다

RAISED BY A SERIAL KILLER

기억은 눈을 감지 않는다

A SERIAL KILLER

에이프릴 발라시오 지음

KILLER

최윤영 옮김

연쇄살인범의 딸이 써 내려간
잔혹한 진실

V

데이브와 주디 핵에게 이 책을 바칩니다.
두 분의 사랑과 용서에 깊은 감사를 전합니다.

이 책은 나의 기억을 바탕으로 쓴 회고록이다. 최선을 다해 기억을 되짚으며 작성했다. 과거 기억을 기꺼이 공유해 준 분들에게 깊은 감사를 전한다. 각종 편지와 신문 기사, 영상 및 음성 녹음, 책, 웹사이트 등을 참고했으며, 책 속의 대화는 연구 자료에서 인용한 것이 아니라 나의 기억을 바탕으로 작성한 것이다. 변경된 이름 몇 가지와 세부 사항을 제외하고 책에 사용된 이름과 장소, 사건은 모두 실제다.

유영철, 강호순… 끔찍한 연쇄살인범들이 자식을 끔찍이
아끼는 모습을 보고 많은 이들이 물었다. 사이코패스도 가
족은 사랑하냐고. 그건 사랑이 아니다. 한편으론 아끼는 물
건, 소유물에 대한 집착이고 한편으론 '확장된 자기'를 향
한 이기적 자기애일 뿐이다. 연쇄살인범의 딸로 살아오면
서 끔찍한 학대와 범죄, 가식적 애정 사이에서 혼란과 고통
을 버티며 생존해 낸 저자 에이프릴 발라시오. 아버지를 신
고했다는 죄책감과 더 빨리 신고하지 못했다는 또 다른 죄
책감 사이 연옥 같은 끝없는 고통을 견디는 그의 용기에 경
의를 표한다. 보통 사람은 도저히 이해하지 못할 괴물, 사
이코패스 연쇄살인범이 만들어지는 과정과 괴이한 정신세
계, 행태와 심리 특성을 직접 겪고 목격한 증인의 절절한
토로는 범죄 심리 전공자는 물론 위험 사회, 현대를 살아가
는 모두가 읽어야 할 교본이다.

– **표창원** (표창원범죄과학연구소 소장)

'아빠가 살인자일지도 몰라.' 어린 시절 장거리 이사를 유난히 자주 했던 기억이 누군가의 실종, 시신 발견과 연결되는 순간의 공포감을 누가 감히 짐작한다 말할 수 있을까. 아버지가 연쇄살인범이라는 사실을 알아차린 뒤 직접 신고한 에이프릴 발라시오의 《기억은 눈을 감지 않는다》는 연쇄살인범의 삶에 대한 장기간의 내밀한 보고서다. 죽은 동물들을 비롯해 어렸을 때 보고도 몰랐던, 혹은 감히 고발할 수 없었던 폭력의 단서들을 성인이 되어 맞춰가면서 느끼는 생생한 고통이 전해져 온다. 읽기를 멈출 수 없다. 슬프고 두려운 만큼 오래 기억하게 될 책이다.

– **이다혜** (《씨네21》 기자, 작가)

프롤로그

이 책은 딸과 아버지에 관한 이야기다. 사랑과 배신, 잃어버린 순수함과 폭력에 관한 이야기다. 절대 입 밖으로 꺼내고 싶지 않던 이야기지만, 이제는 말해야 한다는 생각이 들었다.

열한 살 때, 나는 아빠는 나쁜 사람이고 때로는 나쁜 아빠이기도 했다는 것을 깨달았다. 정말, 정말 나쁜 아빠였다. 그 전까지는 그냥 아빠였고, 아빠의 불같은 성질이 무서웠어도 난 아빠를 사랑했다. 하지만 그건 그리 간단한 문제가 아니었다. 결코 그렇지 않았다.

이상적인 아빠는 자고로 딸이 최고가 될 수 있도록 끊임없이 도전하게 하고, 목표를 달성하면 마음껏 칭찬해 주며, 지혜롭게 홀로 설 수 있도록 중요한 삶의 기술을 가르쳐주는 사람이다. 우리 아빠도 그 기준에 부합한다고 볼 수 있다. 나는 웬만한 남자들보다 톱질과 석고보드 작업에 능하다. 또 열여덟 살 때부터 혼자 살면서 힘든 일을 마다하지 않았기에 경제적으로 자립할 수 있었다. 모두 아빠가 잘 가르쳐준 덕분이다.

자식이 아프거나 다쳤을 때 사랑하고 보호하며 돌보는 모습 역시 아빠의 이상적인 모습이다. 그런 면에서도 우리 아빠는 그 기준을 충족한다. 내가 회전목마에서 떨어져 발목을 삐끗했을 때, 아빠는 얼음으로 찜질을 해주었다. 편도선염에 걸렸을 때는 아이스 캔디도 사다 주었다.

이와 더불어 내가 생각하는 이상적인 아빠는, 든든한 울타리를 제공해 자녀들이 그 속에서 안전하게 성장하도록 가정을 이끄는 사람이다.

하지만 내 환상은 여기서 무너진다. 나는 아빠의 집에서 단 한 번도 안전하다고 느낀 적이 없었다. 아빠의 분노는 내게 상처를 입혔고, 여러 흔적을 남겼다. 나는 여기저기에 멍이 가득했고, 인대가 손상됐으며, 열여섯 살에는 목에 키스 마크까지 생겼다. 하지만 아빠는 외부의 공격으로부터 자식을 보호하고자 했다. 아빠의 '사랑'이 나를 보호하고자 살인까지 마다하지 않겠다는 의미였다면, 그렇다. 아빠는 나를 사랑했다.

내 어린 시절이 늘 불행했던 것만은 아니다. 당황스럽고 두려운 기억과 함께 좋은 기억도 있다. 여러 가지로 고통을 준 만큼 아빠는 행복도 안겨주었다. 아빠는 충동적이고 장난기가 많았다. 또 두려움이 없었기에 우리는 그런 아빠 밑에서 다른 아이들은 경험하지 못할 다양한 모험을 할 수 있었다. 이사를 자주 다닌 탓에 집이 어디인지 말하기는 어려웠지만, 여행 중에도(아빠는 트럭 운전석에, 엄마는 조수석에 앉고, 강아지 해피는 엄마 발치에, 여동생은 엄마 무릎 위에, 남동생 한 명과 나는 그 사이에 끼어 앉고, 뒷좌석에는 남동생 둘이 선 채로 도로를 달리는 중에도) 우리가 가족이라는 사실만큼은 추호도 의심하지 않았다.

우리는 가난했고, 배고팠으며, 낡고 더러운 셋집에서 또 다른 곳으로 이사 가는 일이 잦았다. 때로는 텐트와 캠핑카에서, 심지어 헛간에서 지낸 적도 있다. 내가 태어난 1969년부터 1987년까지 우리 가족은 오하이오, 플로리다, 조지아, 애리조나, 콜로라도, 펜실베이니아, 위스콘신 등 미국의 거의 모든 주를 거쳤다.

2009년, 결혼을 해서 나도 부모가 됐다. 6000평이 넘는 땅에 차고 네 개, 침실 네 개가 있는 집을 멋지게 수리해 살았다. 10대인 아이 셋은 각자의 침실이 있고 남부러울 것 없이 지냈다. 하지만 나는 성공의 정점에 도달했다고 생각하지 않았다. 남편이 교대근무가 잦았기에 홀로 밤을 지새우는 날이 많았다. 그럴 때면 과거에 관한 질문이 나를 괴롭혔다. 내 어린 시절은 잃어버린 조각이 너무 많아서 완성하기 힘든 퍼즐 같았다. 우리가 살던 마을의 이름조차 기억나지 않았지만, 잠이 오지 않는 밤이면 침대에 누워 어린 시절 다녔던 학교를 하나씩 떠올려보곤 했다. 거의 매년 새로운 학교에 다녔기에 학교를 떠올리는 것 자체가 정신적 운동이나 다름없었고, 그 사실은 내게 또 다른 의미로 다가오기도 했다. 나는 단서를 찾고 있었다. 왜 우리는 매번 서둘러 그 모든 도시를 떠나왔을까? 누군가 실종됐다는 소문, 시신이 발견됐다는 소문이 어렴풋이 기억나곤 했다. 그 어둡고 흐릿한 메아리가 내 어린 시절과 관련 있는 것이었을까? 도시 이름을 하나씩 떠올릴 때면, 나는 노트북 앞에 앉아 그곳에서 일어난 미제 사건을 집요하게 찾아보곤 했다. 하지만 그럴 때마다 낙담했다. 내게 의미 있거나 친숙한 것이 전혀 생각나지 않았다. 조각난 기억을 다시는 합치지 못할 거라고 확신했다. 그러던 어느 날 밤, 위스콘신주 워터타운이라는 이름이 불현듯 떠올랐다. 우리는 그곳에 오래 살지 않았다. 1980년 여름에 잠깐 머물렀을 뿐이다. 당시 나는 열한 살이었지만, 그곳에서 살던 농가에 대한 기억이 이상하리만치 또렷하게 남아 있다. 허름한 집에는 스테인드글라스로 된 커다란 창문이 있었는데, 그 창문을 통해 들어온 빛이 식탁과 바닥에 드리워져 마치 색색의 빛 조각이 춤을 추는 듯했었다.

나는 구글에 '1980년 위스콘신 워터타운 미제 사건'을 검색했다.

그러자 '스위트하트 살인 사건'이 화면에 등장했다. 심장이 두근대는 가운데 1980년 8월 9일 밤, 위스콘신주 제퍼슨 카운티의 시골 마을인 워터타운 외곽에서 결혼 피로연에 참석했다가 실종된 두 젊은 이에 관한 뉴스를 읽어 내려갔다.

기사에 따르면, 당시 열아홉 살이었던 켈리 드루Kelly Drew와 티머시 핵Timothy Hack은 고등학교 때부터 연인 사이였다. 티머시는 트랙터 모는 것을 즐기는 농촌 소년이었고, 켈리는 미용학과를 졸업한 지 얼마 안 된 도시 소녀였다. 이들이 마지막으로 목격된 건 그날 밤 11시, 콩코드 하우스라는 곳에서 열린 결혼 피로연 자리였다. 엿새 후, 콩코드 하우스 쪽 시골길에서 켈리가 입고 있던 옷 조각이 잘게 찢어져 흩어진 채 발견됐다. 켈리의 바지와 속옷에는 마른 정액이 묻어 있었다. 두 사람의 시신이 발견된 건 두 달 반이 지나서였다. 켈리의 시신은 콩코드 하우스에서 약 13킬로미터 떨어진 들판 가장자리에서 다람쥐 사냥꾼이 발견했다. 이후 멀지 않은 곳에서 티머시의 시신도 경찰이 발견했다. 티머시는 칼에 찔린 상태였다. 켈리는 온몸이 묶인 채 목이 졸렸고, 강간을 당했을 가능성도 있었다. 위스콘신 역사상 가장 큰 규모의 수배 작전이 진행됐지만, 결국 범인은 찾지 못했다.

순간 전율이 흘렀다. 나는 그 사건을 알고 있는 듯했다. 콩코드 하우스. 위스콘신으로 처음 이사 왔을 때 우리는 그 옆에서 천막을 치고 살았고, 아빠는 그곳에서 일했다. 그리고 그해 여름, 스테인드글라스가 있는 오래된 농가로 이사했다. 당시 마을에서 10대 청소년 두 명이 실종됐다는 소식을 들은 기억이 난다. 워터타운에 자리 잡은 지 몇 달 안 됐을 때였지만, 그 소식이 전해진 직후 우리는 그곳을 떠났다.

2009년, 위스콘신주 제퍼슨 카운티는 생물학적 증거가 존재한다는 이유로 이 사건을 재조사하기 시작했다. 그러면서 시민들에게 제보를 요청했다. 데자뷔의 섬광이 나를 덮쳤다. 기억의 조각이 제자리를 찾아가는 것 같았다. 하지만 그다음에 도미노처럼 일어날 일이 두려웠다. 첫 번째 도미노를 넘어뜨리면, 다음 일은 내 의지와 상관없이 진행될 터였다.

미제 사건 웹사이트에는 각종 살인 사건에 대한 제보용 전화번호가 올라와 있었다. 나는 노트북을 제쳐두고 침대에서 내려왔다. 침실 창문에서 거울로, 다시 창문으로, 다시 거울로. 그렇게 수없이 번갈아 시선을 옮기다 어느 순간 거울에 비친 내 모습을 빤히 쳐다보았다.

떨리는 손으로 빗질을 반복했다. 머리카락이 곤두섰다. 저녁 늦은 시간이었다. 전화를 걸어 메시지를 남길까 생각했다. 그럼 아무하고도 대화할 필요가 없을 테니까.

대신 여동생에게 전화를 걸었다. 위스콘신을 떠나올 때 여동생은 겨우 네 살이었기에 내 기억을 확인해 줄 거라 기대하진 않았다. 그저 응원받고 싶었다. 하지만 동생은 차갑게 경고했다.

"언니의 행동이 우리 가족에게 어떤 영향을 미칠지 생각해 봐."

동생은 나와 자기 자신은 물론 세 남동생과 부모님까지 염두에 두고 있었다. 하지만 나는 켈리 드루의 가족을 생각하고 있었다. 티머시

핵의 가족을 생각하고 있었다. 그리고 내가 아직 찾지 못한 퍼즐 조각을 모을 수만 있다면, 분명히 더 많은 미제 사건을 해결할 수 있으리라 확신했다.

여동생의 경고는 의도치 않게 정반대의 효과를 가져왔다. 나는 다시는 아이를 볼 수 없는 부모의 마음에 시선이 꽂혔다. 그때 내 큰아들의 나이가 티머시가 세상을 떠난 나이와 같았다. 딸은 켈리가 유명을 달리했을 때보다 고작 몇 살 더 어렸다. 또래 아이들 대부분처럼 우리 아이들도 자주 밤에 나가 친구들과 어울리곤 했다. 그리고 그날 밤, 나는 감당할 수 있는 수준을 훨씬 넘어서는 공포를 경험했다. 우리 아이들은 자신의 방에서 곤히 잠들어 있는데, 내가 어떻게 그 사건에 침묵할 수 있단 말인가? 어떻게 다른 결정을 할 수 있단 말인가? 여동생에게는 생각해 보겠다고 하고 전화를 끊었지만, 내 결심은 이미 확고했다.

무슨 메시지를 남길지 되뇌며 제보 직통 번호로 전화를 걸었다.

"안녕하세요. 저는 에이프릴이라고 합니다. 스위트하트 살인 사건에 대한 정보를 드릴 수 있을 것 같아요."

그러자 누군가 대답했다.

"안녕하세요. 가르시아 형사입니다."

그렇게 첫 번째 도미노가 쓰러졌다.

어렸을 때, 내 세계는 아빠를 중심으로 돌아갔다. 아빠의 분노를 두려워하면서도 나는 아빠를 사랑했다. 아빠를 연구하고 아빠의 기호와 성향을 파악하며 사랑을 얻기 위해 열심히 노력했다. 어린 시절

겪은 무수한 사건 탓에 아빠를 우러러보는 마음은 사라졌지만, 아빠의 통제를 벗어나려 애쓰는 동안에도 아빠는 여전히 내 우주의 중심이었다. 그래서 아빠를 손가락질한 사람이 나였고, 종국에는 아빠를 무너뜨릴 수 있는 말을 내뱉은 사람도 나였음을 고백하는 지금, 나는 깊은 슬픔과 비통함에 휩싸여 있다. 평화와는 거리가 먼 상태다. 견딜 수 없는 질문에 대한 답을 강요하며 어떻게 평화롭길 기대할 수 있을까? 이를테면 이런 질문 말이다. 아빠는 나쁜 사람보다 더한 사람이었을까? 아빠는 사람들을 해쳤고, 나는 그것을 목격했다. 하지만 단순히 해친 것뿐만 아니라 범죄를 저질렀다고 생각했어야 옳았을까? 작별 인사도 없이 마을과 학교, 친구들을 떠난 내 모든 기억이 증거가 될 수 있을까? 아빠가 살인자일지도 모른다는 내 의심은 점점 커져만 갔다. 어린 나를 품에 안고 있던 그 남자는 과연 괴물이었을까?

이 이야기를 통해 나는 무엇을 좇으려 하는 걸까? 사면일까? 구원, 혹은 용서일까? 아직은 그 답을 모르겠다. 그러나 내 삶을 통해 누군가가 조금이라도 위안을 얻는다면, 내 여정은 그만한 가치가 있을 것이다.

목차

1장   **지울 수 없는 흔적**

2장 벗겨지는 베일

1장

지울 수 없는 흔적

첫 만남

1968

　　나는 종종 엄마와 아빠의 첫 만남을 상상해 보곤 한다. 두 사람은 오하이오주 애크런의 시내버스에서 처음 만났다. 아빠는 서른다섯, 엄마는 스물한 살 때였다. 우리 엄마 케이 린 헤덜리 Kay Lynn Hedderly 가 우리 아빠 에드워드 웨인 에드워즈 Edward Wayne Edwards 를 처음 본 순간을 상상하는 건 그리 어렵지 않다. 아빠는 가석방돼 이제 막 출소한 상태였지만, 엄마는 아빠 특유의 나쁜 남자로서의 매력에 끌렸으리라. 아빠는 잘생겼고, 사교적이었으며, 활기가 넘쳤다. 사내다운 미소에 장난기 가득한 파란 눈, 금발, 따뜻하고 깊은 목소리, 다부진 체구, 번듯한 외모까지. 엄마에게 아빠는 존 웨인 John Wayne [1] 처럼 보였을 것이다. 비록 아빠는 자신을 존 딜린저 John Dillinger [2]

---

1) 큰 키와 장대한 체구로 서부극과 전쟁물에 다수 출연한 미국 배우.
2) 은행 스물네 곳과 경찰서 네 곳을 턴 미국의 전설적인 갱스터.

와 돈 후안Don Juan ³⁾의 중간쯤 되는 사람으로 묘사하는 걸 더 선호했지만. 아빠는 딜린저처럼 은행을 털었고, 두 번의 탈옥을 감행했다. 명성을 얻고자 한 방법도 비슷했다. 사람들이 자신의 얼굴을 알아보도록 강도질을 할 때도 복면을 쓰지 않았다. 돈 후안과의 비교는 그 자체로 아빠가 어떤 사람인지 말해준다. 그러나 아빠를 보며 엄마가 어떤 사람을 떠올렸든, 아빠는 엄마에게 접근해 단번에 마음을 사로잡았다.

반면 아빠가 엄마에게서 어떤 매력을 느꼈는지는 추측하기 어렵다. 엄마는 아주 평범한 사람이었다. 부모님과 함께 살았고, 무난한 옷차림에 화장기도 없었다. 튀는 것을 좋아하지 않는, 그저 교회에 열심히 다니는 아가씨였다. 엄마는 키가 크고 날씬했으며, 아주 짙고 짧은 갈색 머리를 하고 있었다. 학창 시절에도 엄마는 학교 댄스파티에서 최대한 눈에 띄지 않길 바라는 수줍은 소녀였을 것이다. 반대로 아빠는 무대 한가운데서 춤을 추는 소년이었으리라.

두 사람이 만났을 때, 엄마는 이미 부모님께 허락까지 받은 전도유망한 청년과 약혼한 상태였다. 평범한 미국인 가정에서 태어난 엄마는 책임감 있는 부모님 밑에서 오빠, 여동생과 함께 자랐다. 나의 외할아버지와 외할머니, 곧 엄마의 부모님은 평생 애크런 지역에 터를 잡고 살며 루터교회에 다니는, 지역사회에서도 활발하게 활동하는 분들이었다. 외할아버지 하워드 러셀 헤덜리Howard Russel Hedderly 는 파이어스톤 타이어 앤드 러버 컴퍼니Firestone Tire & Rubber Company 에 42년

---

3) 스페인의 전설 속 인물로 난봉꾼의 대명사.

간 재직했다. 외할머니 메리 엘리자베스Mary Elizabeth 도 오랜 기간 백화점에 근무했다. 두 분은 엄마가 대학 졸업 후 교사가 되기를 바랐다.

아빠도 애크런 출신이었지만, 고향 외엔 엄마와 공통점이 거의 없었다. 아빠는 미혼모에게서 태어나 어린 시절 대부분을 보육원과 소년원에서 보냈다. 아빠는 엄마를 만난 지 두 달 만에 청혼했고, 엄마는 승낙했다. 아빠는 자신의 과거, 특히 미국 연방수사국FBI 의 지명수배자 10인 명단에 올랐던 이력을 자랑하듯 떠벌렸지만, 엄마의 마음은 좀처럼 흔들리지 않았다. 아빠는 무장 강도죄로 12년형을 선고받고 5년을 복역한 뒤 연방 교도소에서 막 출소한 사실도 고백했다. 교도소 수감 전까지 아빠의 인생은 각종 범죄와 사기, 방화, 여자 문제로 점철돼 있었다. 하지만 복역 중 만난 친절한 교도관에게서 영향을 받아 삶의 태도를 바꾸었다고 했다. 아빠는 변화되고 거듭난 자신의 모습을 엄마에게 열정적으로 설파했다. 이후 그런 자신감 넘치는 호기로운 면모 덕분에 동기부여 연설가로 변신, 경찰학교에서 자신의 경험담을 나누며 범죄자 심리에 관한 강연까지 했다. 한 경찰관은 아빠에게 훌륭한 형사가 될 수도 있었을 텐데 아쉽다고 말하기도 했다.

아빠는 자신의 모든 과거를 엄마에게 고백하며 이렇게 전했다.

"헤어지고 싶다면 그렇게 해줄게. 하지만 나와 결혼해 준다면, 내가 가진 모든 걸 다 바쳐서 당신을 이 세상에서 가장 행복한 여자로 만들어줄 거야."

아빠 말에 따르면, 엄마는 이 고백을 듣고 이전보다 아빠를 더 사랑하게 됐다. 그리고 6개월 후, 두 사람은 결혼식을 올렸다.

엄마는 교직을 이수했지만, 교사 생활을 얼마 못 하고 그만두었다.

결혼 후 1년 만에 내가 생겼기 때문이다. 결혼허가증에 적힌 아빠의 직업은 '트럭 운전사'였다. 아빠는 교도소에서 만나 친해진 친구 지미 호파Jimmy Hoffa 4) 덕분에 화물운송노동조합Teamsters Union의 자랑스러운 일원이 될 수 있었다.

왜 엄마는 그 전까지 늘 봐왔던 남자와는 180도 다른 사람을 선택한 걸까? 다른 수많은 여자처럼 엄마도 아빠에게 속았다고 생각할 수밖에 없다. 아니면 아빠의 강렬한 카리스마에 압도된 나머지 제대로 된 사고를 할 수 없었거나.

아빠는 자신이 여자들 마음을 후리는 데는 선수라고 자부했다. 그도 그럴 것이 엄마와 결혼하기 전 최소 세 명의 여자와 결혼한 전적이 있었다(그중 한 명과는 세 번 결혼했다). 엄마는 아빠의 꼬임에 완전히 빠져든 셈이었다. 외할아버지, 외할머니는 당시 아빠가 가석방 상태라는 걸 알지 못했다. 하지만 아빠의 자세한 과거를 모르는 상태에서도 두 분은 아빠를 마음에 들어 하지 않았다. 아마도 말만 번지르르하게 하는 사기꾼에게 딸을 내주었다며 원통해했으리라. 외할아버지와 외할머니는 아빠 때문에 엄마가 자신들이 상상했던 안정된 삶에서 멀어지고 있음을, 적어도 삶의 수준이 떨어지고 있음을 분명히 알고 있었다. 아빠는 그들의 반대를 절대 용서하지 않았지만 엄마는 아빠의 매력에 저항할 수 없었다. 아니면 엄마가 마음을 바꿀 기회가 생기기도 전에 나를 임신했기 때문이었는지도 모른다.

---

4) 미국의 노동운동가이자 화물운송노동조합 위원장을 지내며 막강한 권력을 휘둘렀던 인물. 1975년 실종되었으나 여전히 시신이 발견되지 않아 미제 사건으로 남아 있다.

아빠의 두 가지 모습

1970

내가 한 살 때, 우리 가족은 애크런 노스힐 지역의 에이번 스트리트에 있는 작은 회색 집으로 이사했다. 동생 데이비드David가 막 태어났을 때였다. 엄마는 집안일에 딱히 관심이 없었기에 집은 늘 엉망이었다. 부엌에는 접시가 산더미처럼 쌓여 있었고, 바닥 청소도 안 해서 맨발로 디디면 빵가루 같은 조각들이 들러붙기 일쑤였다. 멀티탭에 연결된 각종 전선이 바닥 곳곳에 뒤엉킨 채로 널브러져 있어, 마치 뱀이 가로질러 가는 것 같았다.

내가 두 살이 되기 전, 엄마는 둘째 동생을 임신했다. 두 살 반이 되자 나는 뭐든 혼자 하는 것에 익숙해졌다. 혼자서는 아무것도 할 수 없는 데이비드를 보며 스스로가 매우 대단하다고 느꼈다. 뭐든 방법만 알아낸다면, 얼마든지 혼자 할 수 있다고 생각했다. "내가 할 거야!"라는 말이 내가 뱉은 첫 문장이었는지도 모르겠다. 어느 날, 나는 속옷만 입고 거실로 나왔다. 셋째를 임신 중이던 엄마는 힘든 기색이 역력한 채로 소파에 앉아 데이비드의 기저귀를 갈아주고 있었다. 나는 앉을 만한 깨끗한 데를 찾으려고 바닥에 뒤엉킨 전선을 하나씩 건너뛰었다. 난 무드등을 연결하고 싶었다. 파란색 버펄로 모양의 무드등은 내가 가장 좋아하는 장난감이었다. 밤이 깊도록 내 이야기를 들어주는 친구인 버펄로를 나는 낮에 항상 지니고 다녔다.

나는 길고 구불구불한 멀티탭 하나를 유심히 살펴보았다. 거기엔 램프가 꽂혀 있었다. 버펄로를 연결하려면 램프 코드를 빼야 했다. 나는 코드를 빼버리기로 마음먹고, 힘껏 잡아당겼다. 하지만 양손을 다 써도 역부족이었다. 코드는 꼼짝도 안 했다. 그렇다고 누군가의 도움을 받기는 싫었다. 더욱이 엄마는 바빠서 도움을 청할 수도 없었다. 그래서 나는 입을 사용했다. 하지만 전선을 세게 물고 잡아당기려다 그만 발을 헛디디며 넘어지고 말았다. 순간 날카로운 통증이 느껴졌다. 채찍이 입속을 때리는 듯했다. 역한 냄새도 퍼졌다. 아아악! 엄마와 나의 비명이 뒤섞여 귓가를 때렸다. 나는 그다음 장면들을 섬광처럼 기억한다. 누군가가 나를 식탁 위로 번쩍 들어 올렸다. 이웃집 아주머니의 얼굴이 어른거렸다. 어떻게 병원에 갔는지는 기억나지 않는다. 엄마는 운전을 못 했으니 이웃집 아주머니가 운전을 했을 수도 있다. 머리가 깨질 것 같은 극심한 고통에 시달린 것만 기억날 뿐이다.

깨어보니 병원이었다. 머리는 여전히 아팠고, 입은 미라처럼 굳어 있었다. 아빠가 모든 것을 해결해 주길 바랐다. 그러면서 생각했다. 아빠는 어디 있을까? 바로 그때, 간호사들과 이야기하는 아빠의 목소리가 부드럽게 울려 퍼졌다. 작고 나지막한 웃음소리도 들렸다. 늘 그랬듯이, 아빠는 여자들과 농담을 주고받고 있었다.

"아가, 깼구나."

내가 눈을 뜨자 아빠가 말했다.

아빠는 내게 커다란 미소를 지어 보였다.

나는 잠깐씩 깼다가 잠들기를 여러 차례 반복했다. 그때마다 아빠의 얼굴이 또렷해졌다가 다시 희미해졌다. 전선이 입에 닿으며 녹아버린 입술과 볼 주변의 재건 수술을 받은 직후였다.

아빠는 침대로 다가와 내 이마에 손을 얹고 쓰다듬어 주었다. 흐르는 눈물이 양쪽 관자놀이를 적셨다. 입가에 감긴 붕대 사이로 흐느끼는 소리가 새어 나왔다.

아빠는 집에서 가져온 아기 인형을 건넸고, 난 그걸 가슴팍에 꼭 끌어안았다. 아빠는 날 조심스레 들어 올리고는 침대 옆 흔들의자로 갔다. 날 무릎에 앉히고 앞뒤로 살살 흔들며 달랬다. 그제야 마음이 한결 진정되었다.

일주일 후, 아빠와 함께 집으로 돌아갔다. 아빠는 날 소파에 앉혔다. 동생 데이비드를 업고 있던 엄마가 붕대로 친친 감긴 내 얼굴을 말없이 쳐다보았다. 퍽 놀란 표정이었다. 데이비드는 나를 한 번 쳐다보고는 이내 울음을 터뜨렸다. 날 알아보지 못한 것이다. 나는 아빠가 내 곁에 계속 남아 있어주길 바랐다. 그러면서 아빠의 체온이 느껴지는 소파 쿠션에 기대 잠이 들었다.

아빠는 매일 아침, 내 오른쪽 얼굴을 덮고 있는 가렵고 끈적한 붕대를 갈아주었다. 입술 전체가 통째로 뜯겨나가는 것 같은 느낌이었다. 하지만 난 아빠를 믿었다. 이 과정이 끝나고 나면 엄마가 수프와 진저에일을 가져왔고, 내 입에 큰 빨대를 대고 한 방울씩 떨어트려 먹여주었다.

아빠는 엄마에게 붕대 가는 법을 알려주었다. 엄마는 처음 몇 번은 덜덜 떨었고 능숙하게 해내지 못했다. 하지만 입에 빨대를 넣어 음식을 삼킬 수 있도록 해준 건 엄마였다.

아빠는 교도소에 있을 때 응급처치 교육을 받은 적이 있었다. 나와 동생이 툭하면 다쳤기 때문에 아빠는 그것을 연습해 볼 기회가 많이 있었다.

나는 사고를 많이 당했다. 좋게 말해 독립적이고 모험심이 강한 아이였다. 걸음마를 배울 때부터 크고 작은 사고를 당하는 게 일상이었다. 한번은 문이 열려 있던, 뜨겁게 달궈진 오븐을 잡는 바람에 손에 큰 화상을 입었다. 눈두덩이가 시퍼렇게 멍든 사진도 있다. 아빠의 망치로 내가 내 눈을 힘껏 때리다 그렇게 됐다. 당시 아빠는 아동학대로 오해를 받을까 두려워 나를 응급실에 데려가지 않았다.

전선 때문에 녹아내려 생긴 입가의 상처는 지금도 남아 있다. 그런데 나중에야 많은 사람이 그날의 사고가 아빠 때문에 일어났다고 생각한다는 걸 알았다. 그 사고는 분명 내가 자초한 것이다. 어릴 적 아빠 때문에 난 상처가 있긴 하지만, 그건 눈에 보이지 않는 상처다.

사고 이후 우리 집 셋째, 내 두 번째 동생이 태어났다. 그런데 녀석은 나나 데이비드와는 많이 다른 모습이었다. 우리는 엄마처럼 머리가 검은색에 가깝게 짙고 눈동자는 갈색이었다. 하지만 새로 태어난 동생 존John은 금발에 눈동자가 파랬다. 아빠와 꼭 닮은 모습이었다. 존은 늘 엄마 품에 안겨 있었다. 길을 가다 만난 낯선 사람들조차 엄마를 멈춰 세우고는 존의 외모에 대한 칭찬을 아끼지 않았다. 나에 대한 언급은 전혀 없었다. 간혹 내 입가의 흉터를 힐끔거리기만 할 뿐.

엄마는 어린 두 동생이 차지해 버려서 나는 자연히 아빠를 쳐다볼수밖에 없었다. 그렇게 아빠는 내 우주가 됐다. 그런 아빠에게는 두가지 모습이 있었다. 조심하고 경계해야 할 아빠, 그리고 배려심 많고다정하며 사랑스러운 아빠. 후자의 아빠는 내가 기분이 안 좋으면 달래주었고, 슬퍼할 때면 기운을 북돋아 주었으며, 배가 아플 때면 부드럽게 만져주기도 했다. 아빠의 크고 멋진 세단이 집 앞에 도착하는 소리가 들리면, 나는 밖으로 달려 나가 아빠를 맞았다. 그럼 아빠는 내뒤를 따라오곤 했다.

아빠의 기분은 쉽게 파악할 수 있었다. 아빠는 기분이 좋을 때면날 보고 활짝 웃었다. 그럼 난 아빠에게 달려갔고, 아빠는 나를 들어올려 공중으로 휙 던졌다. 한껏 신난 나는 "다시!"를 연발했다. 그럼아빠는 몇 번이고 다시 해주곤 했다. 그러고 나면 내가 가장 좋아하는놀이를 했다. 아빠는 내 발목과 손목을 잡고 천천히 원을 그리며 돌리기 시작했다. 그러면 점점 더 빠르게, 마치 롤러코스터를 타듯 내 몸이 위아래로 빠르게 회전했다.

"더 빨리?"

아빠가 물었다.

그럼 나는 외쳤다.

"응! 더 빨리!"

하늘이 빙빙 도는 듯 어지러웠다. 그러고 나면 아빠는 잔디 깔린앞마당에 나를 내려놓았다. 아빠가 나를 떨어뜨리는 일 같은 건 절대없었다.

그렇게 바닥에 내리자마자 나는 아빠의 주머니를 뒤졌다. 내가 예상했던 대로였다. 주머니 안엔 아빠가 나 먹으라고 넣어둔 사탕 한 알이 있었다. 나는 아빠가 가장 아끼는 자식이었다. 그 사실만큼은 확실했다. 데이비드는 딱딱한 사탕을 먹기에는 너무 어렸다. 데이비드에게 주면 삼켜버릴 위험이 있다고 아빠는 말했다.

반대로 아빠가 집에 도착했을 때 화가 나 있으면 차에서 내리면서 나를 쳐다보지도 않고 문을 쾅 닫아버리곤 했다. 그럴 때면 나는 집 안으로 달려가 소파 뒤에 숨어버렸다.

한번은 아빠가 평소보다 일찍 퇴근했는데, 거실에서 놀고 있는 내 모습에 깜짝 놀란 적이 있었다. 그때 나는 베이지색 카펫 위에 앉아 엄마의 빨간 매니큐어 병을 쳐다보고 있었다. 엄마는 화장을 즐기지 않았지만, 어찌 된 일인지 이 매혹적인 매니큐어를 갖고 있었다. 난 도저히 쳐다보고만 있을 수 없었다. 양손으로 병을 꽉 쥐고는 뚜껑을 열었다. 코끝을 찡하게 하는 날카롭고 매혹적인 향기가 나를 감쌌다. 바로 그때, 아빠가 거실로 들어왔고 새빨간 매니큐어 병이 내 손에서 미끄러져 바닥에 떨어졌다. 베이지색 카펫은 순식간에 진하고 끈적한 붉은색 얼룩으로 가득 찼다. 세상에. 나는 아빠가 이 광경을 못 봤길 바라며 올려다봤다. 하지만 이미 다 봐버린 아빠는 매우 화가 나 있었다.

"에이프릴, 이리 와!"

아빠가 소리쳤다.

나는 일어나 계단 쪽으로 도망쳤다. 아빠가 나를 부르며 따라왔다. 다행히 아빠보다 먼저 도착해 네발로 계단을 기어 올라갔다. 간발의 차이로 아빠보다 먼저 방에 들어가 침대 밑으로 숨었다. 터질 듯 두근대는 내 심장 소리, 그리고 헐떡이는 숨소리가 새어 나가지 않길 간절히 바라면서. 하지만 아빠는 분노에 찬 얼굴로 나를 노려보며 팔을 뻗어 손가락으로 위협했다. 나는 아빠의 손이 닿지 않는 곳으로 점점 더 깊이 숨어들었다. 아빠를 피했다고 생각했지만, 시간이 지날수록 아빠의 분노는 더 커지는 듯했다. 벌겋게 달아오른 얼굴과 힘껏 쥔 두 주먹에서 느낄 수 있었다. 급기야 아빠는 침대 프레임을 집어 던졌다. 나는 양팔로 머리를 감싸 쥐었다. 아빠의 눈에 띄지 않길 바라고 또 바라며. 아빠는 내 머리채를 잡아 끌어 올렸다. 등과 엉덩이도 쉴 새 없이 때렸다. 순간 엄마가 황급히 계단을 올라오는 소리가 들렸다.

"웨인, 그만해!"

엄마는 계속해서 소리쳤다.

다행히 아빠의 매질이 멈췄다.

엄마는 아빠가 화를 낼 때 거의 개입하지 않았다. 어린 시절, 나는 엄마에게 아빠를 좀 달래보라고 조를 때가 많았다. 하지만 엄마가 아빠에게 그만하라고 말한 경우는 손에 꼽았다. 엄마가 나서지 않는 데에는 나름대로 이유가 있었다. 엄마도 나만큼 무서웠던 것이다.

내가 아빠에게 구타를 당한 게 그때가 처음은 아니었다. 하지만 그건 내가 또렷하게 기억하는 첫 번째 매질이었다. 그 당시에도 나는, 아빠가 분노한 게 내가 카펫을 더럽혔기 때문만은 아니라는 사실을 알고 있었다. 내가 아빠에게 복종하지 않고 도망치는 대담함을 보였기 때문이었다. 짧은 순간이었지만, 나는 아빠에게서 벗어날 수 있을 거라고 생각했다. 하지만 아빠는 잔혹한 힘을 써서 자신만의 균형을 바로잡았다. 작디작은 어린아이의 몸에 가해진 무차별적 공격. 나는 그 힘이 엄마에게도 가해지는 현장을 수없이 목격했다.

그 일이 있기 이틀 전, 저녁 식사 자리에서 아빠는 여느 때처럼 식탁 맨 앞에 앉아 있었다. 나는 아빠의 모든 움직임을 주시하며 의자에 앉아 있었다. 엄마는 데이비드를 아기 의자에 앉힌 후 아빠의 밥을 내왔다. 밥그릇에 흰 쌀밥을 가득 담고는 그 위에 닭가슴살을 포크로 떠서 올렸다. 그러고는 완두콩을 한 숟갈 듬뿍 퍼서 뿌렸다. 하지만 아빠는 밥그릇을 노려보았다. 난 조용히 숨을 죽인 채 그 상황을 지켜봤다. 아빠는 칼과 포크를 집어 들었다. 때로 아빠는 낮에 있었던 일을 엄마에게 조곤조곤 이야기하기도 했지만, 그날은 아니었다. 아빠는 밥 위에 놓인 닭가슴살만 노려보며 칼로 썰었다. 그러고는 천천히, 그리고 정확하게 식기를 내려놓았다. 엄마도 자리에 앉아 아빠 쪽을 바라보고 있었다.

순간 아빠의 머리가 엄마 쪽으로 세차게 흔들렸다.

"젠장, 케이! 고기가 덜 익었잖아!"

아빠가 날카로운 목소리로 쏘아붙였다.

그러고는 접시를 들어 올려 건너편 방으로 힘껏 던져버렸다. 밥과 완두콩이 사방으로 튀었다. 아빠는 식탁을 가로질러 엄마에게로 향했다. 물잔을 넘어뜨리고는 엄마 팔을 세게 잡았다. 높은 아기 의자에 앉은 데이비드가 불안한 듯 딸꾹질을 해댔다. 아빠는 엄마를 식탁에서 끌어내 한쪽 벽으로 밀어붙였다. 나는 황급히 두 손으로 눈을 가렸다. 손이 네 개라 귀까지 막을 수 있다면 좋겠다고 생각했다. 다음에 무슨 일이 일어날지 알고 있었다. 엄마는 애원하듯 아빠에게 빌었다.

"웨인, 제발."

아빠의 주먹은 가차 없이 엄마를 향했다. 바닥에 엎드린 엄마는 배를 움켜쥔 채 웅크리고 있었다. 아빠는 의자를 발로 차며 밖으로 나가 버렸다. 데이비드와 나는 엄마가 일어날 때까지 엄마만 바라보며 기다렸다. 엄마는 우릴 쳐다보지 않았다. 깨진 접시와 사방에 흩어진 밥과 완두콩 조각을 말없이 치우기 시작했다. 그 모든 것을 엄마가 치워야 한다는 사실이 너무도 안타까웠다.

매니큐어 사건이 있던 날 밤, 아빠는 무척 피곤하고 슬퍼 보였다. 거칠게 화를 내던 여느 날처럼. 아빠는 붉은색 매니큐어로 얼룩진 카펫 위에 누워 툭툭 가슴을 내리쳤다.

"우리 딸, 이리 온."

아빠는 자신의 가슴 위로 내 머리를 살포시 눕혔다.

여기저기 멍이 든 채, 난 아빠의 가슴팍에 얼굴을 묻었다. 쿵쿵 아빠의 심장 소리가 선명하게 들렸다. 우리는 한동안 그렇게 누워 있었다. 이따금 아빠는 무척 슬퍼 보였다. 아빠는 내가 자신의 말을 따르지 않는 걸 받아들이지 못했다. 그런 내게 불같이 화를 내고 나면, 용서받고 싶어 했다. 미안하다고 말하지도, 용서를 구하지도 않았지만, 충분히 느낄 수 있었다. 내가 아빠에게 사랑한다고 말해주길 기다린다는 것을. 나의 사랑 고백이 아빠의 슬픔을 덜어낼 수 있을 것 같았다. 그렇게라도 아빠의 기분이 나아지길 바랐다.

그래서 나는 말했다.

"아빠, 사랑해요."

그럼 아빠도 이렇게 답했다.

"나도 사랑해, 우리 딸. 하늘만큼 땅만큼."

아빠는 예민한 사람치고는 놀라울 정도로 인내심이 강했다. 매니큐어와 닭고기 사건이 있고 얼마 뒤, 아빠는 2층 창문 테두리를 페인트로 칠했다. 나는 그 모습을 잔디밭에서 지켜보았다. 무척 재미있어 보였다. 어느 순간 집 안에 있던 엄마가 전화로 아빠를 불러들였다. 아빠는 6미터짜리 사다리를 뒤로한 채 집 안으로 향했다. 아빠가 자리를 비우자마자 나는 사다리를 오르기 시작했다. 위쪽에 매달린 페인트 통을 주시하며 한 걸음 한 걸음 올라섰다. 마침내 목표 지점에 도착해, 페인트 통 입구에 놓인 붓을 잡았다. 그리고 페인트 통 안으로 푹 찔러 넣었다. 팔꿈치까지 깊숙이. 하얀 페인트로 뒤덮인 팔을 빼자 고무 냄새가 진동했다. 나는 몸을 최대한 쭉 뻗어 회색 슬레이트 위로 붓을 놀렸다. 페인트 붓이 앞뒤로 움직일 때마다 쉭쉭 기분 좋은 소리가 났다. 생각보다 훨씬 더 재미있었다! 그런데 그때, 아빠의 목소리가 들렸다.

"에이프릴, 뭐 하고 있니?"

"집에 페인트칠하고 있어요."

아빠는 소리치지도 위협하지도 않았다. 침착하게 나를 설득해 내려오게 한 다음, 다시 페인트칠을 시작했다.

둘째 동생 제프는 내 다섯 번째 생일을 2주 앞두고 태어났다. 여동생이었어도 괜찮았을 것 같다. 오히려 좋았을 것이다. 하지만 또 남동생이라니? 나는 엄마에게 너무 화가 났다. 그래서 집을 나가기로 했다. 좋아하는 물건을 하나하나 빨래 바구니에 담았다. 아기 인형부터 버펄로 무드등, 공주 티아라, 좋아하는 옷, 신데렐라 색칠공부 책, 크레용 상자까지.

대문을 열고 나가 보도블록을 따라 걷기 시작했다. 걸을 때마다 빨래 바구니가 정강이를 때렸고, 손잡이를 너무 꽉 쥔 나머지 손이 아팠다. 집을 나가는 것도 쉽지 않은 일이었다. 그렇게 이웃집 몇 채를 지나자 아빠의 검은색 세단이 내 옆에 와 섰다. 아빠가 창문을 내리며 말했다.

"에이프릴, 우리 딸. 뭐 하고 있어?"

나는 타고난 큰 목소리로 아빠를 향해 외쳤다.

"나 화났어요. 도망가서 다신 안 올 거예요."

"그래, 보고 싶을 거야. 근데 어디로 가?"

그걸 생각해 놨어야 했다. 나는 어디로 가고 있던 걸까? 거기까진 생각하지 못했다.

"돈은 있어?"

"아뇨."

"그럼 배고프면 어떻게 하려고?"

음, 그 점도 고려하지 못했다. 하지만 인정하고 싶지 않았다. 내가 틀렸다고 인정하는 건 죽기보다 싫었다. 여러 가지 선택지를 따져봤지만, 그 어떤 것도 썩 내키지 않았다. 그런데 아빠가 먹을 것 얘기를 하는 바람에 마침 그때가 점심시간이고, 배가 고픈 상태라는 걸 깨달았다. 나는 다시 인도로 올라가 걸어가기 시작했다. 아빠는 차를 돌려 집으로 향했다. 빨래 바구니는 걸음을 옮길 때마다 점점 더 무겁게 느껴졌고, 집에 도착해 내려놓으니 그렇게 홀가분할 수가 없었다. 아빠가 현관에서 나를 기다리고 있었다.

"아빠가 들어줄까?"

사뭇 진지한 표정을 한 아빠는 웃지 않으려 애쓰는 듯했다.

휴우, 나는 한숨을 내쉬며 호의라도 베풀 듯 아빠에게 바구니를 건 넸다. 그제야 안도감이 들었다. 하지만 그걸 인정하기엔 자존심이 너무 상했다. 아빠와 나는 아무 일도 없었던 것처럼 집으로 들어갔다.

수녀님, 난 나쁜 놈이 될 거예요

1933-1948

　　아빠는 늘 내게 넌 형제자매가 많으니 운이 좋은 거라고 했다. 아빠가 아는 한, 아빠에겐 형제자매가 없었으니까. 1933년 6월 14일, 아빠가 애크런에서 태어났을 때 생부는 아빠를 모른 척했다. 자기와 아무런 상관 없이 살아가기를 바랐다. 미혼모였던 생모 릴리언 마이어스Lillian Myers는 아빠가 태어난 지 1년 만에 감옥에 갇혔다. 청소부로 일하던 주인집에서 100달러를 훔치다가 잡힌 것이다. 릴리언은 그곳에 파티용 드레스를 입고 출근하곤 했다.

　　어릴 적 찰스 에드워드 마이어스Charles Edward Myers로 불리던 아빠는 아홉 살 때, 생모의 여동생 메리 에델Mary Ethel과 메리의 남편 프레드 에드워즈Fred Edwards에게 입양됐다. 이들에게는 다른 자녀가 없었다. 이후 부부는 아빠의 이름을 에드워드 웨인 에드워즈로 바꿨다. 성인이 되고 난 뒤 아빠는 중간 이름 웨인으로 불렸다. 아빠가 다섯 살 때 생모 릴리언은 자살 시도로 인한 합병증으로 사망했다. 아빠는 생모를 이모로 알고 있었고, 성인이 되고 나서야 자신이 입양이라는 사실을 알게 됐다. 출생의 비밀과 생모의 자살 사실을 알게 된 후 아빠는 자신의 어린 시절이 몹시 비극적이라고 느꼈다.

아빠는 어려서부터 다루기 힘든 아이였다. 어떤 부모라도 키우기 쉽지 않았을 것이다. 수시로 거짓말을 하며 학교에서 문제를 일으켰고, 남들이 이래라저래라 하는 것을 좀처럼 받아들이지 못했다. 아빠를 키워준 양모 메리는 퇴행성 질환을 앓고 있었다. 양부 프레드는 일 문제로 자주 집을 비웠고, 늘 술 때문에 말썽이었다. 아빠가 일곱 살이 되자 양부모는 더 이상 아빠를 감당할 수 없었다. 메리의 부모, 곧 아빠의 외할아버지와 외할머니가 딸을 돌보겠다고 나섰다. 하지만 말썽꾸러기 외손자까지 받아들이지는 못했다. 결국 아빠는 클리블랜드 외곽의 파머데일 아동 마을Parmadale Children's Village에 속한 한 보육원으로 보내졌는데, 그곳은 엄격하기로 유명했다. 아이들이 "네, 수녀님" 혹은 "아니요, 수녀님"이라고 대답하는 걸 잊으면 손바닥이나 엉덩이를 맞았다.

남들에게 지시받는 걸 죽기보다 싫어하는 아빠에게 보육원은 악몽 그 자체였다. 이따금 잠자리에서 오줌을 싸던 아빠에게 그곳은 마치 중세시대의 고문실 같았다. 아빠의 천적은 키가 큰 아그네스 마리Agnes Marie 수녀였다. 아그네스 수녀는 아빠에게 젖은 이불을 들고 찬물로 샤워를 하라고 강요했다. 또 아이들이 많은 놀이터 한가운데서 "나는 오줌싸개입니다! 오줌싸개입니다! 이건 오줌 싼 이불입니다!"라고 소리치며 서 있으라고 했다. 가장 끔찍했던 건 아그네스 수녀가 아빠를 나무에 묶어놓고 다른 아이들에게 아빠의 엉덩이를 발로 차라고 시켰던 거였다. 발길질한 아이들은 다시금 일렬로 선 줄 맨 뒤로

가 다음 순서를 기다렸다. 그날 아빠는 200번이나 발길질을 당했다. 아빠가 도망치려고 하자 수녀는 덩치 큰 몇몇 아이에게 아빠를 나무에 더 단단히 묶어두라고 시켰다. 아그네스 수녀에 대한 아빠의 증오는 날로 커졌다. 보육원에서 보낸 5년 동안 아빠는 열다섯 번이나 탈출을 시도했다. 다른 수녀가 아빠에게 커서 뭐가 되고 싶으냐고 묻자 아빠는 보란 듯이 대답했다.

"수녀님, 전 나쁜 놈이 될 거예요. 아주 훌륭한 나쁜 놈이요."

외할아버지, 외할머니 그리고 또 다른 이모 루실Lucille이 이따금 보육원으로 찾아왔다. 그들은 아빠에게 주려고 늘 사탕을 가져왔다. 하지만 아그네스 수녀가 그 사탕을 거의 다 다른 아이들에게 나눠줘 버렸다. 그러면서 이렇게 말했다.

"에드워즈, 이 오줌싸개 같으니라고. 넌 이런 좋은 간식을 먹을 자격이 없어."

하지만 아빠는 그 사탕을 자신을 향한 유일한 애정의 증표로 여겼다. 한번은 보육원 친구가 생일 케이크를 선물로 받았지만, 아빠 몫은 없었다. 그래서 아빠는 남은 케이크를 몰래 훔쳐 먹었다. 아그네스 수녀가 다그치는데도, 아빠는 훔친 사실을 부인했다. 수녀는 아빠의 머리부터 등, 다리까지 온몸을 막대로 때렸다. 결국 아빠는 실토했고, 그러자 아그네스 수녀가 다른 아이들을 향해 이렇게 말했다.

"자, 나는 이제 5분간 내 방에 있을 거야. 이 녀석이 일곱 번째 계명을 어겼으니 벌을 받아야 한다고 생각한다면, 너희가 알아서 처리해."

아그네스 수녀가 방을 나가자 아이들이 득달같이 아빠에게 달려들었다. 잔인한 폭행이 시작됐다. 순간 아빠는 솔직하게 말한 게 실수였음을 깨닫고 다시는 무방비 상태로 남지 않으리라 다짐했다.

열두 살이 되던 해, 아빠는 마침내 보육원을 나와 아빠의 외할머니와 함께 살게 되었다. 외할아버지와 메리 이모는 둘 다 세상을 떠난 뒤였다. 슬픔 속에 살고 있던 외할머니가 여전히 쉽지 않은 아이인 아빠를 이제는 오롯이 혼자 돌봐야 하는 상황이었다. 외할머니는 최선을 다했지만, 아빠는 툭하면 외할머니 지갑에 손을 댔다. 담배도 훔쳤다. 학교도 빼먹고 툭하면 싸움질을 해댔다. 자전거를 훔쳐 아무렇지도 않게 타고 다녔다. 결국 아빠는 '마을에서 가장 악명 높은 깡패 중 한 명'으로 낙인찍혔다. 도둑질하다가 잡히기 일쑤였고, 화재경보기를 울리려고 일부러 불을 지르기도 했다. 아빠는 소방차가 사이렌을 울리며 출동하는 모습을 즐겼다. 그 모든 소음과 움직임이 자신의 행동으로 초래됐다는 데 쾌감을 느꼈다.

열세 살이 되던 해, 아빠는 이웃에 사는 애 딸린 이혼녀와 사랑에 빠졌다. 머리가 갈색인 백인 여성이었다(이때도 아빠는 갈색 머리를 선호했다). 그 여자에게는 이따금 세탁업체 트럭을 몰고 나타나는 남자친구가 있었다. 아빠는 그 남자에게 겁을 주면 여자가 자신과 결혼할 거라고 확신했다. 사춘기 소년이었을 때조차 아빠는 스스로를 여성들이 거부할 수 없는 존재라고 믿었던 셈이다. 그래서 폭력을 사용하면 누구든 굴복시킬 수 있다고 여겼다. 아빠는 외할머니를 알리바이로 삼고는 남자의 트럭에 불을 질렀다. 그러나 며칠 후 남자가 새 트럭을 몰고 나타났고, 아빠는 크게 실망했다. 그래서 이번엔 트럭을 폭파해버리기로 하고 계획을 세웠다. 아빠는 보호자의 통제를 전혀 받지 않는 상태였다.

루실 이모와 이모의 남편 앨AI이 아빠의 입양을 고려했지만, 두 사람은 좀처럼 아빠를 믿을 수가 없었다. 결국 외할머니도 2년 만에 양육을 포기하고 열네 살이 되자 아빠를 소년원으로 보냈다. 당시 그곳은 범죄자의 소굴이었다. 아빠는 그 누구도 자신을 사랑하지 않는다고 생각했다. 그리고 이렇게 다짐했다. 훗날 자신이 아이를 갖게 되면, 사랑받고 있다는 사실만큼은 조금도 의심하지 않도록 해주겠다고.

그리고 아빠는 그 다짐을 지켰다. 나를 포함해 아이 다섯을 낳았고, 우리는 사랑받고 있다는 사실을 조금도 의심하지 않았다.

유명인사가 되다

1972

        에이번 스트리트에서 보낸 4년은 아빠의 삶에서 꽤 특별한 시간이었다. 도망자 신세가 아니었기 때문이다. 이 기간에 아빠는 《범죄자의 변신 Metamorphosis of a Criminal》이라는 제목의 회고록을 썼다. 이 책은 아빠가 보육원에서 보낸 시간, 그리고 서른네 살에 감옥에서 자칭 '변신'한 이후 범죄자의 삶을 살았던 때의 이야기를 담고 있다. 1972년 하트 출판사 Hart Publishing Company에서 출간됐다. 책은 아빠의 명함이 됐고, 아빠는 이웃들과 친구들에게 이 책을 한 권씩 나눠주었다. 아빠는 또한 교도소 개혁에 관한 강연에 연사로 초청되기도 했다. 그도 그럴 것이 평생 여러 교도소에 수감돼 있었고, 그중 두 곳에서는 탈출에 성공했기 때문이다. 이 사실만으로도 아빠는 전문가에 가까웠다.

아빠는 이후 학교나 교회, 로터리클럽 등에서 좋은 부모의 역할에 대한 강연도 이어나갔다. 이것은 책에서 자세히 다룬 주제이기도 했다. 강연 원고를 작성할 때면 아빠는 아내, 곧 나의 엄마에게 말로 한 것을 타자로 치게 했다. 엄마는 타자 실력이 뛰어났다. 아빠는 자연스 럽게 말할 수 있을 때까지 연습에 연습을 거듭했다. 나는 아빠가 반복 해서 연습하는 모습을 지켜보았다. 깊고 적당한 울림이 있는 아빠의 목소리가 좋았다. 아빠가 현명하고 중요한 사람처럼 보였다.

아빠는 때로 가족을 대동하고 강연에 참석했다. 커다란 강당에 들 어설 때면 아빠의 환한 미소가 사람들의 시선을 사로잡았다. 아빠가 무대에 올랐고, 우리는 그 뒤쪽에 자리 잡았다. 빼곡하게 들어찬 객석 의 군중이 아빠의 말에 집중하며 귀를 기울였다. 강연 주제는 부부간 의 사랑에서부터 자녀 양육, 교도관 훈련에 이르기까지 다양했다. 그 러면서 아빠는 '사회란 무엇인가?'라는 질문에 대한 대답을 내놓기도 했다. 사회의 기본 단위는 가정이며, 그 속의 가장이 사회를 이끌어간 다는 것이었다. 또 사회의 안녕과 국가의 번영은 가정에 달려 있다고 도 했다. 그러면 객석의 가장들이 고개를 끄덕였다.

아빠는 오늘날에 만연한 부모와 자녀의 갈등에 대해서도 언급했 다. 그러면서 이렇게 물었다. '그런 가정에는 무엇이 부족한가?' 그 질 문을 내가 받았다면, 나는 사랑과 훈육이라고 대답했을 것이다. 그런 내 대답에 청중 역시 크게 수긍했을 것이다.

강단에 선 아빠는 자신감이 넘쳐 보였지만, 집에서는 종종 길을 잃 은 듯한 모습을 보일 때가 있었다. 대개는 '가장'으로서 권위 있게 행 동했지만, 때론 그 표면이 깨져 내면의 연약한 아이가 드러났다.

저녁이 되면 아빠는 가끔 초조해했다. 그런 날에는 온 가족을 태우 고 몇 시간씩 드라이브를 하곤 했다. 목적지도 없었다. 어느 하루에 아빠는 나만 태우고 집을 나섰다. 나는 조수석에 앉아 아빠가 가로등 불빛 아래에서 하는 행동을 지켜보았다. 산만하고 불안해 보였다. 아빠는 어느 순간 주차를 했다. 그러고는 운전석에 누워 가슴을 두드렸다. 나는 아빠의 어깨 위에 머리를 기대고 아빠의 슬픈 심장 소리를 가만히 들었다. 아빠는 내게 위로하듯 말했다.

"모든 게 잘될 거야. 사랑한다, 우리 딸. 너랑 나 둘만 남겠구나."

그 말이 내게 하는 말인지는 알 수 없었다. 아빠의 목소리가 불안하게 들려서 걱정스러웠다. 한편으로는 아빠와 단둘이 어딘가로 떠날지도 모른다는 생각에 조금 들뜨기도 했다. 다른 형제자매와 아빠를 나눌 필요가 없다는 생각이 들어서였다. 어느 순간 난 잠이 들었고, 다음 날 아침 아빠의 품에 안겨 집으로 돌아왔다. 그날, 우리는 밤새 차에 있었다.

책 출간 이후 여기저기 강연하러 다니면서 아빠는 나름대로 유명 인사가 됐다. 1972년 10월 17일에는 TV 쇼 〈진실을 말하다To Tell the Truth〉에도 출연했다. 그날 밤, 에이번 스트리트의 자그마한 우리 집은 흥분과 열기로 가득 찼다.

가족 모두 거실에 자리를 잡았다. 아빠는 보통 안락의자에서 TV를 봤지만, 그날 밤에는 모두 나란히 소파에 앉았다. 다섯 형제자매가 엄마와 아빠 사이에 자리했다. 엄마의 눈은 반짝반짝 빛났고, 그 모습에 나도 기쁨이 차올랐다.

쿠션에 비스듬히 기댄 아빠는 긴장한 모습이 역력했다. 아빠의 떨림이 내게도 전달될 정도였다. 프로그램 진행자가 세 명의 출연자를 소개하자 숨이 멎을 것 같았다. 모두 놀란 표정으로 화면만 주시했다.

아빠가 한없이 자랑스러웠다. TV 속 화면에 우리 아빠가 있었다! 아빠는 검은색 정장을 입은 다른 두 사람과 함께 서 있었다. 주황색 바지에 레몬색 단추가 달린 셔츠, 녹색과 파란색 지그재그 무늬가 있는 크림색 재킷, 그리고 폭이 넓은 넥타이 차림이었다. 너무나 멋져 보였다. 아빠는 자신을 "개과천선한 전과자 겸 《범죄자의 변신》 작가인 에드워드 웨인 에드워즈"라고 소개했다. 그렇게 모두를 속였다.

테일러 로드 농장

1974

       책 판매와 강연으로 번 돈으로 아빠는 오하이오 주 도일스타운에 있는 빈 땅을 샀다. 네 자녀를 키우려면 좀 더 넓은 공간이 필요하다고 생각해 큰 집을 짓기로 마음먹은 것이다. 도일스타운은 애크런에서 고작 20분 거리였지만, 시골 농장 마을이었다. 소 키우는 집을 흔히 볼 수 있는, 대문을 열어두고 차에 열쇠도 꽂아둔 채 사는 그런 곳이었다. 집을 지으려니 시간이 너무 오래 걸릴 것 같다고 여긴 아빠는 우리가 산 땅에서 1.6킬로미터 정도 떨어진 테일러 로드에 있는 농가 한 채를 빌렸다.

    나무판을 덧댄 스테이션왜건을 타고 농장을 둘러보니, 마치 마법의 세계에 온 듯한 느낌이 들었다. 애크런에서는 집들이 서로 붙어 있고, 앞마당도 거의 없다시피 했다. 하지만 테일러 로드에서는 다른 집이 거의 보이지 않았다. 길게 자란 풀이 가득한 풀밭과 함께 길가에 늘어선 벚나무, 시원한 박하향이 온 마을을 채우고 있었다. 아빠는 놀란 표정을 짓고 있는 나를 미소 지으며 바라보았다.

"향이 정말 달콤하다, 그렇지?"

나는 현관 쪽에 작은 앞 베란다가 있는 2층짜리 농가를 들여다보았다. 차고에 달려 있던 베이 도어5)는 떨어져 나가고 없었다. 하지만 그런 건 중요하지 않았다. 그 옆에 있는 건물도 눈에 들어왔다. 페인트칠도 안 된 헛간이었다. 커다란 미닫이문 주변에서 닭들이 흙을 쪼아대고 있었다. 당시 네 살, 세 살이었던 데이비드와 존이 차에서 뛰어내려 닭들을 쫓기 시작했다. 수탉이 녀석들을 노려보았다.

헛간 안은 어두웠다. 창문 틈으로 들어온 빛줄기에 먼지 조각이 떠다니고 있었다. 눈이 어둠에 적응되자 밧줄 그네와 건초 더미를 올려둔 작은 다락이 눈에 띄었다. 녹슨 농기구들은 거미줄에 덮여 있었다. 갈색 고양이가 트랙터 의자에서 몸을 쭉 뻗은 채 눈을 깜빡였다. 무엇보다 내 시선을 사로잡은 건 시원한 그늘에서 건초를 씹고 있던, 털이 덥수룩한 조랑말 두 마리였다. 조랑말!

믿을 수 없다는 표정으로 눈을 크게 뜨고 조심스레 다가갔다. 당시 나는 다섯 살이었고, 동생들보다는 제법 크다고 생각했지만 조랑말 옆에 서니 유난히 작게 느껴졌다. 진갈색의 조랑말은 닭들처럼 내 곁을 떠나려 했다. 하지만 연갈색 조랑말은 슬며시 고개를 들었다. 나는 손을 내밀었고, 녀석은 내 손바닥에 대고 킁킁거리며 냄새를 맡았다. 긴 턱수염이 무척 간지러웠다. 그러고는 한 걸음 더 가까이 다가왔다. 나는 조각상이라도 된 양 가만히 서 있었다. 녀석이 코를 들어 내 머리카락 냄새를 맡았다. 그렇게 녀석이 입마개를 쓴 채 나를 탐색하는

---

5) 짐을 싣고 나르는 데 사용하는 문.

동안, 나는 달콤한 풀 냄새와 흙 내음을 맡았다. 나는 녀석과 사랑에 빠졌다.

헛간 문에 아빠의 그림자가 비쳤다.

"한 놈은 맥스Max, 한 놈은 신디Cindy 야."

"누가 신디예요?"

아빠는 천천히 다가오더니 연갈색 조랑말 등에 손을 얹었다. 그러고는 몸을 숙여 둥근 배 아래를 들여다봤다.

"이 녀석이 신디야. 암컷이고. 다른 녀석이 맥스."

아빠는 한때 농장에서 일했기에 동물에 관한 거라면 뭐든 알고 있었다. 난 아빠가 모르는 게 없고, 못 고칠 게 없고, 못 알아낼 게 없다고 생각했다. 아빠는 조랑말과 닭, 헛간 고양이를 함께 데려왔다고 말했다. 나는 진짜 농부가 되는 게 너무나도 기대됐다.

맥스는 여전히 거리를 유지했지만, 신디는 계속해서 코로 나를 툭툭 건드렸다. 아빠는 벽에 걸린 둥근 솔을 꺼내 신디의 등과 다리에 묻은 진흙을 털어주면서 말 손질하는 법을 직접 보여주었다.

잠시 후 내가 조심스레 물었다.

"아빠, 조랑말 타도 돼요?"

"그럼!"

아빠가 신디의 엉덩이를 쓰다듬으며 말했다.

"떨어지지 않게 조심하렴."

헛간 밖에 있던 데이비드와 존이 풍차처럼 팔을 벌리고 뛰어다니다 어느 순간 헛간으로 불쑥 들어와 조랑말을 놀라게 했다. 두 녀석은 낡은 트랙터를 보고 좋아서 폴짝폴짝 뛰었다. 그러더니 나란히 앉아

서 운전하는 시늉을 했다. 동생들 역시 농장 생활을 기대하고 있는 것 같았다.

다음 날 아침, 나는 후다닥 시리얼만 먹고 헛간으로 달려가 조랑말이 있는지 확인했다. 신디와 맥스는 들판에서 풀을 뜯고 있었고, 내가 다가가자 살포시 고개를 들었다.

맥스는 내가 쓰다듬자 가만히 있었다. 하지만 목줄을 잡으려고 손을 뻗자 고개를 휙 돌리더니 귀를 쫑긋 세우고는 내 곁을 떠났다. 순간 신디가 나를 쳐다보았다. 퍽 사랑스러운 표정이었다. 나는 신디의 고삐를 잡고 헛간으로 데려갔다. 신디는 가만히 있었다. 내가 솔을 집어 들고 갈기의 먼지와 엉킨 꼬리털을 정리하는 동안 신디는 건초를 뜯었다.

너무나 기다리던 순간이었다. 나는 신디의 목줄을 잡고 돌담 쪽으로 데려갔다. 신디를 돌담 옆에 세우고 그 위에 올라가 신디 등에 다리를 올렸다. 신디는 조금도 반항하지 않았다. 무척 순종적이었다. 신디 위에 올라타자마자 목에 팔을 두르고 안아보려 했다. 신디는 고개를 숙인 채 풀을 뜯고 있었고, 나는 땅 위로 굴러떨어졌다. 신디는 마치 이렇게 말하는 듯했다. '뭘 기대한 거야? 카우보이가 말 목에 앉는 거 봤어?'

다음번 시도에서는 다리를 신디 등에 걸치고 똑바로 앉은 뒤 털이 덥수룩한 갈기를 잡았다. 신디가 몇 걸음 앞으로 나아가기에 나는 어깨를 뒤로 젖혔다. 하지만 신디가 속도를 내기 시작하자 여지없이 밀려났고 바닥에 쿵 떨어졌다. 신디는 나를 쳐다보지 않고 계속 달렸다. 그렇게 몇 미터 나아간 뒤 멈췄다.

나는 매일같이 시도했다. 그때마다 신디의 등 위에서 머무는 시간이 조금씩 늘어났다. 나는 내 체중을 이용해 균형 잡는 법을 배웠고, 신디 역시 나를 떨어뜨리는 새로운 방법을 고안했다. 신디는 나를 등에 업고 들판을 뛰어다니는 걸 좋아했다. 나는 신디가 몸을 돌릴 때 나도 같이 몸을 숙이는 법을 터득했다. 나한테는 고삐나 안장이 없었다. 신디를 통제할 게 아무것도 없었다. 주도권은 신디에게 있었다. 신디는 천천히 걸어가다가도 순간 속도를 내 들판을 가로질렀다. 지칠 때까지. 그런 다음 고개를 숙이고 풀을 뜯었다. 그러다 내키면 또 마구 달렸다. 함께 카우보이 놀이를 할지 말지는 오직 신디에게 달려 있었다. 내가 넘어져도 신디는 다시 등에 오르도록 기다려주지 않았다. 나를 내팽개치고 가버리기 일쑤였다. 그러면 내가 신디에게 다가가 바로 옆 풀밭에 드러누웠다. 그럼 신디는 최대한 내 가까이에 머물렀고, 나는 신디가 풀을 씹거나 땅에 떨어진 사과를 먹는 소리를 듣곤 했다. 그렇게 우리는 함께 있는 시간을 즐겼다. 때로는 내가 신디에게 말을 걸어 이야기를 들려주기도 했다. 신디는 훌륭한 청취자였다.

신디와 함께 나가 놀다가 신디 없이 혼자 집에 온 적이 몇 번 있었다. 내가 넘어졌다는 사실을 아빠가 몰랐으면 했다.

하지만 아빠는 모든 것을 알고 있는 듯했다. 아주 즐거워 보이는 표정으로 마당에 나와 이렇게 말하곤 했다.

"안녕, 카우걸. 뒷마당에 혼자 버려진 거야?"

아빠가 즐겨 보던 존 웨인 영화에 나오는 배우처럼 말이다.

"난 괜찮아요."

나는 몇 번이고 아빠에게 괜찮다고 말했다. 그리고 정말 괜찮았다.

하지만 다쳤더라도 똑같이 말했을 것이다. 불평해서는 안 된다는 걸 알고 있었으니까. 불평불만은 아빠를 화나게 했다. 나는 아빠의 다정한 모습이 유지되길 바랐다.

"그래 착하네, 우리 딸."

아빠의 칭찬은 내게 전부였다. 내 사명 중 하나는 아빠를 행복하게 하는 것이었다. 아빠를 행복하게 하는 것에는 카멜 담배, 딱딱한 사탕, 리글리 스피어민트 껌, 양파를 넣은 간 요리, 순종적인 아이들, 그리고 테리어 종인 우리 집 반려견 스코티Scottie 등이 있었다.

스코티는 아빠의 개였다. 갈색과 흰색이 섞인, 체구가 작은 스코티는 아빠가 가는 곳이라면 어디든 따라나서는 사랑스러운 아이였다. 굴속으로 도망치는 다람쥐만 발견하지 않는다면! 그 순간만큼은 아무도 스코티의 시선을 사로잡을 수 없었다.

스코티는 데이비드, 존과 함께 닭과 고양이를 쫓아다니며 즐거운 시간을 보냈지만, 아빠를 발견하면 곧장 달려가 그 뒤만 졸졸 따라다녔다. 아빠는 이것저것 할 일을 하는 중이었다.

그중 하나는 맥스와 신디의 방목장을 둘러싸고 있는 전기 울타리를 손보는 일이었다. 농장에 도착한 첫날, 우리는 바로 울타리가 제대로 작동하지 않는다는 것을 알 수 있었다. 녀석들이 반대편 풀을 뜯으려면 비스듬히 기대 있어야 했기 때문이다.

맥스가 방목장에서 나오고 난 뒤에야 아빠는 울타리를 손보기 시작했다. 울타리에는 문이 있었는데, 문 아래 묻혀 있던 전선이 떨어져 나간 상태였다. 내가 헛간으로 돌아왔을 때 아빠는 막 일을 마쳤고 데이비드, 존, 스코티가 그런 아빠의 모습을 지켜보고 있었다. 아빠는 헛간 벽 위에 있는 스위치를 켜 울타리를 작동시켰다.

아빠는 헛간을 나오며 동생들에게 일렀다.

"울타리 만지지 마."

그러자 이내 데이비드가 물었다.

"왜 만지면 안 돼요?"

"맞아, 왜 안 돼?"

존도 똑같이 물었다.

아빠는 뒤를 돌더니 데이비드와 존을 뚫어지게 쳐다봤다. 마치 둘의 머릿속을 들여다보기라도 하려는 듯이.

"어서 울타리에 오줌이나 싸."

아빠가 차갑게 말했다.

"응? 왜요?"

데이비드가 또다시 물었다.

"하라면 해."

아빠는 명령조로 말했다. 데이비드가 순순히 따르길 기대하면서.

녀석들은 반바지를 내리고 오줌을 쌌다. 그런데 그 순간, 둘 다 비명을 지르며 바닥에 쓰러졌다. 데굴데굴 구르며 고통스럽게 몸부림쳤다. 난 공포에 질린 채 그 광경을 말없이 지켜보았다. 스코티는 미친 듯이 짖었다. 동생들은 괴로움에 울부짖었다. 나는 엄마를 부르러 가야 할까 잠시 망설였다. 아빠는 그저 웃기만 할 뿐이었다. 그러면서 소리쳤다.

"확실히 배웠겠군!"

아빠는 계속해서 웃었다. 자신의 말을 따르지 않으면 고통스러운 결과가 따라오는 것이 당연하다는 듯. 하지만 그게 웃을 일인지 나는 이해되지 않았다. 속이 메스꺼웠다.

이렇듯 아빠가 교훈을 주려 할 땐 육체적 고통이 수반됐다. 나는 그 고통을 숨기려 애썼다. 하지만 데이비드와 존은 조금이라도 다치면 금세 울었다. 특히 나 때문에 다치면 더욱 크게 울었다. 가령, 장난감을 두고 다투다가 내가 한 명을 때리면 둘이 합세해 나를 고자질했다. 그럼 나는 몹시 곤란해졌다. 실은 다섯 살 때부터 느꼈다. 큰누나인 내게 '그들'이 함께 맞서고 있다는 사실을. 두 녀석이 나를 일러바치면 아빠는 벨트로 내 엉덩이를 세게 때리곤 했다.

아빠는 늘 동생들이 내 책임이라고 말했다. 데이비드나 존이 다치면 그건 내가 부주의한 탓이라고 했다. 또 녀석들이 잘못된 행동을 하면 그 역시 내가 그러도록 내버려두었기 때문이라고 했다. 그래서 동생들이 잘못해서 벌을 받으면, 나도 같이 벌을 받아야 했다. 나는 몹시 불공평하다고 느꼈지만, 아빠에게 맞서지 않았다. 아빠는 이 모든 게 내게 교훈을 주기 위한 거라고 했다. 그 교훈은 정확히 무엇이었을까? 아마도 고통을 예상하는 법이었던 것 같다. 아빠가 옷을 갈아입을 때마다, 벨트 버클이 바닥에 닿는 소리가 들릴 때마다 나는 움찔했고, 속이 뒤틀렸다.

하루는 아빠가 나와 동생들을 거실로 불렀다. 뭔가 안 좋은 일이 생겼음을 직감했다. 엄마는 제프를 무릎에 앉히고 거실 창가 소파에 앉아 있었지만, 표정에서 아무런 단서도 찾을 수 없었다.

아빠는 나와 데이비드, 존을 일렬로 세워놓고 물었다.

"손톱깎이 누가 마지막으로 썼어?"

우리는 서로를 멀뚱히 바라보며 아무 말도 하지 못했다. 잠깐의 침묵이 흘렀다.

아빠는 계속해서 다그쳤다. 나는 일부러 무표정하게 아빠를 쳐다봤다. 그간의 학습으로 익힌 표정이었다. 긴장한 기색이 없으면 숨길게 없다는 뜻이었다. 죄책감, 두려움을 내비치거나 눈물을 흘리면 십중팔구 벌을 받았다. 아빠는 무서워하는 모습만 보여도 엉덩이를 때리곤 했다.

우리 중 누구도 손톱깎이의 행방을 알지 못했다. 그래서 아무 말도 안 했다. 집은 늘 그렇듯 엉망이었다. 어떤 것도 찾기가 어려웠다. 아빠는 벨트를 풀고 존을 붙잡아 돌렸다. 이내 폭행이 시작됐다. 존이 울부짖었다. 데이비드는 도망치고 싶은 기색이 역력했지만, 우리 둘 다 가만히 있어야 한다는 걸 알고 있었다. 도망치면 더 심하게 맞을 게 뻔했다. 데이비드는 제 차례가 되자 울음을 터뜨렸다. 두 동생은 엉덩이를 부여잡고 팔짝팔짝 뛰었다. 숨길 수 없는 고통이었다. 그리고 이번엔 내 차례. 아빠가 있는 힘껏 벨트로 내리쳤다. 아아악! 나도 모르게 비명이 터져 나왔다. 너무 아파 가만히 있을 수가 없었다. 제자리에서 뱅뱅 돌며 소리쳤다.

아빠는 벨트를 다시 차고는 이렇게 말했다.

"딱 15분 준다. 얼른 찾아."

우리는 그저 멍하니 선 채로 아빠를 바라보았다. 아빠가 다시 소리쳤다.

"어서 찾아!"

엄마는 소파에 앉아 이 모든 상황을 말없이 지켜보았다. 돌잡이 제프는 엄지손가락을 빨면서 눈을 크게 뜨고 있었다.

15분 후, 우리는 여전히 빈손이었다. 두려움이 밀려왔다. 나는 식탁 밑, 부엌 서랍, 구급상자, 싱크대 뒤, 심지어 화장실까지 모조리 뒤졌다. 동생들이 확인한 곳도 다시 살폈다. 허술한 녀석들을 믿을 수 없었기 때문이다. 이후 두 번째 매질이 시작됐고, 우리는 또다시 손톱깎이를 찾아 헤맸다. 잠시 후 무심코 엄마가 앉은 쪽을 쳐다보았다. 소파 뒤 창틀에 놓인 손톱깎이가 눈에 들어왔다. 순간 엄마가 제프의 손톱을 깎아주었다는 사실이 떠올랐다. 아빠는 15분 후에 돌아오겠다고 말하고 나갔고, 그사이 어떻게든 손톱깎이를 찾아야 했다. 그러지 않으면 세 번째 매질을 당할 수밖에 없었다.

"엄마!"

나는 작은 목소리로 엄마를 부른 뒤 엄마가 놔둔 손톱깎이를 가리켰다.

엄마는 몹시 당황하며 속삭이듯 말했다.

"아빠한테 말하지 마."

나는 창틀에 놓인 손톱깎이를 집어 들었다. 엄마가 무슨 말을 하는지 대번에 알아들었다. 내가 책임져야 했다. 엄마가 범인이었다고 말하면 엄마가 맞을 게 뻔했다. 나는 엄마가 다치는 걸 원하지 않았다. 평소 아빠는 사실대로 말해도 혼날 거라고 했지만, 그렇다고 거짓말을 하면 더 혼날 거라고 엄포를 놓았다. 쉽지 않은 상황이었다. 아빠는 내가 거짓말을 했다고 생각할 테고, 그럼 동생들까지 같이 맞을 게 뻔했다. 아빠가 돌아왔고, 나는 한 걸음 앞으로 다가갔다. 극도의 공포가 밀려왔다. 아빠의 눈을 똑바로 쳐다볼 수가 없었다. 턱이 떨리기 시작했고, 필사적으로 눈물을 참았다. 나는 아빠에게 손톱깎이를 건넸다.

엄마를 쳐다보는 게 두려워 내 발만 응시했다. 엄마는 말없이 소파에 앉아 있었다. 날 구해줄 생각 같은 건 애초에 없어 보였다. 엄마를 구하느냐 마느냐는 내게 달려 있었다.

"창틀에 놔뒀더라고요. 깜빡했어요."

아빠는 분노로 얼굴이 일그러졌고, 포효하듯 외쳤다.

"뭐라고?"

"깜빡했어요!"

나는 애원하듯 매달렸다.

아빠는 내 손목을 잡고는 벨트로 엉덩이를 내리쳤다. 손목에 힘을 실어 점점 더 세게 때렸다. 내 울음소리가 귓가에 울렸다. 마치 멀리서 들려오는 것처럼. 순간 내 마음은 다른 곳으로 떠나 있는 듯했다. 신디의 갈기를 붙잡고 질주하며 내 눈물이 바람에 흩어지는 것 같았다. 헛간에서 줄타기하며 사과나무에 오르고 풀숲에 숨어 노는 듯했다. 마법 같은 농장 마을에서 난 마음만 먹으면 어디든 갈 수 있었다.

잃어버린 지상낙원

1975

아빠는 가끔 우리를 집 짓는 현장으로 데려가곤 했다. 그곳은 아직 나뭇더미에 불과했다. 널따란 들판에 나무가 수북이 쌓여 있었는데, 나와 동생들은 뒤쪽 경계선을 따라 놓인 거대한 나무들을 '숲'이라 부르며 그곳에서 즐겁게 놀았다. 집이 지어질 곳은 못을 비롯한 건축 자재로 어지러운 상태였다.

그곳에 우리를 처음 데려갔을 때, 아빠는 내게 이렇게 말했다.

"에이프릴, 동생들 잘 지켜보렴."

그러나 두 녀석을 동시에 살피는 건 쉽지 않았다. 녀석들이 각기 다른 방향으로 도망쳤기 때문이다. 한번은 존이 판자 더미로 달려가 그 주변을 돌아다녔다. 그러자 존보다 더 대담한 데이비드가 판자 더미에 몸을 휙 던졌고, 비틀거리다 겨우 일어섰다. 데이비드는 비명을 지르며 한 발로 깡충깡충 뛰기 시작했다. 그 소리를 듣고 달려온 아빠가 나를 무섭게 노려보았다. 아빠는 판자 더미에 자리를 잡고 데이비드를 무릎 위에 앉혔다. 그러고는 밑창에 못이 박힌 운동화를 벗겼다.

양말까지 벗긴 뒤 찔린 상처에서 피가 나도록 힘껏 눌렀다. 데이비드는 몸부림치며 신음했다. 잠시 후 우리는 다시 차에 올라타 집으로 향했다. 집에 도착하면 무슨 벌을 받게 될지 두려웠다. 하지만 아빠는 내게 아무런 벌도 주지 않았다. 그저 데이비드의 발을 소금물에 담가 소독만 했다. 나의 고통스러운 마음은 쉬이 사그라지지 않았다. 데이비드는 내 책임이었기 때문에 녀석이 다친 것도 내 잘못이었다. 그런데도 가벼운 꾸지람으로 끝나 얼마나 다행인지 몰랐다.

여름의 끝자락, 과일나무 열매가 탐스럽게 익어가는 동안 나와 동생들은 높다란 풀밭에서 늦여름의 시간을 만끽했다. 같이 요새를 짓기도 했고, 풀밭에 누워 하늘을 바라보며 내가 동생들에게 공주와 조랑말에 관한 재미있는 이야기를 들려주기도 했다. 배나무와 사과나무에 올랐고, 딸기와 루바브를 심은 정원에서 엄마를 도와 풀을 뽑기도 했다. 엄마는 낡고 오래된 베티 크로커Betty Crocker 요리책을 따라 파이의 일종인 타르트를 만들어주었다. 끝부분이 무척 바삭바삭했다. 나는 엄마의 허락하에 부드러운 반죽을 파이 틀에 죽 폈다(너무 넓게 펴지 않도록 조심하면서!). 엄지손가락으로 가장자리를 꾹꾹 눌러 예쁜 주름을 만들었다. 그런 다음 엄마는 설탕에 절인 과일을 파이 윗부분까지 가득 넣었다. 순간 군침이 돌았다.

과일을 따는 건 먹는 것만큼이나 즐거웠다.

"오늘 밤에는 배 코블러[6]를 만들어보자."

어느 날 오후, 엄마가 말했다.

---

6) 밀가루 반죽을 두껍게 씌운 과일 파이.

나는 데이비드, 존과 함께 마당에 있는 배나무로 달려갔다. 제프는 땅바닥에 앉아 지렁이를 관찰했다. 엄마는 바구니를 들고 땅에 떨어진 배를 주워 담았다. 멍은 들었어도 썩진 않은 것들이었다. 난 나지막한 나뭇가지 위에 자리를 잡았다. 배를 던지면 배 바구니에 바로 들어갈 만한 높이였다. 데이비드 역시 그리 높지 않은 튼튼한 나뭇가지 위에 앉았다. 하지만 평소 나무타기 선수였던 존은 단숨에 가장 높은 곳까지 올라갔다. 나는 고개를 들어 데이비드의 위치를 확인했다. 내가 앉은 곳은 두꺼운 나뭇가지 사이에 단단히 고정된 틈새라 걱정할게 없었다. 눈부신 햇살에 데이비드의 실루엣이 비쳤다. 헐렁한 반바지 사이로 두 다리가 튀어나와 있었다. 데이비드는 나보다 훨씬 높은 곳에서 팔을 쭉 뻗어 손이 닿지도 않는 곳에 달린 배를 따려고 안간힘을 쓰고 있었다. 나는 여전히 나지막한 곳에 앉아 엄마에게 배를 던져주었다.

아아악! 순간 날카로운 비명이 들렸다. 뭔가 나뭇가지 사이로 쿵 떨어졌다. 존이었다. 존은 아무 소리도 내지 못했다. 마치 물속을 벗어난 물고기처럼 입만 뻐끔거렸다. 존이 죽을지도 모른다는 공포감이 밀려왔다. 하지만 잠시 후, 존은 울부짖기 시작했고 이제 살았구나 싶어 안도감이 들었다.

누가 존을 병원에 데려갔는지는 모르겠다. 엄마는 운전을 못 했고, 한 대뿐인 우리 집 차는 아빠가 공사 현장에 몰고 간 상황이었다. 그날 밤, 아빠가 병원에서 양쪽 손목에 깁스를 한 존을 집으로 데려왔다. 몇 주가 흐르자 존은 여느 세 살배기 장난꾸러기처럼 다시 농장을 뛰어다니기 시작했다. 여전히 깁스는 풀지 않은 상태였다. 내가 아빠와 하던 놀이를 존도 똑같이 좋아했다. 녀석은 팔을 앞으로 내밀고 내게 달려왔다. 나는 손을 맞잡고 존을 빙빙 돌렸다. 속도가 너무 빨라 존의 발이 땅에 닿지 않을 정도였다. 이 놀이는 존의 깁스를 잠시 풀어두고 했어야 했지만, 내 생각은 미처 거기까지 닿지 못했다. 놀아달라고 팔을 내미는 존의 깁스 위를 붙잡고 존을 빙빙 돌렸다. 우리는 깔깔거리며 즐겁게 놀았다. 하지만 어느 순간, 존의 팔에서 깁스가 떨어져 나왔고 정신을 차려보니 내가 그걸 들고 있었다. 화들짝 놀랐다. 행여나 존을 다치게 했을까 봐 무서웠다. 존 역시 조금 걱정스러운 표정으로 달려왔지만, 아파 보이진 않았다. 아빠나 엄마가 눈치채기 전에 얼른 깁스를 다시 채웠다.

하지만 아빠에게 들키면 어떤 상황이 벌어질지는 짐작하고도 남았다. 상상 속 두려움이 걷잡을 수 없이 커졌고, 더는 참기 힘들었다. 제프를 목욕시키던 엄마에게 그날 일을 털어놨다.

"존에게 별문제 없어 보여요, 엄마?"

"응, 괜찮아 보이는데."

"아빠가 화를 낼까요?"

"아빠가 알고 계시니?"

"아뇨, 아직 말 안 했어요."

"그럼 됐어. 존은 괜찮아 보여. 아빠가 알게 될까 걱정하진 않아도 될 것 같아."

후유, 난 아빠에게 말하지 않기로 했다. 일단은 안심했지만, 걱정이 완전히 가시진 않았다. 내가 한 일이 어떻게든 화살로 돌아와 벌을 받게 될까 두려웠다. 벌을 받는 것에 대한 공포는 실제로 벌을 받는 것만큼이나 크게 다가왔다.

　여름의 끝자락, 나는 곧 유치원에 가게 될 터였다. 엄마, 아빠와 떨어져 어딘가 혼자 갈 수 있는 나이가 됐다는 것은 무척 중요해 보였다. 입학 전날 밤, 외할머니가 만들어준 파란색 체크무늬 드레스를 입고 잠자리에 들었다. 그리고 다음 날 아침, 아빠가 내 머리를 땋아주었다. 엄마의 머리 땋기는 뭔가 엉성했지만, 아빠의 솜씨는 완벽했다. 엄마가 정류장에서 버스가 나를 태워 갈 거라고 설명했다. 그런데 대문을 나서자, 버스가 이미 정류장에서 출발해 점점 멀어지고 있었다. 순간 차도 쪽으로 온 힘을 다해 뛰었다. 운전사 아저씨가 부디 나를 발견하길 바라면서. 버스를 놓치면 유치원 입학도 못 한다고 생각한 나는 그 자리에 주저앉아 엉엉 울어버렸다. 다행히 버스가 돌아왔고, 난 무사히 올라탔다. 그제야 안도감이 들었다. 친절한 아저씨는 눈물범벅이 된 내 얼굴을 못 본 척 지나쳐주었다.

　등원 첫날부터 나는 선생님이 좋았다. 손이 보드라운, 그리고 어떤 상황에서도 목소리를 높이지 않는 선생님. 선생님은 뭔가를 지적할 때 엄격한 어조가 아닌 단호한 어조로 말했다. 벌 받을 게 두려워서가 아니라 그저 잘 보이고 싶은 마음에 선생님을 기쁘게 해주고 싶었다. 선생님이 나를 제법 괜찮은 아이라고 생각했으면 했다. 벽에 붙은 아이들 이름 옆에 금색 별이 달릴 때, 내 이름 옆에 별이 가장 많이 붙어 있길 바랐다. 상장도 받아보고 싶었다. 선생님에게 처음 받은 상장은 신발 끈을 잘 묶는 어린이 상이었다. 신발 끈 묶기는 너무 쉬웠다. 유치원 입학 전부터 엄마에게 배웠기 때문이다. 얼마나 빨리 묶을 수 있는지 시간을 재며 연습해 보기도 했다. 나는 그 상장을 집에 가져와 엄마 아빠에게 보여줬다.

"정말 자랑스럽구나, 우리 딸."

아빠가 말했다.

더없이 행복한 날이었다.

나는 상장을 내 방 벽에 걸어두었다.

한편, 새집을 짓는 공사는 계속됐다. 아빠는 맥주와 음식, 화기애애한 분위기를 약속하며 젊은 청년 여섯 명을 공사 현장에 고용했다. 이들은 종종 농장 일도 도왔다. 한번은 엘더베리 수확을 거들었다. 아빠는 지하실에 둔 큰 유리병에 엘더베리를 넣고 와인을 담갔다. 아빠가 스테이션왜건을 운전하며 나무 사이를 이동하는 동안 나는 아저씨들과 함께 왜건 지붕에 앉아 있었다. 신디 등에 올라타 피해 다녔던 그 나무들이었다.

아빠가 나무 앞에 차를 세우면, 우리는 차에서 내려 엘더베리를 땄다. 손가락은 이미 보라색으로 물들어 있었다. 다 따고 나면 다시 차에 올라타 다음 나무로 이동했다. 일꾼 중에서는 빌리 Billy 라는 남자가 가장 친절했다. 열아홉 살쯤 돼 보였는데 내게는 어른처럼 보였다. 빌리 아저씨는 내가 차에서 오르내릴 때 도와주곤 했다. 아빠는 운전석에, 스코티는 바로 그 옆에 앉아 있었다. 스코티는 차 타는 걸 좋아했고, 늘 아빠 옆에 앉고 싶어 했다. 아빠는 차에서 내릴 필요 없이 운전만 하면 돼서 퍽 달가운 눈치였다. 아빠는 어떻게든 자신의 에너지를 아끼고자 했다. 그래서 남들이 대신 일해주는 상황을 특히나 즐겼다.

어느새 이 젊은 아저씨들은 우리 가족이 됐다. 때로 유치원이 끝나면 아저씨들이 가득 찬 차를 타고 함께 집 짓는 현장으로 가기도 했다. 빌리 아저씨는 나를 무릎에 앉히곤 유치원에서 배운 노래를 해보라고 했다. 그럼 나는 노래를 불렀고, 〈작은 토끼 푸푸Little Bunny Foo Foo〉와 〈엄지는 어딨지?Where is Thumbkin?〉 속 주인공 흉내를 내며 연기를 했다. 나는 아저씨들에게 웃음을 줄 수 있어 행복했다.

아저씨들은 주말이면 종종 우리 동네 뒷마당에서 아빠가 주최하는 바비큐 파티에 참석하곤 했다. 아빠는 전날 미리 특제 소스에 재워 둔 바비큐 치킨을 파티에 가져갔다. 고기에 버터와 맥주를 넣어 스토브 위에서 통째로 끓인 다음 그릴에서 바삭하게 구워냈다. 그럼 모두 아빠의 바비큐 치킨이 지금까지 먹어본 것 중 최고라고 입을 모았다.

어른들이 둘러앉아 맥주와 탄산수를 즐기는 사이 아이들과 스코티는 농장 주변을 뛰어다니며 숨바꼭질과 병아리 잡기 놀이를 했다. 아빠는 늘 사람들의 중심에 있었다. 버뮤다 반바지를 입고 그릴 앞에 서서 젊은 시절의 무용담을 큰 소리로 떠들곤 했다. 손에는 늘 카멜 담배가 들려 있었다. 아빠는 자신의 이야기를 들어주는 사람이 있을 때 즐겁고 행복해했다. 그 속에서 아빠는 무척 가정적인 남자로 보였다. 아빠 자신도 그렇다고 믿었다.

때로는 사람들 앞에서 그 사실을 과시하기도 했다. 한번은 6미터 짜리 사다리를 가져와 똑바로 세웠다. 나는 아빠가 왜 그러는지 궁금했다.

"에이프릴, 이리 오렴."

그때 아빠가 나를 불렀다.

나는 조심스레 아빠에게 다가갔다.

"맨 위 칸까지 올라가 봐."

나는 내 귀를 의심했다. 사다리는 어떤 것에도 기대지 않은 채 허공에 세워져 있었다. 말 그대로 사다리만 똑바로 세워둔 상태였다.

"올라가 봐."

아빠는 나를 부추겼다. 사람들 앞이었기에 말투가 강압적이지는 않았다. 결국 난 아빠 말을 따랐다. 아빠가 자신의 체중을 실어 사다리를 붙잡고 있는 동안 나는 그 위를 천천히 올라갔다.

"데이비드! 넌 가운데로 올라가 봐."

이번엔 데이비드 차례였다.

나는 아래를 볼 수 없었다. 팔다리가 저릿했고 심장이 미친 듯이 두근댔다. 데이비드가 발을 딛자 사다리가 흔들렸다.

"존!"

아빠가 소리쳤다. 그러자 존이 데이비드를 따라 오르기 시작했고, 또다시 사다리가 흔들렸다.

"꽉 잡아!"

사다리가 심하게 흔들리기 시작했다. 나는 온 힘을 다해 사다리를 꽉 붙잡았다. 동생들의 외침이 들렸다. 그 순간 사다리 가장자리에 손바닥을 벴음을 직감했다. 사다리는 점점 더 세게 흔들렸다. 그럴수록 더 필사적으로 발에 힘을 주었다.

다행히 사다리의 흔들림이 멈췄고, 아빠가 우리를 한 명씩 내려주었다. 나는 휘청거리는 다리를 부여잡고 아빠에게서 최대한 멀리 떨어져 섰다. 동생들과 내가 사다리 위에서 버티고자 쏟은 힘은 우리가 알고 있는 것보다 훨씬 더 컸다. 그리고 아빠가 이 서커스 공연을 성공적으로 끝내기 위해 쏟은 힘은 우리가 상상하는 것보다 훨씬 더 컸을 것이다.

아빠는 이 공연을 어쩌다 한번 해본 게 아니었다. 그 후로도 뒷마당 파티에서 자주 선보였다. 파티 참석자들에게 보여주기 위해 엄마를 시켜 영상을 찍기도 했다. 아빠는 자신의 서커스 공연의 중앙 무대에서 가장 큰 환호를 받는 사람이었다. 우리는 그저 소품에 불과했다.

애크런 도심에서 시골로 이사한 뒤로는 신선한 공기와 자유로운 활동, 넓은 공간 등 여러 가지 이점을 누릴 수 있었다. 아빠로서는 여전히 자신을 못마땅해하던 처가로부터 멀어졌다는 장점도 있었다. 외할아버지와 외할머니는 아빠를 집에 못 오게 하진 않았지만, 딱히 보고 싶어 하지도 않았다. 하지만 매년 크리스마스와 우리 생일에는 선물과 돈을 보내왔다. 아주 가끔, 아빠 없이 엄마랑만 외가에 가기도 했다. 하지만 아빠는 그곳이 어디든 우리끼리 외출하는 것을 좋아하지 않았다. 나는 어렸지만, 눈치가 빨랐다.

명절을 함께 지낸 유일한 친척은, 아빠가 보육원에 있을 때 이따금 찾아주었던 아빠의 이모 루실과 이모의 남편 앨 부부였다. 그들에겐 자녀가 없었다. 그들은 크리스마스 파티를 풍성하게 준비하라며 미리 돈을 보내주었고, 우리 집에 찾아와 즐거운 시간을 함께 보냈다.

난 루실 이모할머니를 무척 따랐다. 할머니는 아빠처럼 담배를 자주 피웠고, 보석이 박힌 고양이 눈 모양을 한 안경을 쓰고 있었다. 할머니에게선 늘 좋은 냄새가 났다. 단정하게 정리된 할머니의 집을 연상케 하는 냄새였다. 우리 가족은 가끔 카이어호가 폴즈에 있는 할머니 댁을 찾곤 했다. 집 안으로 들어서면 담배 냄새와 머피 오일 비누 냄새가 섞인 듯한 향이 밀려왔다. 할머니는 얇은 입술에 늘 밝은 빨간 립스틱을 발랐고, 파마머리를 하고 있었다. 그물망으로 머리를 단정히 정리했고, 외출할 때는 그 위에 스카프를 둘렀다. 그런 할머니의 모습을 볼 때마다 감탄이 절로 나왔다. 앨 이모할아버지는 뇌졸중으로 다리를 절었다. 한쪽 팔이 마비되었고, 말도 어눌해 할아버지 말은 할머니만 이해할 수 있었다. 하지만 우리가 함께 모이는 시간만큼은 누구보다 즐기고 행복해했다. 나는 이모할머니가 이야기 들려주는 걸 무척 좋아했다. 그중 가장 좋아했던 건 할머니가 할아버지를 어떻게 만났는지에 관한 이야기였다. 할머니가 친구들과 함께 애크런 시내를 걷고 있었는데, 마침 할아버지가 친구들과 함께 차를 타고 그 옆을 지나가고 있었다. 할아버지는 할머니의 육감적인 엉덩이를 좋아했던 게 틀림없다. 첫눈에 반한 것이다. 할머니는 매번 깔깔거리고 웃으며 이 이야기를 들려주었다.

할머니가 소파에 앉아 있으면 나는 할머니 무릎 위에 웅크리고 앉아 할머니의 향기를 맡곤 했다. 그 향기는 내게 안전함을 의미했다. 할머니가 계실 때는 아빠가 더 밝았고 짜증도 덜 냈다. 아빠의 한마디에 할머니가 크게 웃으면 아빠의 얼굴이 금세 환하게 빛났다. 그럴 때면 할머니는 "오, 웨인"이라고 감탄사를 내뱉었다. 하지만 할머니도 할아버지도 딱 거기까지였다. 그 이상은 아빠를 더 알지 못했다. 어쨌든 할머니는 아빠를 사랑했다.

이모할머니는 우리 엄마와는 전혀 다른 모습이었다. 화장한 얼굴과 밝은 웃음 때문만은 아니었다. 할머니는 춤추고 이야기하는 걸 좋아했다. 우리 형제자매와 함께 바닥에 앉아 신나게 놀곤 했다. 할머니는 늘 자식에 대한 갈증이 있었는데, 우리가 손자 역할을 대신해 준 셈이었다.

아빠는 매년 최선을 다해 크리스마스를 준비했다. 수일 전부터 집 안 곳곳을 화환과 전등으로 꾸몄다. 어느 해에는 커다란 트리를 마련해 거실 한쪽에 세웠다. 아빠는 나뭇가지를 형형색색의 전등으로 장식했다. 그럼 나도 동생들과 함께 이런저런 장식품을 달았다.

"이건 학교에서 만든 거예요."

나는 이모할머니에게 자랑스레 말하며 은색 반짝이를 트리에 걸었다.

그러자 할머니는 트리 꼭대기에 달린 은색 반짝이를 펼쳐보았다.

"와, 정말 예쁘구나!"

그렇게 트리 장식을 마치고 나면 아빠가 한 걸음 뒤로 물러나 트리를 살펴봤다. 반짝이와 장식품을 재배치해 트리 장식이 대칭이 되도록 손을 봤다.

크리스마스이브에는 커다란 냄비에 팝콘도 튀겼다. 저녁에는 동생들과 함께 거실 바닥에 담요를 깔고 누워 〈눈사람 프로스티 Frosty the Snowman 〉와 〈빨간 코 루돌프 Rudolph the Red-Nosed Reindeer 〉를 즐겨 봤다. 이모할머니와 이모할아버지는 소파에 앉아 그 모습을 지켜봤다. 난 할머니 무릎에 기대앉는 것을 좋아했다.

아빠는 나와 동생들만큼이나 크리스마스 특집 프로그램을 즐겨 봤지만, 프로그램이 끝나면 곧장 우리가 잠자리에 들도록 했다. 그럼 우리는 마지못해 침실로 올라갔다. 하지만 크리스마스 선물을 아침까지 기다릴 필요는 없었다. 아빠가 못 참고 한밤중에 우리를 깨웠으니까.

"얘들아, 일어나 봐."

아빠는 아이처럼 위아래로 펄쩍펄쩍 뛰며 말했다.

"산타 할아버지 선물 보러 가자."

우리는 모두 산타를 믿었다.

그렇게 아빠의 손에 이끌려 아래층으로 내려가면, 트리 아래에 색색의 포장지에 싸인 선물이 가득 있었다. 어두운 창문 주변의 조명 장식이 거실을 밝게 물들였다. 데이비드, 존, 나는 트리 주변에서 멀찌감치 떨어져 자리를 잡았다. 서로의 선물이 섞이지 않도록 하기 위해서였다. 엄마는 소파에서 제프를 무릎에 앉히고 선물을 열도록 도와주었다. 아빠는 선물을 하나씩 집어 들고 우리에게 나눠주었다. 올해는 각자 다섯 개씩이었다. 우리는 그 선물을 옆에 쌓아두고는 인내심을 갖고 한 번에 하나씩 차례로 열어보았다. 이모할머니 부부가 우리의 그런 모습을 지켜보았다. 하나라도 놓치고 싶지 않은 듯했다. 데이비드의 첫 번째 선물 통카Tonka 덤프트럭이 모습을 드러내자 존이 움찔거렸다. 순간 모두 "와!" 하고 탄성을 내질렀다. 선물이 하나씩 열릴 때마다 감탄사가 쏟아져 나왔다.

처음 내 차례가 왔을 때 나는 가장 큰 상자부터 골랐다. 안에 뭐가 들어 있을지 도무지 상상이 안 됐다. 포장지를 뜯고 상자를 열자 메이크업이나 금발인 머리카락을 자유자재로 변신시킬 수 있는 커다란 바비 인형이 들어 있었다. 이모할머니가 박수를 쳤다. 그해 내가 받은 것 가운데 가장 마음에 드는 선물이었다.

선물 개봉이 다 끝난 뒤, 이모할머니는 나와 함께 바닥에 앉아 바비 인형 상자에 든 작은 화장 도구들을 구경했다. 얼마 지나지 않아 데이비드가 통카 트럭 위에서 잠이 들었고, 그 모습을 본 아빠가 말했다.

"다시 자러 가자."

다음 날인 크리스마스 아침, 구운 칠면조와 그레이비소스의 향긋한 냄새가 우리를 반겼다. 아빠는 으깬 감자, 비트, 참마, 완두콩, 옥수수, 롤케이크 등을 준비했다. 디저트로는 체리 파이, 호박 파이, 크리스마스 쿠키, 에그노그[7]가 있었다.

그렇게 연휴의 설렘과 축제 분위기가 모두 사그라진 후, 우리는 다시 일상으로 돌아왔다. 식사 메뉴도 참치 캐서롤, 맥앤치즈[8] 같은 평범한 음식이었다. 루실 이모할머니가 그리웠고, 할머니로 인해 잠시나마 온화했던 아빠의 모습도 그리웠다. 그해 겨울은 기록적인 폭설과 정전으로 혹독했지만, 아빠는 그 시간을 견디는 방법을 알고 있었다. 정전이 되면 우린 마치 노숙자처럼 화덕 주위에 모여들었다. 아빠는 얇게 썬 돼지고기를 그릴에 구워냈다. 그럴 때면 마치 내가 즐겨 보던 〈초원의 집 Little House on the Prairie〉 속 주인공이 되어 모험을 떠난 듯했다.

그렇게 겨울이 가고 나니 길어진 낮이 천국처럼 느껴졌다. 그해 초봄, 나는 스코티와 함께 앞마당에 있었고, 스코티는 다람쥐를 쫓고 있

---

7) 우유와 달걀에 브랜디나 럼을 섞은 칵테일.
8) 마카로니에 치즈를 곁들인 파스타.

었다. 스코티는 자동차를 쫓아가는 나쁜 습관이 있었다. 그날 아침, 아빠는 사과를 먹으며 스테이션왜건을 몰고 집을 나섰다. 아빠는 빠른 속도로 도로 쪽으로 향했고, 스코티는 내가 미친 듯이 부르는 소리를 무시한 채 왜건을 뒤쫓았다. 스코티는 차보다 빨리 달렸고, 아빠는 스코티를 미처 못 본 채 치고 말았다. 차가 끼이익 소리를 내며 멈췄고, 아빠가 한 손에 사과를 쥔 채 차에서 내렸다. 아빠는 스코티의 모습을 보자마자 구역질을 하며 사과를 내던졌다. 여기저기 사과즙이 튀었다. 아빠는 축 늘어져 있는 스코티의 시신 옆에 무릎을 꿇고 앉아 흐느꼈다. 아빠가 우는 모습을 본 건 그때가 처음이었다. 잠시 후 아빠는 스코티를 농장 뒷마당에 묻었다. 우리는 그 장면을 못 보게 했다.

그 후로 아빠는 내내 우울해했다. 아빠가 공사장 일을 마치고 돌아오면 스코티는 재깍 달려가 반갑게 인사하곤 했었다. 하지만 그 장면이 사라진 우리 집은 전혀 다른 모습이었다. 나부터 아빠에게 데면데면하게 굴었다. 최대한 농장에서 바쁘게 움직였다. 조랑말과 닭에게 먹이를 주고, 똥을 치우고, 딱히 필요하지 않은 일까지 나서서 했다. 아빠와 집 안에서 보내는 시간을 최소화하기 위한 나름의 노력이었다.

그렇게 5월이 됐다. 벚꽃 향기가 가득하고 노란 수선화가 만개한 어느 밤, 나는 펑펑 터지는 듯한 소리에 잠에서 깼다. 침실 문을 열자 복도 벽에 반사되는 불빛이 보였다. 복도로 달려가 창문을 내다봤다. 헛간이 불타고 있었다. 그 속엔 조랑말이 있었다! 나는 불꽃이 튀는 모습을 보면서 비명을 질렀다. 소방차가 우리 집 마당을 가득 메웠고, 차량 불빛에 눈이 부셨다. 거친 불길이 헛간 지붕을 집어삼켰다. 나는 여전히 비명을 질렀고, 엄마가 옆으로 왔다. 엄마는 나를 안고 방으로 데려갔다.

"조랑말 어떡해!"

나는 울음이 멈추지 않았다.

"아빠가 조랑말을 구해줄까?"

엄마는 아무 말이 없었다. 그저 침대에 누워 있으라고 할 뿐이었다. 엄마가 방에서 나가자마자 나는 몰래 창가로 가 헛간 지붕이 무너져 내리는 모습을 지켜보았다. 나는 공포에 질려 있었다. 순간 다리가 뻣뻣하게 굳었고, 딸꾹질을 하며 그대로 쓰러졌다. 아침에 일어나보니 침대였다. 창가에서 돌아온 기억은 전혀 없었다.

나는 잠옷 차림으로 뛰쳐나갔다. 헛간이 있던 자리엔 다 타고 남은 나뭇더미만 덩그러니 쌓여 있고, 햇볕이 말없이 내리쬐고 있었다.

소방관들은 이미 떠났고, 아빠는 헛간이 있던 자리를 맴돌고 있었다. 들판에서 서성이는 맥스와 신디가 보였다. 순간 두 다리가 후들거릴 정도로 깊은 안도감이 들었다. 수탉의 꼬리 깃털이 타버리긴 했지만, 닭들도 살아남았다. 하지만 고양이의 모습은 찾아볼 수 없었다.

불이 난 건 금요일 밤이었다. 이후 주말 내내 신디를 잡으려고 했지만, 허사였다. 녀석들은 내가 가까이 가는 것조차 허락하지 않았다. 내가 다가가면 신디조차 귀를 쫑긋 세우며 도망쳐 버렸다. 머리를 홱 들고 눈을 굴리면서 달아나곤 했다. 왜 갑자기 나를 싫어하게 된 건지 도무지 이해할 수 없었다.

월요일에 학교에서 집에 돌아왔을 땐, 조랑말들이 보이지 않았다.

"맥스와 신디는 어딨어요?"

아빠가 집에 오자마자 물었다.

이후 이어진 아빠의 대답이 나를 너무나 혼란스럽게 했다.

"미안해. 불이 난 걸 보고 너무 충격을 받았는지 녀석들이 미쳐버린 것 같아. 그래서 다른 곳으로 보냈어."

"엇."

나는 아빠의 말이 전혀 이해되지 않았다. 그래서 물었다.

"다시 데려올 순 없어요?"

"그건 안 돼, 에이프릴. 너무 날뛰어서 안락사시킬 수밖에 없었어."

아빠는 정말 미안해하는 표정으로 말했다.

"뭐라고요?"

난 '안락사'라는 단어의 뜻을 알고 있었다. 우리는 이미 꼬리에 병균이 감염된 헛간 고양이 한 마리를 안락사시킨 경험이 있었다. 난 아빠의 설명이 이해가 되지 않았다.

아빠는 더 이상 아무 말도 하지 않았다. 그냥 가버렸다.

헛간은 이제 뼈대만 남아 있었다. 그마저도 여기저기 부러진 채였다. 동물들이 살던 때의 따뜻함 같은 것은 찾아볼 수 없었다. 우린 그날의 화재에 대해 다시는 이야기하지 않았다. 그해 여름에는 돌볼 조랑말도, 등에 올라탈 신디도 없었다. 우리는 거의 매일같이 아빠가 집 짓는 일을 도왔다. 커다란 나뭇더미는 벽과 바닥, 지붕으로 천천히 바뀌어갔다.

헛간 화재가 발생한 지 4개월이 지난 9월 초 어느 밤, 아빠는 우리를 모두 차에 태우고 영화를 보러 가자고 했다. 어떤 영화를 보러 갈지 궁금했다. 그런데 잠옷 차림으로 외출하는 게 이상했다. 아빠는 우리가 잠들 때까지 차를 몰았다. 내가 눈을 떴을 때, 차는 집 앞 테일러 로드에 주차돼 있었다. 나는 내가 꿈꾸고 있는 게 아닐까 생각했다. 내가 눈으로 본 게 진짜일 리가 없었기 때문이다. 하지만 소방차가 진입로를 막아섰다. 집은 불길에 휩싸여 있었다. 소방차 헤드라이트의 강한 불빛이 우리 차를 집어삼켰고, 거실 창문에서 강한 불길이 치솟았다. 나는 이 악몽에서 쉽사리 깨지 못할 것임을 직감했다.

날카로운 울음소리가 공기를 가르며 울려 퍼졌다. 운전석의 아빠가 분노에 찬 얼굴로 뒤돌아서 나를 세게 때렸다. 그제야 난 그 울음소리가 내 입에서 나온 것임을 깨달았다.

"닥쳐!"

아빠가 소리쳤다.

그때 동생들도 깨어나 울음을 터뜨렸다. 나는 손으로 얼굴을 가린 채 어떻게든 울음을 참으려 애썼다. 꾸역꾸역 삼킨 비명에 목이 턱 막혔다. 머리카락에 불이 붙은 바비 인형을 상상했다. 숨을 쉴 수가 없었다. 심장이 너무 세게 뛰어서 터질 것만 같았다.

아빠가 차에서 내려 소방차 쪽으로 걸어갔다. 나는 절망에 빠진 얼굴을 상상하며 엄마를 바라봤다. 엄마는 아무 말도 없었다. 무슨 생각을 하고 있는지 도무지 알 수 없었다. 그저 고개를 숙인 채 다소 화난 듯한 표정으로, 자신의 무릎에 머리를 묻고 있는 제프를 내려다보고 있었다. 엄마는 왜 울지 않았을까? 왜 놀라지 않았을까? 왜 그 사태를 재앙으로 여기지 않는 표정이었을까?

불길에 휩싸인 집을 보며 나는 멀리, 멀리 도망치고 싶었다. 맥스와 신디가 죽었다는 것을 알았을 때처럼 마음이 형용할 수 없이 아팠다. 슬픔이 파도처럼 밀려와 나를 덮쳤다. 나는 그 파도 속에서 허우적대고 있었다. 그리고 나를 구해줄 사람은 아무도 없었다.

이후 수년간 슬픔에서 헤어 나오지 못했다. 불타버린 집과 헛간, 조랑말, 그 모든 낙원은 슬픔 그 자체였다. 나의 에덴동산이었던 테일러 로드 농장, 난 그곳에서 쫓겨난 셈이었다.

장난

1976

       집이 불타버린 후, 우리는 같은 지역의 다른 집을 빌려 생활했다. 나는 그곳에서 초등학교에 입학해 크리스마스까지 보냈지만, 왠지 내 집처럼 느껴지지 않았다. 이듬해 여름이 되자 우리는 케빈 드라이브의 새집으로 이사했다. 아직 집다운 모습을 갖추지 못했음에도.

집다운 모습이 아니었다는 건 단순히 가구가 준비되지 않았다는 뜻이 아니다. 물이 나오지 않았고, 배관이나 난방 시스템도 없었다는 뜻이다. 물은 지하에서 길어 올린 차가운 샘물이 전부였다. 화장실은 합판 상자에 담긴 20리터짜리 양동이로 대신했다. 바닥은 거친 합판 그대로였다. 벽에는 온갖 파이프와 전선이 뒤엉켜 있었다. 아빠는 위층에 욕실이 딸린 큰 침실 하나와 또 다른 침실 세 개, 별도의 욕실이 생길 거라고 말했다. 아주 야심 찬 프로젝트였다. 아빠와 젊은 인부들은 1층에 마련된 우리의 임시 거처를 수시로 오가며 일했다. 집의 한쪽 끝에는 부엌이 연결된 푹 꺼진 거실이 있었다. 훗날 식당 겸 거실로 사용될 반대쪽 끝에는 커다란 벽난로가 있었는데, 이층 침대 두 개를 두고 여기를 임시 침실로 만들었다. 벽난로는 겨울에 우리를 따뜻하게 지켜줄 유일한 난방 시스템이었다. 엄마와 아빠는 거실 바로 옆 아빠의 사무실이 될 공간에 임시로 부부 침대를 놓았다.

주방은 거의 기능하지 못했다. 스테인리스스틸 싱크대 옆 조리대에는 느슨한 합판이 덧대어져 있었다. 찬장 역시 가공 전 나무 상태 그대로였다. 식탁에는 포미카Formica 브랜드의 상판만 덩그러니 놓여 있었다. 철제 의자의 노란색 비닐 시트에는 금이 가서 앉을 때마다 살이 꼬집혔다.

움푹 팬 거실에는 주황색과 갈색 꽃무늬가 있는 중고 소파가 자리하고 있었다. 둘 다 쉽게 긁히는 소재였다. 그리고 그 옆에는 다른 누구에게도 허락되지 않는, 오직 아빠만을 위한 커다란 안락의자가 놓여 있었다.

그때 내가 조금만 더 성숙해 사리 분별이 가능한 나이였다면, 어째서 바비 인형이 불구덩이 속에서 살아남았는지 그 이유를 알았을지도 모른다. 화재 사건 이후 거처를 옮겨 내 소지품 상자를 열었을 때, 그 속에 바비 인형이 들어 있다는 사실에만 너무 들뜬 나머지 그 인형이 어떻게 불에 타지 않았는지는 궁금해하지 않았다. 내가 하도 많이 갖고 놀아서 곱슬곱슬하게 헝클어진 머리카락도 그대로였다. 데이비드의 통카 트럭도 멀쩡했다. 다른 크리스마스 선물과 평소 좋아하던 책들도 모두 온전했다. 나중에는 그 이유를 알았지만, 그때는 이해하지 못했다.

케빈 드라이브는 막다른 골목이었고, 우리 집은 온통 농지로 둘러싸여 있었다. 주변 땅이 너무 넓어 커다란 저택도 지을 수 있을 정도였다. 아빠가 짓고 있던 집 역시 내게는 저택처럼 보였다. 차고도 딸려 있었다. 별도의 외벽은 없었지만, 아빠는 외관보다 내부를 완성하는 데 더 집중했다. 그즈음 아빠는 스테이션왜건을 엘카미노El Camino로 바꿨는데, 이 차는 트럭으로도 승용차로도 활용성이 떨어졌다. 가족 모두 외출할 때면 우리는 앞줄 좌석에 옹기종기 모여 앉았다. 아빠는 마당에 있던 오래된 경찰차를 포함해 다른 이상한 차량 몇 대를 더 구입했다. 차량 주변에 풀이 무성해지고 쥐들이 생겨나기 전까지 나는 동생들과 그 속에 들어가 운전 놀이를 하기도 했다. 그러다 어느 순간 마당에 쌓인 쓰레기와 건축 폐기물 더미 사이로 낡은 스쿨버스 한 대도 등장했다. 정말 오래되고 촌스러운 모습이었다.

집 안은 정상적인 생활에 다소 어려움이 있는 상태였지만, 바깥은 거대한 놀이터였다. 마당 가장자리 참나무 숲에서 우린 아빠와 함께 커다란 합판을 이용해 나무 위에 집을 지었다. 나무 꼭대기의 굵은 덩굴을 타고 원숭이처럼 놀기도 했다.

마당에는 콘크리트 블록 더미가 있었는데, 집을 짓고 남은 것이었다. 그곳은 우리 삼 남매가 한꺼번에 들어가 놀 수 있을 만큼 넓어 커다란 놀이방이 되었다. 아빠는 그 위에 합판 한 장을 덧대주었다. 나는 내가 의사고, 그 안이 병원이라고 생각하며 동생들의 부러진 뼈를 치료했다. 또 서부 개척지의 요새라고 상상하며 아빠와 함께 봤던 존 웨인 영화의 장면을 따라 해보기도 했다.

아빠는 자동차 타이어와 나뭇가지에 튼튼한 밧줄을 묶어 그네를 만들어주었다. 우리는 어지러워 넘어질 때까지 번갈아 가며 그네를 탔다.

스코티를 그리워하던 아빠는 어느 날 스누피Snoopy라는 비글 한 마리를 데려왔다. 스누피는 비글 특유의 나쁜 버릇을 모두 갖고 있었다. 특히 흥미로운 냄새가 나면 쏜살같이 달려가곤 했다. 아빠는 개집을 지어 짧은 사슬로 녀석을 묶어놓았는데, 녀석은 개집을 통째로 매단 채 냄새를 쫓아가곤 했다. 너무 화가 난 아빠는 어느 날 스누피를 차에 싣고 나갔다가 혼자 돌아왔다. 분명 길가 어딘가에 버리고 왔을 터였다. 하지만 강력한 코를 가진 스누피는 냄새를 따라 집을 찾아왔다. 나와 동생들은 너무나 기뻤고, 스누피 역시 기뻐하는 듯했다. 하지만 아빠는 또다시 스누피를 태우고 집을 나섰다. 그리고 스누피는 이번엔 영영 돌아오지 못했다.

우리가 케빈 드라이브로 이사 온 직후, 길 건너편에 또 다른 가족이 이사를 왔다. 그들에겐 베이비시터 일을 할 수 있을 나이의 다이앤Diane이라는 딸이 한 명 있었다. 아빠는 새로운 이웃을 환영했다. 그리고 여느 이웃에게처럼 자신의 회고록을 건네며 개인적 배경과 동기부여 연설가로서의 새로운 경력에 대해 설명했다. 또 주변에 경찰 친구가 많기에 자신은 늘 동네를 주의 깊게 살펴본다고도 했다.

그리고 다이앤의 엄마 린Lynn에게 다이앤이 우리 집 베이비시터로 일해줄 수 있는지 물었다. 그러자 린 아주머니는 먼저 우리 집을 한번 살펴보고 싶다고 했다. 그 이유는 알 수 없었다. 《범죄자의 변신》이라는 책 제목 때문이었을 수도 있고, 마당의 상태 때문이었을 수도 있다. 아니면 단지 아주머니의 세심한 육아 방식 때문이었는지도 모른다.

그날 밤, 아빠는 마치 자신이 성의 자비로운 왕인 것처럼 린 아주머니를 맞이했다. 아빠는 한껏 기대감에 차 위층 안방의 공사 계획과 배선 작업 현황을 설명했지만, 린 아주머니는 거실에 있는 이층 침대를 둘러보며 실망한 표정을 지었다. 나는 아주머니의 눈으로 우리 집을 바라보았다. 너무 지저분했다. 거친 바닥은 공사 먼지로 뒤덮여 있고, 싱크대 옆 합판에는 더러운 접시가 쌓여 있었다. 매트리스는 시트나 베개 없이 헝겊으로 덮여 있었고, 소파 한쪽은 너저분한 빨랫감으로 가득했다. 바닥에는 멀티탭에 꽂힌 각종 전선이 뒤엉켜 있었다. 커튼 하나 없는 실내에선 가정적인 느낌이라곤 찾아볼 수 없었다. 하지만 아빠는 린 아주머니의 당연한 불안감을 알아채지 못했고, 지하실을 포함한 집 전체를 구경시켜 주는 데 여념이 없었다. 그러면서 수도관 설치에 얼마나 많은 독창성이 발휘됐는지 장황하게 설명했다.

"목욕은 어떻게 하세요?"

아주머니가 불쑥 끼어들었다.

"아, 여기서 해요!"

아빠는 자랑스럽게 말했다.

"설거지하고 요리할 땐 양동이를 쓰지만요. 옛날 방식 그대로죠!"

그러고는 싱긋 웃으며 덧붙였다.

린 아주머니는 우리 집의 원시적인 상태에 충격을 받은 듯했다. 하지만 무슨 이유에서인지 다이앤이 베이비시터로 일할 수 있게 허락해 주었다. 아마도 어린아이들이 아직 다 지어지지도 않은 집에서 사는 것을 불쌍히 여겨 도와주고 싶었던 것 같다. 아니면 아빠의 선한 모습과 미소를 보고 우리 집이 매우 안전하다고 확신했을 수도 있다.

다이앤이 처음 베이비시터 일을 하러 왔을 때, 아빠와 엄마는 외출 준비를 하고 있었다. 집 안에는 다소 긴장감이 돌았다. 아빠가 엄마에게 평소처럼 화장을 하라고 했지만, 엄마가 거부했기 때문이었다. 엄마는 마스카라를 하면 눈이 아프다고 했다.

아빠는 나와 제프를 다이앤에게 소개했다. 내가 일곱 살이었던 그해 봄, 제프는 두 살이었다.

"다른 두 아이는 어디 있죠?"

다이앤이 물었다.

"아, 차고에 있어."

아빠가 대답했다.

아빠는 다이앤을 본채와 차고를 연결하는 진흙투성이 공간으로 데려갔다. 차고는 아직 기초공사가 안 돼 진흙만 가득한 상태라 차를 두는 데는 사용하지 않았다. 아빠는 그곳을 다른 용도로 썼다.

차고 속으로 들어간 다이앤은 여섯 살, 네 살 형제가 블록 같은 걸 갖고 노는 장면을 기대했을 것이다. 하지만 놀랍게도 그곳에는 벨트 고리가 벽 위 못에 걸린 채 매달린 데이비드와 존이 있었다. 동생들은 슬픈 표정으로 쳐다보았지만, 아무 말도 하지 않았다.

"아이들이 저기서 뭐 하는 거예요?"

다이앤이 떨리는 목소리로 물었다.

"벌을 받는 중이야."

아빠가 말했다.

"뭐 때문에요?"

다이앤이 믿을 수 없다는 표정으로 되물었다.

"말을 안 들었으니까."

아빠가 답했다.

크레용을 치우지 않고 놀기만 했다는 이유였다.

아빠는 다이앤이 목격한 장면이 지극히 정상적이라는 듯 다이앤에게 집 안 곳곳을 계속 구경시켜 주었다. 그리고 엄마와 외출하기 전, 데이비드와 존을 다시 집 안으로 데려왔다. 다이앤은 우리 집에 머물고 싶어 하지 않는 눈치였다. 하지만 데이비드와 존은 다친 데가 없었고, 다이앤도 일을 그만두기엔 이미 늦었다고 생각한 듯했다. 잠시 후, 아빠와 엄마가 문을 열고 나갔다. 아빠는 미소 띤 얼굴로 이렇게 말했다.

"잘 지내고 있으렴!"

다이앤은 놀란 듯 고개를 돌려 아빠를 쳐다보았다. 그리고 문이 닫히자 물었다.

"그래, 너희는 뭘 하며 놀고 싶니?"

"미끄럼틀과 사다리 게임!"

우리는 동시에 외쳤고, 게임을 시작했다.

데이비드와 존을 벽에 매달아 두는 건 작은 실수를 저질렀을 때 가해지는 일반적인 벌칙이었다. 테일러 로드 농장의 전기 울타리에 오줌을 싸게 하는 것처럼, 아빠에게는 일종의 장난과도 같았다. 이런 벌칙은 때로 과시의 수단이기도 했다. 사다리 서커스처럼, 파티에 온 손님들을 즐겁게 해주기 위해 벽에 아무렇게나 못을 박고 동생들을 벨트 고리에 매달아 두는 것이다. 그 모습을 통해 마치 이렇게 말하는 것 같았다. "나는 이런 식으로 가족을 통제하지!" 이런 장난을 좋아하던 아빠는 나만을 위한 벌칙 하나를 고안해 냈다. 아빠는 나를 벨트 고리로는 절대 매달지 않았다. 그러기엔 내 몸집이 너무 컸고, 내 바지에는 벨트 고리가 없었다.

테일러 로드에서의 특별 고문은, 내가 싫어하는 비트 통조림을 먹이는 거였다. 저녁 식사 마지막 순간에 아빠의 고문이 시작됐고, 나는 식탁에서 비트 통조림을 모두 토해버렸다. 다행히 그 자리에 루실 이모할머니가 있었고, 할머니가 아빠를 말려주었다.

"웨인! 애한테 뭐 하는 짓이야!"

난 이모할머니가 더 좋아졌다.

케빈 드라이브로 이사 오고 나서는 고문의 형태가 한 단계 더 발전했다. 그것은 지하실에서 차가운 물에 목욕하는 것에 대한 두려움과 버터밀크에 대한 혐오감이 결합한 형태였다.

나는 머리카락이 굵고 쉽게 엉켜버렸기에 머리 감는 걸 싫어했다. 따뜻한 물과 샤워 시설이 갖춰진 테일러 로드 집에서는 머리 감는 일이 그저 귀찮은 일이었다면, 케빈 드라이브에서는 며칠 전부터 강박에 시달리는 두려운 일이 되었다. 차디찬 지하실에서 옷을 벗고 머리를 얼음물에 담그면 몸 전체가 덜덜 떨리며 두통이 밀려왔다. 나무 계단을 따라 지하실로 내려가는 생각만 해도 불안감이 엄습했다. 아빠의 눈에는 나를 위한 완벽한 고문이었다.

케빈 드라이브에서 새로운 형태의 고문이 처음 시작된 날은, 엄마의 도움으로 지하실에서 머리를 감고 위층으로 올라가 깨끗한 옷으로 갈아입고 난 직후였다. 색칠공부 책과 크레용 상자를 들고 소파에 앉자 냉장고 문을 여닫는 소리가 들렸다. 바로 그때, 아빠가 버터밀크 1리터짜리 팩을 들고 거실로 들어왔다. 버터밀크는 한 입만 먹어도 토할 것 같았다. 냄새도, 맛도, 질감도 싫었다. 하지만 아빠는 좋아했다. 한 병을 그 자리에서 다 마시곤 했으니까.

"이리 와봐."

나는 바로 일어나 아빠에게로 갔다.

아빠는 버터밀크 상자를 가리키며 말했다.

"에이프릴, 마시든지 붓든지 해."

"마시고 싶지 않아요. 토할 것 같아요."

아빠도 잘 알고 있었다.

"아빠, 제발요."

"마시든지, 머리에 뒤집어쓰든지. 네가 선택해."

먹고 토하면 아빠가 때릴 게 분명했기에 결국 후자를 선택했다. 아빠는 내 선택을 흔쾌히 받아들였고, 버터밀크 1리터를 통째로 내 머리 위에 부었다. 버터밀크가 시큼한 냄새를 풍기며 내 머리카락과 얼굴, 옷, 양말을 흠뻑 적시고 바닥으로 흘러내렸다. 역겨워서 구토가 나왔다.

"빨리 씻어!"

아빠는 이렇게 말하고는 나를 데리고 지하실로 내려갔다. 나는 옷을 벗고 다시 머리를 감아야 했다. 아빠가 수도꼭지를 틀고 내 머리를 들이밀었다. 머리통이 통째로 얼어버릴 것 같았다.

아빠가 냉장고 문을 여는 것이 무서울 정도로 이 일은 자주 반복됐다. 나는 내 안에서 공포가 점점 커지는 걸 느꼈다. 마음 놓고 있을 데가 없었다. 나만의 침실은커녕 동생들과 함께 쓰는 방에는 문도 없었다. 마치 호랑이에게 쫓기는 토끼 신세 같았다.

아빠는 그런 내 걱정을 비웃음으로 넘겼다. 장난은 장난으로 받아들여야 한다고 했다.

아빠의 '장난'에 대한 내 반응이 클수록 아빠가 더 즐거워하는 것 같았다. 동생들도 이걸 깨달은 듯했다. 우리는 그런 '장난'에 포커페이스로 반응하는 법을 익혔고, 아빠의 재미는 점점 줄어들었다.

하지만 정작 아빠는 '장난'을 받아들이지 못했다. 아빠에게 장난이란 자신이 아닌 다른 사람을 희생시키는 것이어야 했다. 엄마는 테일러 로드에 살 때 아주 비싼 대가를 치르고 이 사실을 알게 됐다. 아빠는 우리가 샤워할 때 몰래 들어와 찬물을 머리에 끼얹곤 했다. 어느날 엄마는 평소답지 않게 아빠에게 장난을 쳐보기로 했다. 샤워하기 전 아빠는 기분이 좋았다. 엄마가 그런 장난을 할 거라고는 상상조차 하지 않았을 테니 말이다.

"이리 와봐."

엄마는 미소 띤 얼굴로 부엌 싱크대에서 찬물을 받아 양동이에 채우며 말했다. 늘 무표정한 엄마의 모습과는 대조적이었다.

나는 엄마를 따라 복도를 걸어가다 화장실 문 앞에 멈춰 섰다. 그리고 귀를 기울였다. 아빠가 노래를 부르며 샤워하는 소리가 들렸다.

"엄마, 얼른 해봐. 얼른!"

내가 작게 소리쳤다.

엄마는 긴장한 듯 엷은 미소를 지으며 한 손에 양동이를 든 채 욕실 문을 열고 들어갔다. 나는 까치발을 들고 기다렸다. 엄마가 이런 장난을 치다니, 믿을 수가 없었다! 아빠의 장난에 우리가 그랬던 것처럼, 이번에는 아빠가 깜짝 놀라 소리를 내지르기를 기다리고 있었다.

곧 아빠의 웃음소리가 들릴 거라고 생각했다. 하지만 그 순간, 쿵 하는 소리와 함께 날카로운 비명이 들렸다. 엄마가 겁에 질린 표정으로 화장실에서 뛰쳐나왔다.

엄마는 침실로 달려갔다. 나도 곧바로 뒤쫓아 갔다.

"무슨 일이에요?"

엄마는 자기가 찬물을 붓자마자 아빠가 샤워부스 유리문을 주먹으로 깨트렸다고 말했다. 엄마는 방문을 닫았다. 나도 내 방으로 달려가 문을 닫았다. 아빠가 엄마를 해칠까 봐 두려웠고, 엄마를 응원했다는 이유로 나도 혼날까 봐 걱정됐다. 잠시 후, 부엌에서 아빠 목소리가 들렸다. 조심스레 방을 나와 계단을 내려가 보니 아빠와 엄마가 싱크대 쪽에 앉아 있었다. 아빠는 심하게 벤 상처를 치료하고 있었고, 엄마는 오른손을 꿰매는 법을 가르쳐주고 있었다.

아빠의 반응은 분노라기보다는 반사적 행동에 가까웠다. 아빠는 잠들었을 때 절대 건드리면 안 되는 사람이었다. 한번은 아빠가 소파에서 낮잠을 자고 있을 때 실수로 어깨를 친 일이 있었다. 순간 아빠는 내가 누구인지 알아볼 새도 없이 보아뱀처럼 내 목을 휘감고 눌러버렸다. 그 후로 다시는 그런 실수를 하지 않았다. 잠자는 아빠는 절대 방해해선 안 되는 짐승이라고 생각했던 것이다.

그해 겨울, 아빠는 여전히 공사 중이던 케빈 드라이브의 집에서 멋진 파티를 열었다. 새해맞이 파티에서는 우리도 자정까지 깨어 있을 수 있었다. 아빠의 친구들과 친구들의 여자친구들로 집이 꽉 찼다. 살짝 취기가 오른 어른들 틈을 헤집고 지나갔다.

내게 늘 친절하게 대해주던 빌리 아저씨가 여자친구 주디스Judith
와 함께 소파에 앉아 있었다.

"이리 와, 에이프릴."

아저씨는 무릎을 두드리며 내게 올라오라는 신호를 보냈다. 나는
아저씨 무릎 위로 올라갔다. 그렇게 앉아 주변 어른들이 하는 이야기
를 듣고 있었다. 시끌벅적한 집 안에서는 웃음소리가 끊이지 않았다.
순간 아빠가 매서운 표정으로 나를 쳐다보고 있다는 사실을 알아챘
다. 나는 아저씨의 무릎에서 얼른 내려왔다. 술 취한 어른들 틈에 섞여
놀던 데이비드와 존에게 가며, 그저 아무 일도 없길 바라고 또 바랐다.

아빠는 수백 개의 풍선을 나눠주었고, 우리 셋이 그 많은 풍선을
다 불었다. 이후 크리스마스 장식과 벽, 문틀 여기저기에 풍선을 붙였
다. 자정을 목전에 두고 아빠는 사람들에게 핀 상자를 돌렸다. 집 안
에는 기대감이 가득 차올랐다. 자정이 되자마자 모두 풍선을 터뜨리
기 시작했다. 형형색색의 고무 조각이 사방으로 날아다녔다. 데이비
드와 존은 귀를 막았다. 하지만 나는 어른들이 신나 하며 웃는 얼굴을
둘러보았다. 풍선 터지는 소리가 멈추자 온 집 안이 일시에 조용해졌
고, 우리는 새로운 한 해를 맞이했다. 새해에는 모두 행복하리라 믿었
다. 나는 과거 두 번의 생일에 빌었던 것과 같은 소원을 빌었다. 〈초원
의 집〉 주인공 로라 잉걸스Laura Ingalls 처럼 여동생을 갖게 해달라고.

사실 케빈 드라이브로 이사를 올 땐 로라의 가족처럼 모험을 즐길
수 있을 거라고 생각했다. 그들이 우물에서 물을 길어 올리듯, 우리도
지하 우물에서 물을 긷는 모습을 상상했다. 실제로 해보니 별 재미가
없긴 했지만. 마치 개척자 소녀가 된 듯 장작더미 속 나무를 번쩍 들

어 집 안으로 옮기는 상상을 해보기도 했다. 그 역시 기대와 현실은 펙 달랐다. 데이비드와 존과 내가 한 번에 옮길 수 있는 장작은 겨우 한두 장에 불과했다. 그마저도 영하의 날씨와 강풍 속에서는 벙어리 장갑을 낀 손가락이 얼어붙기 일쑤였다. 그때까지도 공사는 진행 중이었다. 우리는 각종 자재로 너저분한 마당에 깊이 쌓인 눈을 헤치며 힘겹게 걸어갔다. 아빠는 때로 한밤중에 우리를 밖으로 내보내 벽난로 옆 바닥에 쌓을 장작을 더 가져오게 했다. 밖은 어두웠고, 찬 바람이 쌩쌩 불었다. 괴물이 나를 덮칠지도 모른다는 두려움이 엄습했다.

우리 가족의 장작 공급처는 차로 가까운 거리에 있는 숲이었다. 아빠가 나무를 베어 자르고 쪼개면, 데이비드와 존과 내가 아빠의 엘카미노 뒷좌석에 장작을 던져 넣었다. 몸은 힘들었지만, 숲에 가지 않았다면 우리는 해피를 만나지 못했을 것이다.

여느 때처럼 우리는 아빠가 팬 장작을 모으고 있었다. 처음에는 키가 크고 마른 늑대가 우리를 쳐다보고 있다고 생각했다. 아빠는 우리를 막아서며 물러서라고 했다. 아빠가 늑대를 향해 조심스레 걸어갔고, 늑대는 이내 누워버렸다. 아주 가까이 다가섰을 때 늑대가 아빠 손을 핥기 시작했다.

집으로 돌아오는 길, 우리는 개까지 함께 앞좌석에 끼어 앉았다. 녀석은 늑대가 아니라 독일산 셰퍼드-허스키 혼합견이었다. 집에 도착하자 녀석은 꼬리를 흔들며 뛰어내렸다. 아빠는 예전 스누피가 지내던 개집 근처에 물과 남은 음식을 담아두었다. 그날부로 녀석은 우리 가족이 되었다. 단, 집 안에는 들어올 수 없는 가족. 녀석은 늘 웃고 있어서 우리는 녀석에게 '해피Happy'라는 이름을 지어주었다.

케빈 드라이브에 살 때 아빠는 주로 집안일을 하면서 다른 곳에서 요청이 있을 때마다 각종 수리나 건축 일을 해주었다. 이따금 강연 요청도 있었다. 강연 준비를 할 때면 아빠가 반복해서 대본 연습을 하는 소리가 들리곤 했다. 아빠는 '사랑에 대한 정의는 무엇인가?'라는 수사적 질문을 즐겨 사용했다. 그러고는 이렇게 자답했다.

"사랑이라고 하면 흔히 아내, 혹은 어머니를 떠올립니다. 친구 사이의 관계가 연상되기도 하죠. 하지만 이보다 더 중요한 것은, (잠시 멈추고) 사랑은 곧 하나가 되는 것입니다. 마치 첫 데이트를 할 때처럼… 남편이 직장에서 돌아오기를 기다리는 것입니다. 또 엘리베이터를 기다리는 시간조차 견디지 못하고 매일 밤 아내가 있는 병원 계단을 올라 아내의 얼굴을 가장 먼저 보는 것입니다."

그즈음, 엄마의 모습은 첫 데이트를 즐기는 것과는 거리가 멀어 보였다. 엄마는 아빠의 분노를 유발할 수 있는 일은 최대한 피하려고 노력했다. 하지만 그 역시 추측에 불과했다. 우리는 모두 아빠와 마주치기 전에 아빠의 기분을 제대로 파악하려고 애썼다.

아빠 차가 들어오는 소리가 들려도 나는 밖으로 나가 인사하지 않았다. 의식적으로 그 반대로 행동했다. 책에 빠져 차 소리를 못 들은 척하는 등 최대한 아빠 눈에 띄지 않으려고 노력했다. 동생들도 마찬가지였다. 아빠와 마주칠세라 블록을 가득 안고 방으로 들어가 요새를 만들거나 다른 놀이를 하며 시간을 보냈다. 집으로 돌아오는 아빠의 표정이 점점 안 좋아졌다.

하지만 엄마는 아빠를 피하기가 더 어려웠다. 그해 봄, 엄마는 다섯 번째 임신을 했다. 네 번째 동생이었다. 나는 너무 흥분했다. 그리고 엄마가 가르쳐준 대로 매일 밤 여자아이이기를 기도했다. 어느 날 저녁 식사 후, 담배와 라이터를 찾지 못해 화가 난 아빠는 급기야 엄마를 공격했다. 아빠는 엄마의 오른쪽 배를 때렸다. 그것도 내 눈 앞에서. 엄마는 배를 부여잡고 웅크렸다. 두 눈은 꽉 감겨 있었고, 낯빛엔 고통스러운 기색이 역력했다. 엄마가 그렇게 고통스러워하는 모습은 처음이었다. 잠시 후 엄마는 잠이 들었다.

나는 밤새 엄마와 아기가 걱정됐다. 다음 날 아침, 엄마는 내가 배를 쳐다보는 걸 알아채고는 슬픈 미소를 지어 보였다. 엄마는 내가 무슨 생각을 하는지 알고 있었다. 아빠 때문에 아이가 잘못되면 어쩌지? 임신한 상태만 아니었다면, 아빠가 엄마를 때리는 건 그렇게 걱정할 일은 아니었다. 늘 있는 일이었으니까. 그 후로 며칠간 나는 엄마를 초조하게 지켜보았다. 다행히 엄마의 배는 꽤 튼튼했던 것 같다. 날이 갈수록 커졌으니까.

우리가 이사한 뒤로 집은 꽤 많이 변해 있었다. 실내 배관이 설치됐고, 온수 공급도 가능해졌다. 샤워기와 욕조가 있는 진짜 욕실도 생겼다. 더 이상 지하실의 차가운 물로 씻을 필요가 없었다. 양동이에 대소변을 보는 일도 없었다. 하지만 바닥과 주방 싱크대는 여전히 합판으로 되어 있어 청소하기가 어려웠다. 나와 동생들은 아빠로부터 집안일 하는 법을 배웠기에 그쯤은 잘할 수 있었다. 아빠는 우리가 싱크대 앞에 의자를 놓고 서거나 빗자루를 잡을 수 있을 만한 나이가 되면 곧바로 집안일을 도와야 한다고 가르쳤다. 그즈음 우리는 그릇을 씻어 말리고 선반에 올려놓는 것 정도는 할 수 있었다. 물론 집 상태는 엉망이었지만, 기본적인 청소가 필요할 땐 우리가 그 일을 하곤 했다. 그리고 이는 출산이 임박한 엄마에게 적잖이 도움이 되었다.

마침내 그날이 왔다. 아빠는 작은 여행 가방에 짐을 꾸려 엄마와 함께 병원으로 향했다. 우리는 베이비시터와 함께 소식을 기다렸다. 엄마가 병원에 있는 동안, 문득 아빠가 강연을 준비할 때 했던 말이 떠올랐다. 아빠는 계단을 뛰어올라가 엄마를 볼지, 아니면 엘리베이터를 타고 갈지 궁금했다. 하지만 곧 이런 생각이 들었다. 엘리베이터가 고장 나지 않는 한 아빠가 엄마를 빨리 보기 위해 계단을 직접 올라가는 일은 없을 거라고.

다음 날, 아빠는 활짝 웃으며 우리를 안고는 드디어 여동생이 생겼다고 전해주었다. 할렐루야! 나는 너무 좋아 폴짝폴짝 뛰며 내 기도에 응답해 준 하나님께 감사했다.

엄마가 집에 오기 전날 밤, 아빠는 나와 데이비드, 존을 불러서 할 일이 있다고 말했다. 겨우 두 살배기였던 제프는 일을 할 수 있는 나이가 아니었다.

"엄마가 내일 집으로 돌아오니 아기를 위해 집을 깨끗이 치워야 해."

이미 밤늦은 시간이었지만, 데이비드에게 빗자루를 들고 바닥을 쓸라는 지시가 떨어졌다. 존에게는 더러운 빨랫감을 한데 모으라는 지시가, 내게는 가득 쌓인 설거지를 하라는 지시가 내려졌다. 아빠는 양동이와 대걸레, 솔을 꺼내 들었다.

"바닥은 물론 모든 것에 흠집 하나 없도록 깨끗하게 해놔."

아빠가 말했다.

아빠는 본인이 닦으려고 걸레를 꺼내 든 게 아니었다. 모든 건 우

리에게 시켰다. 하지만 우린 이미 지친 상태였다. 잠자리에 들 시간이
었고, 심지어 저녁도 안 먹은 상태였다. 설거지를 마친 후, 합판 바닥
청소를 시작했다. 집이 그렇게 커 보이긴 처음이었다. 동생들이 고사
리만 한 작은 손에 솔을 하나씩 들고 나를 도와주었다. 팔이 아프기
시작했다. 여기저기 긁힌 무릎도 쓰라렸다.

우리가 청소하는 동안, 시곗바늘은 멈추지 않고 똑딱거렸다. 아빠
는 우리가 집 청소를 끝낼 때까지 먹지도 자지도 못하게 했다. 합판
청소는 그야말로 고역이었다. 나는 물론 데이비드와 존, 심지어 제프
까지 바닥을 닦느라 손가락 마디마디가 찢어질 듯 아팠다. 밤늦도록
죽을힘을 다해 일했다. 나는 '이건 불공평해!'라고 외치고 싶었지만,
그래봤자 소용없다는 걸 알고 있었다. 그러나 데이비드는 아빠가 방
을 나가자마자 속삭이듯 뱉어냈다.

"너무 불공평해."

데이비드는 조용히 흐느껴 울었다. 그런 불평은 아무런 도움이 되
지 않았다. 그래서 "그냥 해"라고 말하고 솔질을 계속했다. 무릎이 너
무 아파 대걸레질로 바꿨는데, 너무 지친 나머지 선 채로 잠이 들 뻔
했다. 그때 방으로 들어온 아빠가 흔들거리는 나를 보고 머리를 때리
며 깨웠다. 나는 다시 걸레질을 시작했다. 그렇게 얼마 뒤 우리는 드
디어 잠자리에 들 수 있었다. 비눗물이 사방에 튄 옷을 입은 채 침대
에 쓰러지듯 잠들었다.

그러나 다음 날 아침, 밖에서 아빠의 차 소리가 들려오자 우리는
전날의 힘든 일 따위는 싹 잊어버렸다. 분홍색 뭉치를 안고 차에서 내
리는 엄마가 보였다.

나는 여동생이 생긴 게 너무나 좋았다. 살아 있는 인형을 대하듯 하며 분유도 먹였다. 외갓집에서 보내온 귀여운 옷도 입혔다. 제닌 Jeannine 을 안고 트림도 시켰고, 엄마가 목욕시킬 때 도와주기도 했다. 그렇게 시간이 지나 제닌은 내가 혼자서도 목욕을 시킬 수 있을 만큼 자랐다. 여느 때처럼 나는 제닌을 욕실로 데려가 욕조에 따뜻한 물을 받았다. 그 전에 기저귀부터 벗겼다. 그리고 엄마가 수없이 했던 것처럼 천 기저귀 내용물을 변기 속에 털어 넣었다. 하지만 변기 물을 내리자 기저귀까지 빨려 들어갔다. 변기가 막혀 물이 넘칠 게 분명했다. 나는 맞아 죽겠다고 생각했다. 기저귀를 최대한 밀어내고자 변기 물을 내리고 또 내렸다. 다행히 변기는 막히지 않았다.

아무 일도 없었던 것처럼 제닌을 씻겼지만, 변기 속으로 들어간 기저귀가 자꾸만 신경 쓰였다. 나는 엄마 방으로 가 새 기저귀를 채운 뒤 제닌을 엄마에게 넘겼다. 엄마에게 말할 생각은 없었지만, 화장실에 문제가 생길 경우를 대비해 미리 말해둬야 했다. 나는 침대에 앉아 제닌에게 잠옷을 입히는 엄마에게 솔직히 털어놓았다. 엄마가 나를 바라보았다. 순간 긴장했던 나는 베개를 가슴에 끌어안았다. 엄마는 미소 띤 얼굴로 말했다.

"걱정하지 마, 에이프릴. 괜찮을 거야."

엄마의 말이 맞길 바랐다. 나는 아직 상황이 해결되지 않았다고 생각했다.

아빠는 기분이 안 좋으면 이런 일에 화를 내곤 했다. 하지만 기분이 좋으면 그저 재미있는 일이라며 가볍게 넘겼다. 변기 괴물에 기저귀를 빼앗긴 것도, 그 일로 혼날까 봐 무서워했던 것도 그저 재미있는 상황으로 여겼다. 그날 밤, 엄마는 아빠에게 사실대로 말했다. 아빠의 기분이 좋은 것 같았기 때문이다. 엄마의 생각이 맞았다. 아빠는 그 일을 아주 재미있어했다. 엄마도 웃었다. 엄마는 자주 웃지 않았기에 그날 밤 엄마의 모습은 내게 무척 소중했다. 엄마, 아빠가 함께 웃는 광경은 더욱 보기 힘들었다. 엄마는 아빠처럼 숨넘어갈 정도로 크게 웃어본 적이 없었다. 하지만 아빠는 종종 숨이 막힐 정도로 크게 웃곤 했다.

나는 아빠의 기분을 정확히 알 수 있길 바랐다. 아빠의 머릿속을 들여다볼 수 있는 특별한 능력이라도 갖춘 것처럼 말이다. 하지만 그러지 못했다. 그래서 이따금 아빠의 기분을 잘못 파악하곤 했다. 한번은 이런 일이 있었다. 평소처럼 거실에 다 같이 모여 있을 때였다. 엄마는 소파에 앉아 뜨개질로 아기 신발을 만들고 있었고, 아빠는 안락의자에 앉아 무릎 위에 하얀색 타이핑 용지를 쌓아놓고 있었다. 나는 동생들과 바닥에 앉아 색칠공부를 하고 있었다.

"이것 봐. 나는 산타를 완벽하게 그릴 수 있어."

아빠가 말했다. 그러고는 종이 한 장을 집어 들고 쓱쓱 그린 후 자랑스레 보여주었다. 완벽한 형태의 산타클로스였다. 데이비드와 존은 감탄사를 연발했다. 하지만 유심히 살펴보자 아빠의 종이에는 색칠공부 책을 복사한 것 같은 희미한 선들이 이미 그려져 있었다. 아빠는 그 선을 따라 그린 거였다. 난 아빠가 그린 게 아니라고 말했다.

"아니, 내가 그린 거야."

아빠가 단호하게 답했다.

내가 계속해서 반기를 들었지만, 아빠는 몇 번이고 부인했다. 급기야 나는 이렇게 말했다.

"종이 위에 선이 그려져 있잖아요."

"아니, 없어."

"있어요. 아빠는 거짓말쟁이예요!"

친구들이 서로에게 거짓말쟁이라고 말하는 걸 자주 들었었다. "거짓말쟁이야, 거짓말하면 엉덩이에 뿔 난다!" 쉬는 시간에 자주 듣던 말이었다. 하지만 나는 아빠에게 그 말을 해버리고 말았다. 그 순간엔 내가 무슨 일을 저질렀는지 깨닫지 못했다. 뭔가 잘못 말했다는 것만 알았다. 코브라가 공격하듯 아빠는 내 머리카락과 팔을 잽싸게 잡아챘다. 내 몸은 훅 뒤로 갔다가 공중으로 들어 올려졌다. 그대로 방을 가로질러 날아가 쿵 소리를 내며 벽에 부딪혔다.

정신을 차렸을 땐, 소파에 누워 있었다. 아빠가 내 옆에 앉아 머리에 냉찜질을 해주고 있었다. 나는 눈을 뜨고 싶지 않았다. 눈을 뜨면, 내가 깬 것을 아빠가 알아챌까 두려웠다. 머리가 아팠다. 마침내 눈을 떴고, 아빠가 걱정스러운 표정으로 나를 쳐다봤다.

"에이프릴, 괜찮니?"

무슨 일이 있었는지 기억해 내는 데 몇 분의 시간이 필요했다. 순간 벽에 부딪혔던 충격이 떠올라 몸서리가 쳐졌다. 나는 아빠를 거짓말쟁이라고 부르고, 아빠의 명예를 훼손하고, 존재하는 줄도 몰랐던 규칙을 위반했다. 그 때문에 아빠가 나를 방 한가운데로 던져버린 것이다. 나를 걱정스러운 눈빛으로 바라본 건 내가 죽을지도 모른다고 생각해서였는지 아빠에게 묻고 싶었다. 그런 거라면 괜찮았다. 당연히 걱정해야 하는 상황이었으니까. 나는 다쳤고, 무서웠을 뿐 아니라 화가 났다.

내가 말한 건 사실이었다. 아빠는 거짓말쟁이였다. 우리 모두 알고 있었다. 아빠는 눈 하나 깜짝하지 않고 상대방이 진실이라고 말하는 것을 거짓이라고 반박할 수 있는 사람이었다. 온전한 진실에 대해서도 마찬가지였다. 아빠에게는, 아빠가 생각하는 진실만이 유일한 진실이었다. 내 눈으로 직접 확인한 진실은 진실이 아니었다. 내가 진실이라고 알고 있는 것이 거짓이라면, 거짓말쟁이는 바로 나였다.

자기방어

1977

나는 2학년이 됐고, 데이비드는 1학년에 입학했다. 함께 학교에 다니게 된 첫해였다. 데이비드는 나와 함께 스쿨버스를 타고 다니게 되어 무척 들떠 있었지만, 나는 그런 마음을 함께 즐길 여유가 없었다. 당시 내게는 감당해야 할 일이 많았다. 에이번 스트리트에서 입에 화상을 입은 후 흉터를 치료하기 위해 수술을 받은 상태였고, 수술 부위가 빨갛게 달아올라 퉁퉁 부어 있었다. 그런데도 그런 내 상처를 아무도 못 알아보면 좋겠다는 말도 안 되는 희망을 품고 있었다.

버스에서 마주치기 싫은 녀석도 한 명 있었다. 나보다 두 살 많은 빨간 머리 소년이었는데, 1학년 말 이후로는 한 번도 보지 못했다. 그즈음 그 애는 놀이터에서 내게 여자친구가 되어달라고 말했다. 하지만 나는 "절대 안 돼!"라며 칼같이 거절했다. 그 애는 자존심이 상했는지 나를 향해 우유팩을 던졌다.

2학년 첫날, 얼굴에 난 상처 탓에 잔뜩 부끄러워하며 버스에 올랐다. 버스 뒤쪽으로 가는 통로를 걸으며 빨간 머리 소년을 지나쳤다. 그 애가 나를 쓱 쳐다보고는 물었다.

"으으, 입이 왜 그래?"

그 한 마디로 끝이었다.

그 후로 매일 아침, 그 녀석을 포함해 버스 안 모든 아이가 날 조롱했다. 내가 통로를 지나칠 때마다 흉측한 보라색 만화 캐릭터인 '스카 페이스Scar Face'와 '그레이프 에이프Grape Ape'라고 놀려댔다. 나는 모자로 얼굴을 가리고 버스 뒤쪽 구석에 웅크리고 앉았다. 스쿨버스 기사 아저씨는 아무 말도 없었고, 데이비드는 내 옆에 앉지 않았다.

몇 주 뒤, 나는 아이들이 놀린다며 더 이상 버스를 타지 않겠다고 아빠에게 말했다. 하지만 그 말을 뱉자마자 후회했다. 자식이 괴롭힘을 당한다는 사실은 아빠의 깊은 분노를 자극했다. 아빠가 보육원에서 수녀님과 다른 아이들에게 맞서지 못했던 시절, 그때 아빠의 나이가 지금 내 나이 즈음이었다. 아빠는 내게 당시 이야기를 들려주었었다. 나는 그 내용을 좀 더 정확히 알았어야 했다.

다음 날 오후, 버스가 우리 집 근처에 도착했고, 나는 내리려고 준비했다. 그런데 문이 열리자 아빠가 올라탔다. 온몸이 떨렸다.

"이봐요!"

아빠가 기사 아저씨에게 소리치기 시작했다.

"지금 자면서 운전해요? 내 딸이 괴롭힘을 당하고 있잖아요. 누가 그런 짓을 했는지 알기 전까지는 이 버스에서 안 내릴 거요."

기사 아저씨는 "몰랐어요"라고 중얼거렸다.

"그럼 정신이 반쯤 나갔던 게로군!"

아저씨는 날 쳐다보며 이 모든 게 마치 내 잘못인 것처럼 물었다.

"누가 그런 거야?"

나는 당황해서 아무 말도 못 했다. 누가 범인인지 밝히고 싶진 않았다. 하지만 아빠는 계속해서 소리쳤다.

"어떤 놈이야!"

나는 대답해야 했다.

'이 녀석들 모조리 다!' 이렇게 소리치고 싶었지만, 몇몇 아이만 가리켰다. 빨간 머리 소년은 빼고. 아빠는 그 아이들 한 명 한 명을 노려보았다. 내가 가리킨 아이들은 학교에서 처벌을 받았고, 그날 이후 기사 아저씨는 운전석 바로 뒤에 나를 앉혔다. 그 자리는 본래 유치원생들을 위한 자리였다. 데이비드는 아무 말 없이 나를 지나쳐 가 반 친구들 옆에 앉았다.

버스 사건 이후, 아빠는 자신의 자녀들이 다시는 괴롭힘을 당하는 굴욕을 겪지 않게 해야겠다고 단단히 마음먹었다. 우리에게 스스로 방어하는 법을 가르칠 때라고 생각했다. 그렇게 해서 범죄자 출신 에드워드 웨인 에드워즈가 직접 가르치는 10년짜리 자기방어 프로그램이 시작되었다. 아빠의 제자는 일곱 살인 나, 여섯 살인 데이비드, 그리고 네 살인 존이었다.

첫 번째 대결에서 아빠는 우리를 거실로 불러 모아 일렬로 세웠다. 상상 속 상대에게 펀치를 날리는 시범을 보여주었고, 최대한의 효과를 내려면 어디에 펀치의 목표 지점을 두어야 하는지 알려주었다. 그리고 서로 동작을 연습해 보라고 했다. 키가 비슷한 데이비드와 나부터 일어났다.

"에이프릴, 먼저 한 대 날려봐."

나는 데이비드의 어깨를 살짝 때렸다.

"더 세게. 주저하지 마. 언젠가는 동생들이 널 때릴 날이 올 거야."

난 데이비드의 반대쪽 어깨를 조금 더 세게 쳤다.

"머뭇거리지 말라니까!"

아빠는 소리치며 내 허벅지를 힘껏 때렸다. 전혀 예상치 못한 가격이었다. 아빠는 우리가 방심한 틈을 타 곧잘 이런 펀치를 날리곤 했다. "한번 당해봐"라고 비웃으면서. 순식간에 치고 들어온 거센 주먹에 근육이 뭉치고 경련이 일었다.

너무 아파서 눈물이 났다. 아빠는 진심이었을까? 몹시 당황했지만, 난 내가 할 수 있는 유일한 일, 복종하는 것밖에 할 수 없었다. 나는 데이비드 쪽으로 주먹을 휘둘렀다. 내 주먹이 어디를 향하는지도 몰랐다. 데이비드는 바닥에 쓰러졌고, 이번엔 데이비드 배 위에 올라타서 얼굴을 가격했다. 데이비드가 손을 들어 막았지만, 내가 더 빨랐다.

"좋아, 그렇지."

아빠가 말했다.

데이비드는 얼굴을 감싼 채 흐느끼고 있었다.

그때 구역질이 올라왔다. 아빠가 동생을 다치게 했다는 사실에 분노가 치밀었다. 아빠는 늘 동생들을 보호하는 게 누나로서 내가 해야할 일이라고 말했었다. 하지만 동생들에게 주먹을 휘두르면서 어떻게 그들을 보호할 수 있겠는가? 너무나 혼란스러웠다.

아빠는 우리 사이에 경쟁을 부추기기도 했다. 그것도 정말 말도 안되는 방법으로.

어느 주말, 아빠는 맥주 두 캔 빨리 마시기 대회를 열었다. 엄마는 집에 없었다. 참가자는 데이비드와 존, 나였다. 제프는 너무 어렸기에 아빠의 무릎에 앉아 엄지를 빨며 구경만 했다. 2등은 없었다. 우승자만 있었다. 나는 반드시 우승하리라 다짐했다. 우리는 버드와이저 맥주 두 캔을 앞에 두고 식탁에 앉았다. 첫 느낌은 무척 실망스러웠다. 왜 어른들이 시큼한 맛만 나는 이런 음료를 좋아하는지 이해할 수 없었다. 하지만 나는 최대한 빨리 두 캔을 해치웠다. 머리가 어질어질했다. 엄마가 집으로 돌아왔을 때 나는 완전히 술에 취해 있었다. 의자에 올라가 〈나는 작은 주전자I'm a Little Teapot〉 노래를 부르며 춤까지 추었다. 아빠는 여태 본 것 중 가장 재미있는 광경이라며 깔깔거리고 웃었다. 연신 테이블을 두드리며 박장대소했다.

"대체 무슨 일이에요?"

엄마가 아빠에게 물었다. 나는 열린 창문 쪽으로 달려가 창틀 위로 기어 올라갔다. 마당을 내려다보니 땅이 마치 숨을 쉬듯 오르락내리락하는 게 느껴졌다. 잔디는 거대한 초록색 에어바운스처럼 푹신해 보였다.

"에이프릴! 어서 내려와!"

엄마가 대문 앞에서 미친 듯이 소리쳤다.

내가 뛰어내리려던 순간 엄마가 다가왔다. 엄마는 내 허리를 잡고 방으로 밀어 넣으려 안간힘을 썼다. 그렇게 실랑이하는 사이 나는 엄마의 팔을 긁고 할퀴었다. 엄마는 방해꾼이었다! 아빠와 내가 재밌게 즐기는 순간을 망치고 있었다! 엄마는 나를 꼭 안고 내 옆구리를 팔로 감싼 채 화장실로 데려갔다. 그리고 토하게 했다. 엄마는 내 머리칼을 쓸어내리며 안타까워했다.

"오, 세상에, 세상에."

그렇게 한참을 토한 후 엄마를 올려다보자 방 전체가 빙글빙글 도는 듯했다. 엄마는 내게 물 한 잔을 건넸다. 그 순간 나는 엄마의 팔이 내 손톱에 긁혀 피가 난다는 사실을 알아챘다.

맥주 빨리 마시기 대회는 너무나 터무니없는 사건이었지만, 다행히 엄마가 제때 창문으로 달려와 큰 피해를 입지는 않았다. 이기든 지든 아무 상관 없는 일이었기에 이후로도 동생들은 별다른 말을 하지 않았다. 하지만 어린 시절 내내 계속된 주기적인 싸움 훈련은 형제애를 갉아먹었다. 데이비드와 존은 어릴 때 내가 때린 것을 용서하지 않았다. 나는 성인이 되어 그 대가를 치렀다. 그러나 그때 배운 싸움 기술은 초등학교 4학년부터 고등학교 2학년 때까지 매년 신학기에 큰 도움이 되었다.

집 밖에서 싸우는 것에 대해서는 아빠가 두 가지 엄격한 규칙을 정해놓았다. 첫째, 절대로 먼저 싸움을 시작하지는 말 것. 우리가 먼저 싸움을 시작했다는 소리를 들으면 아빠는 우리를 엄하게 벌했다. 순간의 분노를 이기지 못해 싸움을 시작한 것에 대한 처벌은 벨트로 엉덩이를 맞는 것이었다. 둘째, 상대방이 싸움을 걸어오면 우리가 싸움을 끝낼 것. 만약 자기방어에 실패해 싸움에서 졌다는 사실을 알게 되면, 아빠는 싸움을 걸어온 상대방보다 더 혹독하게 우리를 때렸다.

아빠는 늘 이렇게 말했다. 싸워야 한다면, 반드시 이겨야 한다고.

하지만 아빠의 모든 명령이 명확한 건 아니었다. 아빠의 말은 수시로 바뀌었다. 우리에게는 싸움을 먼저 시작하면 안 된다고 했지만, 아빠는 늘 사소한 문제로 엄마에게 시비를 걸었다. 이를테면 이런 식이었다. 당신은 왜 화장을 싫어해? 왜 머리 모양이 늘 똑같아? 왜 그렇게 재미가 없어?

어느 날 밤, 나와 동생들이 침대에 누워 잠들어 있을 때 아빠가 엄마에게 소리를 지르기 시작했다. 결국 우리 침대는 아빠가 사무실로 쓰던 방으로 옮겨졌다. 그 방에는 아래층과 분리된 얇은 벽이 있었는데, 그 사이로 부엌에서 쿵쿵 부딪히는 소리가 들렸다. 존, 데이비드, 제프가 순서대로 베개를 들고 내 품으로 파고들었다.

아빠가 엄마를 때리는 소리가 고스란히 전해졌다.

"웨인, 그만해! 제발 그만해!"

엄마의 비명이 선명하게 들렸다.

우리는 침대 위에 붙어 앉아 숨죽이고 있었다. 제프는 베개를 꼭 껴안은 채 엄지손가락을 빨고 있었다. 제프의 몸이 가늘게 떨렸다. 행여 분을 이기지 못한 아빠가 우리까지 때리진 않을까 두려웠다. 그런 일이 종종 있었기 때문이다. 아빠는 빨래 정리를 내게 시키곤 했는데, 내가 제대로 해놓지 않은 날이면 한밤중에 침대에서 끌어내려 엉덩이를 때리곤 했다.

제프는 내게 더 바짝 다가왔고, 나는 우리 네 명이 함께 덮을 수 있는 담요를 꺼냈다. 그 담요로 어떻게든 우리 몸을 숨기고 싶었다. 아빠가 방에 들어오면 빈 침대 네 개만 보일 거라고 생각했다.

우리의 안전을 전혀 보장해 주지 못하는 담요 아래서 나와 동생들은 엄마의 비명과 "빌어먹을 케이!"라고 외치는 아빠의 고함을 고스란히 듣고 있었다.

그 소리를 조금이라도 없애기 위해 나는 동생들에게 속삭이듯 이야기를 들려주었다. 다섯 명의 아이와 개가 있는 가족에 관한 이야기였다. 마치 우리 가족처럼. 나는 이 가상의 가족 이야기를 수년간 수도 없이 지어냈다. 그리고 그 이야기는 모두 해피엔드였다. 이야기 속에서 다섯 남매는 강아지와 함께 캠핑을 갔다가 장난감과 강아지 간식이 가득한 가방을 발견했다.

이야기 속 주인공들이 우리 가족의 모습과 너무나 닮아 있어서 각자의 역할이 상상될 정도였다. 실제로 우리는 해피까지 데리고 종종 캠핑을 갔다. 아빠가 캠핑을 좋아했기 때문이다. 다른 가족들처럼 서커스나 놀이공원에 가는 등 즐겁고 재미있는 일상을 보내기도 했다. 하지만 우리 가족은 부엌에서 접시가 깨지는 소리, 둔탁한 주먹질 소리가 울려 퍼지는 가운데 아이들이 침대로 숨어 들어가 아빠의 폭언과 엄마의 절규를 고스란히 들어야 하는 상황에 놓이기도 했다. 다른 가족이 어떤지는 몰랐지만, 우리 가족의 모습 같지는 않을 거라는 생각이 들었다. 하지만 난 그 누구에게도 우리 가족이 남다르다는 것을 말하지 않았다.

나는 동생들에게 평범한 가족에 관한 이야기를 들려주었고, 아이들을 꼭 안은 채 고요한 아침이 오기를 기도했다.

그런 일이 있고 난 아침이면 아빠는 으레 엄마에게 아침 식사를 만들어주며 유난히 친절하게 대했다. 아빠는 엄마의 멍든 상처가 다른 곳에 닿지 않도록 조심했다. 사정을 모르는 사람이 보기에는 전혀 특별할 게 없는 모습이었다. 그저 남편이 아내를 위해 요리를 하는 것일 뿐이었다. 하지만 우리는 아빠가 왜 그렇게 행동하는지 알고 있었다.

전날 밤에 아빠가 엄마에게 폭력을 가했다는 사실을 몰랐더라도 아빠가 엄마의 비위를 맞추려 애쓰는 모습을 보면 대번에 알 수 있었다.

아빠는 성의 군주였다. 동생들과 나는 아빠의 하인이자 매일 저녁 안락의자에 앉은 아빠의 심부름꾼이었다. "에이프릴, 맥주 좀 가져와." "데이비드, 담배 좀 줄래?" "존, 채널을 8번으로 바꿔." 아빠 주변에 있던 청년들 무리 덕에 아빠는 자신이 꽤 현명하고 존경받는 사람이라고 생각했다. 하지만 그들은 아빠의 핵심 수뇌부가 아니었다. 오직 우리 가족만이 아빠의 연장선상에 있었다. 우리를 해치도록 허용된 유일한 사람은 아빠였다. 다른 사람은 허락되지 않았다. 나는 아빠가 우리를 해칠 만한 사람으로부터 보호하기 위해 무슨 일이든 할 거라는 사실만큼은 의심하지 않았다. 하지만 다른 사람을 해치리라는 생각까지는 하지 못했다.

빌리

1977

집 짓는 공사장에서 일하는 사람이었던 빌리 아저씨는 종종 우리 집에도 놀러 왔고 파티에도 참석했다. 내게 관심을 보였지만, 별다른 위협을 느낀 적은 없었다. 나는 아저씨를 믿었다. 내가 다섯 살 때부터 봐온 사람이었기 때문이다. 그해, 나는 여덟 살이었다. 어느 날, 빌리 아저씨는 내 방이 될 곳의 석고보드 작업을 하러 올라가는 길에 나를 지나쳐 갔다. 잠시 멈춰 선 아저씨가 이렇게 물었다.

"아저씨 좀 도와줄래?"

집 짓는 일을 도울 수 있다는 것에 나는 스스로가 무척 어른스럽게 느껴졌다.

"물론이죠!"

신나게 대답하곤 아저씨를 따라 올라갔다.

"내 조수 역할 좀 해줘. 못을 주면 돼."

나는 아저씨 옆에 서서 못이 필요하다고 할 때마다 하나씩 건네주었다. 아저씨는 내 손바닥을 간지럽히며 조심스레 가져갔다. 그럼 나는 깔깔대며 웃었다. 아저씨가 내가 웃길 원하는 것 같았기 때문이다. 그 웃음은 우리가 이상한 게임을 하는 게 아니라는 것을 인정하는 방법이었다. 못을 주머니에 넣고 하나씩 빼서 쓰면 훨씬 더 빨리 작업할 수 있을 텐데. 하지만 나를 조수로 옆에 둔 건 어디까지나 빌리 아저씨의 제안이었다. 아저씨가 나를 살뜰히 챙기며 즐겁게 해주는 게 좋았다. 하지만 서서 기다리는 것이 지겨워진 나는 합판 바닥에 앉아 분필로 내 이름을 써보았다. A가 P에 우스꽝스럽게 연결되는 모습이 퍽 마음에 들었다. 그때 나는 헐렁한 빨간색 치마를 입고 있어서 다리를 꼬고 앉을 수 있었다. 어느 순간 아저씨는 손을 뻗어 내 다리 위에 얹었다. 그러면서 업히고 싶냐고 물었다. 아저씨는 종종 마당에서 나를 업어주곤 했는데 나는 그저 재밌다고만 생각했었다. 하지만 아저씨는 아빠가 보이면 서둘러 나를 내려놓곤 했다. 그때는 아빠가 없었기 때문에 나는 아저씨의 등에 올라탔다. 아저씨는 몇 번 질주하듯 달려가더니 방 한가운데 멈춰 섰다. 그리고 한 손을 길게 뻗어 내 치마 속 다리를 만졌다.

"기분이 좋니?"

아저씨가 속삭이듯 물었다.

순간 나는 얼어붙었다. 단 한 번도 없었던 일이었다. 무슨 일이 일어나고 있는지 알고 있었지만, 어떻게 해야 할지 몰랐다.

그때 아빠가 계단을 올라오는 소리가 들렸다.

"에이프릴, 이리 와."

빌리 아저씨는 나를 내려놓고 재빨리 일어섰다.

그러면서 나지막이 당부했다.

"아빠한테 말하면 안 돼."

나는 아저씨를 쳐다볼 수 없었다. 그런 말은 굳이 할 필요가 없었다. 아빠에게 말할 일은 없었으니까. 몹시 혼란스러웠고, 아빠가 알게 될까 봐 두려웠다.

나쁜 음식을 먹은 것 같은 느낌이었다. 무슨 일이 생겼을까 걱정돼 아래층으로 뛰어 내려갔다. 다행히 아빠가 화난 것 같진 않았다. 아빠의 기분을 정확히 읽을 수는 없었지만, 적어도 나를 혼내려는 표정은 아니었다. 아빠는 이상하리만큼 침착해 보였다. 그때까지 내가 본 아빠의 표정 중 가장 진지했다. 화난 모습은 아니었지만 뭔가 강렬한 느낌이 들어 무서웠다. 아빠가 물었다.

"빌리 아저씨가 만져서는 안 되는 곳을 만졌니?"

"아니요!"

나는 곧바로 답했다.

"확실해?"

아빠는 눈을 가늘게 뜨고 나를 쳐다보았다.

"네, 확실해요."

나는 이런 일이 다시는 일어나지 않기를 바랐지만, 빌리 아저씨를 곤경에 빠트리고 싶지도 않았다. 무엇보다 아빠가 내게 어떤 벌을 내릴지가 가장 두려웠다.

내 거짓말이 발각될까 봐 두려웠다. 나는 아빠의 모든 표정과 어조를 알고 있었다. 아빠가 거짓말을 할 때면 대번에 알아챌 수 있었다. 그래서 내 나름대로 '거짓말하는 목소리'라는 이름을 붙이기도 했다.

설사 아빠가 죽고 나서도 그 목소리만큼은 분명히 알 수 있을 듯했다. 그래서 녹음테이프만 듣고도 쉽게 판별해 냈다.

"여긴 사실이야. 여긴 아니고. 거짓말하고 있네."

아빠 역시 나와 같은 방식으로 내 거짓말을 알아챌 거라고 생각했다. 빌리 아저씨가 나를 건드리지 않았다고 거짓말했을 때 아빠가 내 얼굴을 빤히 쳐다보며 무엇을 읽었는지 궁금했다. 아빠는 나를 믿지 않는 것 같았다.

그즈음 아빠는 빌리 아저씨가 내게 유독 친근하게 대하는 걸 못마 땅해했다. 그날 아빠가 계단 아래서 나를 불렀을 땐, 이미 방에서 일어난 일을 지켜보고 있었던 걸까? 그 후로 빌리 아저씨는 더 이상 내 근처에 얼씬도 하지 않았다. 이따금 그 일이 생각날 때면 구역질이 올라왔다. 하지만 나는 학교에 다니며 동생들과 놀기 바빴고, 그날 위층에서 일어난 일은 가슴 깊이 묻어두었다.

우리 가족은 매일 밤 거실에 모여 뉴스를 봤다. 아빠는 스포츠 경기를 보듯 TV에 대고 소리를 지르곤 했다. 기자보다 더 잘 안다는 듯이 말이다. TV로 축구 경기를 보다가 관중들이 심판 판정에 항의하는 모습을 본 적이 있다. 아빠는 뉴스 진행자에게 그런 식으로 소리쳤다. 범죄 관련 뉴스가 나오면 "아니, 아니 그게 아니지", "바보 같은 소리 하지 마. 그런 식으로 일을 저지르진 않았을 거야", "총을 찾을 수 있을 것 같은데…"라며 훈수를 두었다. 마치 수사팀의 일원인 것처럼, 경찰보다 더 전문적인 것처럼 말이다. 아빠는 신문 기사에 나왔거나 동네 사람들에게 전해 들은 범죄에 관해 이야기하기도 했다. 특히 살인, 칼부림 같은 폭력 범죄에 집착했다.

어느 날 아빠가 앞마당에서 나를 불렀다. 나는 부엌에 있다가 아빠가 부르는 소리를 들었다.

"에이프릴, 아빠가 보여줄 게 있어!"

나는 문 쪽으로 달려갔고, 아빠는 커다란 총을 들고 있었다.

"엽총이야. 어떻게 사용하는지 보여줄게."

내가 망설이자 아빠가 재촉했다.

"이쪽으로 와봐."

나는 조심스레 다가갔다. 아빠가 무슨 생각을 하는지 알 수 없어서였다. 아빠는 내게 총을 건네며 어깨에 대보라고 했다. 보기보다 무거웠다. 어깨에 대고 있는 것조차 힘들었다.

"깡통 난로를 겨냥해 봐."

난로는 대문 진입로 옆에 있었고, 이미 총알 자국으로 구멍이 숭숭 뚫려 있었다.

"여기가 방아쇠야."

아빠는 내게 총을 자세히 보여주며 말했다.

"당겨봐."

아빠가 시키는 대로 했다.

엽총이 발사되자 나는 뒤로 넘어졌다. 아빠는 내 손에서 날아간 총을 웃으며 붙잡았다. 어깨가 부러진 것 같았다. 총구를 당길 때 위험할 수도 있다는 걸 아빠는 내게 전혀 말하지 않았다.

"코뼈 안 부러진 게 어디니."

이렇게 말할 뿐이었다.

나는 당황스러웠다. 내가 충분히 다칠 수 있는 상황이고, 안전을 보장할 수 없다면 최소한 주의는 줘야 했던 게 아닐까? 왜 아빠는 아무런 경고도 하지 않았던 걸까? 아빠는 내게 총 쏘는 방법을 '가르쳐' 주지 않고 그냥 쏘라고만 했다. 나는 또 한 번 아빠의 장난 대상이 된 것이었다. 심한 모욕감에 눈물을 삼키며 집으로 돌아왔다.

며칠 후, 아빠는 우리를 이상한 현장 학습에 데려갔다. 우리는 집에서 약 2킬로미터 떨어진 실버 크릭 메트로 파크 Silver Creek Metro Park 로 차를 몰고 갔다. 전에도 여기로 가족 소풍을 온 적이 있었다. 그때마다 아빠는 함께 구워 먹을 닭고기를 가져오곤 했다. 우리는 매끄러운 잔디밭에서 공을 차거나 술래잡기를 하며 몇 시간씩 놀았고, 잘 정돈된 숲길을 걷기도 했다.

그날도 비슷한 일과를 보낼 거라고 생각했다. 하지만 이내 실망했다. 아빠는 먹을 것을 아무것도 가져오지 않았고, 엄마 손에도 장난감 바구니가 들려 있지 않았다. 대신 아빠는 주차장에 내린 후 걸으라고 했다. 정돈된 숲길이 아닌 내 가슴팍까지 높이 자란 잡초 사이를 걸어야 했다. 나는 손으로 풀을 헤치며 걸었다. 동생들이 비틀거리며 내 뒤를 따랐다. 아빠는 그 속을 지그재그로 걸으며 뭔가를 찾는 듯했다. 저녁 뉴스를 볼 때처럼 엄마에게 속사포로 이런저런 말을 건넸다. 마치 범죄에 대해 추측하고 단서를 찾는 듯했다. 나는 우리가 무엇을 찾고 있는지 전혀 알지 못했다.

우리는 아빠보다 뒤처졌고, 동생들은 서로 부딪치며 놀고 있었다. 잡초가 무성한 곳이라 길을 잃기 쉬웠다. 혹시라도 길을 잃을까 봐 표식이 될 만한 것을 찾아보았다. 그때 아빠가 갑자기 멈춰 서더니 손을 흔들었다.

"내가 맞았어…. 바로 여기야!"

그러고는 우리에게 차로 돌아가라고 했다.

우리는 다시 잡초를 헤치며 차로 돌아갔고, 집으로 향했다. 괜히 하루를 공쳤다는 생각이 들었다. 놀 기회가 없었으니 말이다.

나중에 알게 된 사실이지만, 그때 아빠가 우리를 데려간 곳은 범죄 현장이었다.

며칠 후 저녁, 여느 때처럼 우리는 거실에 모여 앉아 뉴스를 보았다. 아빠는 안락의자에 누구보다 편안한 자세로 기대 앉아 있었다. 제프는 그런 아빠 무릎에 앉아 한 손으로는 엄지를 빨고, 한 손으로는 아빠의 뺨을 쓰다듬으며 화면을 쳐다보았다. 제프가 가장 좋아하는 TV 시청법이었다. 늘 그렇듯, 엄마는 제닌과 함께 소파에 앉아 있었다. 나 역시 평소처럼 두 남동생과 바닥에 널브러져 색칠 놀이와 장난감 놀이를 번갈아 하며 뉴스 내용을 흘려듣고 있었다.

"여보."

뉴스가 계속 나오는 사이 아빠가 엄마를 불렀다.

"공원에서 실종된 아이들 있잖아?"

아빠의 말은 마치 저 멀리서 들려오는 듯했다. 실종된 아이들에 관한 이야기가 내 머릿속에 박혔다. 어떤 아이들일까? 내 또래가 아닐까 짐작했다. "공원에서." 아빠의 그 말에 나는 겁에 질렸다. 조금 전 우리가 지나온 잡초가 무성한 공원이 떠올랐다. 자칫하면 길을 잃기 쉬운 곳이었다.

아빠는 계속해 "그들의 시신이 발견되었다"라는 말을 되풀이했다.

시신? 나는 이 단어가 무엇을 의미하는지 알고 있었다. 그 아이들이 죽었다는 뜻이었다. 하지만 애써 그 단어에 집중하지 않았다. 공원에서 실종된 아이들이 얼마나 무서웠을지만 생각했고, 내게도 그런 몹쓸 일이 일어나진 않을까 두려웠다.

도깨비

1978

존이 1학년이 되던 해, 나는 3학년이 되었고 우리 셋은 매일 아침 버스를 타고 헤이즐 하비 초등학교로 등교했다(당시 기준으로 제프리 다머[9]가 10년 전 1학년으로 입학했던 그 학교다). 나는 학업 면에서나 운동 면에서나 뛰어났다. 과제에서 1등을 하거나 철자법 시험에서 100점을 받으면 칭찬 세례가 쏟아지곤 했다. 나는 최고가 되고 싶었다. 체육 시간엔 달리기도 1등이었다. 정말 그랬다. 나는 작고 말랐지만, 강하고 빨랐다.

나는 학교를 너무 좋아해서 하교 후에는 2층 침실(아직 완성 전이었던)에서 동생들과 학교 놀이를 했다. 아빠가 2층 공사를 끝내지 않아서 우린 침실을 침실로 사용할 수 없었다. 나는 바닥에 앉아 상자를

---

9) '밀워키의 식인귀'라는 별명으로 불리던 미국의 연쇄살인범. 1978년부터 1991년에 걸쳐 밀워키주 혹은 위스콘신주에서 10대를 포함한 열입곱 명을 살해했다. 시체를 강간하거나 절단하고 그 인육을 먹기도 했다.

책상 삼아 동생들에게 숙제를 나눠주고 채점하는 등 진짜 선생님처럼 행동했다. 밤에는 이야기 시간인 것처럼 바닥에 담요를 깔고 그 위에서 책을 읽어주었다. 제프는 눈을 동그랗게 뜨고 내 이야기를 듣곤 했다. 한 손 엄지를 입에 넣고 낡은 베개를 안고서. 흡사 찰리 브라운 만화에서 리누스가 여기저기 들고 다니던 담요 같았다. 내가 가장 좋아했던 디즈니 책은 〈유령의 집The Haunted House〉으로 미키, 플루토, 도널드가 연료가 바닥난 집에서 은행 강도와 맞닥뜨리는 내용이었다. 이들은 경찰이 범인 잡는 걸 도왔다. 아빠가 자주 하던 일과 비슷했다.

아빠는 정말 그랬다. 이사 가는 곳마다 지역 경찰들과 친분을 쌓았다. 그래서 하교 후 집으로 돌아오면 차도에 종종 경찰차가 서 있곤 했다. 밤에는 동네에 떠도는 온갖 소문을 섭렵하러 술자리에 갔다. 술은 마시지 않았다. 아빠는 여기서 얻은 정보를 지역 경찰에게 넘겼다. 이렇듯 경찰과 친밀한 관계를 유지하면서 개심한 범죄자이자 법과 질서를 잘 지키는 선량한 시민이라는 이미지를 굳혀나갔다. 경찰과의 친밀한 관계는 든든한 보험이기도 했다. 만일의 사태가 발생했을 때 경찰보다 더 호의를 베풀어줄 사람이 어디 있겠는가?

그러던 어느 날, 학교에서 집으로 돌아오자 대문 앞에 정장 차림의 남자 두 명이 서 있었다. 경찰복도 입지 않았지만, 아빠의 경찰 친구들보다 훨씬 더 진지해 보였다. 그들은 FBI에서 왔다며 아빠가 집에 있는지 물었다.

나는 아빠를 불렀고, 금세 대문 앞으로 나온 아빠가 두 사람을 따뜻하게 맞았다.

"오, 오셨군요. 얼른 들어오시죠!"

그리고 세 사람은 조용한 곳으로 옮겨 이야기를 나누었다.

얼마 후 그들은 집을 나서며 우리에게 선물을 건넸다. 작은 보물상자였다. 내가 학교에서 받은 칭찬 스티커를 보관하기에 딱 좋은 크기였다. 그들이 우리 집에 왜 왔는지 의아했다. 좀처럼 추측할 수 없었다. 하지만 그들이 건넨 보물상자는 정말 좋았다. 이후 10년간, 이사할 때에도 절대 잃어버리지 않고 소중히 간직할 만큼.

두 사람이 떠난 후, 아빠와 엄마가 하는 이야기를 몰래 엿들었다. 엄마는 필시 내 마음속에 불타고 있는 질문을 했을 터였다. 그들은 누구이며, 왜 우리 집에 온 것일까? 아빠는 그들이 지미 호파에 관해 물어보러 왔다고 답했다. 아빠는 감옥에 있을 때 만난 희대의 범죄자들에 관한 책을 쓰고 있었는데, 그 책의 초안을 출판사에 보냈다고 했다. 책에는 FBI가 여전히 수색 중이던 지미 호파에 관한 이야기도 포함돼 있었다. FBI는 아빠가 지미에 관한 정보를 갖고 있다고 생각해 찾아온 것이었다. 아빠에게 정보가 있든 없든, FBI의 방문은 아빠를 매우 흥분시켰다. 이후 며칠간 아빠의 기분은 하늘을 나는 듯했다. 아빠는 다시금 FBI 관심의 중심에 서게 되었고, 이번에는 지명수배자로서가 아니었다.

당시 나는 아빠가 경찰이 되었어야 했는데 그 소명을 이루지 못했다고 생각했다. 늘 경찰과 어울리기를 좋아했기 때문이다. 아빠는 범죄 다큐멘터리를 즐겨 보았다. 아무리 끔찍한 범죄 이야기라도 그 옆엔 늘 우리가 함께 있었다. 그리고 그 범죄는 늘 살인과 관련돼 있었다. 특히 조디악 킬러Zodiac Killer [10]에 관한 다큐멘터리를 볼 땐 정신이 번쩍 드는 것 같았다. 하지만 그 모습은 전혀 이상해 보이지 않았다.

살인이 매력적이라면, 연쇄살인은 아빠에게 더 흥미로울 게 당연하다고 생각했다.

아빠는 우리가 과거의 자신처럼, 그리고 TV에 나오는 나쁜 사람들처럼 되지 않도록 도덕 교육을 철저히 할 필요가 있다고 여겼고, 이를 위해 교회에 다녀야 한다고 생각했다. 아빠는 종교를 전혀 믿지 않았다. 어린 시절 만난 수녀들 탓이었다. 하지만 우리에게만큼은 동네 교회에 출석하고, 여름 성경 학교에도 참석하라고 했다. 가톨릭, 여호와의 증인만 아니면 어떤 교파든 상관없다고 했다. 수녀들의 악행에 대한 기억 때문에 아빠는 가톨릭교회를 싫어했다(그런데 내 동생 존의 가운데 이름인 폴은 교황의 이름을 딴 것이다). 엄마는 독실한 기독교인이었기에 종교 문제만큼은 아빠와 잘 맞았다. 엄마는 매주 일요일 아침 우리를 교회에 데려갔다. 엄마가 운전을 못 했기에 아빠가 데려다주었지만, 함께 예배에 참석하진 않았다. 아빠가 왜 예배를 드리지 않는지 궁금하진 않았다. 아빠의 자체 규칙 중 하나일 뿐이었을 테니까.

아빠는 또 우리가 보이스카우트, 걸스카우트 대원으로 활동하길 바랐다. 그래서 나를 비롯해 데이비드, 존 모두가 지역 스카우트에 가입했다.

그때까지만 해도 내 가장 친한 친구는 동생들이었다. 하지만 브라우니 클럽에서 스테파니라는 여자아이를 만난 뒤로 그 애가 내 둘도

---

10) 1960년대 후반 미국 캘리포니아에서 활동했던 연쇄살인범의 별명으로 아직 신원이 밝혀지지 않았다. 신문사로 편지를 보내 서른일곱 명을 살해했다고 주장했으나 현재 일곱 명(두 명은 살아남음)만이 확인되었다.

없는 친구가 되었다. 스테파니가 집에 놀러 올 때면 우리는 여동생 제
닌을 아기로 삼아 엄마 아빠 놀이를 했다. 하지만 제닌은 걷기 시작하
면서부터는 놀이에 협조적이지 않았다. 옷을 입히는 것도 기저귀를
채우는 것도 쉽지 않았다. 나는 스테파니와 함께 훌라후프를 돌리고,
텀블링 연습을 하며 놀았다. 손을 사용하거나 떨어뜨리지 않고 몇 번
이나 돌릴 수 있는지, 연속 360도 회전을 몇 번이나 할 수 있는지 등
을 기록으로 남기며 서로의 경쟁심을 자극했다.

우리 집 마당은 동네 아이들이 술래잡기나 물싸움을 하러 오는 곳
이 됐다. 모든 게임은 아빠가 주도했다. 아빠는 10대들을 대상으로 한
캠프 지도자처럼 행동하며 늘 새로운 놀이를 고안하거나 장애물 코
스를 설치했다. 심지어 베이비시터인 다이앤도 이따금 놀러 왔다.

아빠는 마당 출입은 누구든 환영했지만, 자신이 집에 없을 땐 집
안으로 아무도 들어오지 못하게 했다. 한번은 엄마와 볼일을 보러 나
가면서 다이앤에게 우리를 밖에만 있게 하라고 말하더니 우리가 집
안으로 못 들어가게 문을 잠그라고 했다. 그러자 다이앤이 놀란 표정
으로 물었다.

"아이들이 배가 고프다고 하면 어떡해요?"

"우리가 집에 올 때까지 기다리라고 해."

아빠의 대답은 그게 전부였다. 집은 출입 금지 구역이었다.

그런데 어느 날부터인가 아빠는 자신이 집에 있을 때조차 우리가
집 안에 못 들어가게 했다. 나는 아무렇지 않았다. 아빠가 화를 낼 때
면 차라리 밖에 있는 게 나았으니까. 아빠가 소리를 지르기 시작하면,
무거운 침묵이 내려앉았다. 그럼 우리는 즉각 생존 모드로 전환해 줘

죽은 듯 숨어 아빠의 눈에 띄지 않으려 애썼다. 벨트를 꺼내 들기 전에 아빠는 외부 사람부터 집 밖으로 내보냈다. 다이앤이 우리 집에 마지막으로 왔던 날이었다. 다이앤은 베이비시터가 아닌 우리의 친구로서 마당에서 놀고 있었다.

"얘들아!"

아빠가 현관에서 우릴 불렀다.

"너희를 위해 새로운 게임을 준비했어!"

"와아!"

우리는 설레는 마음으로 소리쳤다. 호스로 물 뿌리는 게임일 수도 있을 거라고 생각했다. 그날은 몹시 더웠기 때문이다.

하지만 우리의 예상과는 달랐다. 아빠는 숲으로 가 특별한 것을 찾아보라고 했다.

"뛰지 말고 걸어."

우리는 조심조심 걸으며 마당 가장자리에 있는 나무로 향했다. 아빠는 재미있는 보물찾기 대회를 열어 푸짐한 상품을 나눠주는 것으로 동네에서 유명했다.

"뭘 찾아야 하는 거예요?"

내가 물었다.

"보면 알 거야."

아빠가 뒤따라오며 말했다.

나무 사이로 들어가자 공기가 한결 시원해졌다. 나뭇잎이 내리쬐는 햇빛을 가려주었다.

"고개를 숙이고 계속 살펴보렴."

아빠가 말했다.

"거의 다 왔나요?"

다이앤이 물었다.

"아직 멀었어."

아빠가 답했다.

"자, 이제 흩어져서 천천히 가."

우리는 아빠의 지시대로 팔 벌린 너비의 두세 배 간격으로 떨어져 걸었다. 다이앤은 내 왼쪽에서 조용히 걷기만 했다. 발밑에서 나뭇잎과 잔가지들이 바스락거렸다.

"계속 가."

아빠가 뒤에서 말했다.

우리는 게임에 완전히 몰입했다. 나는 앞을 주시하면서 틈틈이 좌우를 돌아보며 관목의 뿌리 쪽도 살펴보았다. 나는 아빠가 몰래 숨겨두었을 만한 장신구의 선명한 색깔이나 반짝임을 찾고 있었다. 탕! 순간 모두 한꺼번에 뒤를 돌아보았다. 아빠가 어깨춤에 검은색 권총을 들고 서 있었다. 장전한 총을 우리에게 발사한 것이다.

총소리가 내 귀에 울려 퍼졌고, 심장과 맥박이 미친 듯이 뛰었다. 다이앤은 굳은 돌처럼 꼼짝하지 않고 서 있었다. 어떻게든 걸음을 떼보려고 애쓰는 모습이 역력했다. 마치 진창을 뚫고 나가듯 천천히 움직이며 조금씩 걸어갔다. 순간 또 다른 소리가 들렸다. 아빠의 웃음소리였다. 아빠는 연신 웃고 있었다.

"그냥 장난이야!"

아빠는 겁에 질린 우리를 쳐다보며 말했다.

가까스로 차도에 도착한 다이앤은 뒤도 돌아보지 않고 도망쳤다. 이후로 다시는 우리 집에 오지 않았다. 아이를 돌보러 오는 일도, 놀러 오는 일도 그날로 끝이었다.

다이앤을 탓하진 않았다. 아빠의 변덕스러운 행동이 나조차도 걱정되기 시작했으니. 내가 기억하는 최악의 구타 사건 중 하나는 옷 더미에서 비롯됐다. 차고 바닥에 콘크리트 타설 작업을 하지 않아 우리는 흙 묻은 우비나 장화 등을 놔두는 뒤쪽 현관을 제대로 사용할 수 없었다. 그래서 케빈 드라이브에 살던 2년 반 동안 문을 열고 집 안으로 들어가면 코트와 재킷 등의 옷가지와 각종 물건들을 모조리 소파에 던져놓곤 했다. 옷장이 있는 것도 아니어서 어쩔 수 없었다. 소파에는 세탁을 마친 깨끗한 옷들도 함께 널브러져 있었다. 계속 그렇게 지냈다. 하지만 어느 날 밤, 아빠는 이 상황을 더 이상 용납하지 않겠다고 선포했다. 소파뿐 아니라 다른 곳들도 지저분했지만, 그곳들은 우선순위가 아니었다.

"모두 이리 와!"

아빠가 소리쳤다. 그러고는 옷을 하나씩 집어 들며 누구 것인지 확인했다. 아빠 본인이나 엄마 옷이면 옆으로 치워놓았다. 하지만 나나 남동생 옷이면 우리는 아빠 쪽으로 한 걸음 나아가야 했는데, 그러고 나서 짚으로 만든 빗자루로 사정없이 맞았다. 옷 더미는 엄청나게 많았다. 시간이 한참 걸릴 것 같았다.

아빠는 내 비옷을 집었다.

"에이프릴, 가만히 있어!"

아빠는 소리치며 야구 방망이를 휘두르듯 빗자루로 내 엉덩이를 가격했다. 순간 온몸이 뻣뻣하게 굳었다. 나는 그대로 쓰러졌다. 왜 그렇게까지 하는지 이해할 수 없었다. 소파에 쌓인 내 옷가지는 양말부터 셔츠, 운동복까지 수도 없이 많았다. 물론 내 옷이 가장 많았지만, 동생들 것도 만만치 않았다. 내 옷이 하나씩 나올 때마다 매질의 강도는 점점 더 세졌다. 엄마는 다른 소파에서 제닌을 안고 지켜보았고, 제프는 엄마 무릎에 얼굴을 묻고 있었다. 나는 결국 바닥에 쓰러졌고, 다시 일어나지 못했다. 엄마가 말했다.

"웨인, 이제 그만해."

엉덩이 피부가 벗겨지고 근육이 잘려나간 것 같았다. 나는 몸을 굽히고 손과 무릎으로 기어 겨우 침대로 갔다.

그날 밤, 나는 엎드려서 자야 했다. 옆으로 눕지도 못했다. 채찍에 맞은 듯 목이 아팠다. 아빠는 나를 달래려고 노력했다. 내 침대 속으로 파고 들어와 울고 있는 내 곁을 한참 동안 지켰다.

본인도 지나쳤다고 느낀 것 같았다.

"에이프릴?"

아빠는 내 소매를 당기며 말했다.

"소파에 그렇게 많은 옷을 걸쳐두지 않았으면 좋았잖아."

'너를 아프게 해서 미안하다'가 아니라 '원인 제공은 네가 했고, 그런 너를 아프게 한 건 미안하다'는 뜻이었다. 나는 두 문장의 차이를 알고 있었다.

나는 아빠를 쳐다보지 않았다. 어떤 말도 하지 않았다. 사랑한다고도, 괜찮을 거라고도 말하지 않았다. 그저 베개에 얼굴을 묻은 채 침대에 누워 있었다. 아빠는 내가 어쭙잖은 사과를 받아주지 않을 것 같았는지 금세 나가버렸다.

다음 날 나는 학교에 갈 수 없었다. 엉덩이에 멍이 너무 심하게 들어서 앉아 있는 것조차 고통스러웠다. 학교에 결석하는 건 늘 아쉬웠다. 종일 침대에 누워 반 친구들이 무엇을 하고 있을지 상상하곤 했다. 문득 어린 시절의 기억이 떠올랐다. 내가 어렸을 때 아빠는 가끔 나를 학교에 결석시키고 건설 현장에 데려가곤 했다. 내 도움이 필요해서라고 했다. 그때는 아빠가 혼자 출근하는 게 외로워서 나를 데려가는 거라고 생각했다. 하지만 이제는 어렴풋이 알 것 같다. 눈에 띄는 멍 자국이나 상처 때문에 나를 직장에 데려갔을 것이다.

집이 완성될 무렵, 아빠는 아래층 벽에 크고 화려한 공작새를 그려놓고 집에 오는 손님들을 맞았다. 아마도 템플릿을 구입한 것 같았다. 많은 양의 반투명 종이를 벽에 붙이는 모습을 봤기 때문이다. 낱장의 종이에는 색깔에 해당하는 그림과 숫자가 적혀 있었는데, 흡사 내가 생일선물로 받은 색칠 놀이 세트 같았다. 나는 아빠가 그림 그리는 걸 보는 게 좋았다. 아빠는 엘비스 프레슬리Elvis Presley 앨범을 틀어놓고 흥얼거렸다. 프랭크 시나트라Frank Sinatra, 빙 크로스비Bing Crosby 노래가 나오기도 했다. 때론 담배도 피우며 꼼꼼하게 페인트를 칠했다. 나는 바닥에 앉아 몇 시간이고 그런 아빠의 모습을 지켜보았다.

그렇게 완성해 걸어둔 벽화는 현관문을 열면 가장 먼저 눈에 들어왔다. 사람들은 감탄사를 연발했다. 아빠는 자신이 직접 디자인한 작품이라고 소개했다. 나는 사실이 아니라는 걸 알고 있었지만, 당연히 입 다물고 있어야 했다.

그렇게 공들인 집을 아빠가 팔았다고 했을 땐 놀라지 않을 수 없었다. 아빠는 조만간 이사할 거라면서, 당장은 아니라고 했다. 학기가 끝날 때까지는 기다리겠다고 했다.

8년간 우리는 수도 없이 이사를 다녔다. 에이번 스트리트에서 테일러 로드로, 또 다른 셋집으로, 다시 케빈 드라이브의 집으로. 이사라면 지긋지긋했지만, 한편으로는 이사가 아빠를 더 행복하게 해주는 건 아닐까 생각했다.

"이번엔 어디로 가요?"

내가 물었다.

"깜짝 놀라게 될걸!"

아빠가 웃으며 말했다.

"힌트 하나 줄게. 이제 장작 패고 옮기는 일은 안 해도 돼! 곧 해변에서 달리기도 하고 매일 바다에서 수영도 하게 될 거야!"

해변 달리기라! 정말 멋져 보였다.

우리 집을 산 부부는 윈네바고 캠핑카를 갖고 있었는데, 우리가 이사 나가기 약 한 달 전부터 우리 집 마당에 그 차를 주차해 두었다. 그들은 종종 캠핑카에 머물렀다. 그래서 내가 밖에서 놀거나 버스 타러 나갈 때면 종종 마주치곤 했다. 아빠는 그들을 썩 좋아하진 않았다. 아빠가 초대한 것도 아닌데 노크도 없이 집 안으로 들어오는 일이 잦았기 때문이다. 그러면 아빠는 몹시 화를 내곤 했다. 하루는 거실 소파에 앉아 숙제를 하고 있는데, 그들 부부 중 아내가 우리 집 쪽으로 걸어왔다. 아빠는 창문으로 그 모습을 지켜보고 있었다.

"다른 사람 집에 노크도 없이 들어오는 게 어떤 건지 보여주지."

아빠는 알몸으로 마중을 나갔다. 잔뜩 기대에 찬 모습이었다.

여자는 문을 열자마자 입을 다물지 못했다. 화려한 공작 벽화 앞에 알몸으로 서 있는 아빠를 보고 그대로 굳어버렸다. 나 역시 충격이었다. 쥐구멍에라도 숨고 싶은 심정이었다. 아빠가 가족 외에 다른 사람을 일부러 당황하게 하는 모습을 본 건 그때가 처음이었다. 가족끼리 있을 땐 종종 알몸으로 돌아다니기도 했지만, 다른 사람들 앞에서 그런 적은 단 한 번도 없었다. 그 여자도 나도 겁에 질린 건 분명했다. 하지만 아빠는 그 상황을 그저 재미있어했다. 여자는 미안하다는 말을 중얼거리며 부리나케 나가버렸다.

아빠는 깔깔거리고 웃느라 몸을 못 가눌 지경이었다. 그러고는 이렇게 말했다.

"자업자득이지."

집을 판 돈으로 우리 가족은 새로운 삶을 시작했다. 이를 자축하기 위해 아빠는 포드의 신형 밴 이코노라인을 구입했다. 또 우리 집을 산 부부에게서 윈네바고도 구입했다. 아빠가 몰던 엘카미노는 집 지을 때 도와준 청년에게 판 것 같았다. 빌리 아저씨는 아니었다. 그건 확실했다. 지난여름 이후로 빌리 아저씨를 본 적은 없었다. 학기가 모두 끝나고, 우리는 케빈 드라이브와 오하이오 도일스타운을 떠나왔다. 윈네바고에 신형 밴을 견인한 채로. 왜 이사하느냐는 존의 질문에 아빠는 이렇게 대답했다. 나쁜 놈들에 대한 정보를 경찰에 넘겼는데, 그 놈들이 아빠를 쫓고 있다고. 나는 우리가 도깨비로부터 도망치고 있다고 믿었다. 그 도깨비가 아빠일지도 모른다는 생각은 이후로도 수년간 하지 못했다.

오하이오주 칠리코시 연방 교도소

1950-1952

젊은 시절 아빠의 삶은 마치 수레바퀴 같았다. 바큇살이 뻗어나가듯, 아빠는 애크런을 중심으로 플로리다, 조지아, 노스캐롤라이나, 콜로라도, 오리건, 몬태나, 펜실베이니아, 텍사스, 아이다호, 애리조나 등지로 뻗어나갔다. 그리고 몇 번이고 되돌아왔다. 그 여정에는 늘 새로운 삶, 결혼, 모험을 약속하는 젊은 여자가 있었다. 새로운 여자를 만나면 이전에 만나던 여자는 곧바로 정리해 버렸다. 늘 이런 패턴이 반복됐다. 끊임없이 여자를 만나 사기를 치고, 새로운 여자로 갈아치우는 것. 이것이 아빠의 수법이었다. 젊은 여자에게 수작을 부리다 지치면 다시 본거지인 애크런으로 돌아와 다음 일을 도모했다.

소년원에서 도망친 아빠는 열일곱 번째 생일 이틀 전에 해병대에 입대했다. 패리스 아일랜드에서 기본 훈련을 받으며 잘 적응해 나갔다. 아빠는 강하고 건강했으며, 각종 훈련에 능했다. 신병 훈련소 과정을 마친 후 아빠는 노스캐롤라이나주 윌밍턴에 있는 캠프 르주네로 배치되었다. 아빠가 속한 부대는 한국으로 파병됐고, 당시 아빠는 만 18세가 되지 않은 상태였다. 하지만 전투 참가 연령은 18세부터였다. 아빠는 이를 받아들일 수 없었다. 전투에 참여하고 싶었다. 충분히 준비가 됐다고 생각했다. 하지만 규칙은 규칙이었다. 그건 피할 수 없었다. 몹시 실망한 아빠는 결국 탈영하기로 결심했다. 탈영은 결코 좋은 방법이 아니었다. 하지만 아빠의 선택이 그리 놀랍진 않다. 아빠는 어린 시절에 매우 충동적이었다고 고백하곤 했으니까.

월밍턴에서 탈영한 아빠는 차를 훔쳐 플로리다로 향했고, 그곳에서 자동차 절도 혐의로 체포돼 잭슨빌 카운티 교도소에 수감됐다. 아빠는 집행유예 5년을 선고받고 풀려났다. 자유의 몸이 된 아빠는 식당에서 밥을 먹고 돈을 냈다. 그러면서 도망가지 않고 밥값을 치른 자신의 모습에 적잖이 놀랐다. 어쩌면 새로운 장의 시작일지도 모른다고 생각했다. 앞으로는 정직하게 살 수 있을 것 같았다. 하지만 아빠의 의지는 오래가지 못했다. 얼마 후 아빠는 차고에서 일자리를 얻었다. 아직 열일곱 살이었지만, 5년간 군 복무를 마친 스물두 살이라고 속였다. 아빠의 거짓말은 금세 들통났고 결국 그곳에서 쫓겨났다. 그즈음 아빠는 갈색 머리에 체구가 작은 백인 여자 린다를 만났고, 함께 텍사스로 도망치자고 설득했다.

휴스턴에 도착한 두 사람은 방 하나를 빌려 지내며 슈퍼마켓에서 일자리를 구했다. 하지만 아빠는 일을 시작한 지 2주 만에 심각한 식중독에 걸렸고, 다행히 마음씨 좋은 사장 덕분에 버지니아 주립병원에 입원해 치료를 받았다. 아빠는 틈만 나면 사장에게 군 복무 시절 이야기를 무용담처럼 떠벌리곤 했다.

버지니아에 있는 동안, 아빠의 사기 행각을 방해하는 두 가지 사건이 발생했다. 첫 번째는, 아빠의 불명예제대 기록과 강박적인 거짓말을 눈여겨본 한 정신과 의사가 아빠를 정신병동에 입원시켜야 한다고 주장한 것이다. 아빠를 요주의 인물로 여긴 전문가는 그 의사가 처음이 아니었다. 소년원에 수감됐던 열세 살 때 아빠의 사건 파일에는 1946년 소년연구국에서 작성한 보고서가 포함돼 있었는데, 보고서에는 다음과 같이 적혀 있었다.

"경찰에 따르면, 그는 올여름 자전거 절도 사건에 연루됐다. 하지만 자신에게 유리한 상황이라고 해도 절대 진실을 말하지 않을 것이다. 구치소 수감 전에는 세인트조지프 학교에 다니다 퇴학당했다. 어린 소녀들의 학부모로부터 그가 하굣길에 자신의 딸들을 희롱했다는 신고가 접수됐기 때문이었다."

이 보고서는 아빠를 "충동적이고, 무관심하며, 부주의하고, 변덕스럽고, 종잡을 수 없다"라고 묘사했다. 이후 아빠가 해병대에 입대하기 직전인 1950년엔 정신감정 보고서가 나왔는데, 이렇게 적혀 있었다.

"정신과적 도움이 절실하다. 매우 장기적인 치료가 필요한 상태이므로 변화를 기대하는 건 쉽지 않아 보인다. 여러 가지 문제가 있으며, 그중 대부분은 너무 늦어서 치료가 어려운 상태다…. 노이로제 증상을 보이며, 정신병도 의심된다. 환자의 행동은 확실히 정신병적이다."

아빠의 사기 행각을 방해한 두 번째 사건은, 린다가 다른 남자와 바람을 피운 일이다. 이 사실을 알게 된 아빠는 분노에 휩싸였다. 자신의 회고록에서 아빠는 린다를 어떻게 폭행했는지 하나하나 자세히 기록했다.

"있는 힘껏 린다의 배를 때렸다. 린다는 몸을 웅크린 채 한숨을 내쉬었다. 나는 소리쳤다. 얼굴을 아주 곤죽으로 만들어버리겠어! 남자는커녕 짐승조차 거들떠보지도 않게 해주지."

아빠는 린다를 잔혹하게 때렸다. 뼈가 부러지지 않은 게 '기적'이라고 써놨다. 그러고는 이렇게 이어나갔다.

"린다는 눈이 퉁퉁 부은 채로 애원했지만, 나는 동요하지 않았다."

주지하건대, 이 회고록은 아빠가 이웃들에게 명함 대신 돌린 책이었다. 린다를 폭행한 것과 관련해 이런 구절도 있었다.

"나 자신을 위해서라도 린다를 죽이고 싶진 않았다."

아빠는 만신창이가 된 린다를 데리고 애크런으로 돌아갔고, 린다는 그곳에서 만난 낯선 이의 도움으로 플로리다로 도망쳤다. 물론 그전에 아빠는 린다를 하룻밤 더 붙잡아 두고 강간했다.

애크런으로 돌아온 아빠는 주차된 차량의 허브캡, 배터리, 타이어 등을 훔쳐 폐차장에 팔아넘기는 소소한 범죄를 저질렀다. 그즈음 낸시Nancy를 만났다. 아빠는 회고록에서 낸시를 "내가 전부였던 퉁퉁한 금발의 여자"라고 표현했다. 낸시는 아빠가 좋아하는 스타일은 아니었지만 조종하기가 쉬웠다. 린다에게 배신당한 직후였기에 여자에 대한 통제력을 회복하기에 제격이었다. 아빠는 낸시와 함께 차량 절도에 착수했다. 애리조나에서 시작해 사우스캐롤라이나에서 끝난 범죄 행각 대장정이었다. 아빠는 졸음운전을 하다 훔친 차로 사고를 내고 병원에서 깨어났다. 낸시의 도움으로 병원에서 빠져나온 아빠는 다른 차를 훔쳤다. 그리고 한 자동차 판매장에 침입해 다른 자동차와 맞바꾼 후 윌밍턴으로 향했다. 아빠에게는 익숙한 곳이었다. 그곳에서 아빠는 '흑발에 여성스러움이 물씬 풍기는' 안나Anna를 만나 낸시를 버렸다. 그리고 안나와 함께 펜실베이니아 노리스타운으로 떠났다. 소년원에서 도망쳐 지냈던 곳이라 잘 알던 동네였다. 이곳에서 아빠는 군복을 사 입고 해병대 상병인 양 행세했다. 군복을 입고 매일 밤 다른 여자와 술집에 드나드는 모습을 본 경찰은 아빠를 의심하기 시작했다. 얼마 후 아빠는 군인 사칭범으로 체포됐다. 결국 차량 절도 혐의로 2년 형을 선고받고 오하이오주 칠리코시 연방 교도소에 수감됐다. 성인으로서 복역한 것은 그때가 처음이었다. 당시 아빠는 열여덟 살이었고, 2년 뒤 각종 범죄 기술과 사기 수법을 확실히 갈고 닦은 상태로 출소했다.

플로리다에서의 규칙

1978

　　우리가 윈네바고에 올라타자 아빠는 플로리다로 여행을 떠난다고 말했다. 퍽 놀라운 일이었다. 아빠는 우리가 좋아할 거라고 확신했다.

　하지만 그 전에 애크런에서 승객 한 명을 태워야 했다. 아빠의 양부 프레드 에드워즈가 양모 메리 에델이 죽은 뒤 재혼한 여자였다. 그녀의 이름은 루실(Lucille, 루실 이모할머니와는 다른 사람이다)로, 루실 할머니를 제대로 만난 건 그때가 처음이었다. 할머니는 애틀랜타에 사는 조카를 만나고 싶어 했고, 그래서 아빠가 플로리다로 가는 길에 애틀랜타에 내려주기로 한 것이다.

　애틀랜타는 아빠가 이전에 살던 곳이었다. 두어 차례 살아본 적이 있다고 했다. 나는 아빠가 루실 할머니를 탐탁지 않아 한다는 걸 알고 있었다. 아빠는 종종 이렇게 말했다.

　"나쁜 여자야…. 할아버지한테 못되게 굴더라고…. 거짓말도 잘하고."

하지만 할머니는 아빠에게 돈을 주며 애틀랜타에 좀 내려달라고 부탁했고, 아마도 그 때문에 아빠가 동행을 허락했을 것이다. 아빠는 이코노라인 밴을 견인한 채 윈네바고에 올라탔다. 아빠는 커피를 담은 보온병을 한 손에 들고 운전하며, 주유소에 들를 때마다 커피를 가득 채웠다. 조수석에 앉은 엄마는 제닌을 무릎에, 해피를 발치에 앉혔다. 나를 포함한 다른 아이들은 루실 할머니와 함께 캠핑카 뒤쪽 테이블에서 카드놀이를 했다. 카드를 섞는 할머니의 빨간 손톱이 반짝거렸다. 할머니는 진 러미 gin rummy 게임을 가르쳐주었다.

동생들이 너무 거칠게 굴면 할머니는 목소리를 높이며 꾸짖었다.

"얘들아, 얌전히 좀 있어라!"

동생들을 잠잠하게 만드는 건 늘 내 일이었기에 할머니가 나서주는 게 너무 좋았다. 하지만 아빠는 버럭 화를 내며 말했다.

"내 자식은 나만 혼낼 수 있어!"

나는 아빠가 할머니를 때릴 것 같아 무서웠다. 하지만 할머니는 눈 하나 꿈쩍하지 않았다.

"그렇게 못되게 굴지 마."

할머니가 퉁명스레 대답했다.

순간 아빠는 굳어버렸고, 혼잣말로 "나쁜 년"이라고 중얼거렸다. 하지만 할머니에게도 들릴 만큼 큰 소리였다. 할머니는 그 말을 그저 "으흠!" 하고 삼켜버렸다. 대꾸도 하지 않았다. 나는 할머니의 용기에 놀랐다. 어쩌면 할머니는 두려움을 느낄 만큼 아빠를 제대로 알지 못하는지도 몰랐다. 그러나 할머니는 우리가 모르는 아빠의 모습을 알고 있었다. 프레드 할아버지와 오랫동안 결혼 생활을 해왔기에 의붓

아들인 아빠의 허풍과 거짓말을 꿰뚫고 있었던 것이다. 할머니는 고개를 가로저으며 중얼거렸다.

"머저리 자식, 사기꾼 같으니라고."

그 누구도 아빠를 그런 식으로 말한 적은 없었다. 순간 두려움이 밀려왔다. 동시에 할머니를 우러러보게 됐다. 엄마도 나와 같은 마음이었으리라. 엄마는 루실 할머니는 물론 다른 사람을 나쁘게 말하는 법이 없었다. 그렇다고 자기 자신에 대해 좋게 말하지도 않았다. 아빠와 시빗거리를 만들지 않으려고 늘 조심스레 행동했고, 그래서 다른 사람에 관한 말도 꺼렸다.

루실 할머니가 동행하지 않았다면, 아마도 아빠는 여유를 갖고 플로리다로 향했을 것이다. 하지만 할머니를 빨리 떨궈버리고 싶은 마음에 밤새 차를 몰아 애틀랜타로 갔다. 할머니의 조카 샌디의 집에 도착하자 아빠는 어쩐지 서두르지 않았다. 물론 이유가 있었다. 샌디의 집은 크고 아름다웠으며, 남편 밥이 경찰관이었기 때문이다. 도착하자마자 아빠는 진입로에 차를 세웠다. 우리 차가 주차장 거의 전체를 차지했다. 샌디는 우리를 뒤뜰로 데려갔다. 나도 아빠처럼 서두르지 않고 천천히 구경했다. 집 뒤쪽에는 가장자리를 따라 선명한 파란색 타일이 깔린 수영장이 있었다. 그렇게 호화로운 집은 처음이었다.

"얘들아, 수영복으로 갈아입고 물놀이하면 어때?"

샌디가 제안했다.

두 번 생각할 이유가 없었다. 우리는 재빨리 옷을 갈아입고 수영장으로 뛰어들었다. 샌디는 차가운 레모네이드를 가져다주었다. 레스토랑에 온 기분이었다. 밥은 데이비드와 존에게 커서 뭐가 되고 싶냐고 물었다. 데이비드는 밥 아저씨처럼 경찰이 되고 싶다고 했다.

수영장 바닥에 일렁이는 빛을 보며 뒤뜰 테이블에 앉아 발을 흔들거렸다. 문득 이 집을 떠나고 싶지 않다는 생각이 들었다. 그렇게 말하면 아빠의 기분이 상하리라는 것은 너무나도 뻔했다.

레모네이드를 마시며 서성이다가 아빠와 루실 할머니가 돈 문제로 심하게 다투는 것을 듣게 됐다. 곧 그 집을 떠날 것임을 직감했다. 할머니는 아빠를 당장 쫓아버리고 싶은 듯했다.

길을 나서기 전, 밥 아저씨가 데이비드에게 줄 선물을 가지고 밖으로 나왔다. 아저씨의 오래된 경찰 제복 셔츠였다. 우리가 안돼 보였던 모양이었다. 그래서 셔츠를 준 것 같았다. 데이비드는 너무 좋아서 어쩔 줄 몰라 했다. 하지만 나도 더는 그곳에 있고 싶지 않았다. 호화로운 생활을 계속하고 싶은 것과 동정받는 것은 완전히 다른 문제였다. 동정 어린 시선은 나를 불안하게 했다. 그러자 레모네이드가 손가락에 끈적하게 달라붙는 것만 같았다. 우리가 샌디와 밥에게 동정받을 이유는 전혀 없었다. 우리는 정말이지 괜찮았다. 우리는 가족이었으니까.

그 후 윈네바고를 타고 남쪽으로의 여행을 시작했다. 루실 할머니가 없어서인지 아빠는 기분이 좋아 보였다. 아빠는 줄곧 빠른 속도로 운전했다. 엄마가 대시보드를 잡으면 속도가 너무 빠르다는 뜻이었다. 어디로 가는지는 몰랐지만, 상관없었다. 우리는 자동차 게임을 하며 시간을 보냈다. 우리가 즐겨 하던 게임 중 하나는 아빠가 고안한 '자동차 빙고'라는 게임이었다. 우리가 두 가지 범주를 생각해 내면, 엄마는 한 팀당 하나씩 두 장의 종이에 각기 다른 범주를 적어서 줬다. 범주에는 말, 소, 또 다른 윈네바고, 그네, 수영장, 학교, 소방차, 견인차와 함께 돼지, 포드 머스탱 컨버터블 같은 어려운 것도 포함되어 있었다. 범주에서 뭔가를 발견했다고 외치면, 그 사람이 속한 팀이 점수를 얻었다. 점수는 엄마가 기록했다. 아빠와 나는 둘 다 매의 눈이라 한 팀이 될 수 없었다. 우리는 모두 앞자리에 있었는데, 데이비드와 존, 나는 양쪽 등받이 좌석 사이에 놓인 아이스박스 위에 앉았다. 제닌은 당연히 엄마 무릎 위에 앉았다. 제프는 운전석 뒤에 서서 운전석과 문 사이에 상체를 끼워 넣곤 했다. 그렇게 하면 아빠의 어깨에 머리를 기대거나 아빠의 뺨에 손을 올릴 수 있었기 때문이다. 게임을 하며 빙고를 외칠 때 외에 제프의 엄지는 늘 입안에 있었다.

아빠와 나는 종종 같은 것을 거의 동시에 발견하곤 했다.

"소다!"

아빠와 내가 동시에 소리쳤다.

"내가 이겼어!"

아빠가 기뻐하며 말했다.

"말도 안 돼! 내가 먼저 말했다고요!"

나는 절대 물러서지 않았다.

자동차 빙고 게임을 할 때만큼은 나도 강력한 입장을 고수하는 걸 두려워하지 않았다. 속도를 내며 달리는 윈네바고만큼은 오로지 재미와 즐거움을 위한 중립지대였으니 말이다.

"그래, 좋아. 이번에는 내가 져주지."

아빠는 웃으며 말했다.

나는 자동차 빙고 게임을 하는 게 정말 즐거웠다. 특히 윈네바고 안에서 할 때는 더없이 행복했다. 마치 포근하고 안전한 보호막에 싸인 듯한 느낌이었다. 아빠도 가족들을 모두 태우고 도로를 달릴 때 가장 편안한 모습이었다. 이 순간이 어린 시절의 가장 행복한 추억이다. 일곱 명 온 가족이 하나의 목적지를 향해 가는 위대한 모험을 하고 있다는 설렘은 말로 표현하기 힘들 정도였다.

'플로리다에 오신 것을 환영합니다'라는 표지판을 막 지나자 아빠가 혀를 차며 외쳤다.

"이런, 젠장."

우리는 빙고 게임을 하고 있었고, 아빠는 평소처럼 속도를 내고 있었다. 그때 어디선가 경찰차가 나타나 불빛을 비추기 시작했다. 아빠는 차를 세웠다.

"조용히 해."

아빠가 날카롭게 말했다.

경찰관이 차에서 내려 우리 쪽으로 걸어왔다.

"경찰이 다가오면 모두 웃으면서 손 흔들어."

경찰은 우리 차 내부를 들여다보았다. 그곳엔 부모 옆에 나란히 앉아 손을 흔들며 웃고 있는 다섯 명의 아이가 있었다. 해피도 꼬리를 흔들며 인사했다.

"무슨 일이죠, 경찰관님?"

아빠는 웃음을 간신히 참는 표정으로 정중하게 물었다.

"과속한 거 아시죠?"

경찰은 여전히 우리를 주시하며 말했다.

아빠는 사죄하고는 더는 못 참겠다는 듯 웃음을 터트렸다. 아빠는 게임 탓에 미처 속도에 신경 쓰지 못했다고 진지하게 설명했다. 그 순간 아빠는 진정으로 따뜻하고 겸손해 보였다. 나는 아빠가 그런 모습으로 보일 때가 좋았다. 그럴 때면 내 마음은 자부심으로 가득 찼다. 내가 사랑하던 아빠는 바로 그런 모습이었다. 매력적이고, 재미있고, 다소 수줍어하는 사람. 경찰관도 아빠와 함께 웃기 시작했다. 덩달아 우리도 웃었다. 하지만 경찰은 아빠의 면허증을 가져갔다. 우리는 다시 조용해졌다. 긴장감이 흘렀다.

경찰이 다시 돌아와 열린 창문에 팔꿈치를 기대고 이렇게 말했다.

"얘들아, 아빠가 운전하는 동안에는 너무 재밌게 놀지 마."

아빠는 다시 한번 활짝 웃어 보였다.

그러자 경찰은 속도위반 딱지 대신 아이들에게 나눠주라며 막대 사탕을 한 움큼 건네주었다.

그렇게 우리는 플로리다 중부에 도착해 세 번째 캠핑을 시작했다. 모든 것이 착착 진행됐다. 아빠는 캠핑카를 연결한 후 피크닉용 테이블에 모기장을 설치해 우리가 모기 걱정 없이 식사할 수 있도록 해줬다. 그리고 나서 마치 캠프장 회장에라도 출마하듯 뒷짐을 지고 느긋하게 다른 캠핑객을 만나러 나갔다. 아빠는 잠시 주변 아이들을 지켜본 후 부모들이 거부하기 힘든 제안을 했다. 아빠는 자신의 딸, 곧 내가 달리기 경주에서 캠프장의 모든 아이를 제치고 1등을 할 거라고 장담하며, 내기 참가자를 모집했다. 나는 이 모든 과정을 이미 알고 있었기에 앞으로 펼쳐질 상황이 내심 기대됐다.

달리기 코스가 정해졌다. 캠프장에서 도로를 따라 멀리 나무가 늘어선 곳까지. 나랑 비슷한 또래의 남자아이 넷과 나란히 출발선에 섰다. 그 애들은 서로 몸을 밀치며 장난치기에 바빴다. 걱정하는 기색은 조금도 없었다.

"준비됐니? 출발!"

아빠의 소리가 들리자마자 나는 쏜살같이 튀어 나갔다. 팔을 힘차게 내저으며 코로 숨을 들이마시고 입으로 내뱉었다. 다리가 화끈거렸지만, 꾹 참고 나무가 늘어선 결승점을 향해 달렸다. 마치 날아가듯 무한한 자유로움이 전해져 왔다. 내가 1등이었다. 머릿속으로만 그리던 결승선을 넘은 후, 나는 몸을 숙인 채 숨을 고르며 땀에 젖은 얼굴에 엉겨 붙은 머리카락을 빗어 내렸다. 아빠를 올려다보았다. 환하게 웃고 있었다. 아빠는 상금을 챙긴 후 판돈을 올렸다.

"한 번 더 도전해 볼 사람? 이번에는 맨발로 뛸 거야!"

남자아이 셋이 다시 출발선 앞에 섰다. 발은 아팠지만 그만한 가치가 있었다. 뜨거운 아스팔트 위를 맨발로 뛰는 건 너무나 고통스러웠다. 하지만 나는 또 한 번 제일 먼저 도착했다. 아빠도 한 번 더 상금을 손에 넣었다.

"자, 이제 마지막 경주야! 판돈은 두 배. 이제는 맨발로 바위 위를 달리는 거다!"

그래서 나는 다시 맨발로, 이번엔 바위 위를 달렸다. 이후 아빠는 또 한 번 상금을 챙겼고, 다른 아빠들과 웃고 떠들었다. 세 번의 경주에 모두 참여했지만, 한 번도 이기지 못한 한 소년에게 아빠는 이렇게 말했다.

"다음번에는 더 잘해봐."

나는 피크닉용 테이블에 앉았고, 아빠는 아픈 발을 담글 수 있도록 시원한 물 한 통을 가져다주었다. 아빠가 준 우승 선물은 풍선껌 한 통이었고, 그마저도 동생들과 나눠 먹어야 했다. 하지만 기분은 좋았다. 내심 스스로가 자랑스러웠다. 풍선껌을 씹으며 불에 타는 듯한 발바닥을 찬물에 넣고 있는 기분도 썩 괜찮았다. 내가 아빠의 돈벌이에 이용되고 있다는 사실도 나쁘지 않았다. 마치 아빠의 파트너가 된 것 같았다. 그리고 그 순간, 내가 진짜 원하는 게 뭔지 깨달았다. 아빠의 인정이었다.

다음에 도착한 캠프장은 해변이었다. 그런데 문제가 약간 생겼다. 그럼에도 달리기 1등은 내가 했지만, 마지막 맨발 경주에서 뾰족한 조개껍데기가 잔뜩 깔린 길을 지나야 했다. 그리고 나서 바닷물에 발을 담갔는데, 수없이 난 작은 상처에 소금물이 닿으며 날카로운 통증이 찾아왔다. 그러나 그 고통은 마치 훈장처럼 느껴졌다. 위대한 군인에게 수여되는 퍼플 하트 훈장과도 같았다. 또다시 우승해 아빠를 흡족하게 했다는 생각에 깊은 안도감이 찾아왔다.

오칼라 근처 캠프장에서 달리기를 함께 한 소년에게는 형과 여동생이 한 명씩 있었다. 여동생 리사Lisa는 내 또래였다. 리사의 엄마 애비Abby 아주머니는 내게 리사와 함께 놀겠냐고 묻고는, 심지어 아이들 텐트에서 자고 가도 된다고 말했다. 너무나 좋았다. 그날 밤 잠자리에 들기 전, 아주머니는 캠프장 화장실에서 같이 샤워하자고 했다.

나는 애비 아주머니, 리사와 함께 여자 샤워실로 들어갔다. 애비 아주머니는 샴푸와 컨디셔너, 바디워시, 수건, 빗 등 샤워 용품이 담긴 바구니를 가져왔다. 우리 가족은 샤워할 때 아이보리 비누 하나만 들고 들어갔다. 그게 전부였다.

샤워실 밖에 서 있던 애비 아주머니가 분홍색 샴푸를 내 손에 덜어 주면서 꼼꼼히 씻으라고 말했다.

"손톱으로 두피를 잘 문지르렴."

딸기향이 나는 샴푸를 써본 건 그때가 처음이었다. 머리 감는 방법에 대해 자세한 설명을 들은 것도. 아이보리 비누로 머리를 감는 건 제대로 된 방법이 아닐 거라고 어렴풋이 짐작은 했지만, 애비 아주머니의 설명은 완전히 새로운 정보였다. 그다음 순서는 딸기향이 나는 컨디셔너였다.

"머리카락에 잘 스며들게 하렴."

아주머니가 말했다.

다음으로 애비 아주머니는 내가 컨디셔너를 헹구기 전에 빗질하는 걸 도와주었다. 이 역시 새로운 경험이었다. 그 전까지 나는 컨디셔너를 써본 적이 없었다. 따뜻한 물에 머리를 헹궈낼 때 느껴지는 부드러움이 너무나 좋았다. 샴푸와 컨디셔너 향만 좋은 게 아니었다. 아주머니가 샤워볼에 묻힌 바디워시에서도 달콤한 향이 났다.

"목도 잘 닦으렴."

몸을 씻는 사이 또 한 번 아주머니의 목소리가 들렸다.

우리 집에서는 샤워볼을 사용하지 않았다. 하지만 더 놀라운 건 여자아이와 남자아이용 비누가 다르다는 사실이었다. 여자아이들에게서 좋은 냄새가 나는 데는 이유가 있었다. 나는 왜 이제야 이 사실을 알게 된 걸까? 엄마는 알고 있었을까? 엄마에게 이걸 말해야 할지 망설여졌다.

애비 아주머니를 보며 알게 된 건 또 있었다. 딸에게는 아들과 다른 방식으로 말한다는 점이었다. 애비 아주머니는 리사를 "아가"라고 불렀고, 리사의 머리카락을 만지작거리며 가장 친한 친구를 대하듯 환하게 웃곤 했다. 이 역시 내겐 놀라운 광경이었다. 여자로서 나는 엄마와 특별한 친밀감을 느끼지 못했다. 나는 그저 다섯 형제자매 중 한 명에 불과했다. 하지만 애비 아주머니와 리사는 분명히 한 팀처럼 보였다. 여자라는 이름으로 묶인 같은 팀. 우리 가족에게는 그런 팀이 없었다.

그날 밤, 나는 리사와 리사의 두 오빠와 함께 아이들 텐트에서 잤다. 나와 달리기 경주를 했던 리사의 작은오빠는 내가 있는지조차 알아차리지 못했지만, 큰오빠는 나를 대놓고 싫어했다. 그리고 그 마음을 강하게 표현했다.

"대체 여기서 뭐 하는 거야?"

리사의 큰오빠는 씩씩거리며 내게 불평했다. 나는 아무 말도 하지 않았다.

"뒤를 조심하는 게 좋을 거야. 이 못생기고 멍청한 계집애야."

기분은 안 좋았지만, 한편으로는 당해도 싸다고 느꼈다. 나는 사기꾼이었다. 그들의 텐트에서 잠을 자며 가족의 일원인 양 행동했지만, 내겐 그럴 자격이 전혀 없었다. 나는 리사에게 등을 돌린 채 침낭을 더 가까이 끌어당겼다. 건너편에 있는 위협적인 소년과 베개에 진하게 밴 딸기향 샴푸 냄새 탓에 쉬이 잠들기가 어려웠다.

다음 날 아침, 나는 텐트에서 나와 우리 캠핑카로 달려갔다.

시리얼 한 그릇을 먹고 나서 데이비드, 존과 함께 자전거를 타고 캠프장 주변을 한 바퀴 돌았다. 그때 리사의 아빠가 리사의 큰오빠를 다그치는 소리가 들렸다. 분명 때리는 소리였다. 무서웠다. 그들의 텐트로 좀 더 가까이 다가가자 남자아이가 우는 소리가 들렸다. 아주 심하게 맞는 것 같지는 않았다. 리사의 큰오빠는 아파서가 아니라 어젯밤 내게 뱉은 말을 설명하며 창피해서 울고 있었다. 리사가 아빠에게 말한 게 틀림없었다. 흥미로웠다. 리사의 큰오빠는 자신의 남동생이 내게 졌다는 사실을 인정하려고 노력하는 중이라고 말했다. 소년은 나름대로 동생을 보호하고 있었다. 내가 이겨서 동생의 자존심을 상하게 했으니 내게 못되게 굴어서 내 마음을 아프게 하고 싶었다는 것이다.

그러나 리사의 아빠는 거기서 끝내지 않았다. 왜 여자아이를 존중하고 존귀하게 대해야 하는지 그 이유에 대해 꽤 오랫동안 설명했다. 여자는 소중하고 남자가 보호해야 할 대상이니 절대 괴롭히면 안 된다고 일렀다.

"네 동생 리사를 그런 식으로 대할 수 있니?"

리사의 아빠가 물었다.

소년은 울면서 잘못했다고 말했다. 리사의 큰오빠가 맞은 것은 안타까웠지만, 리사 아빠의 가르침은 흥미로웠다. 도일스타운으로 돌아오고 나서, 나는 다른 가족들과 시간을 보낸 적이 없었다. 아빠는 우리가 남의 집에 가는 걸 좋아하지 않았다. 캠프장에서 리사의 가족과 함께한 경험은 다른 가족은 우리 가족과 어떻게 다르게 살아가는지 처음으로 깨닫게 해준 시간이었다. 그것은 달콤한 딸기향 샴푸 그 이상이었다. 아빠가 화내지 않고 아들에 대한 실망과 걱정을 타이르듯 이야기하는 것은 놀라운 광경이었다. 그러나 가장 충격적이었던 건, 여자아이에게 친절하게 대해야 하는 이유를 설명하는 장면이었다. 아빠가 우리를 혼냈던 건, 우리가 아빠 말을 듣지 않아 화가 났기 때문이었다. 아빠는 마치 뱀처럼 우리를 때렸다. 아빠가 우리가 더 선량한 사람이 되길 바란다고 말한 적은 한 번도 없었다. 아빠의 체벌은 교훈을 주기 위한 게 아니었다. 단지 잘못에 대한 대가일 뿐이었다. 그로 인한 고통은 고통 말고는 아무런 의미가 없었다.

다음 날, 리사의 가족은 짐을 꾸려 떠날 준비를 했다. 그 모습을 지켜보며 너무 슬펐다. 우리는 계속 머물렀다. 애비 아주머니와 리사가 작별 인사를 하러 왔다. 리사는 분홍색 샌들과 어울리는 머리띠를 하고 있었다. 나는 맨발에 긴 머리를 길게 늘어뜨리고 있었다. 애비 아주머니의 눈빛이 왠지 모르게 나를 불편하게 했다. 마치 나를 불쌍히 여기는 듯했다. 아주머니는 한 마디도 하지 않았지만, 나는 스스로를 변호하기에 바빴다. 가족은 내 전부였다. 내가 속한 곳이었다. 엄마는 나를 공주처럼 대하지 않았고, 아빠는 어른이라기보다는 철부지 소년처럼 행동했지만, 그들은 나의 전부였다. 순간 모욕감이 들었다. 우리는 그들만큼 좋은 냄새가 나진 않았지만, 그들만큼 훌륭했다.

새로운 캠핑카가 들어와 우리 옆에 자리를 잡았다. 미국을 여행하던 젊은 독일인 부부였다. 그들의 두 살배기 금발 아들은 제닌과 동갑이었다. 캠핑카 뒤에서 부부가 키스하는 모습을 보기도 했다. 낮에는 그들과 함께 수영장 근처에서 시간을 보냈다. 밤이 되면 어른들은 그릴 주위에 둘러앉아 맥주를 마셨고, 아빠는 닭고기 요리를 했다. 저녁 식사 후 나는 동생들과 피크닉용 테이블에 앉아 물고기 잡기 놀이를 했다. 아빠, 엄마는 독일인 부부와 함께 잔디밭에 있는 의자에 앉아 이야기를 나누었다. 잘 시간이 되면 아빠는 우리를 윈네바고로 들여보냈다. 그러고 나면 밤늦게까지 어른들의 웃음소리가 들리곤 했다. 독일인 가족은 새로 만난, 수다스러운 미국인 친구보다 말수가 적었다. 그즈음 평생 이렇게 캠핑하며 지내도 좋겠다는 생각이 들었다. 아빠는 캠프장에서 한결 편안해 보였기 때문이다. 이런 원시적인 생활, 저녁이면 모닥불 근처에 둘러앉아 우리를 잘 모르는 다른 사람들과 이야기를 나누는 삶이 한층 안전하다고 느꼈다. 아빠는 처음 보는 사람들과 대화할 때 가장 카리스마 넘쳤다.

독일인 부부는 얼마나 오래 머물렀을까? 아빠가 사업 기회를 잡을 만큼 오래 머물렀던 것 같다. 이들은 미국 전역을 일주한 후 캘리포니아에서 여행을 마칠 계획이었다. 아빠가 한 가지 제안을 했고, 부부는 흔쾌히 수락했다. 여행이 끝날 무렵 부부를 만나 캠핑카를 인수한 뒤 이들을 대신해 캠핑카를 팔아 독일로 송금해 주겠다는 것이었다. 당시 아홉 살이던 나조차 그렇게 큰 제안을 쉽사리 받아들이는 독일인 부부가 의아했다. 그들은 어떻게 아빠를 믿을 수 있었던 걸까? 아빠를 잘 알지도 못했는데 말이다.

학기가 시작될 무렵, 우리는 여전히 오칼라 근처 캠프장에 머물고 있었다. 윈네바고는 일곱 명이 지내기에 너무 좁아서 우리는 가구가 완비된 이동식 주택으로 옮겼다. 캠프장에는 상주하는 사람들이 꽤 많아서 학교 버스가 아이들을 태우러 오기도 했다. 엄마는 학교 보조교사로 근무했다. 이동식 주택에서 잠을 잔 첫날, 아침에 눈을 뜨자 온몸이 몹시 가렵고 빨갛게 된 물린 자국이 가득했다. 팔은 너무 긁어서 피가 날 정도였다. 빈대와의 첫 만남이었다. 아빠는 이미 빈대의 존재를 알고 있었다. 그래서 잠자리에 들기 전 방충제를 뿌리고 젖은 비누로 매트리스를 두들기곤 했다. 좁쌀만 한 검은 벌레가 비누를 뒤덮을 정도로 많았다.

아빠는 곧 집을 사서 이사하겠다고 약속했다. 이후 케빈 드라이브에 있는 집을 팔고 남은 돈으로 살 수 있는 집을 물색했다. 길 건너편에 사는 농부의 도움으로 트랙터를 빌려 새로 집 지을 터의 관목과 나무를 뽑고, 그루터기와 뿌리를 제거했다. 하지만 불도저가 없었기에 흙과 잔해 더미를 어떻게 처리할지 고민해야 했다. 아빠는 밴 뒤쪽에 박스 스프링[11]을 묶은 뒤 무게를 싣고자 나와 동생들을 그 위에 눕힌 다음 박스 스프링을 끌고 주차장 주변을 돌아 바닥을 평평하게 만들었다. 속도가 빨라서 우리가 한 번씩 공중에 떴다가 내려오기도 했다. 마치 놀이기구를 타는 것 같았다.

아빠가 새 이동식 주택을 사러 갈 때 나도 따라갔다. 그 집은 플라스틱 냄새가 코를 찔렀다. 새집은 두 부분으로 나뉘어 배달되었고, 빈 터 위에 세워졌다. 아빠는 의자와 테이블, 침대를 할부로 샀다. 흰색 캐노피 침대와 옷장이 딸린 침실 세트는 나중에 꼭 사주겠다고 약속했다. 그렇게 우리 가족은 이사했고, 해피는 트레일러 아래 좁은 공간에서 지냈다.

플로리다는 여러 가지로 오하이오와 달랐다. 사과나무와 배나무 대신 오렌지나무, 망고나무가 많았다. 다람쥐 대신 도마뱀이 흔했다.

---

11) 매트리스 지지대.

아빠가 처음 약속했던 것과는 달리 해변 근처에 살지는 않았다. 그 부분은 좀 실망스러웠다. 날씨가 무척 더웠고, 그렇게 땀을 많이 흘려보긴 처음이었다. 에어컨이 설치돼 있었지만, 사용하진 못했다. 전기 요금이 많이 나온다고 아빠가 못 쓰게 했기 때문이다.

그곳 역시 시골 마을이었다. 그래서 뛰놀 수 있는 공간이 많았고, 이웃집에는 소도 있었다!

길 건너편에는 농장을 소유한 가족이 살았는데, 그 집 딸 루시가 우리 집에서 베이비시터로 일하면서 동생들을 돌봐주었다. 루시는 금발을 한 고등학생이었다. 아빠는 루시에게 이른바 작업을 걸었다. 10대 남자애들이 여자애들에게나 할 법한 행동이었다. 아빠는 젊은 여자들에게 과한 친절을 베풀었다. 예쁜 여자일수록 더 그랬다. 나는 루시의 모든 것이 좋아 보였다. 루시는 내게 영화 〈그리스Grease 〉를 소개해 주었다. 루시의 집으로 가 사운드트랙도 들었다. 나는 주인공 샌디가 됐다고 상상하며 루시의 집까지 걸어가는 동안 주제곡 〈썸머 나이트Summer Nights 〉를 목청껏 불렀다. 루시의 방은 내가 처음으로 경험한 10대 소녀의 방이었다. 말 포스터, 팝 앨범, 화장대, 그리고 그 위에 진열된 각종 메이크업 및 헤어 제품을 보면서 내가 10대가 되면 갖게 될 방도 비슷한 모습이리라 상상했다.

우리 집은 농장 바로 맞은편에 있었다. 아빠는 시골 생활을 정말 좋아했다. 아빠는 루시네서 젖소 한 마리를 샀다. 이름이 데이지인 젖소를 우리 농장으로 데려왔고, 나무 밑에 묶었다. 데이지를 돌보는 건 내 담당이었다. 하루에 두 번씩 물과 곡물, 건초를 가져다주었다. 등교 전, 그리고 하교 후 나는 녀석의 따뜻한 체온을 느끼며 젖을 짜곤 했다. 젖 내음은 토끼풀처럼 달콤했다. 김이 모락모락 나는 우유를 스테인리스스틸 양동이에 3분의 2 정도 채워 집으로 가져가면 엄마가 무명천으로 걸렀다. 따뜻한 우유는 별로였지만, 차가운 우유는 맛있고 부드러웠다. 그에 비하면 시중에 파는 우유는 맹물이나 다름없었다. 우리 집에는 아이스크림 만드는 기계가 있었고, 아빠는 특별한 날에 아이스크림을 직접 만들어주곤 했다.

아빠는 플로리다 목장 생활을 완벽하게 꾸려가고 싶어 했다. 어느 날 학교에서 돌아온 나는 깜짝 놀랐다. 아빠는 이렇게 물었다.

"에이프릴, 말 고르는 것 좀 도와줄래?"

"말이요?"

나는 잘못 들은 게 아닌가 싶어서 재차 확인했다.

"그래, '하이 호 실버' 같은 말!"

아빠가 말을 끝맺기도 전에 나는 밴에 올라타 떠날 채비를 마쳤다.

그렇게 우리는 말을 사러 떠났고, 흰색 울타리로 둘러싸인 초록 들판을 지나 구식 농장에 도착했다. 페인트칠이 모두 벗겨진 울타리에는 밧줄과 들쭉날쭉한 판자가 덧대져 있었다. 하지만 나는 실망하지 않았다. 말이 가득한 목장이 보였다.

아빠는 한 남자와 울타리 옆에 서서 말에 관해 이야기를 나눴다. 나도 듣고 싶었지만, 남자의 억양이 워낙 강해 거의 알아듣지 못했다. 억양이 강하다는 것도 플로리다의 또 다른 특징이었다. 사투리가 재미있었다.

아빠는 코에 하얀 줄무늬가 있는 구릿빛 말을 골랐다. 오랜 시간 경주마로, 또 퍼레이드 말로 달리다 은퇴한 녀석이라고 했다. 덩치가 크고 살집이 있어 금방 팔려나갈 거라고 했다. 그리고 우리가 샀다. 녀석의 이름은 키퍼Keeper였다.

다음 날, 키퍼는 루시의 농장으로 배달되었고, 그곳에서 우리 집으로 데려왔다. 트레일러에서 내리는 키퍼의 모습은 그때까지 내가 본 말 중 가장 아름다웠다. 키퍼는 햇빛에 반짝이는 구릿빛 털을 뽐내며 잠시 들판을 뛰어다니다 진흙 웅덩이에 굴렀다.

처음에는 아빠가 나를 높이 들어 올려 키퍼의 등 위에 태웠다. 나는 안장에 타본 적도, 고삐를 잡아본 적도 없었다. 내 지시를 기다리는 키퍼의 모습에 깜짝 놀랐다. 하지만 너무 무서워서 속도를 내라고 할 수가 없었다. 그저 빨리 걷는 정도의 속도로도 충분했다. 키퍼는 훈련이 잘돼 있어 내가 "워!"라고 외치기만 해도 즉각 멈추었다. 키퍼는 나를 조심스럽게 대해주었고, 나는 동생들과 시원한 물로 키퍼를 목욕시키곤 했다.

가족끼리 밴을 타고 울타리 옆을 지나칠 때면 아빠는 경적을 울렸고, 키퍼는 목장을 가로질러 달려와 우리를 따라잡으려고 했다. 그럴 때면 경주마로서의 본성이 나오는구나 싶었다. 아빠가 키퍼를 데려온 이유는 스스로를 존 웨인이라고 상상하길 좋아했기 때문이 아니었을까? 내가 〈그리스〉에서 샌디 역을 한 올리비아 뉴턴 존Olivia Newton-John인 척했던 것처럼 말이다. 아빠는 키퍼를 몰 때면 숲속 오솔길을 따라 질주하곤 했다. 그러던 어느 날, 나무 사이를 달리다 나뭇가지에 걸려 넘어져 어깨를 심하게 다쳤다. 이후 아빠는 키퍼를 팔아버렸다고 했고, 나는 며칠 내내 울었다. 다음 날, 키퍼는 트레일러에 실려 영원히 우리 곁을 떠났다. 나는 그 모습을 차마 지켜볼 수 없었다. 아빠에게 왜 팔았느냐고 물었다. 아빠는 더 이상 키울 이유가 없다고 했다.

우리 가족의 대화 주제는 늘 돈이었다. 우리가 감당할 수 있는 것과 없는 것. 아빠는 음식은 늘 돈이라고 말했고, 따라서 음식을 낭비하는 건 죄라고 했다. 이 같은 아빠의 말에 나는 돈을 낭비하는 것도 죄라고 생각했다. 식사 시간에는 각자의 그릇에 담긴 음식을 모두 먹어야 했다. 남기면 안 됐다. 싫어하는 음식(아빠가 좋아하는 양파를 곁들인 간 요리 등)이 나오면 절대 혼자서 먹는 건 허락되지 않았다. 아빠는 엄청난 양의 음식을 내왔고, 우리는 그것을 뱉거나 냅킨에 숨기지 않는지 아빠가 지켜보는 가운데 모두 먹어야 했다. 간 요리를 삼킬 수 있는 유일한 방법은 겨자를 왕창 뿌려서 다른 맛을 숨겨버리는 거였다. 아빠가 내게 요리를 처음 가르쳐준 곳은 이동식 주택의 부엌이었다. 그 역시 양파를 곁들인 간 요리였는데, 아빠가 원할 때 나를 시켜서 만들려고 그랬으리라. 아빠는 양파를 썰고, 끈적한 간을 밀가루에 묻혀 버터에 굽는 방법을 알려주었다. 그다음부터는 내가 요리하는 동안 거실 안락의자에 앉아 TV를 보았다. 나는 간 요리를 할 때마다 역한 냄새 탓에 토할 것 같았다.

우리 가족의 또 다른 규칙은 아빠가 주지 않는 이상 간식을 먹지 않는 것이었다. 나는 학교에서 돌아오면 늘 허기가 졌다. 동생들과 버스 정류장에서 내려 집까지 걸어오는 내내 배가 고팠다. 하지만 음식을 달라고 하는 것 자체가 두려웠다. 아무리 배가 고파도 냉장고 문을 열지 않았다. 아빠의 허락 없이 음식을 먹다 걸리면 어김없이 매를 맞았기 때문이다. 단, 아빠 자신은 예외였다. 아빠는 사탕, 껌, 음료수를 자유롭게 먹었고, 시리얼도 우리 손이 닿지 않는 곳에 보관해 두고 수시로 즐겼다. 아빠가 집에 없을 때도 몰래 먹긴 어려웠다. 먹었다가 들킬까 봐 두려웠기 때문이다. 한번은 아빠가 냉장고 위에 큰 껌 한 통을 올려두는 걸 봤는데, 며칠이 지나도 껌 생각이 떠나질 않았다. 그 많은 껌 중에 하나를 빼낸다 한들 아빠가 어떻게 알겠냐는 생각이 점점 짙어졌다. 그리고 아무도 없을 때, 의자 위로 올라가 껌 하나를 몰래 꺼냈다. 너무 긴장한 상태에서 씹어서였는지 잠깐이나마 배고픔을 달래주곤 했던 달콤한 맛은 전혀 느낄 수가 없었다.

씹은 껌은 단물이 빠진 후 뱉었고, 절대 눈에 띄지 않도록 포장지와 함께 부엌 쓰레기통 깊숙이 숨겨두었다. 아빠는 낮에 어디에 갔든, 무슨 일을 했든 집에 오면 곧바로 냉장고부터 확인했다. 그날 밤, 아빠는 냉장고 위에서 껌 통을 꺼내 살펴보았다. 그리고 이내 하나가 빈다는 걸 발견했다.

"에이프릴, 혹시 껌 가져갔니?"

"아니요!"

나는 거짓말을 했다.

"정말이야? 뭔가 잘못한 표정인데."

식은땀이 나기 시작했다. 아빠는 어딘가로 전화를 걸었다.

"여보세요, 루시?"

아빠는 한껏 친절한 목소리로 말했다. 나를 때릴 기세 같은 건 찾아볼 수 없었다.

"빨리 좀 와줄 수 있어? 물어볼 게 있어서."

잠시 후 루시가 도착했다. 내가 부엌에 웅크리고 있는 모습을 보고 혼란스럽다는 표정을 지었다.

아빠는 루시를 추궁했다.

"사실대로 말해. 에이프릴이 껌을 씹었니?"

"엇…."

무슨 상황인지 잘 모르겠다는 듯 루시는 천천히, 조심스레 말했다.

"그건 아닌 것 같아요. 에이프릴이 껌 씹는 건 본 적이 없거든요."

루시를 보낸 후 아빠는 또다시 물었다.

"거짓말하는 거니?"

내가 고개를 가로저으며 아니라고 대답하자 아빠의 분노가 점점 더 커졌다. 주먹 쥔 아빠의 모습에 몸이 떨리기 시작했다. 눈앞이 흐려지고, 다리가 휘청거렸다. 어디선가 민트향이 나는 듯했고, 이내 몸이 축 처졌다. 순간 아빠는 웃음을 터뜨렸다. 무서워 기절할 듯한 내 모습에 아빠는 무척 즐거워했다. 나를 때리고 싶은 욕구는 사라진 듯했지만, 언제 돌변할지 모른다는 불안감은 여전히 남아 있었다. 아빠에게 거짓말을 한 건 그때가 마지막이었다. 차라리 벌을 받고 끝내는 편이 훨씬 낫다는 걸 알게 되었기 때문이다.

예감

1978-1979

여름에 캠프장에서 달리기 시합을 많이 한 게 학교생활에 도움이 됐다. 나는 4학년 전체에서 가장 빨랐고, 그 덕분에 친구들 사이에서 인정도 받고 어느 정도 위치에 오를 수 있었다. 440미터 달리기에서는 학교 기록을 경신했다. 체조팀에도 들어갔고, 지역 대회에 출전해 밸런스 빔 종목에서 6위를 차지했다. 아빠는 무척 기뻐했다.

이후 아빠는 우리를 훌륭한 운동선수로 키워 영광을 누려보리라고 결심했다. 지역에서 주최하는 5킬로미터 달리기 대회 출전을 목표로 한 훈련이 시작됐다. 아빠는 엄마와 제닌을 밴에 태우고 시골길을 천천히 운전했다. 코치로서 아빠의 역할이었다. 그리고 나는 동생들과 함께 그 뒤를 따라 달렸다. 플로리다의 뜨거운 열기 속에서 우리는 연신 땀을 흘리며 경련까지 일으켰다. 하지만 아빠는 그런 우리를 감시하고자 밴의 뒷문을 늘 열어두었다. 밴과 우리의 간격이 너무 많이 벌어지면 차를 세우고 기다렸다가, 우리가 다가오면 다시 출발했다.

그렇게 당근과 채찍을 번갈아 사용했다. 과연 언제쯤 밴을 따라잡아 집으로 갈 수 있을지 알 수 없었다. 훈련을 끝내고 나면 온몸이 땀에 젖은 채 집으로 돌아왔다.

나는 달리기를 좋아한다고 생각했지만, 장거리는 아니었다. 단거리에 적합했다. 장거리 경주는 두렵기만 했다. 하지만 결전의 날이 밝았고, 날씨가 무척 더웠다. 선수들이 출발선 가까이에 모여 다리를 흔들고 위아래로 뛰며 몸을 풀었다. 나는 단거리 경기만 해봤고, 스스로 어떻게 페이스를 조절해야 하는지도 잘 몰랐다. 아빠의 훈련법에 전략 같은 건 없었다. 출발 신호가 울렸고, 나는 440미터 단거리 선수처럼 전속력으로 출발했다. 경기 시작 후 400미터쯤 지나자 길가에 서서 응원하는 무리가 보였다. 이제 거의 다 왔구나 싶어 속도를 더 올렸고, 곧 결승선이 나타날 거라고 생각하며 최대한 빨리 달렸다. 그렇게 몇 분이 지났고, 숨이 가빴다. 숨을 고르기 위해 걸어야만 했다. 아이들을 포함해 많은 사람이 나를 지나쳤다. 아빠의 반응이 걱정되기 시작했다. 달리기에서 지는 건 처음이었기 때문이다. 있는 힘껏 달렸지만, 이내 다시 걸어야 했다. 정말 싫었다. 걸을 때마다 점점 더 많은 사람이 나를 추월했다. 다시 힘을 내어 달렸고, 내 앞에 있는 한 여자를 푯대 삼아 갔다. 엄마보다도 나이가 많아 보였지만, 그런 건 아무래도 상관없었다. 그저 나를 위해 존재하는 사람으로만 여겨졌다. 그 여자 뒤에 바짝 붙어 어떻게든 멈추지 않으려 애썼다. 하지만 여자는 나를 크게 따돌리고 저만치 앞서 나갔다. 따라잡을 순 없었지만, 여자가 멀어질수록 시야에서 놓치지 않기 위해 발버둥 쳤다. 이런 식으로 나는 기절하지 않고 경기를 마칠 수 있었다.

시상식에서 아빠는 우리가 어떤 상을 받았을지 기대에 찬 표정이었다. 겨우 네 살 반이었던 제프는 최연소 완주자 상을 받았다. 아빠는 무척 자랑스러워했다. 우리 모두 완주자에게 수여된 작은 리본을 달았지만, 그 정도로는 충분하지 않다고 느꼈다. 애초에 나는 경기에 참여하고 싶지 않았었다.

이후 아빠는 나를 위한 또 다른 경기를 준비했다. 이번엔 스포츠와 전혀 상관없는 종목이었다. 하지만 체력이 필요했다. 스카우트 활동은 나를 드러내 빛낼 기회가 많은 분야였다. 결과가 좋으면 배지를 여러 개 획득할 수 있었고, 내 경우 걸스카우트 쿠키도 팔 수 있었다.

아빠가 알아본 바에 따르면, 플로리다주에서 한 걸스카우트 회원이 개인적으로 판매한 쿠키의 최고 기록은 1,000상자에 육박했다. 아빠는 더 이상 다른 종목을 알아보지 않았다. 그렇게 새로운 도전 종목이 결정됐다. 물론, 준비 과정에는 아빠가 적극적으로 개입했다.

"내가 커비kirby 진공청소기 판매왕 출신이라는 거 아니?"

이미 여러 번 들은 이야기였다. 판매왕의 비결은 매력을 발산하는 것이었다고 했다. 쿠키를 팔기 위해 온 가족이 밴을 타고 나섰다. 아빠는 캠프장이나 트레일러 파크는 물론 사람들이 많이 모여 사는 동네로 가 집집마다 방문했다. 나와 데이비드가 늘 함께 갔다. 형제자매가 함께 다니면 더 사랑스럽게 보일 거라는 아빠의 생각 때문이었다. 초인종을 눌러 문이 열리면, 우리 둘은 공식 스카우트 복장을 한 채로 활짝 웃어 보였다. 똑같은 갈색 머리에 갈색 눈동자, 누가 봐도 쌍둥이 같은 모습이었다. 그렇게 문이 열리면 집주인은 늘 이렇게 물었다.

"누구세요? 너희 남매니?"

그럼 데이비드는 아빠가 일러준 대로 자랑스레 대답하곤 했다.

"저는 누나를 돕고 있어요."

이런 패턴은 항상 잘 통했다.

아빠는 일별 판매 목표를 정했다. 우리는 그날의 목표를 달성할 때까지 멈추지 않았다. 존, 제프, 제닌이 차 안에서 잠들어도 계속 팔았다. 동생들과 함께 쓰러져 자고 싶을 때도 있었다. 발도 아프고 배도 고팠다. 이 집 저 집 오가며 받은 주문서와 돈은 엄마에게 주었다. 엄마는 그 내용을 꼼꼼히 기록했다. 해가 지고 나서야 집에 올 때도 많았다.

그간의 쿠키 판매 기록을 계산해 보니 무려 1,368상자였다. 플로리다주 걸스카우트 최고 기록이었다. 아빠는 무척이나 기뻐했다.

덕분에 나는 판매왕 배지를 달았다. 아빠는 내가 다른 아이들보다 더 많은 배지를 받길 원했다. 다른 누구보다 뛰어나길 바랐다. 늘 최고가 되라고 말했다.

나는 아빠의 그런 모습이 내게 자신을 투영하기 때문이라는 걸 알고 있었다. 나 역시 최고가 되길 바랐다. 하지만 쿠키 판매왕 기록만큼은 아빠에게 주어진 것이나 다름없었다. 아빠에게 큰 만족감을 주었다는 사실이 정말 기뻤다. 큰 강당에서 상을 받던 날, 아빠의 표정은 함박웃음 그 자체였다. 얼굴이 갈라질 만큼 활짝 웃고 있었다. 아빠는 어렸을 적 보육원 수녀들의 못된 언행 탓에 스스로가 무가치하다고 느끼며 자랐다. 나는 그 사실을 알고 있었다. 하지만 이후로 이어진 아빠의 삶은 어린 시절 아빠의 생각이 잘못된 것이었음을 증명했다. 아빠는 다섯 아이의 훌륭한 아버지였고, 완벽한 미국인 가정의

'가장'이었다.

스카우트 활동을 한다는 건 우리 가족이 모범적이고 건강하다는 증거였다. 동생들이 참여하는 컵 스카우트 운동회는 아빠에게 최고의 순간이었다. 아빠는 사과 던지기, 풍선 터뜨리기, 포대 뛰기[12], 줄다리기 등의 행사에서 사회를 봤다. 이웃들과 함께하던 바비큐 파티에서처럼 아빠는 누구보다 멋지고, 재미있고, 장난기 많은 모습으로 보였다. 어린 내 눈에도 아빠는 다른 부모들, 심지어 아이들보다 더 즐겁게 운동회를 즐기는 듯했다.

그해 핼러윈 행사에 아빠는 컵 스카우트 가족들을 우리 집 근처 유령의 숲으로 초대했다. 아빠는 아이들이 물에 빠지면 머리 위로 밀가루가 뿌려지는 트랩을 설치했다. 나무 뒤에서는 무서운 소품이 튀어나오도록 장비도 마련했다. 다른 부모들은 핼러윈 의상을 입고 숨어 있다가 불시에 나타나 아이들을 놀라게 했다. 처음에 아이들은 네 명씩 짝을 지어 다녔지만, 나중에는 모두 한 무리가 되어 숲을 돌아다녔다. 어디서 뭐가 나올지 모르는 상황에 긴장감이 극에 달했지만, 아이들은 그저 장난일 뿐 모두 안전하다는 것을 알고 있었다.

진짜 공포, 그리고 그것이 가짜라는 걸 알지만 공포를 기대할 때 느끼는 짜릿함 사이에는 미세한 경계가 존재한다. 아빠는 다른 집 아이들과 장난을 칠 땐 그 경계를 살짝만 넘었지만, 유일하게 나와 동생들과 시간을 보낼 땐 완전히 넘어서곤 했다.

---

12) 포대 속에 두 발을 넣고 폴짝폴짝 뛰는 경기.

플로리다의 겨울에 대한 아빠의 예상은 제법 정확했다. 눈도 내리지 않고, 장작을 팰 일도 없었다. 겨울에도 열매가 열리고 꽃이 피었다. 사람들도 달랐다. 도일스타운은 백인 일색이었고 말투도 대부분 비슷했다. 하지만 플로리다 사람들은 피부색도, 억양도 천차만별이었다. 우리와 모습이 다른 친구들도 처음 만났다. 일고여덟 살쯤 돼보이는 데이비드와 존 또래의 두 소년 커티스와 크리스는 우리와 같은 스쿨버스를 타고 다녔다. 이들은 도로에서 한참 떨어진, 땅콩 농장 근처에 있는 자그마한 흰색 오두막집에 살았다. 두 아이는 잡초가 무성한 들판을 지나 거의 매일 우리 집에 놀러 왔다. 우리는 옆집의 소 방목장에 가서 놀거나 자동차극장에 가서 영화를 보곤 했다. 아빠는 추가 요금을 내지 않으려고 차 안에 탄 아이들을 담요로 덮어 몰래 들여보내곤 했다.

아빠는 부모님과 함께 온 컵 스카우트 아이들에겐 늘 친절했지만, 커티스와 크리스에겐 태도가 달랐다. 확실한 건 아니지만, 흑인이라는 이유 때문인 것 같다는 생각이 자주 들었다. 아빠는 두 아이 앞에서 종종 농담을 했는데, 나중에 알고 보니 인종차별적인 내용이었다. 그때는 그 의미를 정확히 이해하지 못했지만, 비열하고 못된 내용이라는 것쯤은 어렴풋이 알고 있었다. 그러나 커티스와 크리스는 늘 예의 바르게 행동했다. 곱슬머리라거나 해피를 무서워한다는 이유로 아빠가 놀려도 반말을 하거나 퉁명스럽게 대답하지 않았다.

그즈음 우리는 지상 수영장을 무료로 대여했다. 커티스와 크리스는 우리와 함께 수영장에서 노는 것을 좋아했지만, 얼굴이 물에 완전히 잠기는 건 극도로 싫어했다. 아빠는 두 아이를 발견하면 물속으로 집어 던지곤 했기에 아이들은 늘 긴장한 상태로 아빠의 눈치를 살폈다. 아빠 때문에 물속 깊이 빠질 때면 힘겨운 모습으로 색색거리며 올라오곤 했다.

아빠가 진짜로 이 아이들을 해칠 일은 없을 거라고 확신했지만, 아빠는 커티스와 크리스를 매번 겁에 질리게 했고 그 모습을 즐겼다. 그리고 그 방법은 유령 이야기로 우리를 놀라게 하는 장난스러운 방식과는 사뭇 달랐다.

그해 우리는 즐겨 가던 자동차극장에서 〈죠스 Jaws 〉를 보았다. 자동차극장에서 보는 공포 영화는 더욱 스릴 있었다. 영화를 보는 동안 아빠의 장난이 더해져 긴장감이 극에 달했기 때문이다. 아빠는 우리에게 차에서 내려 매점에 가 간식을 사 오라고 시켰다. 그러고는 자동차 밖에 숨어 있다가 우리가 돌아오면 갑자기 튀어나와 놀라게 하곤 했다. 그런 장난을 예상할 수 있을 만큼 컸을 때조차 언제 어디서 놀랄 일이 생길지 모른다는 불확실성은 여전히 큰 재미를 선사했다.

〈죠스〉를 보러 갈 땐 커티스와 크리스도 함께였다. 영화를 보다가 아빠의 요청에 나는 오렌지 소다와 팝콘을 사러 나갔다. 하지만 화면은 계속 보고 있었기에 한 장면도 놓치지 않았다. 매점에서 자동차로 돌아오는 길, 아빠가 튀어나와 깜짝 놀라게 할 것을 기대하며 눈을 좌우로 움직였다. 하지만 아무것도 보이지 않았다. 아빠가 영화에 깊이 빠졌나 보다 생각했다. 자동차로 돌아오자 안도감이 들었다. 마치 베이스캠프로 살아 돌아온 군인처럼. 나는 남자아이들 사이에 앉아 간식거리를 나눠주었다. 한 손에는 오렌지 소다를, 한 손에는 팝콘 봉지를 들고 있었다. 아이들이 팝콘을 먹으려고 내 몸 위로 손을 뻗었다.

잠시 간식 쪽으로 주의를 빼앗겼다가 다시 스크린으로 시선을 돌렸다. 사람들은 모두 배 위에 있고, 보안관이 가장자리로 몸을 기울인 채 미끼를 뿌려 상어를 유인하는 장면이 나오고 있었는데, 거대한 상어가 수면 위로 올라오자마자 아빠가 비명을 질렀다. 아아악! 나는 무의식적으로 양팔을 위로 뻗었고, 오렌지 소다와 팝콘이 사방으로 튀었다. 존의 눈, 데이비드의 코, 제프의 베개, 커티스의 머리카락이 오렌지색 소다로 물들었고, 소중한 팝콘은 흩어져 버렸다. 아빠는 배꼽을 잡고 깔깔거렸다. 좀처럼 웃음을 주체하지 못했다. 나와 동생들, 커티스와 크리스도 서로를 바라보며 웃음을 터뜨렸다.

봄이 되자 날씨가 상당히 더웠다. 아빠는 이렇게 말하곤 했다.
"그곳 여름만큼 덥군."
"그곳"이 어디인지 나는 몰랐지만, 아빠의 말에 동의했다. 플로리다는 더웠다.
지상 수영장은 내가 가장 좋아하는 장소 중 하나였다. 특히 "그곳 여름만큼" 더운 날에는 더욱 그랬다. 우리 집 수영장은 샌디와 밥의 지하 수영장만큼 크진 않았다. 화려하게 장식된 파란색 타일도 없었다. 하지만 충분히 유용했다. 수영장에 들어가기 전에는 항상 뱀과 악어가 없는지 확인해야 했다. 아이들은 내게 소용돌이를 만들어달라고 졸랐고, 그럼 나는 수영장 안쪽 가장자리를 따라 한 방향으로 빙빙 돌며 강력한 소용돌이를 만들어냈다. 그 힘이 어찌나 센지 아이들 모두 한꺼번에 휩쓸리곤 했다.
하지만 여건이 되는 한 나는 수영장에 혼자 있는 것을 좋아했다.

물 위에 등을 댄 채 둥둥 떠다니며 천천히 숨을 내쉬었다. 물속으로 가라앉으며 입에서는 거품이 뿜어져 나왔고, 잠시 후 다시금 물 위로 떠올랐다.

보글보글 거품이 나는 소리, 윙윙 귓가에 전해지는 소리만이 세상 전부인 듯했다. 내 몸의 열기와 긴장이 모두 빠져나갔다. 더 이상 참을 수 없을 때까지 물속에 머물렀다. 그러다 벌떡 일어나 크게 숨을 들이마시고 또다시 들어가길 반복했다. 그러고 나면 시원함이 온몸에 퍼져 꽤 오랜 시간 계속됐다.

더운 날이면 해피는 그늘을 찾아 시멘트 블록 위에 만들어준 집 아래에 머물곤 했다. 해피는 새끼들을 한 무리 낳았다. 녀석들은 해피의 미니어처 같았다. 새끼들의 아빠가 누구인지는 아무도 몰랐다. 모두 좋은 주인을 만나 떠났다면 좋았겠지만, 그런 것 같지는 않았다. 어느 순간 아빠가 모두 데려갔고, 그 전에 녀석들이 뛰거나 놀던 모습은 전혀 기억나지 않았다. 아빠가 새끼들을 어떻게 했는지 모른다는 사실은 어쩌면 다행이었다. 상상조차 하기 싫었다. 스누피가 없어졌던 때가 생각났다. 해피의 새끼들이 떠난 후, 우리 집 근처의 어미 고양이가 새끼들을 낳고 버렸다. 어느 날, 트레일러 아래를 살짝 들여다보니 해피가 버려진 새끼 고양이를 품고 있었다. 새끼 고양이를 쓰다듬어 주려 했지만, 순간 벼룩의 공격을 받아 어쩔 수 없이 나와야 했다. 해피와 새끼 고양이들이 얼마나 괴로웠을지 생각하니 너무나 마음이 아팠다.

후끈한 방바닥에 누워 있을 때면, 테일러 로드 헛간에서 타오르던 불길이 떠오르곤 했다. 꿈에서 신디가 나를 부르는 소리를 듣게 될까 봐 잠들기조차 두려웠다. 그러나 벼룩에 뒤덮인 해피와 새끼 고양이들을 보고 난 뒤로는 조금 편안하게 잠을 청할 수 있었다. 나는 녀석들과 함께 그 좁은 공간에 사는 온갖 무서운 것을 상상했다. 그리고 녀석들이 안전하길 바랐다. 그곳에 무엇이 있든, 설령 도깨비라고 해도 그 무엇도 우리를 해치지 않길 기도했다.

날이 더워질수록 아빠의 짜증은 점점 심해졌다. 포근한 침대 속에 있을 때조차.

아빠는 자동차극장에 갈 때나 뭔가 '특별한' 일을 할 때만 기분이 좋아 보였다. 우리는 플로리다에서만 즐길 수 있는 것을 만끽했다. 모래사장이 펼쳐진 해변에서 캠핑을 즐겼고, 링링 브로스 앤드 바넘 앤드 베일리 서커스Ringling Bros. and Barnum & Bailey Circus에서 코끼리 공연을 보기도 했으며, 에버글레이즈 국립공원으로 악어가 씨름하는 모습을 보러 가기도 했다. 아빠는 나와 동생들만큼이나 그 시간들을 즐겼다. 디즈니월드에 가본 적도 있었다. 우리 가족에겐 매우 큰 사치였다.

롤러코스터를 누구보다 좋아했던 아빠는 스페이스 마운틴을 기다리며 아이처럼 펄쩍펄쩍 뛰었다. 나도 아빠와 함께 탈 수 있을 만큼 키가 컸다. 롤러코스터가 급격히 내려갈 때 느껴지는 메스꺼운 느낌이 정말 싫었지만, 롤러코스터가 언덕을 오르는 동안 아빠는 자신의 등 뒤에 앉아 안전띠를 매고 있는 나를 돌아보며 활짝 웃었다. 그러고는 손을 번쩍 들어 올렸다. 급강하의 순간, 나도 아빠처럼 용감해지고 싶었다. 하지만 손잡이를 꽉 붙든 채 있는 힘껏 소리칠 뿐이었다.

이후 나는 엄마와 동생들과 아이스크림을 먹으며 지친 마음을 가다듬었다. 엄마는 늘 즐겨 먹던, 설탕 콘에 든 피스타치오 아이스크림을 주문했다. 우리는 초콜릿 바닐라 아이스크림을 먹었다. 스프링클스는 150원 정도의 추가 요금이 발생했기에 제외했다. 제닌의 턱에 아이스크림이 잔뜩 묻어 있었다. 엄마가 휴지로 닦아줬지만, 그 휴지조차 이미 찐득해진 상태였다. 순간 아빠가 보이지 않는다는 사실을 깨달았다. 찰나였지만, 엄마와 동생들만 있으면 그걸로 충분하다는 생각이 스쳤다. 잠시 후 아빠가 나타났다. 인파를 헤치고 우리에게 다가오던 아빠는 한껏 지친 표정으로 말했다.

"이제 가자."

마치 양 떼를 몰듯 아빠는 우리를 재촉했다. 도일스타운에서 알던 사람을 우연히 마주쳤는데, 그 때문에 기분이 안 좋은 듯했다. 그렇게 집에 가야만 했다. 아빠는 계속 중얼거렸다.

"여기서 그 사람을 만날 확률이 얼마나 될까…."

플로리다는 우리가 오하이오에서 도망치고자 했던 모든 것에서 벗어날 수 있을 만큼 멀리 떨어져 있는 듯했지만, 그렇지도 않았다.

학기가 끝나갈 무렵, 언젠가부터 커티스와 크리스가 스쿨버스에 타지 않았다. 우리 집에 놀러 오지도 않았다. 아빠는 친구 집에 가는 걸 허락하지 않았기에 아빠가 없을 때 데이비드가 커티스네 집에 놀러 가고 싶다고 해도 엄마가 안 된다고 했다. 엄마는 아빠의 말을 거스를 수 없었다.

시간이 지나며 커티스와 크리스에게 안 좋은 일이 생겼을지도 모른다는 생각이 들기 시작했다. 나는 루시에게 아는 게 없냐고 물었지만, 루시도 전혀 몰랐다. 우리에게 말도 없이 이사 간 건 아닐까 생각했다. 이사 갔다면 분명 우리에게 말을 했을 텐데. 나는 우리 가족이 또다시 그곳을 떠날 것 같다는 생각이 들었다. 아빠는 이사에 대해 한 마디도 하지 않았지만, 분명 불안해하고 있었다. 그 무렵 몇 가지 이상한 일이 연달아 생겼다. 디즈니월드에서 한창 신나게 놀다가 갑자기 집으로 돌아온 것도 그중 하나였다. 또 하나는 경찰의 방문이었다.

루시의 가족과 함께 교회에서 돌아왔을 때, 우리 집 앞에 경찰차가 서 있었다.

경찰이 떠난 후 아빠에게 물었다.

"경찰이 왜 온 거예요?"

나는 지난번 FBI에서 나왔을 때처럼 아빠가 밀고한 범죄자에 대해 경찰이 알아볼 게 있다거나 특정 범죄에 대한 도움을 요청하러 왔다는 대답을 기대했다.

하지만 아빠는 좀처럼 이해되지 않는 대답을 했다.

"엄마의 무면허 운전을 조사하러 온 거야."

나는 말도 안 된다고 생각했다. 엄마는 운전 자체를 안 했다. 밴이나 윈네바고의 운전대를 잡은 모습은 단 한 번도 본 적이 없었다. 엄마는 운전면허가 없었다. 하지만 나는 아빠에게 반박하지 않았다. 나는 진실을 알고 있었으니까. 경찰은 왜 왔을까?

얼마 지나지 않아 아빠는 집을 팔았고, 학기가 끝나면 이사를 갈 거라고 했다. 그사이 아빠는 집에 있는 가구를 하나씩 팔기 시작했다. 아빠는 흰색 캐노피 침대와 그에 어울리는 책장 같은 건 사주지도 않았다. 그럴 여유가 없다고 했다. 나는 엄마에게 물었다. 왜 모든 가구를 팔아야만 하는지, 다른 가구처럼 그대로 놔두면 안 되는지 말이다. 엄마는 아직 할부금을 갚지 못했고, 더 이상 갚을 능력이 안 된다고 했다. 그래서 아빠가 아직 할부도 다 못 갚은 가구를 팔고 있다는 사실을 알게 됐다.

아빠는 식탁을 팔기로 하고 돈을 받은 다음, 산 사람이 가지러 오기 전에 또 다른 사람에게 이중으로 팔아버렸다. 얼마 후, 처음에 사기로 한 사람이 찾아왔고 식탁이 없자 말다툼이 벌어졌다. 이런 일이 몇 번이나 반복됐다.

아빠는 조금이라도 더 비싸게 팔려고 가구를 사러 온 사람들에게 동정심을 유발했다. 나는 그 모습이 정말 싫었다. 혐오감마저 들었다. 아빠는 이렇게 말하곤 했다.

"요즘 너무 어려워서요. 아이들이 많아서 입에 풀칠하는 것조차 힘듭니다."

가족과 아이들을 이용해 동정심을 유발하고 더 많은 돈을 요구하는 데 몸서리가 쳐졌다. 그때 나는 고작 열 살이었지만, 이런 생각이 들었다.

'아빠는 자존심도 없어요? 어떻게 우리를 이토록 부끄럽게 만들 수가 있죠?'

아빠는 갖은 노력을 다해 사람들이 우리를 불쌍히 여기도록 했고, 내게 그것은 모욕이었다. 아빠는 우리의 가난을 이용했다. 하지만 나는 우리 가족의 존엄성만큼은 지키고 싶었다.

밴을 견인한 윈네바고를 타고 플로리다를 떠나던 날, 아빠는 무척 서둘렀다. 다시 한번, 같은 이유로 말이다. 우리는 빨리 도망쳐야 했다. 아빠가 말했다.

"너희도 알다시피 이제부터는 더 똑똑하게 행동해야 해. 한 발짝

앞서가야 하고. 한곳에 오래 머물러선 안 돼."

　그렇게 플로리다를 떠나오며 돈만 내고 가구는 못 받아서 화가 난 사람들이 떠올랐다. 그때 그들은 우리가 도망치는 이유 중 하나였다. 그렇다면 지난번에는 누구였을까? 다음에는 누굴까?

폭주

1954

1954년, 칠리코시 교도소에서 출소했을 때 아빠는 스물한 살이었다. 아빠의 회고록에는 그때의 결심이 이렇게 적혀 있었다.

"더 이상 어리석고 충동적인 강도질은 하지 않겠다. 위조, 절도, 무장 강도 등 모든 범죄를 인내심을 갖고 신중하고 냉철하게 계획할 것이다."

아빠는 출소 후 자유의 몸이 되었다. 인생의 새로운 장이 열렸지만, 전과자 신분에서 벗어나 개과천선해 보겠다는 의지 같은 건 전혀 없었다.

가장 먼저 향한 곳은 언제나 그렇듯 애크런이었다. 지원서를 위조해 백화점에 취직했다. 이후 만나는 여자들마다 청혼했다. 퇴근 후에는 백화점 재고를 마음대로 주무르며 모든 '약혼녀'에게 선심 쓰듯 나눠주었다. 본인 것도 챙겨 2,000달러 상당의 옷과 액세서리를 모았다. 이 돈으로 아빠는 콜로라도로 갔고, 그곳에서 8개월 된 딸을 둔 바버라Barbara를 만났다. 아이까지도 사랑한다며 바버라를 설득한 아빠는 이들을 데리고 텍사스주 댈러스로 도망쳤다. 하지만 그곳에서 여러 명의 여성과 데이트를 즐기며 이중생활을 이어나갔다. 페기Peggy도 그중 한 명이었다. 아빠는 페기의 흑발과 귀여운 외모를 좋아했지만, 무엇보다 탐낸 건 페기의 은행 계좌였다. 아빠는 자신이 원하는 것을 얻기 위해 어떻게든 페기의 비위를 맞추려고 노력했다. 그 대상은 섹스가 아니었다. 그건 다른 경로로 충분히 즐겼다.

아빠는 페기에게 청혼했고, 결혼식도 올렸다. 하지만 결혼식 날 밤, 페기의 차(이후에는 아빠의 차가 되었다)를 타고 도나Donna라는 열일곱 살 소녀와 함께 마을을 떠났다. 그들이 향한 곳은 플로리다주 잭슨빌이었다.

그곳에서 아빠는 흥신소에 취직했다. 흥신소에서 카메라 한 대와 고객 명단을 넘겨받았다. 이후 아빠는 흥신소를 거치지 않고 자신과 직접 계약하면 비용을 깎아주겠다고 고객들을 설득했다. 하지만 약속한 조사 업무는 진행하지 않았다. 처음부터 돈만 받아 챙길 심산이었다. 이 수법으로 아빠는 거의 2,000달러를 벌어들였다. 이후 세 살배기 딸이 있는 열여덟 살 소녀 베티Betty를 만났다. 당시 베티는 50살이나 많은 남자와 결혼한 상태였다. 아빠는 베티와 베티의 딸과 함께 카메라와 갈취한 돈을 챙겨 애크런으로 떠났다.

그렇게 고향으로 돌아온 아빠는 오랜 친구에게 사기를 쳐 절도 혐의로 체포됐다. 그렇게 구금된 후, 경찰은 아빠가 납치 혐의로 체포 영장이 발부된 사람과 동일인임을 확인했다. 베티의 남편이 아내와 딸의 실종 신고를 한 상태였기 때문이다. 이미 늘어날 대로 늘어난 아빠의 혐의 목록에 차량 절도 혐의까지 추가될 상황이었다. 하지만 아빠는 해당 차량은 댈러스에 있는 아내와 자신의 공동 소유이며, 그 사실을 증명할 수 있다고 말했다. 댈러스에 있는 아내, 그리고 아빠 곁에 있던 어린아이를 둔 젊은 아내. 경찰이 물었다.

"당신 대체 정체가 뭐야? 돈 후안이라도 되는 거야?"

대배심 재판이 진행되던 중에 아빠는 첫 탈옥을 감행했다. 1955년 4월 6일 자《애크런 비컨 저널 Akron Beacon Journal》에는 '자유를 찾아 떠난 수감자'라는 제목의 기사가 실렸다. 해당 기사는 이렇게 시작했다. "지난 화요일 밤, 사설탐정 출신의 수감자가 교도관을 따돌리고 탈옥을 감행했다."

가진 거라곤 입은 죄수복이 전부였던 아빠는 버스비를 구걸해 뉴욕 버펄로로 향했다. 훗날 회고록에 아빠는 이렇게 적었다.

"뉴욕에서 빠르게 돈을 벌 수 있는 유일한 방법은 동성애자를 유혹해 5~10달러를 받고 구강성교를 해주는 것이었다."

이후 아빠는 게이 바에서 파트너를 찾았다. 다만, 성매매는 돈을 벌기 위한 수단에 불과했다. 바로 다음 날에 마사 Martha 라는 여자를 만나 청혼했기 때문이다. 이 여자와는 결혼까진 하지 않았다. 두 사람은 노스캐롤라이나주 윌밍턴으로 떠났다. 아빠는 그곳에서 마사를 호텔에 묵게 한 뒤 몸을 팔도록 했다. 마사는 하룻밤에 250달러를 받았지만, 둘의 관계는 오래가지 못했다. 아빠가 성매매에 환멸을 느낀 것이다. 그걸 그제야 깨닫다니.

아빠는 플로리다로 돌아갔고, 제임스 랭글리 James Langley 라는 가명으로 로라 Laura 를 만났다. 아빠는 직업 특유의 따뜻함 때문인지 간호사들을 유독 좋아했다. 회고록에 따르면, 아빠는 로라의 첫 남자였다. 그래서 폐기를 대할 때처럼 조심스럽게 대했다. 아빠는 로라와의 결혼생활을 꿈꾸고 있었다. 그래서 청혼했고, 로라의 신용카드와 자신의 현금을 합쳐 차부터 사자고 제안했다. 두 사람은 1955년식 포드 컨버터블을 구입했다.

그러고 나서 아빠는 역시 '제임스'라는 가명으로 베르나Verna를 만났다. 아빠는 "늘 순수한 소녀를 편애했다"라고 회고록에 썼다. 하지만 베르나는 그 순수함을 오래 유지하지 못했다. 아빠는 로라의 차를 타고 베르나와 함께 플로리다를 떠났다. 그리고 가는 길에 로라와 함께 쓰던 카드로 옷과 각종 물품을 샀다.

이후 두 사람은 약 두 달간 전국을 일주했다. 돈이 필요하면 부도 수표를 현금으로 바꾸거나 1,000달러짜리 가구를 20달러에 사서 400달러에 되팔곤 했다.

아이다호에 정착한 아빠는 감자 농장에서 일했다. 베르나는 임신 중이었고, 아빠와 결혼까지 약속한 상태였다. 하지만 아빠는 다른 여자들에게 사기를 치려고 베르나가 여동생이라고 속였다. 꽤 믿을 만한 수법이었다. 베르나도 한동안 사기에 동조했다.

여전히 가명으로 활동하던 아빠는 지넷Jeanette이라는 여자를 만나 사랑에 빠지며 완전히 변했다. 감자 농장주 딸의 친구였던 지넷은 아빠의 첫사랑이었다. 하지만 그즈음, 베르나가 더 이상 여동생으로 남길 거부했다. 베르나는 그렇게 아빠의 골칫거리가 돼버렸다. 제임스라는 가명으로 지넷과 비밀리에 결혼식을 올린 뒤, 아빠는 콜로라도 덴버로 향했다. 지넷과 베르나 두 여자 모두를 데리고. 베르나는 슬픔과 두려움을 동시에 느꼈다. 아빠는 회고록에서 베르나에 대해 이렇게 적었다.

"베르나는 내 폭력적인 성향을 잘 알고 있었고, 만약 자신이 문제를 일으키면 내게 어떤 보복을 당할지 몹시 두려워했다."

그래서 아빠는 베르나를 덴버에 남겨둔 채, 지역신문을 떠들썩하게 한 그 악명 높은 범죄 행각에 나섰다. 지넷과 함께.

눈을 뜨다

1979

학기를 마치자마자 우리는 플로리다를 떠나 서부로 향했다.

이번에는 큰 모험을 떠나는 것 같지는 않았다. 아빠 기분이 자동차 빙고 게임을 할 정도는 아니었기 때문이다. 엄마는 50개 주 번호판 찾기 놀이 같은 것을 하며 우리를 심심하지 않게 해주려 애썼다. 번호판을 찾을 때마다 1점을 얻었고, 하와이와 알래스카는 2점을 얻었다. 비좁은 윈네바고에서 동생들 틈에 싸여 있을 때면 나는 종종 책 속으로 도망쳤다. 손때 묻은 디즈니 북클럽 추천 도서는 진작에 졸업했다. 그즈음 나는 낸시 드루Nancy Drew의 미스터리 소설과 《샬롯의 거미줄》에 푹 빠져 있었다.

아빠는 플로리다에서 만난 어떤 남자로부터 애리조나에는 팔 수 있는 땅이 많다는 말을 전해 들었다. 그게 우리가 애리조나로 간 이유였다. 그러나 먼지 가득한 텍사스 평원을 지나 애리조나주에 들어서자 그 남자가 아빠보다 한 수 위라는 생각이 들었다. 그곳은 마치 달

표면 같았다. 사람이 절대 살 수 없는 곳. 우리는 팔 만한 부동산을 물색하는 일주일 동안 나무도 없고 건조한 캠프장에 머물렀다. 우리가 지나온 마을들은 온통 모래와 바위뿐인 사막으로 이따금 버려진 판잣집만 눈에 띄었다. 차 속은 더운 데다 계속 창문을 내리고 있었던 터라 먼지도 많아 갈증이 났다. 멀리서 반짝이는 뭔가가 보였다. 엄마는 그것이 '신기루'라고 했다. 바로 눈앞에 있는 듯하지만, 절대 도달할 수 없는 곳. 아빠는 이렇게 덧붙였다.

"무지개 너머의 금으로 만든 냄비처럼."

"나 화장실 가고 싶어."

내가 말했다.

"참아."

아빠는 운전을 멈추지 않았다.

나는 신기루를 따라잡을 때까지 참을 필요가 없기를 바랐다. 엄마가 말한 게 사실이라면, 도착하기도 전에 바지에 오줌을 싸버렸을 테니. 우리가 내린 곳은 피닉스였다. 우리는 밴을 주차한 뒤 화장실과 음료수를 찾아 나섰다. 태양이 어찌나 뜨겁던지 보행 신호를 기다리는 동안 아빠의 신발 밑창이 녹아내릴 정도였다.

아빠는 거리를 둘러보더니 한때 그곳에 살았었다고 말했다. 내가 느낀 도시의 첫인상은 특별하지 않았다. 별다른 매력을 느낄 수가 없었다.

결국, 우리는 애리조나를 포기하고 뜨거운 사막을 벗어나 북동쪽의 로키산맥을 통과했다. 밴을 견인했던 윈네바고는 언덕길을 만나면 늘 고생했는데, 한번은 언덕이 너무 가팔라 속도를 줄여야 했다.

도로가 좁고 구불구불한 데다 한쪽은 급경사면이고 한쪽에는 산이 솟아 있었다. 도저히 못 갈 것 같았다. 다른 차들이 우리를 지나치며 이상하게 쳐다보았다. 마침내 아빠는 경치 좋은 전망대에 차를 세우고 밴을 분리했다. 운전자가 두 명 필요했다. 아빠는 엄마에게 선택의 여지가 없다고 말했다. 면허증이 없는 엄마가 유일하게 운전대를 잡았던 건 도일스타운에 있을 때였다. 그때 엄마는 엘카미노를 차고로 넣다가 사이드미러를 부딪쳐 떨어뜨렸다. 운전대를 잡으라는 아빠의 말에 엄마는 겁에 질린 듯했지만, 거절할 순 없었다. 아빠는 우리를 윈네바고에 남겨두었다. 엄마가 모는 밴은 위험했기 때문이리라. 엄마는 떨리는 손을 부여잡고 운전석에 앉아 시동을 걸었다. 그리고 우리 차를 따라 산을 올랐다. 나는 뒤쪽 창문으로 엄마를 지켜보면서 바닥에 있는 딱정벌레 사체를 만지작거리는 제닌을 주시했다. 엄마의 얼굴은 공포에 질려 있었다. 양손은 핸들을 꼭 붙든 채. 엄마가 실수할 것 같아 보이진 않았지만 주변 운전자들은 기다리다 인내심에 한계를 느낀 듯 충돌 위험을 무릅쓰고 밴을 추월했다. 그러다 밴이 고갯마루에 있는 휴게소에서 멈췄다. 엄마는 쓰러질 듯 비틀거리며 밴에서 내려 윈네바고에 올랐다. 아빠는 다시 밴을 연결했다. 나는 엄마가 무사히 돌아왔다는 데 안도했지만, 엄마의 얼굴은 창백했다.

아빠가 다음 집을 찾는 동안 우리는 덴버 외곽의 캠프장에 머물렀다. 아빠는 콜로라도 브라이턴에서 괜찮은 집을 찾았다. 침실이 세 개 있는 작은 벽돌집이었다. 나는 그 집 페인트 냄새가 정말 좋았다. 가구가 없어서 아빠는 데니스라는 이웃한테 중고 식탁을 구입했다. 탈색된 금발을 한 데니스는 무척 매력적이었다. 갑자기 기분이 좋아진 아빠를 보며 아빠도 데니스를 그렇게 생각하고 있다는 걸 알 수 있었다. 데니스를 향한 아빠의 시선이 영 마음에 들지 않았다. 아빠가 말했다.

"음, 남편은 뭐 하는 분이세요?"

나는 데니스의 대답을 듣지 않았다. 새로울 게 없었다. 그저 아빠가 예쁜 여자와 으레 나누는 이야기일 뿐이었다. 데니스에겐 존, 제프와 비슷한 또래의 두 아들이 있었다. 여덟 살, 그리고 다섯 살이었다. 우리는 데니스네 가족과 가까워졌고, 적어도 나는 우리가 친구라고 생각했다. 그들과 같은 교회에 나가기 시작했고, 아이들이 있는 여러 가정과도 잘 어울렸다.

그즈음 학기도 시작했다. 나는 5학년, 데이비드와 존, 제프는 각각 4학년, 3학년, 1학년 생활을 시작했다. 학기 첫날, 우리는 다 같이 걸어서 학교로 갔다. 제프는 애써 아무렇지 않은 척 걸었지만, 애착 베개를 가져갈 수 없어 속상한 눈치였다. 남동생 셋은 슈퍼 히어로가 그려진 도시락을 들고 갔다. 내 것은 신데렐라 그림이 다 벗겨진 낡은 분홍색 도시락이었다. 하지만 내용물은 모두 같았다. 흰 빵에 발로니 소시지와 겨자 소스를 바른 샌드위치. 그리고 랩에 싼 감자칩 몇 개, 쿨에이드 보온병. 어쩌다 운이 좋으면 쿠키나 사과까지. 첫날 학교에서 돌아온 존은 자신을 더 이상 '존존'이라는 애칭으로 부르지 말라고 했다. 이제부터는 존이라고만 부르라고 했다.

우리 집 건너편에는 큰 들판이 있었고, 그 너머에는 쇼핑몰이 있었다. 엄마는 쇼핑몰의 한 할인점에서 오후 일자리를 얻었다. 저렴한 가정용품, 옷, 학용품, 각종 잡화를 파는 곳이었다. 플로리다에서 몇 차례 보조 교사로 일한 것 외에 엄마가 집 밖에서 일하는 건 그때가 처음이었다. 엄마는 무면허로 산길을 운전했던 트라우마로 인해 늘 걸어서 출근했다. 운전면허 시험 준비에도 회의적이었다. 나와 동생들은 엄마가 일하는 곳에 거의 가지 않았지만, 아빠는 가끔 엄마를 만나러 가곤 했다. 그럴 때면 종종 셔츠나 옷을 가져왔지만, 영수증이나 가게 이름이 적힌 봉투를 본 적은 없었다. 심지어 코트 아래 새 셔츠를 숨겨 온 적도 있었다.

내가 학교에서 돌아오면 엄마는 출근하고 없어서 동생들을 돌보는 건 내 몫이었다. 엄마는 일하러 갈 때 한껏 들뜬 표정이었다. 이전에는 볼 수 없던 새로운 모습이었다. 아빠가 집에 와도 마주치지 않을 수 있다는 점이 좋았던 것 같다. 아니면 일 자체를 즐겼는지도 모른다. 엄마는 일이나 동료에 대해 불평하는 법이 없었다. 월급은 고스란히 아빠에게 전달했다.

아빠는 건축업자 밑에서 집 짓는 일을 했는데, 가끔 일터에 제닌을 데려갔다. 하지만 그 일도 오래 하지 못했다. 엄마와 달리 아빠는 늘 동료들을 탓했고, 그들을 욕하며 일을 그만두었다. 이후 이런저런 잡일을 했지만, 정확히 무슨 일이었는지는 모른다. 학교에서 돌아오면 아빠는 종종 안락의자에 앉아 TV를 보고 있었다. 제프는 아빠 무릎 위로 올라가 함께 있곤 했다. 왼손 엄지는 입에 물고 나머지 손가락으로 애착 베개를 꽉 쥐고는 오른손으로 아빠의 턱수염을 가만히 쓰다듬었다.

5학년 담임은 톰슨Thompson 선생님이었다. 선생님은 늘 투덜거렸고, 불평불만이 가득했다. 시끄럽고 냄새나는 아이들을 돌보는 일보다는 다른 일을 찾고 싶어 하는 듯했다. 교실 안은 늘 큼큼한 체취로 가득했다.

우리 반에는 이본Yvonne 이라는 여자애가 있었다. 내가 전학 간 첫날, 녀석은 실눈을 뜨고 나를 쳐다봤다. 그 순간, 이미 그 애 때문에 골치깨나 아프겠다는 걸 직감했다. 하필 이본 앞자리로 배정됐다. 아무도 안 볼 때 이본은 잽싸게 내 머리를 잡아당겼다. 그것도 딱 한 가닥만. 너무 따끔거렸다. 쉬는 시간에 복도에서 마주치면 내 손에서 책을 낚아채 떨어트렸다.

전학 첫 주, 점심시간은 내게 일종의 시험이었다. 매일같이 이본 근처에 앉지 않도록 주의했다. 얌전한 아이들이 많은 테이블을 골라 앉았다. 나를 반기지 않는 무리에는 끼고 싶지 않았다. 이본은 일부러 쟁반을 들고 내 옆을 지나가며 완두콩이나 상추 조각을 던졌다. 나는 모르는 척했다.

신데렐라 도시락을 조심스레 열었다. 냄새를 맡아보면 엄마가 씻었는지 안 씻었는지 알 수 있었다. 안 좋은 냄새가 나면 내용물만 꺼낸 후 닫아버렸다. 그러고는 다른 아이들의 점심 도시락을 힐끔힐끔 쳐다보며 조용히 샌드위치를 먹었다. 다른 아이들과 식사 속도를 맞추기 위해 천천히 먹으려고 애썼다. 학교에서 햄버거와 감자튀김이 나오는 날이면 나도 도시락 대신 급식을 사 먹고 싶었다. 그래서 점심값을 달라고 했더니 아빠는 학교 급식이 얼마나 비싼데 그걸 먹으려 하냐며 폭언을 퍼부었다. 그 후로 다시는 점심값을 달라고 하지 않았다. 금요일은 피자가 나오는 날이었다. 아이들이 작은 소시지 조각을 없은 직사각형 모양의 피자를 먹는 것을 보며 나는 군침만 흘렸다. 그럴 때면 샌드위치에 감자칩을 몇 개 넣어 제법 그럴듯하게 보이도록 했다. 그러고는 크게 한 입 베어 물었다. 물에 탄 쿨에이드를 홀짝홀짝 마시며 급식에 나온 크림 초콜릿 우유라면 얼마나 좋을까 생각했다.

체육 수업에서 줄을 서던 첫날, 이본은 날 대열에서 밀어냈다. 톰슨 선생님은 내게 가만히 있으라고 했다. 다른 아이들도 이본이 날 괴롭히는 걸 봤지만, 아무도 제지하지 않았다. 이본은 덩치가 크고 시끄러웠으며, 담배를 태우는 50대 아줌마처럼 껄껄거리며 웃곤 했다. 이본은 항상 똘마니들을 거느리고 다녔다. 나는 쉬는 시간이나 놀이터에서 그 아이들과 마주치지 않으려 애썼다. 한번은 생일선물로 받은 레몬 트위스트를 가져가 쉬는 시간에 혼자 놀았다. 혼자 있는 게 신경 쓰이긴 했지만, 놀림받는 것보단 외로운 게 나았다.

그러던 어느 날, 사물함을 열어보니 레몬 트위스트[13]가 없었다. 이본이 가져간 게 분명했다. 그날 학교가 끝나고 집으로 가는 대신, 이본 뒤를 쫓았다. 이본과 싸우고 싶진 않았다. 하지만 날 건드리진 않았으면 했다. 내가 만만한 사람이 아니라는 건 알게 해주고 싶었다. 무엇보다 레몬 트위스트를 돌려받고 싶었다. 그즈음 아빠는 우리에게 싸움 연습을 계속 시켰고, 덕분에 맞고 다닐 일은 없다고 생각했다. 아니, 그런 일 자체가 일어나지 않길 바랐다.

이본의 집은 우리 집과 반대 방향이었다. 나는 학교가 끝난 후에도 녀석이 날 괴롭히려고 일부러 찾아올지 궁금했다. 물론 그런 일은 없

---

13) 발목에 줄로 만들어진 고리를 감고 줄넘기를 하듯 점프하며 놀 수 있는 장난감.

었지만, 미리 대비는 하고 싶었다. 한두 블록쯤 걸어가자 이본이 발소리에 뒤를 돌았다. 날 쳐다봤다. 놀란 눈치였다. 내가 예상했던 표정과는 사뭇 달랐다.

그곳은 학교 운동장이 아니었기에 싸움 규칙 같은 건 없었다. 이본이 먼저 공격해 오면, 내겐 방어할 권리가 있었다. 아빠에게서 늘 듣던 말이었다. 어쩌면 방어권은 필수 조건이었다.

그러나 이본은 나를 쫓아오지 않고 놀란 표정으로 쳐다보기만 했다. 도전을 받아들이는 데 익숙하지 않은 눈치였다. 우리는 몇 초 동안 서로 바라보기만 했다. 나는 아무 말도 하지 않았다. 할 말이 없었다. 이본은 몇 발자국 물러서더니 다시 뒤돌아 걸어갔다. 나는 안도했고, 승리의 쾌감을 느끼며 집으로 돌아왔다.

그날 이후 학교생활이 한결 편해졌다. 이본은 더 이상 나를 괴롭히지 않았다. 레몬 트위스트는 요술을 부린 듯 톰슨 선생님의 사물함에 놓여 있었다. 보드게임과 각종 공예 용품을 보관하는 곳이었다.

선생님은 놀란 표정으로 레몬 트위스트를 내게 건네며 말했다.

"잃어버린 물건을 찾은 것 같네."

브라이턴에서 5학년을 보내며 가장 재밌었던 시간은 음악 수업이었다. 모든 학생이 악기 하나씩을 연주할 기회가 있었다. 나는 클라리넷을 선택했다. 클라리넷은 유리처럼 반짝이는 금속 키가 달린 검고 섬세한 악기였다. 악기는 직접 구매하거나 한 학기 동안 학교에서 빌려야 했다. 하지만 나는 대여 신청서도 돈도 내지 않았다. 아빠의 안락의자 옆에 신청서를 두었지만, 어수선한 서류 더미 사이에서 매번 사라지곤 했다.

하지만 아빠는 걸스카우트 회원 가입 신청서만큼은 절대 잊지 않고 서명했다. 다시 한번, 나는 걸스카우트 쿠키 판매 기록을 경신했다. 700상자가 넘게 판매한 덕분이었다. 남동생들은 레슬링팀에 들어갔다. 존은 운동에 재능이 있었고, 아빠는 그걸 키워주고 싶어 했다. 아빠는 내게도 레슬링팀에 들어가라고 했다. 그곳은 남자팀이었지만, 여자 선수가 딱 한 명 있었다. 학교생활을 하며 나는 내가 다른 여자아이들과 얼마나 다른지 깨닫기 시작했다. 옷차림은 남자아이 같았고, 머리는 아빠가 좋아하는 스타일로 길게 늘어뜨려져 있었다. 전혀 꾸미지 않은 상태였다. 5학년 여자아이들은 모두 나보다 나이가 많아 보였다. 여자애들의 매끄럽고 털이 없는 다리를 보며 내 다리에 얼마나 털이 많은지 비로소 깨달았다. 체육 수업 전 탈의실에 들어가 보면, 아이들은 운동용 브래지어를 차고 있었다. 하지만 나는 그런 게 있어본 적이 없었고, 부모님께 사달라고 하기도 두려웠다. 내 몸에 관한 한 아빠를 포함해 누구의 관심도 받고 싶지 않았다. 아빠의 관심은 더더욱. 다른 여자아이들은 아이섀도로 화장을 했고, 머리는 컬을 넣거나 곧게 펴고 학교에 왔다. 아침에 거울 앞에서 꽤 많은 시간을 보내는 듯했다. 아무도 모르게 나는 바비 인형 세트에 든 화장품을 내 얼굴에 발라봤다. 물론 방 밖으로 나갈 땐 싹 지웠다. 볼 터치를 하거나 하늘색 아이섀도를 바른 모습을 아빠에게 들켰다면, 엄청난 대가를 치러야 했을 것이다.

집 근처 오래된 건물 안에 아이들에게 복싱과 가라테 수업을 하는 체육관이 있었다. 아빠는 우리를 그곳에 등록시켰다. 그즈음 나와 동생들은 누구라도 만만히 대할 수 없는 존재가 되어가고 있었다. 나와 데이비드, 존을 상대로 한 아빠의 싸움 훈련은 점점 더 잔인해져 갔다. 우리의 방어 능력과 타격 능력이 향상되었기 때문이다. 나는 여전히 동생들보다 덩치가 더 컸기에 동생들을 쉽게 때려눕힐 수 있었다. 하지만 위험도, 싸움을 시작하기 전 두려움도 날로 증가했다. 나를 향한 동생들의 원망도 점점 커져갔다.

아빠는 엄마와 밤에 나갈 일이 있어도 더 이상 베이비시터를 고용하지 않았다. 이제는 나를 동생들의 보호자로 남겨두었다. 아빠는 엄마가 외출할 때 평소보다 더 예쁘게 보이기를 원했다. 엄마는 결혼반지 외에는 장신구를 전혀 착용하지 않았다. 아빠가 귀걸이조차 못 하게 했기 때문이다. 엄마도 귀걸이를 하면 귓불이 아프다고 했다. 아빠는 엄마가 입을 옷까지 정해주었다.

한번은 아빠, 엄마가 데니스네 파티에 가기로 돼 있었다. 엄마는 별로 가고 싶지 않은 눈치였다. 아빠는 집을 나서며 돌아오기 전까지 우리가 해놓아야 할 집안일 목록을 건네주었다. 그러면서 "만약 다 하지 않는다면"이라고 딱 한 마디를 덧붙였다. 우리는 그 한 마디가 무엇을 의미하는지 잘 알고 있었다. 목록은 무척 길었다. 화장실 청소, 바닥 청소, 빨래, 설거지, 옷과 장난감 및 각종 잡동사니 정리. 부모는 물론 아무도 스스로 치우지 않는 집에 쌓여 있는 모든 걸 깨끗이 정리하라는 것이었다.

나는 동생들에게 일을 배분했다. 제프에게는 빨랫감 모으는 일을 맡겼다. 제닌에게는 굴러다니는 레고, 장난감 자동차, 퍼즐 조각 등 작은 장난감을 치우라고 했다. 존에게는 화장실 청소를, 데이비드에게는 바닥 청소를 시켰다. 그리고 나는 부엌 청소를 맡았다.

제닌은 자신의 역할을 기꺼이 수행했다. 세 살배기 제닌은 자신에게도 뭔가 일이 맡겨졌다는 사실이 기쁜 듯했다. 정리하다 말고 금세 장난감에 정신이 팔려버릴 거라는 건 익히 알고 있었다. 그 일은 결국 내 몫이 될 터였다. 그 와중에 데이비드와 존은 시작조차 하지 않고 있었다. 나는 화가 나서 빨리 하라고 소리쳤다. 녀석들은 이미 나에 대한 원망이 깊었다. 아빠가 시킨 싸움, 그리고 평소 나의 엄격한 태도 때문이었다. 아빠의 편애는 이유가 아니었다. 편애의 대상은 이미 나에게서 제프로 넘어간 지 오래였으니까.

서둘러 집안일을 끝내야 하는 긴박한 상황에서 녀석들은 내 지시를 따르지 않았다. 그로 인해 지시는 곧 명령이 되었다. 나는 동생들의 저항을 받아들이지 못했다. 너무나 두려웠다. 녀석들은 내가 얼마나 압박감을 느끼는지 이해하지 못했다. 아빠는 평소에 내가 동생들을 책임져야 하고, 모든 책임은 내게 있으며, 동생들이 잘못해도 그건 내 탓이라고 귀에 못이 박히도록 말했다. 녀석들은 케빈 드라이브 건설 현장에서 산만하게 돌아다니던 모습에서 크게 달라지지 않았다. 나는 여전히 동생들을 통제해야 했다. 그리고 그건 여전히 어려웠다.

"어서 가서 일해!"

나는 데이비드에게 소리쳤다.

"누나가 반장이라도 돼?"

데이비드가 반박했다.

"응, 나 반장 맞아! 아빠가 날 그 자리에 앉혔잖아!"

나도 질세라 대답했다.

"아빠는 지금 없잖아, 안 그래?"

데이비드는 한 마디도 지지 않았다.

"맞아!"

존이 평소처럼 끼어들어 데이비드를 거들었다.

"너희 내 말 듣는 게 좋을 거야!"

나는 다시 한번 소리쳤다.

"원하는 대로 해보시지!"

데이비드는 비아냥대며 대답했다.

그제야 존은 빗자루를 집어 들고 식탁 주위를 쓸기 시작했다.

동생들은 점점 내 통제 범위를 벗어나고 있었다.

데이비드와 말싸움을 하던 중, 존이 빗자루로 내 등을 내리쳐 거의 넘어질 뻔했다.

"아야!"

순간 소리치며 뒤돌아보자 존은 반쯤 떨어져 나간 빗자루 손잡이를 잡고 서 있었다. 다행히 빗자루는 무기로 사용되도록 만들어진 게 아니라서 나는 멀쩡했다. 등은 좀 아팠지만, 아빠가 집에 돌아왔을 때 우리가 당할 고통에 비하면 아무것도 아니었다. 셋 다 겁에 질린 표정으로 서로를 바라보았다. 순간 적에서 동지로 변했다. 우리가 빗자루를 망가뜨렸다는 사실을 알게 되면 아빠는 과연 어떤 반응을 보일까?

마스킹 테이프로 붙여봤지만, 소용없었다. 청소는 해야 했기에 빗자루를 아예 반으로 잘라 썼다. 하지만 빗자루가 부러진 문제는 여전히 해결되지 않았다.

"이제 어떡하지?"

데이비드가 물었다.

"숨겨버리자!"

내가 말했다.

부러진 부분만 티 나지 않게 붙여서 복잡한 옷장 뒤쪽에 놔두고는 다른 집안일부터 본격적으로 시작했다. 나는 걸레를 들고 무릎을 꿇은 채 데이비드의 바닥 청소를 도왔다. 아빠가 부디 빗자루를 못 보고 넘어가 우리를 혼내지 않길 바라며 설거지를 하고 그릇을 말렸다.

일주일 후, 엄마는 말없이 새 빗자루를 사다놓았다. 옷장 뒤를 확인해 보니 부러진 빗자루는 이미 없었다. 엄마가 보고 버린 것 같았다. 후유, 깊은 안도감이 들었다. 그리고 희망이 생겼다. 엄마는 내 편이 되어줄 수 있을까? 아빠와 달리 엄마의 시선은 분명 적대적이진 않았다. 내가 도움이 필요할 때 엄마가 나서서 도와줄 수 있을까?

어느 날 저녁 식사 후, 아빠와 엄마가 거실에 앉아 TV를 보고 있었다. 아빠는 안락의자에, 엄마는 소파에 앉아 있었다. 밖에서 놀다가 막 들어온 나를 아빠가 쳐다보았다.

"에이프릴, 이리 와봐."

엄마도 순간 나를 쳐다봤지만, 이내 다시 마크라메[14] 작업을 시작했다. 그해에 엄마는 화분 걸이를 많이 만들었다. 나는 마지못해 아빠에게 다가갔다. 아빠는 과연 내게 무슨 말을 하려는 걸까? 내가 집안일이라도 깜빡한 걸까?

---

14) 실이나 끈을 손으로 엮어 무늬나 장식품을 만드는 공예.

"일로 와봐."

아빠는 다시 부르며 내 가슴 쪽을 쳐다보았다.

나는 아빠 앞에 섰다.

"우리 딸 다 컸네."

순간 운동용 브래지어를 사달라는 말이 목젖까지 올라왔다. 아빠의 말이 이어졌다.

"셔츠 좀 올려봐. 내가 한번 보게."

너무 무서웠다. 순간 얼굴이 빨개졌다. 나는 엄마를 쳐다보았다. 아무 말이라도 해주길, 적어도 무슨 일이 일어나고 있는지는 알아차려 주길 바랐다. 하지만 엄마는 매듭을 짓는 데만 집중하고 있었다. 나는 아빠의 말을 따랐다. 반항하고 싶지 않았다. 반항의 결과를 마주할 자신이 없었다.

아빠는 내 가슴을 유심히 살펴보았다. 그리고 그즈음 작은 혹이 생기기 시작한 젖꼭지 주변을 만지기 시작했다. 마치 건강검진을 하듯, 내 젖꼭지를 눌렀다. 너무 아팠다. 나는 또다시 엄마를 쳐다보았다. 이 굴욕을 멈출 수 있도록, 제발 엄마가 고개를 들고 아무 말이라도 해주길 간절히 바랐다. 하지만 엄마는 마크라메에서 눈을 떼지 않았다. 엄마는 나를 도와줄 수 없었다. 나는 혼자였다.

궁금증이 해소된 듯, 아빠는 다시금 내 티셔츠를 내리고 TV를 보러 갔다.

수치심에 압도당한 나는 조용히 방으로 들어가 문을 닫았다. 내가 아빠 때문에 화가 났다는 사실을 알면, 아빠가 장난이랍시고 또다시 그런 짓을 할 것 같았다. 그래서 내 감정을 아빠에게 말할 수 없었다.

그렇다고 다시는 같은 일이 반복되지 않게 할 방법이 떠오르는 것도 아니었다.

아빠가 여자들과 10대 소녀들에게 보인 행동이 그때까지 내가 받은 성교육의 전부였다. 나와 동생들은 시청할 수 있는 TV 프로그램과 영화가 제한돼 있었다. 자연 다큐멘터리, 디즈니 영화, 〈초원의 집〉 등 전체 관람가 등급의 콘텐츠만 볼 수 있었다. 그러나 이들 프로그램은 건전하지 못한 내용으로 가득한 저녁 뉴스와 실화 바탕의 범죄 쇼 앞뒤로 방영되었다. 뉴스와 범죄 쇼는 남자들의 비정상적인 행동을 과시하는 내용이 주를 이루었다. 나는 5학년이 되도록 학교 성교육 수업('건강 수업'으로 불린)에서 언급된 '생식 관련 내용'을 전혀 알지 못했다. 성교육 시작 전, 학교에서는 부모님께 동의서를 받아 오라고 했다. 엄마는 성, 월경, 사춘기 등 곧 다가올 변화와 이에 대비할 수 있는 그 어떤 것에 대해서도 말해준 적이 없었다. 성교육 동의서를 제출하지 않으면 학교에서 큰 곤란을 겪을 터였다. 여호와의 증인 아이들과 함께 다른 방에 있어야 할 상황이었다. 그래서 제발 서명해 달라고 아빠에게 간청했다. 아빠는 서명해 주었다. 그런 다음 나와 동생들을 앉혔다. 제닌만 빼고. 아빠는 성교육을 허술한 체육 교사에게 맡길 수 없다고 했다. 그러면서 우리가 제대로 알고 있는지 확인하려고 했다. 그러고는 남자가 어떻게 여자의 질 속으로 성기를 넣어 아기가 만들어지게 하는지 의학용어를 사용해 설명했다. 으웩 소리가 나도 모르게 나왔다. 하지만 그 사실이 아빠가 다른 여성을 대하는 태도와 어떤 관련이 있는지는 여전히 알지 못했다. 여자들의 엉덩이를 잡고 쓰다듬는다든가 베이비시터들에게 추근댄다든가. 이런 아빠의 행동이 성관계와 관련이 있다고 짐작은 했지만, 그 내용을 구체적으로 알지는 못했다.

　브라이턴에서도 이전에 살았던 곳과 마찬가지로 집 안팎의 분위기가 완전히 달랐다. 집 안에서 아빠는 주먹과 벨트를 휘두르며 가족을 통제했다. 그러나 집 밖에서는 동네에서 가장 재미있는 아빠로 유명했다. 저녁이 되면 아빠는 동네 아이들을 모아 숨바꼭질을 하곤 했다. 어둠 속에서 하는 숨바꼭질은 해가 있을 때 하는 것과는 느낌이 사뭇 달랐다. 어둠은 그 자체로 본능적인 공포를 유발했다. 그래서 열 배는 더 짜릿했다.

　숨바꼭질에서 어른은 아빠뿐이었다. 아빠는 집과 덤불 사이에 숨어 있다가 술래가 지나가면 "으악!" 하고 튀어나와 놀라게 하곤 했다. 술래가 존인 경우, 녀석은 두려움에 휩싸여 바닥에 웅크린 채 팔로 머리를 감싸 쥐었다. 그렇다고 그만하고 싶은 건 아니었다. 존은 다시금 숨바꼭질을 이어나갔다. 아빠는 지붕에 숨어들기도 했다. 어둠 속에서 다가오는 술래를 발견하면 물풍선을 머리 위로 떨어트렸다. 그러면 아이들은 기겁하며 비명을 질렀다.

　아빠는 숨바꼭질 놀이법을 다양하게 변형했다. 이를테면 이런 식이었다. 술래가 한 사람을 찾으면, 그 사람은 술래 뒤에서 허리나 어깨를 잡고 눈을 가린 채 비틀거리며 따라가야 했다. 그렇게 한 사람씩 찾을 때마다 대열이 늘어났다. 눈을 가린 아이들은 줄지어 서서 마치 거대하고 서투른 애벌레처럼 움직이곤 했다. 그러나 아직 잡히지 않은 사람은 술래의 눈을 피해 몰래 돌아다닐 수 있었다. 그 사람에겐 술래 뒤 맨 끝에 있는 사람을 데려가 대열에서 놓아줄 권한도 있었다. 대열에서 해방되면 눈가리개도 벗을 수 있었다. 해방의 주체가 아빠인 경우, 아빠는 아이들을 잡아당겨 한 손으로 입을 막고 팔을 꽉 잡았다. 어둠 속에서 눈가리개를 한 채 붙잡히는 건 극도의 공포 그 자체였다. 하지만 아이들은 또 놀아달라며 아빠를 찾아왔다.

핼러윈이 다가와 잔디밭을 꾸미자 술래잡기할 때의 공포감이 더욱 커졌다. 당시 우리 동네였던 브라이턴은 사탕을 주고받는 핼러윈 전통 놀이를 하기에 이상적인 곳이었다. 늘 그랬듯, 아빠는 핼러윈 의상 선택을 제한했다. 마녀나 연쇄살인범 의상 같은 것은 입을 수 없었다. 사탕을 얻으러 갈 때 장난감 총을 소지하는 것도 허락되지 않았다. 그래서 권총을 찬 카우보이 의상은 엄두도 못 냈다. 가장 안전한 건 유령 복장이었다. 칼이 없는 해적도 쉽게 허용됐다. 아빠는 내 의상이 마음에 들지 않으면 절대 허락하지 않았다. 공주 옷은 괜찮았다. 그때까지만 해도 난 여전히 동화를 좋아했고, 그 기회를 이용해 화장놀이도 했다. 그날은 아빠가 화장을 허락하는 유일한 날이었다. 화장품이라고 해봐야 바비 인형 세트에 든 게 전부였지만, 뺨을 붉게 하고 눈꺼풀을 파랗게 만들기에는 충분했다. 자주 이사 다니는 것의 장점 중 하나는 핼러윈 행사 때 매년 같은 옷을 입어도 아무도 모른다는 것이었다. 그해 나는 엄마가 할인점에서 공짜로 얻어 온 공주 드레스를 입었다. 솔기가 살짝 찢겨 있어 못 파는 상품이라고 했다. 데이비드는 밥에게 선물로 받은 경찰 제복을 입었다. 아빠는 변장에 유용한 몇 가지 소품을 챙겨주었다. 데이비드는 보안관 배지와 모자를 착용했다. 제프와 존은 귀신으로 변장했다. 가짜 피와 멍 자국도 그려 넣었다.

나는 숯으로 눈두덩을 검게 칠했다. 아빠는 돈을 아끼려고 사탕을 사지 않았다. 우리 집은 핼러윈 날 불을 다 꺼놓고 있었다. 엄마는 제닌을 안고 우리와 함께 집 밖으로 나왔다. 우리가 길을 따라 계단으로 올라가 집집이 문을 두드리는 동안 엄마와 아빠는 인도 옆에서 기다렸다. 아빠는 경계하는 눈빛으로 주변을 둘러보았다. 데니스의 집 앞에 도착했을 때, 아빠는 우리와 함께 집으로 올라가 데니스와 이야기를 나누었다.

"무슨 의상이죠? 영화배우인가?"

아빠가 허스키한 목소리로 물었다.

데니스는 의상을 입고 있지 않았다. 아빠는 사탕 바구니를 들어 보이며 윙크를 했다. 우리는 다음 집으로 이동했다.

핼러윈 때 우리 집은 행사에 참여하지 않는 몇 안 되는 집 중 하나였다. 하지만 크리스마스 때는 달랐다. 아빠는 우리 집 앞마당을 동화 속 나라로 바꾸어놓았다. 이전에는 집 안을 멋지게 꾸미려고 노력했지만, 그해에는 마당 장식에 심혈을 기울여 지나가는 사람들도 차를 세우고 구경할 만큼 멋지게 꾸몄다. 이웃들을 포함해 많은 사람이 찾아왔다. 아빠는 지붕에 순록과 썰매를 설치했고, 지붕 선과 나무, 덤불에 조명을 달았다.

루실 이모할머니와 앨 이모할아버지가 크리스마스에 맞춰 도착했다. 늘 그렇듯 할머니, 할아버지는 자금을 지원해 주었다. 그 전해에는 플로리다로 왔었다. 앨 할아버지가 점점 쇠약해져 갔지만, 루실 할머니는 매년 찾아와 우리가 자라는 모습을 보고 싶어 했다. 내 방은 할머니, 할아버지에게 양보하고 나는 동생들과 함께 이층 침대에서 잤다. 그런 건 문제가 되지 않았다. 이모할머니가 오면 아빠가 친절해졌으니까. 물론 크리스마스는 아빠가 아이처럼 행복해하는 때이기도 했다.

브라이턴 집의 지하실은 완성된 상태였다. 우리는 그곳을 놀이방으로 사용했다. 지하실에는 문이 달린 작은 방이 하나 있었다. 그런데 크리스마스 한 달 전부터 그 문이 잠겨 있었다. 데이비드와 존이 문틈으로 들여다보니 안에 포장된 선물 꾸러미가 있었다. 동생들은 다급히 나를 불렀다. 틈새를 비집고 살펴보니 역시 선물 꾸러미였다. 그리고 한 달 후, 크리스마스가 되자 그때 본 포장된 상자가 크리스마스트리 밑에 놓여 있었다. 동생들도 그 선물을 알아봤다.

잠시 생각했다. 산타가 왜 선물을 지하실에 보관했을까? 나는 5학년이었지만, 여전히 산타의 존재를 믿고 있었다.

그러다 순간 산타가 없다는 걸 깨달았다.

"그런데 아빠, 지하실에서 이 선물 봤어요!"

나는 조심스레 말했다.

그러자 아빠가 화를 내며 말했다.

"아니야, 네가 본 건 이게 아니야."

아빠는 기필코 산타가 보낸 선물이라며 맹세까지 했다.

제닌이 울기 시작했다. 제닌을 포함해 우리는 모두 지하실에 있는 선물을 보았다. 루실 할머니가 긴장감을 견디지 못하고 입을 열었다.

"웨인, 이제 끝났어."

아빠는 금방이라도 폭발할 것처럼 보였다. 하지만 할머니, 할아버지가 함께 있었기에 분노를 표출하진 못했다. 나는 훌륭한 탐정이 되어 어린 시절의 위대한 미스터리 하나를 풀어낸 것 같았다. 만족감과 자신감이 넘쳤다. 하지만 아빠는 무너졌고, 산타의 정체를 알고 난 뒤 나와 동생들이 실망한 것보다 훨씬 더 크게 실망했다. 그 와중에 제닌은 선물을 열어볼 생각에 그저 행복해했다.

그러나 그 순간, 끔찍한 생각이 스쳤다. 산타가 없다는 건, 부활절 토끼나 이빨 요정도 없다는 걸 의미했다. 이 깨달음은 무척이나 파괴적이었다. 내가 동생들의 환상까지 망친 거였다. 순진무구한 제닌조차 크리스마스 선물을 주는 한없이 선하고 인자한 전지전능한 존재가 없다는 걸 알게 됐으니 말이다. 아빠는 그날 온종일 기분이 좋지 않았다. 산타클로스에 대한 환상을 매개로 한 크리스마스 파티는 아빠가 1년 중 가장 기다리는 시간이었다. 그리고 그 환상은 우리에게, 더욱이 아빠에게 마법 같은 세상을 선물했다. 그래서 그날의 내 공표는 어떤 면에서 볼 때 우리 가족 모두의 순수함을 끝장내는 것이었다.

그해 크리스마스에는 엄마를 위한 큰 선물이 나무 밑에 놓여 있었다. 나는 설레는 마음으로 엄마가 열어보길 기다렸다. 아빠는 아주 훌륭한 산타였다. 모두에게 꼭 맞는 선물을 골랐지만, 우리가 도와준 덕분이기도 했다. 평소 우리는 추가로 돈이 드는 요구는 하지 않았다. 고작 10센트면 해결되는 아이스크림 스파클링도 마찬가지였다. 아이스크림도 아빠가 사주겠다고 하지 않는 한 먼저 사달라고 하지 않았다. 그러나 크리스마스에는 달랐다. 우리는 산타에게 각종 소원이 죽적힌 편지를 썼다. 생일 때도 원하는 것을 전부 적어낼 수 있었다. 이모할머니 부부, 그리고 외갓집에서 보내는 지원금 덕분에 제한 없이 살 수 있었기 때문이다. 원하는 모든 것을 다 가질 순 없었지만, 선물은 늘 있었다. 바비 인형 같은 현실적인 선물과 함께 조랑말을 사달라고 하기도 했다. 동생들은 보통 트럭이나 총, 카우보이, 북미 원주민 관련 장난감을 원했다. 하지만 제프는 어떤 선물을 받아도 애착 베개만큼 좋아하진 않았다. 마침내 엄마가 상자를 열었다. 거대한 메이크업 세트였다. 엄마가 원한 선물은 아니라는 걸 알고 있었지만, 우리 집에 그런 물건이 생겼다는 사실에 나는 흥분했다. 마침 바비 인형 세트에 든 메이크업 세트를 다 써버리기도 한 참이었다. 선물을 열어 엄마가 파운데이션, 아이섀도, 아이라이너, 블러셔 바르는 것을 도와주었다. 하지만 엄마가 말한 대로 마스카라를 바르면 눈물이 났다. 엄마는 감탄하며 지켜보는 가족들의 시선을 불편해했지만, 내가 보기에 엄마는 정말 예뻤다. 그날의 메이크업 경험을 바탕으로 나는 파운데이션을 사용해 얼굴과 팔의 멍 자국을 가리곤 했다. 물론 엄마의 멍 자국도.

그 주 일요일, 교회에 가려고 준비하며 나는 교회 전용 옷 중 하나를 골라 입었다. 그리고 엄마의 머리도 빗겨주었다. 고데기로 엄마의 머리에 볼륨을 더했다. 또 새로운 메이크업 세트를 사용해 볼 터치도 약간 했다. 그 정도가 엄마가 허락한 전부였다. 하지만 나는 그것만으로도 기뻤다. 나는 엄마가 특별한 모습이길 바랐다. 그래서 아빠가 데니스를 바라볼 때처럼 엄마를 바라보길 원했다. 아빠는 가족끼리 밖에 나가거나 동네 사람들과 어울릴 때에도 다른 여자들을 야릇한 시선으로 쳐다보곤 했다. 그들 역시 같은 시선으로 아빠를 바라보았다. 아빠는 마치 자석 같았다. 아빠의 주변에는 늘 매력 있는 여자들이 가득했다.

매주 일요일 아침, 우리는 데니스 가족의 대형 스테이션왜건을 함께 타고 교회에 갔다. 나와 동생들은 데니스네 아들들과 같이 뒷자리에 끼어 앉았다. 아빠는 예배는 드리지 않았다. 데니스의 여동생 셀리아Celia 네 가족도 같은 교회에 다녔다. 우리는 셀리아와 셀리아의 아들들과도 친구가 되었다.

그런데 셀리아네 아이들은 우리가 함께 있어도 늘 자기들끼리만 놀았다. 얼마 후 아빠는 데니스와 셀리아네 아이들 모두를 주말 캠핑에 초대했다. 부모 없이 아이들만 오게 했다. 우리가 즐겨 찾던 캠프장은 상업 시설이 아니었다. 우리는 고속도로를 벗어나 강 옆의 커다란 아스펜 나무 아래 자리를 잡았다. 우리가 짐을 내리고 텐트를 설치하는 사이 아빠는 종종 사라지곤 했다. 그러면 엄마가 열 명 남짓한 아이들을 혼자 돌봐야 했다. 엄마는 윈네바고 옆 캠핑 의자에 앉아 연필을 들고 단어 찾기 책을 읽었고, 우리는 우리끼리 알아서 놀았다. 숨바꼭질도 하고 장작도 모았다. 물살이 세지 않으면 살얼음이 낀 강으로 뛰어들기도 했다. 아빠가 몇 시간씩 자리를 비울 때도 있었다. 어디로 갔는지 궁금했다. 아빠는 그저 볼일이 있다고만 했다. 아무 말 없이 사라지기도 했다. 우리가 잠들 때까지 돌아오지 않은 적도 있었다. 데니스와 함께 있는 것은 아닌지 의심스러웠다. 그렇게 생각하고 싶지 않았지만, 어쩔 수 없었다.

아빠는 플로리다에서 만난 독일인 부부로부터 연락을 받고 우리의 낡은 윈네바고를 팔아버렸다. 그들은 미국 여행을 마치고 돌아간 뒤 아빠에게 자신들이 몰던 윈네바고를 팔아달라고 했다. 우리 것보다 훨씬 더 크고 멋진 차였다. 하지만 아빠는 부부의 윈네바고를 본인이 챙긴 뒤 아빠가 몰던 구형 윈네바고를 팔아 그 돈을 독일로 부쳤다. 그들에겐 당연히 부부의 차를 판 돈이라고 거짓말을 했다.

이후 아빠는 신형 윈네바고를 몰았다. 그 차로 몇 번 캠핑도 했지만, 얼마 안 가 팔아버렸다. 워낙에 값이 나가는 차였기에 팔아서 돈을 챙겼다. 멀리 떨어진 곳에 사는 사람들을 속이는 건 쉬운 일이었지만 동네 이웃을 속이는 건 퍽 어려웠다. 때로는 기발한 생각을 해내야 했다.

아빠는 데니스의 여동생 셀리아와 셀리아의 남편을 무척 친절하게 대했다. 케빈 드라이브에 살 때 그렸던 공작 벽화를 보여주기도 했다. 그 그림에 매료된 부부는 자신들의 집 거실에 걸어둘 큰 벽화를 똑같이 그려달라고 부탁했다. 하지만 셀리아 부부는 아빠에게 돈부터 먼저 건네는 실수를 저질렀다. 아빠가 작업을 시작한 지 얼마 되지 않아 우리는 불시에 마을을 떠났다. 학기가 끝난 직후였다. 아빠는 밤사이 트럭을 밴에 연결했다. 그날은 내가 기억하는 첫 밤 도피였다. 전혀 예상치 못한 일이었다.

우리는 동이 트기 전에 재빨리 도망쳤다. 제프와 나는 앞자리의 엄마, 아빠 사이에 끼어 앉았다. 제프는 엄지손가락을 빨며 애착 베개를 꽉 쥐었다. 엄마는 제닌을 무릎에, 해피는 발밑에 앉혔다. 데이비드와 존은 제대로 앉기도 힘들 만큼 좁은 공간에 졸린 표정으로 멀뚱히 끼어 있었다. 밤새 도로를 달리며 이런 생각이 들었다. 브라이턴에서 우리 모두 많이 자랐다고. 그도 그럴 것이 나는 불편한 진실에 눈을 떴다. 산타 같은 건 존재하지 않는다. 아이는 몹시 추잡한 방법으로 만들어진다. 아빠는 데니스와 바람을 피우는 눈치다. 무엇보다 확실한 건, 아빠가 셀리아 부부를 속였다는 사실이다.

아빠는 북동쪽으로 차를 몰았고, 네브래스카의 드넓은 옥수수밭 위로 떠오르는 태양을 바라보았다. 아빠는 다시 애크런으로 돌아갈 생각이었을까? 아마도 그랬을 것이다. 하지만 아이오와에서 마음을 바꾼 게 분명했다. 위스콘신주 워터타운 외곽의 한 시골 마을에 있는 캠프장에서 하룻밤 묵어갈 때까지도 계속해서 북동쪽으로만 이동했기 때문이다. 우리는 그곳에서 단 몇 달간 머물렀을 뿐이지만 지역사회에 지울 수 없는 흔적을 남겼다. 그리고 그 흔적은 두 가족에게 몇 세대에 걸쳐 지속될 짙은 아픔이 되었다. 그때부터 우리 가족의 종말도 시작되었다.

2장

벗겨지는 베일

콩코드 하우스

1980

        우리 일곱 명이 콜로라도주 브라이턴의 집을 떠나 목적지도 없이 고속도로를 달리던 때는 초여름이었다. 이번에는 플로리다의 해변을 즐기게 될 거라는 허황된 약속도, 서부 지역의 값싼 땅을 알아보는 노력도 없었다. 아빠는 위스콘신주 워터타운을 선택했고, 그 이유를 알 순 없었다. 어쩌면 별다른 이유 없이, 밤새 운전한 끝에 닿은 곳이 그곳이었을지도 모른다.

    인적이 드문 캠프장에 도착했을 때 나는 비좁은 트럭에서 내려 다리부터 쭉 뻗었다. 담배 냄새와 커피 냄새가 찌든 차에서 나온 것만으로도 기뻤다. 우리는 그곳의 지형을 살펴본 뒤 텐트 두 개를 설치했다. 하나는 일곱 명이 모여 잠을 자는 곳, 하나는 피크닉 테이블을 가운데 두고 설치할 투명 텐트였다. 우리는 트럭에서 내린 자전거를 타고 캠프장 주변을 돌았다. 아빠는 우리가 멀리 가는 걸 좋아하지 않았다. 다른 아이들을 힐끔거리며 쳐다보긴 했지만, 우리는 우리끼리만으로도 얼마든지 즐거운 시간을 보낼 수 있었다. 놀거리도 넘쳐났다.

나뭇잎 한 장, 주변의 개울 등 크고 작은 모든 게 모험의 재료가 됐다. 그곳은 놀라운 잠재력을 가진 듯했다. 캠프장 근처의 연못은 다음 날 가보기로 했다. 들판을 가로지른 곳에는 콩코드 하우스라는 큰 행사장이 있었다.

캠핑 첫날 밤, 나는 침낭 깊숙이 몸을 넣고 잠을 청했다. 텐트 가장자리에 자리를 잡았기에 다른 가족이 잠자는 모습을 마주할 필요가 없었다. 그런데 텐트 위로 빗방울이 떨어지기 시작했다. 지난 몇 년간 수차례 폭우를 뚫고 캠핑을 했기에 우리는 처음엔 대수롭지 않게 생각했다. 그저 아침에 자전거를 탈 때 웅덩이가 많아 불편하겠다는 생각만 스쳤다. 하지만 빗줄기가 점점 더 굵어지고 바람이 거세져 텐트 측면이 순식간에 밀려나갔다. 텐트 전체가 무너질 위기였다. 천둥소리가 공기를 가르며 크게 울려 퍼졌다.

"모두 차로 대피해."

아빠가 침착하게 지시했다.

거대한 돌풍에 텐트가 쓸려나갔다. 천둥소리를 동반한 번개가 여러 차례 강타했다.

"지금!"

아빠가 외쳤다.

우리는 가까스로 텐트 지퍼를 열고 밴을 향해 미친 듯이 달렸다. 그 잠깐 사이에 잠옷 위로 비가 퍼부어 온몸이 젖었다. 땅은 이미 웅덩이 그 자체였다. 해피가 묶여 있는 트럭 쪽을 힐끗 보았다. 해피 역시 그 아래서 비를 홀딱 맞고 있었다.

밴에 안전하게 도착하고 나니, 안개 낀 창문 너머로 아빠의 모습이 보였다. 아빠는 쏟아지는 빗속을 뛰어다니며 텐트 줄을 잡고 트럭에 묶어 텐트가 날아가지 않도록 단단히 고정했다. 우르르 쾅쾅 내리치는 천둥 속에서 아빠가 번개에 맞을까 봐 무서웠다. 드디어 아빠가 돌아왔다. 차 속 공기는 습기로 가득했다. 지붕 위로 떨어지는 거센 빗소리가 끊이지 않았다. 나는 제프 옆에서 잠을 청했다. 어떤 상황에서든 제프는 참 편안해 보였다. 애착 베개와 엄지손가락만 있으면 그걸로 충분한 것 같았다.

다음 날 아침, 하늘은 언제 그랬냐는 듯 맑고 쾌청했다. 우리를 포함한 캠핑족 몇몇이 눈에 띄었다. 텐트는 완전히 젖은 채 트럭에 묶여 있었지만, 어느 한 부분도 날아가거나 찢어지지 않았다. 해피도 무사했다. 젖은 침낭이 마르려면 며칠은 걸릴 듯했다. 우리는 트럭과 나무 사이에 줄을 매달아 젖은 텐트와 가방을 걸어두었다. 아빠는 이웃 캠핑객들에게 자신을 소개했다. 커피도 받아 마시며 간밤의 폭풍우에 관해 이야기했다. 모두 흥미진진하게 들어주었다. 아빠는 자신이 하는 일과 머물 곳에 관한 주제로 화제를 돌렸다.

누군가 캠프장 맞은편에 있는 콩코드 하우스에서 잡역부 자리를 구한다고 알려주었다. 결혼식이나 콘서트 등에 사용되는 대형 이벤트홀이었다. 바닥이 나무로 돼 있어 소박한 시골 느낌도 났다. 한 번씩 컨트리 뮤직이 연주되기도 했다. 아빠는 거기서 아르바이트를 했다.

그리고 밤이 되면 동네 술집을 찾았다. 술집은 온갖 종류의 단서를 쉽게 얻을 수 있는 훌륭한 곳이었다. 술집에서 아빠는 캠프장 근처에 사는 존 시몬John Simon 이라는 남자를 만났다. 시몬은 그 지역 사람들 대부분처럼 농부였다. 시몬이 세를 얻어 경작하는 밭에는 낡은 집 한 채가 있었다. 우리는 곧장 그곳으로 거처를 옮겼다.

집은 낡았지만, 꽤 근사했다. 작은 방 여러 개와 함께 하나는 위층으로, 하나는 아래층으로 이어지는 나선형 계단 두 개가 있었다. 부엌에는 족히 2~3미터는 돼 보이는 거대한 스테인드글라스 창문이 있었다. 색색의 유리에는 멋들어진 섬 풍경이 묘사돼 있었는데, 높다란 산을 중심으로 꼭대기에는 성이 있었다. 하늘은 파랗고, 바다는 짙푸른 색이었다. 마치 멀리 있는 미지의 세계를 본 것 같은 느낌이었다. 바로 우리 집 부엌에서 그런 풍경을 누릴 수 있다니, 정말 행운이라고 생각했다. 창 너머로 비친 햇살이 식탁과 의자, 바닥에 밝은색을 드리웠다.

방 가운데 하나는 마치 비밀의 방 같았다. 방 안에서 보면 문 두 개가 책장으로 가려져 있었다. 그래서 문을 닫고 나면 문이 전혀 보이지 않았다. 과거에는 틀림없이 도서관으로 사용됐을 것이다. 미키마우스와 유령의 집에 관한 디즈니 책을 읽었을 때 느꼈던 짜릿함이 떠올랐다. 무섭다기보다는 신비로운 느낌이었다.

2층에는 내 침실이 있었다. 온 가족이 텐트에서 부대끼며 살아와서인지 지나친 호사처럼 느껴졌다. 짐을 풀자 검은색 케이스에 든 클라리넷이 나왔다. 브라이턴 초등학교가 악기 대여점에 상당한 돈을 지불했을 텐데. 작은 보면대와 악보도 있었다. 악기를 가져온 게 내심 미안했지만, 보라색 벨벳 침대 위에 놓인 클라리넷을 꺼내 들어 부드러운 천으로 키를 닦고, 입이 마를 때까지 몇 곡을 연주했다. 여름 내내 연습하면 새로운 학교의 밴드부에 들어갈 수 있을 것 같았다. 3년 연속 전학을 다닌 학생으로서 밴드부 활동은 학교생활에 적응하는

데 도움이 될 터였다.

도서관의 숨겨진 문처럼 내 침실에도 비밀 통로가 있었다. 옆방과 연결된 옷장이었다. 완벽한 개인 요새였다. 우리가 살았던 모든 집에서 나는 혼자서 숨을 수 있는 조용한 공간을 찾았다. 옷장엔 쥐 냄새가 짙게 배어 있었지만, 상관없었다. 바닥에 담요를 깔고 베개를 벽에 기댄 채 몇 시간이고 그곳에서 시간을 보냈다. 선물 같은 고독을 즐기며, 손전등 불빛을 비춰 책도 읽을 수 있었다. 낸시 드루 시리즈는 하도 읽어서 책장이 찢어질 지경이었다. 그래서 이따금 아빠의 책 상자를 뒤지곤 했다.

아빠는《트루 디텍티브True Detective》라는 잡지가 가득 담긴 상자를 갖고 있었다. 아빠가 가장 즐겨 읽는 잡지였다. 나는 잡지 몇 권을 옷장으로 가져와 읽기 시작했다.

한 권을 집어 들었는데, 처음에는 표지가 낸시 드루 시리즈 표지와 비슷하다고 생각했다. 다만, 용감한 소녀가 아닌 겁에 질린 여자의 모습이었다. 잡지 한 권 한 권 표지만 죽 살펴보았다. 모든 호에 칼이나 총을 든 남자에게 묶인 채 두려움에 떨고 있는 여성의 그림이 실려 있었다. 헤드라인은 이런 식이었다. '관 속의 강간!', '살인으로 끝난 사랑!'. 사랑이 뭔지 몰랐지만, 몹시 나쁘다고 생각했다. 나는 한 권을 펼쳐 들고 책을 읽듯 읽기 시작했다. 모르는 단어는 건너뛰면서 대강의 줄거리만 파악했다. 기사들은 각종 살해 및 강간 수법을 자세히 묘사하고 있었다. 피해자는 대부분 여성이었다. 읽어 내려갈수록 두려움이 커졌지만, 중간에 멈출 수가 없었다. 마지막 기사는 여성을 강간한 후 질을 찔러 죽인 살인 사건에 관한 내용이었다. 그때 내 나이는 고작 열한 살이었다. 너무나도 끔찍했지만, 완전히 빠져들어 기사를 읽었다. 나는 잡지를 내려놓았다. 잡지를 읽는 것만으로도, 그런 기괴한 이미지를 마음속에 떠올린 것만으로도 죄책감이 들었다. 내가 그 잡지를 읽었다는 걸 아빠, 엄마에게 들킬까 봐 겁이 났다. 아빠가 집에 없고 엄마는 분주할 때, 나는 본래 있던 상자에 잡지를 넣어두었다.

그날 밤, 기사 내용이 머릿속에서 떠나지 않았다. 과연 누가 이런 잡지를 읽을까? 정답은 거실 안락의자에 앉아 있는 사람, 바로 아빠였다. 세상에는 아빠 같은 사람이 넘쳐났다. 《트루 디텍티브》는 이 세상은 안전한 곳이 아니며, 남자는 여자에게 끔찍한 범죄를 저지를 수 있고, 그런 범죄에 대한 내용을 즐겨 읽는 남자가 많다는 점을 강조했다.

이 아름다운 집에서 머문 건 고작 1~2주에 불과했다. 늦은 오후가 되면 나와 동생들은 스테인드글라스 창을 통해 춤추듯 밀려드는 햇살을 보려고 부엌으로 몰려가곤 했다. 아빠가 집에 오는 소리가 들렸다. 순간 우리는 눈짓으로 재빨리 피해야 한다는 신호를 보냈다. 아빠는 사냥용 소총을 마치 테니스 라켓을 들듯 아무렇지 않게 거실로 들고 들어왔다. 어디서 난 건지 궁금했다. 도일스타운에서 아빠의 지시로 엽총을 쏴 어깨를 다쳤을 땐 그 총을 어떻게 구했는지 궁금하지 않았다. 그런 의문을 품기엔 아직 너무 어렸었다. 아빠가 우리 머리 위로 총을 쐈을 때도 마찬가지였다. 하지만 이제는 그 소총이 어디서 났는지 궁금했다. 총은 제법 컸고, 조준경까지 달려 있었다. 뭔가 실질적인 임무를 수행할 것처럼 보였다. 동생들과 나는 아빠 손에 들린 무기에서 눈을 떼지 못했다. 그때, 아무런 경고 없이 총성이 울렸다. 나는 소리를 지르며 귀를 막았다. 데이비드도 귀를 막았다. 존은 웅크린 채 바닥에 쓰러졌다. 아빠의 얼굴이 하얗게 질렸다. 재빨리 존 옆으로 가 엎드린 채 물었다.

"존, 존. 어디 맞았니?"

아빠는 당황한 기색이 역력했다.

다행히 존이 총을 맞은 건 아니었다. 공포에 질려 넘어졌을 뿐.

아빠는 주위를 둘러보며 총알이 어디로 갔는지 찾으려고 두리번거렸다. 낡은 카펫 위에 그 흔적이 있었다. 총알은 바닥을 뚫고 나가 배관설비에 박혀 있었다.

"이런, 젠장. 총알이 들어 있는지 몰랐어."

아무도 총에 맞지 않았다는 사실에 안도했지만, 아빠가 장전된 총을 집에 가져오는 건 전혀 이상할 게 없는 일이었다. 그 집에서나 이전 집에서나 또 다음으로 이사 간 집에서나 우리는 늘 크고 작은 상처를 안고 살았다.

이전에 살았던 집과 마찬가지로 이번 집 역시 집 안보다 집 밖이 더 안전했다. 밖에는 존 시몬 아저씨가 일구는 밭이 있었다. 이번 집의 가장 큰 매력은 집 뒤쪽에서 밭의 가장자리로 이어지는 흙길, 그리고 울창한 나무숲 사이로 빠르게 흐르는 개울이었다. 오래된 철길이 개울을 가로지르고 있었고, 우리는 그곳에서 맨손으로 고기를 잡으며 몇 시간씩 보내곤 했다.

존 아저씨는 아빠에게 이웃에 사는 우테츠 씨네 현관을 수리하는 일을 소개했다. 아빠는 나를 일터에 데려가곤 했는데, 우테츠 씨네 딸 니콜이 나와 동갑이었기 때문이다. 그 집은 큰 들판을 내려다보고 있였다. 나는 니콜의 바나나 모양 안장의 자전거를 함께 타고 놀았다. 한 번씩 내 동생들도 다 같이 다리 옆 개울에서 시간을 보내기도 했다.

아빠는 여전히 콩코드 하우스에서 일했고, 가끔 늦게까지 일하는 날도 있었다. 그러던 어느 날, 아침 식사 자리에서 본 아빠의 얼굴은 그야말로 엉망진창이었다. 코는 심하게 부어 있었고 상처가 깊었다. 시퍼런 멍 자국도 있었다. 나는 어떻게 된 일인지 물었다. 아빠는 사냥하다가 소총 조준경에 다쳤다고 했다. 내가 알기로 아빠가 콜로라도에서 사슴 사냥에 나선 건 딱 한 번뿐이었다. 하지만 아빠가 다친 건 8월이었다. 사냥 시즌이 아니었다. 뭔가 이상했지만, 더는 묻지 않았다. 질문하기조차 어려운 분위기였다. 현관문 앞에 놓인 아빠의 부츠는 흙투성이였다. 그 부츠는 내 어린 시절을 떠올리게 하는 상징과도 같았다. 너무 커서 한쪽에 두 발이 다 들어갔다. 아빠는 강력 접착 테이프도 소용없을 만큼 닳고 닳을 때까지 그 부츠를 신었다.

다음 날, 콩코드 하우스는 하룻밤 새 경찰의 본거지가 돼 있었다. 제퍼슨 카운티에 살던 열아홉 살 동갑내기 연인 티머시 핵과 켈리 드루가 그곳에서 열린 결혼 피로연에 참석했다가 실종된 것이다.

아빠는 실종된 젊은이들 관련 보도를 기다리며 날마다 저녁 뉴스를 틀었다. 네 살배기부터 열한 살짜리까지 어린아이들이 뉴스를 함께 보고 있었지만, 아빠는 매번 실종 사건에 대해 큰 소리로 떠들어댔다. 아빠의 열정은 집착에 가까웠다.

"들판에서 발견될 게 분명해."

아빠는 아마추어 탐정처럼 이런저런 추측을 하곤 했다.

실종 사건으로 온 마을이 뒤숭숭했다. 니콜의 엄마는 아이를 둔 부모들은 걱정이 크다고 한숨을 내쉬며 말했다. 아빠가 현관문 작업을 마친 뒤 니콜네 가족이 우리를 저녁 식사에 초대했다. 시몬 아저씨와 아저씨의 아내 엘리도 함께였다. 식사 자리에서 실종된 아이들에 관한 이야기가 오갔다. 그곳은 작은 마을이었고, 티머시의 아버지는 그 마을 농부였다. 집집마다 서로의 사정을 빤히 잘 아는 사이였다. 6년 전에도 콩코드 하우스에서 졸업 파티가 끝나고 17세 소녀가 실종된 적이 있었다. 그 아픔이 채 가시기도 전에 어떻게 이런 일이 또 생긴단 말인가?

시몬 아저씨 부부와 우테츠 씨네 가족은 모두 좋은 사람들이었지만, 그날 식사 자리에서 우리는 어색함을 지울 수 없었다. 우리는 이방인이었다. 여느 이웃처럼 실종된 아이들의 가족을 알지 못했다. 아빠는 평소처럼 유쾌하게 행동하려고 애썼다. 하지만 아빠가 분위기를 띄우려고 큰 소리로 말할 때마다 니콜의 엄마는 아빠가 별로라는 듯 남편을 힐끗거리며 쳐다보았다.

그날 밤 집으로 돌아오는 길, 아빠는 또다시 실종된 아이들에 대해 추측하기 시작했다.

"분명 들판에서 발견될 거야."

아빠는 이 말만 되풀이했다.

나는 데이비드, 존, 제프와 함께 밴 뒷좌석에 앉았다. 어두운 밤, 신호등 앞에서 아빠의 뒷머리를 바라보며 생각했다. 왜 아빠는 계속 그 이야기를 반복하는 걸까? 아빠의 잡지에서 읽은 기사들의 이미지가 어둠 속에서 번쩍이는 섬광처럼 떠올랐지만, 나는 차단해 버렸다.

학기가 시작되고 몇 주 후, 아빠는 우리에게 짐을 싸라고 했다. 아빠는 또 다른 트럭을 빌렸고, 그날 당장 출발한다고 했다. 이번에는 챙겨야 할 짐이 많지 않았다. 이사할 때마다 짐이 조금씩 줄어드는 듯했다. 각자 옷가지를 싼 가방 하나씩과, 채 풀지도 못한 장난감과 책이 든 상자 몇 개가 전부였다. 어떻게 된 일인지 아빠는 세탁기와 건조기를 새로 사서 트럭에 실었고, 우리가 머물던 집에 본래부터 있던 가구도 일부 챙겼다.

나는 엄마, 아빠 사이에 제프와 함께 앉았다. 엄마는 등을 꼿꼿이 세우고 앉아 있었다. 엄마의 표정을 읽을 수가 없었다. 엄마의 눈은 앞만 바라보고 있었다. 엄마는 무슨 생각을 하고 있었을까? 어릴 적 나는 엄마의 머릿속을 수없이 상상하곤 했다. 이번엔 아빠의 표정을 살폈다. 이번 이사는 뭔가 다르면서도 익숙한 느낌이었다. 이전까지는 학기 도중에 떠난 적이 없었다. 하지만 이번에는 학기 중이었다. 아빠는 왜 그런 선택을 해야 했을까? 분명 이전과 달랐고, 못마땅했다. 익숙한 건, 늘 그랬듯 잠시나마 집처럼 느꼈던 곳을 떠난다는 것만이 아니었다. 10대 청소년 두 명이 실종됐다는 충격적인 사실이었다. 2학년 때 살던 도일스타운에서 일어난 실종 사건이 떠올랐다. 똑같은 일이 반복된 것이다.

"이번에는 어디로 가요?"

나는 아빠에게 물었다.

"말투 조심해라."

아빠는 내게 쏘아붙였다.

엄마는 아무 말도 하지 않았다. 남동생들과 제닌도 마찬가지였다. 들리는 소리라곤 엄마 발치에서 해피가 헐떡거리는 소리뿐이었다.

아빠는 내 본심을 제대로 알아차렸다. 그건 순수한 호기심이 아니었다. 거기엔 뾰족하고 날카로운 뭔가가 있었다. 나는 화가 났다. 아빠와의 관계가 그때를 계기로 완전히 달라졌다. 수년간 지속되어 온 의심이 내 두뇌 위에 씌워놓았던 막을 뚫고 나왔다. '사랑하는 아빠' 그리고 '나쁜 짓을 서슴지 않던, 우리와 함께 살았던 사람'을 분리해둔 장벽이 무너지기 시작했다. 그 이후로 다시는 아빠를 이전처럼 바라볼 수 없게 됐다.

가족 중 누구도 아빠에게 왜 떠나야 하는지 묻지 않았다. 우리가 마을을 떠나올 때마다 아빠는 나쁜 사람을 피해 도망치는 거라고 했다. 하지만 이번에는 번뜩하는 깨달음이 있었다. 우리가 도망치는 대상은 나쁜 사람이 아니었다. 좋은 사람이었다.

지명수배범

1956-1960

베르나가 사라진 후, 아빠는 지넷이라는 새 여자를 얻어 몬태나와 오리건 전역의 주유소를 털면서 마치 보니와 클라이드Bonnie and Clyde [15] 처럼 살았다. 지넷이 도주용 차량을 몰고, 아빠는 무장 강도 노릇을 했다. 그러나 얼마 안 돼 지넷은 임신한 상태로 체포되었다. 관련 소식을 다룬 1956년 3월 9일 자《애크런 비컨 저널》기사는 다음과 같이 시작한다.

"4월 5일 시티 교도소에서 도주한 절도 용의자가 몬태나주 빌링스에서 체포됐다."

이후 아빠는 악명 높은 디어 로지 몬태나 주립교도소에서 10년 형을 선고받았다. 탈옥은 꿈도 못 꿀 만큼 경비가 삼엄한 곳이었다.

아빠는 살인, 신체 및 시신 훼손 등 끔찍한 범죄를 저지른 이들과 함께 수감됐다.

---

15) 미국 대공황 당시 연쇄 강도·살인을 벌인 범죄자 커플.

당시 아빠는 지넷과 새로 태어난 아기가 떠날지도 모른다는 사실에 무척 불안해했다. 지넷은 트레일러를 빌려 아빠의 감방 창문에서 보이는 곳에 머물며 자신이 오가는 것을 아빠가 볼 수 있도록 했다. 편지도 매일 썼다. 본래는 주 1회만 전할 수 있었지만, 지넷은 교도관을 매수해 매일 보냈다. 그러던 어느 날, 편지가 오지 않았다. 다음 날에도, 그다음 날에도. 지넷은 아들과 함께 떠나버렸다. 분을 이기지 못한 아빠는 탈옥을 계획했지만, 그건 불가능한 일이었다. 1959년 아빠가 수용된 교도소에서 폭동이 일어나 주 방위군이 시설을 점거하고 모든 통제권을 장악했기 때문이다. 폭동 직후, 아빠는 가석방돼 포틀랜드로 갔다. 그리고 몬태나에서 체포되기 전 저지른 두 건의 무장 강도 사건에 대한 재판을 받았다. 그사이 지넷은 재혼해 아이다호에 살고 있었다. 아빠는 지넷을 죽이기로 마음먹은 다음, 가석방 조건을 어기고 포틀랜드를 떠났다. 지넷의 집 주변을 돌며 염탐했지만, 막상 아들을 보자 계획을 실행할 수 없었다. 아빠는 다른 방식으로 복수하기로 하고 다시 돌아왔다. 회고록에는 이렇게 적혀 있었다.

"동물원에 나타나면 사람들이 땅콩을 던질 만큼 얼굴을 뭉개버려야겠다고 생각했다."

하지만 아빠는 그러지 않았다. 얼마 안 가 새로운 아내를 찾았기 때문이리라.

다시 포틀랜드로 돌아간 아빠는 무척 자신 있어 하던 영업 일에 뛰어들었다. 이후 커비 진공청소기 판매로 높은 실적을 달성했고, 진공청소기 부품을 훔쳐 팔아 더 많은 돈을 벌었다.

그러면서 또 다른 사기를 쳤다. 보험금을 타기 위해 자동차 사고를 조작한 것이다. 이 수법으로 돈을 꽤 벌었지만, 몸에 무리가 갔다.

그즈음 아빠는 고등학교를 갓 졸업한 금발의 미녀 마를린Marlene 을 만났다. 마를린은 어린아이처럼 순진했다. 미국 중앙정보국CIA 비밀 요원으로 일한다는 아빠의 말도 의심 없이 믿었다. 거짓으로 꾸며낸 기밀 업무 이야기에 마를린은 완전히 매료됐다. 아빠에게 마를린은 완벽한 여자였다. 둘은 결혼했다. 심지어 결혼 후 수많은 여자와 바람을 피우며 한 아빠의 변명을 마를린은 곧이곧대로 믿어주었다. 아빠는 그 여자들이 자신이 덫을 놓아 잡으려는 스파이들이라고 말했다. 당시 아빠와 마를린에게는 조니Johnny 라는 친구가 있었는데, 세 사람은 종종 포틀랜드에서 함께 어울렸다. 춤을 추고 술을 마시며 드라이브를 하기도 했다.

그해 11월, 아빠와 조니는 포틀랜드를 떠들썩하게 했던 러버스 레인 살인 사건 현장에 무단 침입한 혐의로 체포됐다. 범죄 현장은 구경꾼으로 가득했다. 당시 뉴스는 19세였던 래리 페이턴Larry Peyton 과 베벌리 앨런Beverly Allen 살인 사건 소식으로 도배됐다. 일부 언론은 이 사건을 '포틀랜드에서 가장 많이 회자되고 가장 많은 기사에서 다룬 살인 사건'으로 평가했다. 래리는 차 안에서 스물세 차례나 찔려 죽은 채 발견됐다(베벌리의 시신은 한 달 후 발견되었는데, 옷이 반쯤 벗겨진 채 강간당한 후 목이 졸린 상태였다). 차 앞 유리에는 뒷좌석에서 총알을 쏜 흔적이 있었다. 그러나 현장에서 총은 발견되지 않았다.

일주일 뒤 어느 저녁, 아빠는 마를린과 조니를 꾀어서 마을 곳곳에 있던 화재경보기를 작동시켰다. 어린 시절의 쾌감을 잊지 못해 재미삼아 해본 일이었다. 하지만 이 일로 아빠는 경찰에 체포돼 구치소에 수감됐다. 감옥에서 또다시 오랜 시간을 보내야 할 처지에 놓인 것이다. 유죄판결의 가능성은 더욱 커졌다. 아빠는 화재경보기 불법 작동뿐 아니라 포틀랜드 살인 사건 현장에 불법 침입한 혐의에 대해서도 심문을 받았다. 체포된 날 밤, 아빠의 팔에는 총상을 입어 처치한 흔적이 있었다. 무슨 영문인지는 몰랐다. 아빠는 다시 교도소로 보내질까 봐 불안해했다. 그래서 교도관에게 부탁해 보호관찰 담당관에게 전화할 수 있게 해달라는 허락을 받았다. 하지만 아빠는 보호관찰 담당관이 아닌 조니에게 전화를 걸었고, 그에게 가석방 담당자로 위장해 교도관에게 연락해 달라고 부탁했다. 조니는 곧바로 계획을 실행했고, 덕분에 아빠는 보석으로 풀려나 도주했다. 《애크런 비컨 저널》에 실린 탈옥 기사는 아빠를 "미꾸라지처럼 빠져나간 28세 도적"이라고 묘사했다.

이 일로 아빠는 FBI 지명수배자 명단에 올랐고, 아빠와 마를린은 도망자 신세가 되었다.

피어나는 의구심

1980

위스콘신에서 출발한 우리는 펜실베이니아에 도착했다. 왜 그곳으로 와야 했는지 아무도 묻지 않았다. 그래서 몰랐다. 아빠는 피츠버그 외곽 허름한 동네 막다른 길목에 있는 집을 빌렸다. 가파른 언덕길이었는데, 우리 집은 언덕 맨 아래에서 두 번째 집이었다. 맨 아래 집 현관 앞에는 커다란 갈색 개가 묶여 있었다. 우리가 트럭에서 짐을 내리자 개는 거품을 물고 으르렁거렸다. 우리는 새로운 집으로 이사할 때마다 주변 개를 조심스레 바라보며 해피와 싸우지 않도록 했다.

나는 웅장한 스테인드글라스 창문이 있는 이전 집을 그리워하고 있었다. 새로운 집은 신비로운 느낌 같은 건 전혀 없었다. 작은 울타리로 둘러싸인 뒷마당이 있어 거기에 해피의 집을 마련해 주었다. 옆집 개로부터 안전하게 지낼 수 있을 것 같았다. 집 안에는 고약한 냄새가 나는 카펫이 모든 바닥에 깔려 있었다. 내 침실은 1인용 침대 하나 놓기도 어려울 만큼 비좁았다. 침대 위에 창문이 있어 창가에 작은 보물상자를 두었다. 상자에는 도리스타운 학교 선생님들에게 받은 편지가 들어 있었다.

집 근처에는 분필로 사용하기 좋을 법한 흰 돌멩이가 많았다. 옆집 개가 현관에 없거나 벤치 밑에서 자고 있을 땐 동생들과 함께 골목에서 시간을 보내곤 했다. 옆집 부부와 개 말고는 우리 집까지 오는 사람이 없었다. 옆집 사람들은 외출을 거의 하지 않았다. 분필로 바위를 그리고, 길 한가운데에 집을 그렸다. 내가 그린 집에는 거실과 침실세 개, 욕실 두 개에 세탁실까지 있었다. 침실에는 침대를, 부엌에는식탁과 의자를 그려 넣었다. 그러고 나서 동생들과 침대에 눕기도 하고 의자에 다리를 꼬고 앉는 흉내도 내며 집 안 놀이를 했다. 접시와포크, 나이프도 그렸다. 집 안에서 인형 놀이를 하는 것보다 훨씬 안전하게 느껴졌다.

새집의 가장 큰 장점은 지하실이었다. 리놀륨을 깐 바닥이 무척 부드러워 롤러스케이트를 타기에도 좋았다. 생일날 스니커즈 형태의롤러스케이트를 선물로 받은 터라 지하실에서 마음껏 연습하며 자세를 익혔다.

가파른 골목 역시 롤러스케이트를 타기에 더없이 좋은 조건이었다. 어느 정도 자신감이 붙은 뒤 나는 스케이트를 신고 골목길로 나가보았다. 거의 날아다녔다! 두려움 반, 설렘 반이었다. 옆집 정면 도로쪽에 간신히 멈춰 서자 갈색 개가 거세게 날뛰었다. 다행히 목줄이 단단히 고정돼 있었다. 주인이 밖으로 나와 개한테 조용히 하라고 했다.못된 녀석 때문에 다시는 이런 상황을 겪고 싶지 않았다. 그래서 최대한 옆집 앞으로 가지 않기 위해 최고 속도에서 180도 회전하는 법을배웠다.

아빠는 밤에 약국 리모델링하는 일을 했다. 매일 저녁 아빠가 출근 길에 자동차 시동을 걸면, 옆집 개가 으르렁대며 짖었다.

아침에 우리가 학교 갈 때에도 마찬가지였다. 가파른 언덕길을 오르면 여지없이 개 짖는 소리가 들렸다. 녀석은 우리의 존재 자체에 분노하며 온 세상에 대고 화풀이했다.

학교에 가는 일은 너무나 두려웠다. 학기 도중에 전학을 온 건 처음이었다. 더구나 새로 다니기 시작한 학교는 이전에 다녔던 학교들보다 훨씬 컸다. 매일 아침, 아이들이 개미처럼 버스에서 쏟아져 나와 거대한 학교 건물로 들어갔다. 교실로 들어가자 6학년 학생들의 말소리가 무척 빨랐다. 이곳은 피츠버그였다. 남부나 중서부의 느린 말투는 들리지 않았다. 내가 유일한 시골 출신인 것 같았다. 걱정했던 것보다 훨씬 더 심각한 상황이었다.

옷 문제로 마음고생깨나 하게 될 게 분명했다. 나는 청바지가 한 벌도 없었다. 신축성 있는 고무줄이 달린 폴리에스터 소재의 바지에 꽃무늬나 물방울무늬 티셔츠를 입었다. 내 옷차림은 형편없었다. 겉으로 보면 엄마나 내가 패션 감각이 없다고 생각할 법했다. 하지만 그건 사실이 아니었다. 바지와 티셔츠는 어린 딸을 최대한 얌전하고 눈에 띄지 않게 키우고 싶어 하는 아빠가 입혀준 옷이었다. 남자아이들이 나의 존재를 알아채지 못했으니 제법 효과가 있는 듯했다. 하지만 내가 두려워한 대상은 남자아이들이 아니라 여자아이들이었다.

특히 여자아이 한 명은 마치 내가 실수하기만을 기다리는 듯했다. 복도에서 나를 마주칠 때면 코를 찡긋거렸다. 왜 나를 싫어하는지 이유를 알 수 없었다. 그러던 어느 날, 녀석이 내 사물함 앞에 쪽지를 두고 갔다. 점심 식사 후 화장실에서 만나자는 내용이었다. 나는 놀라지 않았다.

나는 이 문제를 끝내야 한다고 생각했다. 브라이턴에서 이본에게 했던 것처럼 녀석을 상대하리라 다짐했다. 그렇게 해야 우리 둘 다 앞으로 나아갈 수 있을 터였다. 그러지 않으면 녀석이 나를 계속 괴롭힐 게 뻔했다. 화장실에 도착하자 아무도 없었다. 헝클어진 검은 머리에 공허한 눈동자. 거울에 비친 내 모습이 보였다. 눈썹을 족집게로 깔끔하게 정리하는 상상을 했다. 하지만 그 순간 녀석이 들어왔고, 내 상상도 그쳤다. 녀석은 내가 진짜로 나타났다는 사실에 놀란 듯했다. 그러면서도 내 얼굴을 똑바로 쳐다보았다.

"내가 먼저 때리지는 않을 거야."

나는 말했다.

어쩜 그리 침착할 수 있는지 궁금해하며 그 애는 마치 미친 사람 바라보듯 나를 쳐다보았다. 내가 두려움에 떨고 있기를 기대한 것 같았다. 그래서인지 자신감이 좀 줄어든 느낌이었다.

나는 절대 먼저 덤비지 않았다. 녀석이 먼저 공격하길 기다렸다. 그것이 아빠의 규칙이었다. 더구나 난 싸우고 싶지 않았다. 녀석이 그냥 나갔으면 좋겠지만, 그러지 않았다. 먼저 주먹이 날아왔고, 나도 순식간에 달려들었다. 아빠가 동생들과의 싸움 훈련에서 가르쳐준 대로 녀석의 배 위에 올라타 얼굴을 가격했다. 다른 아이들이 화장실로 몰려왔다가 그대로 달려 나갔다. 몇 번의 주먹다짐 후, 그만하면 됐냐고 내가 물었다. 녀석은 고개를 끄덕였고, 우리는 교실로 돌아갔다. 그날 우리는 교장실로 불려 갔다. 학교에서 받은 처벌은 정학 3일이었다. 집에서의 처벌은 더 혹독할 게 분명했다. 학교에서 집으로 연락이 갔고, 아빠는 한참이 지나 나를 데리러 왔다(그때까지 엄마는 운전면허가 없었다). 집으로 돌아오던 길, 아빠는 여지없이 화를 냈고, 나는 조용히 있었다.

집에 도착한 뒤 나는 무슨 말이라도 해야 했다.

"그 애가 먼저 시작했어요."

실제로 나는 아빠의 규칙에 따라 행동했을 뿐이었다. 이 점을 아빠에게 분명히 말해야 했다.

아빠는 운전대 위로 손을 내리찍으며 말했다.

"너도 똑같이 잘못했어."

"왜요? 그 애가 먼저 시작했다고요! 내가 먼저 한 게 아니라고요!"

"화장실에서 만났잖아! 그건 너에게도 책임이 있단 뜻이야! 왜 만난 건데? 싸우려고 만났잖아! 그러니 책임져야 하는 거라고!"

아빠가 나를 혐오스럽다는 눈빛으로 쳐다보았다.

"차에서 내려."

나는 내리기가 두려웠다. 그러나 아빠 손에 끌려 들어가고 싶진 않았기에 재빨리 내려 현관 쪽으로 걸어갔다. 집 안에 들어선 순간, 아빠는 벨트를 풀었다. 집에는 아무도 없었다.

"바지 내려."

아빠가 말했다.

아빠 앞에서 스스럼없이 바지를 내리기엔 내 나이가 너무 많았다. 하지만 거역할 순 없었다. 아빠는 사정없이 벨트로 내리쳤고 매질은 한참 동안이나 계속됐다. 엉덩이가 불타는 느낌이었다. 화장실로 들어가 거울을 보니 온통 검붉은 멍으로 형편없이 뒤덮여 있었다. 속옷이 찢겨나간 부위는 더 참혹했다. 차라리 피가 났으면 아빠도 본인이 너무 과했다고 인정했을 텐데. 정학 처분을 받은 덕에 학교에 안 가도 되니 그나마 다행이었다. 의자에 앉는 고통은 피할 수 있었다.

이 사건을 제외하면 피츠버그에서의 학교생활은 그리 나쁘지 않았다. 그렇게 많은 스포츠팀이 있는 학교는 처음이었다. 어떤 스포츠에 참여하든 방과 후 연습이 있어 저녁때까지 집에 안 가도 되는 게 큰 장점이었다. 나는 비싼 신발이나 장비가 필요 없는 수영팀에 들어갔다.

가난을 이유로 아빠가 수치심을 느끼게 하고 싶진 않았다. 그래서 비싼 크리스마스 선물도 점점 불편하게 느껴지기 시작했다. 그 선물 역시 친척들의 지원을 받아 마련한 것이었다. 바로 전 크리스마스에는 바비 인형 집을 받았는데, 이사 오고 나서 침실 안 냄새나는 카펫 위에 세워두었다. 그러고 나면 그 옆에 내가 앉을 공간도 거의 없었다. 생일이나 크리스마스 때 간혹 진짜 같은 가짜 바비 인형을 선물로 받기도 했다. 금발에 눈이 파란 진짜 바비 인형은 딱 하나뿐이었다. 진짜 바비의 다리는 사람 피부처럼 느껴질 정도로 부드럽고 유연했다. 하지만 가짜 바비의 다리는 딱딱한 플라스틱으로 돼 있어 구부러지지 않았다. 진짜와는 비교도 안 됐다. 하지만 아무 상관 없었다. 인형은 가족을 이룰 수 있을 만큼 많았다. 데이비드가 한 번씩 인형 머리를 떼어내곤 했지만 다시 붙이는 건 일도 아니었다.

예전만큼은 아니었지만, 나는 여전히 인형이 좋았다. 그래서 바비 인형을 좋아하는, 이웃에 사는 샐리Sally를 만났을 때 무척 기뻤다. 샐리는 사립학교 학생으로 우리 집에서 한 블록 떨어진 곳에 살고 있었다. 나는 샐리네 집에 가본 적이 없었지만, 샐리는 바비 인형을 갖고 우리 집에 종종 놀러 왔다. 샐리는 진짜 바비 인형뿐 아니라 옷과 액세서리로 가득 찬 바비 여행 가방도 갖고 있었다. 심지어 분홍색 컨버터블 자동차까지. 그 모습을 보니 샐리네 집은 분명 부자일 것 같았다. 내 가짜 바비는 엄마나 내가 만든 옷을 입고 있었다. 내 바느질 솜씨가 날로 발전하긴 했지만, 마텔[16]과 경쟁할 순 없었다.

하루는 샐리가 우리 집에 왔다가 바비 인형과 가방, 자동차를 놓고 갔다. 고맙게도 샐리는 내가 갖고 놀아도 괜찮다고 허락해 주었다. 다음 날 찾으러 오려고 했는지, 그냥 나를 불쌍히 여겨서 그랬는지는 모르겠다. 하지만 늦은 오후, 누군가 문을 두드렸다. 아빠가 나를 부르며 아래층으로 내려오라고 했다. 거실에는 샐리 엄마가 서 있었다. 긴 금발에 청바지를 입은 샐리 엄마는 10대처럼 보였다. 샐리의 바비 인형을 가지러 온 거였다. 굳이 왜? 나는 궁금했다. 내가 훔쳐 갈지도 모른다고 생각한 걸까? 갖고 놀아도 좋다고 할 땐 언제고. 샐리 엄마의 예상치 못한 방문은 꽤 충격적이었다. 나는 방으로 올라가 샐리의 바비 인형과 옷가지를 분홍색 여행 가방에 담았다. 각종 인형과 소품, 자동차도 함께 넣었다. 아래층으로 내려가자 아빠가 여자를 유혹할 때 내는 특유의 목소리가 들려왔다. 엄마는 부엌에서 평범한 옷차림을 하고 거실에 등을 진 채 서 있었다. 엄마를 마주하기가 민망했다.

나는 샐리의 엄마에게 가방을 건넸고, 샐리 엄마는 고맙다며 재빨

---

16) 바비 인형을 만드는 미국의 장난감 회사.

리 자리를 떠났다. 추근대는 아빠를 잠시도 마주하기 싫다는 듯. 내 눈에도 보였다. 샐리 엄마는 우리 집에 필요 이상으로 머물고 싶지 않은 눈치였다.

샐리의 엄마가 황급히 자리를 뜨자 아빠는 기분이 안 좋아 보였다. 그날 밤 저녁 메뉴는 미트로프였다. 엄마는 일을 그만둔 뒤로 요리를 더 많이 했고, 나는 수영 연습 때문에 저녁 식사 때가 되어서야 집으로 돌아왔다. 아빠는 늘 그랬던 것처럼 식탁 맨 앞자리에 앉았다. 하지만 그날 따라 눈빛이 유독 사나웠다. 엄마가 음식을 내왔다. 맛있는 냄새를 맡으니 배가 더 고팠다. 오후부터 내내 빈속이었다. 옥수수에 으깬 감자를 곁들여 그레이비소스와 함께 먹을 생각을 하니 군침이 돌았다. 모두 식탁에 앉아 개인 접시에 음식을 담았다. 으깬 감자는 엄마를 도와 함께 만들었기에 엄청 맛있다는 걸 이미 알고 있었다. 그레이비소스는 시판용이었다. 엄마가 만들면 늘 덩어리가 졌기에, 난 사 온 게 더 좋았다. 아빠는 포크와 나이프를 들고 미트로프를 쳐다보더니 그 자리에 가만히 섰다. 나는 아빠를 올려다보며 제발 아무도 다치지 않고, 저녁 식사도 망치지 않은 채로 이 상황이 잘 넘어가길 바랐다.

"젠장, 케이!"

아빠가 소리쳤다.

"미트로프가 타버렸잖아!"

우리는 얼어붙은 채 아빠를 바라보았다. 아빠, 제발요. 제발 그러지 마요. 나는 숨을 죽였다.

아빠는 일어나 포효하듯 식탁을 뒤집어 놓았다. 미트로프와 으깬 감자, 옥수수, 그레이비소스가 식탁 아래로 쏟아지며 벽과 바닥을 엉망으로 만들었다. 뚜껑 열린 케첩 통이 천장에 부딪히면서 온 사방이 마치 피로 물든 듯했다.

제닌이 울음을 터뜨렸다. 따뜻한 그레이비소스에 흠뻑 젖어 있었다. 아빠는 엄마에게 이런저런 말들을 퍼부어댔다. 나는 냅킨을 제닌의 셔츠에 대고 있었지만, 소스가 더 깊이 스며들 뿐이었다.

아빠가 계속해서 고함치는 사이 엄마는 무릎을 꿇은 채 깨진 접시와 유리 조각을 주워 모았다. 엄마는 표정이 없었다. 마치 로봇 같았다. 나는 촘촘하게 털이 박힌 카펫에서 미트로프 조각을 긁어냈고, 으깬 감자도 퍼 올렸다. 배고픔은 느껴지지 않았다. 동생들도 바닥에 떨어진 음식을 주워 담았다.

아빠가 엄마에게 주먹을 날릴 것만 같았다. 우리는 두려움에 떨며 마음의 준비를 했다. 그러나 다행히 아빠의 분노가 쉬이 사그라들었다. 아빠는 냉장고에서 맥주 한 캔을 꺼내 와 거실 안락의자에 앉았다. 캔 뚜껑을 따는 소리에 이어 TV 켜는 소리도 들렸다. 우리는 카펫에서 고깃덩어리나 으깬 감자 흔적이 없어질 때까지 계속해서 닦아냈다. 아빠가 엄마를 때리지 않았다는 사실에 안도했다. 하지만 이후 며칠간 캐비닛 아래나 양말에 붙은 옥수수 알갱이를 발견할 때마다 배가 아팠다.

아빠의 난폭한 행동에 혐오감이 들었지만, 평화롭고 행복한 밤을 즐겁게 맞이하기 위해 지나간 일은 웬만하면 빨리 잊었다. 행복한 밤이란 다 같이 저녁을 먹고 배고프지 않게 잘 수 있는 밤이었다. 또 아빠가 보드게임을 함께 해준 밤이었다. 아빠는 가족이 함께 모여 보드

게임 하는 걸 즐겼다. 우리가 게임을 하는 동안 아빠는 담배를 피우며 크림소다를 마시곤 했다. 캔트 스탑Can't Stop 은 우리가 가장 좋아하는 게임 중 하나였다. 우리가 지면, 커다란 물컵 가득 물을 마셔야 했다. 이긴 사람은 립글로스, 야구 카드, 풍선껌, 장난감 자동차가 가득 담긴 선물 상자에서 원하는 상품을 고를 수 있었다. 나는 승부욕이 강해서 매번 이겨 상품을 얻으려고 했다.

모노폴리Monopoly 도 우리가 즐겨 하던 게임이었다. 단, 게임을 시작했으면 끝까지 앉아 있어야 했다. 파산한 사람도 게임이 모두 끝날 때까지 자리를 지켜야 했다. 보통 엄마가 제일 먼저 파산했다. 하지만 늘 은행원 역할을 맡았기에 할 일이 남아 있었다. 아빠는 갖은 방법을 동원해 자산을 획득했다. 돌이켜보면 아빠는 협상하는 법, 이용당하지 않는 법, 사고파는 물건의 가치를 매기고 평가하는 법 등을 내게 가르쳐주었다. 아빠는 늘 자신에게 유리하도록 규칙을 바꾸었고, 나는 게임 설명서를 바탕으로 아빠의 그런 행동을 지적했다. 그러면 아빠는 내가 고지식하다고 비아냥거렸다. 자동차 빙고 게임처럼 보드게임 역시 우리에겐 안전지대였다.

그해 어느 날 밤, 나는 아빠가 리모델링 중인 가게를 방문했다. 그런데 선반에 진열된 물건들이 어쩐지 익숙했다. 보드게임 선물 상자에 들어 있던 것들이었다. 장난감 자동차와 립글로스는 엄청나게 비싼 제품이었다. 수많은 물건이 담긴 선물 상자의 가치를 계산해 보았다. 순간 끔찍한 생각이 스쳤다. 아빠가 가게에서 훔쳐 온 것들일까? 우리가 이기면 선물로 주려고 훔친 걸까? 자식들을 위해 훔쳤으니 본인을 위해 훔친 것보다는 낫다고 생각했을까? 그럴 것 같지는 않았다. 그 후로는 보드게임에서 이겨 상품을 고를 때에도 딱히 마음이 동하지 않았다. 그렇다고 이런 의심을 한다는 걸 아빠가 눈치채게 할 순 없었다. 그래서 늘 작은 선물을 골랐다. 대개는 풍선껌 하나 정도. 풍선껌 껍질에 그려진 만화도 이전만큼 재미있게 느껴지지 않았다.

입도 뻥긋하지 않았지만, 아빠는 내가 뭔가 눈치챘다고 생각하는 듯했다. 그저 내 생각일 수도 있지만, 아빠는 내 의심을 차단해 버리려고 변명거리를 찾는 것 같았다. 보드게임을 하지 않을 때는 함께 영화를 보며 시간을 보냈다. 무서울수록 좋았다. 하루는 영화 〈핼러윈 Halloween〉을 보았다. 중간에 광고가 나오자 아빠는 내게 밴에 있는 담배를 가져오라고 했다. 밖은 어두웠고, 가로등도 없었다. 우리 집 거실과 옆집 창문에서 비치는 빛이 전부였다. 옆집 개가 현관에 있는지 주시했지만, 보이지 않았다. 나는 천천히 집 밖으로 나가 주위를 살피며 길가에 세워둔 아빠의 밴으로 걸어갔다. 가파른 집 앞 골목은 〈핼러윈〉 영화 속 캠프장만큼이나 고립돼 있었다. 운전석 문을 열기 전에 다시 한번 주위를 둘러보았다. 살인자에게 등을 보이게 될까 두려웠다. 재빨리 몸을 숙여 담배를 찾았다. 건너편 숲에서 소리가 났다. 나는 고개를 들어 주위를 살폈다. 하지만 아무것도 보이지 않았다. 대시보드에 있는 담배 한 갑을 잽싸게 낚아채 집으로 달려갔다. 순간 집 뒤편에서 아빠가 튀어나왔다. 나는 깜짝 놀라 소리를 지르며 바닥에 풀썩 주저앉았다. 겁에 질려 오줌까지 지릴 뻔했다.

아빠는 소리 내어 웃고 또 웃었다. 자동차극장에서 〈죠스〉를 봤을 때처럼. 그때는 그저 재미로 넘겼지만, 이제는 아니었다. 아빠는 다시 안락의자에 앉아 영화를 보면서도 웃음을 멈추지 않았다.

영화를 보는 날이면 잠자리에 드는 시간이 제대로 지켜지지 않았다. 동생들과 나는 종종 거실 바닥에서 잠이 들곤 했다. 아빠가 허튼 짓하기에 완벽한 환경이었다. 아빠는 우리가 잠이 들면 아무나 한 명을 깨워 집 안을 돌아다니게 했다. 나는 늘 마지막까지 깨어 있었기에 간신히 그 상황을 모면했지만, 동생들은 늘 곤히 자고 있었다.

아빠는 동생들에게 집 안 곳곳을 돌아다니게 했다. 마치 몽유병 환자처럼. 그러고는 특정 행동을 시켰다.

"좋아. 여긴 화장실이야. 오줌 눌 시간이네."

아빠가 속삭였다.

그러면 동생들은 바지를 내렸다. 하지만 바지를 입은 채 오줌을 누기도 했다. 그럴 때면 아빠는 "그만!"이라고 소리쳤지만, 때로 동생들은 그대로 싸버렸다. 그래도 집 안은 차라리 나았다. 집 밖으로 데리고 나가는 건 문제가 훨씬 심각했다.

제프는 아빠의 가장 만만한 목표물이었다. 그해 크리스마스, 루실 이모할머니와 앨 이모할아버지가 피츠버그 우리 집에 방문했다. 아빠가 허락한 덕분에 우리는 밤늦도록 크리스마스 영화를 보았다. 그 사이 제프는 베개를 꼭 쥔 채 잠이 들었다. 아빠는 제프를 일으켜 세우며 자랑이라도 하듯 할머니, 할아버지를 쳐다보았다.

"서둘러!"

아빠가 제프의 귀에 대고 속삭였다.

"집에 불이 났다고!"

그러고는 신발도 안 신긴 채로 제프를 집 밖으로 데리고 나갔다. 아빠는 불붙인 담배를 제프 입에 물리고는 집 안으로 들어왔다. 제프는 반쯤 잠이 든 채 멍하게 서 있었다. 아빠는 창문에서 지켜보며 제프가 깨어나길 기다렸다. 나는 부끄러움에 얼굴이 화끈거렸다. 침대 밑으로 기어 들어가 숨고 싶은 마음뿐이었다.

"웨인, 그럼 안 되지! 밖이 너무 춥잖아! 그러지 마."

이모할머니가 다그쳤다.

할머니는 아빠에게 진심을 전할 수 있는 유일한 사람이었다. 할머니는 아빠가 보육원에 있을 때, 자신의 부모님과 함께 찾아가 아빠에게 사탕을 건네곤 했다. 또 아빠의 과거에 대해 환상을 품지도 않았다. 거칠고 통제 불능이었던 아빠의 젊은 시절을 옆에서 지켜보았고, 범죄 사실도 모두 알고 있었다. 그런데도 아빠를 포기하지 않았다.

제프는 숨이 막혀 잠에서 깼고, 담배는 입술에서 떨어져 발가락에 붙어 있었다. 신발도 신지 않은 채였다. 아빠는 웃으며 제프를 집 안으로 데려왔고, 다시 자라고 했다.

동생들은 이제 이런 장난쯤은 대수롭지 않게 여겼다. 더구나 그때는 크리스마스였다. 모두가 선물을 기대하고 있었다. 그해 나는 검은색 머리카락이 반짝이는 인형을 선물로 받았다.

"너랑 똑같이 생겼구나, 에이프릴."

상자를 열자 이모할머니가 말했다. 내가 할머니를 더욱 사랑하게 된 순간이었다. 나를 지켜보며 너무나 기뻐하는 할머니 모습에 할머니가 준비한 선물이라고 생각했다. 우리는 산타의 존재를 더 이상 믿지 않았지만, 여전히 믿는 척했다.

크리스마스 날 밤, 검은 머리 인형을 창가의 내 보물상자 옆에 두었다. 인형 선물도 좋았지만, 같은 반 친구들이 입는 청바지나 세련된 옷이면 더 좋지 않았을까 생각했다. 소원 목록에 적고 싶었지만, 아빠가 싫어할까 봐 적지 않았다. 아빠는 그래도 귀를 뚫는 건 괜찮다고 했다. 귀걸이도 소원 목록에 있었고, 크리스마스 장식이 그려진 귀걸이 한 쌍을 선물로 받았다. 금색과 은색, 녹색과 빨간색이 아름답게 어우러진 귀걸이였다.

크리스마스 연휴가 끝나기 전날 밤, 아빠는 내 귀를 직접 뚫어주겠다고 했다. 전혀 예상치 못한 일이었다.

"왜 돈을 내고 뚫으려고 하니. 내가 공짜로 해줄 수 있는데."

아빠는 바늘을 라이터 불꽃에 대고 소독했다. 그리고 내게 옆에 와서 서라고 했다. 아빠는 내 귀를 잡고는 귓불에 바늘 끝을 대고 천천히 밀어 넣기 시작했다. 영화에서처럼 얼음으로 마취는 하지 않았다. 나는 이를 꽉 물었다. 어찌나 세게 물었던지 이가 부러질 것 같았다. 바늘이 귓불을 통과하며 살 타는 소리가 들렸고, 너무 고통스러워 헛구역질이 났다. 그 순간 기절했다. 아빠는 그런 내 상태를 확인했다. 바늘이 아직 귀에 꽂혀 있었기 때문에 아빠는 나를 거실 벽에 기댈 수 있도록 앉혔다.

한쪽을 마무리하고, 나머지 한쪽도 뚫었다. 작업이 끝난 후 아빠는 크리스마스 귀걸이를 꽂아주었다. 구멍 하나는 비스듬히 뚫려서 자주 빨갛게 변하고 고름이 찼다. 유행을 좇아 귀를 뚫는 건 그 정도로 만족해야 했다. 이마저도 내 마음대로 할 수 없었다. 평범한 소녀로 살기란 너무나 어려웠다.

그해 수영 시즌이 되자 나는 툭하면 중이염에 걸렸다. 아빠는 연습과 대회가 끝나면 직접 치료해 준다며 내 귀에 과산화수소를 들이부었다. 추위로부터 귀를 보호하려면 모자가 필수라며 커다란 니트 모자도 씌웠다. 몹시 추운 날에는 아빠가 학교에 데려다주었는데, 그런 날이면 여지없이 쳐다보기도 싫은 검은색 모자를 써야 했다. 그러고는 학교 앞에서 내렸다. 다른 아이들도 버스나 부모님 차에서 내려 건물 안으로 들어갈 때 모자를 쓰고 있었다. 하지만 그 아이들의 모자는 귀엽고 색감이 다채로우며 방울 장식도 달려 있었다. 함께 한 목도리, 장갑과도 잘 어울렸다. 하지만 내 모자는 투박했고, 예쁜 것과는 거리가 멀었다. 은행 강도나 쓸 법한 모양새였다. 아빠가 출발하자마자 나는 모자를 벗었다. 그런데 정문을 통과하기 전, 무심결에 뒤를 돌아보자 아빠가 차 속에 앉아 나를 지켜보고 있었다. 내가 모자를 계속 쓰고 있는지 확인하러 돌아온 것이다. 나는 재빨리 모자를 썼고, 하교 후 후환이 돌아올까 두려워 온종일 속이 메슥거렸다. 늦은 오후, 다행히 고함 몇 번으로 마무리됐다. 반항에 대한 매질은 없었다.

나는 해피를 데리고 뒷마당으로 갔다. 해피는 내가 무슨 옷을 입든, 어떤 반항을 하든 날 판단하지 않았다. 그저 관심을 받는 것만으로 행복해했다. 더욱이 몇 주 전 새끼를 낳았고, 새끼들과 노는 걸 가장 즐거워했다. 무척 추웠던 날, 해피는 작은 마당에 있는 개집에서 새끼들을 품은 채 웅크리고 있었다. 이번에는 일곱 마리를 낳았다. 해피는 정말 좋은 엄마였다. 내가 다가갔을 때 해피는 울면서 절뚝이는 새끼를 입에 문 채 울타리 주변을 돌아다니고 있었다. 잠시 후 새끼를 바닥에 내려놓고는 코를 킁킁거리며 핥아주기 시작했다. 해피가 너무 애처로웠다. 또 한 마리가 마당에 축 처진 채 누워 있었다. 그 녀석도 깨우려고 애를 썼다. 아빠가 마당으로 와 두 마리를 모두 안아 올렸다.

"죽은 거예요?"

"응. 가끔 일어나는 일이야."

아빠는 죽은 녀석들을 데리고 마당으로 나갔다.

해피는 흐느끼며 아빠를 따라 현관 앞까지 따라나섰다. 하지만 잠시 후, 다른 새끼들을 돌보러 다시 개집으로 돌아왔다.

살아남은 강아지 다섯 마리는 건강하게 자랐고, 하교 후 매일같이 우리와 함께 놀았다. 우리는 강아지들을 모두 키우게 해달라고 아빠를 졸랐다. 아니면 한 마리라도 남겨달라고 부탁했다. 하지만 어느 날, 학교에서 돌아와 보니 강아지들이 모두 사라지고 없었다. 아빠는 좋은 집에 보내줬다고 했다. 나는 아빠의 말을 믿고 싶었다. 정말로 믿고 싶었다. 새끼를 잃은 해피의 모습은 무척 외로워 보였다.

강아지를 보낸 데 대한 위로 차원이었는지 아빠는 새끼 고양이 세 마리를 데려왔다. 나는 하얗고 털이 폭신한 고양이를 점찍었다. 그리고 '스노볼Snowball'이라고 이름을 지었다. 데이비드는 검은색 고양이를 데려가며 '미드나잇Midnight'이라고 불렀다. 존은 주황색 줄무늬 고양이였는데, 얼마 안 돼 도망가 버렸다.

스노볼은 매일 밤 내 침대 이불 밑으로 들어와 잠을 청했다. 녀석을 데려오고 며칠 후 가족들이 거실에서 TV를 보는 사이 나는 혼자 부엌에서 설거지를 하고 있었다. 그런 내 곁을 지켜준 건 스노볼뿐이었다. 그때 아빠가 들어와 싱크대 위에 있던 스노볼을 발견했다.

"지금 저 고양이 새끼가 싱크대 위에서 뭐 하는 거야?"

아빠가 소리쳤다. 그러고는 스노볼을 한 손으로 번쩍 집어 들었다.

공포에 질린 나는 순식간에 얼어붙었다. 시간이 멈춘 듯했다. 집어

든 것으로 끝나지 않으리란 건 너무나 잘 알고 있었다. 스노볼을 손에 쥔 아빠는 한 걸음 물러나 막대기를 집어 던질 때와 같은 자세를 취했다. 스노볼은 방을 가로질러 내동댕이쳐졌다. 나는 입을 틀어막았다. 비명조차 나오지 않았다. 스노볼은 비명과 함께 벽에 강하게 부딪혔다. 나도 모르게 소리가 새어 나왔다. 슬픔과 분노의 울부짖음이었다.

나는 바들바들 떨면서 스노볼에게 다가갔다. 스노볼은 의식을 잃고 쓰러져 있었다. 하지만 부드러운 털을 쓰다듬자 힘겹게 눈을 떴다. 조심스레 일으켜 세웠지만, 제대로 걷지 못했다. 비틀비틀 몇 걸음 내딛고는 이내 쓰러져 버렸다.

아빠가 뭔가 말을 하려 했지만, 나는 무시했다. 아빠를 쳐다보지도 않고 스노볼만 내 방으로 데려가 아기 담요로 감싸서 침대에 눕혔다. 그날 밤, 스노볼 옆에 가만히 누워 있는데 어릴 적 아빠가 나를 집어던져 기절했던 순간이 떠올랐다. 내가 아빠를 거짓말쟁이라고 불렀다는 이유로. 하지만 스노볼이 이런 일을 당할 이유가 뭐란 말인가? 스노볼을 싱크대 위에 둔 건 내 잘못이었다. 내가 그러지 말았어야 했다. 스노볼이 회복하리라 믿었다. 그러기를 간절히 바랐다.

다음 날 아침, 스노볼은 여전히 걷지 못했다. 나는 스노볼을 아래층으로 데려가 아빠에게 보여주었다. '당신이 한 짓을 봐!'라고 소리치고 싶었지만, 그럴 순 없었다. 대신 조용히 물었다.

"학교 하루 쉬고 스노볼 돌봐도 돼요?"

이미 학교는 지각이었다. 하지만 아빠는 결석을 허락하지 않았다. 나는 훌쩍이며 언덕을 힘겹게 뛰어올랐다. 달리는 내내 도시락이 내 다리를 쿵쿵 쳤다. 숨이 턱 밑까지 차올랐다. 학교에서 종일 스노볼을 위해 기도했다. 집에 돌아오니 아빠는 거실에서 TV를 보고 있었다.

"스노볼은 어때요?"

거실에 녀석을 넣어둔 상자를 열어보며 말했다.

"죽었다."

아빠가 대답했다. 아빠는 스노볼이 고통에서 벗어날 수 있도록 약을 먹였다고 했다.

"고통받는 걸 지켜만 보는 건 옳지 않아."

마치 호의라도 베푼 것처럼 말했다. 그 고통의 원인이 자신에게 있다는 걸 인정하지 않았다. 사과도 없었다. 나는 방으로 달려가 침대에 엎드려 울었다. 미드나잇이 뛰어 올라와 나를 안아주었다. 보드라운 검은 털에 파묻혀 울부짖었다.

아빠가 너무너무 미웠다. 아빠를 미워하는 나 자신 또한 미웠다. 하지만 아빠의 손에 있는 한 그 누구도 안전할 수 없다는 생각이 들었다. 마구간 화재 이후 '안락사'당했던 조랑말 신디와 맥스도 떠올랐다. 아빠는 무서운 게 없는 사람일까? 아빠는 우리와 함께 교회에 가지 않았다. 당연히 기도도 하지 않았다. 아빠는 우리가 소중히 여기는 것들이 죽게 내버려두었고, 때로는 아빠 자신이 그 원인을 제공하기도 했다.

그해, 제프가 같은 반 친구에게 괴롭힘을 당했다. 그 아이는 흑인이었는데, 그건 특별할 게 없었다. 우리 학교에는 흑인 아이들이 많았으니까. 하지만 유독 그 일이 내 머릿속에 짙게 남은 이유는, 그 아이가 쥐도 새도 모르게 사라졌기 때문이다. 한참이 지난 후, 아이가 살해됐다는 충격적인 소식을 들었다. 한 젊은이가 그 일로 교도소에 수감됐다고 했다. 순간 플로리다에서 함께 지냈던 커티스와 크리스가 생각났다. 도일스타운에서 실종된 남녀와 워터타운에서 사라진 젊은 부부도 차례로 떠올랐다. 그리고 제프네 반 친구까지. 세상은 그토록 위험한 곳인 걸까? 아니면 위험이 우리만 졸졸 따라다녔던 걸까?

수영 연습이 끝나면 나는 늘 같은 길을 따라 집으로 향했다. 매일 지나치는 집과 잔디밭을 보며 공상을 하곤 했다. 그즈음 나는 수영팀의 한 소년에게 푹 빠져 있었다. 그 아이도 연습을 마친 후 집으로 돌아갔는데, 방향은 나와 달랐다. 하루는 연습이 끝나고 함께 건물 밖에서 이야기를 나누었다. 잠시 후 소년이 집으로 가려고 몸을 돌렸다. 나는 편안한 대화를 이어가고 싶은 마음에 함께 걸어갔다. 헤어지고 나서 길을 잃지 않도록 주위를 잘 살피며 걸었다.

그런데 어느 순간 너무 멀리 갔음을 깨달았다. 나는 "내일 보자"라고 말하고 발길을 돌렸다. 낯선 길을 따라 걸으며 익숙한 길로 돌아가려고 두리번거렸다. 그러자 검은색 트렌치코트를 입은 중년 남자가 다가왔다. 그러면서 이렇게 물었다.

"길을 잃었니?"

주변을 샅샅이 둘러봤지만 다른 사람은 보이지 않았다.

"아니요. 길 알아요."

맞는 말이었다. 난 길을 잃은 건 아니었다. 집으로 가는 길은 알고 있었으니까.

남자는 고개를 끄덕이고서 가던 길을 계속 갔다. 불안한 마음에 몇 번이고 뒤를 돌아봤지만, 다행히 남자는 따라오지 않았다. 나는 빠르게 걸었다.

집에 도착하자 아빠가 몹시 화가 나 있었다. 내가 늦은 탓이었다. 남자아이와 이야기를 나누다 먼 길을 돌아왔다고 실토했다면, 엄청난 상황에 맞닥뜨렸을 것이다. 대신 집에 오는 길에 낯선 사람을 만났다고 했다. 그 사람 때문에 늦은 건 아니었지만. 그 사람이 내게 해코지한 건 없다고 몇 번이나 말했지만, 아빠는 분을 참지 못했다.

아빠는 그 남자의 외모를 자세히 묘사해 보라고 했고, 나는 시키는 대로 했다. 긴 검정 트렌치코트를 입었고 나이가 꽤 들었고, 숱이 많은 검은색 머리에 피부가 하얗고 수염이 덥수룩하다고 했다. 아빠는 위층으로 올라가더니 권총을 손에 쥐고 내려와 밴에 올라탔다.

등 뒤로 식은땀이 흘렀다. 나는 그 남자를 핑계 삼아 아빠의 매질을 피할 수 있었다. 그런데 이제 아빠가 총을 들고 남자를 쫓기 시작했다. 내가 대체 무슨 짓을 한 걸까?

아빠가 돌아올 때까지 거의 한 시간 동안 거실을 서성였다. 아빠는 경찰들과 함께였고, 그들은 내게 그 남자에 대해 이것저것 물었다. 내가 분명 아니라고 했지만, 아빠는 그 남자가 나를 붙잡았다고 말한 것 같았다. 경찰의 질문으로 알 수 있었다. 만약 내가 '뭐라고요? 아니에요. 그 남자는 날 붙잡지 않았어요. 그저 길을 잃었냐고 물어본 것뿐이에요'라고 말한다면, 아빠가 바보 취급을 당하거나 거짓말쟁이로 몰릴 게 뻔했다. 무엇보다 이후 아빠의 보복이 두려웠다. 나는 경찰의 질문을 통해 아빠가 그 남자에 대해 뭐라고 말했는지 알아내려고 애썼다.

그러다 그 남자가 체포됐고, 우리는 법정에 출두해야 한다는 사실을 알게 됐다.

아빠는 내게 어떻게 말하면 되는지 일러주었다. 아빠는 마치 대사처럼 그 말들을 외우게 했다. 며칠 후, 나는 법정에 불려가 판사 앞에 섰다. 판사는 내게 그날 무슨 일이 있었는지 물었다. 너무 두려워서 말을 할 수가 없었다. 판사는 재차 질문했고, 나는 외운 대사를 그대로 읊었다. 그 남자가 붙잡았고, 나는 몸부림치며 가까스로 빠져나와 집으로 달려갔다고 했다. 다른 말을 꺼내기엔 너무 두려웠다. 법정에 있던 남자가 소리쳤다.

"아니에요! 난 그런 짓을 하지 않았어요!"

그 남자를 쳐다볼 수 없었다. 법원을 떠나기 전, 변호사는 재판 날짜가 정해지면 연락을 주겠다고 했다.

두려움 속에서 재판 날짜를 기다렸지만, 변호사의 연락은 좀처럼 오지 않았다. 그러던 어느 날, 아빠가 그 남자와 관련해서는 더 이상 걱정할 필요가 없다며 나를 안심시켰다. 법정에 다시 갈 일도 없다고 했다. 이유는 알 수 없었다. 하지만 그 이유를 묻는 것조차 두려웠다. 그곳을 떠나고 한참이 지난 후에야 실제로도 재판 날짜가 고지되지 않았음을 알았다. 아빠는 왜 그렇게 확신했을까? 그 사람에게 무슨 일이 생겼던 걸까? 그 일은 아빠로 인해 생긴 일이었을까? 무슨 일이 있었다면, 그건 전적으로 내 탓이었다. 스노볼 사건 때처럼. 그 남자는 잘못한 게 없었지만 내가 그를 위험에 빠트렸다.

거짓말이 일상인 삶을 살다 보니 밥을 먹을 때마다 속이 쓰렸다. 다시 이사를 가고 싶었다. 동네 사람들을 다시는 마주치고 싶지 않았다. 나중에 안 사실이지만, 이미 피츠버그에서의 시간은 끝나가고 있었다.

학기가 끝날 무렵, 유례없던 일이 또 일어났다. 동생들과 나는 종종 지하실에서 스케이트를 타거나 보드게임을 즐겼다. 그런데 어느 토요일, 지하실 문이 잠겨 있었다.

"지하실 문이 잠겨 있는데요?"

나는 아빠에게 물었다.

콜로라도 집 지하실에 크리스마스 선물이 숨겨져 있던 장면이 떠올랐다. 새 자전거 같은 깜짝 선물이 있을지도 모른다는 생각이 스쳤다. 지금 자전거는 내 키에 비해 너무 작았다. 하지만 그럴 것 같지는 않았다.

"지하실에 들어가지 마."

아빠는 한 마디로 정리했다.

하지만 데이비드와 존, 나는 쉽게 포기하지 않았다. 지하실 문이 왜 잠겨 있는지 알아내려고 했다. 아빠가 집을 비울 때면 우리는 번갈아 가며 열쇠 구멍을 들여다보았다. 데이비드는 기겁하며 물러섰다. 존 역시 비명을 질렀다. 다음은 내 차례였다. 보자마자 후회가 들었다. 우리 눈에 들어온 건 매달린 갈색 개의 뒷다리였다. 커다란 옆집 개였다.

우리는 겁에 질린 표정으로 서로를 바라보았다. 그 선명한 모습이 머릿속에서 떠나지 않았다. 개를 무서워한 건 맞지만, 그렇다고 죽는 것을 원하진 않았다. 아빠가 우리를 보호하기 위해 직접 처리했을 거라고 우리끼리 합리화했다. 아빠가 어떻게든 개한테 약을 먹여 지하실로 끌고 가 목을 매단 게 틀림없었다. 우리가 그 일을 알고 있다는 사실을 아빠에겐 알리지 않았다. 우리끼리조차 다시는 이야기하지 않았다. 하지만 그 일은 우리 마음속에 깊이 새겨졌다.

다음 날, 아빠는 우리를 밴에 태우고 떠날 준비를 했다. 그런 우리를 보며 이웃들이 대문 앞에 나와 소리쳤다. 다행히 우리 집 쪽으로 다가오진 않았다.

"당신, 그 개를 대체 어떻게 한 거야!"

아빠는 조금도 기죽지 않고 아주 큰 소리로 분명히 말했다.

"도대체 무슨 말을 하는지 모르겠군."

그렇게 학기가 끝나자마자 우리는 그곳을 떠났다. 아빠는 직장을 잃었고, 그곳에서는 일자리를 구하기가 너무 어렵다고 했다. 떠나기 전 며칠 동안 아빠는 동물원의 호랑이처럼 집 안을 돌아다니며 우리에게 짐을 싸라고 다그쳤다.

마지막 등교 바로 다음 날 아침에 우리는 출발했다. 또 다른 트럭을 타고. 비좁은 공간이었지만 그 집에서 나왔다는 사실에 안도의 한숨이 나왔다. 매달린 개와 안락사당한 새끼 고양이, 천장에 묻은 붉은 얼룩의 기억에서 벗어날 수 있을 것 같았다. 미드나잇은 두고 나왔다. 아빠가 못 데려가게 했다. 아빠는 녀석이 괜찮을 거라며 고양이는 높은 곳에서 떨어져도 항상 착지하는 강한 동물이라고 했다. 나는 궁금했다. 과연 우리는 제대로 착지할 수 있을지. 발을 땅에 딛고 온전히 설 수 있을지. 차를 타고 가는 내내 의구심이 떨쳐지지 않았다. 우리가 나쁜 놈들로부터 도망친 거라고는 생각하지 않았다. 그리고 또렷한 궁금증이 생겼다. 이번에는 아빠가 무슨 일을 저질렀을까?

캐치 미 이프 유 캔

1960

도망자 생활은 끊임없는 이동 생활을 의미했다. 아빠와 마를린은 낯선 마을에 도착하면, 한두 가지 사기로 재빨리 현금을 확보한 뒤 대형 관광버스를 훔쳐 인근 주의 다른 도시로 달아났다. 두 사람은 켄터키주 루이빌에서 각각 에드Ed, 신시아 마틴Cynthia Martin 이라는 가명을 사용했다. 루이빌에서 뉴욕으로 넘어가서는 부도 수표 한 장으로 캘리포니아행 왕복 비행기표 두 장을 구입했다. 아빠는 이를 현금으로 바꿔 그 돈으로 다시 시카고행 버스를 타고 다음 여정을 시작했다. 인디애나폴리스로 떠나기 전 오헤어 공항에서도 같은 수법으로 사기를 쳤다.

아빠는 교회 지하에 있는 중고품 가게에서 상사 계급장이 달린 해군 제복을 사서 은퇴한 군인 행세를 했다. 덕분에 어딜 가든 식사와 음료를 대접받았고, 낯선 사람에게도 호감을 샀다. 얼마 후에는 극장의 야간 매니저로 일자리까지 얻었다. 하지만 마를린은 아빠의 근무 시간이 썩 내키지 않았다. 같이 하는 밤 외출을 즐겼기 때문이다. 그러던 어느 날, 극장의 총괄 매니저가 일주일간 휴가를 떠나며 아빠에게 극장 일 전체를 맡겼다. 고양이에게 생선을 맡긴 격이었다. 아빠는 일주일간 극장에서 벌어들인 수입을 모두 챙겼고, 마를린에게는 전근을 가게 되어 곧장 휴스턴으로 떠나야 한다고 말했다. 마를린은 아빠가 공산주의 세력에 맞서 싸우는 특수 요원이라는 사실을 여전히 믿고 있는 듯했다.

휴스턴에서 두 사람은 진Gene, 리키 스타Ricki Starr 라는 가명을 사용했다. 아빠는 마를린의 호주머니에서 다른 남자에게 쓴 편지를 발견했다. 마를린은 인디애나폴리스에서의 밤을 홀로 보낸 게 아니었다. 아빠가 총괄 매니저의 신뢰를 얻기 위해 열심히 일하는 동안 마를린은 아빠를 속일 계획을 꾸미고 있었다. 편지에서 마를린은 갑작스레 떠나온 것을 사과하며 도움을 요청하고 있었다. 아빠가 진짜 미국 정부 요원인지 의심스럽다며 위험한 범죄자일지도 모른다고 적었다. 모든 사실을 알게 된 아빠는 마를린을 잔인하게 폭행했다. 마를린을 창녀라고 비하하며 가슴을 잘라 변기에 내려버리겠다고 협박했다. 그러고는 마를린의 불륜이 국가 안보를 위태롭게 할 수 있다고 설득했다. 다행히 마를린은 아빠 곁을 떠나지 않았다. 도망치다 잡혔을 때의 후환이 두려웠을지도 모른다.

아빠는 마를린과 함께 13개월간 도피 생활을 하며 수없이 많은 사기를 쳤다. 그중 가장 터무니없었던 건 미니애폴리스에서 심리학자로 위장한 것이었다. 아빠는 영화 〈캐치 미 이프 유 캔Catch me if you can〉의 주인공처럼 가는 곳마다 사람들을 속이고 다녔다. 제리 러브Jerry Love 박사라는 가명을 사용했는데, 심리상담을 무료로 해준다는 전문가에게 여성들이 큰 호의를 느꼈던 것 같다.

아빠는 자신의 얼굴이 실린 FBI의 지명수배 전단을 우체국이나 버스 정류장에서 발견하면 몰래 떼어버리곤 했다. 심지어 경찰과 이야기하고 있을 때 공원 벤치에 붙은 수배 전단을 발견하기도 했다. 밤에는 마를린을 집에 혼자 두고 술집에 가서 여자를 꾀거나 동네 남자들과 어울려 당구를 쳤다. 아빠는 '러브 박사'의 흥행에 매우 흡족해했다. 하지만 성공의 운은 거기까지였다. 어느 날 밤, 아빠는 술집에서 당구 게임을 할 준비를 하다가 바에 앉은 한 남자가 자신을 주시하고 있다는 것을 알아차렸다. 아빠는 그 남자를 알고 있었다. 언젠가 법정에서 마주한 적이 있는 판사였다. 마을을 빠져나갈 때였다.

아빠는 마를린과 함께 버스를 타고 애크런으로 도망쳤다. 두 사람은 돈이 필요했고, 고작 푼돈 몇 푼 훔치자고 체포당할 위험을 감수하긴 싫었다. 이번엔 큰돈을 노렸다. 아빠는 은행을 털기로 했다. 총도 준비했다. 은행 직원을 협박했다.

"나는 전국에서 수배 중인 놈이니 당신 하나쯤 죽이는 건 아무것도 아니야."

다행히 다친 사람은 없었고, 아빠는 7,000달러가 든 종이봉투와 차를 훔쳐 달아났다.

아빠는 한 도시를 떠나 다른 도시로 직접 가지 않았다. 눈속임을 하려고 늘 중간에 한두 군데를 들러 시간을 끌었다. 매번 이런 식으로 추격자들을 따돌렸다. 은행 강도 사건 이후 아빠와 마를린은 뉴욕으로 날아가 펜실베이니아 역에서 애틀랜타행 기차를 기다리고 있었다. 그런데 그때, 마를린의 눈에 뭔가 들어왔다. 옆자리에 앉은 한 남자가 아빠가 즐겨 읽던《트루 디텍티브》잡지를 읽고 있었다. 마를린의 눈을 사로잡은 건 기사 내용이었다. 해당 기사는 에드워드 웨인 에드워즈와 관련한 내용을 전면에 실어 대대적으로 보도했다. 아빠를 두고 "교활하며, 믿기 힘들 정도로 범죄 이력이 많고, 자신의 이력에 대한 자부심이 엄청난 사람. 자신의 모든 걸 걸고 도망치기에 극도로 주의해서 접근해야 하는 사람"이라고 묘사했다. 아빠는 자신이 대단한 사람이라도 된 것처럼 느꼈을 것이다. 물론《라이프Life》잡지의 표지를 장식했다면 더없이 좋았겠지만. 다행히 뉴욕은 익명성이 보장되는 곳이었다. 옆자리에 있던 남자는 아빠를 알아보지 못했고, 아빠와 마를린은 문제없이 기차에 올랐다.

하지만 CIA 요원들이 아빠를 뒤쫓고 있었다.

사기꾼

1981

　　우리는 피츠버그의 냄새나는 집을 뒤로하고 북
서쪽으로 한 시간쯤 달려 신선한 공기가 느껴지는 탁 트인 곳에 닿았
다. 아빠는 피츠버그의 술집에서 만난 사람에게 인적이 드문 곳에 있
는 집을 빌려주겠다는 약속을 받아둔 상황이었다. 그곳은 흑인 밀집
지역인 슬리퍼리 록 타운에 있는 포터스빌이라는 작은 마을로 모레
인 주립공원 근처에 있었다. 인구는 고작 300명 남짓했다. 마을로 들
어서며 교회와 작은 식료품 가게를 지나쳤다. 우리가 빌린 집은 숲으
로 둘러싸인 언덕 위에 자리한 2층짜리 벽돌 농가였다. 인적이 드물
었고, 울창한 나무가 일렬로 늘어선 흙길 진입로가 보였다.

　　집 안으로 들어서자 마치 주인이 아름답게 꾸며놓은 집에 들어온
것 같았다. 나무 바닥엔 윤기가 흘렀고, 큰 거실에는 벽난로와 제법
무거운 나무 가구, 부드러운 소파와 의자가 있었다.

　　나는 화려한 난간 장식을 감상하며 천천히 위층 침실로 올라갔다.
피츠버그에서 머물던 작은 방에 비하면 궁궐이나 다름없었다. 튼튼

한 나무 프레임 위에 파스텔 색상의 포근한 이불이 덮인 1인용 침대 두 개가 나란히 놓여 있었다. 침대 사이 큰 창에 달린 커튼도 이불과 같은 소재였다. 내가 아끼는 검은 머리 인형과 보물상자를 창가에 올려놓았다. 침대 옆 작은 나무 테이블에는 시계 겸용 라디오가 있었다. 마치 소녀가 들어오길 기다리고 있던 방 같았다. 나의 아홉 번째 침실이었다. 지금까지 쓰던 방 중에 최고였다. 나는 창가에 서서 경사진 진입로와 앞마당을 내려다보았다. 클라리넷과 보면대를 꺼내 창문 앞에 두었다. 악보가 햇빛에 반짝이고 여름 바람이 시원하게 불어오는 그곳에서 나는 세상을 향해 클라리넷을 연주했다.

그해 여름, 엄마와 우리는 일요일마다 작은 교회에 나가기 시작했다. 아빠는 데려다만 주었다. 우리가 예배를 드리는 동안 아빠가 어디 가서 뭘 하는지는 알 수 없었지만, 아빠는 예배가 끝나면 우리를 다시 데리러 왔다. 그러고 나서는 다 같이 교회 근처의 주립공원에 가곤 했다. 그곳에는 등산로와 수영을 할 수 있는 큰 호수가 있었다. 나는 배영, 평영, 접영을 마음껏 연습했다.

아빠는 피츠버그에 있는 화려한 사무실에서 건축 일을 시작했다. 그래서 낮에는 집에 없었다. 아빠는 우리에게 엘비스 프레슬리, 프랭크 시나트라 음악만 들려주었다. 우리에게 허락된 유일한 음악이었다. 내 방에 있던 시계 겸용 라디오에서는 AM 방송이 나왔다. 음질이 깨끗하진 않았다. 아빠가 집에 없으면 다이얼을 돌려 케이시 케이즘 Casey Kasem 이 진행하는 〈아메리칸 톱 40 American Top 40 〉 프로그램에 주파수를 맞추었다. 명백한 반항이었다. 친숙하게 흥얼거리는 케이시가 옆집 삼촌처럼 느껴졌다. 라디오에서 흘러나오는 노래는 내 마음을 막연한 사랑과 슬픔, 그리움으로 가득 채웠고, 나는 그런 마음을 담아 노래를 따라 불렀다.

아빠는 멋진 티크 판[17]과 톱, 렌치, 드릴 등을 밴에 실어 집으로 가져오기 시작했다. 하루는 녹슨 금속 비계[18]를 갖고 왔다. 그러고는 비계의 기둥을 밴에서 꺼내느라 애를 먹었다. 무척 무거웠기 때문이다.

"그건 뭐예요?"

"깨끗이 닦아서 팔아버릴 거야."

"어디서 난 건데요?"

"아, 쓰레기통에 버려져 있더라고."

나는 그 말을 믿었다.

크고 무거운 기둥이 수십 개는 있었다. 너무 무거워서 뒤집기도 힘들었다. 아빠는 뜨거운 햇살이 내리쬐는 잔디밭에 그것들을 하나둘 가져다 놓았다. 아빠가 일하러 간 사이, 그해 여름 내도록 나는 데이비드, 존과 함께 비계를 붙잡고 일했다. 철 수세미로 녹을 제거하는 게 우리 일이었다. 종일 일을 마치고 나면, 온몸이 땀에 젖고 햇볕에 그을린 얼굴과 팔에는 지저분한 녹 조각이 가득했다.

그늘이라곤 없었다. 금속 조각들은 만지기만 해도 뜨거웠다. 머리카락도 마찬가지였다. 아빠는 매일 퇴근한 뒤 녹을 얼마나 제거했는지 확인했다. 양이 충분치 않다고 혼이 날까 봐 우리는 매일같이 두려

---

17) 가구 재목의 일종.
18) 건축에 사용되는 가설물.

움에 떨었다. 내 또래 아이들 대부분은 여름을 무척 즐겁게 보냈다. 캠프에 가거나 자전거를 타고 친구와 놀았다. 하지만 우리는 달랐다.

팔과 다리, 등이 아팠다. 아픈 상태로 잠들었고, 또 아픈 채로 일어났다. 한번은 퇴근한 아빠를 보고 울음을 터뜨렸다. '너무 힘들어요!'라고 말하고 싶었다. 하지만 압박을 못 이겨 무너지는 나를 아빠에게 내보이기 싫었다. 약한 모습은 보여주고 싶지 않았지만, 이제는 그런 감정이 들지 않을 만큼 지쳐 있었다. 나는 결국 울어버렸다.

여름이 끝날 무렵, 아빠는 비계 복원 프로젝트를 포기했다. 우리, 곧 아빠가 부리는 어린 노동자들이 녹슨 비계와의 싸움에서 졌기 때문이었다. 여름을 통째로 날린 셈이었다. 애초에 그 일을 시작한 것과 여름내 매달린 모든 노력이 헛수고로 돌아간 것. 어느 쪽이 더 최악이었을까?

학기가 시작됐고, 아침이면 나는 동생들과 함께 집 앞의 진입로를 따라 내려갔다. 그곳에서 데이비드와 슬리퍼리 록 중학교로 가는 버스를 기다렸다. 학교까지는 꽤 먼 거리였다. 중학교 1학년 생활이 어떨지 전혀 가늠이 되지 않았다. 수영팀이 있을지, 밴드가 있을지, 친구는 사귈 수 있을지 걱정됐다. 피츠버그에서보다 적응하기 힘들까 봐 그것도 걱정되었다.

첫날부터 우리 반 친구들은 평생 알고 지낸 사이 같았다. 무리를 형성해 끼리끼리 몰려다녔다. 나는 다시 한번 외톨이가 되었다. 그곳에서도 내 옷차림은 여전히 별로였다.

체육 시간에는 빨간색 반바지와 흰색 티셔츠를 입었다. 여름 동안 브래지어를 열 개나 사서 적어도 탈의실에서 알몸이 되거나 가슴이 드러날 걱정은 없었다. 하지만 다리에 나기 시작한 털은 숨기기 어려웠다. 다리털을 말끔하게 민 아이들 대부분은 못 볼 거라도 봤다는 듯 눈을 치켜뜨고 내 다리를 쳐다봤다. 나는 양말을 최대한 높이 올려 신었다.

때로는 다른 이유로 나 자신을 감춰야 했다. 아빠는 엄마에게 나를 체육 시간에 일주일만 쉬게 해달라는 편지를 쓰게 시켰다. 아빠가 나를 때려서 종아리에 생긴 피멍을 감춰야 했기 때문이다. 체육관 벤치는 딱딱해서 다른 아이들이 배구 하는 모습을 보고 있으면 엉덩이부터 다리까지 통증이 밀려왔다. 하지만 그런 내막은 아무도 몰랐다. 사람들은 모르는 게 많았다.

나에 대해 제대로 아는 사람은 아무도 없었다. 콜로라도주 브라이턴에서 5학년 과정에 다닐 때, 나는 부정교합으로 교정기를 착용했다. 데니스의 추천 때문이었을 수도 있지만, 어찌 된 일인지 아빠는 내 교정에 무척 열의를 보였다. 당시 난 교정기가 매우 비싸다는 것도, 아빠가 할부로 결제했다는 사실도 몰랐다. 일시불은 당연히 못 했을 것이다. 교정기를 받고 나서는 치과에 가지 않았다. 단 한 번도. 6학년으로 올라간 뒤에는 아이들이 교정 치과 예약 때문에 수업을 다 못 마치고 하교하는 일이 잦았다. 그때는 별거 아니라고 생각했다. 하지만 슬리퍼리 록 중학교 1학년 때에도 같은 일이 빈번하게 일어났다. 그래서 깨달았다. 내게는 교정 주치의가 없다는 사실을. 나한테는 내 교정 장치를 점검하고 조정해 주는 전문의가 없었다. 겉보기에 나는 평범한 어린 시절을 보내고 있는 평범한 소녀였다. 하지만 조금만 더 깊이 들여다보면, 우리 가족 모두 제대로 된 삶을 살고 있지 않다는 걸 쉽게 알 수 있었다. 하지만 아무도 거기까지 들여다보려 하지 않았다.

하루는 같은 반 데릭Derrick이라는 남자아이가 학교 댄스파티에 같이 가자고 했다. 나는 너무 놀랐다. 데릭이 날 좋아한다는 사실을 전혀 몰랐으니까. 정말 당황스러웠다! 한편으로는 아빠가 허락하지 않을까 봐 불안했다. 하지만 댄스파티는 학교 일과 중 하나였기 때문에 아빠는 이런 상황을 알 수 없었다.

댄스파티 날, 데릭과 나는 다른 반 친구들과 함께 체육관으로 들어 갔다. 불이 꺼졌고, 쿨 앤드 더 갱Kool and the Gang의 〈셀레브레이션 Celebration〉이 스피커에서 흘러나왔다.

나는 정신이 없었다. 1학년 학생 대부분은 무대 가장자리에서 펀치를 홀짝이며 가볍게 몸을 움직였다. 이상하게 보이지 않으려고 애쓰는 모습이 역력했다. 나도 그들과 다를 게 없었다. 오히려 더 불편해 보였을 것이다. 데릭과 나는 마이클 잭슨Michael Jackson과 비지스Bee Gees 음악에 맞춰 춤을 췄다. 데릭은 손가락을 허공에 찌르며 디스코를 선보였다. 평소 케이시 케이즘 프로그램을 즐겨 들은 덕분에 노래를 따라 부를 수 있었다. 나는 평범한, 지극히 평범한 중학교 1학년생이 된 것 같았다. 숨이 차면 잠시 멈추고 펀치를 마시곤 했지만, 느린 음악이 아닌 이상 새로운 곡이 나오면 바로 춤을 추기 시작했다. 데릭이 댄스파티에 함께 가자고 제안하기 전까지는 데릭에게 전혀 관심이 없었다. 하지만 이제는 달랐다. 난 데릭을 좋아하고 있었다. 데릭의 품에 안긴 채 에어 서플라이Air Supply 노래에 맞춰 춤을 추는 것도 괜찮을 것 같았다.

종이 울리며 댄스파티가 끝났음을 알리자 데릭은 서둘러 교실로 갔다. 당연한 일이었다. 아직 마지막 수업이 한 시간 남아 있었다. 나는 내게 남자친구 같은 건 허락될 수 없음을 알고 있었다. 우리는 댄스파티가 끝나고 복도에서 짧은 인사만 주고받은 채 헤어졌다.

"안녕."

그 인사가 조금 더 길었다면 어땠을까? 그때를 떠올릴 때마다 가슴이 저릿해 온다.

나는 몸과 마음이 모두 변하고 있었다. 이전만큼 인형 놀이를 즐기지 않았다. 그래서 바비 인형도 제닌에게 줘버렸다. 데이비드와 존은 우리 집에서 큰길까지 이어지는 작은 숲에서 많은 시간을 보냈다. 그곳에서 동생들과 소꿉놀이를 하거나 요새를 짓던 시절이 어느새 아득하게 느껴졌다. 녀석들은 나무와 다람쥐, 큰길을 지나가는 차를 향해 장난감 총을 겨누며 놀았다.

한동안은 학교에 갔다 돌아오면, 건축 자재와 도구를 정리하는 일을 도왔다. 아빠가 작업 현장에서 가져온 것들이었다. 어디서 났는지 물어보면 늘 이런 대답이 돌아왔다.

"아, 쓰레기통에서 가져왔어. 사람들이 버리는 게 정말 많더라고. 그 양이 얼마나 많은지 너도 보면 놀랄 거야."

녹슨 비계를 가져왔을 땐 아빠의 말을 믿었다. 하지만 사람들이 멀쩡한 톱이나 고급 목재를 내다 버릴 거라곤 생각하지 않았다. 나는 이 사실을 혼자만 알고 있었다.

그러던 어느 날, 누가 우리 집에 와서 수북이 쌓여 있던 티크 판과 각종 공구, 드릴, 원형 톱, 톱질할 때 쓰는 받침대까지 한꺼번에 사 갔다. 아빠는 뭐든 필요한 게 있으면 더 사라고 했고, 남자는 알겠다며 꽤 많은 걸 한 번에 사 갔다.

아빠는 부피가 큰 것도 스스럼없이 가져왔다. 견인식 캠핑카도 그중 하나였다. 물론 수리가 필요하긴 했다. 공짜로 받은 거라는 아빠의 말을 믿으며, 나는 몇 시간 내내 차 천장에 있는 쥐 흔적을 치우고 내부를 깨끗이 청소했다. 아빠는 지붕과 함께 바닥의 헐거운 부분을 교체했다. 그렇게 깔끔히 손보고 나서 우리는 주립공원으로 캠핑을 갔다.

낮이 점점 짧아지고 추워지던 무렵, 아빠는 예상치 못한 일을 또다시 벌였다. 상상조차 하지 못했던 일이라 너무나 설렜다. 하교 후 데이비드와 함께 집으로 걸어오던 길이었다. 마당 잔디밭에 수북히 쌓인 풀을 뜯어 먹고 있는 갈색 조랑말을 발견했다. 온 가족이 마당에서 녀석을 지켜보고 있었다. 엄마는 표정이 어둡고 침울해 보였다. 썩 유쾌하진 않다는 뜻이었다. 하지만 나는 희망에 부풀었다.

"어디서 난 거예요?"

"아, 아빠랑 같이 일하는 아저씨가 말을 처분한다고 해서. 에이프릴 네가 좋아할 것 같아서 데려왔지."

나는 아빠에게 활짝 웃어 보였다.

"고맙습니다!"

나는 진심으로 소리쳤다.

내 인생에 또 다른 말이 생기다니!

아빠가 말의 원래 이름을 몰라서 나는 브라우니Brownie 라는 새 이름을 지어주었다. 나는 브라우니가 생겨 너무도 행복했지만, 브라우니는 새끼를 낳는 것에는 별 관심이 없었다. 녀석은 심술궂고, 누군가 올라타는 걸 싫어했다. 내가 등에 올라타려고만 하면 발버둥을 쳤다. 그래도 갈기나 앞머리의 엉킨 털을 빗겨줄 땐 거부하지 않았다. 그래서 솔로 부드럽게 빗겨주곤 했다. 말을 키우는 건 딱히 돈 되는 일은 아니었다. 하지만 그 부분을 걱정하진 않았다. 말을 데리고 겨울을 어떻게 날지도 생각하지 않았다. 하지만 가을이 깊어지면서 아빠의 분노도 깊어졌다.

어느 저녁, 나는 엄마를 도와 저녁 준비를 하고 있었다. 엄마는 참치 캐서롤을 오븐에서 꺼냈고, 집에서는 맛있는 냄새가 났다. 그때, 아빠가 부엌 뒷문으로 들어오며 엄마에게 소리치기 시작했다.

"이리 와!"

아빠가 외쳤다.

순간 움찔했다. 포크가 공중으로 날아갔다.

동생들이 TV에서 고개를 돌리고는 눈을 동그랗게 뜨고 나를 쳐다봤다.

아빠가 엄마를 벽에 밀치는 소리, 주먹을 휘두르는 소리가 날 거라고 예상했다. 하지만 그 순간, 전혀 예상치 못한 소리가 났다. 전에 없던 낯선 소리였다. 엄마는 순순히 응하지 않았다.

엄마는 부엌문을 열고 뛰쳐나갔다. 아빠는 잰걸음으로 엄마를 뒤쫓았다.

"케이! 이리 와! 지금 안 오면 죽여버릴 거야!"

아빠 손엔 권총이 들려 있었다. 현관문 쪽으로 가기 전, 아빠는 팔을 가슴께로 들어 올린 후 엄마를 쫓아 나갔다. 처음 있는 일이었다.

나는 동생들을 바라보았다. 다들 얼어붙어 있었다. 동생들을 모두 데리고 집 밖으로 뛰쳐나가고 싶었지만, 꼼짝할 수가 없었다. 창문으로 달려가 바깥 상황을 살필 용기도 나지 않았다. 그저 입을 꾹 다문 채 가만히 기다렸다.

잠시 후, 탕! 총소리가 들렸다. 제닌이 울음을 터뜨렸다. 순간 경찰에 신고할까 고민했다. 하지만 이내 엄마가 돌아왔다. 안절부절못하는 강아지처럼 엄마는 온몸을 바들바들 떨었다. 아빠 손엔 총이 들려 있지 않았다. 분노가 사그라진 듯했다. 구역질이 났다. 진짜로 엄마를 쏘려고 했다는 생각은 하지 못했다. 엄마를 때리고 마구잡이로 물건을 던지긴 했지만, 설마 목숨까지 위협할 거라곤 생각하지 않았다. 아빠에겐 엄마가 절실히 필요했으니까.

겨울이 오자 나는 브라우니가 걱정되기 시작했다. 아빠는 나뭇가지에 금속 패널 몇 개를 고정해 브라우니의 집을 만들어주었다. 물통 속 물은 밤새 얼어붙었기에 보통 내가 등교하기 전에 물을 길어 왔다. 그럼 브라우니는 목이 마른 듯 꿀꺽꿀꺽 마시곤 했다. 때로는 갈기에 고드름이 생기고 수염에 서리가 덮여 있었다. 브라우니는 늘 쓸쓸해 보였고, 나는 그런 녀석에게 마음이 갔다.

1월의 어느 날 밤, 기온이 영하로 떨어지고 바람이 세게 불었다. 다 같이 거실 벽난로 옆에 따뜻하게 모여 앉은 저녁이면 밖으로 나가고 싶지 않았다. 하지만 브라우니는 내 담당이었기에 먹을 것을 챙겨줘야 했다.

들고 가던 물통에서 물이 넘쳐 다리에 닿으면 순식간에 얼어붙었다. 그렇게 가져다줘도 브라우니는 물을 한 모금도 마시지 않았다. 밥도 안 먹었다. 그저 몸을 심하게 떨고 있을 뿐이었다. 나는 집으로 달려가 아빠에게 말했다.

아빠가 나가서 확인하더니 말을 집 안으로 데리고 들어왔다. 뒤쪽 문을 통해 부엌으로 데려왔다. 엄마가 말했다.

"집 안에 있는 말은 처음 보네요."

제닌이 킥킥거렸고, 다른 동생들도 놀란 표정이었다. 아빠는 대체 무슨 일을 하려던 걸까?

"녀석을 따뜻하게 해줘야 해. 선택의 여지가 없어."

아빠가 말했다.

브라우니가 어느 정도 진정되자 아빠는 덥수룩한 녀석의 털을 둥글게 문지르며 빗겨주었다. 그 순간 문득, 화상을 입고 수술을 받은 나를 아빠가 무릎에 앉히고 다 잘될 거라며 위로해 주던 기억이 떠올랐다. 나는 담요를 집어 들고 브라우니의 다른 쪽을 문질러주기 시작했다. 아빠와 함께 브라우니 몸을 데워주면서 나는 내가 아빠를 사랑했다는 걸 깨달았다. 하지만 지금은 달랐다. 나는 더 이상 아빠를 믿지 않았다. 아련한 기억과 슬픔이 나를 압도했다. 나는 상반되는 두 감정을 어떻게 다뤄야 할지 몰랐다. 아빠는 상황을 개선하기보다 오히려 악화시킬 수 있는 사람이었다. 내 여름을 빼앗아 버릴 수도 있는 사람이었다. 내가 뭘 듣고 있는지 알게 된다면, 내 라디오도 빼앗아 버릴 거였다. 그리고 내가 친구를 사귀면, 또다시 이사를 해 그 친구마저 빼앗아 버릴 수 있었다.

말을 운반할 트레일러가 진입로에 올라올 수 있을 만큼 눈이 녹았을 때, 아빠는 브라우니를 다른 사람에게 보내버렸다. 더 이상 키울 이유가 없다고 했다. 너무도 예상 가능한 일이었다. 하지만 가슴이 아픈 건 어쩔 수 없었다. 아빠가 나이 든 불쌍한 브라우니를 더 잘 돌봐 줄 사람에게 보냈을 거라고 스스로를 다독였다. 브라우니는 해방됐지만, 나와 동생들은 여전히 갇혀 있었다.

방화

1982

그해 겨울 어느 날 밤, 아빠는 집에 들어오지 않았다. 퇴근 후 술집에 가면 종종 외박을 했기에 나는 보통 다음 날 아침이 되어서야 아빠가 없다는 걸 알아차렸다. 그날 아침, 엄마는 싱크대 앞에 서 있었다. 평소와 달리 좀 더 편안해 보였다. 잠시 후 엄마가 토스트 한 쪽과 우유를 들고 식탁에 앉았다. 엄마는 커피는 즐기지 않는 사람이었다.

"아빠는 어딨어요?"

엄마는 날 쳐다보지도 않고 토스트에 버터를 바르며 대답했다.

"며칠간 출장 가셨어."

그날 저녁 식사 시간, 데이비드와 존은 웃으며 조잘거렸다. 우리는 모두 다른 모습이었다. 식탁이 뒤집힐까 두려워할 필요가 없었다. 아빠가 광기 어린 눈빛으로 집 안 구석구석 살피며 분을 쏟아내지는 않을까 걱정할 필요도 없었다.

다음 날 아침엔 엄마에게 더 이상 아빠가 어딨는지 묻지 않았다. 아빠의 부재가 주는 가벼운 마음을 지속하고 싶었기 때문이다. 평온

한 분위기를 만끽하고 싶었다.

그날 밤, 우리는 식탁에서 숙제를 한 뒤 뉴스가 아닌 우리가 보고 싶은 TV 프로그램을 돌려가며 시청했다. 가족 모두 너무나 마음이 가볍다는 걸 느낄 수 있었다.

하지만 다음 날 아빠가 돌아왔고, 우리는 다시 예전으로 돌아갔다. 아빠에게서 인내심이라곤 찾아볼 수 없었다. 아빠는 가족뿐 아니라 모든 사람에게 불만이 가득했다. 집주인을 두고도 거짓말쟁이라며 불평했다.

아빠가 돌아온 직후 한 남자가 집으로 왔다. 아빠는 그 사람에게 테이블와 의자 두 개, 티 테이블, 거실의 작은 테이블까지 모조리 팔아버렸다. 분명 잘못된 행동이었다. 아빠가 가구를 팔아버렸다는 사실을 집주인이 안다면 과연 어떻게 될까?

하지만 거기서 끝나지 않았다. 아빠는 훨씬 더 심각한 일을 계획하고 있었다.

다음 날 아빠는 밤늦도록 돌아오지 않았다. 여느 때처럼 엄마와 제닌, 남동생들은 벽난로 옆 따뜻한 거실에서 영화를 보다 잠이 들었고, 나는 위층 침대에서 잠이 들었다. 나는 아무리 추운 겨울밤이라고 해도 거실에서 자는 것보다 침대에서 파스텔색 두꺼운 이불을 덮고 자는 게 더 좋았다.

어느 순간, 쿵쿵거리는 소리와 함께 아래층에서 아빠가 고함치는 소리에 잠에서 깼다. 그러다 아빠의 묵직한 부츠 소리가 점점 가까워 오자 정신이 번쩍 들었다. 아빠가 나를 침대에서 끌어내려 패대기치는 건 아닐까 두려웠다. 하지만 아빠는 이렇게 말했다.

"일어나. 엄마 데리고 병원 가야 해."

아빠는 아래층으로 내려가 동생들을 돌보라고 했다. 내가 책임자라는 말과 함께.

"엄마한테 무슨 일 있어요?"

내가 물었지만, 아빠는 이미 내려간 뒤였다.

"엄마한테 무슨 일이 생긴 건데요!"

나는 뒤쫓아 가며 소리쳤다.

계단을 반쯤 내려오자 엄마와 아빠는 이미 대문 밖으로 나가고 없었다. 밴이 진입로를 따라 쌩 달려가는 소리가 났다.

소파 쪽을 바라봤다. 제닌은 훌쩍이고 있었고, 제프는 눈을 동그랗게 뜬 채 엄지손가락을 빨고 있었다. 제프는 베개를 베고 누워 있었다.

"엄마한테 무슨 일이 일어난 거야!"

나는 왜 모르고 있었던 걸까?

"데이비드, 대체 무슨 일이 있었던 거니?"

나는 동생을 부드럽게 바라보며 물었다.

녀석은 딸꾹질 멈추지 못한 채 말을 이어나갔다. 동생들은 바닥에서, 엄마는 소파에서 자고 있었는데 아빠가 허기진 상태로 집에 왔다고 했다. 텅 빈 감자칩 봉지를 들고 소리치더니 가족들을 깨웠다는 것이다.

"감자칩은 우리가 다 먹어버렸거든. 그러려고 그런 건 아닌데."

데이비드가 흐느끼며 말했다.

"엄마는?"

내가 서둘러 물었다.

하나도 남아 있지 않은 감자칩 봉지를 보며 아빠의 분노가 폭발했고, 엄마의 손을 찔렀다고 했다. 깊은 상처가 난 게 분명했다. 아빠 혼자 꿰맬 상처가 아니었으리라. 엄마를 병원에 데리고 갔다면 필시 심각한 상황이었다. 우린 모두 알고 있었다. 목구멍에서 쓴맛이 올라왔지만, 억지로 삼켜버렸다.

나는 동생들과 함께 담요를 덮고 소파에 누웠다. 케빈 드라이브에서처럼 아침이 오면 모든 것이 괜찮아질 거라고 생각했다. 나는 잠들지 않았다. 밴이 마당으로 들어오고, 엄마가 손에 붕대를 감고 아빠와 함께 들어오길 기다렸다.

하지만 아빠는 새벽녘이 돼서야 돌아왔고, 엄마는 없었다.

"엄마는요?"

나는 벌떡 일어나 물었다. 동생들도 깨어 있었다.

"엄마는 병원에 있어. 우린 캠핑 갈 거야. 짐 챙겨."

"엄마도 없는데요? 엄마는 언제 와요?"

의아한 표정으로 되물었다. 엄마 없이 캠핑을 간 적은 없었다.

"곧 올 거야."

"엄마는 괜찮아요?"

나는 떨리는 입술을 손으로 가린 채 다시 물었다.

엄마는 수술을 받을 거라고 했다. 얼마나 심각한 상태인지, 얼마나 오래 입원해 있어야 하는지 주저하며 물었지만, 아빠는 대답하지 않았다.

"어서 짐 싸. 곧 출발할 거야."

나는 무슨 말이냐고, 또 떠나는 거냐고 묻고 싶었다. 적어도 학기나 마치고 떠나길 바랐다. 또 한 번 떨리는 목소리를 가다듬었다.

"학교는 어떡해요?"

"캠프장으로 이사할 거야."

그때는 3월이었다. 캠핑카에서 몇 달을 지내자면 춥고, 비좁고, 불편할 게 분명했다.

제닌도 일어나자마자 엄마부터 찾았다.

"엄마는 어딨어?"

이제 다섯 살인 제닌이 눈을 떴을 때 엄마가 없는 건 그때가 처음이었다. 그래도 나는 엄마의 입원을 몇 번 경험한 터였다. 제닌이 태어났을 때, 아빠가 엄마를 때려서 턱뼈가 부러졌을 때. 엘카미노 뒷좌석에서 떨어져 뇌진탕으로 입원했을 때. 아빠가 캠핑카 뒷좌석에 매트리스를 설치하며 엄마에게 그 위에 누워 무게를 실어보라고 했다. 하지만 제대로 고정되지 않아 매트리스가 날아가면서 엄마도 같이 날아가 버렸다.

나는 제닌을 데리고 위층으로 올라가 내가 좋아하는 물건을 마지 못해 챙기기 시작했다. 검은 머리 인형, 보물상자, 옷가지 등. 하지만 딱히 서두르진 않았다. 최소한 며칠은 더 있다가 출발할 거라고 생각했기 때문이다. 나는 내 방이 정말 좋았다. 그 안에서 보내는 매 순간을 음미하고 싶었다. 제닌의 옷과 장난감도 천천히 상자에 담았다.

아빠는 엄마의 옷 가방을 들고 밖으로 나갔다. 그 모습을 보며 제닌을 꼭 안아주었다. 나는 소리치고 싶었다. '아빠가 엄마를 찔렀어! 당신은 끔찍한 인간이야!' 하지만 그러진 못했다. 대신 제닌에게 속삭였다. 아래층으로 내려가 아침을 먹자고, 곧 캠핑을 떠날 테니 무얼

하며 놀지 생각해 보자고.

늦은 밤, 우리는 짐을 다 꾸리지도 못했는데 아빠는 벌써 짐을 싣고 있었다. 나머지 짐을 가지러 아빠가 다시 들어올 게 분명했다. 아빠는 해피와 함께 밴에 타라고 했고, 우리는 감히 아무 말도 하지 못했다. 나는 너무 화가 나 아빠를 쳐다볼 수 없었다. 아빠에 대한 분노와 혐오를 숨길 수 없을 것 같았다. 나는 아빠와 거리를 두기 위해 최대한 아빠에게서 멀리 떨어져 세 번째 줄에 앉았다. 동생들과도 거리를 두었다. 백미러로 아빠와 눈이 마주쳤다. 나는 아무것도 모르는 듯한 표정을 지어 보였다. 나는 아빠가 내 머릿속을 비집고 들어오지 못하도록 밀어내고 싶었다. 밴을 타고 도로를 달리며, 내가 신디 등에 타고 질주하며 가드레일과 표지판을 뛰어넘는다고 상상했다.

캠프장에 도착하자마자 아빠는 캠핑카의 연결 고리를 풀고, 나와 제닌만 내리라고 했다. 그러고 다른 동생들과 함께 밴을 타고 떠났다.

몇 시간 후, 밴이 다시 캠프장으로 들어섰다. 동생들은 옷이 더럽혀진 채 멍한 표정을 지으며 내렸다. 아빠는 동생들을 캠핑카에 태웠다. 녀석들에게서는 숯에 그을린 듯한 냄새가 났다.

"애들 배고플 거야."

아빠는 이렇게 말하며 밴에 올라탔다.

캠핑카에는 인스턴트 맥앤치즈 한 통밖에 없었다. 나는 냄비에 물을 올리며 맥앤치즈가 어딨는지 물었다. 아무 대답이 없었다. 동생들은 입을 꾹 다물었다. 양쪽 눈이 충혈돼 있었고, 매캐한 냄새가 났다. 녀석들은 아주 끔찍한 일을 겪은 뒤였다. 그 일을 털어놓기까지는 꽤 오랜 시간이 걸렸다. 나는 이야기를 끌어내야 했다. 조금씩, 조금씩.

그 내용은 몹시 충격적이었다.

그날, 아빠는 동생들을 다시 집으로 데려갔다. 언덕 꼭대기의 오래된 집, 하지만 내가 살아본 집 가운데 가장 아름답고 마음에 쏙 드는 방이 있는 그 집으로 말이다. 아빠는 동생들을 시켜 집에 불을 지르도록 했다. 생각보다 빨리 타지 않자 동생들을 집으로 들여보내 창문을 열게 했다. 제 자식을 불타는 집 안으로 들여보낸 아빠. 하지만 최악의 상황은 더 남아 있었다. 아빠는 동생들을 이웃집으로 보내며 벽난로에서 장작이 떨어져 집이 불에 타고 있다고 외치라고 했다. 동생들은 철저히 아빠의 대본대로 움직였다.

이야기를 다 듣고 난 뒤, 동생들의 눈을 바라보았다. 공포 어린 눈빛이 아빠에 대한 증오심을 불러일으켰다. 신체적 학대는 그나마 나았다. 견디고, 회복할 수 있었다. 하지만 이건 벨트로 매질을 당한 것보다 더 깊은 상처를 냈다. 어떻게 이 상처에서 회복할 수 있단 말인가? 어떻게 자기 자식에게 이런 짓을 할 수 있단 말인가? 아빠는 동생들의 영혼을 갈기갈기 찢어버렸다. 그때 깨달았다. 아빠가 왜 그렇게 빨리 짐을 꾸려 떠났는지. 우리가 다시 돌아올 것처럼 행세하려고 그런 거였다. 방화 혐의를 피할 구실을 만들기 위해서였다. 참을 수 없는 분노가 일었다. 지옥불에 떨어진 듯 마음이 타들어 갔다. 아빠를 죽이고 싶었다. 처음으로 느껴본 걷잡을 수 없는 분노에 두려움마저 들었다.

다음 날 저녁, 다시 캠핑카를 연결해 엄마를 태웠다. 엄마는 손에 깁스를 하고 있었다. 아빠는 아무런 설명도 없이 무작정 고속도로를 달렸다. 어디로 가는지 물어볼 만큼 용기 있는 사람은 아무도 없었다.

엄마는 앞좌석에 앉아 팔을 감싸 안고 눈을 감은 채 아무 말도 없었다. 우리 모두 한 마디도 하지 않았다. 고속도로 위에서 덜컹거리는 캠핑카 소리를 들으며 각자의 생각에 집중할 뿐이었다.

중간에 애크런에 들렀다. 아빠는 친척들에게 돈을 빌렸지만, 오래 머물진 않았다. 금세 출발해 다시금 고속도로를 달렸다. 아침에 일어나 보니 우리 차는 루실 할머니의 조카인 샌디와 경찰관 밥 부부의 아름다운 집 앞에 있었다. 아빠는 밤새 그곳에 차를 세워두었다. 몇 년 전, 그 집 수영장에서 놀았던 즐거운 기억이 떠올랐다. 애틀랜타에 있는 샌디네 집은 내게 궁전처럼 보였다. 우리는 캠핑카를 그 집 진입로에 주차하고 캠프장에라도 온 것처럼 자리를 잡았다. 얼마나 머물다 갈 건지 궁금했지만, 아빠에게 물어보진 못했다. 대신, 질문해 준 사람은 따로 있었다. 우리를 반갑게 맞아준 샌디였다.

"웨인, 여기 얼마나 있을 거야?"

아빠가 어깨를 으쓱하며 답했다.

"글쎄, 잘 모르겠네. 오래 있진 않을 거야."

샌디가 우리 캠핑카를 둘러보았다. 지난번에 타고 왔던 윈네바고보다 훨씬 초라하고 작았다.

"어서들 와요. 오늘 밤엔 진짜 침대에서 편히 쉬어요."

엄마는 극심한 고통을 느꼈다. 샌디는 그런 엄마를 애처롭게 여긴 듯했다.

샌디가 우리를 집 안으로 안내했다. 넓은 지하실엔 욕실과 소파, 침대가 완벽히 갖춰져 있었다. 아빠와 엄마 그리고 동생들이 지낼 곳이었다.

"에이프릴, 넌 위층에 있는 손님방을 쓰렴. 예쁜 숙녀의 프라이버시는 지켜줘야지."

내가 쓸 방은 마치 공주 방 같았다. 기둥이 네 개 달린 퀸사이즈 침대와 커다란 옷장이 있었다. 나는 짐이 거의 없었다. 서랍 한 칸도 다 채우지 못할 정도였다.

그날 밤, 우리는 수영장 옆 테라스에서 햄버거를 배불리 먹었다. 애틀랜타의 3월은 '내 고향'보다 훨씬 따뜻했다. 나는 막연히 애크런과 피츠버그 사이 어딘가를 고향으로 생각했다. 그러나 '고향'이라는 단어가 특별한 집을 연상시키진 않았다.

저녁 식사 후, 샌디가 설거지하는 걸 돕는 사이 밥이 아빠에게 얼마나 머물다 갈 건지 묻는 소리를 들었다. 아빠는 여전히 모호한 태도를 보였다.

"잘 모르겠어, 밥. 지금 당장은 갈 곳이 없어서."

아빠의 말은 사실과 달랐다. 루실 이모할머니 댁에 갈 수도 있었다. 지난번 갔던 캠프장도 나쁘지 않았다. 플로리다로 돌아갈 수도 있었다. 하지만 아빠는 갈 생각이 없는 듯했다.

그로부터 며칠 후면 내 생일이었다. 공식적으로 10대가 되는 거였다! 정말 중요한 전환점이 될 것 같았다. 하지만 노숙자 신분에 다른 사람에게 민폐나 끼치고 있는 상황에서 10대를 맞게 될 줄은 몰랐다. 엄마는 내 생일을 기억이나 할까? 아니면 잊고 지나갈까? 보통 아빠가 생일파티 주최자였지만, 올해는 기대할 수 없을 듯했다.

문득 슬리퍼리 록 중학교 시절이 떠올랐다. 어디에 살든 학교는 우리 삶의 일부였다. 하지만 이제는 방랑자 신분이 된 것 같았다. 그날 밤, 식탁에서 스파게티와 미트볼을 먹으며 아빠에게 물었다.

"학교는 어떻게 되는 거예요?"

모두가 아빠를 쳐다봤다.

"좋은 질문이네, 웨인. 애틀랜타에 얼마나 오래 있을 거야?"

이때다 싶어 밥이 물었다.

"갈 곳을 찾고 있어. 당분간은 여기 있으려고 해. 애들도 우선은 학교를 보내는 게 좋을 것 같아."

밥은 이내 자리를 떴다.

샌디는 스파게티를 먹고 있는 나와 동생들을 쳐다봤다. 잠시 후 접시만 쳐다보고 있는 엄마에게로 시선을 돌렸다. 샌디가 목을 가다듬고 말했다.

"멀지 않은 곳에 버스 정류장이 있어요. 내일 할 일을 정리해 보죠."

내 생일날 아침, 아래층으로 내려가 보니 샌디가 팬케이크를 만들고 있었다. 베이컨 냄새가 마치 천국의 향 같았다. 식탁 내 자리엔 밝은색 포장지로 둘러싸인 선물 꾸러미가 놓여 있었다. 가족들이 선물 개봉을 기다리며 식탁에 모여들었다.

샌디의 선물은 청바지였다. 내 생애 첫 청바지, 단연 최고의 선물이었다. 신축성 있는 소재에 발목 부분에는 지퍼가 달려 있었다. 시원한 민트색 건빵바지도 선물로 받았다. 그즈음, 내 몸에 꼭 맞는 바지는 두 벌뿐이었기에 학교 갈 때 입고 갈 옷이 늘 걱정이었다. 그래서 두 벌의 바지는 마치 신의 선물과도 같았다.

다음 날 아침 등굣길, 캠핑카는 여전히 진입로에 주차돼 있었다. 해피는 버스 타러 가는 나를 향해 꼬리를 흔들었다. 새 청바지는 자신감을 한껏 북돋아 주었다. 하지만 나는 학년이 거의 끝날 시점에 새로운 주, 새로운 학교로 전학을 온 상황이었다. 슬리퍼리 록에서는 친구를 사귀는 것이 좀 어려운 정도였다면, 학기 말에 처음 간 곳에서 친구를 사귀는 건 거의 불가능했다. 나는 시도조차 하지 않았다.

그렇게 새로운 학교에 적응해 가던 즈음, 체육 시간에 갑작스레 복통이 찾아왔다. 끔찍한 통증이었다. 처음에는 배가 고파 그런 줄 알았다. 하지만 통증의 강도가 점점 심해졌고, 몸을 굽힐 수조차 없는 지경에 이르렀다. 나는 양호실로 보내졌고, 양호 선생님이 우리 집으로 연락을 했다. 정확히 샌디와 밥의 집으로. 엄마는 밥과 샌디, 그리고 근처에 사는 샌디의 아들 릭과 함께 나를 데리러 왔다. 2층 공주님 방 침대로 돌아온 나는 배를 움켜쥐고 떼굴떼굴 굴렀다.

샌디가 문을 두드렸다.

"에이프릴, 들어가도 되니?"

"네에에, 네에."

나는 끙끙대며 겨우 대답했다.

샌디가 들어오자 순간 샌디가 거기 있다는 사실만으로 기분이 좋아졌다. 샌디는 내 옆에 앉아 전기장판을 건네주었다.

"이게 도움이 좀 될 거야."

전기 플러그를 꽂으며 샌디가 말했다. 그리고 타이레놀을 건넸다.

"왜 배가 아픈 건지 알고 있니, 에이프릴?"

나는 고개를 저었다. 쓰디쓴 음식을 삼킨 것 같은 기분이었다.

샌디는 크게 한숨을 내쉬었다. 잠시 후 샌디는 내게 생리를 시작한 거라고 설명해 주었다. 나는 충격을 받았다. 브라이턴에서 보건 수업

때 배운 내용이 어렴풋이 기억났다. 왜 엄마는 내게 생리와 관련해 아무것도 말해주지 않은 걸까? 샌디는 생리대를 주며 사용법도 일러주었다. 속옷에 피가 묻어날 거라는 샌디의 말에 나는 울음을 터뜨렸다. 나는 여자가 되기 위한 준비가 전혀 안 돼 있다고 느꼈다. 내게 엄마는 수수께끼 그 자체였다. 딸을 둔 엄마로서 바뀌려는 노력조차 전혀 하지 않는 엄마.

학교에서는 남의 시선을 더욱 의식하게 됐다. 바지에 피가 새지는 않을까 두려웠다. 쉬는 시간이면 생리대가 담긴 파우치를 들고 화장실로 가 패드를 확인했다. 여성의 삶에 이렇게 고통스럽고 지저분한 과정이 수반되는지는 전혀 몰랐다. 여성으로 살아가는 데는 여러 가지 단점이 있었다. 아빠가 보던 책과 잡지에서 읽었던 무서운 일들 외에도 말이다.

샌디네 집에서 머문 기간이 2주를 넘어가고 있었다. 남의 집에 있기엔 너무 긴 시간이었다. 저녁 식사 후, 밥이 아빠에게 그만 가달라고 부탁하는 것을 들었다. 하지만 아빠는 거절했다. 갈 곳이 없다는 말만 되풀이했다.

또다시 일주일이 지났다. 더 이상 우리는 밥과 샌디와 저녁을 먹지 않았다. 그들에게 우린 불편한 존재였다. 비좁은 캠핑카에서 맥앤치즈를 종이 접시에 덜어 먹었다. 상자에는 우유와 버터를 넣으라고 돼 있었지만, 둘 다 없으면 그냥 물을 넣기도 했다. 아빠는 종종 집을 비웠다. 때로는 엄마와 함께 나가기도 했다. 매일같이 맥앤치즈만 먹는 동생들을 위해 녹색 식용 색소를 넣어보기도 했지만, 도저히 먹을 수가 없었다. 안 그래도 먹기 싫은 상황에서 식욕을 더 떨어뜨리는 맛이 났기 때문이다.

매일 오후, 버스 정류장에 내려 샌디네 집으로 걸어갈 때면 환영받지 못하는 존재라는 사실이 나를 힘들게 했다. 모든 건 아빠 탓이었다. 왜 다른 때처럼 이사할 곳을 찾지 않는 걸까?

그런데 한순간에 모든 게 바뀌었다. 내 생일이 있고 나서 한 달 정도 지난 4월 말, 하교 후 집에 도착하자 엄마가 차도에 마중 나와 있었다. 엄마의 행동은 다소 낯설었다.

"에이프릴, 할 말이 있어."

그 자체로 이미 180도 다른 모습이었다. 엄마는 다른 사람에게 새로운 소식을 전달하는 법이 없었다. 하지만 이어지는 엄마의 말은 우리 가족의 상황을 완전히 뒤바꿀 만한 것이었다.

"아빠가 체포됐어."

"왜요?"

난 이미 알고 있었다. 6주 전 그 끔찍한 밤에 일어난 일을. 매캐한 연기 냄새를 풍기며 돌아온 동생들로부터 아빠의 악행을 하나도 빠짐없이 전해 들었었다.

엄마 말에 따르면, 포터스빌에 있을 때부터 이미 화재 수사팀에서 아빠의 행방을 쫓았지만 결국 찾지 못했다고 했다. 그런데 (아빠에게만큼은) 불행히도 아빠가 실수로 그 집에 단서를 남겼다. 옷장 안 내용물이 대부분 타지 않고 그대로 남아 있었던 것이다. 수사팀은 그중에서 애틀랜타 경찰 셔츠를 발견했고, 그 위에 적힌 이름과 번호를 추적해 밥이 일하던 경찰서로 전화를 걸었다. 수사팀은 밥에게 에드워드 웨인 에드워즈가 임대한 집 옷장에 왜 그 경찰 셔츠가 보관돼 있는지, 그리고 방화 용의자가 도망친 곳을 알고 있는지 물었다. 밥은 대답했다.

"지금 우리 집에 있어요. 체포해 가시죠."

1982년 4월 29일, 애틀랜타로 넘어온 지 약 한 달 만에 아빠는 방화 혐의로 체포돼 펜실베이니아주 버틀러 카운티로 이송되었다. 그곳에서 재판이 열릴 때까지 몇 달간 구금될 예정이었다. 엄마는 나를 안심시키면서 아빠가 보석으로 풀려날 가능성이 있으며, 적어도 재판 날짜까지는 우리와 함께 지낼 수 있다고 말했다. 엄마의 말은 날 안심시키긴커녕 불안하게 했다. 하지만 엄마에겐 그렇게 말하지 않았다.

"얼마 전에도 비슷한 일이 있었어."

엄마가 말했다.

아빠가 체포된 적이 있는데 엄마가 보석금을 내 풀려났다는 것이다. 실은 얼마 안 된 일이라고 했다. 포터스빌에 살 때 누렸던 이틀간의 평화는 아빠가 체포된 덕분이었던 셈이다. 엄마는 아빠가 동네의 작은 식료품점에서 물건을 훔쳐 잡혀갔었다고 했다.

"그런데 우리가 꺼내줬지."

엄마가 말을 이었다.

엄마는 당시 다니던 교회에서 모금 활동을 했다. 이번에도 그렇게 할 작정이었다.

엄마의 말을 듣고 처음에는 이렇게 생각했다. '제발 하지 마.' 곧바로 이어진 생각은 나를 화장실로 이끌었다. 다리털을 밀었다. 당분간 아빠를 마주칠 일이 없을 테니 못 하게 할 사람도 없을 거였다.

개과천선

1962-1967

1962년 1월 20일, 아빠의 행운은 애틀랜타에서 끝이 났다. 아빠와 마를린은 연방 요원들에게 체포돼 아파트 밖으로 호송되었다. 아빠는 언론에서 이미 '탈출 전문가'이자 '천재급 탈주범'으로 악명이 높았다. 아빠 자신은 유명인사가 된 양 들떴다. 애틀랜타의 수많은 경찰이 아빠를 향해 총을 겨누었고, 구경꾼들이 놀란 눈으로 쳐다보고 있었으니.

마를린은 경찰서에서 따로 심문을 받았다. 마를린은 아빠가 비밀 정부 요원이고, 아빠의 모든 행동은 상관의 지시에 따른 것이라는 이야기를 고수했다. 경찰은 놀라움을 금치 못했다. 마를린의 놀라운 이야기는 여기서 그치지 않았다. 아빠는 과거 총상을 입었는데, 이에 관해서는 포틀랜드 경찰도 심문한 적이 있었다. 그때나 지금이나 마를린은 총상에 대해 이렇게 설명했다. 아빠가 자신의 어깨에 총을 쏘라고 마를린에게 지시했다는 것이다. 마를린의 보석금은 5만 달러로 책정됐다. 당시 마를린은 열아홉 살이었고, 임신 중이었다.

아빠의 보석금은 10만 달러로 정해졌고, 아빠는 몬태나 교도소에 있다가 오하이오로 송환됐다. 아빠는 몬태나에 수감됐을 당시 많은 고초를 당했다. 다시는 그런 일을 겪고 싶지 않았다. 그래서 한 나이 든 수감자에게 자신의 시계와 반지를 주며 쇠톱 날과 칫솔 보관함과 바꿔달라고 부탁했다. 그 사람은 동의했다. 아빠는 쇠톱 날을 반으로 부러뜨리고는 칫솔 보관함에 숨겨 직장에 삽입했다. 그러고 수색을 피하려고 신발 밑창에 구멍을 뚫어 그곳에 자른 쇠톱 날을 숨겼다. 애크런 근처의 쿠야호가 교도소로 이송된 뒤에 다른 수감자들과 모의해 쇠톱 날로 철창을 뚫어보려고 했지만, 계획이 발각되고 말았다. 결국 탈옥 미수 혐의까지 추가됐다.《애크런 비컨 저널》에 따르면 침대 시트 열네 개가 사슬 형태로 묶인 채 발견됐다고 한다.

마를린은 유산했고, 실제로 복역하진 않았다. 하지만 아빠는 캔자스 레번워스 연방 교도소에서 16년 형을 선고받았다. 악명 높은 곳으로 갱스터 머신 건 켈리Machine Gun Kelly, 은행 강도 베이비 페이스 넬슨 Baby Face Nelson, 대통령 후보 암살범, 마피아 두목 등이 수감돼 있었다. 탈주범 출신 아빠도 이곳에서의 탈옥은 꿈도 꿀 수 없었다. 여러 차례 종신형을 선고받은 흉악범이 수감돼 있는 곳인 만큼 교도소 건물이 높은 철조망 울타리로 둘러싸여 있었기 때문이다.

아빠는 죄수 번호를 부여받고, 모범적으로 복역하면 5년 반 후엔 가석방될 수 있다고 통보받았다. 아빠는 교도소 내 목공소에서 경험을 쌓은 뒤 사무실을 개보수하는 건축팀에 들어갔다. 그곳 팀장 알렉산더는 아빠의 성실함에 깊은 감명을 받았다. 알렉산더는 아빠에게 교도소 내 학교에 진학해 건축을 공부하라고 격려했다. 알렉산더의 칭찬과 지지는 목마른 자에게 주어진 샘물과도 같았다. 아빠는 그런 격려에 늘 목말라 했기 때문이다. 아빠는 초등학교도 제대로 졸업하지 못했다. 하지만 알렉산더의 응원 덕에 교도소 내 학교에 진학해 초·중·고 과정을 모두 마친 뒤 준학사 학위[19]까지 취득했다. 이 과정에서 고도의 응급처치 훈련도 받았다.

가석방 조건에 따라 아빠는 펜실베이니아주 루이스버그 연방 교도소로 이감해 달라고 요청했다. 그곳에는 아빠보다 훨씬 악명 높은 무장 은행 강도 로이 가드너Roy Gardner 가 수감돼 있었다. 그곳에서 아빠는 계속해서 응급처치와 자기방어 훈련을 받았다. 교도소 사람들은 아빠를 신뢰했고, 아빠는 진지하고 성실하게 자기 계발에 임하는 것처럼 보였다. 적십자로부터 수료증까지 취득해 다른 수감자들을 대상으로 강의를 하기도 했다.

루이스버그로 간 아빠는 지미 호파와 친구가 되었다. 둘은 함께 농구를 즐겼다. 지미는 아빠가 출소한 뒤에 트럭 운전사로 일할 수 있도록 도왔고, 이는 생활에 큰 활력이 됐다. 지미는 아빠가 루이스버그 교도소를 떠날 때 안녕을 기원해 주었다.

회고록에 따르면, 석방되고 나서 아빠는 감사와 감격의 눈물을 흘렸다. 모든 것이 새롭게 다가왔다. 자유의 몸으로 고향인 애크런에 돌아갈 수 있어 기뻤다. 그러면서 이렇게 적었다.

"감옥에 갇힐 짓 같은 건 다시는 하지 않겠다. 인생은 아름답다. 남은 생에는 하나님이 주신 이 아름다운 삶을 계속 유지할 수 있도록 노

---

19) 2년제 대학 졸업에 준하는 학위.

력하겠다."

출소 후 1년 만에 아빠는 엄마와 결혼했다. 그리고 다시는 감옥에
가지 않겠다고 다짐한 지 15년이 지나 또다시 수용자 신세가 되었다.
이번에는 아내와 다섯 자녀를 남겨두고서.

그의 진짜 모습

1982

샌디네 집에서 아빠가 체포된 후, 나머지 가족들은 모두 슬리퍼리 록으로 돌아왔다. 캠핑카를 연결한 밴은 샌디의 아들 릭이 운전해 주었다. 엄마는 여전히 운전면허가 없었다. 그렇게 우리는 전적으로 다른 사람의 손에 의지해 되돌아갔다.

슬리퍼리 록에서 다녔던 교회는 아빠가 못 했던 일을 대신해 주었다. 우리 가족에게 새로운 보금자리를 찾아준 것이다. 교회에서 알게 된 개리Gary와 캐시Kathy가 새로운 집을 짓고 있었는데, 아직 공사 중이긴 하지만 우리에게 그 집에서 지내도 좋다고 허락해 주었다. 케빈 드라이브에 있던 집보다 훨씬 더 많이 지어진 상태였다. 배관, 전기, 벽도 있었다. 그들은 우리에게 거실을 내주었고, 데크 아래에 해피가 지낼 곳도 마련해 주었다.

엄마는 거실 소파에서, 우리는 바닥에서 잠을 잤다. 나는 소파 뒤쪽 구석에 담요를 덮어 작은 요새를 만들었다. 책을 읽거나 숙제를 할 수 있는 나만의 공간이 필요했다.

학기가 한 달도 채 남지 않았지만, 유급되지 않으려면 슬리퍼리 록 중학교로 돌아가야 했다. 난 그곳을 떠나올 때와는 완전히 다른 사람이 되어 있었다. 이제는 청바지를 입고 있었고, 다리털도 다 밀었다. 학교 주차장에 숨어 입으란 대로 옷을 입었는지 확인하는 아빠도 없었다. 아빠는 교도소에 갇혀 재판을 기다리고 있었다. 그렇게 중학교 1학년 마지막 달, 학교 건물에 들어서는 내게 깊은 수치심이 내려앉았다. 모두가 내 고민을 알고 있는 듯했다. 선생님들은 가식적인 미소로 나를 반겼지만, 친구들의 눈빛은 마치 좁은 틈에 빠졌다가 기어 나온 벌레를 보는 듯했다. 몇 달 전 내게 댄스파티에 함께 가자고 했던 데릭조차 인사도 없었다. 녀석은 우리 반 다른 여자아이와 손잡고 복도를 걸어갔다. 내가 없는 사이 많은 일이 있었고, 난 그 모든 걸 놓친 것 같은 느낌이었다. 하지만 사실은 그 반대였다. 슬리퍼리 록 중학교 아이들은 그대로였지만, 내 세상은 완전히 뒤집혔다. 이건 전학생이 되는 것보다 더 싫었다. 모욕감이 들었다. 사람들은 나에 대해, 그리고 아빠의 범죄 사실에 대해 수군거렸다. 정작 아빠가 저지른 최악의 범죄는 알지 못한 채. 하지만 그 최악의 범죄는 나조차 모르고 있었다. 내가 모르는 다른 어딘가에서 저질러졌을 테니까. 내 유일한 도피처는 책이었다. 그 속에서 나는 범죄자가 아닌 평범한 아빠, 경제적으로 넉넉한 가족, 그리고 수치심에 시달리는 대신 자신 있게 어깨를 펴고 다닐 수 있는 현실을 꿈꿨다.

학기 말, 나는 영어를 제외한 모든 과목에서 좋은 성적을 받았다. 기말시험은 문장 도식화에 관련된 내용이었는데, 내가 학교를 떠난 후 진도를 나간 부분이었다. 게다가 애틀랜타에서는 해당 범위를 배우지 못했다. 그래서 시험을 망쳐버렸다. 단 한 문제도 맞히지 못했다. 스미스Smith 영어 선생님은 내가 영어를 배운 적이 없다고 하자 나를 불쌍한 눈빛으로 쳐다보았다. 선생님은 내 기말고사 성적은 무시하고 내게 A를 주었다. 나를 동정하는 건 싫었지만, A를 준 것에는 이의를 제기하지 않았다. 수시로 이사를 다닌 탓에 교육적으로도 큰 피해를 입었다. 하지만 더 큰 걱정이 있었다.

아빠의 회고록 《범죄자의 변신》 사본을 발견한 것이다. 길가에 주차해 둔 밴 안에 있었다. 개리와 캐시의 집에는 우리 물건을 둘 공간이 마땅치 않았기에 차 안에 보관했었다. 나는 사본을 집 안으로 가져갔다. 내 손에 들린 책을 보고 엄마가 말했다.

"다시 넣어둬, 에이프릴. 그건 네가 읽을 게 아니야."

꼭 읽어야 한다고 생각했지만, 엄마에겐 "알겠어요"라고 답했다.

하지만 제자리에 두지 않았다. 대신, 담요를 덮어 만든 내 요새에 숨어 읽기 시작했다. 아빠 삶의 모든 기록을. 몰래 읽느라 몇 주가 걸렸다.

책에는 내가 이해하지 못하는 내용이 많았다. 심지어 '처녀'라는 말의 의미도 몰랐다. 그럴 땐 단어를 찾아봐야 했다. 책의 내용은 처음부터 끝까지 성과 관련돼 있었다. 아빠가 여성을 어떻게 대했는지 설명한 부분은 몹시 충격적이었다. 아빠가 만난 몇몇 여성은 나보다 겨우 몇 살 더 많다! 책 속에 묘사된 아빠의 행동 중에는 내가 직접 보고 경험한 것도 있었다. 베이비시터를 만졌을 때처럼 말이다. 하지만 아빠가 마를린, 휴스턴의 린다 그리고 임신 중이었던 베르나를 어떻게 때렸는지 상세하게 묘사한 부분에서는 경악을 금치 못했다. 아빠

는 베르나에게 무슨 짓을 한 걸까? 책에는 덴버에 남겨두고 떠나는
것으로 언급돼 있었다. 하지만 순간 '거짓말하는 아빠 목소리'가 들렸
다. 곧이어 스누피도 떠올랐다. 아빠는 스누피를 어디로 데려갔을까?
베르나는?

회고록에 따르면, 아빠는 엄마에게 했던 것처럼 다른 여자들도 때
리고 속였다. 그 부분은 놀랍지 않았다. 이미 알고 있던 사실을 확인
했을 뿐이니. 요컨대, 아빠가 엄마를 대한 방식은 다른 모든 여성을
대한 방식이었던 셈이다. 엄마는 아빠가 책 쓰는 걸 도왔다. 다른 여
자에 관한 이야기를 모두 듣고 나서 엄마는 무슨 생각을 했을까? 엄
마도 나처럼 구역질이 났을까? 그 이야기가 나를 아프게 했던 것처럼
엄마의 마음도 갈기갈기 찢어놨을까? 물론 엄마에게 물어볼 순 없었
다. 엄마는 읽지 말라고 했으니까. 지금은 못 읽게 한 이유를 알지만,
그렇다고 그때 책 읽기를 멈출 수는 없었다.

아빠가 사기꾼일 거라고 짐작은 했지만, 엄마를 만나기 전 아빠가
벌인 행각에 대해서는 전혀 몰랐다. 아빠는 여전히 나쁜 사람일까?
순간, 가게에 물건을 사러 갔을 때 결제 대금이 미납된 카드라며 결제
를 거부당했던 기억이 스쳤다. 그래서 우리가 매년 살던 마을을 떠나
새로운 학교로 전학을 가야만 했을까? 아빠는 우리가 살던 모든 곳에
서 카드 대금을 미납했을까? 책을 읽고 나니 틀림없이 그랬을 거라는
생각이 들었다. 훨씬 더 심한 짓도 했을 터였다.

책을 읽는 내내 '이게 바로 아빠'라는 생각을 지울 수 없었다. 포터
스빌의 방화범이 아빠란 건 알고 있었다. 하지만 잇달아 궁금증이 생
겼다. 테일러 로드에서 불을 낸 것도 아빠였을까? 아빠가 헛간에 불

을 낸 걸까? 그 오래된 멋진 농가를 불태운 걸까? 보험 사기에 대해서
는 제대로 이해하지 못했지만, 아빠가 다른 사람의 재산을 함부로 한
다는 건 알고 있었다. 아빠는 갖은 방법을 동원해 집주인을 속였다.
우리가 살면서 잠시나마 '집'이라고 생각했던 곳들은 우리 소유가 아
니었다. 아빠가 불태우고 총을 쏜 것, 태우거나 구멍을 뚫거나 더럽히
거나 망가뜨린 모든 것은 아빠 것도, 우리 가족의 것도 아니었다. 다
른 누군가의 것이었고, 그것들이 망가진 대가는 그들이 치러야 했다.

내게 가장 충격적이었던 건, 내가 아빠의 네 번째 부인인 엄마에게
서 태어났으며, 따라서 내게 배다른 형제자매가 있을지 모른다는 점
이었다. 정말 그렇다는 사실이 밝혀졌을 땐 몹시 괴로웠다. 그들은 어
디에서 자랐을까? 난 왜 그들의 존재를 알지 못했을까? 베르나의 아
이는 아들이었을까 딸이었을까? 지넷이 낳은 아들, 내 이복오빠는 어
디로 간 걸까? 그들도 이제는 성인이 됐을 터였다.

우리가 잠시 살던 많은 동네는 이전에 아빠가 살던 동네였다. 아빠
가 어렸을 때부터 수많은 범죄를 저질렀다는 건 전혀 몰랐다. 회고록
을 읽던 때의 나보다 어린 시절부터 아빠는 섹스에 집착했다. 그리고
불에도 집착했다.

아빠가 20년 전 애틀랜타에서 체포됐을 당시의 기사를 읽었을 땐,
순간 불길한 징조라는 생각이 스쳤다.

다시는 이전과 같은 시선으로 아빠를 바라볼 수 없을 것 같았다.
그리고 아빠가 나를 쳐다보지 않기를 바랐다. 생각만 해도 소름이 끼
쳤다.

유감스럽게도 아빠를 마주해야 했다. 아빠가 버틀러 카운티 교도

소에 수감돼 재판을 기다리는 동안, 우리는 정기적으로 아빠를 면회했다. 정말 가기 싫었지만, 아빠의 강압 때문에 어쩔 수 없었다. 때로는 건물 밖에서, 그늘조차 없는 땡볕에서 기다려야 했다. 그러다 잠시후 테이블을 사이에 두고 아빠와 마주 앉아 면회를 했다. 아빠는 우리에게 사랑스러운 눈길을 갈구했지만, 나는 아빠를 쳐다보는 것조차 싫었다.

우리 가족 모두는 아빠가 유죄란 걸 알고 있었다. 하지만 우리에게 한없이 관대하고 친절했던 개리와 캐시는 아빠가 무죄라고 믿었다. 우리 같은 사람들을 가족으로 둔 아빠가 그렇게 끔찍한 범죄를 저질렀을 리 없다고 생각했기 때문이다. 그들은 아빠의 회고록을 읽지 않은 게 분명했다. 개리와 캐시의 친절은 거기서 멈추지 않았다. 아빠가 젊고 유능한 변호사를 고용할 수 있도록 자금을 지원했다. 하지만 너무나 실망스러웠던 건, 두 사람이 아빠의 보석금까지 냈다는 사실이었다.

아빠가 풀려나면, 내가 누렸던 자유가 일시에 사라져 버릴 게 불보듯 뻔했다. 그해 9월, 결국 아빠는 보석으로 석방됐다. 이후 아빠는 빈집을 빌렸고, 우리는 개리와 캐시의 집을 떠나 매코넬스 밀 주립공원 외곽의 시골 마을로 이사했다. 주변 들판이 온통 황금빛으로 물든 집에 도착했다. 어렴풋이 눈을 감고 이 집이 한때 어떤 곳이었을지 그려봤다. 지금은 버려진 것처럼 보이지만, 한때는 분명 아름다운 곳이었으리라. 아빠는 밴과 캠핑카를 집 옆에 있는 커다란 별채로 옮겼다. 별채는 헛간이나 농기구 창고로 사용되던 곳 같았다. 위층에는 큰 창고가 있었고, 서까래에는 비둘기가 둥지를 틀어놓았다. 일부 조각이 떨어져 나간 지붕에선 거미줄이 비쳤고, 마당엔 먼지가 가득했다.

우리는 얼마 안 되는 짐을 집 안으로 옮겼다. 집 안 상태는 더 심각했다. 냄새가 고약했고, 넓은 판자 바닥엔 곳곳에 흠집이 나 있었다. 차가운 곰팡내가 지하실 문 아래에서 스멀스멀 올라왔다. 부엌엔 크고 오래된 가전제품이 전부 다 고장 난 채로 방치돼 있었다. 주방 싱크대 수도꼭지를 틀자 물이 사방으로 튀더니 돌연 회색빛으로 변했다. 온수는 전혀 나오지 않았다. 여태 살았던 집 중에 최악이었다.

좁은 계단이 위층으로 이어져 있었고, 위층엔 거실과 작은 침실 두 개가 있었다. 나와 제닌이 방 하나를, 남동생들이 나머지 방을 썼다.

그날 밤, 바닥에 둔 얇고 먼지 가득한 매트리스에 누워 잠을 청했다. 바람이 불어오는 소리, 편안하게 잠든 제닌의 숨소리를 들으며 나를 스쳐 간 모든 침실과 집을 떠올려보았다. 그곳에서의 행복한 추억과 함께. 그즈음 나는 어떤 상황에서도 웃음을 잃지 않는 고아 소녀에 관한 영화 〈폴리애나Pollyanna〉를 보고 깊은 감명을 받았다. 그래서 나도 내가 살던 곳에서 보낸 행복한 시간을 떠올리며 기분 좋은 상태를 유지하려고 노력했다. 하지만 패배감만 밀려왔다. 내 삶은 조금도 긍정적인 방향으로 나아가고 있지 않았다. 오히려 점점 더 안 좋은 방향으로 흘러가고 있었다.

다음 날 아침, 나는 아침 햇살이 집 안 가득 퍼질 모습을 상상하며 거실로 내려왔다. 하지만 햇살이 아무리 강해도 폐가 수준의 집은 좀처럼 희망이 없어 보였다. 제대로 된 샤워조차 할 수 없었다. 샤워실엔 곰팡이가 가득했고, 따뜻한 물도 나오지 않았다. 잡초가 무성한 집 뒤의 작은 연못이 유일한 선택지였다. 아빠는 우리가 이 집을 수리하고 페인트칠을 하기로 했으니 집세를 내지 않아도 된다고 했다. 이 집을 수리한다고? 아빠의 후환이 두렵지만 않았다면, 콧방귀를 뀌며 웃었을 것이다.

아빠는 사다리와 붓, 페인트 통 같은 도구를 사 왔다. 20리터쯤 되는 유리병도 몇 개 있었다.

"그건 뭐에 쓰는 거예요?"

유리병을 가리키며 내가 물었다.

아빠는 지하실에서 와인을 만들어 담아둘 통이라고 자랑스레 말했다.

정말일까? 속으로 생각했다. 이번에는 시련이 빨리 오지 않길 바랐다.

그곳에 살면서 가장 좋았던 건, 매일 아침 버스 정류장에 가려면 매코넬스 밀 주립공원을 지나야 한다는 것이었다. 사슴 무리가 이른 아침부터 귀를 쫑긋 세우고 밝은 눈으로 우릴 주시했다. 하루는 이런저런 상상을 하며 길을 걷고 있는데, 어디선가 칼로 긋는 듯한 날카로운 소리가 들렸다. 놀라서 주위를 둘러보니 사슴 한 마리가 나를 쳐다보며 코로 바람을 뿜어내고 있었다. 경고의 표시였다.

당시 나는 8학년으로 뉴캐슬 근처의 로렐 고등학교로 전학한 상태였다. 7학년부터 12학년까지 한 건물에 모여 있는 작은 시골 학교였다. 나는 밴드부에 들어갔고, 검은색 클라리넷을 앞뒤로 흔들며 학교를 오갔다.

학교가 끝나면 데이비드는 버스 정류장에서 집까지 가장 빠른 길로 갔지만, 나는 최대한 멀리 돌아가고자 주립공원으로 우회해 숲길로 걸어갔다. 공원 이름은 4급 급류 래프팅 코스인 슬리퍼리 록에 있는 오래된 물레방아 매코넬스 밀의 이름을 따 만들었다. 멋진 폭포가 흐르는 슬리퍼리 록은 익사 사고가 빈번한 곳이었다. 나는 강둑에 앉아 급류를 타는 카약 선수들을 지켜보곤 했다. 강물은 깊고 고요한 협곡을 만들어냈고, 물 흐르는 소리는 내 마음을 편안하게 해주었다. 호흡과 심박수도 안정을 찾았다. 나는 신발을 벗고 개울을 따라 걸었다. 이끼 긴 바위 위에 올라서다 넘어져 바위에 머리를 세게 부딪힌 적도 있었다. 별이 보일 정도였다. 얕은 개울물에 기절한 듯 누워 있으니 혹 머리가 깨진 건 아닌지 걱정이 됐다. 조심스레 일어나 흠뻑 젖은 몸을 닦고 피가 나진 않았는지 확인한 후 개울을 건넜다. 신비로운 야생의 숲을 발견한 건 내게 희망을 주었다. 내가 알던 세상이 전부가 아니었다. 더 큰 세상이 있었다.

집에 돌아오니 아빠가 밖에 나와 날 기다리고 있었다. 아빠가 집을 얻을 때 수리를 하고 페인트칠도 새로 하겠다고 말했다는 건, 곧 나와 형제들에게 그 일을 시키겠다는 뜻이었다. 아빠는 사다리에 직접 오르지 않았다. 아래에서 지켜보며 큰 소리로 일을 시키기만 할 뿐이었다.

첫날, 사다리를 타고 올라가 몇 시간 동안 페인트칠을 벗겨내고 있었다. 갑자기 옆구리에 날카로운 통증이 느껴졌다. 순간 움찔하며 균형을 잡기 위해 사다리를 붙잡았다. 몸을 숙여 옆을 보니 셔츠에 작은 구멍이 나 있고 그 사이로 피멍이 든 것이 보였다. 내려다보니 아빠가 내게 BB 총을 겨눈 채 활짝 웃고 있었다.

"하지 마세요!"

내가 소리쳤다.

아빠는 웃으며 말했다.

"우리 딸 빨리 도망가는 게 좋을걸."

나는 사다리를 내려가 전력 질주했다. 달리는 동안 등과 다리에 탄알이 쏟아졌다. 연신 따끔거렸다. 아빠는 뚱뚱했다. 오랜 기간 집안일은 우리에게 맡긴 채 편하게만 지냈기 때문이리라. 안락의자에 앉아 커피, 담배, 물 등 온갖 심부름을 시켰으니 일어나 움직일 일이 거의 없었다. 그런 이유로 나는 아빠보다 빨랐고, 아빠도 이를 알고 있었기에 그저 쫓는 척만 했다. 나는 집 주변을 잽싸게 뛰어다니며 아빠를 따돌린 후 마당 가장자리에 있는 풀숲에 숨었다. 아빠와의 '게임'이 끝날 때까지 나오지 않았다. 더는 아빠의 게임에 참여하고 싶지 않았다. 내겐 아빠를 견딜 인내심이 남아 있지 않았다. 동생들 역시 아빠의 게임 상대였다. 하지만 동생들은 아빠가 지칠 때까지 나처럼 숨어 있을 생각은 하지 못했다. 동생 하나가 집으로 뛰어 들어가 자신의 BB 총을 꺼내 아빠에게 쐈다. 하지만 그건 일대일 게임이었다. 한 명 이상은 참여할 수 없었다. 아빠는 동생을 두들겨 팼다. 뚱뚱하고 굼떠졌을 진 몰라도 아빠의 반사신경은 여전히 번개처럼 빨랐다. 아빠는 상대방이 전혀 눈치채지 못하게 가까이 다가간 후 잽싸게 낚아챘다.

아빠의 재판을 기다리는 동안 우리는 마치 부조리의 집합체에 갇힌 것 같은 느낌이었다. 철거돼야 마땅한 집에 페인트를 칠하고, 아빠는 자식들에게 BB 총을 쏘며 아무도 마시지 않을 와인을 만들었다. 그중에서도 가장 큰 부조리는 새로 시작된 아빠의 집착이었다. 이번엔 팩맨Pac-Man 게임이었다. 우리 집 길 건너에 술집이 하나 있었는데, 아빠는 여기에 동전 묶음을 통째로 가져가 팩맨과 포커 아케이드poker arcade 게임을 몇 시간씩 즐겼다. 낮에는 우리도 데려가 내기 게임을 하게 했다. 우린 결코 아빠를 이길 수 없었다.

우린 늘 배가 고팠다. 아빠가 닭고기나 소고기쯤은 사줄 수 있는 일을 시작한 지 꽤 오래되었지만 항상 먹을 게 부족했다. 심지어 양파를 곁들인 간 요리가 그리울 정도였다. 아빠는 사과, 대용량 땅콩버터, 커다란 치즈 한 덩이를 사 오곤 했다. 이게 우리 주식이었다.

우린 집 안에서 오래 머물지 않았다. 너무 춥고 바람도 많이 불어서였다. 결정적으로 난방 시스템이 작동하지 않았다. 그래서 나무 장작을 때는 난로가 있는 캠핑카에서 주로 지냈다. 하지만 캠핑카가 너무 좁아서 나는 위층 큰 다락방으로 옮겼다. 다락방은 녹슨 커피 캔, 오래된 못, 먼지, 새똥, 깃털로 가득했다. 깨진 지붕널 사이로 햇빛이 쏟아져 들어와 무척 건조했다. 나는 최선을 다해 그곳을 청소했다. 옷을 걸 장소도 마련해 '방'을 꾸몄다. 깨진 거울 조각을 찾아 그 위에 판자를 얹어서 책상으로 사용했다. 멀티탭에는 책상 등과 등교 전에 사용하던 고데기를 연결했다. 침낭도 깔았다. 또 다른 버전의 캠핑이라고 위안했다. 난 캠핑을 좋아했으니까.

그렇게 만든 내 방에 누워 배가 고플 때면 아빠가 술집에서 가져온 25센트짜리 롤빵을 생각하곤 했다. 우리는 이토록 굶주리고 있는데 왜 아빠는 팩맨에만 돈을 펑펑 쓸까? 아침 햇살이 지붕 틈 사이로 쏟아져 내릴 때면 나는 침대에서 벌떡 일어났다. 학교 식당에는 아침마다 무료로 나눠주는 우유가 있었다.

등교 전에는 집 근처 연못이나 곰팡이 가득한 샤워실에서 찬물로 몸을 씻고 버스 정류장까지 먼 길을 걸어갔다. 비록 헛간 같은 곳에 살았지만, 그래도 머리만큼은 멋져 보이고 싶었다.

새로운 학교에는 치어리딩팀이 있었는데, 친하게 지내던 미셸이라는 친구가 오디션을 보러 간다고 했다. 나도 같이 가보기로 했다. 체조 실력도, 큰 목소리도 꽤 쓸모 있을 것 같았다. 오래된 거실의 홀륭한 음향 시설을 활용해 응원가를 만들었다. 학교가 끝나면 미셸네 집으로 가서 내가 가르쳐주고 함께 연습했다.

한번은 미셸의 집에서 하룻밤을 묵으며 점프 동작과 오디션에서 부를 새로운 노래를 연습했다. 다음 날 미셸의 엄마가 나를 집까지 차로 태워다 주었다. 나는 실제 사는 곳은 보여주고 싶지 않았기에 미셸의 엄마가 차를 세우자마자 내려서는 집 안으로 들어가는 것처럼 행동했다. 나는 그 집을 두 가지 용도로만 사용했다. 곰팡이 핀 샤워실을 이용할 때 그리고 거실의 음향을 이용할 때. 클라리넷을 연주하면 그 소리가 텅 빈 거실을 가득 채우며 맑고 풍부하게 울렸다.

그 집 안채에 사는 것처럼 안까지 들어가려 했지만, 현관문이 잠겨 있어서 그러진 못했다. 미셸의 엄마는 부모님이 집에 올 때까지 나와 함께 기다리고 싶어 했다. 나는 부모님이 곧 오실 거라며, 옆문으로 이어지는 계단에 앉아 혼자 기다릴 수 있다고 말했다. 그렇게 억지로 보낸 후, 마당에서 응원 연습을 몇 번 하고 내 방으로 돌아갔다.

나는 치어리딩팀 활동에 열정적으로 임했다. 8학년 팀원들이 곧 있을 대규모 축구 경기에서 행진도 하기로 돼 있어 더없이 기뻤다. 선수들의 새로운 유니폼 구입을 위한 파이 판매에도 적극적으로 나섰다. 걸스카우트에서 익힌 쿠키 판매 기술이 빛을 발하는 순간이었다.

우리 학교의 승리로 끝난 축구 경기 다음 날 밤, 시상식을 겸한 모닥불 행사가 있었다. 나는 찬물로 미리 샤워를 하고 멋진 옷을 차려입었다. 특히 머리를 꼼꼼히 말리고 컬을 만들며 머리 모양에 공을 들였다. 아빠는 나를 데려다주었고, 행사에도 함께 참석했다.

우리가 도착했을 때에는 아직 해가 떠 있었지만, 모닥불이 이미 크고 뜨거웠다. 행사장은 중고등학교 학생들로 꽉 차 있었다. 부모들도 자녀가 상 받는 모습을 보기 위해 많이들 참석했다. 나는 8학년 밴드부원들과 이야기를 나누며 아빠가 다른 부모들과 대화하는 모습을 지켜봤다. 부디 상대방을 당황하게 하는 말은 안 하길 바랐다. 어둠이 내리자 모닥불 근처만 환히 빛났다. 시상식이 시작되었고, 나는 밴드부원들과 함께 잔디밭에 앉아 이를 지켜보았다. 나는 파이 판매 1위로 상을 받았다. 아이스크림 가게 상품권이 부상으로 주어졌다. 나는 밴드부 담당 선생님께 감사 인사를 전한 뒤 군중 쪽을 바라보았다. 순간 믿을 수 없는 광경이 펼쳐졌다. 2미터쯤 떨어진 곳에서 아빠가 휘핑크림 가득한 종이 접시를 들고 달려오고 있었다. 모두가 숨을 죽인 순간, 아빠는 내 얼굴에 접시를 그대로 내리꽂았다. 그러고는 내 머리 전체와 셔츠 앞쪽을 접시로 문질렀다. 나는 눈 주위만이라도 닦아내려 했지만, 눈물이 멈추지 않았다. 아이들의 긴장된 웃음소리가 들렸다. 아빠는 누구보다 크게 웃고 있었다. 즐거워 죽겠다는 표정으로 깔깔거렸다. 자신에게 집중된 관심을 즐기고 있었다. 그러나 나는 그 일이 단순히 주목을 받기 위한 것에 그치지 않는다는 걸 알고 있었다. 아빠의 보복이었다. 아빠는 자신을 향한 내 분노와 실망, 거부감을 느끼고 있었다. 방화 사건 이후로 아빠를 존중하는 마음이 내게서 완전히 사라졌다. 믿음이 깨진 건 이미 그 이전부터였지만, 방화 사건은 순수한 내 어린 시절을 모조리 앗아가 버렸다. 아빠는 내 이야기의 영웅이 아니었다. 악당이었다. 우리는 이제 서로 반대편에 서 있었다.

나는 군중으로부터 등을 돌렸고, 한 밴드부 친구 엄마가 수건을 가져다주었다. 내가 얼굴부터 닦아내는 사이 친구 엄마는 머리에 묻은 크림을 닦아내 주었다. 집으로 돌아오는 차 안에서 화가 치밀었다. 아빠가 모든 걸 망쳐버렸다. 내가 평범한 아이로 보이고 싶을 때마다 매번 아빠가 나타나 망쳐버렸다. 케빈 드라이브에 살 때 버터밀크를 마시게 한 건 뭐 때문이었을까? 어떤 유치한 충동이 아빠를 자극한 걸까? 그날 밤에는 찬물로 샤워하는 것도, 어둠 속에서 얼음장 같은 연못에 몸을 담그는 것도 다 싫었다. 수건으로 몸을 닦으려 했지만, 끈적한 상태로 누운 채 그대로 잠이 들었다. 아빠가 일으킨 소란 탓에 아이스크림 상품권도 잃어버렸다. 속이 울렁거렸다. 그나마 아이스크림이라도 있었으면 기분이 한결 나았을 텐데. 아니, 로스트비프 샌드위치면 더 좋았겠지만.

재판

1982

마침내 첫 재판일이 다가왔다. 아빠는 가족 모두 법정에 나가 지지하는 모습을 보여줘야 한다고 말했다. 나와 동생들을 뒷자리에 앉히고 자신이 뒤돌아볼 때마다 크게 울라고 했다. 일종의 신호였다. 배심원 중 한 명이 우리 쪽을 쳐다봤다. 일곱 살부터 열세 살까지 올망졸망한 아이 다섯이 재판 내내 울고 있는 모습을. 슬프디슬픈 장면이었을 거였다. 끔찍한 죄를 저지른 가장, 그러나 그에 딸린 불쌍한 다섯 아이. 그 사람을 포함한 배심원 일부가 슬퍼하는 모습을 보니 마음이 뒤틀리는 것 같았다. 나는 울었다. 하지만 아빠가 시켜서 운 건 아니었다. 그저 재판 내내 눈물이 났다. 엄마는 울지 않았다. 비참해 보일 뿐이었다.

경찰관이 증인으로 출석해 아빠의 방화 사실을 증언했을 때, 아빠는 내가 벌떡 일어나 외치길 바랐을 것이다. '우리 아빠는 절대 그런 짓을 할 사람이 아니에요!' 하지만 나는 아무 말도 하지 않았다. 아빠가 뒤돌아 노려봤다. 내가 내 역할을 다하지 않았다는 듯. 나는 고개를 돌려 턱을 들고 다른 곳을 응시하며 아빠의 뒤가 아닌 매코넬스 밀의 숲길 속에 있는 내 모습을 상상했다. 전날 걸었던 길을 되짚어 보며 마음을 정리했다.

재판이 열리는 동안, 울지 않을 때에는 배에서 나는 소리에 집중했다. 수학 문제를 풀면서 정신을 분산시키기도 했다. 어떤 날은 구구단을, 또 어떤 날은 단어 철자를 외우기도 했다. 잠시 휴정에 들어갈 때도 있었지만, 점심 먹을 돈이 없었다. 그래서 법원 매점에서 베이글 하나를 사서 일곱 명이 나눠 먹었다.

재판이 얼마나 오래 진행됐는지는 기억나지 않지만, 우리는 매일 재판에 참석했다. 판결이 내려지자 맨 앞줄에 앉아 재판 내내 조용히 눈물을 흘리던 배심원이 울먹이기 시작했다. 다른 배심원들은 일제히 아빠가 방화한 게 맞다고 평결했다. 아빠는 수갑을 차고 법정 밖으로 끌려 나갔다. 우리는 복도 계단 근처에서 잠시 아빠를 만나 작별 인사를 건넸다.

우리는 교대로 아빠를 안아주었다. 내가 마지막 차례였다. 모두 뒤돌아 가려고 하자 아빠는 나를 다시 불러 세웠다.

"에이프릴, 영원한 작별을 고해야 할 것 같구나. 감옥으론 돌아갈 수 없어. 아빠가 널 사랑한다는 걸 알아주렴."

그러고는 주머니에서 사각 껌 하나를 꺼냈다. 거기에는 작은 노란색 알약이 박혀 있었다. 아빠는 나를 의미심장한 눈빛으로 쳐다보며 말했다.

"아무한테도 말하면 안 돼."

그러고는 입안으로 껌을 넣었다. 나는 속으로 외쳤다. '어서 먹어,

빨리 죽어버려.' 하지만 아빠는 내가 어떻게 할지 알고 있었다. 교도소 관계자를 서둘러 찾아 그 사실을 말하리라는 걸.

나는 뒤에서 지켜보던 가족들과 함께 복도를 따라 걸었다.

방화죄로 유죄 판결을 받은 아빠는 최소 5년에서 최고 12년의 징역형을 받을 위기에 처했다. 아빠는 최고의 수완을 발휘했다. 감옥에 돌아가는 걸 피할 수 없다면, 최대한 자신이 원하는 조건으로 가겠다는 것이었다. 아빠는 마치 자신이 주연이고 내가 공동 주연인 영화를 연출하듯 모든 조건을 조율했다. 연기력으로 치면 둘 다 오스카상 수상감이었다. 내 연기의 성과, 그리고 그것이 가져다준 결과물에 자랑스러운 마음은 추호도 없었지만, 나는 내 운명을 스스로 통제할 수 없었다. 내 운명은 오직 아빠의 손에 달려 있었다. 여전히. 내 유년 시절의 마지막 순간, 아빠가 오랜 기간 감옥에 갇힐 위기에서조차.

아빠가 입속으로 껌을 넣은 뒤, 나는 법원에서 마주친 경찰관에게 다가가 이렇게 말했다.

"저기요. 방금 저희 아빠가 약을 한 움큼 드셨어요."

나는 어색하지만 침착한 태도로 말했다.

"뭐라고?"

경찰관이 놀란 표정으로 물었다.

"제가 방금 아빠가 약 드시는 걸 봤어요."

경찰관은 다급히 무전기를 꺼내 들었다. 그리고 내게 말했다.

"걱정하지 마. 아저씨가 아빠 잘 돌봐드릴게. 참 착한 딸이구나. 너 같은 딸이 있어서 아빤 좋으시겠어."

법원 관계자들이 아빠를 병원으로 데려가 위를 세척한 후 자살 감시 대상자로 분류했다. 덕분에 아빠는 일반 교도소로 즉시 이송되지 않고 시간을 벌 수 있었다.

아빠가 수감된 후 우리는 그 폐허 같은 집을 떠나 뉴캐슬 시내의 허름한 건물이 모여 있는 네셔녹크 빌리지의 한 아파트로 이사했다. 주민들은 이곳을 '더 빌리지'라고 불렀다. 바퀴벌레가 들끓었지만, 적어도 이제는 뜨거운 물이 나오고 변기가 있는 화장실을 사용할 수 있었다. 하지만 아파트 규칙상 개는 키울 수 없었다. 교회 목사님이 해피를 데려가 좋은 가정에 입양 보내주겠다고 제안했다. 엄마는 반대할 처지가 아니었다. 나는 해피를 떠나보내기가 너무 힘들었다. 도일스타운에서 처음 만났을 때부터 해피는 정말 충성스러웠다. 녀석은 우리와 그 많은 캠프장을 돌아다녔고, 집집마다 마당에서 묶여 지내며 수많은 위기를 함께 견뎌냈다. 그 속에서 힘들어하는 우리에게 늘 뽀뽀해 주고 애교를 떨며 우릴 기쁘게 해주려고 애썼다.

이사를 오면서 학교도 옮겼다. 로렐 학교에 간신히 적응하자마자 또 전학을 가야 했다. 얼마 후, 내가 만들어 가르쳐준 동작으로 미셸이 치어리딩팀에 들어갔다는 소식을 들었다. 새로 전학 간 벤 프랭클린 중학교는 뉴캐슬 시내에서 도보로 갈 수 있는 거리에 있었다. 규모도 무척 컸다. 시골에서 도시로의 이동이었지만, 그리 낯설진 않았다. 나는 피츠버그에 살 때와는 전혀 다른 모습으로 지냈다. 슬리퍼리 록 중학교 7학년에 다닐 때 가정 수업 시간에 바느질을 배웠는데, 무척 흥미를 느꼈다. 엄마의 재봉틀로 내 옷을 직접 만들어 입었다. 나는 더 이상 촌스러운 옷이나 입고 다니는 시골뜨기 소녀가 아니었다. 등교 첫날, 내가 만든 노란색 미니스커트에 흰색 셔츠를 입고 샌들을 신었다. 커다란 디스크 모양의 노란색 귀걸이도 했다. 나의 변신을 제지할 아빠는 곁에 없었다.

모든 것이 달라졌다. 아빠는 감옥에 있었고, 우리는 각종 복지 혜택을 받았다. 장을 볼 땐 식료품 쿠폰을 사용했는데 현금이 아니라 말 그대로 쿠폰이었기에 우리가 사용한다는 걸 숨길 수가 없었다. 그래서 쿠폰 더미를 건네며 계산할 때면, 나는 테일러 로드의 농장 같은 아주 먼 곳에 있다고 상상했다.

그렇게라도 음식을 살 순 있었다. 학교에서 무료 급식도 나왔다. 하지만 그 과정이 퍽 모욕적이었다. 나는 계산대에서 빨간색 쿠폰을 내야 했다. 형편이 어렵다는 뜻이었다. 동생들도 마찬가지였다. 때로는 다른 아이들의 시선이 두려워 점심을 거르기도 했다.

나는 밴드부에 들어갔고, 거기서 친구 하나를 사귀었다. 리처드 Richard 라는 금발의 남자애였다. 리처드는 내가 학기 말에 전학을 왔고, 더 빌리지에 살고 있으며, 빨간 쿠폰으로 점심을 먹는다는 사실 따위엔 별 관심이 없는 것 같았다. 리처드와 함께 있으면 왠지 모르게 마음이 편했다. 그 애는 날 판단하지 않았다. 리처드는 밴드부에서 트럼펫을 불었기에 우리는 함께 연습하곤 했다. 수업도 모두 같이 들었다. 교실에 들어가 리처드의 모습이 보이면 늘 안심이 됐다.

우리가 학교에 있는 동안 엄마는 집 근처 할인점에서 아르바이트를 했다. 브라이턴에서 일하던 곳과 비슷했다. 뉴캐슬 하나님의 성회라는 새로운 교회에도 나가기 시작했다. 그곳은 오순절 교단에 속했는데, 우린 처음 경험해 보는 교파였다. 일주일에 세 번, 예배에 참석할 때면 교회 차량을 이용했다. 교회 건물이 어마어마했다. 첫 예배에 참석하던 날, 내 앞에 앉은 한 여자가 일어나 머리 위로 손을 올리고 몸을 떨며 도저히 알아들을 수 없는 말로 기도를 하기 시작했다. 나는 뒤돌아보며 그 여자를 도와줄 누군가를 애타게 찾았다. 발작을 일으켰다고 생각해서였다. 하지만 아무도 놀라지 않았다. 대신 다른 사람들도 모두 몸을 흔들며 박수를 쳤다. 여자가 기도를 멈추고 수줍은 미소로 주변 사람들을 바라보자, 그들은 서로 고개를 끄덕이고 토닥여주며 "아멘"이라고 말했다.

교회와 공동체는 우리에게 생명의 끈이 돼주었다. 그해 크리스마스에는 트리를 만들지도, 꾸미지도 않았다. 그럴듯하게 포장된 선물도 준비하지 않았다. 대신 교회 신도들이 캐서롤이 가득 담긴 냄비와 장난감, 옷으로 채운 선물 꾸러미를 가져왔다. 하지만 대부분 유행이 지난 헌 옷이었다. 나는 그제야 아빠의 손에서 벗어나 내 의지대로 옷을 입기 시작했기에 패션 감각만은 포기할 수 없었다. 모카신처럼 끈으로 묶는 신발도 들어 있었다. 그러나 실내용이라서 밑창이 얇아 학교 가는 길에 신었더니 발바닥이 엄청 아팠다.

나는 지미 목사님이 이끄는 교회 청년 모임에 들어갔다. 좁아터진 집에서 조금이라도 벗어나 있고 싶었다. 모임이 있는 수요일 저녁마다 교회 차량이 집 앞으로 데리러 왔다. 첫 모임이 있던 날, 설렘과 긴장을 품고 차량이 오길 기다렸다. 머리를 단정하게 매만지고 화장도 했다. 일찌감치 준비를 마치고 건물 밖에 서 있었다. 누군가 날 향해 외치는 소리가 들렸다.

"야, 거기 백인 여자애 너!"

잔뜩 화가 난 목소리로 날 부른 건 흑인 여자애였다. 갑자기 날 공격해 왔다. 그러자 내 안의 본능이 발동하기 시작했다. 나는 어쩔 수 없는 에드워드 웨인 에드워즈의 딸이었다. 나는 녀석의 허리를 붙잡아 들어 올린 후 바닥에 내동댕이쳤다. 그러고는 내 무릎을 녀석의 가슴팍에 대고 오른팔을 뒤로 젖힌 뒤 주먹으로 입을 때렸다. 입술이 터진 녀석은 동네가 떠나가라 울어댔다.

"뭐 문제 있어?"

내가 노려보며 말했다. 아드레날린이 솟구쳤다. 그 동네로 이사 간 지 얼마 안 되었을 때였다. 날 알지도 못하는 상황에서 싫어할 이유는 없었다. 나는 녀석을 놔주었고, 그때 마침 밴이 도착했다. 녀석은 입을 가린 채 뒤로 물러섰다. 나는 떨리는 몸을 추스르며 밴에 올라탔다. 운전기사님이 괜찮냐고 물었다. 나는 괜찮다고 답했다. 순간 내가 사기꾼처럼 느껴졌다. 나는 싸움꾼일까? 아님 기독교인일까? 두 가지가 동시에 될 수도 있을까? 교회 청년 모임에 나갈 자격이 있을까? 궁금했다. 모임에 나가려면 좋은 사람이 되어야 할까? 아빠의 딸인 내가 좋은 사람이 될 수 있을까?

그다음 주 교회 차량을 기다리다가 똑같은 일을 또 당했다. 이번엔 다른 여자애였다. 아파트 앞에서 당하기도 했고, 골목길 모퉁이에서 당하기도 했다. 학교에서 돌아오는 길에 당할 때도 있었다. 결과는 늘 같았다. 언제, 어디서 당할지 몰랐기에 늘 경계 태세를 유지해야 했다. 몇 주간 이런 일이 계속되던 어느 날 아침, 아파트 앞에서 열 명 남짓한 여자애가 날 기다리고 있었다. 녀석들은 나를 가운데 두고 원을 그리며 둘러쌌다. 잠시 후, 나이가 제일 많아 보이는 녀석 한 명이 내 앞으로 왔다. 난 만반의 준비를 하고 공격이 들어오길 기다렸다. 녀석은 허리춤에 손을 얹고 날 관찰했다.

"너, 백인 계집애. 어떻게든 스스로를 지켜내는군."

마침내 녀석이 입을 열었다.

녀석의 이름은 퍼피Puffy였다. 나는 일종의 입문식을 통과한 셈이었다. 원했든 아니든 나는 갱단의 일원이 됐다. 갱단 가입은 내 계획에 전혀 없던 일이었다. 지미 목사님이 이걸 어떻게 생각할지 전혀 알 수가 없었다. 목사님에게는 말하고 싶지 않았다.

나는 갈림길에 서 있었다. 내 인생의 방향을 정해야 했다. 아빠가 나쁜 놈으로 낙인찍혀 격리된 상태였기에 적어도 몇 년 동안은 아빠를 안 보고 살 수 있었다. 하지만 아빠가 영원히 사라진 건 아니었다. 아빠가 출소하고 나면, 나는 집에서 나올 생각이었다. 그러자 희망이 솟구쳤다. 내 인생은 전적으로 내 손에 달려 있었다.

점프 스케어

1982-1985

아빠가 수감된 뒤로 생활이 한결 편안해졌다. 아빠 차가 자갈길로 들어서는 소리가 들릴 때마다 배가 뒤틀리는 일도 없었다. 내 달력은 온갖 활동으로 꽉 채워졌다. 네셔녹크 빌리지 소프트볼 리그에 합류해 여자팀에서 1루수를 맡았다. 학교 밴드부에도 가입했다. 학교생활도, 교회 청소년부 생활도 적극적으로 해나갔다. 베이비시터 관련 사업도 시작했고, 동네 갱단에서도 활동했다. 물론 확신은 없었다. 갱단 활동은 신입 부원을 모집하고 사교 활동을 한다는 점에서 교회 청소년부 활동과 얼핏 비슷해 보였다. 하지만 술을 마신다는 게 달랐다. 나는 술을 마시지 않았기에 갱단 모임에는 자주 나가지 않았다.

오랜 불안이 다시금 올라오는 유일한 때는 아빠에게 면회를 갈 때였다. 정말 싫었지만, 선택의 여지가 없었다. 우리 가족에 대한 통제권은 여전히 아빠가 갖고 있었다.

엄마는 여전히 운전을 못 했지만, 동네 여자의 남편 중에 아빠와 같은 교도소에 수감돼 있는 사람이 있었다. 그래서 그 여자 차를 얻어 타고 격주로 면회를 갔다. 꽤 먼 거리였지만, 교도소에 가까워질수록 두려움이 커졌다.

아빠가 수감된 펜실베이니아 서부 교도소는 200년 된 석조 건물로 뱀파이어 영화에 나오는 성 같았다. 건물 안으로 들어가 교도관에게 이름을 말한 후 대기실에 앉았다. 교도관이 이름을 부르면 금속 탐지기를 통과해야 했다.

처음에는 금속 걸쇠가 달린 브래지어를 입고 갔다가 경보가 울렸다. 곧바로 브래지어를 벗어 용기에 담았다. 면회하는 동안 교도소에 맡겨야 했다. 범죄자가 된 듯한 기분이었다. 면회실로 가려면 사방이 철창으로 둘러싸인 미로 같은 복도를 지나야 했다. 팔짱을 낀 채 가슴을 움츠렸고, 순간 무력한 기분이 밀려왔다.

우리는 테이블이 가득한 면회실로 들어갔다. 테이블마다 죄수와 면회객이 있었다. 그리고 한쪽 테이블에 커다란 미소를 머금은 채 우리를 기다리는 아빠가 있었다. 우리는 자리에 앉았다. 옆 테이블을 둘러보니 다들 긴장한 듯 안절부절못하는 모습이었다. 프라이버시 같은 건 전혀 없었다. 교도관이 지켜보고 있었기에 아빠는 우리에게 아무 짓도 할 수 없었다. 그래서 괜찮았다.

아빠는 짧은 머리를 절대 허락하지 않았다. 하지만 아빠가 수감된 후 나는 어깨선 정도로 머리를 잘라버렸다. 바야흐로 과감한 패션의 상징, '브렉 걸Breck girl'의 시대였다. 나도 유행을 좇고 싶었다. 아빠가 알아차리지 못하도록 머리를 하나로 묶었다. 아빠의 잔소리는 듣고 싶지 않았다. 내 옷차림, 머리 모양, 몸매에 대한 아빠의 의견 따윈 필요 없었다.

"머리를 잘랐구나. 멋진데."

아빠가 앉자마자 말했다.

아빠의 반응치고는 꽤 놀라웠다. 하지만 나는 금세 알아챘다. 교도관을 비롯해 면회실에 있는 다른 수감자들에게 잘 보이기 위한 쇼라는 것을. 아빠는 차례로 데이비드, 존, 제프 그리고 제닌에게 학교생활은 어떤지 물었다.

제닌도 내가 머리를 잘라줬지만, 아빠는 알아채지 못했다. 제닌의 외모는 나처럼 꼼꼼히 살피지 않았기 때문이다. 나는 엄마와 동생들의 머리카락을 직접 잘라줬다. 아빠는 엄마의 머리 모양에 대해서도 언급하지 않았다. 하지만 엄마는 우리보다 더 자주 봤다. 엄마는 우리가 학교에 간 사이 어떨 때는 일주일 내내 면회를 가기도 했다.

우리가 면회실을 나올 때 아빠는 우리에게 편지를 보내겠다며 2주 후에 다시 보자고 했다. 며칠 후 첫 번째 편지가 도착했다. 아빠는 편지로 체스를 두자며 첫 수를 제안했다. 나는 그에 응하는 수를 적어 답장을 보냈다. 처음 몇 번은 협조적으로 임했지만, 난 체스에 소질이 없었고 더구나 너무 느리게 진행돼 답장하는 횟수가 점점 줄었다. 한두 달 후에는 완전히 그만두었다.

아빠가 없는 엄마의 삶은 행복해 보였다. 정부에서도, 교회 공동체에서도 많은 도움을 받았다. 아빠가 없는 편이 모두에게 훨씬 나았다. 그 와중에 엄마가 왜 그렇게 자주 면회를 가는지 이해가 되지 않았다. 아빠를 떠날 절호의 기회였는데, 엄마는 굳건했다. 진짜 아빠를 그리워했던 걸까? 직접 물어볼 용기는 나지 않았다. 무슨 이유에서인지는 몰라도, 엄마는 아빠 곁을 떠나지 않았다. 보복에 대한 두려움 때문이었을까? 아빠의 회고록 내용이 전부 사실이라면, 엄마가 느꼈을 두려움이 얼마나 컸을지도 이해가 됐다. 하지만 그게 전부는 아닌 것 같았다. 엄마는 아빠를 진심으로 사랑하는 것 같았다. 아빠에게 의존하는 엄마의 감정이 무엇이었든 간에. 무자비한 폭력과 불륜, 무능력함, 끊임없이 이어지는 범죄와 이사에도 불구하고 엄마는 아빠 곁에 남는 편을 택했다.

나는 엄마가 아빠에게 이혼소송을 제기하길 바랐다. 교회의 가르침에는 어긋나지만, 어디든 예외는 존재하는 법이니까. 엄마의 상황이 그랬다. 하지만 엄마는 아빠 없이 어떤 결정도 내릴 수 없었다. 아빠를 떠날 결정은 더더욱. 나 역시 이혼하라는 말은 하지 못했다. 우리 다섯 남매를 떠나라고 했다면, 그건 엄마에게 너무나 큰 상처였을 것이다. 그렇게 우리는 함께 남았다.

양파를 곁들인 간 요리를 요구하거나 엄마의 음식을 지적하는 아빠가 없으니 나는 부엌에서 한결 대담해졌다. 가정 수업은 큰 영감을 주었다. 식료품 쿠폰 덕에 장도 쉽게 볼 수 있었다. 엄마의 손때 묻은 베티 크로커 요리책을 보며 가족 모두가 좋아할 만한 요리법을 개발했다. 파이 크러스트 레시피가 적힌 페이지는 너무 끈적해져서 들러붙어 버렸다. 나는 피자 반죽과 이탈리아식 미트 소스 만드는 법을 배웠다. 오레가노와 타임, 마늘 향이 집 안 가득 퍼졌다. 동생들은 원하는 만큼 스파게티를 담았다. 몇 번이고 자유롭게 가져다 먹었다. 아무도 내가 만든 음식을 욕하거나 엎어버리지 않았다. 저녁 식사 후 카펫에 박힌 옥수수 알갱이를 줍는 일도 없었다. 엄마는 내가 기억하는 어떤 모습보다 여유로운 모습이었다. 교회에서 친구를 사귀기도 했다.

우리 교회는 규모가 커서 목사님이 여러 명 있었다. 그중 한 분인 지미 목사님은 20대 후반에서 30대 초반쯤으로 보였다. 잘생기고 활기찼으며 미혼이었다. 청소년부의 웬만한 여자애들은 모두 목사님을 좋아했다. 목사님은 아이들에게도 인기 만점이었다. 게임 행사를 주최해 모두가 파티 분위기에서 즐길 수 있도록 했으며, 성경에 관해 이야기할 때도 최대한 쉽고 재미있게 풀어서 설명했다. 목사님은 자신이 설교한 대로 사는 듯했다. 선함과 긍휼, 신실함으로 가득했다. 두려워할 필요가 없는 성인 남자와 이렇게 오랜 시간을 보낸 건 처음이었다. 데이비드도 청소년부에 가입했다. 목사님은 데이비드가 아무런 두려움 없이 함께 농담을 주고받을 수 있는 남자 어른의 역할을 해주었다.

교회에는 부유한 신도가 많았다. 우리는 가장 가난한 부류에 속했다. 엄마는 정부 보조금으로 겨우 집세를 내고 있었다. 지미 목사님은 우리 형편을 잘 알고 있었지만, 우리를 다른 교인들과 똑같이 대해주었다.

제프와 존은 레인저스Rangers에 가입했다. 보이스카우트 같은 조직이었다. 제닌도 걸스카우트와 비슷한 미션네츠Missionettes에 가입했다.

내 사회생활의 중심엔 교회 청소년부가 있었다. 집에서는 라디오로 기독교 록 음악 방송을 들었다. 나는 제니퍼Jeniffer라는 여자아이와 친구가 됐다. 하루는 청소년부 모닥불 파티가 끝나고 제니퍼가 우리 집에 와서 하룻밤을 보낼 계획이었다. 그날 저녁, 나를 파티에 데려다준 지미 목사님에게 그 계획을 알렸다. 그러자 목사님이 말했다.

"잘됐구나, 에이프릴."

목사님은 내가 교회에서 친한 친구가 생겼다는 사실에 기뻐했다. 나는 목사님이 분명히 그런 반응을 보일 거라고 생각했다. 그날 밤, 우리는 모닥불 주변에 모여 이야기를 나누며 스모어 쿠키를 함께 먹었다. 또 기도하며 노래를 부르고 스무고개 게임도 즐겼다. 하지만 그 사이 제니퍼는 내 옆에 앉지 않았다. 파티가 끝나고 모두 집으로 갈 채비를 할 때 난 제니퍼에게 다가갔다. 그러자 제니퍼는 다른 친구들과 밤을 보내기로 했다고 말했다. 나는 끼워주지 않았다. 배신감이나 슬픔을 겉으로 드러내진 않았다. 바퀴벌레가 득실대는 형편없는 집에서 자고 싶지 않다는 친구를 탓할 수도 없었다. 하지만 거꾸로 나를 자기 집에 초대할 순 있었을 것이다. 파티 후 목사님은 나를 집까지 바래다주었다. 친구들에게 버림받은 나를 목사님은 끝까지 품어주었다. 목사님이 나를 안아주며 말했다.

"에이프릴, 너는 훌륭한 아이야. 무척 강한 사람이고. 때로는 힘든 시련이 우릴 단단하게 만들어준단다."

목사님의 말이 사실이라면, 나는 누구보다도 강한 사람이 됐을 터였다.

내 친구들은 친구라고는 해도 진정한 친구는 아니었다. 상처받은 걸 티 내지 않으려고 나는 제니퍼와 계속 연락을 주고받았다. 학교에서 내가 교실에 들어설 때면 리처드의 얼굴이 환해졌다. 녀석은 나와 더 가까워지고 싶어 하는 듯했지만, 나는 거리를 두었다. 사람들과 어느 선 이상으로는 가까워지기가 어려웠다. 더 친밀한 관계로 발전하지 못하도록 막는 뭔가가 있었다. 학교에서는 여자애들끼리만 노는 게 싫었다. 나를 끼워준다고 해도 그 무리에 속하고 싶지 않았다. 나는 늘 따돌림당하는 아이들 편에서 그들을 옹호했다. 소외당한다는 게 어떤 기분인지 너무나 잘 알고 있었다. 도움이 필요한 아이들을 반드시 돕는 게 내 임무처럼 느껴졌다.

스포츠팀에 적응하는 일은 걱정할 게 전혀 없었다. 내 역할을 다했을 뿐인데도, 내 기량은 팀의 일원이 되기에 충분했다. 더 빌리지 소프트볼 리그에는 모든 연령대, 다양한 체구의 아이들이 있었다. 한번은 연습경기 때, 몸집이 큰 아이가 우익수 앞으로 길고 낮은 드라이브를 날렸다. 나는 1루수였고, 그 아이가 1루에 착지하는 순간 공을 잡았다. 나는 그대로 엎어졌다. 그 애는 마치 화물열차처럼 빠른 속도로 달려와 내 발목을 때렸다. 결국 나는 발목에서 무릎까지 깁스를 한 채 6주간 목발을 짚고 다녀야 했다. 학교까지 걸어갔기에 발목보다 겨드랑이가 더 아팠다. 아빠가 있었다면 태워다 줬겠지, 하는 생각도 들었다. 하지만 아빠는 없었다. 마땅히 있어야 할 곳에 없었다. 가족을 돌봐야 할 곳에 있지 않았다. 아빠는 다른 아빠들과는 달랐다. 마땅히 아빠가 있어야 할 곳에 있었다. 교도소에.

아빠가 수감 중이라는 사실은 나를 학교나 교회에서 눈에 띄는 아이가 되게 했다. 하지만 더 빌리지에서는 아니었다. 퍼피의 갱단에 속한 상당수의 아이 역시 나와 같은 처지였다. 나는 그들과 모습도 달랐고, 비슷한 옷을 입지도 않았다. 술을 마시지도, 법에 어긋나는 일을 하지도 않았다. 그들 중 일부는 불법을 일삼았다. 자칫하면 감옥행이었다. 나는 그런 삶에 동조하고 싶지 않았다.

더 빌리지에 있는 대부분의 가정에서는 아이와 엄마, 할머니가 함께 살았다. 하지만 아빠가 있는 집은 거의 없었다. 우리 엄마가 아빠를 떠나 외갓집으로 갔다면 우리 삶이 어땠을지 상상해 봤다. 깊이 생각할 가치도 없었지만, 과연 그 모습이 어떨지 그려지지도 않았다.

퍼피는 나를 끊임없이 파티에 초대했다. 별 관심은 없었지만, 계속해서 거절하면 무례하거나 아빠 같은 인종차별주의자라는 인상을 줄 것 같아 한 번은 응해야 했다. 발목에 깁스를 한 채 목발을 짚고 파티에 갔다. 파티 장소는 갱단에 속한 아이의 집이었다. 퍼피의 친구들은 대부분 고등학교를 졸업했거나 중퇴한 상태였다. 나는 아직 8학년에 불과했다. 소파에 앉아 알코올이 섞인 펀치를 마셨다. 몇 잔이나 마셨는지 기억나지 않았다. 어느 순간 구역질이 올라와 절뚝이며 화장실로 갔다. 그러고는 소파에서 잠이 들었다. 아침에 일어나니 머리가 너무 아팠다. 나는 목발을 짚고 반 블록 떨어진 우리 집으로 걸어갔다. 다행히 친구 집에서 자고 온다고 엄마에게 미리 말해두었기에 다른 의심은 받지 않았다. 나는 침대로 기어 들어가 정신없이 잠들었다.

그날 오후, 내가 전날 밤 깁스를 한 채 계단에서 공중제비를 시도했다고 퍼피가 말했다. 아이들이 겨우 붙잡아 목이 부러지는 걸 막을 수 있었다고 했다. 다시는 술을 먹지 말아야겠다고 생각했다. 물론 나는 욕 같은 건 하지 않았다. 대마초를 피우지도 않았다. 그런 내 모습에 퍼피가 크게 실망할 거란 건 잘 알고 있었다. 하지만 퍼피를 포함한 갱단 아이들은 나를 함부로 판단하지 않았다. 아마도 내 싸움 실력이 자신들의 파티 실력보다 뛰어나서 겁을 먹은 걸지도 모른다. 어쨌든 분명한 건, 그들은 나를 있는 그대로 받아주었다. 아무런 판단 없이. 나 역시 그들의 생활 방식이 좋은 건 아니었지만, 그들을 판단하지 않았다.

학기 말, 마지막 파티에 갔다. 이번에는 펀치를 조심하리라 마음먹었다. 연기가 자욱한 방에서 시끄러운 음악과 대화 소리를 들으며 퍼피와 친구들이 춤추는 걸 지켜봤다. 깁스는 풀었지만, 춤을 추는 건 무리였다. 제법 많은 사람이 모인 파티는 후끈 달아올랐다. 다양한 연령대의 남녀가 함께했다. 나는 콜라를 홀짝이며 졸고 있었는데, 어느 순간 방이 빙글빙글 돌기 시작했다. 정신을 차려보니 거구의 남자가 내 위에 누워 몸을 짓누르고 있었다. 순간 어찌할 바를 몰랐다. 숨도 쉴 수 없었다. 그 남자는 땀에 젖어 있었다. 그리고 다리 사이에서 찌르는 듯한 통증이 느껴졌다. 비명을 지르고 싶었지만, 마치 물속에 있는 듯한 느낌이었다. 나는 섹스를 해본 적이 없었다. 그 남자가 누구인지 몰랐지만, 내게 무슨 짓을 하고 있는지는 알았다. 너무 무서웠다. 몸이 짓눌려 꼼짝도 할 수 없었다. 밤사이 나는 기절했던 것 같다. 새벽녘 낯선 침실에서 눈을 뜨기 전까지의 모든 상황이 아무것도 기억나지 않았다. 치마는 허리춤에 뭉쳐져 올라가 있고 속옷은 벗겨진 채로 다리 사이에서 극심한 통증이 밀려왔다. 머리도 깨질 듯 아팠다.

침대에서 비틀거리며 나오니 카펫 위에 내 속옷이 있었다. 겨우 화장실로 들어가서 변기에 앉아 거울에 비친 내 모습을 보았다. 겁에 질린 채 눈을 크게 뜨고 있는 낯선 소녀가 보였다. 떨리는 손으로 몸을 닦자 피가 묻어 나왔다.

의자와 소파에 흩어져 잠든 사람들을 지나쳤다. 바닥에 널브러진 빈 병과 컵을 헤치고 밖으로 나왔다. 집으로 걸어가는 사이 몸이 떨리고 속이 메스꺼웠다. 결국 남의 집 앞에 토하고 말았다. 겨우 집에 도착했다. 다행히 아무도 깨지 않았다. 침대에서 조용히 이불을 덮고 흐느꼈다.

그렇게 누워 있는데 아빠의 회고록 중 범죄의 피해자가 되지 않기 위한 조언이 떠올랐다. '여성이여! 악으로부터 자신을 보호하라'라는 제목이었는데, 그중 다음 구절이 유독 인상 깊었었다.

"사람들이 많은 곳에서 어리석게 행동하는 여성은 아무리 그 의도가 순수해도 종종 심각한 문제에 부딪히게 된다."

내가 많은 사람 앞에서 어리석게 군 걸까? 파티에서 일어난 일이 내 잘못일까? 깊은 수치심에 신께 기도하며 용서를 구했다. 나는 용서받을 자격이 없다고 생각했다. 하지만 지미 목사님은 늘 말씀하셨다. 하나님은 자비로운 분이기에 우리가 간절히 기도하며 주님의 임재를 구하면 용서받지 못할 게 없다고. 나는 구원을 받고자 기도했다. 가족 전체를 위해 기도했다. 심지어 아빠를 위해서도 기도했다.

학기가 끝난 후 우리는 더 빌리지에서 벗어나 언덕 위 복층 아파트로 이사했다. 그러자 자연히 퍼피를 비롯한 갱단 아이들과도 멀어졌다. 엄마가 왜 이사하기로 결정했는지는 알 수 없었다. 내게 일어난 일 때문은 아니었다. 그날 밤 일에 대해서는 아무에게도 말하지 않았다. 심지어 나 자신에게조차. '강간'이라는 말을 들어본 적은 있었지만, 나는 해당 사항이 없다고 생각했다.

그 일이 있고 난 뒤, 나는 교회 청소년부 아이들과 지미 목사님, 뉴캐슬 하나님의 성회 교회에 더 가까이 다가갔다. 청소년부에는 부모의 역할을 대신해 주는 성인 보호자가 있었다. 1년 전 있었던 '오해'에도 불구하고 제니퍼는 내 가장 친한 친구가 되었다. 교회 가르침을 엄격하게 지키는 나와 달리 제니퍼에게는 다소 야생적인 면이 있었다. 제니퍼는 행동하는 것을 조금도 두려워하지 않았다. 나는 철저히 아빠의 통제 아래 있었지만, 제니퍼는 아니었다. 제니퍼의 아빠 바버 Barber 는 레인저스의 리더였고, 기꺼이 내 남동생들의 보호자가 되기를 자처했다.

교회 주일학교에 참석한 어느 날, 나는 불시에 울음을 터뜨렸다. 제니퍼가 무슨 일인지 물었지만, 나도 이유를 몰랐다. 제니퍼는 내가 도움이 필요한 상태임을 즉시 알아차렸다. 나만 그 사실을 깨닫지 못했을 뿐. 아직 예배가 끝나지 않은 상황에서 제니퍼는 예배당 안으로 들어갔고, 잠시 후 한 여성을 데리고 나왔다. 위탁보호를 통해 위기에 처한 아이들을 돕는 기독교 단체 바이르 재단Bair Foundation 의 사회복지사 웬디Wendy 였다. 웬디는 나를 아무도 없는 주일학교 교실로 안내했다. 제니퍼도 함께였다. 자리에 앉자마자 성경의 각 장면을 묘사한 포스터에 눈길이 갔다. 웬디는 이미 우리 엄마와 동생들을 만난 적이 있었다. 바이르 재단에서는 부모가 감옥에 있거나 상황이 어려운 가족을 위한 상담도 제공했기 때문이다. 그래서 웬디는 우리 집 사정을 잘 알고 있었다. 하지만 내가 웬디를 만난 건 그때가 처음이었다.

"지금 기분이 어떠니, 에이프릴?"

웬디가 물었다.

웬디의 구슬 목걸이와 붉은색의 볼 터치가 눈에 띄었다. 웬디는 친절함과 인내심이 몸에 밴 사람인 듯했다.

나는 한동안 아무 말도 하지 않았다. 파티 날 일어난 일을 떠올렸지만, 입 밖으로 꺼낼 순 없었다. 누구에게도 말하지 않을 작정이었다.

아빠가 집에 일찍 올까 봐 늘 두려웠다는 건 말했다. 하지만 그게 왜 두려웠는지는 말할 수 없었다. 감옥에 갇힌 상황에서조차 아빠는 나를 통제하고 있었다. 아빠와 함께 사는 게 어떤 것인지 털어놓고 싶었다. 아빠가 옷을 벗을 때 벨트 버클이 바닥에 부딪히는 소리에 나도 모르게 움찔했다고 말하고 싶었다. 이유도 없이 엄마를 때렸다고, 아빠가 언제 폭발할지 몰라 저녁 식사 시간은 하루하루가 고문 같았다고 속 시원히 털어놓고 싶었다. 물론 늘 그런 건 아니었지만, 내가 기억하는 아빠의 모습은 그것뿐이었다. 하지만 그 어떤 것도 말하지 못했다. 웬디는 그런 내 마음을 읽은 듯했다. 내가 말 못 한 모든 걸 알고 있는 것 같았다.

"에이프릴, 네가 겪은 일을 절대 잊지 마. 너의 그 경험을 하나님이 다른 사람을 돕는 데 사용하실 거니까."

그 말이 마음에 깊이 남았다. 나는 다른 사람들을 돕고 싶었다. 웬디의 말은 내가 겪은 일이 절대 헛되지 않았다는 희망을 주었다.

9학년이 시작되기 전, 엄마가 나를 치과에 데려가 교정기를 빼주었다. 5학년 때 교정기를 한 이후 의사에게 검진을 받아본 건 처음이었다. 교정기를 제거하자 내 삶의 족쇄가 날아간 듯한 기분이었다. 적어도 외모에는 자신감을 느끼며 뉴캐슬 고등학교에 입학할 수 있었다. 다른 면에서는 여전히 그곳에 어울리지 않는다고 생각했지만. 리처드를 포함해 중학교 때 알던 친구들도 함께 진학했기에 완전히 낯설지는 않았다. 하지만 나는 더 이상 중학교 때의 내가 아니었다. 그즈음 나는 교회 신도들을 상대로 베이비시터 사업을 크게 확장했고, 그 수입으로 옷과 화장품은 물론 탐폰, 데오도란트, 샴푸, 바디워시

등 모든 위생용품을 구입했다.

아빠가 부재한 상황에서 나는 엄마와 정반대의 삶을 살아갈 방법을 찾기 시작했다. 엄마는 약하디약한 피해자였다. 아빠에게 대항할 수 없는 엄마가 안타까웠지만, 보복이 두려워 안전하게 맞서지 못했던 상황도 충분히 이해했다. 엄마에겐 자신의 목소리란 게 없었다. 아빠와 결혼한 뒤 이미 오래전에 잃어버렸다. 종종 엄마 자신은 물론 우리까지 이런 상황에 처하게 만든 엄마에게 화가 났다. 물론 아빠 없이는 내가 태어날 수도 없었다. 하지만 그런 아빠에게서 태어났다는 게 싫었다. 그런 아빠의 자식이라는 걸 받아들이고 싶지 않았다. 엄마, 아빠는 끊임없이 이사 다니며 제대로 된 식사와 옷, 집을 제공해 주지 못했다. 이런 상황을 만들지 않으려면 계획이 필요했다. 나는 피해자로 남지 않기로 했다. 내 목소리를 내야겠다고 다짐했다.

내가 원하는 삶을 살려면 우선 독립해야 했고, 그러려면 돈이 필요했다. 다행히 내 베이비시터 사업이 신도들 사이에서 입소문이 나면서 점점 커졌고, 학교 선생님들까지 이용하기 시작했다. 번 돈을 차곡차곡 모았다. 고등학교 졸업까지 남은 4년간 꽤 많은 돈을 모을 수 있을 것 같았다.

로런스 카운티 교육 지구는 매우 훌륭한 직업고등학교를 운영하고 있었다. 나는 10학년 때 이 학교로 전학을 갔다. 여기서 자격증을 취득하면 고등학교 졸업 후 높은 연봉을 받는 의료 담당 비서로 곧장 취업할 수 있었다. 교회 청소년부 친구 제니퍼도 같은 학교로 옮겼다. 직업고등학교는 별도의 캠퍼스와 스쿨버스를 운영했다. 나는 그곳에서 용접 프로그램에 참여하는 마크Mark라는 아이를 만났다. 처음엔 너무 수줍어서 재미있는 아이라는 걸 깨닫기까지 몇 주가 걸렸다. 마크는 또래보다 나이가 많아 보였다. 또 아빠가 경제활동을 거의 안 해서 마크가 가족의 생계를 위해 일해야 하는 처지였다. 왠지 마크에게는 솔직해질 수 있을 듯했다. 마크의 부드러운 매력에 푹 빠져버렸다. 놀랍게도 마크 역시 내게 같은 감정을 느끼고 있었다.

마크는 1974년식 연두색 올즈모빌 커틀라스 슈프림을 타고 버스 정류장에서 나를 태워 학교로 갔다. 우린 매일 아침 멋지게 학교에 내려서 마크는 용접 학교로, 나는 교실로 향했다.

담임인 호크Houk 선생님은 교실을 미래의 일터로 바꿔놓았다. 우리는 진료실에서 일하는 것처럼 흰색 수술복을 입었다. 손톱은 매니큐어 없이 짧게 유지해야 했다. 전문가다운 행동을 요구받았다. 선생님은 엄마와 달리 날 믿어주었고, 늘 이렇게 말했다.

"넌 멀리 날아오를 거야, 에이프릴."

호크 선생님은 FBLA(Future Business Leaders of America, 미국 미래 비즈니스 리더 협회) 교내 지부의 고문이었다. FBLA는 대규모 전국 조직으로 선생님의 제자들은 지역이나 주, 전국 단위에서 다양한 직책을 맡고 있었다. 동시에 모든 부문에서 경쟁력이 뛰어났다. 선생님의 격려로 나도 FBLA에 가입해 총무에 도전장을 내밀었고 최종 선출됐다. 나는 의회 절차 부문에서 제니퍼와 경쟁했지만, 우리 팀은 2년 연속으로 지역 및 주 단위 대회에서 우승했다.

나의 탁월한 영업 능력은 FBLA 회의에 참석하기 위한 기금 마련에 큰 도움이 됐다. 나는 골판지 상자로 만든 가방을 들고 집집마다 돌아다니며 막대사탕, 노트, 펜, 장신구 등을 팔았다. 판매는 엄청난 성공을 거둬 호텔과 식사비를 충당하고도 남을 정도의 돈이 모였다. 나머지는 전부 호크 선생님에게 건넸고, 선생님은 이 돈을 FBLA 회원 가운데 형편이 좋지 못한 학생들에게 나눠주었다. 선생님은 이렇게 말했다.

"에이프릴, 넌 뛰어난 재능이 있구나!"

한번은 어느 학생의 심장 및 폐 이식 수술 기금 마련을 위한 모금 행사를 진행했다. 그때 나는 유능한 영업사원이 되는 법을 아빠로부터 배웠음을 깨달았다. 아빠의 추진력을 범죄가 아닌 영업에 사용했다면 크게 성공했으리라는 것도. 내가 아빠의 영업 능력을 닮았다면, 사업적으로 크게 성공할지 모를 일이었다. 아빠의 범죄 성향을 물려받지 않았다는 건 99.9퍼센트 확신했기 때문이다. 그런 성향이 있었다면, 이미 스스로 깨달았을 것이다. 하지만 난 늘 착한 아이가 되고 싶었다. 그래서 내게 선하고 사업적으로도 성공을 거둔 어른이 될 자질이 있다고 생각했다.

내 고등학교 시절은 마음속에서 빛과 어둠의 시대 두 가지로 나뉜다. 아빠가 감옥에 있던 빛의 시대에는 내게 남자친구가 있었다. 학교에서도 잘 지냈고, FBLA 회원으로도 열심히 활동했다. 하나님과도 가까워지려 노력했고, 좋은 친구들도 만났다. 비록 바퀴벌레가 득실대는 집이었지만 엄마와 우리 다섯 남매는 어느 때보다 안전하다고 느꼈다.

아침에 일어나 시리얼로 아침을 간단히 먹고 학교에 갔다. 시리얼도 입맛대로 골랐다. 특별한 음식이나 음료는 없었다. 하지만 엄마는 웃었다. 우리도 더 많이 웃고, 덜 싸웠다. 밤에 침대에 누워 잠을 잘 때에도 두렵지 않았다. 누군가 불쑥 들어와 꼬챙이로 쿡쿡 찌르며 화를 낼 걱정을 하지 않아도 되었으니 말이다.

10학년이 되기 전 여름, 우린 언덕 위 복층 아파트에서 코트 스트리트에 있는 방 세 개짜리 집으로 이사했다. 거의 폐가나 다름없었다. 지하실엔 세탁기와 건조기가 있었지만, 거미줄이 가득했고 어둡고 냄새도 났다. 눈에 잘 보이지도 않는 작은 벌레들이 기어 다녔다. 그래서 빨래는 최대한 미뤘다 했다. 그해 겨울은 무지하게 추웠다. 그래서 나는 동생들과 캠프파이어를 하듯 히터 주변에 둥글게 모여 앉았다. 동생들은 내게 무서운 이야기를 해달라고 했다. 아빠처럼. 나는 늘 도일스타운의 폐가를 배경으로 이야기를 지어냈다. 그런데 매번 지어낼 때마다 무서움의 강도가 점점 더해졌다. 마룻바닥에서 손이 튀어나오는 이야기, 굳게 잠긴 옷장에서 알 수 없는 울음소리가 들려오는 이야기를 지어냈고, 옷장 안의 핏자국도 점점 커졌다. 이야기를 끝내고 나면 남동생의 팔을 낚아채듯 휙 잡았고, 동생은 비명을 지르며 펄쩍 뛰었다. 그럼 우리도 깜짝 놀라 뛰었다가 안도의 웃음소리와 함께 쓰러졌다.

아빠로부터 나는 일종의 점프 스케어 Jump Scare [20)를 익힌 셈이다. 내 이야기에서 긴장감이 고조되는 순간 갑자기 히터에서 쨍하는 소리가 났고, 모두 깜짝 놀라 움찔했다. 공포에 휩싸인 채 아드레날린이 솟구치는 경험을 하는 일은 익숙했다. 하지만 이제는 안전한 공간의

---

20) 영화나 게임에서 뭔가 불쑥 튀어나와 관객을 깜짝 놀라게 하는 연출 기법.

거실 바닥에서 우리만의 방식으로 즐길 수 있다는 점이 달랐다.

　그러나 아빠가 2년 만에 가석방으로 풀려나면서 이런 즐거움도 끝이 났다. 아빠는 고등학교를 졸업할 때쯤이나 출소할 거라고 생각했었다. 하지만 겨우 10학년, 빛의 시대가 가고 어둠의 시대가 왔다.

어둠

1985

　　아빠의 출소 소식을 반기는 이는 아무도 없었다. 조기 출소 가능성이 커졌다고 했어도, 나는 믿지 않았었다.

　그런데 사실인 듯했다. 아빠는 경찰이 모르고 있던 특정 수용자의 교도소 내 범죄 사실을 밀고하면서(이것은 아빠의 거짓말로 밝혀졌고, 나중에 아빠는 자신이 '밀고'한 수용자에게 고소당했다) 조기 출소 대상자에 포함됐다. 밀고에 대한 보상으로 조기 출소가 결정된 것이다.

　그러나 아빠가 받은 보상이 내겐 처벌이었다. 여름이 다가오고 있었고, 나는 마크와 교회 친구들과 함께 보낼 시간을 고대하고 있었다. 그러나 기대는 일시에 두려움으로 변해버렸다.

　아빠의 출소가 사실이란 걸 알게 됐을 때, 엄마는 이렇게 말했다.

　"에이프릴, 모든 게 많이 달라질 거야."

　나는 상황이 얼마나 '달라질'지 궁금했다. 아마도 변화에 걸리는 시간은, 안락의자에 앉아 담배 심부름을 시키는 데 걸리는 시간만큼 짧을 터였다. 하지만 엄마는 남동생들에게 아빠가 필요하다고 생각했다. 엄마는 동생들에게 문제가 생길까 봐 늘 걱정했고, 아빠가 적절히 통제해 줄 수 있을 거라고 믿었다.

두려움은 현실이 됐다. 학교에서 돌아온 어느 날, 아빠가 거실에 있었다. 얼굴이 두 개로 쫙 갈라질 만큼 활짝 웃으며 두 팔 벌려 나를 맞았다.

아빠는 코트 스트리트에 있는 집으로 들어왔다. 비록 그 집은 낡고 사람이 살기에 부족한 점도 많았지만, 아빠와 함께 사는 것보다는 낫다고 생각했다. 하지만 이제 아빠가 돌아왔으니 우리 중 누구도 아무것도 할 수 없었다. 아빠가 교도소로 가기 전에는 의문을 품지 않았던 행동들이 있었다. 그런데 이제 그런 행동들이 눈에 들어오기 시작했다. 이를테면, 아빠는 화장실을 사용할 때 문을 닫지 않았다. 우리가 화장실에 있을 때 방해하는 일도 아무렇지 않게 생각했다. 경계가 없었다. 전혀 새로울 건 없었다. 늘 이런 식이었으니. 전에는 이상하게 느끼지 않았던 이런 행동들이 이제는 프라이버시 침해로 느껴졌다. 아빠는 마치 이렇게 말하는 듯했다.

"혼자라는 생각이 들어도 넌 혼자가 아냐. 아빠가 돌아왔잖니. 여기 이렇게. 늘 함께할게."

아빠는 우리와 함께 교회에 갔다. 전에도 그런 적이 있었나 잘 기억나지 않았다. 뉴캐슬 하나님의 성회 교회는 600명 이상을 수용할 수 있는 곳이었다. 아빠는 연단에 서서 교회 신도들에게 감사를 전했고, 자신은 이제 완전히 변화되었다고 선포했다. 마치 설교자처럼 감정에 호소하며 깊은 목소리로 성전을 울렸다. 신도들은 힘껏 박수를 보냈다. 사람들의 얼굴에 미소가 번졌다. 용서는 우리 교회의 핵심 가치였다. 우리는 하나님 앞에서 겸손해졌다. 그러나 아빠는 좀처럼 겸손할 줄 모르는 사람이었다. 나는 아빠가 진심이 아니라는 걸 알고 있었다. 그날 아빠의 목소리는 거짓말할 때 내는 특유의 소리였다. 완벽한 쇼를 하고 있었던 셈이다. 사람들은 여기에 환호했고, 아빠는 그 칭찬을 받아먹었다.

예배가 끝난 후, 사람들은 아빠를 포옹하며 두 팔 벌려 환영했다. 엄마는 아빠가 변했다고 믿었다. 엄마를 만나기 전, 완전히 다른 사람으로 바뀌었던 것처럼 다시 한번 거듭났다고 믿었다. 엄마는 아빠의 귀환을 기뻐했다.

하지만 나는 아니었다. 아빠는 내가 화장하는 걸 허락하지 않았다. 하루는 제니퍼를 만나러 가려고 집을 나서는데 아빠가 문 앞에서 나를 멈춰 세웠다. 아빠가 없는 2년 동안 나는 매일 아침 꼼꼼하게 파운데이션과 마스카라, 아이섀도, 립스틱을 바르며 화장 기술을 완벽하게 익혔다. 그러나 아빠는 이렇게 외쳤다.

"창녀 같은 꼴로 나가게 할 순 없어!"

아빠는 화장을 지우고 나가라고 했다. 하지만 난 화장을 안 하면 벌거벗은 것 같은 느낌이 들었다.

아빠는 내 머리 모양도 지적하며 짧게 자르지 말라고 했다.

당연히 옷 입는 것도 불만이었다.

치마가 짧거나 바지가 끼거나 셔츠가 달라붙으면, 아빠는 여지없이 바꿔 입으라고 했다. 그러던 어느 날 밤, 청소년부 친구의 아빠가 날 데리러 왔다. 아빠는 아래층으로 내려가는 내게 "올라가서 다른 옷으로 갈아입어!"라고 소리쳤다. 도발적인 옷차림은 나 역시 원치 않왔다. 그저 얌전하면서도 멋지게 보이도록 입었을 뿐이었다. 하지만 아빠는 남들의 시선을 조금이라도 끌 만한 옷은 허락하지 않았다.

아빠는 내 외모에만 간섭한 게 아니었다. 내가 친구들과 어울리는 것도 좋아하지 않았다. 아니, 친구의 존재 자체를 싫어했다. 특히 남자친구는 더더욱. 더 이상 마크에게 전화할 수도, 마크와 함께 외출할 수도 없었다. 대신 마크가 우리 집으로 왔고, 아빠는 마크에게 일을 시켰다.

아빠는 일자리를 구했고, 오래된 집을 수리하는 일이었다. 수리가 끝나면 우리가 그 집으로 들어갈 예정이었다. 그 집에는 커다란 정원이 있었는데, 아빠는 내게 정원의 관리를 맡겼다. 아빠는 정원에 텃밭을 만들 계획이었고, 여름방학이 시작되면서 나는 아빠의 계획을 실행해야 했다. 6월 땡볕 아래서 괭이질을 하는 건 무척 고되고 힘들었다. 하루는 콩을 심으려고 땅을 파는데 마크가 찾아왔다. 아빠는 집 안에서 배선 작업을 하고 있었다. 땀이 얼굴 위로 흘러내려 나는 일어나 소매로 이마를 닦았고, 마크는 그런 내 모습을 쳐다봤다.

"왜?"

내가 물었다.

"아니, 화장 안 한 얼굴이 너무 예뻐서."

마크가 수줍게 웃으며 대답했다.

얼굴이 빨개진 나는 다시 흙을 파기 시작했고, 마크는 콩 자루를 집어 들고 밭에 심기 시작했다. 제닌이 마당에서 놀려고 친구 사라 Sarah 를 데리고 왔다. 사라는 본인처럼 피부색이 어두운 인형을 들고 있었다. 아이들이 마당에서 노는 사이 나는 마크와 열심히 일했다. 그런데 갑자기 끔찍한 비명이 들렸다. 사라가 공포에 질린 채 집을 쳐다보고 있었다. 나도 고개를 휙 돌렸다. 아빠가 창문 밖으로 떨어지는 모습 따위를 상상하며. 그런데 침실 창문 사이로 사라의 인형이 목줄을 매단 채 흔들리고 있었다.

나는 부들부들 떨며 집으로 달려갔고, 창문에 매달린 게 아빠였으면 하고 바랐다. 분노가 끓어올라 어찌할 바를 몰랐다. 잔뜩 독기를 품은 채 외쳤다.

"어린애한테 뭐 하는 짓이야!"

"장난 좀 친 걸 갖고 뭘 그래!"

아빠도 버럭 화를 내며 말했다.

평소 같았으면 아빠가 내 뒤통수를 후려쳤을 테지만, 마크가 완충역할을 해주었다. 아빠는 다른 사람 앞에서 모욕은 줄지언정 신체적 폭력을 행사하진 않았다.

나는 창문으로 달려가 인형을 실에서 떼어내 사라에게 돌려주었다. 그리고 꼭 안아주었다.

사라는 인형을 안고 내내 울었다. 제닌은 어떻게든 사라를 위로해 보려 했지만, 나는 알고 있었다. 사라가 다시는 제닌과 놀지 않을 것임을. 마크와 나는 마주 보며 고개를 저었다. 말하지 않아도 알겠다는 눈빛으로. 마크는 그렇게 내 세상으로 들어왔다.

어느 토요일, 나는 아빠와 함께 아래층 화장실의 타일 틈새를 메우고 있었다. 밤에는 마크와 박람회에 갈 예정이었다. 다른 가족들도 함께 가기로 했다. 아빠는 마크와 내가 어디까지 진도를 나갔냐고 묻기 시작했다. 나는 독실한 기독교 신자였고, 성에 관한 한 나름의 규칙을 지켰다. 하지만 아빠는 믿지 않았다. 마크가 내 바지에 손을 넣은 적이 있냐고 했다. 마크의 차 뒷좌석에서 무슨 짓을 했냐고 물었다. 나는 분노에 찬 목소리로 키스한 게 다라고 외쳤다. 그러자 마크가 키스마크를 남기진 않았는지 물었다.

"키스 마크가 뭐예요?"

내가 되물었다.

"정말 모르는 거야?"

아빠는 내가 거짓말을 하고 있다는 듯 반문했다.

아빠의 눈빛이 섬뜩했다. 나는 고개를 저었다.

"내가 보여주지."

아빠는 이렇게 말하며 나를 홱 낚아채 목을 빨기 시작했다. 순간얼어붙었다. 내게 무슨 일이 벌어지고 있는 걸까? 차라리 날 때리거나 주먹질을 하거나 발로 차면 좋겠다고 생각했다. 차라리 그게 나을 것 같았다. 아빠는 나를 차가운 타일 바닥에 눕히고는 딱 한 마디를뱉었다.

"마크에게 보여줘."

나는 수치심에 있는 대로 몸을 웅크렸다.

구역질이 났다. 아빠를 다시 볼 수 있을까 싶었다.

그날 밤, 박람회장으로 가는 길에 마크가 키스 마크를 알아챘다. 그리고 물었다.

"이게 뭐야?"

그때까지 내 목에 자국이 생겼다는 걸 몰랐다. 하지만 시간이 지나자 아빠가 왜 그런 행동을 했는지 알 수 있었다. 아빠는 키스 마크 때문에 마크와 내가 싸우길 바랐고, 내가 바람을 피우고 있다고 오해한 마크가 나와 헤어질 거라고 생각했다.

후방 거울로 키스 마크를 확인하자 뱃속에서 신물이 올라왔다. 나는 침을 뱉으며 고함치기 시작했다. 아빠의 짓임을 알게 된 마크는 아무 말도 하지 않았다. 무슨 말을 어떻게 해야 할지 모르는 듯했다. 하지만 진심으로 걱정하는 게 느껴졌다. 한껏 비뚤어진 마음에 '네 걱정이나 해'라고 쏘아붙이고 싶었다.

그날 밤, 우린 박람회장에서 즐거운 시간을 보냈다. 가족과 마주치는 건 최대한 피했다. 사람들이 많은 곳이었기에 어렵지 않았다. 마크가 집 앞에 나를 내려줬다. 우린 현관에서 한참을 서성거렸다. 그러다 마크가 금으로 만든 테디베어 귀걸이를 선물로 줬다. 우리는 키스를 했다.

잠시 후, 아빠의 밴이 들어오는 소리가 들렸다. 가족들이 내렸다. 아빠는 화가 나 있었다.

평소와 다르게 목소리가 낮고 차분했다. 그래서 더 무서웠다.

"얼른 가는 게 좋을 거야."

아빠가 마크에게 말했다.

그게 전부였다. 내가 집에 들어갈 때까지 한 마디도 하지 않았다.

마크가 안전하게 운전석에 앉는 걸 확인한 후 집으로 들어갔다. 심호흡하며 마음을 다잡았다. 예상했던 대로 온갖 욕설이 날아왔다. 아빠는 내가 창녀고, 임신까지 하게 될 거라고 했다.

그날 밤, 나는 마크에게 편지를 썼다. 얼굴을 보고 말할 용기가 도저히 나지 않았다. 마크의 다정한 눈을 쳐다보면 무너져 버릴 듯했다.

아무도 내 눈물을 볼 수 없는 어두운 침실에서 나는 마크에게 편지를 썼다. 너를 위해 내가 아닌 다른 사람을 만나라고. 더 많은 자유를 누릴 수 있는 그런 사람을 만나라고. 날 설득할 생각 따윈 하지 말라고. 아빠가 너무 강하고 무서운 사람이라 널 위험에 빠트릴 수 있으니 이쯤에서 헤어지자고 했다. 내가 정말 좋아하는 너의 목숨을 담보로 사귈 순 없다고. 이후 마크에게서 두 번이나 편지가 왔지만, 답장하지 않았다. 결국 우린 헤어졌다. 하지만 마크도 나만큼 가슴 아팠다는 걸, 나는 충분히 느낄 수 있었다.

이후 아빠에 대한 혐오감은 극에 달했다. 같은 방에 있는 것조차 고통스러웠다. 그러나 교회 공동체는 구원에 관한 아빠의 고백을 철석같이 믿고 아빠를 예수님 안에서 거듭난 사람, 선한 사람으로 받아주었다. 아빠는 주일마다 교회 차량을 운전하는 봉사도 했다. 심지어 한 번씩 예배에 참석하기도 했다. 그렇게 모두를 속였다.

코트 스트리트 집의 임대 기간이 끝났지만, 본래 계획한 대로 텃밭이 있는 집으로 이사할 순 없었다. 아빠가 집주인과 싸운 탓이었다. 하지만 난 괜찮았다. 이미 끔찍한 기억을 안겨준 집이었고, 오래 머물러 정이 든 집도 아니었기 때문이다. 내 목의 키스 마크는 가족 전체가 다시 아빠의 손아귀에 들어갔음을 의미했고, 나는 그 사실을 견딜 수 없었다. 우리는 또다시 살 곳이 없어졌다.

우리 반 주일학교 선생님은 넬리 몽고메리Nellie Montgomery라는 나이 지긋한 여자였다. 선생님은 남편 돈Don, 스물두 살 된 아들 제리Jerry와 함께 방 두 개짜리 주택에서 살고 있었다. 나머지 자녀 셋은 모두 독립해 따로 산다고 했다. 돈은 자동차 정비공이었고, 넬리 선생님은 굿윌Goodwill [21]에서 일했다. 아빠는 두 사람과 친구가 됐다. 그들에게 잘 보인 것 같았다. 코트 스트리트에 있는 집을 떠난 우리는 넬리 선생님 집으로 갔다. 다섯 남매는 모두 거실에서 잤다. 엄마와 아빠는 접이식 소파에서, 제닌과 나는 또 다른 소파에서 자고, 그 사이 바닥에서 남자아이들이 잤다. 이런 상황을 또 겪게 될 줄은 상상도 못 했다. 열 명이 화장실 하나로 버텼다. 아빠가 다시 우리 삶 속으로 들어오면서 감옥으로 가기 전으로 돌아갔다. 재판을 기다리던 그때로. 앞으로 나아가는가 싶더니 다시 제자리였다. 다시 한번, 교회 신도가 우리 가족을 불쌍히 여겨 길을 잃은 양처럼 품어주었다. 하지만 나는 길을 잃었다는 생각이 들지 않았다. 그저 화가 났다. 남의 집에 폐를 끼치는 게 너무 싫었다. 온 가족이 좁은 집에 갇혀 지내는 것만으로도 숨이 막혔다.

선생님 집은 숲과 다른 시골 마을에 둘러싸인 농지에 있었다. 아빠는 케빈 드라이브에서 쓰던 것과 같은 스쿨버스를 구입해 마당에 주차했다. 버스에는 책, 인형, 장난감, 기념품, 가구 등 우리 가족의 물건을 모두 실어두었다. 버스 안에 커튼 봉을 달아 옷을 걸었다. 밤에는 버스로 가서 다음 날 학교 갈 때 입을 옷을 골랐다. 열 명이 화장실 하나를 썼으니 아침은 그야말로 속도전이었다. 빠르게 몸을 단장하고 옷을 입어야 했다. 아빠는 남의 집이니 화장실을 쓸 때 최소한 문을 닫는 예의는 차렸지만, 우리 가족이 안에 있을 땐 여전히 문을 벌컥

---

21) 장애인, 고령자 등 취업 취약 계층에 일자리를 제공하고 재사용 가능한 물품을 기증받아 판매하는 사회적 기업.

열고 들어왔다.

넬리 선생님의 추천으로 엄마는 굿윌 스토어의 점원으로, 아빠는 기부 물품을 실어 나르는 트럭 운전사로 취직했다. 아빠는 물건을 실으러 갈 때 종종 동생들을 데려갔다. 그러던 중 넬리 선생님이 남편에게 하는 말을 우연히 듣게 되었다. 기증한 분의 말에 따르면, 가구를 실으러 온 트럭 운전사가 자신은 가만히 있고 데려온 애들한테 모든 일을 다 시켰다는 거였다.

아빠는 넬리와 돈 부부의 호의에 대한 보답으로 지붕널을 새로 얹어주겠다고 했다. 모든 자재는 돈이 공급했고, 아빠는 데이비드, 존, 나를 인부로 동원했다. 우린 여름 오후 뜨거운 태양 아래서 사다리를 타고 올라가 초크로 선을 긋고 지붕널을 일렬로 세운 뒤 못을 박았다.

버스는 잔디밭에 주차돼 있었는데, 그 주변으로 잡초가 무성하게 자랐다. 매일 그 모습을 볼 때마다 우리가 그 집에 얼마나 오래 있었는지 떠올렸다.

우리는 결국 근처에 있는, 쓰러지기 직전인 낡은 농가로 이사하기로 결정했다. 그해 가을, 나와 동생들은 주말마다 이사할 집으로 가 석고 벽을 뜯어냈다. 석고 조각은 마당으로 옮겨 소각했다. 그러면 검은 먼지가 온몸을 뒤덮곤 했다. 그러던 어느 날, 한창 일하고 있는데 외할아버지의 차가 집 앞으로 들어섰다. 우리 집은 애크런에서 차로 한 시간이 넘게 걸리는 곳이었다. 몇 년간 보지 못했던 사촌 토드Todd도 함께였다. 땀과 먼지로 검게 변한 티셔츠를 내려다보았다. 마치 굴뚝 청소부 같았다. 부끄러웠지만 몸이 너무 지쳐 있었다. 그저 할아버지와 토드와 함께 빨리 시간을 보내고 싶은 마음뿐이었다. 하지만 아빠가 그날 내로 아래층 석고를 모두 제거하라고 했던 터라 일을 중단하기가 두려웠다. 아빠가 어디 있는지도 몰랐다. 아빠는 우리에게 일거리만 던져주고 사라져 버렸다. 아빠의 명령을 어기면 어떤 결과가 올지 몰라 할아버지와 토드에게 마음 놓고 말을 걸 수가 없었다. 두 사람은 곧 다시 차에 올라탔다. 넬리의 아들 제리는 그런 우리가 너무 안쓰러웠는지 우리가 학교에 있는 동안 자기 친구를 불러서 남은 석고를 모두 떼어냈다.

졸업 파티가 다가오고 있었다. 나는 학교에서 가장 친한 친구들과 함께 졸업 파티에 참석하기로 했다. 남자들과의 데이트는 계획하지 않았다. 정말 멋진, 우리만의 밤을 준비했다. 다음 날에는 FBLA 콘퍼런스에 참석하기로 했다. 그런데 아빠가 이상한 말을 했다.

"친구들과는 졸업 파티에 못 가, 에이프릴. 제리가 널 데려갈 거야."

"무슨 소리예요? 제리는 다 큰 어른이라고요."

제리는 나보다 최소 다섯 살은 더 많았다. 내가 막 열일곱 살이 됐을 때였다. 물론 제리는 다정하고 친절했고, 아빠가 그런 제리를 신뢰한다는 건 알고 있었다. 하지만 성인 남자가 고등학교 졸업 파티에 왜 따라온단 말인가?

하지만 아빠의 말에 반박할 순 없었다. 아빠는 제리에게 졸업 파티에 나를 데려가 달라고 부탁했고, 제리는 거절하기 힘든 눈치였다. 아빠는 내가 남자친구 없이 파티에 참석한다는 말을 못 믿어서 제리를 스파이로 보내기로 한 것 같았다. 개인적으로 제리를 싫어하진 않았다. 그저 친한 친구들과 함께 가지 못해 실망스러웠을 뿐이다. 우리는 로리Lori 네 집에 모여 서로의 머리 모양과 화장을 손질해 주며 준비를 하기로 했었다. 파티에는 제니퍼의 차를 타고 함께 가기로 돼 있었다. 제니퍼의 아버지 바버는 딸의 운전 강습과 면허 취득을 허락했고, 심지어 먼저 제안했다. 하지만 나는 라디오에서 나오는 노래를 따라 부르며 친구들과 함께 운전할 수 없었다.

이제 나는 아빠의 감시 아래 파티를 준비해야 했다. 머리 모양은 물론 블러셔나 립스틱 색깔이 과하진 않은지 일일이 간섭할 게 뻔했다. 제리는 검은색 정장을, 나는 굿윌 스토어에서 구입한 바닥에 닿을 정도로 긴 분홍색 새틴 드레스를 입었다. 소매에는 주름 장식을 달았다. 장갑과 하이힐은 모두 흰색으로 매치했다. 제리가 운전하는 차를 타고 함께 출발했다. 차 안에서는 라디오를 듣지도, 노래를 부르지도 않았다. 리셉션 홀에 들어서자마자 제리는 곧장 펀치 테이블 주위에 모인 선생님들에게로 향했다. 제리는 저녁 내내 고등학교 시절 은사님들인 그들과 시간을 보냈다. 그사이, 나는 화장실로 달려가 화장을 조금 더 진하게 했다. 얼마 후 친구들이 화려하게, 그러나 단정하게 꾸미고 나타났다. 그날 밤 친구들과 원 없이 춤을 췄다. 하지만 참석하지 못한 졸업 파티 전야제는 되돌릴 수 없었다. 아빠는 그렇게 내 어린 시절의 소중한 추억을 또 한 번 앗아갔다. 그건 아빠만의 방식이었다. 추억이 만들어지기도 전에 싹을 잘라버리는 것. 돌이킬 수 없는 기회는 그렇게 날아갔다. 남자친구, 친구 그리고 대학까지.

독립

1985-1986

하교 후 늦은 오후, 집으로 돌아오니 경찰차와 소방차가 서 있었다. 순간 패닉에 빠졌다.

아빠는 나를 보자마자 불러 세웠다. 그렇게 흥분한 모습은 처음이었다.

"에이프릴, 네 동생 찾아. 이 녀석 안 돌아오면 소년원으로 보내버릴 거야. 그러니 너도 찾는 게 좋을 거야."

데이비드가 아빠와 싸우고 집을 나간 상황이었다. 아빠가 데이비드에게 일을 시키려고 했고, 더는 참을 수 없었던 데이비드가 저항하다 때리겠다는 아빠의 협박에 집을 나가버린 거였다. 이후 넬리가 경찰에 신고했다. 집에는 연못이 두 개 있었는데, 경찰은 소방차를 동원해 연못 바닥을 훑으며 수색하려 했다. 경찰이 왜 그렇게 극단적인 조치를 취했는지 궁금했다. 데이비드가 죽었다고 생각한 걸까?

나는 데이비드를 찾아야만 했다. 소년원에 가도록 내버려둘 순 없었다. 아빠는 진짜로 그렇게 할 사람이었다. 데이비드를 찾지 못하면

온 가족이 경찰의 조사를 받게 될 테고, 그러면 학대와 강제 노동에 대한 폭로가 이어질지도 몰랐다. 아빠는 그런 위험을 감수할 사람이 아니었기에 소년원에 보내버리겠다는 위협은 절대 빈말이 아니었다. 나는 들판의 풀숲 사이를 달리며 데이비드의 이름을 계속 불렀다. 제발 나타나 달라고 애원하면서. 멀리서 존과 제프도 데이비드를 부르는 소리가 들렸다. 점점 어두워졌고, 나는 애걸하듯 동생의 이름을 불렀다. 제발 나오라고, 안 그럼 아빠가 널 소년원에 보내버릴 거라고.

결국 포기하고 집으로 돌아갔다. 날은 점점 어두워지고 있었다. 데이비드는 경찰에 둘러싸인 채 학교 버스 밑에서 기어 나왔다. 잡초 덕분에 오랜 시간 들키지 않았다. 처음부터 거기에 있었다. 아빠는 데이비드에게 달려가 애정을 과시하며 와락 껴안았다. 이후 경찰관들이 데이비드를 한쪽으로 데려갔다. 아빠는 걱정스러운 눈빛으로 그 모습을 지켜봤다. 걱정하는 데는 그만한 이유가 있었다. 아빠는 제프와 존, 나를 가까이 불렀다.

"데이비드는 입 다물고 있는 게 좋을 거야. 안 그럼 경찰에 끌려갈 테니."

그러고는 마치 이 모든 상황이 우리 잘못인 양 쳐다보았다. 아빠는 데이비드의 저항과 앞으로 일어날 일에 대한 모든 책임을 우리에게 전가했다. 우리가 데이비드와 텔레파시로 소통이라도 하는 것처럼.

데이비드가 무슨 말을 했는지는 모르지만, 경찰은 데이비드를 데려가지 않았다. 나는 우리 다섯 남매 모두 경찰 조사를 받을 거라고 생각했다. 그들이 물어봐 주길 내심 바랐다. 하지만 경찰은 데이비드와 이야기를 나눈 뒤에 떠나버렸다.

데이비드가 경찰에게 뭐라고 했는지 궁금했다. 결국 아빠는 실체를 들키지 않았다. 하지만 데이비드는 영웅이었다. 우리 중 유일하게 아빠에게 공개적으로 맞선 사람이었다. 나는 마음속으로 아빠를 수없이 경멸했지만, 정작 겉으로는 표출한 적이 없었다.

아빠는 조용했다. 넬리와 돈이 지켜보고 있었기에 본모습을 드러낼 수 없었다. 그즈음 넬리가 아빠에겐 눈엣가시였다. 아빠가 트럭에 실은 기부 물품 일부가 매장에 도착하지 않아 둘 사이의 긴장이 고조되고 있었다. 중간에서 아빠가 팔아버린 게 틀림없었다. 아빠가 교회 차량을 개인적인 용도로 사용했다는 사실도 밝혀졌다. 동네 곳곳의 주차장에서 교회 차가 발견됐다. 밤새도록 주차해 둔 날도 있었다. 그러다 트럭 운전 일에서도, 교회 차량 봉사 일에서도 한꺼번에 해고 통보를 받았다. 넬리네 가족은 우리에 대해 너무 많이 알고 있었다. 그래서 불편했다. 허름한 농가의 집수리가 마무리되어 드디어 이사를 나왔다. 넬리네 집은 숲과 들판을 지나면 시야에서 사라질 만큼 멀리 떨어져 있었다.

이사한 농가에는 닭장을 짓고 어린 황소를 키울 수 있을 만큼 넓은 들판이 있었다. 플로리다에서 하루 두 번씩 젖을 짜던 젖소와는 달랐다. 윌리Willy는 식육용 고기를 위해 키우는 소였다. 난 채식주의자는 아니었지만, 윌리를 돌보는 일은 하고 싶지 않았다. 정이 들까 봐 무서웠다.

우리는 석고판이 채 설치되기 전에 이사했다. 가구를 안으로 들여와 계단을 올라가니 벽이 못에 의지해 겨우 버티고 있었다. 하지만 우리 집 닭장에서 살기로 한 조나단Jonathan의 처지에는 비할 바가 아니었다. 열여덟 살인 조나단은 몹시 어려운 상황이었다. 직업은 있었지만 살 곳이 없었다. 그래서 아빠가 싼값에 닭장을 빌려주었다. 월세는 물론 현금이었다. 물통과 배설물 통 외에는 배관도 없었다. 더러운 담요와 침대가 유일한 편의 시설이었다.

겨울이었고, 조나단을 보면 포터스빌에 함께 살던 불쌍한 말이 떠올랐다. 잠시라도 집 안으로 데려와 따뜻하게 해주고 싶었다. 물론 아빠의 생각은 절대 아니었다. 아빠는 '재미있는' 이야기랍시고 닭장에 사는 아이가 양동이에 똥을 싸는 모습이 어떤지 사람들에게 떠들어 댔다. 돈에 환장한 아빠가 추락한 모습은 정말 충격적이었다. 대체 아빠의 인간성은 어디로 간 걸까? 아빠는 그렇게까지 악한 인간일까? 조나단의 생활환경을 누구에게라도 알리고 싶었지만, 아빠의 후환이 두려워 선뜻 나서지 못했다. 조나단 역시 학대하는 부모 밑에서 자랐기에 아빠가 위험한 사람이라는 점에 딱히 놀라지 않았다. 집 안에 있다가 걸리면 죽여버릴 거라는 아빠의 말에도 그저 고개만 끄덕일 뿐이었다.

다행히 조나단에게는 미셸Michelle이라는 친구가 있었다. 어느 날 밤, 할머니와 함께 찾아온 미셸이 저체온 상태의 조나단을 발견했다. 그제야 그들은 조나단이 어떤 환경에서 살고 있는지 알았다. 두 사람은 조나단을 자신들의 집으로 데려갔고, 조나단은 바이블 칼리지에 입학하기 전까지 그곳에서 살았다.

11학년이 끝나가던 여름, 나는 학교 안내원으로 아르바이트를 하게 됐다. 호크 선생님이 힘써준 게 틀림없었다. 급여도 좋았다. 저녁 시간과 주말이면 동생들을 돌볼 수도 있었다. 덕분에 집에 있는 시간이 한정적이었다. 비가 오나 눈이 오나 자전거로 출퇴근했다. 때로는 비처럼 쏟아지는 땀에, 때로는 진짜 폭우에 흠뻑 젖은 채로 일터를 오갔다. 매일 저녁 집에 돌아오면, 간단히 밥을 챙겨 먹고 옷을 갈아입은 후 교회 청소년부 모임에 나갔다. 베이비시터 일을 하는 날에는 아이 부모님이 데리러 오길 기다리곤 했다. 내 가치를 높일 수 있는 일은 뭐든 다 했다.

윌리는 결국 냉동고로 보내질 운명임을 알고 있었지만, 저녁 식사 테이블에 스테이크가 등장하기 전까지는 굳이 생각하지 않으려 노력했다. 하지만 스테이크의 등장은 생각보다 빨랐다. 곧장 의심했다. 이건 분명 윌리겠지. 접시에 담긴 으깬 감자와 옥수수를 차례로 먹었다. 하지만 스테이크는 건드리지 않았다. 그 모습을 본 아빠는 화를 냈다. 접시에 담긴 음식은 남기지 않는 것이 아빠의 철칙이었다. 아빠가 없는 동안 우리가 지옥에 갔다면, 그건 아빠의 잘못이 아니었다. 하지만 이제 아빠가 돌아왔으니 그저 시키는 대로 해야 했다. 그게 전부였다.

"에이프릴."

아빠가 낮은 목소리로 말했다.

말투에서 이미 분노가 느껴졌다. 차라리 소리치며 뭐라도 던지면 좋겠다고 생각했다.

"스테이크 다 먹기 전에는 자리에서 못 일어나."

그 상황을 어떻게 벗어나야 할지 몰랐다. 엄마, 심지어 제닌도 다 먹은 상태였다. 물론 남자아이들은 게 눈 감추듯 먹어치웠다. 조심스레 고기를 자르려고 하는데 칼과 포크가 미끄러져 접시에서 튕겨 나왔다. 동생들이 낄낄거렸다. 데이비드는 "어머, 윌리가 발로 차버렸네!"라고 농담까지 건넸다.

나는 웃음이 나지 않았다. 겨우 한 조각을 잘라 입에 넣었다. 씹기 시작하자 아빠가 "음매" 하고 윌리가 우는 소리를 흉내 냈다.

고기를 씹을수록 눈물이 솟구쳤다. 스테이크를 작게 잘라 씹고 삼키기를 반복했다. 씹을 때마다 아빠에 대한 분노에 몸서리가 쳐졌다. 고등학교 졸업 후 집을 떠날 때까지 얼마나 남았는지 가만히 날짜를 세어보았다.

나는 제니퍼와 함께 12학년을 보낼 기대에 부풀어 있었다. 우리는 FBLA에서 임원으로 활동할 예정이었다. 제니퍼는 주 전체의 회장, 나는 서부 지구 회장으로 내정돼 있었다. 하지만 아빠의 계획은 달랐다. 개학 며칠 전, 아빠는 다시 오하이오로 이사를 간다고 선언했다. 여름 아르바이트의 마지막 날, 호크 선생님은 내게 세 개의 참이 달린 팔찌를 건넸다. 그중 하나는 등대 모양으로 나를 빛나게 하라는 뜻이라고 했다.

"에이프릴, 너의 밝은 빛을 아무도 가리지 못하게 하렴."

선생님은 대학 지원서를 쓸 때에도 나를 도와주었다. 내가 떠나올 때 선생님은 새로운 곳으로 옮길 때마다 주소를 알려달라며, 그럼 그 주소로 대학 지원서를 보내주겠다고 했다. 이전에는 아빠가 어디로 이사할지 미리 알려주지 않았다. 이번에는 알려줬지만, 다른 사람에게 말하지 말라고 했다. 그래서 호크 선생님에게도 말할 수 없었다. 선생님과 작별 인사를 하며 울었다. 선생님의 이마에는 근심과 슬픔이 가득했다.

우리 가족은 또다시 밴에 짐을 꾸렸다. 캠핑카는 아빠가 감옥에 있을 때 팔아버렸다. 우리는 오하이오의 작은 마을인 버튼으로 향했다. 새로운 교회, 새로운 학교, 새로운 삶이 기다리고 있는 곳으로. 오하이오로 돌아간 건 아빠에겐 꽤 상징적인 일이었다. 그곳은 아빠의 고향이자 가장 친숙한 곳이었으며, 우리 가족에겐 새로운 출발을 의미했다. 이번에도 여지없이 낡은 집이었다. 아이러니하게도 그 집은 아빠의 천적, 가톨릭교회가 소유하고 있었다.

집과 연결된 차고는 아파트로 개조돼 세입자가 살고 있었다. 아빠는 세 들어 사는 남자에게 친절하지 않았다. 우리에게도 말을 섞지 말라고 했다. 집 전체에서 더러운 냄새가 났다. 그나마 벼룩이나 바퀴벌레는 없었다. 나는 제닌과 함께 위층 방을 썼고, 남동생들이 방 하나를 같이 썼다. 이 집의 가장 큰 장점은 집 뒤로 흐르는 강물과 그 옆의 오두막이었다. 한때는 매우 운치 있는 곳이었다는 걸 알 수 있었다. 강 건너편에는 아빠가 저녁에 다닐 술집이 있었다.

내가 다닐 학교는 7학년에서 12학년까지 있었다. 처음으로 남동생 세 명 모두와 같은 학교를 다니게 됐다. 로런스 카운티 직업고등학교와는 전혀 다른 곳이었다. 우선, 직업 훈련을 위한 수업 자체가 없었다. FBLA 지부도 없었다. 그러나 미국 미래 농부 협회 Future Farmers of America, FFA 는 있었다. 하지만 내가 관심 있는 곳은 아니었다. 나중에 안 사실이지만, 내가 속해 있던 FBLA팀은 그해에 전국 대회에 나갔다. 물론 나는 참여하지 못했다.

이곳 상담 교사는 대학 진학에 대해 진심 어린 조언을 해주던 호크 선생님과는 사뭇 달랐다. 내가 상담실 문을 열고 들어가 궁금한 것을 질문하자 놀란 듯한 표정으로 날 쳐다보았다. 상담 교사는 내게 재정 지원 양식을 건넸다.

집에 오자마자 아빠에게 전했다. 그날 저녁 식사 자리에서 대학 진학에 관해 신나게 떠들었다. 나 자신도 주체가 안 됐다. 피츠버그에 있는 2년제 대학에 진학해 경영학을 전공하고 싶다고 말했다. 아빠는 내 말을 전혀 듣지 않는 듯했다. 며칠 후, 나는 아빠의 안락의자 주위를 지나쳤다. 안락의자 옆 작은 테이블에는 담배꽁초로 가득 찬 재떨이, 커피잔(아빠는 하루 세 번 아침, 점심, 저녁에 커피를 마셨다), 약병, 미납 고지서 및 각종 서류, 사탕 봉지가 널브러져 있었다. 사탕 봉지는 아빠 외엔 누구도 손댈 수 없었다. 영화를 보고 있으면 아빠가 어쩌다 우리에게 사탕을 하나씩 던져줬다. 마치 선심 쓰듯이. 그럼 우린 사탕을 입에 넣고 영화가 끝날 때까지 녹여 먹었다. 테이블 옆 쓰레기통에는 늘 사탕 껍질이 가득했다. 그런데 그날 밤, 반으로 찢긴 재정 지원 신청서가 사탕 껍질 사이에 처박혀 있었다. 나는 곧장 내 방으로 달려가 울음을 터트렸다. 어떻게 하면 대학에 갈 수 있을까? 어떻게 하면 이 상황을 벗어날 수 있을까?

다음 날, 나는 다시 상담실로 가 신청서를 한 부 더 받았다. 이번에는 내가 적을 수 있는 내용은 전부 다 적어서 가져갔다. 그다음에 아빠에게 빈칸만 채워 서명해 달라고 했다. 아빠가 돈을 부담하는 일은 전혀 없을 거라는 말과 함께. 또 피츠버그에 있는 곳 대신 지역 대학에 가도 괜찮다고 했다. 아빠는 서류를 살펴보겠다며 가져갔지만, 그 서류가 다시 내 손으로 돌아오진 않았다. 아빠에게 서류를 달라고 하기엔 너무 겁이 났다. 엄마는 우리의 재정이나 세금 관련 내용에 대해서는 전혀 몰랐다. 심지어 우리가 세금을 내는지조차 몰랐다. 엄마에게 부탁해 괜히 곤란하게 만들긴 싫었다.

예전에 아빠의 회고록에서 읽은 내용이 떠올랐다. 교육의 중요성과 함께 자신이 감옥에서 받은 교육을 얼마나 자랑스러워했는지 강조하는 내용이었다. 그러나 아빠는 내가 교육을 받도록 도우려 하지 않았다. 그렇게 몇 주, 몇 달이 지났고 결국 지원 마감일을 놓쳤다. 같은 반 친구들이 대학에 입학하면 하고 싶은 일에 대해 신이 나서 떠들어댔지만, 나는 그저 침묵만 지켰다.

남동생 셋은 모두 학교 레슬링팀에 들어갔다. 거기서 제프는 대니 Dannie 라는 아이와 친해졌다. 대니는 수줍음이 많고, 툭 튀어나온 무릎이 눈에 띌 정도로 깡마른 아이였다. 우리 집에 자주 놀러 왔는데, 아빠는 대니를 '대니 보이'라고 불렀다. 언제부터인가 대니는 아빠를 우러러보는 듯했고, 아빠는 대니가 그런 마음을 가지는 것을 매우 흡족해했다.

레슬링 시합에 나가면 아빠는 누구보다 열정적으로 응원했다. 동생들은 승리로 보답했다. 아빠는 대니의 양모와 시시덕거리며 대니를 비롯한 모든 아이를 응원했다. 아빠가 엄마들 근처로 간 건지 엄마들이 아빠 쪽으로 온 건지는 모르겠지만, 아빠는 언제나처럼 여자들에게 둘러싸여 있었다.

그때까지 나는 친구를 집에 데려간 적이 한 번도 없었다. 그래서 약속은 주로 밖에서 했다. 로라 Laura 는 새로 다니게 된 버튼 하나님의 성회 교회에서 만난 친구였다. 우리는 토요일에 만나 놀곤 했다. 어느 토요일, 나는 준비가 좀 늦었는데 공교롭게도 로라는 일찍 도착했다. 우리 집 근처로 와 기다리던 로라는 너무 더워 안에서 기다리고 싶은 마음에 대문을 두드렸다. 나는 위층에서 아빠 눈에 거슬리지 않을 만큼 화장을 하고 있었다. 화장품 사용에 관한 한 미묘한 차이까지도 확실히 묘사하는 전문가가 됐지만, 그러려면 서두를 수가 없었다. 나는 로라가 문 두드리는 소리를 듣지 못했다. 아빠가 듣고 열어주었다. 갈색 머리가 길고 예쁘장한 로라를 아빠는 필시 마음에 들어 했을 것이다. 침실 문을 열고 내려가려고 할 때 아래층에서 아빠가 다른 사람과 이야기하는 소리가 들렸다. 왠지 모를 불안감에 아래층으로 내려갔다. 거실엔 아빠와 로라가 앉아 있었다. 아빠는 언제나처럼 자신의 매력을 어필하며 대화하고 있었다. 나는 아빠가 내 친구에게 지극히 평범하게 행동했길 바랐다. 물론 그런 경우가 잘 없긴 했지만, 또 아예 없진 않았기 때문이다. 로라는 날 보자마자 재빨리 일어났고, 우린 함께 집을 나섰다.

차도를 내려갈 때까지 로라에겐 별달리 동요한 기색이 없었기에 나는 모든 것이 괜찮다고 생각했다. 하지만 로라가 나를 쳐다보며 쏘아붙였다.

"와, 에이프릴. 나 너희 집에 다신 안 가."

구체적으로 묻진 않았다. 아빠가 로라에게 무슨 말을 했는지 알고 싶지도 않았다. 그저 부끄러운 마음에 고개를 들 수 없었다. 아빠는 조금도 변하지 않았다.

아빠가 감옥에 있는 동안 남동생들은 더 크고 강해졌다. 나 역시 마찬가지였다. 나이로도 성인이 됐고, 외모에서도 여성스러움이 물

썬 풍겼다. 아빠는 우리 남매들 사이의 권력관계가 어떻게 바뀌었는지, 그리고 우리가 거의 다 자랐으니 승부 관계는 어떻게 될지 궁금해했다. 아빠가 감옥에 간 이후로 우리끼리 주먹다짐을 한 적은 한 번도 없었다. 우리는 서로를 때려눕힐 생각이 전혀 없었지만, 아빠는 그런 모습을 다시 보고 싶어 했다.

그해에는 기분이 안 좋고 우울한 날이 많았다. 동생들이 들어오면 내 방에서 당장 나가라고 소리쳤다. 심지어는 같은 방을 쓰는 제닌에게도 날 좀 내버려두라고 짜증을 냈다. 제닌은 위층 침대를, 나는 아래층 침대를 썼다. 나는 침대 위로 시트를 걸어 나만의 동굴을 만들었다. 그곳에서 조용히 책을 읽으며 혼자만의 시간을 보냈다.

가끔 다투기도 했지만, 아빠가 감옥에 간 뒤로 우리 다섯 남매는 매우 돈독해졌다. 아빠는 그 점을 못마땅해했다. 우리 사이를 이간질하려고 애썼다. 늘 싸움을 일으켰다. 때론 함정을 파놓기도 했다. 우리 중 한 명이 다른 형제자매에 대해 안 좋게 말했다거나 거짓말을 했다며, 없는 말을 지어내 싸움을 부추겼다.

아빠에 대한 내 마음은 얼음장처럼 차가워지고 있었다. 아빠는 소리를 지르며 일부러 내 얼굴 바로 앞에 서서 나를 자극했다. 아빠의 침이 내 뺨에 튀었다. 그런 식으로 어떻게든 자신의 눈을 쳐다보게 했다. 내 마음을 읽고 있다는 게 느껴졌다. 그러면 난 속으로 이렇게 외쳤다. '정말 싫어. 진짜 싫어. 죽을 만큼 싫어!'

아빠는 남동생들이 날 때려눕히는 꼴을 기어이 보고 싶어 했다. 동생들이 직접 나서주길 바랐지만, 동생들은 그럴 수 없었다.

한 번씩 존이 내 방문을 밀치고 들어오려고 하면, 내가 못 들어오게 막았다. 그러다 소리를 지르며 싸우곤 했다. 그럴 때면 아빠가 종종 개입해 몸싸움을 부추겼다.

"난 싸우고 싶지 않아요."

몸싸움은 야만적이라고 생각했다. 소름 끼쳤다.

하지만 아빠는 나와 데이비드, 존을 거실로 불러 모았다. 나와 존을 마주 보게 했다.

"잘 해결해 봐."

이렇게 말하며 허리춤에 손을 얹었다. 싸우라는 뜻이었다. 존과 나는 서로를 이기지 못하면, 아빠가 우리를 이겨버릴 거라는 걸 알고 있었다.

존이 먼저 내 머리를 잡아채 주먹으로 움켜쥐었지만, 나는 주저했다. 여전히 싸울 마음이 없었고, 아빠는 이 사실에 분노했다. 우리의 싸움은 진짜가 아니었다. 아빠는 진짜 싸움을 보고 싶어 했다. 내가 온 힘을 다해 싸우길 바랐다. 나는 존에게 독설을 퍼부었고, 어느 순간 내 안에서 뭔가가 튀어나왔다. 존을 공격했다. 복수심이 끓어올랐다. 그 대상은 존이 아니었다. 주먹을 날릴 때마다 아빠 얼굴이 떠올랐다. 아빠는 싸움이 계속되도록 내버려두었다. 아빠는 내가 이 싸움을 감당할 수 없다는 걸 증명하고 싶어 했다. 겁쟁이처럼 내가 먼저 그만둘 거라는 사실을 말이다. 아빠는 내가 어디까지 가는지 확인하고자 했다. 그리고 그 질문에 대한 답을 분명히 얻었다. 그 답은 우리 모두를 놀라게 했고, 누구보다 놀란 건 바로 나 자신이었다. 분노가 폭발하자 나는 미친 사람처럼 덤볐다. 스스로가 두려울 정도였다. 나는 존을 겁에 질리게 했고, 존은 공포에 휩싸였다. 처음이자 마지막으로 아빠가 싸움을 중단시켰다. 동생들은 이날을 절대 잊지 않았고, 내 잔혹함을 비난했다. 결국 아빠가 이겼고, 우리를 갈라놓았다. 갈라진 우리는 아빠를 상대로 단결할 수 없었다.

아빠는 제닌과 제프에게는 전혀 다른 모습을 보였다. 위의 셋한테 가장 혹독하게 대했다. 우리는 아빠의 하수인이었다. 늘 힘든 일을 해야 했고, 억지로 싸워야 했으며, 심하게 벌을 받았다. 어린 동생 둘은 소중한 존재로 여겨졌지만, 우린 그렇지 않았다. 아빠가 가장 사랑하는 아들 제프는 아빠를 놀리거나 심지어 무례하게 굴어도 전혀 문제가 되지 않았다. 제프는 가족 간 대화가 격해지면 살짝 누그러뜨리며 화제를 전환하기도 했다. 이렇게 장난치듯 말하며 말이다.

"할아버지, 좀 조용히 해."

그럼 아빠도 처음에는 한 대 때리고 싶은 눈치였지만, 이내 "착하지, 우리 아가"라고 말하며 웃어 보였다. 제프의 모습은 나로서는 상상도 할 수 없는 것이었다. 내가 그렇게 했다면, 아빠는 나를 방 밖으로 내던졌을 것이다.

집을 나와 자전거를 타고 묘지와 강을 따라 공원으로 향했다. 책만 잡으면, 한 시간 정도는 멀리 떠나와 있는 듯 모든 것을 잊을 수 있었다. 얼마 후 나는 학교 근처의 자동차 대리점 램버트 쉐보레에서 아르바이트를 시작했다. 아빠는 건설 현장에서 일하고 돌아오는 길에 나를 태워다 주었다. 그러면서 기름값을 요구했다. 우리 사이는 이미 너무 멀리 가 있었다. 캠프장 달리기 경주에서 우승한 나를 자랑스러워하던 아빠는 온데간데없었다. 아빠의 품에 안겨 낮잠을 자던 시절이 마치 수백 년 전 일처럼 느껴졌다. 이제 우리는 낯선 사람보다 못한 관계였다. 적이었다.

제닌과 함께 썼던 방은, 내가 바빠서 치우지 못할 때면 전형적인 10대의 방처럼 어수선했다. 집은 늘 지저분하고 정돈되지 않은 상태였지만, 아빠는 우리 방만큼은 각자가 깔끔하게 유지하길 바랐다. 자주는 아니었지만 한 번씩 정리하며 대청소도 했다. 그런데 한참을 치우지 못한 어느 날, 아빠가 남동생들을 시켜 내 방에 널브러진 물건들을 몽땅 뒷마당 소각장에 던지라고 했다. 제닌이나 남동생들의 물건은 제외하고 딱 내 물건들만.

그날 퇴근 후 집에 돌아왔을 때 아빠는 집에 없었다. 나는 늘 그러듯 옷을 갈아입으려고 내 방으로 먼저 올라갔다. 하지만 방은 거의 텅 비어 있었다. 바닥에 있던 옷들이 하나도 없었다. 처음에는 누가 내 옷을 치웠나 싶었다. 그런데 데이비드와 존이 문 앞에서 서성이며 내 눈치를 보고 있었다.

"내 물건들 다 어딨어?"

나는 별일 아니라는 듯 가볍게 물었다.

"집 뒤쪽으로 가봐."

존이 긴장 섞인 웃음을 간신히 참으며 말했다.

곧장 나가서 집 뒤편으로 갔다. 그곳은 나뭇더미를 쌓아둔 소각장이었다. 불은 아직 붙지 않았지만, 내 옷은 이미 이전에 타다 남은 재에 뒤덮여 엉망이 돼 있었다. 더구나 전날 비가 내린 터라 재가 진흙처럼 끈적해진 상태였다. 내가 아끼는 인형도, 보물상자도 모두 잿더미 속에 있었다. 상자는 이미 부서져 내용물이 모두 흩어져 있었다. 심지어 인형과 보물상자는 바닥에 있던 것도 아니었다. 내가 지나온 여느 방에서처럼 창가에 놓아두었다. 이건 곧, 동생들이 아닌 아빠가 바닥에 쌓인 옷더미뿐 아니라 내 어린 시절의 가장 소중한 추억들까지 모두 불태워 버렸음을 의미했다. 가슴이 조여오며 숨이 가빠지기 시작했다. 집에는 내가 안전하게 있을 곳이 단 한 군데도 없었다. 내게 소중한 것들에게도 마찬가지였다. 아빠의 잔혹함은 내가 아끼는 모든 것, 모든 사람에게 영향을 미쳤다. 오직 나에게 상처를 주기 위해서. 아빠는 나를 아프게 하고 괴롭힐 방법을 찾는 데서 즐거움을 느꼈다.

그날, 나는 내가 아빠보다 성숙한 사람이라는 걸 깨달았다. 아빠는 크지 못한 어른이었다. 나는 이제 성인이 돼 아빠를 능가했다. 무참히 버려진 어린 시절의 보물에 안녕을 고하며 등을 돌렸다. 이제는 내 어린 시절과 작별할 수 있었다. 아빠가 밉다 못해 불쌍할 지경이었다. 하지만 동정 따윈 하고 싶지 않았다.

그리고 얼마 후, 나는 아빠가 제프와 제닌에게 나에 대해 이야기하는 걸 들었다. 나는 전혀 한 적이 없는 두 동생 욕을 거짓으로 고해바치고 있었다. 계단에 쭈그리고 앉아 듣고 있자니 아빠가 우리 남매 사이의 관계를 영원히 망쳐버리는 건 아닌지 걱정됐다. 그즈음 아빠가 우리의 전화 통화를 녹음하고 있다는 사실을 알게 됐다. 여전히 남자 친구든 여자 친구든 내가 먼저 전화하는 건 허용되지 않았지만, 아빠는 친구들이 먼저 전화하는 것까지 막진 않았다. 우리끼리 전화로만 나눴던 이야기, 예를 들어 누가 누구랑 사귄다든지 내가 과제에서 무슨 성적을 받았는지 등을 아빠가 무심코 이야기하는 것을 보고 의심이 들기 시작했다.

하지만 내가 눈치챘다는 사실을 드러내진 않았다. 친구들과의 전화 내용을 아빠가 모르리라는 건 내 착각이었다. 아빠와 함께인 집에서는 사생활이랄 게 없었기 때문이다. 내 삶도 없었다.

졸업을 얼마 앞두고 전에 일하던 자동차 대리점에서 정규직 제안을 받았다. 아빠는 돈을 벌기 시작하면 집세를 내라고 했다. 하지만 나는 대학에 가려고 돈을 모으고 있었고, 그 꿈이 멀어진 이상 취업은 집을 떠날 유일한 방법이었다.

짐 가방을 꾸리는 내게 아무도 말을 걸지 않았다. 짐이랄 것도 없었다. 옷과 세면용품, 소각장에 던져지지 않고 간신히 살아남은 스크랩북, 클라리넷, 그리고 내가 직접 산 카메라. 제닌과 함께 썼던 방을 한번 둘러보았다. 동생이 좀 걱정되긴 했지만, 이 방은 물론 집, 아빠와 함께했던 생활은 조금도 그리울 것 같지 않았다. 여기는 내 '집'이 아니었다. 단 한 번이라도 집이었던 적이 있었을까?

나는 주차장 건너편에 있는 피자 가게 위층 아파트에 세를 얻었다. 룸메이트는 피자 가게 직원이었다. 피자 냄새가 집 안까지 올라왔지만, 푹신한 반죽이 풍기는 발효 냄새가 편안하게 느껴졌다. 작은 침실은 아늑했고, 무엇보다 거기서는 아빠가 들이닥칠 걱정 없이 침대에 누워 라디오를 들을 수 있었다. 마당 자갈에 부딪히는 타이어 소리에 불안해할 필요도 없었다. 나는 안전하다고 느꼈다.

주방은 밝은 노란색이었다. 작고 아담했지만, 페인트를 다시 칠하고 가전제품도 새로 들여 깔끔한 느낌이었다. 지금까지 내가 경험해본 주방 가운데 가장 깨끗했다. 이사 후 처음 만든 음식은 라자냐였다. 완성 후 접시로 옮겨 담을 땐 손가락에 화상을 입지 않도록 조심했다. 라자냐는 아빠가 감옥에 있는 동안 완벽하게 익힌 음식이었다. 룸메이트와 함께 작은 원형 식탁에 앉아 향부터 음미하며 천천히 먹었다. 만족스럽게 한 그릇을 다 비운 뒤, 한 번 더 덜어 먹었다. 아무도 뭐라 할 사람이 없었다. 괜찮았다. 어쩌면 그게 가장 좋았는지도 모르겠다.

월요일부터 금요일까지는 자동차 대리점에서 일했다. 저녁 9시까지 야근을 할 때도 있었다. 금요일 밤과 토요일 밤, 일요일 오후에는 피자 가게에서 일했다. 그리고 일요일 아침에는 교회에 갔다. 쉴 틈 없이 일하고 돈을 벌면서, 완전한 독립을 위해 운전 연수도 받았다. 연수가 끝날 무렵, 나는 직장 동료에게 차를 빌려 면허증을 땄다.

대학 등록금에 쓰려고 마련해 둔 돈으로 1984년형 파란색 르토 얼라이언스를 샀다. 이제 내겐 살 곳이 있었고, 직업도 두 개나 됐다. 차도 있었다. 마침내 두 번 다시 아빠를 볼 필요가 없어졌다.

3장

도미노가 쓰러지다

＊저자 주

이번 장의 사건은 연대순으로 서술되어 있지만 경찰 기록과 녹음, 기사
등 일부 자료는 몇 년 후 확보할 수 있었다는 점을 일러둔다.

체크리스트

1987-1991

       새 아파트에서 보낸 첫날 아침은 호화롭게 느껴질 정도였다. 아무런 방해 없이 출근 준비를 하며 마음에 드는 옷을 골라 입고, 화장도 하고, 점심 도시락을 만들었다. 아침으로 먹을 그래놀라 바와 핸드백을 챙겨 나가려는 순간, 누군가 문을 두드렸다. 구멍을 통해 살짝 들여다보고는 이내 뒷걸음질을 쳤다. 왜곡된 렌즈에 아빠의 얼굴이 크게 보였다.

  순간 어떻게 해야 하나 싶었다. 나는 문을 확 잡아당겼다. 아빠는 활짝 웃는 얼굴로 한 손에는 식료품 꾸러미를 들고 있었다.

  나는 너무 놀라서 말을 잇지 못했다.

  "고마워요."

  한 마디 하고는 꾸러미를 받아 들었다.

  아빠는 식탁에 앉아 부엌을 바라보았다. 땅콩버터, 시리얼, 빵, 스파게티 상자를 차례로 꺼냈다. 이 재료로 음식을 만들어달라고 하거나 다른 핑계로 나를 지각하게 만들겠거니 생각했다. 그런데 아빠는 금세 일어나 딱 한 마디만 건넸다.

"집이 좋구나."

"감사해요."

이번에는 나도 진심이었다.

"5분 후에 출근해야 해서요."

순간 아빠가 이사 온다고 하면 어쩌지 하는 말도 안 되는 걱정에 사로잡혔다.

"그래, 알았어. 그냥 새집 구경 좀 하고 싶어서 온 거야."

아빠의 말을 믿진 않았지만, 그 의도가 의심스러웠지만, 최소한 그날 보여준 제스처만큼은 감사히 받아들였다. 이후 아빠는 다시 오지 않았다.

혼자 사는 삶은 꽤 만족스러웠다. 엄마와 제닌은 매주 교회에서 만났기에 잘 지내는지 계속 지켜볼 수 있었다. 데이비드는 고등학교 졸업과 동시에 군에 입대했다. 존은 대학 진학을 준비하고 있었다.

나는 엄마에게 존의 학비를 어떻게 충당할 건지 물었다. 엄마는 아빠가 대출과 장학금을 알아보고 있다고 했다. 할 말이 없었다. 내가 대학에 가고 싶다고 했을 땐 아는 척도 안 하던 아빠였다. 내가 아빠를 싫어한다는 이유로 전혀 도와주지 않았었다. 이젠 아빠도, 아빠의 도움도 필요 없지만.

내겐 로니Ronnie 라는 남자친구가 있었다. 내가 정말 좋아했고, 어쩌면 사랑했던 사람. 하지만 그는 나와 함께 교회에 가는 데는 전혀 관심이 없었다. 내겐 결혼 상대자 선별을 위한 몇 가지 체크리스트가 있었는데, 그중 첫 번째가 기독교인이었다. 로니는 다른 모든 기준은 충족했지만, 기독교인이 아니기에 아쉽지만 헤어졌다. 성실한 사람, 전과 기록이 없는 사람도 주요 항목이었다. 아이를 원했기에 아이를 잘 돌볼 수 있는 사람인가도 중요했다. 하지만 엄마처럼 다섯이나 낳을 순 없었다. 안정적인 집에서 제대로 돌보고, 먹이고, 입힐 수 있을 만큼만 낳을 생각이었다. 모든 면에서 엄마와는 다른 삶을 살고 싶었다.

그즈음 램버트 쉐보레를 떠나 다른 자동차 대리점의 관리자로 자리를 옮겼다. 수입이 꽤 괜찮았다. 세금과 공과금도 제때 냈다. 이만하면 잘하고 있다고 생각했다. 그러나 이내 대리점이 사기 행각을 벌이고 있다는 사실이 드러났다. 고객이 자동차 보증보험을 연장해서 받은 돈을 대리점이 그대로 갖고 있었다. 나는 곧 모든 자동차가 은행 소유임을 알게 됐다. 하지만 새로운 판매 계약이 체결돼도 대리점은 은행에 알리지 않았다. 어느 순간 은행도 대리점의 행태를 의심하기 시작했다. 이 모든 사실을 알고 난 뒤, 난 조용히 정리하고 그곳을 나왔다. 결국 월세를 내야 하는데 수입이 없는 상황이 돼버렸다. 처음이었다.

매일 아침, 신문 광고란을 샅샅이 뒤졌다. 그러다 이웃 마을 어느 집에서 입주 베이비시터를 구한다는 광고가 눈에 띄었다. 바로 다음 주, 면접만 한 번 보고 바로 일을 시작했다. 그 집 가족은 홀로 아이를 키우는 아빠 밥Bob, 네 살짜리 딸 미셸Michelle, 세 살배기 아들 바비 Bobby로 이루어져 있었다. 바비는 정말 사랑스럽고 말을 잘 듣는 아이였다. 주인집은 이리 호수 근처의 코니엇에 있었고, 나는 그 집 지하로 거처를 옮겼다.

이사 후 첫 주일부터 코니엇 하나님의 성회 교회에 나갔다. 예배가 진행되는 동안 한 젊은 남자가 아내로 보이는 젊은 여자와 함께 교회로 들어가는 모습이 보였다. 예배가 끝난 후, 목사님이 나를 다른 신도들에게 소개했다. 예배 중에 본 젊은 남자도 있었다. 남자는 자신을 마이클 발라시오Michael Balascio 라고 소개했다. 함께 있던 여자는 아내가 아닌 엄마였다.

그날 나는 미래의 배우자감을 탐색해 볼 마음이 전혀 없었다. 하지만 마이클은 달랐다. 일주일 후, 마이클은 예배가 끝나고 데이트를 하자고 했다. 첫 데이트 장소는 부부가 운영하는, 뒤편에 활 사격장을 갖춘 소규모 사냥용품점이었다. 마이클은 사냥과 낚시를 정말 좋아해 그곳 주인과도 잘 아는 사이였다. 그들은 나를 유심히 살피며 쳐다보았다. 마이클이 다른 여자를 데려온 적이 있는지, 사냥용품점 데이트가 일종의 입문식인지 궁금했다. 만약 그렇다면, 나는 통과한 걸까? 아니 통과하고 싶었을까?

마이클은 사냥용 활을 가져왔고, 나는 그가 활을 어떻게 사용하는지 세심하게 관찰했다. 마이클은 활을 내 손에 쥐여주며 활 쏘는 자세를 알려주었다. 목표물이 무척 멀리 있는 것처럼 느껴졌다.

"몸을 목표물에 수직으로 향하게 해봐요. 이제 목표물을 바라보세요."

마이클이 시키는 대로 왼손으로 활을 들고 오른손으로 화살을 당긴 다음 활을 쏘았다. 목표물에 완전히 빗나갔지만, 그보다는 화살에 긁힌 왼쪽 팔뚝이 더 신경 쓰였다. 무척 화끈거렸기 때문이다. 마이클은 팔뚝 색깔이 변하는 걸 보고 총기 가게로 들어가더니, 팔에 대고 누를 수 있는 콜라 캔을 사 왔다.

다음 데이트 때는 마이클의 부모님 댁 뒷마당에서 사격 연습을 했다. 나는 총을 좋아하지 않았고, 사람들이 총을 부주의하게 다루는 것도 싫었다. 하지만 총을 소중히 다루고 총기 안전을 중요시하는 사람들도 있다는 건 알고 있었다. 사냥은 스포츠 그 이상이라는 사실도. 사냥으로 잡은 고기는 보통 식탁 위에 올랐다. 난 이론상으로는 책임감 있는 사냥꾼을 존경했다. 하지만 실제로는 총이나 활로 동물을 죽이는 게 전혀 매력적이지 않았다. 그런 내게 마이클은 소총 실력을 보여주고 싶어 했고, 나는 그가 자세를 취한 뒤 명중하는 모습을 지켜보았다.

또 한 번은 나를 낚시터에 데려갔다. 그는 차에 낚싯대와 장화를 싣고 다녔다. 강에 도착하자 마이클이 차를 세우고 장비를 꺼내기 시작했다. 내게도 장화를 건네줘서 신었다. 장화가 너무 커서 걸을 때마다 다리를 높이 들어야 했다. 서커스 광대가 된 것 같은 기분이었다. 덕분에 걸려 넘어지지 않고 잘 걸어갈 순 있었다. 낚싯대를 들고 강으로 걸어 들어갔다. 그리고 마이클이 하는 걸 보고 그대로 따라 했다. 그러다 어느 순간 바위에 걸려 넘어져 무릎을 꿇었다. 장화 속으로 물이 넘쳤다. 그러고 나서는 강둑에 비치는 햇빛에 몸을 녹이며 마이클이 낚시하는 모습을 지켜보았다.

사냥과 낚시에 대한 열정과는 상관없이 나는 마이클이 좋은 배우자감이라고 생각했다. 무엇보다 기독교인이라는 점이 가장 마음에 들었다. 마이클은 나를 처음 보자마자 '저 여자와 결혼하게 될 것'이라는 하나님의 음성을 들었다고 했다. 체크리스트 두 번째 항목도 충족했다. 마이클은 직업의식이 무척 강했다. 열심히 일했고, 사기 칠 생각 같은 건 절대 하지 않았다. 이미 교회 레인저스 리더로 활동하며 좋은 아빠가 되기 위한 준비도 하고 있었다. 레인저스 아이들은 그를 무척 따랐다. 마이클은 선량한 시민으로 법도 잘 지켰다. '개과천선'해 훌륭한 시민인 척하는 사기꾼인 아빠와는 달랐다. 그렇게 마이클은 내 체크리스트를 모두 충족했다.

나는 다른 어떤 요소보다 체크리스트의 항목을 우선시했다. 베이비시터로서 내 일은 아이들이 잠에서 깨는 이른 아침부터 시작됐다. 마이클은 2교대로 근무했고, 자정에 퇴근했다. 퇴근 후에는 내가 일하는 곳으로 와 한두 시간 머물다 갔다. 그가 오면 나는 늘 지쳐 있었다. 한번은 내가 화장을 지우고 있을 때 마이클이 도착했다. 그는 이렇게 물었다.

"꼭 그렇게 해야 해요?"

"뭘요?"

"화장 꼭 지워야 하는지 해서요. 화장한 모습이 더 좋거든요."

순간 두려움이 엄습했다. 엄마에게 화장을 하라고 닦달하던 아빠의 모습이 떠올랐다. 나쁜 생각을 밀어내려 애썼다. 마이클은 그저 화장한 내 모습에 매력을 느끼는 것일 뿐이라고 스스로 다독였다. 마이클은 내가 입은 옷이 마음에 들면 자주 칭찬해 줬다. 하지만 화장은 쉽게 입고 벗을 수 있는 옷이 아니었다. 내 얼굴에 관한 것이었다. 마이클은 10학년 때 사귀던 남자친구 마크와는 분명 달랐다. 마이클은 내가 화장을 안 하면 '예쁘지 않다'고 생각했다. 하지만 내 배우자감 체크리스트에 '있는 그대로의 나를 사랑해 주는 사람'은 포함되어 있지 않았다.

마이클은 아빠에게 결혼 허락을 받는 자리에서 우리 가족을 처음 만났다. 나는 만나기 전 똑똑히 일러두었다.

"분명히 말해요. 우리 아빠는 아주 별난 분이에요. 아빠가 말하는 건 아무것도 믿지 말아요."

그러면서 걸핏하면 식탁을 엎어버린 일 등 아빠의 성미를 알 수 있는 사례 몇 가지를 들려주었다. 하지만 엄마가 아빠 때문에 입원했던 일, 내가 의자에 앉을 수 없어서 학교에 못 갔던 일처럼 떠올리기조차 끔찍한 건 말하지 않았다. 아빠가 FBI 지명수배자 명단에 올랐던 일, 방화죄로 유죄판결을 받은 일, 미리 써둔 회고록에 관해서도.

"걱정 말아요. 내가 잘 대처할게요."

마이클이 말했다.

우리는 첫 데이트를 한 지 9개월 만에 결혼했다. 나는 스물한 살, 마이클은 스무 살이었다. 그래서 마이클은 결혼식에서 합법적으로 술을 마실 수 없었다. 우리는 낮에 교회에서 결혼식을 올렸다. 마이클이 직장을 잃은 시점이었고, 나는 당시 주급이 100달러 정도밖에 안 됐기 때문에 예식은 최대한 간단히 올렸다. 장신구도 1년 전 결혼한 제니퍼가 착용했던 걸 빌렸다. 신부 들러리도 없었다. 마이클 친구 부부가 대표로 들러리를 서주었고, 그쪽 부인이 1년 전 본인 결혼식에서 입었던 드레스를 빌려주었다. 봉긋한 소매가 매력적인 흰색 브이넥 새틴 드레스였다. 우리 가족 모두가 참석했다. 데이비드는 공군에서 휴가를 받았고, 존은 휴학 중이었다. 넬리와 돈 부부도 참석했다. 넬리는 웨딩 케이크를 만들어주었다. 제니퍼 부부와 함께 교회 친구 몇 명도 함께해 주었다. 작은 시골 교회였고, 그만큼 하객도 적었다. 결혼반지와 꽃은 내가 베이비시터로 돌보는 바비와 미셸이 각각 전달했다. 녀석들은 아주 즐거워했다.

아빠가 날 데리고 입장했다. 그런데 버진로드를 걸어가는 동안 작은 웃음소리가 들렸다. 강대상 앞에 도착해 아빠를 보고 나서야 그 이유를 알았다. 아빠가 입고 있던 흰색 턱시도 바지 아래로 물방울무늬 반바지가 선명하게 비쳤던 것이다.

짧은 예식이 끝난 후 교회에서 달걀, 팬케이크, 소시지를 곁들인 브런치를 제공했다. 형편상 신혼여행은 갈 수 없었다. 하지만 마이클은 곧 새로운 직장을 구할 계획이었다. 그는 내가 만난 사람 중 가장 열심히 일하는 사람이었다. 이건 내가 아빠 같은 사람과 결혼하지 않았다는 방증이었다. 아니, 모든 면에서 난 엄마와 다른 삶을 택했다. 엄마는 결혼 직후 첫애를 임신했지만, 난 그러지 않을 작정이었다.

그렇지만 결국 그렇게 됐다. 결혼 후 몇 달이 지나 첫아이를 가졌다. 입덧으로 하루 24시간이 고통스러웠다. 음식 냄새를 견디지 못했고, 그중에서도 닭고기 냄새가 최악이었다. 몸이 너무 안 좋았기에 생각보다 너무 빨리 임신한 것에 대한 충격을 잠시 잊고 있었다. 임신까지는 시간이 꽤 걸릴 줄 알았다. 두 번째 임신은 좀 더 시간을 두고 하겠다고 다짐했다.

마이클과 나는 부모님 집에서 한 시간 정도 떨어진 시골 주택에 세를 얻어 살았다. 한 번씩 엄마와 제프, 제닌이 잘 있는지 확인해야 했고, 아빠가 또 무슨 일을 꾸미고 있을지 늘 궁금했다. 하지만 아빠를 만나는 건 두려웠다.

임신하고 한두 달이 지나 집으로 갔다. 밸류 킹 식료품점에서 일하는 엄마가 아직 퇴근하기 전이었다. 제닌과 제프도 아직 학교에 있었다. 집에 들어서자마자 기름진 치킨 냄새가 코를 찔렀고, 구역질이 올라와 곧장 화장실로 달려갔다. 어지러움까지 겹쳐 비틀거리며 소파에 누웠다. 혹시 몰라 쓰레기통도 소파 앞으로 끌어왔다. 온 집 안에 닭 냄새가 진동했다. 아빠가 종일 닭 요리를 한 것 같았다.

"에이프릴."

아빠가 침실에서 나를 불렀다.

헐렁한 흰색 티셔츠만 입은 채였다. 아빠는 내게 속옷을 건네주며 말했다.

"허리가 너무 아파서 그래. 이 속옷 좀 입혀줘."

나는 일어나지 않고 그대로 누운 채로 답했다.

"아뇨, 아빠. 나 지금 못 해요."

대신 구역질을 참으며 쓰레기통을 잡았다. 내 앞에 선 아빠는 성기를 그대로 내보인 채 끙끙거리며 속옷을 입으려 애썼다.

아빠는 내가 이기적이라고 했다. 배은망덕하고 믿음도 없는 딸이라고 했다. 믿음이 없다고? 세상에! 교회에 발 들인 적도 없는 사람이 할 말은 아닌 듯했다. 오히려 나는 정말 신실한 딸이었다. 아빠를 너무 믿어서 문제였다. 계속 아빠 주위를 맴돌았고, 우리 사이에 묶인 끈을 좀처럼 끊어내지 못했다. 나는 눈을 감은 채 쓰레기통을 붙잡고 토했다.

출산 예정일을 몇 주 앞두고 우리 집에서 추수감사절 만찬을 준비했다. 엄마, 아빠, 제닌, 제프, 존, 데이비드 그리고 임신 중인 데이비드의 아내 에린까지 차 두 대에 나눠 타고 도착했다. 마이클은 엄청나게 큰 칠면조 요리를 준비했다. 어릴 적 아빠가 차린 크리스마스 만찬에 버금갔다. 나는 파이를 두 판 구웠다. 우리 집에 온 가족을 초대한 건 그때가 처음이었다.

저녁 식사 내내 우리는 재미있는 이야기를 하며 즐거운 시간을 보냈다. 아빠는 거의 한 마디도 하지 않았다. 식사 후에는 거실에 모여 스페이드 카드 게임을 했다. 부엌 식탁에 앉은 아빠는 자신에게 쏠리지 않는 시선에 화가 난 듯했다. 아빠는 본인이 주최하지 않은 파티는 즐기지 않았다. 그리고 그날의 주최자는 아빠가 아니었다. 나와 마이클이었다. 화기애애한 분위기 속에서 카드 게임은 점점 더 무르익어 갔다. 아빠가 이따금씩 끼어들어 자신의 이야기로 화제를 바꾸려 했지만, 아무도 아빠의 말에 귀 기울이지 않았다.

어느 순간 고개를 들었는데 아빠가 없었다. 엄마는 아빠가 화장실에 갔다고 했다. 너무 오래 걸리는 듯해 화장실로 가봤다. 문이 열려 있고 아빠는 없었다. 밖에 나가 담배를 피우고 있을 거라고 생각하고 마당으로 이어지는 뒷문으로 나갔다. 마이클과 나는 실내 흡연을 허용하지 않았고, 아빠는 그걸 못마땅해했다. 하지만 아빠는 마당에도 없었다. 집 주변을 돌아보니 아빠 차가 없었다. 가버린 것이었다. 성인 여섯 명이 차 한 대로 돌아가야 할 상황이었다. 더구나 한 명은 만삭의 임산부였다.

집으로 돌아와 모두에게 말했다.

"아빠가 가버렸어."

그날 파티는 그것으로 끝이 났다. 이미 늦은 시간이었고, 나도 꽤 지쳐 있었다. 데이비드, 에린, 존, 제프, 제닌, 엄마가 모두 데이비드의 차에 타고 돌아갔다. 그런데 잠시 후 전화벨이 울렸다. 마이클이 받고는 잠시 후 내게 말했다.

"장인어른인데."

나는 손사래를 쳤다. 다리가 아프고 퉁퉁 부어 바로 자고 싶었다.

"에이프릴!"

마이클이 다급한 목소리로 나를 불렀다.

"장인어른이 총을 갖고 있대. 자살하겠다고 겁을 주는데."

마이클은 수화기 너머로 부드럽게 말했다.

"잠시만요. 끊지 말고 기다리세요, 장인어른."

마이클은 방을 서성이며 어찌할 바를 몰라 했다.

"우선 심호흡부터 하세요. 그리고 지금 장인어른이 하려는 행동을 잘 생각해 보세요. 장모님과 가족들은 모두 집으로 가는 중이고⋯."

한숨이 절로 나왔다. 또 시작이었다. 비슷한 일이 여러 번 있었다. 아빠가 자살할 리 없었다. 모두 연극이었다.

마이클은 수화기를 손으로 가린 채 내게 말했다.

"장인어른이 방금 총을 쐈어. 팔에."

그 말을 이해하기까지 잠시 시간이 걸렸다.

마이클은 믿을 수 없다는 듯, 하지만 안심이라는 듯 고개를 저으며 실소를 터뜨렸다. 사냥을 좋아하는 그는 총소리를 듣고 아빠가 사용한 총이 22구경 같은 소구경 총임을 대번에 알아차렸다. 총도, 총을 맞은 부위도 자살하려는 의도와는 거리가 멀었다. 정말 자살하려고 했다면, 다른 방법을 썼을 것이다. 순전히 자작극이었고, 관심을 끌기 위한 시도였다. 마이클이 아빠와 통화하는 사이 나머지 가족들이 집에 도착했다. 온 집 안에 피가 흩뿌려져 있었다.

아빠는 구급차에 태워져 응급실로 이송됐다. 자살 감시 대상자로 분류됐지만, 금세 병원을 탈출해 버렸다. 병원 직원이 집으로 알려왔다. 제프가 차를 타고 주변을 돌았고, 결국 집으로 걸어가는 아빠를 발견했다.

3주 후, 첫 아이 브로디Brody 가 태어났다.

그 후 몇 년간은 기저귀와 젖병, 유모차에 둘러싸여 살았다. 둘째 브린Brynn, 셋째 브라이스Brice 가 차례로 태어났다. 나는 3년간 아이 셋을 낳았다. 엄마처럼.

결혼, 모성, 그리고…

1991-1996

아이를 낳고 바쁘게 사는 동안, 동생들은 모두 제 몫을 해냈다. 데이비드는 공군에서 복무 중이었고, 존은 대학 졸업 후 교사가 되었다. 제프와 제닌은 고등학교를 졸업하고 둘 다 군에 입대했다. 돌볼 아이가 없어진 아빠는 제프의 중학교 시절 친구 대니를 양아들로 들였다.

대니는 스물한 살에 고등학교를 졸업하고 랄프Ralph라는 남자와 함께 살았다. 하지만 이내 둘 사이가 틀어졌고, 그즈음 아빠가 데려온 것이다.

대니가 집으로 들어왔다는 말을 들었을 땐 다소 의아했다. 하지만 머지않아 이해가 됐다. 동생들이 모두 떠난 집에는 아빠가 담배나 커피 심부름을 시키거나 멋대로 소리칠 사람이 없었다. 안락의자에 앉아 편안하게 TV를 보거나 전화로 수다를 떠는 사이 자신을 대신해 막힌 싱크대를 뚫어주고 잔디를 깎아줄 사람도 없었다. 대니는 입양아로 들이기엔 나이가 너무 많았지만, 법적 이름도 대니 로 글로크너

Dannie Law Gloeckner 에서 대니 보이 에드워즈Dannie Boy Edwards로 변경했다. 개명 신청서에 대니는 다음과 같이 썼다.

"1년 넘게 에드워즈 씨 부부와 함께 살며 지원을 받고 있다. 이분들을 엄마, 아빠라고 부른다. 나를 아들처럼 대해주셔서 진짜 부모님처럼 느껴진다. 그래서 성도 바꾸고 싶다."

아빠는 대니에게도 입대를 권유하며, 시험에 합격할 수 있도록 멘토 역할을 해주었다. 아빠는 대니가 신체검사에 통과할 수 있도록 엄격하게 훈련시켰다. 심지어 대니의 발바닥에 테이프로 수프 캔을 붙여 발이 너무 평평해지지 않도록 했다. 대니는 두 차례의 시험을 모두 통과했다. 아빠는 입대 신청서 작성도 도왔다. 최대 20만 달러를 받는 군인 생명보험도 가입했다. 대니는 수익자로 아빠를 지정했다. 별도의 5만 달러짜리 보험에도 가입했다. 역시 수익자는 아빠였다.

세 아이를 데리고 부모님 집에 갔을 땐 대니가 막 기초 훈련을 시작하던 시점이었다. 6개월 된 브라이스를 한쪽 팔로 안고, 브로디와 두 살이 채 안 된 브린의 손을 하나씩 잡고는 집 안으로 들어갔다.

좁은 거실은 소파 하나와 리클라이너 두 대로 꽉 찬 느낌이었다. 이제 엄마도 리클라이너를 갖게 되었다. 그리고 좋든 싫든, 엄마는 이제 아빠를 독차지하고 있었다. 좋았을 것 같지는 않다. 아빠의 커피와 담배 심부름을 과연 누가 했을까? 아마 엄마 혼자 감당했을 것이다. 아빠는 덩치 크고 뚱뚱한 로트와일러 한 마리를 들였다. 이름은 미샤Misha였다. 녀석은 늘 아빠의 발치에 앉아 있었다. 집 안에선 개 냄새가 진동했다. 나는 개털로 뒤덮인 소파에 앉아 아이들을 안고 있었다. 잠시 이런저런 대화를 나눈 뒤 일어서려던 참이었다. 순간 아빠가 명령했다.

"미샤! 공격해!"

녀석이 이빨을 드러내고 으르렁거리며 소파 쪽으로 달려들었다.

브라이스가 기겁하며 울고, 브린과 브로디는 겁에 질려 내 품으로 바짝 파고들었다. 나는 아빠를 노려보며 외쳤다.

"아빠, 그만해요!"

아빠의 명령에 미샤는 조용히 앉아 경계하는 눈빛으로 우리를 지켜보았다. 그러나 내가 발을 바닥에 내딛자 아빠는 다시 공격 명령을 내렸다. 미샤는 다시 으르렁거리며 달려들었고, 아이들은 비명을 질렀다. 나는 다시 소파에 웅크리고 앉았다.

이런 공격이 몇 번이나 반복됐다. 우리가 일어서려고 할 때마다 아빠는 미샤에게 공격하라고 명령했다. 보다 못한 엄마가 개입했다.

"웨인, 그만해. 애들이 무서워하잖아."

엄마는 제안하는 듯한 어조로 말했다. 마치 음식을 입에 넣고 말하는 아이를 보며 그러지 말라고 타이르는 것처럼. 이게 태도와 예의 문제 그 이상도 이하도 아니라는 것처럼 말이다.

아빠는 웃었고, 미샤를 불러 세웠다.

나는 도저히 믿을 수가 없어서 엄마를 쳐다보았다. 어린 손주들을 공포에 떨게 만드는 가학적인 행동에 고작 이렇게 반응한다고? 하긴 엄마는 아빠가 그보다 더 심한 짓을 해도 평생 지켜보기만 했다. 문득 엄마가 손톱깎이를 함부로 놔둔 탓에 내가 대신 두들겨 맞은 일이 떠올랐다. 엄마 역시 평생을 맞고 살았지만, 단 한 번도 아빠에게 대항하지 않았다. 그런 엄마에게 왜 그날 유독 화가 났는지 모르겠지만,

두 사람의 모습에 치가 떨렸다.

나는 울면서 집을 나섰고, 겁에 질린 브라이스와 브린은 내 목에 매달렸다. 브로디는 내 다리를 꼭 붙들었다. 셋 다 부르르 떨고 있었다. 나는 화가 나 숨이 넘어갈 지경이었다. 차를 타고 출발할 때까지 아빠는 여전히 웃고 있었다. 우리는 그날 아빠에게 재밌는 오락거리를 제공한 셈이었다. 나는 운전대에 머리를 박고 한참을 울었다. 그렇게 화를 내고 싶진 않았다. 최소한 엄마에게는. 엄마를 불쌍히 여겼어야 하지 않았을까? 그래도 나는 집에서 나올 수 있었지만, 엄마는 그럴 수도 없으니. 다시는 집에 오지 않겠다고 다짐했다.

하지만 또 오고야 말았다. 그로부터 1년 후, 아빠가 우리 식구를 저녁 식사에 초대했다. 첫째 브로디가 네 살이 채 안 됐을 때였다. 여전히 미샤가 있었지만, 나는 알고 있었다. 마이클이 있는 한 아빠가 이상한 짓은 못 하리란 걸.

집 안으로 들어가니 튀김 냄새가 진동했다. 홀몸이었기에 아무렇지도 않았다. KFC 치킨 냄새랑 비슷했는데, 저녁 메뉴로 나쁠 건 없었다. 그런데 주방 쓰레기통에 KFC 용기가 있었다. 안도감이 느껴졌다. 적어도 아빠가 주는 음식을 아이들이 맛있게 먹어줄 테니 아빠와 별 마찰 없이 넘어갈 수 있으리라 생각했다. 우리 집에서는 아이들에게 강제로 음식을 다 먹이지 않았다. 행여 아빠가 그 문제로 시비를 걸면 아빠와 싸울 각오를 했다. 결국 싸움이 났다. 그런데 그 싸움은 내가 전혀 예상하지 못한 데서 일어났다.

식탁에는 치킨, 비스킷 그리고 크림이 듬뿍 들어간 으깬 감자 한 그릇이 놓여 있었다.

"와, 저희 KFC 좋아해요."

마이클이 말했다.

"KFC라니? 내가 직접 만든 거야."

아빠가 놀란 눈으로 답했다.

또 시작이었다. 나는 마이클이 눈감아 주길 바라며 식탁 밑에서 발로 툭 찼다. 나는 아빠에게 따지지 않았다. 하지만 마이클은 달랐다.

"정말 맛있는 KFC네요. 그렇지 않니, 얘들아?"

마이클은 아이들을 바라보며 눈짓했다. 그러자 아이들도 답했다.

"진짜 맛있어요!"

아빠는 마이클을 노려봤고, 식탁에 흐르는 긴장감은 견디기 힘들 정도였다.

"이… 치킨… 내가… 만든 거라고…."

아빠는 아예 대놓고 거짓말쟁이라고 불러보라는 듯했다. 그렇게 마이클이 도발하도록 부추기듯 으르렁거렸다.

마이클은 굽히지 않았다.

"그럼 쓰레기통에 있던 통은 뭐예요?"

아빠는 엊저녁에 사다 먹은 거라고 했다. 마이클은 한술 더 떴다.

"그럼 비밀 레시피 좀 알려줘 봐요. 커널 샌더스[22] 한테 받은 걸로."

그사이 나는 테이블 밑으로 마이클을 계속 찼다. 행여나 아빠가 식탁을 엎어 음식도 못 먹고, 아이들이 충격받는 일이 벌어질까 봐 두려웠다. 브라이스는 아직 유아용 의자에 앉는 아기였다. 내가 아빠보다

---

[22] KFC 창립자 겸 마스코트 할아버지.

더 고집 센 남자와 결혼한 걸까? 마이클은 이 어처구니없는 논쟁을 즐기는 듯했다. 아니면 뻔뻔하게 거짓말을 일삼는 아빠를 못 참아서 그랬는지도 모른다. 아빠는 끝까지 굽히지 않았고, 마이클도 이에 질세라 아빠의 거짓말을 물고 늘어졌다.

결국 아빠가 일어섰다. 식탁을 엎어버릴 줄 알았는데, 거실로 가 TV를 켜고 미샤를 불렀다.

아빠 집에 간 건 그날이 마지막이었다.

그러나 이후 얼마 지나지 않아 아빠가 전화로 대니 소식을 전해왔다. 대니가 기본 훈련 중 발목을 다쳐 전역 처분을 받았지만, 전역을 이틀 앞두고 탈영했다는 소식이었다. 말이 안 된다고 생각했다. 대니는 탈영할 이유가 없었다. 뭣 때문에 그렇게 무모한 행동을 한단 말인가? 아빠는 대니가 탈영하고 나서 자신에게 전화를 걸어 무사하다고 알렸지만, 위치는 밝히지 않았다고 했다. 아빠는 대니와의 통화를 녹음했고, 대화는 대략 이렇게 오갔다. 대니가 전 룸메이트 랄프에게 빚 때문에 협박을 받았고, 그래서 열려 있던 창문으로 아빠, 엄마 집에 침입해 큰 유리병에 보관돼 있던 제프의 돈을 훔쳤다고 했다.

"제프가 알면 얼마나 싫어하겠니. 거기에 260달러 정도가 들어 있었어."

아빠가 말했다.

이어서 아빠는 대니에게 "그럼 하나만 물어보자…"라고 말하며 몇 가지 질문을 던졌다.

"제프 옷도 가져간 적 있니?"

"네."

"그럼 안 된다는 거 너도 알잖아, 대니."

대니는 제프의 신용카드와 수표책도 가져갔다고 했다. 아빠는 도난 목록을 확인하듯 중간중간 "어허" 하며 못마땅해하는 소리를 냈다.

"하나만 더 물어보자. 혹시 미샤가 널 힘들게 했니?"

이에 대니는 누군가로부터 지시를 받는 듯한 어조로 대답했다. 어딘가 부자연스럽게 침착했다. 대니는 개 사료 한 봉지도 훔쳐 가 팔았다고 답했다.

위 통화 내용은 전역 이틀 전 군에서 탈영한 젊은이와 멘토의 대화라기엔 이상하리만치 차분하고 침착했다. 통화 도중 아빠는 "자수해라, 대니야"라고 여러 번 말했다.

이후 아빠는 대니의 잘못을 나열하듯 말했다.

"경찰에 네가 우리 집에 무단으로 침입했다고 말하고 싶진 않아. 제프의 돈과 신용카드, 옷가지를 훔쳤다는 것도." (경찰에 통화 내용 녹음테이프를 넘기려는 수작이었다)

아빠는 대니에게 랄프에 대해 다시 물어보며 대니가 랄프를 걱정하고 있다는 사실을 재확인했다. 이후 전화를 끊으며 이렇게 말했다.

"안전하게 지내고, 무슨 일 있으면 바로 전화해. 사랑한다."

그것이 내가 들은 대니의 마지막 소식이었다.

대니가 실종된 후 아빠는 내게 전화를 걸어왔다. 전화 내용은 무척 당황스러웠다. 한낮이었고, 나는 거실에 누워 있었다. 막내아들 브라이스가 겨우 돌쟁이일 때였다. 세 아이 모두 낮잠을 자고 있었고, 나도 막 자려던 참이었다.

아빠는 누가 현관에 작은 가방 하나를 놓고 갔다고 했다. 그 안에는 세면도구와 옷, 대니의 사진 그리고 충격적이게도 치아가 들어 있었다고 했다.

우리는 한동안 말이 없었다. 내게 전화를 걸었다는 사실도 놀라웠다. 아빠는 내가 누군가 자신을 괴롭히고 있다고 생각해 주길 바란 걸까? 그건 대니의 이였을까? 끔찍한 생각이 스쳤다. 대니가 살해당했고, 범인이 그를 조롱하고 있다고 말하려는 걸까? 그렇다면 왜 경찰이 아닌 내게 전화한 거지? 왜 가방을 뒤져서 여기저기 지문을 남긴 거지? 가장 혼란스러웠던 건, 아빠의 목소리에서 내가 뭔가를 알아챘다는 것이었다. 거짓말할 때의 아빠 목소리. 예전의 불안감이 다시 올라왔다. 아빠는 왜 이런 말을 내게 한 걸까? 무슨 속셈일까?

아빠는 군부대에 전화를 걸어 대니에게 무슨 일이 일어났는지 알 수 있는 단서를 좀 찾아달라고 부탁했다고 했다. 한 가지 눈에 띄는 건, 대니가 랄프로부터 협박 편지를 받은 건 없는지 부대에 확인했다는 점이다. 아빠는 이 통화 내용도 녹음했다.

세 아이가 모두 영유아기를 보내던 시절에는 하루하루 버티는 것 외엔 아무것도 생각할 수 없을 만큼 바빴다. 엄마의 젊은 시절을 그대로 답습하고 있었지만, 그때는 알지 못했다. 엄마가 되고 얼마 후, 어린 시절의 기억이 떠오르기 시작했다. 나는 그 기억이 나를 압도하지 못하게 어떻게든 떨쳐내야 했다. 고통에서 벗어나기 위한 수단으로 폭식을 택했다. 가장 살찌는 음식만 골라 강박적으로 먹기 시작했다. 폭식과 다이어트를 끊임없이 반복하자 요요현상도 갈수록 심해졌다. 점점 뚱뚱해지는 내 모습이 싫었지만, 그렇다고 음식을 통한 위로를 멈출 순 없었다. 폭식을 중단하기 위한 노력이 너무나 고통스러웠고, 사는 게 지치고 괴로웠다.

루실 이모할머니가 너무 그리웠다. 할머니는 내 성장 과정에서 매우 중요한 인물이었고, 아이들도 할머니를 보고 싶어 했다. 이모할아버지는 돌아가셨고, 할머니는 혼자 지냈다. 할머니의 적적함도 달랠 겸 마이클과 나는 아이들을 데리고 쿠야호가 폭포 근처의 할머니네로 향했다. 할머니는 옆문에서 우리를 맞아주었다.

할머니는 예전 모습 그대로였다. 짙은 폴리에스터 바지에 소매가 짧은 흰색 블라우스를 입고, 빨간 립스틱을 바른 채 실내에서 늘 두르던 머리망을 쓰고 우리 앞에 서 있었다. 어느덧 84세가 된 할머니는 퍽 지쳐 보였다. 볼도 처져 있었다. 하지만 눈앞에서 루실 할머니를 보다니 이보다 더 행복할 순 없었다. 나는 부드럽게 할머니를 안았다. 마음이 푹 놓였다. 비로소 안전함이 느껴졌다. 소속감도 찾아왔다. 어떤 면에서 나는 루실 할머니의 가족이었다. 구부정한 할머니 앞에 서 있으니 할머니가 내 인생의 닻이 돼주었음을 알 수 있었다. 어렸을 적 이모할머니 부부가 오면 우리 가족은 평소와 달리 평범하게 지낼 수 있었다. 그래서 할머니는 일종의 보험과도 같았다. 적어도 할머니가 있을 땐 우리에게 나쁜 일이 일어나지 않았으니까.

집 안에는 머피 오일 비누 향이 진하게 배 있었다. 나는 그 향기가 무척 좋았다. 할머니 집은 내 어릴 적 기억처럼 깔끔하게 정돈돼 있었다. 창문에는 레이스 커튼이 달려 있고, 식탁 위는 깔끔하게 정리돼 있었다. 각종 종이와 청구서가 어지럽게 널려 있지 않았다. 사탕 봉지 가득한 쓰레기통도, 담배꽁초가 가득한 재떨이도 없었다.

할머니는 거실 의자에, 나는 할머니 발치에 앉았다. 내 옆에선 아이들이 집에서 가져온 장난감으로 놀고 있었다. 마이클은 그저 들리는 대로 듣고, 보이는 대로 보며 말없이 소파에 앉아 있었다.

할머니는 사진첩을 꺼내 거실 테이블 위에 올려놓았다. 난 그중 하나를 집어 조심스레 넘겨보았다. 에이번 스트리트와 도일스타운에 살 때 찍은 가족사진이 몇 장 있었다. 내가 태어났을 때부터 제닌이 태어나던 시절까지의 사진이었다. 내가 그레이트 데인 위에 타고 있는 사진도 있었다. 조랑말처럼 큰 견종이었다.

루실 할머니가 그 사진을 가리키며 말했다.

"한번은 녀석이 현관 앞의 우체부한테서 널 지키겠다고 창문을 부수고 들어온 적이 있어."

나는 그 개가 기억나지 않았다. 그저 해피만 떠올랐다.

"아직도 해피가 그리워요."

"해피는 최고였지. 사람으로 치면 성자였어. 하나님이 보낸 선물."

할머니는 해피가 마치 하나님이 내 필요를 알고 보내준 선물이라는 듯 고개를 저으며 말했다.

이번에는 다른 앨범을 열었다. 아빠의 어린 시절 사진으로 가득 차 있었다. 일곱 살 아빠의 장난기 가득한 사랑스러운 미소가 담겨 있었다. 보육원으로 보내지기 전 모습이었다.

"귀엽지 않아요, 할머니?"

"정말 귀여웠지. 하지만 그때도 다루긴 퍽 힘들었단다."

할머니는 한숨을 내쉬며 말을 이었다.

"너희 아빠가 어렸을 때 우리가 입양할 기회가 있었어. 하지만 그 땐 우리도 너무 어렸고, 막 결혼한 상태라 너희 아빠가 너무 버겁게 느껴졌지. 너무 속상했지만, 입양은 힘들겠다고 말했어. 결국 아빠는 소년원으로 보내졌지. 그때 일만 생각하면 아직도 마음이 아파."

할머니는 휴지로 눈물을 닦았다.

"아빠한테 늘 잘해주셨잖아요. 할머니 덕분에 크리스마스가 늘 특별했어요! 할머니는 우리 모두를 더없이 잘 챙겨주셨어요."

할머니가 슬퍼하는 모습을 지켜만 볼 순 없었다. 우리에게 얼마나 많은 사랑을 준 할머니인데!

"그렇게 기억해 주니 고맙구나."

할머니 목소리에서 못내 아쉬움이 느껴져서 마음이 좋지 않았다. 할머니에게만큼은 슬픔이 아닌 기쁨만 주고 싶었다.

나는 앨범을 무릎 위에 올려놓았다. 마이클은 어깨 너머로 내 어릴 적 모습을 더 잘 보려고 몸을 기울였다.

나는 콜로라도에서 찍은 크리스마스 사진을 가리키며 말했다.

"내가 산타의 정체를 폭로하는 바람에 파티 망친 거 기억하세요, 할머니?"

"맞아, 그랬지! 너희 아빠가 폭발할까 봐 얼마나 마음을 졸였던지."

"할머니 덕분에 누그러진 거죠. 크리스마스에 할머니가 오시면 정말 좋았어요. 매년 그때만 기다렸어요."

할머니는 아이들에겐 들리지 않도록 내 손을 잡고 조용히 말했다. 할머니 손은 부드럽고 시원했다.

"아빠가 나쁜 짓을 일삼았던 건 알고 있지?"

"네, 알아요. 회고록에서 읽었어요."

"아니, 그게 전부가 아니란다."

할머니는 뭔가 더 말하려 했지만, 나는 듣고 싶지 않았다.

마이클은 귀를 쫑긋 세우며 할머니 쪽으로 더 가까이 다가갔다.

"한번은 정말 생각하기도 싫은 일이 있었어. 여름에 너희 집에 갔을 때란다."

"언제요?"

"너희가 위스콘신에 살 때. 너희 아빠가 일을 저지르긴 했어…. 뭔지 모르지만, 영 찜찜하더라고. 기분도 안 좋고."

난 두려움에 얼어붙었다. 위스콘신. 그곳엔 오래 살지도 않았다. 학교에 다닌 기억도 거의 없었다. 이모할머니 부부가 다녀갔다는 사실도 잘 기억나지 않았다.

할머니는 말을 이었다.

"하루는 밤에 진흙투성이가 돼 집에 왔더라고. 얼굴에는 피가 흥건했어. 그렇게 늦은 시간에 그런 몰골로 나타날 이유가 없잖아."

다시는 떠올리고 싶지 않은 기억. 안 돼, 안 돼, 떠올려선 안 돼. 내가 날 막았다. 기억나지 않도록. 가지 마, 그 기억으로 가지 마. 스스로를 억눌렀다. 절대 가선 안 돼.

나는 교회 이야기로 화제를 돌렸다. 할머니가 말했다.

"에이프릴, 난 주님이 데리러 오시면 언제든지 갈 준비가 돼 있단다."

그때 방문한 뒤로 1년이 채 안 돼 할머니는 출혈성 궤양으로 돌아가셨다. 우릴 만났을 때도 할머니는 이미 병을 앓고 있었지만, 우리에겐 알리지 않았다. 괜한 걱정을 끼쳐 소란을 일으키고 싶지 않아서였을 것이다.

할머니가 돌아가신 건 변호사를 통해 알았다. 할머니의 유언에 따라 내가 재산을 상속받게 됐다고 했다. 할머니는 재산 전체를 아빠에게 몰아주지 않았다. 6분의 1만 아빠 몫으로 두고, 나머지는 우리 다섯 남매에게 각각 6분의 1씩 남겼다. 아빠는 자신이 유산 전부를 상속받지 못했다는 사실에 분노했다.

크리스마스와 생일이면 늘 따뜻한 선물을 챙겨줬던 루실 이모할머니. 정작 본인은 지극히 소박한 삶을 살았던 할머니는 50만 달러가 넘는 돈을 저축해 두고 돌아가셨다. 마음이 너무 아팠다. 어렸을 적 할머니로부터 받은 선물은 가난하고 메마른 일상 속 단비 같은 존재였다. 그런 할머니는 돌아가신 뒤에도 우리에게 기적을 선물했다. 상속받은 재산 덕분에 우리는 다 쓰러져 가던 낡은 집을 멋지게 수리할 수 있었다.

할머니가 돌아가셨다는 소식에 집을 떠난 지난 10년간 좀 더 자주 연락하지 못한 내가 부끄러웠다. 아빠가 애틀랜타에서 체포된 뒤로 할머니는 더 이상 크리스마스에 오지 않았다. 나는 엄마에게 전화를 걸었다. 할머니의 유산에 대한 죄책감 그리고 감사한 마음을 터놓고 싶었다.

"할머니가 이 세상에 없다는 게 너무 마음 아파요. 하지만 이제는 천국에서 고통 없이 지내실 테니 그건 안심이에요."

아빠는 툭하면 전화 통화를 녹음했다. 루실 할머니와의 대화도 수년간 녹음했다. 그러나 그 녹음은 단지 후세에 남기기 위한 게 아니었다. 다른 목적이 있었다. 아빠는 자신의 계획을 실행하는 데 도움이 되도록 녹음테이프를 조작, 편집하곤 했다.

아빠는 내가 할머니에 관해 말한 슬픔과 감사의 내용을 악의적으로 편집해 마치 내가 할머니가 죽어서 기쁘다고 말한 것처럼 들리게 했다. 그런 다음 편집본을 동생들에게 우편으로 보냈다. 내게도 사본을 보냈다. 아빠는 자신의 행동을 내가 알길 바랐고, 어떻게든 내게 상처를 입히려 했다. 우리는 더 이상 아빠와 함께 살지 않았지만, 여전히 우리를 싸움터로 불러내려 했다. 나와 동생들이 서로를 믿지 못하도록 이간질했다. 다섯 남매가 아빠와만 가까워지길 바랐고, 우리끼리는 멀어지길 원했다. 우리가 유대감을 형성하면 아빠에게서 등을 돌릴까 봐 두려웠는지도 모른다.

아이를 통제하는 건 아빠의 전문 영역이었다. 그런데 아빠는 거기에 더해 결과까지 통제하려 했다. 예를 들어, 대니와의 통화 녹음본을 경찰에 증거로 제출해 대니에게 무슨 일이 생겼는지 경찰이 알아내도록 도왔다.

대니는 1996년 5월에 실종됐다. 약 1년 후인 1997년 4월, 부모님 집 근처의 공동묘지에서 대니의 시신이 발견됐다. 거의 다 썩은 채로. 내가 고등학교 3학년 때, 좁은 집을 벗어나기 위해 자전거를 타고 지나쳤던 바로 그 묘지였다.

대니의 뒷머리에서 두 차례 총을 맞은 자국이 발견됐다. 대니의 나이는 스물다섯 살이었다. 이 사건은 살인 사건으로 판명됐고, 아빠를 비롯해 주변 인물 모두가 경찰의 조사를 받았다. 아빠는 경찰의 조사와는 별도로 직접 조사에 나섰다. 경찰에는 대니의 전 룸메이트 랄프가 범인인 것 같다고 말했다. 아빠가 제출한 녹음테이프에 대니가 랄프에 대해 걱정하고 있다는 언급이 있었다. 하지만 랄프는 체포되지 않았다.

아빠는 거짓말탐지기 조사를 받으라는 요청을 받고 경찰서로 갔지만, 갑자기 가슴 통증이 시작되어 조사를 받지 못했다. 대신 대니에 관한 모든 것을 72쪽 분량의 요약본으로 작성해 제출했다.

장례식이 열렸다. 아빠는 장례식 후 열린 모임에 '사랑해, 대니'라고 적힌 케이크를 사 왔다. 심지어 대니의 양모에게 케이크 관련 내용을 자세히 설명하는 통화도 녹음했다. 케이크 색깔까지 구체적으로 말했다.

장례식 직후 아빠, 엄마는 애리조나로 이사했다. 아빠는 투손 외곽에 있는 부동산을 구입했다. 그즈음 제닌이 부모님에게 전화를 걸었고, 통화 내용은 당연히 녹음됐다. 제닌은 모든 형제자매가 불편하게 생각했던 질문을 던졌다.

"대니 보험금, 아빠가 탔어요?"

"누구 보험금?"

"대니요."

"아니."

"아니라고요?"

"응, 안 탔어. 우리가 아는 한…. 거기서 무슨 일이 있었는지 봐…."

아빠는 머뭇거리며 횡설수설했다. 그러면서 말을 이어나갔다.

"아냐, 그 누구도 한 푼도 못 받았어. 단 한 푼도. 게다가 대니는 탈영병 신분이었잖아."

그러고는 목소리를 높여 자랑하듯 말했다.

"보험금 탄 적 없어. 내 돈은 투자 수익금이야!"

아빠 말을 믿는 사람은 아무도 없었다.

내가 해결할 문제

1997-2009

매년 크리스마스 때면 형제자매들과 돌아가면서 파티를 열었다. 그즈음, 우리는 모두 결혼해 아이를 낳았고, 각기 다른 주에 흩어져 살았다. 적어도 1년에 한 번은 모여서 얼굴을 봐야 한다고 생각했다. 대니가 죽고 나서 몇 년 후, 아빠와 엄마는 투손을 떠나 켄터키로 이사했다. 부모님은 우리와 함께 크리스마스를 보내지 않았다. 그해에는 제프의 집에 모였는데, 대니와 아빠의 관계가 대화의 주제로 올랐다. 아이들이 모두 식사를 마치고 자리를 뜨자 우리는 조용한 목소리로 대화를 시작했다. 떠올리기도 싫은 끔찍한 질문을 주고받았다. 아빠는 돈을 목적으로 대니를 죽인 걸까? 과연 아빠는 그런 일을 할 수 있는 사람일까? 폭력을 일삼고 일부러 불까지 낸 아빠였기에 살인도 얼마든지 저지를 수 있다고 생각했다. 루실 이모할머니의 말이 떠올랐다. 우리가 위스콘신에 살 때, 아빠가 분명 의심스럽게 행동한 적이 있었다고 할머니는 말했다. 할머니가 언급한 내용에 대해서는 동생들에게 말하지 않았다. 자신이 멘토 역할을 했던 젊은이를 죽일 만큼 아빠가 무자비한 인간이란 걸 인정할 준비가 안 돼 있었다. 친자식은 아니었지만, 그래도 아빠를 아빠라고 부르던 아이였다.

제프네 집에서 한 크리스마스 모임 이후, 이 질문은 계속 날 따라다녔다. 갈수록 더 무거워지며 어느새 타당성을 갖추기 시작했다. 아빠가 대니를 죽였을까? 질문이 계속될수록 맞는 것 같았다. 아빠는 친아들처럼 여겼던 대니도 죽일 수 있는 사람이란 걸 인정하자, 비로소 대니를 죽인 사람이 아빠라는 확신이 들었다. 그때부터 다른 사람도 얼마든지 죽였을 수 있다는 생각이 들기 시작했다. 우린 여러 곳을 옮겨 다니며 살았기에 피해자의 흔적이 남아 있을지 아닐지도 몰랐다. 하지만 나는 이 끔찍한 생각을 어떻게 다뤄야 할지 전혀 준비가 안 돼 있었다. 그저 내 기억을 정리하며 깊숙이 묻어두고 방어막으로 둘러싼 채 나 자신을 보호했다. 나의 현재, 아이들, 교회 활동, 그리고 지역사회 활동에 집중했다. 그렇게 기억을 내 안에 쌓아나가서였을까? 난 날로 뚱뚱해졌다. 무려 90킬로그램이나 살이 쪘다.

거의 평생 위장병을 앓았고, 아무리 노력해도 살이 빠지지 않았다. 결국 위절제술을 받기 위해 의사를 만났다. 체구가 작고 눈빛이 친절한 중년의 인도 남성이었다. 상담이 끝날 무렵, 의사는 내 파일을 닫고 양손을 자신의 무릎 위에 올려둔 채 말했다.

"발라시오 씨, 제 경험상 발라시오 씨 같은 증상을 보이는 사람은 어린 시절에 트라우마를 겪은 경우가 많습니다. 혹시 그런 경험이 있으신가요?"

나는 눈을 한 번 깜빡이고는 무표정한 얼굴로 의사를 쳐다보며 말했다.

"일반적인 역기능 가정에서 자랐습니다. 그 이상은 아니었어요."

의사는 다소 실망한 표정으로 양손을 바라보았다. 나는 알고 있었다. 마음의 짐을 덜어낼 기회를 놓쳐버렸다는 걸. 하지만 솔직하게 말할 순 없었다. 그러기엔 내 안에 너무 많은 게 억눌려 있었다. 난 아이들이 파티할 때 쓰는 장난감 소품 같았다. 아주 힘껏 밀어 넣어야만 캔으로 들어가는 천으로 된 뱀 인형. 캔에서 튀어나오면 뱀은 통제 불능 상태가 돼 모두를 놀라게 했다. 내가 바로 그런 존재가 될 것 같았다. 통제력을 잃으면 주변 모두를 힘들게 할 것 같았다. 나는 사력을 다해 나 자신을 통제하고 있었다. 아주 얇은 뚜껑에 덮인 채 어떻게든 튀어나오지 않도록 간신히 버티고 있었다.

나는 세 아이 모두 초등학교 과정은 홈스쿨링을 했다. 교회 산하의 홈스쿨 그룹을 통해 각종 스포츠와 예술 활동을 병행했기에 지역 공립학교에 보내지 않았어도 크게 부족함을 느끼지 않았다. 셋 다 피아노를 연주했고, 남자아이 둘은 레인저스에, 딸 아이 브린은 미션네츠에 가입했다. 공부는 늘 식탁에서 했다. 어릴 적 엄마가 데이비드의 숙제를 도와줬던 기억이 났다. 나는 학습 코치와 담임교사 역할을 동시에 했다. 아이들을 가르치면서 정작 학교 다닐 때보다 더 많은 걸 배웠다. 아이들 셋의 터울이 크지 않아 같은 내용을 가르치기도 했다. 아이들은 학습에 별 어려움을 느끼지 않았다. 브로디는 네 살 때부터 책을 읽었고, 한 살 아래인 브린은 오빠를 따라잡기 위해 노력했다. 브린도 세 살 때부터 책을 읽기 시작했다. 아이들이 무척 자랑스러웠다.

하지만 아이들에게 화가 났을 땐 혼낼 때 사용하는 밥주걱을 집어

들었다. 너무 화가 나면 스스로를 통제할 수 없을 것 같아 두려움이 엄습하기도 했다. 어릴 적 아빠가 날 건너편 방에다 집어 던졌던 기억이 펄펄 끓는 물처럼 내 마음속에서 끓어올랐다. 그럴 때면 나조차 내가 무슨 짓을 할지 몰라 무서웠다.

어느 이른 아침, 아이들이 잠든 사이 마이클은 사냥 갈 채비를 하고 있었다. 나는 아이들을 해칠지도 모른다는 두려움이 든다고 고백했다. 하지만 마이클은 귀찮아했다. 딱 한 마디 하고는 집을 나섰다.

"그건 네가 해결할 문제야."

남편의 말은 충격 그 자체였다. 내겐 도움을 청할 사람이 아무도 없었다. 철저히 혼자였다.

그즈음 우리는 새로운 곳으로 이사했고, 우리에겐 아직 가까운 이웃이 없었다. 집에는 차가 한 대뿐이었다. 주로 마이클이 출근하거나 낚시, 사냥을 갈 때 사용했다. 나는 과거의 엄마처럼 고립돼 있었다. 새로 등록한 교회에서도 아직 친한 사람이 없었다. 또 마이클은 가족 문제는 가족 안에서 해결해야 한다는 주의라 내가 교회 상담을 신청한다고 해도 찬성할 것 같지 않았다. 그런 상황에서 내가 선택한 건 완벽한 엄마가 되는 거였다. 아이들은 옷차림이 단정하고 행동거지가 발라야 한다며 스스로를 엄청나게 압박했다. 모든 면에서 완벽을 추구했다.

중학교에 입학하자 아이들은 학업과 운동, 기타 활동 등에서 탁월한 모습을 보였다. 승부욕도 강했다. 나처럼, 우리 아빠처럼. 왜 아빠를 닮은 걸까? 그 사실은 인정하고 싶지 않았다.

아이들이 10대로 접어들며 점점 독립적으로 변해가자 행여나 밖에서 무슨 일이 생길까 나는 늘 노심초사했다. 누군가 어둠 속에 숨어 아이들을 해치려고 기다릴 것만 같았다. 그 누군가가 바로 아빠, 아이들 할아버지일지도 몰랐다. 아빠 같은 사람이 수백 명은 되지 않을까? 어릴 때 읽은 잡지 《트루 디텍티브》가 내게 가르쳐준 것이었다.

아빠가 팔에 총을 쏜 추수감사절 모임 이후 16년이 지난 어느 날, 이제는 변화의 시기가 왔다는 생각이 들었다. 어느덧 막내아들 브라이스가 열세 살이었다. 세 아이 모두 어린아이가 아니었다. 아이들이 커가고 있었다. 이젠 뭔가 행동해야 할 때였다.

나는 위절제술을 받았다. 하루 두 번, 운동을 시작했다. 집착에 가까울 정도로 철저히 지켰다. 살이 빠지기 시작하자 내 기억도 되살아났다. 꿈에서 스코티와 해피도 봤다. 아빠가 날 바닥에 내동댕이치던 모습, 붕대를 감은 엄마의 손, 불타는 헛간, 밤에 들리던 비명, 허공에 매달린 개까지. 그 끔찍한 기억들이 나를 평생 억누르고 있었다.

10년 전 루실 이모할머니가 했던 말이 머릿속에 울려 퍼졌다. 할머니는 아빠에 대한 두려움을 털어놓았다. 하지만 당시에는 내가 그어떤 조치도 취할 준비가 안 돼 있었다. 동생들과의 대화도 수년간 내 머릿속을 맴돌았지만, 그들의 의심을 완전히 받아들이고 싶진 않았었다. 하지만 이제는 받아들일 준비가 돼 있었다.

마이클이 일하는 동안 밤에 인터넷 검색을 시작했다. 한밤중에 불현듯 마을 이름이 떠오르면 그와 일치하는 살인 사건이 있는지 미제 사건 웹사이트를 뒤져보았다. 내가 살았던 주는 모두 알았지만, 마을 이름까지는 기억하지 못했다.

잠 못 이루던 어느 날 밤, 갑자기 워터타운이라는 이름이 떠올랐다. 나는 침대에서 일어나 노트북을 켰다. 마이클은 야간 근무 중이었기에 집에 없었다. 나는 검색창에 '1980년 워터타운 위스콘신 미제 사건'이라고 입력했다. 그러자 1980년 8월 위스콘신주 콩코드에서 발생한 '스위트하트 살인 사건'이 나왔다. 미제로 남은 이 사건은 경찰이 DNA 증거를 입수하면서 수사가 재개됐다. 나는 해당 사건에 관한 모든 기사를 검색해 읽었다.

1980년 8월 9일, 위스콘신주 워터타운 외곽에 있는 콩코드 하우스에서 당시 열아홉 살이던 켈리 드루와 티머시 핵는 결혼식을 마치고 피로연에 참석했다. 이후 카니발에서 친구들을 만나기로 약속했지만, 두 사람 다 나타나지 않았다. 이들은 밤 11시~11시 30분에 피로연장을 떠나는 모습이 마지막으로 목격됐다. 티머시의 차는 주차장에 있었고, 지갑도 차 안에 그대로 있었다. 두 달 후 이들의 시신이 발견됐다. 가족들은 이들에게 대체 무슨 일이 있었는지, 범인은 누구이며 아직 살아 있는지 여전히 궁금해했다.

나는 화면 속 사진을 응시했다. 양 볼이 사과처럼 발그스레한 열아홉 살 커플이었다. 이제 막 새로운 삶을 시작하려는, 우리 아이들 또래의 젊은이였다. 이들은 콩코드 하우스에서 결혼식을 마치고 떠나는 모습이 마지막으로 목격됐다. 그리고 나는 드디어 기억해 냈다. 콩코드 하우스!

그해 여름, 우리는 콩코드 하우스에서 불과 2~3킬로미터 떨어진 곳에 살았다. 하지만 티머시와 켈리의 시신이 숲에서 발견된 시점에는 이미 피츠버그로 이사한 상태였다. 기억이 되살아나면서 내 머릿속은 지진이 난 듯했다. 시몬 부부와 우테츠 부부, 스테인드글라스 창문이 있는 집도 기억났다. 아빠가 중얼거리던, 들판에서 찾게 될 거란 말도 떠올랐다. 실종 남녀 소식에 유난히 집착하던 모습, 부러진 코, 진흙이 잔뜩 묻은 아빠의 트리플 E 사이즈의 발볼이 엄청나게 넓은 부츠도 잇달아 생각났다. 루실 이모할머니도 아빠의 진흙투성이 부츠에 대해 말한 적이 있었다. 나는 심호흡을 했다. 아이들을 생각해서라도 결정해야 했다. 미제 사건 수사팀에 제보해야 할까? 내겐 아빠가 티머시와 켈리를 죽였다는 확실한 증거도, 아빠가 살인자라는 증거도 없었다. 단지 심증만 있을 뿐이었다. 나는 침실을 서성이며 어찌할 바를 몰랐다. 침대 위로 점프를 하기도 했다. 거울에 비친 내 모습을 봤다. 미친 사람 같았다. 산발한 머리에, 벌겋게 충혈된 눈은 무서울 지경이었다. 경찰은 내가 미쳤다고 생각할지도 몰랐다.

수화기를 들었다. 떨리는 손가락이 번호판 위를 움직였다.

나는 제닌에게 전화를 걸었다. 남동생들과의 관계는 껄끄러웠다. 아빠의 지시를 강요한 나를, 동생들은 용서하지 못했다. 하지만 제닌과는 늘 가깝게 지냈다. 아빠의 범죄 사실을 제보하도록 제닌의 지지를 받고 싶었다. 아빠가 결백하다면, 두려워할 일이 없을 것이다. 하지만 유죄라면, 엄청난 돌풍이 예상되긴 하지만 다른 살인범들처럼 응당한 처벌을 받을 것이다. 살인죄로부터 도망칠 수 없을 것이다. 그건 누구나 마찬가지니까. 제닌도 이런 내 말에 동의하지 않을까?

하지만 제닌의 반응은 내 예상과 달랐다.

"그래도 우리 아빠야."

"알아."

"엄마를 생각해 봐. 언니가 신고하면 엄마는 어떻게 되겠어?"

엄마가 무너질 수도 있었다. 하지만 내 의심이 맞다면, 엄마는 해방될 수도 있었다. 내가 틀렸다면, 가족들은 나를 증오할 게 분명했다. 내 의심대로 아빠가 살인자라는 사실이 밝혀지면, 우리 가족은 어떻게 될까?

"우리 아이들한테 어떤 영향을 미칠지 생각해 봐. 지금 우리가 이야기하는 모든 건 아이들 외할아버지에 관한 거잖아."

제닌이 잠깐의 침묵을 깨고 말했다.

제닌은 아이들의 감정적 반응뿐 아니라 추후 아이들이 얻게 될 평판과 아이들의 미래까지 생각하고 있었다. 제닌의 말은 모두 옳았다. 우리 모두에게 끔찍한 일이 될 게 분명했다. 이로울 건 없었다. 잃을 것만 많았다.

그러나 내가 떠올린 건 배신이라는 단어였다. 궁극적 차원에서의 배신. 나는 제닌에게 말했다.

"하지만 우리 아이들이라면 어떨까? 아이들을 위해 정의를 구현해야 하지 않을까?"

제닌 역시 독실한 기독교인이었다.

"나쁜 짓을 했지만, 우리 아빠라는 이유로 아무런 의심도 하지 않는 게 정녕 우리에게 주어진 몫일까? 우린 아빠의 가정 폭력에 관해 이야기하고 있는 게 아니야. 절도나 방화 사건도 아니고. 물론 이 모든 것도 범죄지. 하지만 우리가 얘기하고 있는 건 살인이잖아, 살인."

"그래 언니, 하지만 충분히 생각해 봐. 너무 성급하게 행동하지 말고."

그렇게 전화를 끊었다. 아무런 결정도 내리지 못한 채. 아이들은 그들의 10대 시절을 꿈꾸며 안전하게 자고 있었다. 나는 다시금 컴퓨터 화면 속 얼굴을 들여다보았다. 이제 막 꽃피우기 시작한 청춘 남녀의 밝은 미소가 그 안에 있었다. 하지만 그들의 꽃은 채 피지도 못하고 져버렸다. 실종 당일, 잔혹한 죽음을 맞으면서.

나는 또다시 서성이며 밤하늘에 대고 소리를 질렀다. 내가 어떻게 해야 하는지 알고 있었다. 직통 번호로 전화를 걸었다. 아무도 받지 않길 바라며 초조하게 기다렸다.

그러나 한 여성이 전화를 받았고, 나는 야근 중이던 차드 가르시아 Chad Garcia 형사에게 연결됐다. 순간 너무나 당황했다. 진짜 형사와 통화하게 될 줄은 몰랐다. 끊어버리고 싶었다. 하지만 전화가 연결되자 그럴 수가 없었다. 나는 이렇게 말했다.

"제가 미쳤다고 생각할 수도 있어요. 또 헛고생을 시키겠구나 싶을 수도 있고요. 하지만 정보가 될 만한 내용을 몇 가지 알고 있어 연락을 드렸습니다."

"네, 좋습니다."

형사는 침착하게 응했다.

"1980년 여름, 우리 가족은 위스콘신주 워터타운에 살고 있었어요. 8월 어느 날 밤, 아빠가 온몸이 진흙투성이가 된 채 코가 부러져 집으로 돌아왔습니다."

나는 차분하게 말을 이어나갔다. 처음엔 콩코드 하우스 근처 캠프장에 살았고, 아빠가 그곳에서 일했다고 했다. 이후 워터타운에 있는 집으로 이사했고, 집에는 나선형 계단 두 개가 있었다고 설명했다. 아빠의 교도소 수감 이력과 함께 《범죄자의 변신》에 대해서도 언급했다.

가르시아 형사는 가만히 듣고만 있었다. 그 침묵을 어떻게 해석해야 할지 몰랐다. 나는 계속 말을 이어나갔다. 이후 형사는 질문이 생기면 전화를 해도 되냐고 물었다. 나는 그렇다고 대답했고, 내가 아는 대로 모두 말해주겠다고 덧붙였다.

하지만 이후 3주가 지나도록 아무런 연락이 없었다. 안 그래도 바쁜 형사의 시간을 뺏은 것만 같았다. 안도감과 죄책감이 동시에 밀려왔다. 아빠를 그렇게 나쁜 사람으로 의심하다니 얼마나 못된 딸인가. 아빠에 대한 의심은 수년간 켜켜이 쌓인 채 곪아 있었다. 그런데도 입을 꾹 다물고 아무에게도 말하지 않았다. 그런 내 의심이 옳았다면, 내 침묵 탓에 얼마나 많은 사람이 죽어나갔을지 상상하기도 싫었다. 가르시아 형사로부터 아무 소식이 없이 하루, 이틀 지날 때마다 내 죄책감도 조금씩 덜어지는 느낌이었다. 그러던 어느 날, 전화 한 통이 걸려왔다. 도미노는 거침없는 속도로 쓰러지기 시작했다.

켈리와 티머시

2009

첫 통화 후 몇 주만이었다. 가르시아 형사가 직접 만날 의향이 있는지 물었다. 그사이 아빠에 관한 기록을 살펴보며 무척 바쁘게 지냈다고 했다. 가르시아 형사는 아빠의 회고록을 주문해 읽고 있었다. 또 경찰 기록을 통해 켈리와 티머시 실종 이후 두 번 이상 조사받은 콩코드 하우스 직원 명단에 아빠가 포함돼 있다는 사실을 발견했다. 콩코드 하우스와 시체가 발견된 위치, 우리가 살던 곳은 모두 반경 13킬로미터 이내였다.

가르시아 형사가 오하이오주 제퍼슨에 있는 우리 집으로 오기로 했다. 동료 형사와 위스콘신에서 출발할 예정이었다. 전화를 끊으려던 찰나 가르시아 형사가 혹시 우리 집에 와서 DNA 표본을 채취할 수 있냐고 물었다. 나는 "물론이죠"라고 대답했다.

드디어 약속 당일, 난 형사들을 기다리며 거실을 서성거렸다. 손님맞이 준비를 모두 마친 상태였다. 난 평소에도 집을 깨끗하게 유지하는 편이었다. 루실 이모할머니처럼. 더러운 집에서 자란 탓에 정돈되지 않은 지저분한 상태를 혐오했다. 그래서 독립 후 처음 아파트에 살 때부터 집은 늘 깨끗했다. 흰색 카펫을 깔아둔 거실은 진공청소기로 청소했고, 선반은 늘 먼지 없이 유지했다. 녹색 체크무늬 식탁보는 커튼과 잘 어울렸다. 담쟁이덩굴이 그려진 주방 벽지는 주방 전체의 분위기와 조화를 이뤘다. 마이클과 내가 하나하나 세심하게 보수 작업을 진행한 집이었다. 주방 조리대와 바닥에는 각각 따뜻한 참나무와 흰색 타일을 깔았다. 깨끗하고 잘 꾸며진 집은 내게 스스로를 통제할 힘을 불어넣었다. 혼돈의 문을 내 손으로 열었으니 그것을 통제할 힘이 절실했다. 가르시아 형사가 나타나길 초조하게 기다렸다.

드디어 문을 두드리는 소리가 났다. 순간 깜짝 놀랐다.

"좋은 아침입니다, 부인."

짧은 머리에 절도 있는 모습을 한 남자가 자신을 차드 가르시아 형사라고 소개했다. 그리고 그 옆의 동료 형사도 소개했다.

정장 차림에 넥타이까지 맨 그들은 다소 불편해 보였다. 두 사람을 주방 식탁으로 안내했다. 마이클은 주방 조리대에 기대어 서서 악수하며 커피를 권했다. 두 사람은 그 제안을 흔쾌히 받아들였다.

아주 예의 바르고 공손한 모습이었다. 날씨와 교통 상황 등을 나누는 형식적인 대화가 끝난 후, 가르시아 형사는 식탁 위에 녹음기와 노트를 꺼내 올려놓았다. 마이클도 의자에 앉아 주의를 집중했다.

"새롭게 발견된 게 있나요?"

내가 먼저 물었다.

"아직요."

가르시아 형사가 답했다.

정말 발견된 게 없다는 뜻인지, 발견된 게 있지만 아직은 공유할 수 없다는 뜻인지는 알 수 없었다. 순간 두 사람은 나와 정보를 공유하기 위해 우리 집에 온 게 아니라는 걸 깨달았다. 그들의 목적은 내게 정보를 얻어가는 것이었다.

가르시아 형사가 대화를 녹음해도 되는지 물었다. 나는 고개를 끄덕였고, 녹음이 시작됐다. 형사는 내 이름과 방문 날짜, 시간, 목적을 말했다. 말을 시작했을 때 나는 녹음기가 돌고 있다는 사실도 잊고 있었다.

"수사에 도움이 될 만한 정보가 있으신가요?"

가르시아 형사가 물었다.

나는 내 가족과 함께 살았던 모든 장소를 시간순으로 인쇄해 두었다. 첫 번째 마을인 애크런에서부터 이야기를 풀어내기 시작했다.

"아빠는 포터스빌에서 살던 집에 불을 질러 펜실베이니아 교도소에 수감됐어요. 그때 엄마는 아빠의 방화가 보험 사기 때문이라고 했었죠. 하지만 포터스빌 방화는 아빠가 집주인의 가구를 모두 팔아버린 걸 감출 목적이었던 것 같습니다."

이와 관련해 내가 알게 된 사실도 모두 말했다. 아빠는 테일러 로드 헛간에 불을 질렀다. 이후 헛간 가득 목재가 보관돼 있었다고 주장했지만, 그건 사실과 달랐다. 방화 전에 이미 케빈 드라이브에 있는 공사장으로 목재를 모두 옮겨놨었다. 아빠는 목재 등 각종 자재(대부분 아빠의 소유가 아니었다)에 대한 보험에 가입한 후 불을 질렀다. 한 번도 아니고 두 번씩이나. 애크런 방화는 매우 성공적으로 진압됐다. 수사관들이 방화 혐의를 제기했지만, 아빠는 효과적인 증거 인멸 방법을 알고 있었다. 깔끔하게 일을 마무리 짓고자 배전함에 헝겊을 넣고 다시 한번 불을 질렀다. 그리고 생각했다. 자기 집에 두 번이나 불을 낼 거라고 의심하진 않겠지? 아빠의 예상은 적중했다. 비난의 화살은 아빠를 피해 갔다.

나는 말을 계속 이어나갔다.

"아빠는 그 화재로 2만 달러의 보험금을 탔어요. 아빠가 연루된 것으로 의심되는 다른 많은 범죄처럼 당국에서 조사만 받고는 금세 풀려났습니다. 이런 일은 계속 반복됐죠. 위스콘신에서도 마찬가지였고요."

가르시아 형사는 무표정한 얼굴로 얘기를 들으며 계속 메모했다.

"위스콘신 사건만이 아닌 듯해요."

"무슨 뜻이죠?"

"더 많은 희생자가 있는 것 같습니다."

"계속 말씀하시죠."

"케빈 드라이브에 있는 도일스타운에 살 때, 두 아이가 실종됐다는 소식을 들은 적이 있어요. 위스콘신에서의 상황과 똑같았습니다."

나는 아빠가 우릴 데리고 잡초가 무성한 공원을 걸었던 때를 자세히 묘사했다.

"그 애들 말고도 '실종된' 아이들이 또 있어요."

플로리다에서 친구로 지낸 커티스와 크리스도 사라졌고, 피츠버그에서 제프를 괴롭혔던 아이도 죽었다는 소식을 들었다고 말했다.

"위스콘신에 대한 다른 기억이 있으신가요?"

가르시아 형사의 질문에 나는 열한 살 여름으로 돌아갔다. 캠프장 옆에 있던 콩코드 하우스, 그리고 우리가 세 들어 살던 농가에 대해서도 자세히 설명했다. 아빠가 사냥하다가 다쳤다고 했던 코의 멍과 핏자국에 대해서도 기억나는 대로 말했다. 두 사람은 중간에 끼어들지 않고 내 말을 끝까지 다 들어주었다.

나는 시간대별로 정리한, 우리가 살던 곳의 목록을 건넸다.

"이 많은 곳에서 얼마나 많은 사람이 희생됐을지 누가 알까요?"

나는 마음의 준비가 돼 있었다. 아빠는 우리가 살던 곳마다 사람을 죽인 듯했다. 그래서 매번 떠나온 거였다. 내가 건넨 목록이 다른 미제 사건 수사에도 도움이 되길 바랐다.

가르시아 형사는 아무 말도 없었다. 분명 내가 미쳤다고 생각하는구나 싶었다. 아니면 이 일에 너무 미쳐 있든지. 형사는 내가 건넨 목록을 받아들고는 이렇게 물었다.

"DNA 표본을 채취할 준비는 되셨을까요?"

"물론입니다."

가르시아 형사는 DNA 표본 키트를 꺼내 들었다. 검사 자체가 매우 민감하다며 마이클에게 잠시 뒤로 물러나 달라고 부탁했다. 그리고는 면봉으로 내 입을 닦고 실린더에 빠르게 밀어 넣은 후 비닐에 밀봉했다. 두 사람은 자리에서 일어나며 정말 감사하다고 했다. 가르시아 형사는 휴대폰 번호를 알려주면서 궁금한 내용이 있거나 중요한 정보가 생각나면 언제든지 전화하라고 했다. 그리고 인사를 한 뒤 집을 나섰다.

다시 몇 주가 흘렀고, 아무런 연락이 없었다. DNA 검사 결과를 궁금해하며 난 또다시 의심하기 시작했다. 내 기억이 잘못된 것일 수도 있지 않을까? 형사들을 헛수고하게 만든 건 아닐까? 내가 진짜 미쳤던 걸지도 몰랐다.

하지만 그사이, 가르시아 형사는 점점 더 확신을 하게 됐다. 주 경찰과 카운티 경찰의 수사 기록을 모두 확보했고, 양쪽의 보고서를 함께 열람했다. 동시 열람은 사건 당시 형사들에겐 허용되지 않던 방법이었다. 주 경찰 보고서에 따르면, 아빠는 티머시와 켈리가 실종된 직후 조사를 받은 많은 사람 중 한 명이었다. 코가 부러진 것도 기록돼 있었다. 아빠의 이름은 카운티 경찰 보고서에도 등장했다. 당시 우리가 살았던 집의 주인이었던 존 시몬이 경찰 조사에서 아빠가 범인으로 보인다고 말했기 때문이었다. 존은 우리가 켈리와 티머시의 실종 직후, 밤에 예고도 없이 마을을 떠났다고 했다. 또 아빠가 밴 좌석 밑에 권총을 보관하고 있었다고도 말했다. 우리 집 뒤편 다리에서 애정 행각을 벌이던 10대들을 아빠가 쫓아낸 이야기도 전했다. 남자아이의 머리에 권총을 겨눈 이야기를 아빠가 자랑처럼 떠벌렸다고 했다. 하지만 이 같은 존의 진술에 대해서는 심도 깊은 조사가 진행되지 않았다. 당시 우리 가족은 이미 마을에서 수백 킬로나 떨어진 곳으로 떠난 뒤였기 때문이다. 가르시아 형사는 아빠를 용의자로 지목할 증거를 수집하고 있었다. 내 심증이 확보된 상태였지만 더 좋은 게 있었다. 바로 내 DNA였다.

∴ 2009년 켄터키주 루이빌

가르시아 형사는 위스콘신주 담당 형사와 함께 루이빌에 있는 아빠를 찾아갔다. 난 한참이 지나고 나서야 이 사실을 알았다. 당시 대화를 녹음해 둔 테이프를 들을 기회가 있었기 때문이다. 최소 열두 번 이상은 들어서 모든 장면을 정확히 떠올릴 수 있었다.

녹음 내용은 아빠, 엄마가 장을 보러 식료품 가게에 갔다가 막 돌아왔을 때 현관문 앞에서 기다리던 경찰들의 인사를 받는 것으로 시작했다. 대부분의 사람에게는 이것만으로도 이미 놀랄 일일 것이다. 경찰 두 명이 자신을 만나기 위해 위스콘신에서 켄터키주 루이빌까지 무려 700킬로미터를 운전해 왔으니. 하지만 아빠는 아무렇지 않은 척 행동했다. 매일 있는 일이기라도 한 것처럼.

일흔여섯이 된 아빠는 건강이 좋지 않았다. 병적인 비만과 심각한 당뇨병으로 산소통이 달린 휠체어에 의지해야 하는 상황이었다. 하지만 녹음된 목소리에서는 그런 상태가 전혀 느껴지지 않았다. 아빠는 조금도 놀라거나 움츠러들지 않고 다부진 목소리로 경찰들을 맞이했다. 마치 길을 묻는 행인에게 대답해 주듯, 혹은 설탕을 빌리러 온 이웃에게 기꺼이 한 그릇 내주듯 아무렇지 않게 경찰들을 대했다. 아빠는 경찰들을 거실로 안내한 뒤 앉으라고 권했다. 지저분한 거실 테이블의 모습, 어질러진 물건을 한쪽으로 치우고 소파에 앉았을 두 경찰관의 모습이 그려졌다.

경찰은 날씨 이야기로 대화를 시작했다. 잠시 후, 한 사람이 구체적인 신분을 밝혔다.

"저희는 위스콘신주 법무부 소속입니다."

"위스콘신."

아빠가 말했다.

제대로 들었는지 확인하는 듯한 말투였다. 하지만 속으로는 심장이 내려앉았을 것이다.

위스콘신주 담당 형사가 계속 말을 이었다.

"미제 사건 조사를 진행하던 중 1980년 사건 파일에서 선생님의 이름이 나왔고, 몇 가지 확인하기 위해 찾아오게 됐습니다."

아빠는 빙긋이 웃었다. 마치 '젊은 시절 장난깨나 쳤지!' 하는 표정. 아빠의 얼굴이 완벽하게 그려졌다. 머리를 살짝 기울인 채 수줍게 지어 보이는 미소.

"저희는 현재 후속 조사를 진행하고 있습니다…. 콩코드 하우스에서 실종된 두 10대 남녀 사건에 대해서요."

"콩코드 하우스라…."

아빠는 말끝을 길게 늘이며 몇 번이나 반복했다.

그리고 처음으로 엄마의 목소리도 들렸다.

"저는 쳐다보지 마세요. 전 콩코드 하우스가 뭔지도 몰라요."

엄마가 소파에 앉아 뜨개질 바구니를 무릎 위로 올려놓는 모습이 그려졌다. 어린 시절 엄마를 떠올리면 늘 생각나는 이미지였다.

"나도 그래. 콩코드 하우스가 뭐지?"

아빠는 사기꾼의 본능을 여지없이 드러내며 모르는 척을 이어나갔다.

"말 좀 해봐요. 궁금하니까. 아…. 도대체 어떻게 된 거죠? 왜… 여기까지 온 거예요?"

거짓말할 때 나오는 아빠 특유의 목소리. 내가 기다리던 바로 그 목소리였다.

가르시아 형사가 다소 모호하게 답했다. 당시 콩코드 하우스에서 일했던 모든 사람을 면담하고 있다고. 이에 아빠는 그제야 생각났다는 듯, 그곳에서 일한 적이 있다고 말했다. 이날 방문의 목적을 뻔히 다 아는 상황에서 기억력이 쇠한 늙은이 행세를 하는 아빠의 거짓말을 듣고 있자니 속이 메슥거렸다. 우리 가족이 너무나 잘 아는 것이 한 가지 있다면, 그것은 아빠의 놀라운 기억력이다. 시공을 초월해 아빠에게 소리치고 싶었다. 당신은 아무도 속일 수 없어! 그렇게 똑똑한 척 오만하게 굴더니! 이제 진실이 밝혀졌다고!

이후 형사가 아빠에게 물었다. 열아홉 소년 소녀가 실종된 사건을 기억하는지.

"글쎄요. 기억을 좀 더듬어봐야겠는데요."

아빠는 시간을 끌며 어디까지 아는 척을 해야 할지 계산하고 있었다. 모든 단어를 신중하게 선택하는 듯했다. 어렸을 적 아빠는 범죄 프로그램을 볼 때 늘 이렇게 말하곤 했다. 범죄를 저지른 후엔 유죄임을 인정하지 않는 것이 최선이며, 가능한 한 진실에 가깝게 이야기를 꾸며내는 게 최선의 전략이라고. 녹음테이프를 듣자 그렇게 말하는 아빠의 목소리가 들리는 듯했다.

가르시아 형사는 1980년 8월, 두 사람이 실종된 후 진행한 조사의 조사자 명단에 아빠의 이름이 포함돼 있었다고 말했다. 그러자 아빠는 "잠시만요"라고 말하고는 조사받은 기억이 난다고 했다. 마치 모든 기억이 되살아난 것처럼.

일반적으로 자신이 범인이라면 초조해하거나 식은땀을 흘리는 게 당연하다. 하지만 아빠는 예고도 없이 찾아와 30년 전 살인 사건에 관해 묻는 낯선 이들에게 전혀 당황하는 기색 없이 친절하게 응했다. 이후 가르시아 형사는 이 같은 아빠의 태도가 무고한 사람이 경찰이 갑작스럽게 방문했을 때 보이는 일반적인 반응은 아니라고 했다.

결국 가르시아 형사는 결정타를 날렸다. DNA 증거가 파일에 남아 있어 용의자 색출을 위해 DNA 표본을 채취 중이라고 설명했다. 그러면서 아빠에게 표본 채취가 가능한지 물었다.

"아, 그건 좀 어려울 것 같네요."

아빠의 반응이 머릿속에 그려졌다. 이렇게 말하는 듯했다.

'이런 젠장! 전혀 예상치 못한 일이잖아!'

그런데 더 예상치 못한 일이 벌어졌다. 엄마가 입을 열더니 이렇게 말했다.

"숨길 게 없다면, 뭐가 걱정이에요…."

순간 의자에서 떨어질 뻔했다. 엄마는 단 한 번도 아빠를 거역한 적이 없었다. 함께 있는 경찰들 덕에 용기를 낸 걸까? 아빠는 TV 프로그램에서 본 적이 있다며, DNA 제공 후 오히려 경찰 때문에 누명을 쓰는 경우가 있다고 말했다. 당황한 모습이 역력했다. 경찰 방문 후 처음이었다. 생각할 시간이 필요하다며 다음에 다시 와달라고 했다.

하지만 가르시아 형사 일행은 이미 모든 준비를 마친 상태였다. 아빠의 DNA 표본을 강제할 영장도 있었다. 선택의 여지가 없어진 아빠는 결국 항복했다. 밖에서 기다리던 분석가가 들어와 아빠의 뺨을 닦았다.

가르시아 형사 일행은 집을 나서며 콜롬보 스타일로 작별 인사를 건넸다.

"켈리 드루와 티머시 핵은 당신에게 어떤 의미인가요?"

"처음 들어보는 이름인데요. 낯설어요."

이렇게 대답하고 아빠는 마치 치킨집 주인이 손님을 배웅하듯 친근한 목소리로 말했다.

"고마워요! 조심히 돌아가세요!"

가르시아 형사가 아빠를 만나고 5주 후, 제프로부터 이메일을 받았다. 무척 화가 나 보였다.

"이제 만족해?"

무슨 말인지 이해가 안 됐다.

제프는 엄마로부터 아빠가 체포됐다는 연락을 받았다고 했다. 가르시아 형사 일행은 2009년 7월 30일, 다시 아빠 집으로 갔다. 이번에는 아빠를 체포하기 위해 수사관 일곱 명과 동행했고, 미란다원칙을 알렸다. 집을 수색한 결과 가짜 주민등록증, 위조된 출생증명서 그리고 사설탐정 및 전문 경호원으로 위장한 가짜 신분증이 발견됐다. 성치도 않은 몸으로 아빠는 여전히 사기 행각을 벌이고 있었다.

아빠의 체포 소식을 듣자마자 가능한 한 빨리 엄마 곁으로 가야겠다고 생각했다. 엄마는 혼자 지낼 준비가 전혀 돼 있지 않았다. 평생 혼자 살아본 적이 없었다. 모든 청구서는 아빠가 처리했고, 휠체어를 타면서도 운전은 아빠가 했다. 돈 관리도 전부 아빠가 했기에 엄마는 월급을 받으면 늘 아빠에게 넘겼다. 그걸로 끝이었다. 은행에 얼마가 있는지 전혀 알지 못했다. 집안일도 엄마 혼자 의사 결정을 하는 일은 거의 없었다. 살인 혐의로 남편이 체포된 상황에서 엄마가 어떻게 대처하고 있을지 그 모습이 전혀 그려지지 않았다.

엄마를 도울 방법을 궁리하며 열여섯 살이 된 브린과 함께 차에 올랐다. 브린과 나는 친밀한 모녀 사이였다. 평소 같았으면 여행을 떠나듯 했을 텐데 그날은 너무 정신이 없어서 평소처럼 편안한 대화조차 나눌 수가 없었다. 오하이오주 제퍼슨에서 루이빌까지는 차로 약 일곱 시간 거리였다.

운전하면서 가르시아 형사의 휴대폰으로 전화를 걸었다.

"확실한 건가요? 아빠의 DNA가 범인과 일치하나요?"

형사는 99.9퍼센트의 확률로 일치한다고 했다. 전화를 끊었고, 몸이 떨리기 시작했다. 추측과 의심은 가득했지만, 정작 아빠가 살인자라는 사실을 받아들일 준비는 하지 못했다. 늘 내가 틀리길 바랐다. 이 사건에 대한 내 의심이 맞았다면, 다른 수많은 의심 또한 맞을 가능성이 컸기 때문이다. 아빠는 얼마나 많은 생명을 앗아간 걸까?

나는 바로 다음 출구로 빠져나와 주유소에 차를 세웠다. 차에서 내려 뒤쪽으로 갔다. 딸에게 들키지 않으려고 몸을 돌린 채 숨죽여 울었다. 내 의심은 결국 사실로 확인됐다. 아빠는 내가 두려워했던 대로, 아니 그보다 훨씬 더 나쁜 사람이었다.

브린과 함께 엄마 집에 도착한 뒤 낡은 트레일러 앞에 있는 작은 공간에 차를 세웠다. 못 보던 현관이 새로 만들어져 있었다. 우리는 휠체어 경사로를 따라 현관으로 걸어갔다. 강아지 오줌 냄새가 진동했다.

똑똑, 노크했다. 심장이 두근거렸다. 엄마가 나를 반기지 않을까 봐 두려웠다. 그러나 걱정과 달리 엄마는 웃는 얼굴로 우릴 맞아주었다.

"운전은 안 힘들었어?"

엄마는 밝은 모습이었다. 우리는 거실에 짐 가방을 놓았다.

강아지도 짖으며 우릴 반겼다. 엄마는 미리 저녁을 준비해 두었다. 미트로프와 으깬 감자였다. 우리 둘 다 아빠 이야기는 꺼내지 않았다. 엄마는 그저 집에 별일은 없는지 안부를 물었다. 일상적인 대화만 나눴다. 강아지, 엄마의 교회 생활, 요리법 등을 화제로 삼아 이야기를 나눴다. 미트로프에는 케첩을, 으깬 감자에는 옥수수 알갱이와 그레이비소스를 곁들여 먹었다. 나는 모든 음식이 너무 맛있다고 칭찬했다. 엄마는 기뻐했다.

그날 밤, 브린이 잠든 후 엄마와 나는 소파에 마주 앉아 드디어 아빠 이야기를 시작했다.

아빠가 체포된 직후 제프가 루이빌 교도소로 면회를 갔다고 했다. 그리고 이렇게 말했다고 한다.

"내 눈 똑바로 보고 말해요. 아빠가 한 짓이 아니라면, 보석금을 내드리죠."

하지만 아빠는 부정할 수 없었다.

그때 엄마가 놀라운 말을 했다. 내가 평생 기다려온 말이기도 했다. 아빠가 체포되기 전날, 엄마는 하나님께 외쳤다고 한다.

"더는 못 참겠어요!"

그렇게 하나님은 엄마의 기도에 응답했다. 마침내.

엄마는 별다른 감정 없이 건조하게 말했지만, 나는 그 자리에서 펑

펑 울었다. 드디어 찾아온 엄마의 해방을 축하하면서, 동시에 아빠 곁에서 보낸 엄마의 끔찍한 삶을 위로하면서. 엄마는 날 안아주지 않았지만, 내가 억지로 손을 뻗어 엄마를 안았다. 무척 어색했고, 엄마는 금세 손을 빼버렸다. 엄마의 고백만으로도 이미 충분히 놀랐기에, 더는 엄마를 압박하지 않았다.

나는 엄마가 좀 더 이야기해 주길 바랐다. 지난 40년간 꽁꽁 묶어둔 이야기 금고를 이제는 열어주길 원했다. 하지만 엄마는 더는 버틸수 없으니 도와달라고 하나님께 간구했다는 말만 되풀이했다. 그리고 한 가지만 더 말해주었다. 아빠와 결혼할 때 이미 날 임신 중이었다고. 나는 줄곧 엄마가 신혼여행 중에 임신했다고 생각했다. 엄마는 덫에 걸린 거였다. 나는 묻고 싶었다. 그때의 결정을 후회하지는 않았는지. 엄마는 이미 아빠가 어떤 사람인지 알고 있었을까? 하지만 엄마 입에서 '네가 안 태어났으면 좋았을걸'이라는 말이 나오는 건 원치않았다. 나는 엄마가 마음을 열도록 격려하는 법을 몰랐다. 엄마에 대해 아는 게 거의 없었다. 그렇게 한동안 조용히 있다가 엄마가 먼저잠자리에 들었다. 나는 소파에 누웠다. 지치고, 피곤하고, 슬펐다.

브린과 나는 엄마와 함께 요리와 청소, 쇼핑 등을 하며 지냈다. 집을 청소하다가 경찰이 놓친 많은 단서들을 발견하기도 했다. 아빠가모아둔 사진과 녹음테이프, 신문 스크랩이 담긴 상자가 여러 개 있었다. 약병이 가득 든 지퍼백도 발견했다. 모두 불법 약물이었다. 아빠는 약물 거래를 하고 있었던 걸까? 엄마는 전혀 몰랐다고 했다. 아니면 몰랐던 척하는 것이거나. 엄마의 삶에서 '사업'적인 부분은 모두 아빠의 영역이었다.

제닌도 엄마에게로 오고 있었다. 나는 브린과 먼저 집을 떠나왔고, 엄마는 강아지를 옆에 두고 손을 흔들며 작별 인사를 했다.

아빠는 체포된 후 루이빌 메트로 경찰서로 이송돼 여덟 시간 동안 강도 높은 조사를 받았다. 몇 년 후 영상을 통해 당시 장면을 볼 수 있었는데, 아빠는 형사들에게 농담이나 하며 답변을 피해 가르시아 형사를 화나게 했다. 중간에는 숙련된 형사들로 구성된 루이빌 수사팀도 개입했다. 다양한 자체 수사법을 구사하는 팀이었지만, 아빠는 이들이 감당할 수 있는 범위를 넘어섰다. 형사들은 아빠의 모습에 분노하며 소리쳤다. 아빠는 결코 순순히 자백하지 않았다.

끝으로 아빠의 DNA가 열아홉 살 켈리의 옷에서 발견된 정액과 일치하는 상황에 관해 설명해 달라고 하자 아빠는 그날 밤, 켈리와 합의하에 성관계를 했다고 주장했다. 심지어 켈리와 '사귀던 사이'였다고 말했다. 이 말을 듣고 나는 두 가지를 생각했다. 우선 아빠는 강간이나 다른 어떤 범죄도 인정하지 않을 게 분명했다. 범죄를 인정하지 않는 게 아빠의 원칙이었다. 아빠는 병적으로 거짓말을 했다. 반면, 다른 한편으로 1980년 당시 아빠는 카리스마 넘치는 인물이었고, 엄마를 포함해 여러 사람과 결혼 생활을 하면서 다양한 연령대의 여성과 관계를 맺었다. 그리고 그날 아빠의 말에 따르면, 켈리도 그중 한 명이었다. 그러나 아빠는 켈리나 티머시를 죽였다는 사실은 부인했다. 아빠는 "나는 평생 아무도 죽이지 않았다"라고 말했다.

조사가 시작된 지 여덟 시간이 흘렀다. 아빠는 꽤 지친 상태였지만, 수사관들보단 오래 버텼다. 자백은 여전히 못 받아낸 상태였다.

아빠는 다음과 같이 결론지었다. 그날 밤, 켈리와 주차장에서 성관계를 하는데, 티머시와 다른 두 사람이 댄스홀에서 나와 자신들을 발견했다. 순간 티머시와 함께 있던 두 사람이 티머시를 때려 죽였고, 이에 켈리가 비명을 지르자 켈리도 죽였다(시신 발견 당시 티머시와 켈리에게 나 있던 상처는 다른 이야기로 둘러댔다).

살인 사건을 목격했음에도 경찰에 알리지 않은 이유를 묻자 아빠는 이렇게 대답했다.

"밀고자가 되긴 싫었거든요."

그 말을 듣자마자 웃음을 터뜨릴 뻔했다. 밀고자, 정확히 아빠를 두고 하는 말이었다.

언론 보도는 피하고 싶었지만, 지역 뉴스에서 아빠의 체포를 어떻게 다루고 있는지는 확인해야 했다. 켄터키의 한 TV 방송국 웹사이트에는 다음과 같은 제목의 기사가 실렸다.

"루이빌 출신 남성, 위스콘신주 미제 살인 사건의 용의자로 체포".

충격에 빠진 이웃 주민들의 인터뷰도 실렸다.

"살인이라니 말도 안 된다고 생각했어요. 정말 부드럽고 유쾌한 사람이었거든요. 매일 만나고 싶을 정도로. 진짜 친절했어요."

"이웃들과 잘 어울리는 사람이었어요…. 마치 보이스카우트 대원 같았죠."

아빠의 체포에 대한 이웃들의 반응은 내게도 익숙한 것이었다. 겉으로 보기에 아빠는 참으로 매력적이고 믿음직스러운 사람이었다.

일종의 마조히즘[23]적 충동과 관련해 1972년 아빠가 출연한 TV 프로그램 〈진실을 말하다〉의 에피소드를 찾아봤다. 그 방송을 보자 에이번 스트리트의 거실로 돌아간 것 같았다. 참 순수했던 시절이었다. 진행자가 세 명의 참가자를 소개하는 동안, 엄마는 화면에서 눈을 돌리고 있었다.

패널로 참여한 네 명의 유명인사에게 드디어 선택의 시간이 다가왔다. 실제 전과자였지만 개과천선해 작가로 변신한 사람이 누구인지 선택해야 했다. 앨런 알다Alan Alda 와 키티 칼라일Kitty Carlyle 은 가짜 중 한 사람을 택했다. 진 레이번Gene Rayburn 은 "전형적인 미국식 외모의 젊은 남자"라며 아빠를 택했다. 세 사람 중 아빠가 범죄와 가장 거리가 멀어 보였기에 택했다고 말했다. 마지막 패널인 페기 캐스Peggy Cass 도 "목숨을 맡길 정도로 신뢰가 간다"며 아빠에게 표를 던졌다. 이 말을 들은 아빠는 입이 귀에 걸렸다. 진심으로 기뻐하는 듯했다. 정말 그랬을 것이다. 진행자 개리 무어Garry Moore 가 외쳤다.

"진짜 에드 에드워즈 씨, 일어나 주세요!"

아빠는 쑥스러워하면서도 다정한 표정으로 일어섰다. 아빠가 그토록 원했던 모습, 즉 전과자에서 누구나 신뢰할 수 있고 정직하며 열정적인 사람으로 변모했음을 증명하는 순간이었다.

1972년에 아빠의 변신을 얼마나 많은 사람이 믿었고, 37년이 지나서도 아빠를 친절하고 악의 없는 존재로 믿는 사람이 얼마나 많은지 생각하면 스물한 살의 순진한 케이 헤덜리가 어떻게 아빠에게 빠

---

23) 정신적, 육체적 학대를 받는 데서 성적 쾌감을 느끼는 이상성욕.

졌는지 이해할 수 있었다. 온 식구가 둘러앉아 TV에 나온 아빠의 모습을 보고 있을 땐 엄마도 아빠에 대해 더 잘 알고 있었다. 하지만 여전히 모든 걸 알진 못했고, 그럴 수도 없었다.

빌리와 주디스

2010

겉으로 보면 내 삶은 꽤 괜찮았다. 교회 활동도 무척 만족스러웠다. 나의 하루는 주로 다른 사람을 돕고, 아이들 관련 각종 활동과 파티를 주최하며, 지역 크리스마스 기금 모금 행사에 참여하고, 공방에서 가구를 수리하고, 아이들을 챙기는 일로 꽉 채워졌다. 아이들은 학교에서 우수한 성적을 거둬 대학에도 조기 입학을 하는 등 미래가 창창했다. 교회에서는 아빠에 대해 일절 함구했다. 교회 사람들은 아빠를 알지 못했고, 그래서 입도 벙긋하지 않았다.

하지만 위스콘신주 살인 사건 용의자로 켄터키주 루이빌에서 아빠가 체포됐다는 뉴스가 대대적으로 보도된 후 내 삶은 완전히 산산조각 나버렸다. 친구들은 내게 전화를 걸어 너무나 충격적이고 유감이라며 쓴소리를 했다.

이후 다른 일들도 겹치면서 감정적으로 폭풍우가 휘몰아쳤다. 우선 딸아이의 행동이 갑자기 변했다. 아이는 나와 함께 요리하고, 공예품을 만들며, 교회 활동에 참여하는 걸 좋아했다. 하지만 어느 순간부터 나와 함께 하는 모든 걸 거부했다. 완전히 다른 사람으로 바뀌었다. 차를 망가뜨리고 거짓말을 했다. 외출할 때도 어디로 가는지 제대로 말하지 않았다. 가출해 버리겠다며 날 협박하기도 했다. 마이클은 딸아이를 감시하려고 방문을 떼어내 버렸다.

마이클은 너무 바빠서 집에 거의 없었기에, 나는 혼자서 10대 아이 셋을 돌봐야 했다. 그리고 그중 한 명이 아주 심각한 문제를 겪게 된 것이다. 나는 나 자신을 탓했다. 딸아이의 엄마로서 실패한 인생으로 가고 있었다.

어느 오후, 브린은 친구 집에 놀러 가고 없었다. 나는 아이의 침실로 들어가 조심스레 침대 위에 앉았다. 그리고 떨리는 손으로 주름 잡힌 하얀색 이불을 부드럽게 만졌다. 딸아이를 잃을지도 모른다는 두려움이 엄습했다. 뭐라도 해야 했다.

내가 좋아하는 시리즈로 가득한 책장을 올려다봤다. 《베이비시터 클럽 The Babysitters Club》, 《초원의 집》, 《아메리칸 걸 돌 American Girl Doll》. 침대 밑에는 바비 인형과 각종 액세서리를 넣어둔 통이 있었다. 끈이 달린 고급 의상에 관한 한 그 어떤 대체품도 마텔의 제품을 능가하진 못했다. 그래서 브린의 생일과 크리스마스에는 정통 바비 인형 액세서리를 기꺼이 선물했다. 내 딸만큼은 어릴 적 내가 겪었던 굴욕을 겪지 않길 바라며. 하지만 이제 브린은 바비 인형을 갖고 놀기엔 너무 커버렸고, 난 어떤 식으로 딸을 보호해야 할지 몰랐다.

브린은 친구 집에서 하룻밤을 보낸다고 했지만, 사실이 아니었다. 다른 학부모로부터 브린이 파티에 가려고 다른 곳에서 잤다는 소식을 전해 들었다. 아이가 밤새 어디에 있었는지 모른다는 생각에 두려움이 밀려왔다. 파티에서 무슨 일이 생겼을 수도 있었다. 브린의 안전이 걱정됐다. 심지어 아이의 목숨까지도.

다음 날 아이가 돌아왔고, 난 외출 금지령을 내렸다. 한 달 동안 학교에 가는 것 외에 집 밖에 나가선 안 된다고 단호히 말했다. 아이는 말도 안 된다고 고함치며 방으로 들어가 버렸다.

아주 잠깐 사이에 난 평생 후회할 결정을 해버리고 말았다. 아이들이 어릴 때 우리가 훈육용으로 사용했던 주걱이 여전히 먼지가 쌓인 채 보관돼 있었다. '우리가' 사용했다고 했지만 사실 '내가' 사용했다고 하는 게 정확하다. 마이클도 주걱으로 엉덩이를 때리는 것에 동의는 했지만, 본인이 때리는 건 원치 않았다. 언제 마지막으로 썼는지도 기억나지 않는 주걱을, 다시 쥐었다.

브린의 방으로 들어가 몸을 굽히라고 소리쳤다. 그리고 아빠가 나를 때리던 대로 뒤에서 주걱으로 아이의 엉덩이를 힘껏 내리쳤다. 아빠 밑에서 자란 나는, 결국 아빠의 훈육 방식에 의지하고 있었다. 아빠의 방법이 내 본보기가 돼 있었다.

주걱을 내리칠 때마다 불안감과 초조함이 밀려왔다. 몸이 떨리기 시작했다. 어느 순간, 내 흉측한 웃음소리가 딸의 울음소리를 덮어버렸다. 겁이 났다. 나 스스로를 통제할 수가 없었다. 히스테리에 가까운 상태가 되어가고 있었다. 주걱을 내려놓자 브린이 혼란과 고통에 찬 표정으로 소리쳤다.

"왜 웃는 거야?"

내 얼굴은 미친 듯이 일그러져 있었다. 내 행동에 나와 브린 모두 충격에 빠졌다. 수치심에 고개를 들 수가 없었다. 그날 밤, 나는 브린에게 사과했다. 하지만 깊은 분노와 상처에 휩싸인 브린은 사과를 받아들이지 않았다. 아이가 느꼈을 감정적, 육체적 고통은 누구보다 내가 잘 알았다. 어떻게 하면 아이의 상처를 어루만져 줄 수 있을까?

브린은 날 용서하지 않았다. 어린 시절, 아빠의 강요된 싸움 이후 존이 그랬던 것처럼.

또 다른 곳에서도 분열이 일어났다. 고등학교 때처럼 성인이 된 뒤에도 난 소외되고 홀로 있는 이들에게 유독 마음이 갔다. 그러다 교회 리더의 아들 한 명이 눈에 띄었다. 서른여섯 살인 그 청년은 교회 활동에 어색해하고 잘 참여하지 않았다. 칼Cal이라고 부르겠다. 난 칼을 품기로 작정했다. 끊임없이 격려하며 친절하게 대했고, 교회 청소년부 축구팀 코치 자리를 제안했다. 이후 몇 년간 칼은 새로 부여된 책임에 순응하는 듯했다.

하지만 어느 순간 나는 충격적인 사실에 직면했다. 칼은 교회 공동체 내 미성년 여자아이에게 수년간 성추행과 괴롭힘을 일삼아 오고 있었다. 코치라는 자리 덕분에 쉽게 유인할 수 있었을 것이다. 그리고 코치직은 내가 제안했기에, 내게도 책임이 있다고 생각했다. 나는 직접 칼을 만나보기로 했다. 하지만 칼은 스무 살 이상 나이 차이가 나는데도 아이들과 합의하에 장기적인 성관계를 가졌다고 주장했다. 도대체 내가 왜 칼을 불러들였을까? 한 영혼을 구하겠다는 노력에 심취한 나머지 소아성애자를 교회 공동체로 불러들여 한 아이를 위험에 빠트렸다. 결국 난 칼의 범죄를 폭로했다. 아이의 가족이 칼을 고소했고, 칼은 법정 최고형을 선고받았다.

교회 신도 중 절반은 칼의 몰락을 내 탓으로 돌리며 칼의 편을 들었고, 나머지 절반은 사건을 폭로한 내 결정을 옹호했다. 결국 우리 가족은 교회에서 나올 수밖에 없었다. 늘 함께 어울리며 휴가도 함께 보내던 공동체였다. 우리는 그렇게 배척당하고 말았다. 가족처럼 여겼던 교회 공동체에서 쫓겨난 셈이었다. 후유증이 극심했다. 마이클은 나와 교회를 똑같이 비난했다. 남편과도 점점 멀어지기 시작했다. 나는 내가 소중히 여기던 모든 것을 잃어가고 있었다.

이 같은 위기가 한창일 때, 제프에게서 메일 한 통이 왔다. 제프는 내게 어린 시절에 성추행을 당한 적이 있느냐고 물었다. 감옥에서 아빠가 제프에게 편지를 보냈는데, 그런 내용을 적어놨기에 물어본 거라고 했다. 그러면서 아빠가 그 일 때문에 사람을 죽였다고 했다고 전했다. 나는 깜짝 놀랐다.

하지만 난 제프에게 딱 한 마디만 했다.

"그렇구나."

일고여덟 살 무렵이었다. 도일스타운에 살던 집에서 성추행을 당한 적이 있다. 그때 기억은 최대한 잊으려고 노력하며 살았다. 누구에게도 말하지 않았다. 당연히 아빠에게도. 하지만 아빠는 알고 있었을 것이다. 그렇지 않고서야 제프에게 그 사실을 말했을 리가 없지 않은가? 그 사람을 죽인 걸까? 속이 메스꺼웠다.

제프로부터 이메일을 받은 덕에 오하이오주 노턴 경찰서의 존 캔터베리John Canterbury 형사로부터 전화가 걸려왔을 때 놀라지 않고 받을 수 있었다. 형사는 아빠와 관련된 새로운 사건에 대해 몇 가지 질문할 게 있다며 우리 집에 방문해도 괜찮을지 물었다. 선뜻 오라고 했지만, 실은 두려웠다. 아빠를 신고한 뒤에 편두통이 생겼다. 툭하면 울었다. 잘 먹지도 못했다. 원치 않는 기억들이 떠올라 내 심신을 망가트렸다.

캔터베리 형사가 동료인 어맨다 버넷Amanda Burnette 형사와 함께 집으로 왔다. 버넷 형사는 친절하게 웃어 보였지만, 말은 거의 하지 않았다. 캔터베리 형사는 덩치가 크고 미소가 따뜻한 사람이었다. 각진 어깨에 늘 반듯한 태도를 보이던 가르시아 형사와는 사뭇 달랐다. 두 사람을 부엌 식탁으로 안내했다.

캔터베리 형사는 내가 아빠와 연락하고 있는지 물었다. 아니었다. 아빠가 체포되기 전부터 이미 연락 없이 지냈다. 아빠는 다른 형제들에게는 편지를 보내 구내식당에서 쓸 돈을 부쳐달라고 했지만, 내겐 한 번도 편지를 보내지 않았다. 딱히 놀랍진 않았다. 나한테 화가 났기에 당연한 일이라고 생각했다. 한번은 제프에게 쓴 편지에서 나를 비난했다.

"제프, 유감스럽지만 난 에이프릴과는 말을 섞거나 만나지도, 편지를 보내지도 않을 거야. 에이프릴이 경찰에게 한 모든 거짓말을 네가 직접 확인해 보면 좋겠구나."

어처구니가 없었다. 내가 거짓말을 했다고? 아빠의 모든 거짓말을 제프가 확인할 수 있으면 좋겠다고 생각했다.

아빠가 노턴 경찰서에 편지를 보냈고, 그래서 캔터베리 형사가 우리 집을 찾은 거였다.

캔터베리 형사는 도일스타운에서의 생활에 관해 물었다. 우선, 당시 동네에서 살해된 젊은 커플과 관련해 기억나는 게 있는지 물었다.

나는 두 '아이'가 실종됐다가 시체로 발견된 게 기억난다고 말했다. 사건 이후 동네에서 놀 땐 한동안 무서웠다고도 했다. 우리도 죽은 '아이들'과 비슷한 또래였기에 납치될지 모른다고 생각했기 때문이었다.

캔터베리 형사는 실제로는 그들이 어린아이가 아니라 이제 막 성인이 된 젊은 부부였고, 1977년 8월 당시 우리가 살던 곳 근처인 실버크릭 메트로 파크에서 살해당했다고 말했다. 나는 그 공원이 선명하게 기억났다. 아빠는 우릴 데리고 그곳에 가 산책이라기엔 다소 이상한 행동을 했다. 무성한 잡초 사이를 걸으며 중얼거렸었다. 우린 그 산책이 전혀 재미가 없었다. 캔터베리 형사가 말했다.

"당신 아버지가 공원에서 그 커플을 살해했다고 자백했어요."

속이 울렁거렸다. 당장이라도 싱크대를 붙잡고 토하고 싶었다. 간신히 배를 움켜잡고 형사를 쳐다봤다. 관자놀이에 뾰족한 통증이 느껴졌다. 캔터베리 형사는 안경을 끼고 날 쳐다보더니 미안하다는 듯 말을 이어갔다.

"혹시 윌리엄 라바코William Lavaco 라는 이름을 들어본 적이 있나요?"

"아뇨."

"아마 알 수도 있는 사람일 거예요."

윌리엄이라는 사람이 어릴 때 날 성추행해 아빠가 죽였다는 거였다. 버넷 형사를 힐끔 쳐다봤다. 버넷은 안심하라는 듯 고개를 끄덕였다. 사진 속 얼굴이 점점 선명해지자 난 심호흡을 했다. 빌리 아저씨의 얼굴이었다. 윌리엄 라바코가 곧 빌리 라바코였다. 어느 순간 빌리 아저씨가 우리 집에 더 이상 오지 않던 이유를 그제야 알 것 같았다.

"네, 알아요. 이 사람 알아요."

형사들이 떠난 후, 나는 화장실로 달려가 구토를 했다. 내 마음속에 원치 않는 기억들이 떠오르기 시작했다. 파티에서 빌리 아저씨의 무릎에 앉아 있다가… 아빠가 일어나라고 해서 나왔던 기억, 2층에서 빌리 아저씨에게 업혀 있다가… 아빠가 계단에서 부르는 소리에 내려왔던 기억. 빌리 아저씨가 내 치마 사이로 손을 넣었던 기억이 나자 아직도 소름이 끼쳤다. 여덟 살 내 딸에게 누군가 그런 몹쓸 짓을 했다면, 나 역시 그 사람을 죽이고 싶었을 것이다.

나는 침실로 들어가 문을 닫고 노트북을 켰다. 1977년 8월 6일 금요일 밤, 그날의 사건을 찾아보기 시작했다.

《애크런 데일리》 아카이브 자료에 따르면, 그날 윌리엄 라바코(21세)와 주디스 스트라우브(18세)는 오하이오주 노턴에 있는 실버 크릭 메트로 파크로 차를 몰았다. 이곳은 웨인과 서밋의 경계 지역으로 우리가 살던 도일스타운에서 3킬로미터 남짓 떨어진 곳이었다. 빌리는 우리 가족이 알던 대로 B&O 철도 직원이었다. 기사에는 빌리가 아빠의 집 짓는 일을 돕고 있었다는 건 언급돼 있지 않았다. 주디스는 직업고등학교를 갓 졸업하고 치과 조무사로 취직한 상태였다.

기사에 따르면, 그날 밤 두 사람은 빌리의 1975년식 몬테카를로에 같이 타고 공원 주차장에 차를 대놓고 있었다. 주로 젊은 커플들이 머무는 외진 곳이었다. 두 사람은 차 안에서 다퉜을지 몰랐다. 기사는 다른 사람들의 인터뷰를 인용해 빌리가 주디스가 다른 남자와 말만 섞어도 싫어할 정도로 질투가 심했다고 전했다. 물론 사실이 아닐 수도 있었다. 차 안에서 무슨 일이 있었는지는 모르지만, 경찰은 일요일 실버 크릭에서 사람 없이 주차된 차를 발견했다. 차량 내부에서는 주디스의 신발과 400달러 남짓한 현금이 든 지갑이 발견됐다. 티머시의 차에서 발견된 지갑과 같은 것이었다. 밤 9시, 경찰이 몬테카를로 차량의 번호판을 조회한 결과 윌리엄 라바코의 소유라는 게 밝혀졌다. 이후 윌리엄의 엄마와 룸메이트에게 확인해 보니 금요일 밤 이후로 윌리엄을 못 봤다고 했다. 주디스의 엄마 역시 딸을 본 건 금요일이 마지막이라고 했다. 한밤중에 공원 내 시신 수색이 시작됐다. 잡초가 무성한 곳이라 어둠 속에서는 수사하기가 매우 어려웠다. 낮에도 시야 확보가 쉽지 않았다. 결국 헬리콥터가 동원됐고, 몬테카를로가 버려진 지점에서 약 90미터 떨어진 덤불숲에서 시신 두 구가 발견됐다. 젊은 남녀의 목에 20게이지 엽총이 발사된 자국이 선명하게 남아 있었다. 총은 발견되지 않았다. 스쿠버 다이버를 동원해 근처 연못도 수색했지만, 아무것도 찾지 못했다.

화면에서 눈을 뗐다. 두 사람은 엽총에 맞아 죽었다. 케빈 드라이브에서 아빠가 엽총을 들고 다녔던 날이 떠올랐다. 아빠는 쏘는 방법은 가르쳐주지 않고 그저 앞마당에 있던 통을 쏴보라고 했었다. 그토록 어린 나이에, 나는 이미 살인 무기를 손에 쥐어본 거였다.

나는 기사 읽기를 멈추고 이불 속에 파묻혔다. 다시는 나오고 싶지 않았다. 하지만 이내 다시 컴퓨터 앞에 앉았다. 노턴 경찰서장의 인터뷰가 실려 있었다.

"저흰 이 사건을 2인 살인 사건으로 가정하고 수사하고 있습니다."

용의자는 아직 없었다. 빌리의 친구는 빌리를 '착하고 온순한 사람'으로 묘사했다.

"빌리는 적을 만들 만한 친구가 아니에요."

주디스 역시 너그럽고 착한 사람이라고 적혀 있었다. 주변 사람들은 한결같이 이들을 두고 살해는커녕 싫어할 이유가 전혀 없는 사람들이라고 언급했다. 차 안에 돈도 그대로 남아 있어 강도 사건도 아니었다. 나는 양손에 얼굴을 파묻었다. 또 하나의 젊은 커플이 아빠 손에 죽었다. 그렇게 슬픔에 잠긴 가족이 또 하나 늘었다.

케빈 드라이브를 떠나올 때의 기억을 더듬어봤다. 살인 사건은 1977년 8월에 발생했지만, 우리가 떠나온 건 한참이 지난 후였다. 위스콘신에서는 시신이 발견되기 전에 도망쳐 나왔다. 그러나 이곳 도일스타운에서는 무려 9개월간 사람들 눈에 잘 띄는 마을에서 지냈다. 집을 팔고 밴과 윈네바고를 사서 1978년 여름에서야 남쪽으로 이동했다.

1977년 8월, 경찰은 이들 커플과 관련된 모든 사람을 조사했지만, 단서를 발견하지 못했다. 아빠는 조사 대상에서 제외됐다. 2년 후 빌리의 친구가 체포됐지만, 사건은 대배심에서 증거 불충분으로 기각됐다. 다른 많은 사건처럼 이 역시 미제 사건으로 남았다.

캔터베리 형사가 날 만나러 왔을 땐 이미 아빠를 만난 뒤였다. 위스콘신 주립교도소에 수감돼 있던 아빠는 캔터베리 형사에게 편지를 보냈다. 하지만 캔터베리 형사는 편지의 내용이 진짜인지 가짜인지 확신할 수 없었다. 아빠는 1977년 오하이오주 도일스타운 근처에서 발생한 2인 살인 사건에 대한 정보를 갖고 있다고 주장했다. 캔터베리 형사는 그 사건에 대해서만큼은 정확히 알고 있었다. 노턴의 유일한 미제 살인 사건이었기 때문이다. 아빠는 편지 끝에 "내가 자백하면 곧바로 사형이 선고될 것"이라고 적었다.

당시 아빠는 위스콘신에서 발생한 켈리와 티머시 살인 사건에 대해서도 자백하지 않은 상태였다. 그런데 왜 오하이오 살인 사건에 대해 자백하려고 하는지 경찰은 의아해했다. 아빠를 잘 알지 못하는 사람이라면 얼마든지 그렇게 생각할 수 있었다. 하지만 난 모든 게 이해됐다.

아빠는 이제 나이 들 일밖에 남지 않은 병든 노인이었고, 죽음이 유일한 탈출구였다. 자신이 원하는 죽음이라는 결과를 얻기 위해 형사들과 게임을 시작한 것이다. 바로 사형수가 되는 것.

위스콘신 교도소에서 재판을 기다리는 동안 아빠는 감옥에 갇힌 무력한 상황에서조차 자신의 요구를 끊임없이 전달했다. 유죄판결이 나면, 두 번의 종신형이 선고될 상황이었다. 우리에 갇힌 동물처럼 감옥에서 늙어갈 수밖에 없었다. 하지만 오하이오는 달랐다. 사형제가 존재했다.

아빠는 가르시아 형사를 알고 있었고, 경찰은 아빠가 '스위트하트 살인 사건'에 대해 자백하길 바랐다. 그렇게 해서 얼른 사건을 마무리 짓고 싶어 했다. 켈리와 티머시 가족을 길고 고통스러운 재판 과정에 끌어들여 또다시 힘들게 할 순 없었다. 하지만 늘 자신의 이익을 탐하는 아빠는 두 가지 조건이 충족되면 자백하겠다고 농담처럼 던졌다. 첫째, 아빠는 오하이오로의 이감을 요구했다. 둘째, 빌리와 주디스의 살해 혐의를 인정하면, 사형을 선고해 달라고 했다. 캔터베리 형사는 아빠를 오하이오로 보내주겠다고 약속했다.

2010년 4월, 그렇게 아빠는 위스콘신 교도소에 수감된 지 9개월 만에 빌리와 주디스에 대한 살해 혐의를 인정했다. 아빠는 한눈에도

45킬로그램 이상 살이 빠져 보였다. 그러나 더 충격적이었던 건, 자백하는 동안 보인 단조로운 말투였다. 아빠는 캔터베리 형사 앞에서 자백했다.

"빌리는 좋은 아이였습니다. 내가 참 좋아했죠. 정말이에요. 하지만 문제가 있었습니다. 당시 제 딸이 무척 어렸는데, 딸아이 몸을 자꾸 만지더군요."

그런 빌리에게 경고했지만, 빌리는 계속해서 부적절한 관심을 보였다고 아빠는 말했다. 그러다 테일러 로드에서 파티를 하던 중 빌리가 내 침실에서 나오는 걸 봤다고 했다. 빌리는 내 침실 옆 화장실을 찾고 있다고 둘러댔지만, 아빠는 빌리가 의심스러웠다. 그러나 좀 더 확실한 단서를 잡을 때까지 지켜봤다고 했다.

자백 영상을 보며 케빈 드라이브에 있는 집에서 아빠가 들었거나 목격한 것이 결정타가 되지 않았을까 생각했다. 아빠가 아래층에서 나를 부른 뒤 직접 물어봤던 그때, 빌리가 만지면 안 되는 곳을 만졌냐고 물었던 그때였다.

캔터베리 형사는 아빠에게 왜 아동 성추행으로 신고하지 않았냐고 물었다. 그러자 아빠는 이렇게 대답했다.

"내 마음은 일반적인 사람과는 좀 다르게 작동합니다…. 내 새끼 건드리는 건 못 참아요."

아빠는 직접 응징하는 방식을 택했다. 영상에서 아빠는 빌리를 죽일 목적으로 늦은 밤 자전거를 타고 실버 크릭 메트로 파크로 향했다고 말했다. 그중에서도 연인들이 주로 찾는 장소를 알고 있었고, 빌리와 주디스도 그곳에 주차해 놓고 있을 거라고 생각했다.

빌리의 차를 발견한 아빠는 차에서 내려 화장실로 가는 빌리에게 총을 겨눴다. 그러나 아빠를 발견한 빌리가 재빨리 차로 돌아왔고, 두 사람은 차 안팎에서 대치했다. 아빠는 총구를 겨눈 채 빌리는 차에서 내리고 주디스는 그대로 있으라고 소리쳤다. 하지만 주디스가 빌리를 따라 내렸다. 아빠는 주디스마저 살해된 건 빌리의 책임이라고 주장했다. 물론 빌리가 주디스를 쏜 건 아니었다. 빌리가 먼저 살해당했다. 어두운 밤이었기에 아빠는 주디스가 자신의 얼굴을 못 봤다고 생각했다. 하지만 빌리가 아빠의 이름을 부르며 "웨인, 차에 500달러 있어. 돈 가져가"라고 말했다. 아빠는 잘못된 시간에 잘못된 장소에 있는 바람에 주디스까지 목숨을 잃었다고 했다. 주디스가 자신의 이름을 알게 됐으니 살려둘 수가 없었다는 거였다. 빌리의 목에 총을 쏘자 주디스는 황급히 도망치기 시작했다. 아빠는 총을 재장전하며 주디스에게 죽이지 않을 테니 돌아오라고 외쳤다. 주디스는 그대로 멈췄다. 하지만 약속은 지켜지지 않았다. 아빠는 주디스를 향해 총을 발사했다.

"주디스를 죽인 후 현장을 벗어났어요."

아빠는 아무런 감정 없이 이렇게 자백했다.

아빠는 이제 오하이오로 이송될 수 있을 거라고 생각했다. 하지만 아빠가 몰랐던 사실이 하나 있었다. 1977년, 오하이오주는 일시적으로 사형제를 폐지했다. 결국 아빠는 빌리와 주디스 살해 혐의로 사형 선고를 받지 않았다. 아무 소득도 없이 자백만 한 셈이었다.

이 안 좋은 소식을 아빠에게 전한 건 캔터베리 형사가 아니었다. 아빠의 오랜 친구인 오하이오주 버튼 지역의 경찰 브라이언 존스턴

Brian Johnston 이었다. 두 사람은 우리가 버튼에 살 때 친해져 동네 편의점에서 커피를 마시곤 했다. 당시 아빠는 브라이언 형사에게 각종 범죄 소식을 물어다 주곤 했다.

브라이언 형사는 교도소에 있는 아빠를 찾아갔다. 그런데 거기에는 그럴 만한 이유가 있었다.

녹음된 대화에서 브라이언 형사는 크게 한숨을 내쉬며 말했다.

"자네가 노턴에서 저지른 범죄에 대해서는 사형이 선고되지 않아. 하지만 1981년부터 중범죄에 대해서는 사형이 선고되기도 했지. 그게 요점이야. 그들이 이런 사실을 미리 말해줬는지는 모르겠지만. 거참 부끄러운 줄 알아야지!"

여기서 '그들'은 캔터베리 형사였다. 비록 녹음이었지만, 아빠의 대답에서 극도의 분노가 느껴졌다. 벨트를 꺼내 누구든 패버리고 싶었을 것이다.

"내가 지금 이런 말을 왜 들어야 해. 이럴 줄 알았으면 자백 안 했다고. 노턴 사건에 대해서는 입도 벙긋 안 했을 거라고!"

이후 아빠는 캔터베리, 브라이언, 그리고 자신의 말에 귀 기울여줄 만한 사람 모두에게 분노의 편지를 보냈다.

다음은 캔터베리 형사에게 보낸 편지 중 일부다.

"오하이오도 사형제를 폐지했다는 걸, 형사님도 알고 있었나요? 솔직히 말해주시죠. 위스콘신에서 오하이오로 이감하려는 이유가 뭐죠? 난 그저 내 인생이 어디로 향하는지 궁금한 늙은 죄수일 뿐이오! 정말 궁금합니다. 형사님이 알고 있었는지. 사형제가 여전히 존재하는 주가 분명 있었습니다. 그곳은 1977년에 사형을 집행했고, 여전히 사형을 선고하고 있습니다."

이 편지에서 내가 가장 놀랐던 건, "난 그저 내 인생이 어디로 향하는지 궁금한 늙은 죄수일 뿐이오!"라는 문구였다. 난 아빠에게 이렇게 외치고 싶었다. '당신의 인생이 어디로 가고 있냐고? 몰라서 물어? 감옥이잖아!' 아빠는 자신이 사법부 시스템 안에 갇혀 있으며 더 이상 마음대로 할 수 없다는 걸 이해하지 못하는 듯했다. 여전히 제멋대로 하려고 노력 중이었다.

또 한 가지 놀라웠던 건, 아빠가 쓴 편지의 마지막 부분에 대해 아무도 후속 조치를 하지 않았다는 점이었다. 이는 곧, 1977년에 다른 주에서도 살인을 저질렀다고 자백하는 내용이었다. 과거에도 현재에도 사형을 선고하는 주, 과연 어디일까? 낮에 다른 주에서 살인을 저지른 뒤 밤에는 집으로 돌아와 저녁을 먹을 수 있었던 주는 어디일까? 바로 펜실베이니아, 아빠의 역사를 담은 곳이었다. 1977년, 우리가 살던 도일스타운은 펜실베이니아주와 오하이오주 경계에서 한 시간쯤 떨어진 곳이었다. 펜실베이니아 서부의 미제 사건을 검색해 보니 1977년 한 해에만 해도 너무나 많았다. 연인이나 젊은이 혹은 강간이나 피살당한 여성이 다수 포함돼 있었다. 이 중 몇 건이 아빠의 소행이었을까?

아빠는 동생들에게, 특히 제프에게 편지를 보내 돈을 요구했다. 그러면서 거짓말을 한 캔터베리 형사와 자신을 배신한 딸인 나에 대한 억하심정을 토로했다. 가르시아 형사에 대해서도 마찬가지였다. 교도소에 다시 갇힌 책임이 자신에게 있다는 걸 모르는 것 같았다.

아빠가 내게 보낸 유일한 편지는 찢어진 종잇조각뿐이었다.

"이거 잘 간직해. 언젠간 쓸 일이 있을 거야."

봉투에는 아빠가 서명한 또 다른 종잇조각이 들어 있었다. 그 자리에서 찢어 쓰레기통에 던져버렸다.

대니

2010

캔터베리 형사에게 극도의 분노를 느낀 아빠에
게 브라이언 형사는 마지막 카드를 꺼내 들었다. 브라이언 형사는 아
빠가 원하는 걸 얻으려면 좀 더 최근에 저지른 살인 사건을 자백해야
한다고 말했다. 사형이 선고될 만한 사건을 인정해야 한다는 것이었
다. 브라이언 형사는 아빠가 범인으로 의심되는 사건 하나를 콕 집어
말했다. 1996년의 살인 사건이었다. 브라이언 형사는 이제 인정할 때
가 됐다고 아빠를 설득했다. 그렇게 시작된 브라이언 형사와 아빠의
면회 및 전화 통화는 시간이 갈수록 점점 더 기괴하고 섬뜩한 내용으
로 가득찼다.

브라이언 형사가 자백을 종용한 사건은 아빠가 절대 인정하고 싶
지 않은 사건이었다. 아빠 본인에게도 너무나 끔찍한 기억으로 남았
기 때문이다. 자신이 부모 노릇을 하며 성까지 물려준 한 젊은이를 살
해했다고 자백해야 할 상황이었다. 그 젊은이는 바로 대니 보이 에드
워즈였다.

애크런 지역에는 미제로 남은 살인 사건이 많았지만, 브라이언 형사는 1996년 이후 줄곧 대니 살인 사건이 마음에 남아 있었다. 대니의 장례식에서 본 아빠의 행동이 뭔가 미심쩍었기 때문이다. 지나치게 보여주기식으로 행동하고 있다고 느꼈다. 대니의 양부모와 거리를 두려는 모습도 이상했다. 장례식에서 아빠는 살인 사건을 직접 조사해 보겠다며 녹음기를 들고 참석자들을 면담하기도 했다. 브라이언 형사에게는 그저 쇼처럼 보였다.

14년 후, 브라이언 형사는 마침내 아빠가 자백할 기회를 잡았다. 아빠와의 통화에서 브라이언 형사는 이렇게 말했다.

"웨인, 사형선고를 원한다면 내게는 진실을 말해야 해. 자네나 나나 이미 진실을 알고 있잖아. 대니 사건을 자백하면 중범죄로 기소될 수 있고, 그럼 오하이오 교도소에 사형수로 수감될 수 있어. 장담컨대, 그 이후엔 사형에 처해질 거야."

하지만 아빠는 여전히 대니를 죽였다는 사실을 인정하지 않으려 했다. 브라이언 형사는 아빠가 원하는 걸 얻으려면 자백부터 해야 한다고 재차 설득했다. 아빠의 인간성에 호소했다.

"솔직하게 말하지. 난 그동안 죽 자네가 참 괜찮은 사람이라고 생각했네. 가정을 훌륭하게 이뤘고, 자녀들도 모두 장성하지 않았는가? 특히 에이프릴은 훌륭한 성인으로 자랐고. 부인도 좋은 사람이지. 하지만 그 과정에서 자네는⋯ 남자 대 남자로 이야기하는 걸세. 뇌가 좀 망가진 시기가 있었던 것 같아. 제대로 작동하지 않은 셈이지. 정말 미친 짓을 했잖아. 도일스타운에서, 그리고 위스콘신에서. 핵심은, 희생자의 가족을 위해서 그리고 자네가 사랑하는 가족을 위해서 결론을 내릴 필요가 있다는 걸세. 그들도 자네가 저지른 짓임을 아는 게 자네를 의심하는 것보다 훨씬 나을 거야."

물론 우리도 아빠가 또 무슨 사건을 저질렀는지 끊임없이 추적했다. 제프는 아빠에게 편지를 보내 직접 물어보기도 했다.

"아빠가 대니를 죽였어요?"

제닌도 편지로 모든 것을 자백하고, 용서를 구하며, 구원에 대해 생각해 보라고 설득했다. 하지만 소용없었다. 동생들의 설득도, 브라이언 형사의 권유도.

이런 대화가 여름 내내 계속됐다. 브라이언 형사는 아빠에게 위스콘신에서 유죄를 인정하고 대니 살해를 자백하기 전까지는 오하이오로 이송될 수 없다고 말했다. 하지만 아빠는 여전히 자백을 꺼렸다. 오하이오로 이감되기 전에 자백했다가 혹시 이감이 안 돼 자신의 운명을 통제할 수 없는 위스콘신 감옥에서 평생을 썩게 될까 봐 두려워했다.

하지만 오하이오로 이감된 후에는 얼마든지 자백할 수 있다며 자신감을 내비쳤다. 오하이오에서라면 로브스터에 감자튀김이 가득한 저녁 식사를 양껏 먹어 치울 수 있다고 호들갑을 떨었다. 또 브라이언 형사에게 오하이오까지 태워달라고 말하기도 했다.

다음은 브라이언 형사와 아빠의 통화 녹음 일부다.

"KFC 치킨 한 통 주면 차 뒷좌석에서 다 먹을 수 있어."

"일반 아니면 특대?"

"일반."

얼핏 친밀한 대화를 주고받는 듯했지만, 두 사람 모두 서로를 믿지 않는다는 게 느껴졌다. 브라이언은 아빠가 대니를 진짜 살해했다는 증거를 낚아채길 원했다. 그날 밤 묘지에서 대니를 죽인 범인이 아빠라는 확실한 증거가 필요했다. 증거도 없이 자백만으로 사형선고가 내려지진 않기 때문이었다. 범인이 아니면 알 수 없는 살해 정보가 뭐가 있을지 브라이언이 물었다. 대화는 점점 이상해져 갔다. 아빠가 좋아하는 공포영화에 버금갈 정도로.

"그 아이 머리는 어딨지?"

통화 중에 아빠가 이렇게 물었다. 너무나도 끔찍한 대화였지만, 마치 모노폴리 게임에서 파크 플레이스를 두고 사소한 다툼을 벌이는 것처럼 가볍게 이어졌다.

"우리가 갖고 있어. 그 조각들. 남은 거 말이야."

브라이언이 허세를 부리듯 말했다.

"경찰이 갖고 있다고?"

아빠가 반신반의하며 물었다.

"응."

"경찰한테 있을 리가 없는데."

"아니, 갖고 있어."

"어디서 찾았어? 무덤은 아닐 테고."

사실이었다. 두개골과 턱뼈는 어디에서도 발견되지 않았다. 브라이언 형사는 좀 더 많은, 확실한 증거를 원했다. 아빠는 안 내놓을 거라며 브라이언 형사를 계속 놀렸다.

"머리통이 어딨는지 난 알고 있지. 그러니 날 오하이오로 먼저 보내줘. 그럼 말해줄게. 언제 보내줄 거야? 내일?"

또 다른 통화는 마치 〈애벗과 코스텔로Abbott and Costello 〉 코미디에 나오는 대사처럼 들렸다. 브라이언 형사는 이번에도 '머리'가 어딨는지 물었다.

"사료 주머니에 넣었어."

"그 주머니는 어디 됐는데?"

"머리와 함께 됐지."

두 사람은 낄낄대며 웃었다. 재밌는 게임이라도 하듯. 하지만 아빠가 느끼기에는 게임의 진행 속도가 너무 느렸다.

"젠장, 무슨 말인지 도무지 못 알아먹는군. 내가 말 안 했으면 그 빌어먹을 머리에 대해서도 몰랐을 거잖아! 머리가 어딨는지 알고 싶으면 날 먼저 거기로 데려다줘('거기'는 아빠의 홈그라운드인 애크런이었다). 그게 내 비장의 무기야. 니들이 날 거기에 데려다 놓기 전에는 입도 뻥긋하지 않을 테니 알아서 해."

이후 아빠는 장난감 취급을 당하는 것에 지쳤다며 AP 기자에게 자백하겠다고 공표했다. 경찰뿐 아니라 언론에도 알리고 싶어 했다. 대중의 분노가 자신을 오하이오주 교수대로 끌고 갈 거라고 확신했기 때문이다.

그리고 정말로 실행에 옮겼다. 2010년 6월 17일, 아빠는 AP 기자에게 모든 걸 털어놨다.

"제가 한 짓입니다. 사형시켜 주세요."

카메라 앞에 선 아빠는 경찰에 이미 자백했지만, 후속 조치가 없었다고 말했다. 그런데 이 자리에서조차 아빠는 대니가 아들의 물건을 훔쳤다면서(브라이언 형사 덕분에 이 부분은 정정됐다), 대니와 묘지 앞에서 보기로 하고 만나자마자 대니를 쐈다고 말했다(이 부분은 사실이다).

재킷에서 엽총을 꺼내 무릎을 꿇은 채로 가방에서 담배를 찾고 있던 대니를 쐈다는 것이다. 그렇게 한 발을 쏘고는 다시 장전해 또 한 발을 쐈다. 다음은 아빠의 자백 일부다.

"바로 넘어졌어요. 내가 총을 쏠 줄은 몰랐을 거예요. 마음이 안 좋더군요. 그렇게까지 할 건 아니었는데. 전 초범이 아닙니다. 평생 죄를 짓고 살았어요. 오래전, 다시는 감옥에 가지 않겠다고 결심했습니다. 어떤 이유로든 말이죠…. 감옥 생활은 진짜 별로였어요…. 가족 생각도 안 할 수가 없는데…. 가족에게도 몹쓸 짓을 했습니다. 그건 하나님만이 아시죠. 굳이 겪지 않아도 될 일을 저 때문에…. 참 좋은 사람들인데 말이죠. 저 때문에 어둠 속에 갇혀 살아야 했죠. 아내도 그렇고요…. 이제는 그런 생활에서 벗어나게 해주고 싶습니다. 죄는 제가 저질렀고, 사형을 선고받아야 마땅해요. 제게는 딸이 하나 있습니다…."

영상은 여기서 끊겼다. 아빠의 자백 영상은 여기까지만 방송됐다. 아빠가 말한 딸은 나일 것이다. 무슨 말이었길래 기자는 저 부분을 편집해 버렸을까? 궁금했다.

아빠는 내게 분노한 나머지 자백 인터뷰에서 나를 '가족'의 일부로 포함하지 않은 듯했다. 브라이언 형사에게 보낸 편지만 봐도 그 원망의 깊이를 알 수 있었다.

"제발 에이프릴에게 전화해서 나나 내 사건에 관해 묻지 마. 난 에이프릴이랑 아무 상관 없어. 더는 엮이고 싶지 않다고. 만약 계속 연락한다면, 자네랑의 관계도 끝이야."

자백 인터뷰조차 아빠를 오하이오로 보내진 못했다. 하지만 이 사건은 엄청난 악명을 떨쳤다.

이후 브라이언 형사가 마지막으로 아빠를 면회했다.

"온 나라가 자네 사건으로 떠들썩해. 대니 머리는 어딨느냐고 난리고. 자네는 살인자를 넘어 괴물로 인식되고 있어. 그런 자네도 아이들의 아버지 아닌가…."

아빠는 브라이언에게 새로운 정보를 던졌다.

"이봐, 또 다른 미끼가 있는데? 나 보험금 타려고 한 거야. 이제 됐지? 이 정도면 훌륭하지?"

2010년 8월, 아빠는 드디어 오하이오주로 보내졌고, 모든 것을 자백했다. 오하이오로 가는 길에 KFC를 먹었는지는 모르겠지만, 저녁 식사는 로브스터로 했다. 아빠는 브라이언에게 대니 사건은 오랜 기간 계획한 범죄라고 인정했다. 충동적인 살인이 아니었다. 아빠는 대니를 지도하고 가르쳤으며, 군에 입대시킨 후 생명보험을 들어 대니 사후에 최대한 많은 금액이 나오도록 했다. 기본 훈련을 마치고 휴가를 나오면 대니를 살해할 계획이었다. 그러나 대니가 발목을 다쳐 일찍 전역하게 되면서 생명보험도 쓸모없어질 상황이 됐다. 아빠는 발빠르게 대처해야 했다. 그래서 대니에게 제대 이틀 전 탈영하라고 지시했다. 통화 녹음을 들어보면 아빠가 대니의 행동 하나하나를 지시하고 있다. 대니는 부대 근처의 공중전화를 이용했다. 집 안으로 침입해 제프의 물건을 훔친 것, 전 룸메이트 랄프가 두렵다고 말한 것은 모두 아빠의 각본이었다.

묘지에서 아빠를 만난 날, 대니가 어떤 마음으로 그곳에 갔을지 생각만 해도 가슴이 저려왔다. 부모로서 보호와 인도를 해주길 기대했을 것이다. 하지만 기대는 현실이 되지 못했다. 아빠는 대니에게 가방에서 담배를 꺼내달라고 부탁했고, 대니가 몸을 굽힌 사이 재킷에서 엽총을 꺼내 '아들'의 뒤통수를 쐈다. 그것도 두 번씩이나. 그러고는 시체를 얕은 무덤에 묻어버렸다.

그런데 보험 정책상 시신은 실종 후 1년 이내에 발견돼야 가입 시 지정한 수령인에게 보험금이 지급됐다. 그래서 아빠는 살해 후 두 번이나 무덤으로 가 뼈를 여기저기 흩어놓았다. 다른 사람 눈에 더 잘 띄도록 하기 위해서였다. 또 랄프의 죄로 몰기 위해 대니의 머리 일부는 랄프네 집 근처 개울에 버렸다. 이는 모두 브라이언 형사와의 대화 녹취에 담긴 내용이다.

실종 후 1년을 한 달 앞둔 어느 날, 대니의 다리뼈가 한 사냥꾼에 의해 발견됐다. 신발이 그대로 신겨진 채였다.

브라이언 형사는 아빠의 자백을 다 듣고 이렇게 말했다.

"아, 이제 모든 퍼즐 조각이 맞춰지는군."

아빠는 마침내 위스콘신 살인 사건에 대해서도 모두 자백했고, 이전의 거짓 진술은 철회했다. 이전 자백에서는 켈리에 대한 강간 사실을 끝까지 부인했었다. 켈리가 자발적으로 차에서 내려 '합의하에' 성관계를 했다고 주장했다. 이후 티머시와 켈리가 싸우길래 다가갔고, 그러자 티머시가 자신을 공격했다고 말했다. 어쩔 수 없이 방어하는 과정에서 티머시의 목을 가격했고, 죽음에 이르렀다는 것이었다. 겁에 질린 켈리가 아빠를 공격해 오는 바람에 켈리의 목을 졸랐고, 결국 두 사람 다 살해하고 말았으며, 시신은 들판 가장자리에 버렸다고 진술했었다.

위 자백이 거짓임은 진작부터 알고 있었다. 아빠의 진술은 티머시의 목에 난 자상과도 일치하지 않았고, 켈리의 손목과 발목에 난 끈으로 묶인 자국도 설명하지 못했다. 켈리가 알몸으로 발견된 것도, 켈리의 옷 조각이 길가에 흩어져 있던 것도 자백과는 전혀 달랐다. 아빠는 이 사실을 인정하지 않았다. 아빠는 여느 때처럼 자신의 죄를 뒤집어씌울 누군가를 찾고 있었다. 켈리의 옷을 흩어놓은 길은 그 지역에 사는, 외톨이라 여겨지던 한 남자의 집으로 이어졌다.

2010년 6월 21일, 아빠는 결국 위스콘신주 법원에서 선고를 받았다. 당시 AP 보도에 따르면, 판결문 낭독은 20분간 이어졌고, 아빠는 "무표정하고 고개를 숙인 채" 서 있었다. 법정에는 티머시와 켈리의 가족들이 가득했다. 켈리의 엄마는 아빠를 향해 이렇게 쏘아붙였다.

"순 거짓말쟁이에 악마 같은 살인자 놈아! 지옥 불구덩이에나 떨어져라!"

사건 당시 열여섯 살이었던 티머시의 동생 패트릭Patrick은 눈물로 인터뷰에 응했다.

"형과 형수를 죽인 개자식을 30년간 기다려왔습니다. 제 분노와 좌절감을 오늘 이 자리에서 모두 쏟아내고, 더는 소중한 제 시간을 낭비하고 싶지 않습니다. 하나님의 자비 따윈 기대하지 말기를. 영원히 지옥에서 썩어버리길!"

2011년 3월 8일, 대니에 대한 계획 살해 혐의로 아빠는 오하이오에서 사형을 선고받았다. 사형 집행일은 같은 해 8월 31일로 잡혔다.

날짜가 다가올수록 두려움이 밀려왔다. 그러나 4월 7일, 아빠는 자연사로 생을 마감했다. 사형 집행이라는 생의 마지막 서커스 공연을 앞두고 아빠의 몸이 아빠를 배신해 버린 것이다. 다행히 아빠의 아내, 자녀와 손주들은 공연에서 살아남았다. 그것이 축복이라면 축복이었다. 감옥에서 아빠는 홀로 죽었다.

4장

피의 얼룩을 찾아서

범죄자의 신화

2010

아빠를 신고하면서 가족들과는 멀어졌다. 그러나 '스위트하트 살인 사건'의 범인으로 아빠를 지목함으로써 티머시, 켈리, 윌리엄, 주디스, 대니의 가족들에게 최소한의 위안은 줄 수 있었다고 믿는다. 상처를 치유한 것까지는 아니더라도. 하지만 그들이 끝이 아니었다. 더 많은 가족에게 소중한 자녀의 목숨을 앗아간 사람이 누구인지 진실을 알릴 수 있을 것 같았다. 아빠의 회고록을 보고 이동한 경로를 따라가며 그곳에서 일어난 미제 사건을 추적해 나갔다. 그런데 나만 그런 생각을 한 게 아니었다. 나만큼이나 아빠의 범죄 행각을 좇던 사람이 있었다.

아빠가 죽기 7개월 전, 몬태나주 가석방 위원회에서 일하는 존 캐머런John Cameron 이라는 사람으로부터 전화 한 통을 받았다. 그 사람은 자신을 은퇴한 형사라고 소개했다.

캐머런 형사는 빌리와 주디스 살인 사건에 대한 아빠의 자백을 보고 50년째 미제 사건으로 남아 있는 1956년 그레이트 폴스 2인 살인 사건이 떠올랐다고 했다. 당시 그레이트 폴스 경찰서의 형사였던 캐머런 형사는 이 사건에 대해 속속들이 알고 있었고, 그 수법이 빌리와 주디스 살인 사건과 너무도 흡사해 깜짝 놀랐다고 했다. 두 사건 모두 길가 한적한 곳에서 연인이 동시에 총에 맞아 살해됐고, 차 안의 현금은 그대로 남아 있었다. 캐머런 형사는 아빠의 회고록을 통해 사건 당시 아빠가 그레이트 폴스에 머물고 있었음을 확인했다.

이에 캐머런 형사는 그레이트 폴스 사건은 물론 여러 미제 사건의 실마리를 찾을 수 있겠다고 확신했다. 1960년 오리건주 포틀랜드에서 일어난 래리 페이턴과 베벌리 앨런 살인 사건도 그중 하나였다. 그레이트 폴스에서 발견된 젊은 여성의 시신처럼 베벌리의 시신도 남자친구의 시신과 멀리 떨어진 곳에서 발견됐다. 또 켈리와 마찬가지로 목이 졸려 살해당했다. 우연으로 치부해 무시하기엔 유사점이 너무 많았다.

시기별 거주지를 정리한 아빠의 타임라인은 진작 경찰에 넘겼지만, 별다른 진척이 없었다. 하지만 캐머런 형사가 여러 개의 점을 연결하고 있는 듯했다. 만나자는 형사의 제안에 흔쾌히 수락했다. 캐머런 형사가 오하이오주 제퍼슨에 있는 우리 집으로 오기로 했다.

그즈음 부부 관계는 냉전 상태였다. 우리는 공통의 관심사가 많지 않았다. 어쩌면 처음부터 그랬는지도 모르지만. 마이클은 드러나지 않은 수많은 범죄에 아빠가 연루돼 있다고 굳게 믿었다. 그래서 그 역시 캐머런 형사의 방문을 기다리고 있었다.

며칠 후, 캐머런 형사가 도착했다. 그레이트 폴스에서 스물두 시간이나 직접 운전해서 왔다고 했다. 현관문을 열자 깔끔한 차림의 신사가 서 있었다. 장거리 운전을 하고 난 뒤였지만 헝클어진 기색이 전혀 없었다. 퇴직 형사치고는 무척 젊었다. 기껏해야 나보다 몇 살 더 많아 보였다.

마이클과 캐머런 형사가 가볍게 악수한 후 다 같이 부엌 식탁에 앉았다. 나는 내가 만든 타임라인과 스크랩, 사진 자료를 꺼내놓았다. 캐머런 형사도 내가 모은 것만큼, 아니 그보다 더 많은 자료를 갖고 있었다.

캐머런 형사는 그간의 조사 내용을 공유했다. 그레이트 폴스 및 포틀랜드 살인 사건 외에도 1946년 1월 발생한 여섯 살 소녀 토막 살인 사건도 아빠의 소행으로 의심된다고 했다.

나는 마이클과 잠시 눈빛을 교환했다.

"하지만 그때 아빠는 고작 열두 살이었는걸요."

'소아 살해를 즐겼다'라는 주장 외엔 아무런 증거도 없이 캐머런 형사는 1993년 5월 5일 아칸소주 웨스트 멤피스에서 발생한 8세 소년 세 명의 살인 사건도 아빠의 소행이라고 주장했다. 존베넷 램지JonBenet Ramsey, 블랙 달리아Black Dahlia, 샘 셰퍼드Sam Sheppard의 아내, 레이시 피터슨Laci Peterson 등 악명 높은 미제 사건의 범인도 아빠라고 했다. 심지어 아빠가 바로 조디악 킬러라고 주장했다.

캐머런 형사는 제정신이 아닌 듯했다.

형사는 아빠의 회고록을 꺼내 들었다. 여백은 메모로 꽉 차 있고, 문장은 밑줄투성이였다. 단어는 동그라미로 가득했다. 마치 단서를 찾아 퍼즐을 맞춰나가는 것처럼. 아빠가 역대 최악의 연쇄살인범이라는 게 캐머런 형사의 결론이었다. 형사는 회고록을 샅샅이 훑으며 자신의 의심을 확인해 줄 만한 모든 단서를 찾아냈다.

캐머런 형사는 아빠가 'EE Day Ed Edward's Day'를 뜻하는 5월 5일에 여러 건의 살인을 저질렀다고 확신했다. E는 알파벳 순서상 다섯 번째 글자로 숫자 5를 나타낸다는 것이었다.

"뭐라고요? 아빠의 마음속 'EE Day'는 6월 14일 생일뿐이었어요. 아빠는 어린아이처럼 생일을 손꼽아 기다렸습니다. 아빠가 가장 좋아했던 건, 생일이면 늘 뒷마당에서 열리던 성대한 파티, 그리고 '사랑해요, 아빠'라고 적힌 케이크였어요."

내가 아빠를 변호하고 있다니, 참 어처구니가 없었다. 여기에 한마디 더 덧붙였다.

"아빠가 자백한 두 건의 2인 살인 사건은 모두 8월에 일어났어요."

캐머런 형사의 일부 주장에는 전혀 동의할 수 없어 나는 조목조목 반박했다. 1993년 웨스트 멤피스 사건도 그중 하나였다. 당시 아빠는 오하이오에 머물고 있었다. 내가 딸의 출산을 앞두고 있었기에 분명히 기억했다. 나는 설명을 이어갔다.

"1996년 크리스마스에 캘리포니아에서 일어난 존베넷 램지 살인 사건 역시 아빠의 소행이 아니라는 걸 증명할 수 있어요. 그날 버튼에서 찍은 사진이 있습니다. 아빠가 크리스마스 선물로 아이들에게 볼풀을 선물했고, 아이들과 함께 노는 모습이 사진으로 남아 있어요."

그러나 캐머런 형사는 의심을 거두지 않았다. 논쟁을 지속하기가 어려웠다.

그렇게 캐머런 형사를 보냈고, 다시는 연락이 안 올 거라고 생각했다. 아빠의 사건을 함께 해결해 나갈 적임자를 찾지 못해 무척 실망스러웠다. 서로 맞지 않는 퍼즐 조각을 끼워 맞추는 데 시간을 낭비하고 싶진 않았다. 현실적인 답을 원했다.

캐머런 형사가 다녀간 후, 나는 연쇄살인범의 정의가 정확히 무엇인지조차 모르고 있다는 사실을 깨달았다. 조사가 필요했다. 그날 밤, 마이클이 출근한 사이 노트북을 켜고 FBI 웹사이트에서 연쇄살인범 관련 보고서를 찾아봤다. 연쇄살인범의 특징에 아빠가 얼마나 부합할지 궁금했다. 캐머런 형사는 뭘 알고 있었던 걸까? 형사의 주장 가운데 얼마나 많은 부분이 터무니없는 걸까?

보고서에 따르면, 연쇄살인범은 감각 추구, 후회나 죄책감 결여, 충동성, 통제 욕구, 약탈적 행동 등의 공통점을 보였다. 한숨이 절로 나왔다. 모든 요소가 아빠에게 해당했다.

보고서에는 사이코패스, 혹은 사이코패스 성격 장애를 지닌 사람들의 특징도 나열돼 있었다. 모든 사이코패스가 연쇄살인범은 아니며, 모든 연쇄살인범이 사이코패스도 아니라고 했다.

다만, 사이코패스의 특징을 설명한 부분에선 소름이 돋았다.

"이기적인 욕구를 충족하기 위해, 다른 사람을 통제하기 위해 매혹과 조작, 협박 때로는 폭력까지 복합적으로 사용한다."

정확히 아빠를 표현하고 있었다. 어릴 때는 아빠의 이런 행동이 일반적이라고 생각했다. 하지만 그건 전적으로 병의 징후였다.

바로 아빠의 회고록을 집어 들고 뒷부분에 실린 초기 정신감정 보고서를 훑어보았다. 어렸을 땐 건너뛰며 읽었는데, 어른이 되어 다시 읽으니 흥미롭기도 하고 무섭기도 했다. 다음은 아빠가 열여섯 살 때 받은 손디Szondi 테스트의 결과다.

"피험자는 사회 부적응자다. 수동적인 애정과 관심을 강하게 필요로 한다. 마조히즘적 충동을 암시하는 성적 갈등이 발견된다. 외부 경험에 대해 감정적으로 폭발할 가능성이 있다. 매사에 부정적이고 충동적이다. 이는 반사회적 범죄 성향으로 이어질 수 있다."

또 다른 검사 결과는 다음과 같이 기록하고 있다.

"매우 불안정한 상태로 정신과적 도움이 시급하다. 변화를 위해서는 매우 장기적인 치료가 필요한데, 변화 자체가 불가능해 보인다. 다양한 어려움을 갖고 있지만, 적절한 치료 시기를 놓쳐 치료가 쉽지 않은 상태다. 종교 생활이 도움이 될 순 있지만, 그로 인한 변화도 크게 기대할 순 없다. 신경증 환자로 정신병도 의심된다. 행동은 10대 때부터 확실히 정신병적이었다."

아빠는 이 보고서를 책에 싣고자 온갖 방법을 동원했다. 왜 그랬을까? 보고서 내용이 자신을 특별하게 만들어준다고 생각한 걸까? 사이코패스라는 사실이 자랑스러웠을까?

나는 자리에서 일어나 서성이다가 화장실에 다녀왔다. 그러고는 물을 한 잔 마셨다. 다른 집중할 거리가 필요했다. 책을 읽거나 TV를 보고 싶었다. 하지만 결국 FBI 웹사이트로 돌아갔다. '사이코패스 체크리스트'가 눈에 띄었다. 아빠가 여기에 얼마나 부합하는지 확인해보기로 했다.

체크리스트는 크게 네 가지 범주로 나뉘었다.

첫 번째는 '대인관계' 특징으로 여기에는 피상적인 매력, 과장된 자존감, 병적인 거짓말, 타인 조종의 특성이 포함됐다. 아빠는 이 범주에 아주 수월하게 속했다.

두 번째는 '정서적' 특징으로 여기에는 후회나 죄책감 부족, 공감 능력 및 책임감 결여 등이 포함됐다. 빌리와 대니에 대한 살해 자백 영상을 보면 아빠는 후회하는 모습을 거의 보이지 않는다. 책임감과 관련해서도 한 가지 기억이 떠올랐다. 아빠가 날 너무 심하게 때려 제대로 눕지도 못했을 때였다. 아빠는 내 침대를 파고들며 다가왔지만, "그러니까 왜 벌 받을 짓을 해"라고 말했을 뿐 미안하다는 말은 하지 않았다. 아빠는 내게서 괜찮다는 대답을, 아빠가 때릴 만했다는 대답을 원했다. 그럼에도 아빠를 사랑한다고 말해주길 바랐다. 날 때린 것에 대한 죄책감은 전혀 찾아볼 수 없었다. 아빠는 두 번째 범주에도 속했다.

세 번째는 '생활 방식'에 관한 특징으로 여기에는 자극을 추구하는 행동, 충동적 성향, 무책임, 현실적인 목표의 부재 등이 포함됐다. 의심할 여지 없이 하나하나 아빠의 특징이었다. 아빠는 먹을 것이 없어 자식들이 배를 곯는 상황에서도 팩맨 게임을 하며 돈을 쓰고 다녔다.

네 번째는 '반사회적' 특징으로 여기에는 부족한 행동 통제력, 유아기의 행동 문제, 청소년기의 비행, 사회적으로 일탈한 생활 방식 등이 포함됐다. 두말할 나위 없이 속했다.

마음이 차분해졌다. 보고서는 내가 아빠에 대해 제대로 알고 있다는 사실을 확인시켜 주었다. 모든 면에서 아빠는 사이코패스였다. 확실했다. 모든 사이코패스가 살인자는 아니지만, 결국 아빠는 그렇게 됐다. 그런데 아빠가 정말 연쇄살인범이었을까?

FBI 보고서에 따르면, 연쇄살인범들의 범행에는 몇 가지 공통점이 있다. 우선, 피해자들이 보통 모르는 사람이라는 점이다. 살인은 대개 지위나 권력, 흥분, 성욕을 동기로 행해진다. 이들은 보통 자신이 마음대로 휘두르고 통제할 수 있는 약한 대상을 선택한다.

　　보고서를 읽으며 아빠가 저지른 범행과 연쇄살인범의 범행 간 공통점을 찾아봤다. 우선 피해자를 모른다는 점부터 살펴보았다. 아빠는 티머시와 켈리를 이전부터 알고 있었다고 주장했다. 빌리, 주디스, 대니 역시 잘 아는 사이였다. 빌리를 살해한 것에는 분노와 자식을 보호하려는 욕구가 동시에 작용했을 것이다. 하지만 대니를 살해한 건 달랐다. 철저히 돈 때문이었다. 무려 2년간 준비한 사건이었다. 아빠가 죽은 이상, 티머시와 켈리를 왜 죽였는지는 정확히 알 수 없다. 성욕 및 권력과 관계된 것으로 추측할 뿐이다.

　　일정 기간에 다섯 명 이상을 죽인 경우, 연쇄살인범으로 정의한다. 한 번에 다섯 사람을 한꺼번에 죽인 경우는 해당하지 않는다. 아빠는 총 세 번의 살인 사건에서 다섯 명을 죽였다고 자백했다. 나는 노트북을 닫았다. 여전히 더 많은 희생자가 있다고 믿었지만, 그렇다고 캐머런 형사의 허무맹랑한 주장을 믿지는 않았다.

　　캐머런 형사가 무슨 일을 꾸미고 있는지는 신경 쓰지 않았다. 내 문제만 해도 머리가 아팠다. 결혼 생활은 파탄 직전이었고, 나는 출혈성 궤양을 앓고 있었다. 궤양 증상은 크게 신경 쓰지 않았다. 루실 이모할머니처럼. 그러던 중, 화장실에서 기절한 나를 브린이 발견해 응급실로 데려간 일이 있었다. 그제야 병이 얼마나 심각한 상황인지 깨달았다. 나는 곧바로 수술대에 올랐고, 일주일 정도 중환자실에 있었다.

2014년, 존 캐머런은 《희대의 연쇄살인마, 에드워드 에드워즈IT's ME: Edward Wayne Edwards, the Serial Killer You Never Heard Of》라는 책을 출간했다. 그리고 2018년에는 6부작 다큐멘터리 〈수많은 미제 사건의 진범, 에드워드 에드워즈It Was Him: The Many Murders of Ed Edwards〉를 발표했다. 토크쇼 출연과 기고를 이어가며 책과 다큐멘터리의 모든 내용이 사실이라고 주장했다. 그리고 사람들은 캐머런 형사의 말을 믿었다. 심지어 유명 앵커 메긴 켈리Megyn Kelly가 진행하는 〈투데이Today〉쇼에 출연해 아빠가 수백 명을 살해했다고 주장했다. 아빠에 관한 새로운 다큐멘터리가 나올 때마다, 새로운 기사가 보도될 때마다 내 전화통은 불이났다. 수십 년간 연락조차 없던 사람들이 소셜 미디어로 연락해 오기 시작했다. 그러면서 나를 향해 외쳤다.

"너희 아빠가 바로 조디악 킬러였어!"

내게 연락해 온 기자와 언론인은 수없이 많았지만, 전혀 달갑지 않았다. 하지만 그중 한 사람, 조시 딘Josh Dean은 다른 이들과 좀 달랐다. 그리 강압적이지 않았다. 꽤 좋은 사람으로 보였다. 그러나 아빠의 미해결 범죄에 대한 조사를 같이해 보겠냐는 그의 제안은 단번에 거절했다.

아이들이 모두 독립한 후 난 내 삶을 재정비하고자 노력했다. 교회도 다른 교파로 옮겼다. 마이클이 함께 따라와 주길 바랐지만, 그는 그럴 마음이 전혀 없었다. 결국 홀로 새로운 교회 공동체에 정착했고, 소규모 업체를 위한 청소 및 인테리어 사업을 시작했다. 창고 한쪽에서 가구를 복원하기도 했다. 꾸준히 살도 뺐다. 감량한 체중을 유지하기 위해 강박적으로 운동을 했다. 하루 세 번이나 체육관에 가는 날도 있었다. 하지만 급격한 체중 감소로 피부 처짐이 심각했다. 마이클이 피부 제거술을 권유했다. 하지만 성형수술이라 보험 적용이 안 됐기에 선뜻 내키지 않았다. 마이클이 제안한 수술이었지만 비용 때문에 평생 원망을 들을까 두려웠다. 하지만 결국 수술을 받았고, 마이클은 결과에 매우 만족해했다. 나도 마찬가지였다. 미래에 대한 희망을 품고 우리 부부는 오하이오주 킹스빌 인근에 있는 신규 주택을 매입했다. 새집은 거실이 딸린 방대한 부부 침실과 차고 네 곳, 별채까지 갖추고 있었다. 별채는 마이클의 사륜차와 보트, 스노모바일,[24] 내 목공 도구까지 모두 보관할 수 있을 만큼 규모가 컸다. 나는 이 집이 마음에 꼭 들었다.

아빠가 세상을 떠난 지 5년이 지났지만, 언론의 관심은 사그라지지 않았다. 각종 프로그램 섭외 전화가 끊이지 않았고, 인터뷰 요청도 많았다. 하지만 단 한 차례도 응하지 않았다.

레이시 피터슨의 살해 용의자로 지목된 스콧 피터슨Scott Peterson의 변호사로부터 전화를 받기도 했다. 스콧을 무죄로 만들 만한 정보가 있는지, 캐머런 형사의 주장, 곧 아빠가 레이시를 살해했다는 주장을 입증할 정보가 있는지 물었다. 스콧은 임신 중이던 아내 레이시와 뱃속의 아들을 살해한 혐의를 받고 있었고, 변호사는 스콧의 무죄를 입증해야 했다.

더는 참을 수가 없었다. 아빠가 저지르지도 않은 범죄에 관해 묻는

---

24) 눈이나 얼음 위를 쉽게 달릴 수 있게 만든 차량.

전화는 이제 지긋지긋했다. 정작 아빠의 소행으로 의심되는 사건에 대해서는 아무도 조사하지 않았다. 난 모든 정보를 수사 당국에 넘겼고, 그들이 조사해 줄 거라고 믿었다. 하지만 캐머런 형사가 대중을 오도하는 가운데 경찰은 유사점이 많은 사건조차 수사하지 않았다. 합법적인 조사는 좀처럼 진행되지 않았지만, 자극적인 내용에 대한 갈증은 수많은 음모론에 불을 지폈다.

급기야 아빠는 타블로이드 신문의 헤드라인을 장식했다. 이제 진실을 밝힐 때라고 생각했다. 내가 나설 생각은 전혀 없었다. 하지만 근거 없는 음모론이 스콧 같은 살인범의 석방으로 이어지는 건 막아야 했다. 캐머런 형사의 주장에 어떻게든 반박해야 한다고 생각했다. 내 의심을 뒷받침할 만한 증거를 경찰이 확보할 수 없다면, 내가 직접 나서야 했다. 하지만 너무도 막막했다. 어디서부터 어떻게 시작해야 할지 몰랐다.

스콧의 변호사가 연락해 오기 직전, 조시 딘 기자에게 먼저 연락이 왔다. 순전히 우연이었다. 나는 충동적으로 조시에게 답장했다.

"한번 만나시죠."

신뢰할 만한 사람인지 아닌지는 알 수 없었지만, 진실을 알고 싶다는 절박함에 만나보기로 했다.

조시는 아빠의 행적을 진지하게, 그리고 성실하게 파헤칠 거라는 생각이 들었다. 나와 끝까지 함께할 사람이라는 믿음이 생겼다. 마침내 파트너가 생겼다는 사실에, 아빠의 범죄 인생을 이해하려는 여정에 함께할 누군가가 있다는 사실에 안도감이 들었다.

클리어링

2016-2019

우리의 협업은 〈클리어링 The Clearing〉이라는 팟캐스트의 운영으로 이루어졌다.

첫 번째 공식 팟캐스트 회의는 우리 집에서 진행됐다. 조시는 체크무늬 셔츠를 입고 나타났다. 그 후로도 그 옷을 거의 유니폼처럼 입고 다녔다. 프로듀서 조나단 멘지바르 Jonathan Menjivar 가 꽤 큰 부피의 마이크와 녹음기를 어깨에 메고 함께 들어왔다.

두 사람을 부엌 식탁으로 안내했다. 채소 스틱과 소스, 치즈를 미리 준비해 놨다. 커피를 내리는 사이 짧게나마 서로에 대해 알아가는 시간을 가지면 어떨까 생각했다. 하지만 조나단은 이미 마이크를 켜두었다. 그렇게 첫 번째 팟캐스트가 시작됐다.

그들은 내게 어떤 자료를 공유해 줄 수 있는지 물었다. 나는 두 사람을 침실로 데려가 아빠가 체포된 후 트레일러에서 발견한 여행 가방 두 개를 내밀었다. 가방은 각종 사진과 문서, 녹음테이프로 가득

차 있었다. 우린 아예 방 한쪽에 자리를 잡고 앉았다. 내가 잠시 간식을 사러 다녀온 사이 두 사람은 산더미 같은 자료를 하나씩 파헤치기 시작했다. 도저히 살펴볼 엄두가 안 나 쌓아만 두었던 자료들이었다.

조시와 조나단에게도 말했듯, 아빠에 대한 나의 궁금증은 크게 두 시기로 나뉜다. 내가 태어나기 전과 후. 전자는 아빠의 회고록이, 후자는 나의 기억이 도움을 줄 수 있을 듯했다.

조시는 아빠의 회고록을 모두 읽고 왔기에 아빠의 아이를 가졌던 베르나에 대해서도 잘 알고 있었다. 아빠는 책에서 베르나를 덴버에 버린 채 지넷과 함께 떠나왔다고 주장했다. 1990년에는 동생 제프가 서부 군부대에 복무 중이었다. 아빠는 제프에게 지넷이 낳은 아들을 찾아달라고 부탁했다. 하지만 베르나가 낳은 아이를 찾아달라는 말은 없었다. 왜 둘 중 한 아이만 찾고 싶어 했는지 궁금했다. 베르나의 아이는 찾을 수 없단 사실을 이미 알고 있었던 걸까? 난 그 이유를 꼭 알고 싶었다.

1956년 그레이트 폴스에서, 그리고 1960년 포틀랜드에서 발생한 연쇄살인 사건에는 많은 의문점이 있었다. 캐머런 형사는 아빠를 범인으로 단정했지만, 캐머런 형사에게도 경찰에게도 증거는 없었다.

개과천선한 범죄자 이미지로 책까지 출간한 아빠는 가족을 위해 살겠다고 선언했다. 그러나 이후 수없이 옮겨 다니며 살았던 각 지역에서 아빠는 무슨 일을 저지른 걸까? 이 같은 물음표를 마음에 품고 조시와 조나단, 두 젊은이에게 의지해 아빠에 관한 추적을 시작해 나갔다.

세션마다 조시는 자신이 알게 된 것, 혹은 발견한 것을 공유했다.

녹음테이프를 틀면서 내게 질문 목록을 건네기도 했다. 과거의 유물을 들여다보는 건, 내 마음의 상처를 덮고 있던 딱지를 떼어내는 것과 같았다. 때로는 편두통이 찾아와 어두운 방에 홀로 누워 있기도 했다.

녹음테이프 상자를 뒤지던 조시는 내가 기뻐할 만한 테이프 하나를 발견했다. 조시가 재생 버튼을 누르자 나는 달콤한 향수에 휩싸였다. 전에도 들어본 녹음테이프였지만, 루실 이모할머니의 목소리는 들을 때마다 마음이 아렸다. 테이프는 내가 아주 어렸을 때 녹음된 것이었다. 아빠는 자신이 입양아라는 사실을 알게 된 후, 자신이 아주 어렸을 때 100달러를 훔친 혐의로 생모를 고발한 여자를 찾아 전화를 걸었다. 녹음테이프에서 아빠는 루실 이모할머니에게 생모의 인생을 망친 여자에게 전화한 일을 털어놓았다. 할머니는 걱정스러운 목소리로 과거는 흘려보내라고 조언했다. 하지만 아빠는 그건 무척 중요한 일이기에 아이들도 언젠가는 자신의 모든 인생을 알아야 한다고 말했다. 그러자 할머니는 이렇게 물었다.

"에이프릴에게 네 과거를 모두 털어놓고 싶다고?"

"네, 그럴 거예요."

"글쎄다. 평범한 삶은 아니었잖니."

나는 눈물과 웃음이 동시에 났다. 할머니가 그 말을 하는 모습이 생생하게 그려졌다. 할머니 말대로 아빠는 절대 평범한 삶을 살지 않았다. 하지만 난 할머니가 무슨 말을 하려는지 알 것 같았다. 전과자 아빠가 자신의 과거를 자녀들에게 공유하는 게 정상적이지는 않다고 여긴 것이다. 하지만 아빠는 회고록을 통해 자녀는 물론 세상 전체에 그 모든 걸 널리 알렸다.

하루는 서류 더미에서 아빠가 기독교 청년을 대상으로 진행한 강연 책자를 발견했다. 주제는 '힘든 상황에서 벗어나는 법'이었다. 조시와 조나단에게 보여주었다. 믿을 수 없다는 표정을 지으며.

"이것 좀 봐요. 강연회 날짜가 빌리와 주디스를 죽이기 8일 전이었어요."

새로운 사실을 하나씩 발견할 때마다 새로운 굴욕감이 찾아왔다. 내 어린 시절은 희극 그 자체가 아니었을까? 굴욕감을 느낄 때마다 구역질이 났다. 궤양이 점점 더 악화되고 있었다.

∴ 오하이오주 버튼

우리는 아빠의 사건과 내 과거에 얽힌 사람을 인터뷰하기 위해 방문할 곳을 죽 나열하며 일정을 짰다. 제일 먼저 버튼에 있는 한 회의실에서 브라이언 존스턴을 만났다. 조시는 브라이언 형사에게 아빠가 대니를 죽였다고 의심하기 시작한 시기를 물었고, 브라이언 형사는 기억을 되짚으며 사건 경위를 자세히 설명했다. 아빠의 자백 영상을 통해 이미 모든 것을 알고 있었기에 두렵고 떨리는 마음으로 그 말을 들었다. 그저 내 머릿속에 끔찍한 이미지가 남지 않길 바랐다.

이후 네 사람이 함께 대니의 묘지를 방문했다. 대니는 내가 고3 시절 내내 자전거를 타고 지나다니던 작은 묘지에 묻혀 있었다. 자신이 살해당한 장소와도 무척 가까웠다. 그래서 이런 생각이 들었다.

'대니가 이곳에서 진정한 안식을 누릴 수 있을까?'

정말 잔인한 아이러니였다. '대니 보이 에드워즈'라고 새겨진 납작한 돌 비석이 무덤 앞에 놓여 있었다. 네 사람 모두 아무 말 없이 그저 엄숙하게 서 있을 뿐이었다.

나는 애써 눈물을 삼켰다. 아빠가 저지른 끔찍한 범죄의 무게가 내 가슴을 짓눌렀다. 이 불쌍한 아이에게 아빠가 한 짓이, 도움을 약속하며 총을 겨누고 쏴버린 모습이 내 머릿속을 떠나지 않았다. 무려 2년이나 계획한 범죄였다. 캐머런 형사의 말이 맞았다. 아빠는 정말 괴물이었다. 캐머런 형사의 괴물은 아니었을지 몰라도, 괴물은 괴물이었다.

:·· 오하이오주 도일스타운

다음으로 방문한 곳은 내가 다섯 살 유치원 시절부터 여덟 살 3학년 때까지 살았던 도일스타운이었다. 이 작은 시골 마을은 내 어린 시절 기억의 팔 할로 남아 있다. 킹스빌 우리 집에서 조시와 조나단을 만났다. 두 사람이 가져온 렌트카로 두 시간 정도 운전해서 갔다. 나는 극심한 두통으로 운전이 힘든 상태였다. 타이레놀을 사려고 주유소에 들렀다. 머리가 깨질 듯 아팠다. 그즈음은 두통 탓에 밤잠도 제대로 못 잤다. 너무 지쳐서 가는 길에 잠이 들었다. 두 사람은 날 깨우지 않았다. 아빠의 과거를 추적하는 기나긴 여정이 내게 어떤 영향을 미치고 있는지 잘 알았기 때문이다. 난 차만 타면 잠이 들었고, 두 사람의 배려 덕에 짧게나마 잠을 청할 수 있었다.

이번 여정에서는 내 기억을 시험해 보고 싶었다. 이를테면 이런 질문들이었다. 빌리와 주디스가 살해된 장소를 가봤던 내 기억이 정말 맞을까? 아빠가 가족들을 데리고 소풍 삼아 간 곳이 정말 두 사람을 살해한 장소였을까? 그날의 기억은 또렷하고 생생했다. 만일 내 기억이 정확하지 않다면, 의심스러운 점은 무엇일까? 노턴의 실버 크릭 메트로 파크는 내가 케빈 드라이브에서 살던 동네에서 불과 3~4킬로미터 떨어진 곳에 있었다. 그 공원이 첫 번째 목적지였다.

입구에 도착했을 땐 혹시 길을 잘못 들었나 싶었다. 내 기억 속엔 주차장과 연못, 잡초가 남아 있었다. 주차장이 있었고 키가 큰 잡초도 무성했지만, 연못은 보이지 않았다. 조시, 조나단과 함께 잡초 사이를 뚫고 걸어 나갔다. 어느 순간, 저울의 눈금이 완전히 잘못돼 있음을 깨달았다. 당시 나는 여덟 살이었다. 그 눈높이에서 바라봐야 했다. 그래서 쭈그려 앉아 1미터 20센티미터 정도 되는 높이에서 세상을 바라봤다. 그랬더니 내 기억대로 잡초가 내 눈높이 정도에 왔다. 아빠의 잰걸음을 쫓아가느라 비틀거리며 따라가던 기억이 떠올랐다. 조시와 조나단에게서 멀어져 연못이 있을 것으로 예상되는 곳에 멈춰 섰다. 하지만 연못은 보이지 않았다. 모든 것이 의심스러워지기 시작했다. 그러다 뒤를 돌아보니 흙둑이 보였다. 그 위로 올라갔다. 그 앞으로 익숙한 풍경이 펼쳐졌다. 연꽃과 부들꽃이 피어 있는 연못이 보였다. 연못 너머에는 나무들이 줄지어 서 있었다. 나무들은 30년 전 내가 마지막으로 봤을 때보다 몇 배는 더 자라 있었다. 연못은 내 기억과 달리 진흙탕에 가까웠지만, 그래도 연못은 연못이었다. 내 기억이 맞았다. 깊은 안도감이 찾아왔다. 장소에 대한 내 기억이 믿을 만하다는 일종의 확인이었다. 더 중요한 것은, 이제 조시와 조나단도 내 기억을 신뢰할 수 있게 됐다는 점이었다.

이 연못과 잡초가 무성한 공원은 빌리와 주디스가 살아 있던 마지막 장소였다. 이곳에서 아빠가 두 사람을 쐈다. 정말 잔인한 죽음이었다. 얼마나 무서웠을까? 아빠의 자백에 따르면, 1977년 8월 세 사람은 같은 술집에 있었다. 빌리와 주디스는 둘만의 시간을 갖기 위해 공원 주차장에 차를 세웠을 거였다. 저녁이면 아빠는 당구를 치면서 다른 손님들과 수다를 떨거나 이런저런 정보를 들으려고 사람들과 어울리곤 했다. 그날 밤, 아빠는 어디로 가면 빌리와 주디스를 만날 수 있는지 알고 있었다. 주디스가 그곳에 있다는 걸 알고 있었다. 아빠는 통제력을 잃었다. 주디스의 생명을 무참히 짓밟았다. 주디스는 아빠에게 한낱 소모품에 불과했다.

다음 목적지는 테일러 로드에 있는 농장이었다. 메트로 파크에서 고작 3~4킬로미터 거리였지만, 테일러 로드는 세로로 긴 지형이었다. 차로 이동하면서 내비게이션 없이 한번 찾아가 보고 싶다고 조시에게 말했다. 차창 너머로 보이는 풍경은 무척 낯설었다. 그런데 교차로를 지나자마자 대번에 우리가 어딨는지 알 수 있었다. 나는 조시에게 말했다.

"죽 가다 보면 오른쪽에 있을 거예요. 개울을 따라 다리를 건너면 돼요."

그리고 잠시 후, 나는 "멈춰요!"라고 외쳤다. 드디어 찾았다. 우리가 살던 집. 폐허로 방치돼 있었지만, 들판의 큰 나무는 그대로였다. 그때보다 훨씬 커진 벚나무가 한때 진입로였던 곳을 따라 죽 늘어서 있었다. 진입로는 풀로 뒤덮여 있었다. 시간이 흘러 그곳에서의 삶의 흔적은 모두 지워졌지만, 내 기억 속에서는 여전히 마법 같은 곳이었다. 신디가 풀을 뜯던 모습이 아직도 생생했다. 다시 돌아갈 순 없지만, 내 기억 속 나무들이 여전히 건재한 모습을 보니 안도감이 밀려왔다.

케빈 드라이브에 있는 집은 테일러 로드 농장에서 채 2킬로미터도 안 되는 곳에 있었다. 퍽 놀라운 사실이었다. 아빠가 그리 게으르지만 않았다면, 걸어서도 충분히 오갈 수 있는 거리였다. 집 외벽은 그때와 달리 파란색과 흰색으로 칠해져 있었지만, 난 한눈에 알아봤다. 부엌 옆에도 새로운 데크와 미닫이문이 설치돼 있었다. 누군가 조경 작업을 잘해두었다. 집도 무척 깔끔하게 정돈된 상태였다. 다만 내가 기억하는 것보다 집 크기는 좀 작았다. 하지만 집 뒤편의 숲도 무척 익숙했다. 반가운 마음에 조시와 조나단에게 이렇게 말했다.

"나무 위에 오두막을 지은 적이 있어요. 그 뒤편 오른쪽 나무에는 타이어 그네를 달아놓았죠. 거기에 덩굴이 있어서 마치 원숭이처럼 그네를 타곤 했어요. 여기엔 나뭇더미가 있었고요."

이 집에 살았던, 지독하게 가난했던 시절이 내 머릿속을 꽉 채웠다. 거실에 있는 이층 침대에서 잠을 자며 통나무를 한 번에 두 개씩 들어 집 안으로 옮기던 기억이 났다. 킹스빌 우리 집이 무척 감사하게 느껴졌다. 우리 부부는 지금의 재산을 일구기 위해 정말 열심히 일했다. 그리고 많은 것을 갖게 됐다. 하지만 지금은 타이어 그네를 타고 놀던 어린 소녀가 떠올랐다. 그 소녀는 케빈 드라이브에서의 삶이 훗날 기억으로 남을 것이며, 언젠가는 모든 것이 달라질 것임을 알지 못했다. 또 아빠가 무슨 짓을 했는지, 앞으로 무슨 짓을 벌일지는 물론 아빠가 세상을 떠난 후 오랜 시간이 지나 다시 이곳으로 돌아오게 되리라고는 상상도 못 했다.

조시, 조나단을 만나 과거로의 여행을 떠나지 않는 날에는 집을 청소하거나 목공 일을 했다. 도일스타운에서 돌아와 몇 주가 지난 어느 날, 침대 세트를 주문받아 작업을 하는데 갑자기 날카로운 복부 통증이 느껴졌다. 마침 작업과 관련해 전화할 일이 있어 집 안으로 들어갔고, 통증이 너무 심해 911에 연락했다. 그렇게 또 한 번 응급수술을 받았다. 이번에는 훨씬 더 심각한 상태였다. 궤양은 천공이 돼 있었다. 가슴뼈부터 배꼽까지 개복수술을 했다. 비싸게 주고 평평하게 만든 배가 또다시 울퉁불퉁해졌다. 절개 부위를 봉합한 뒤 며칠 후 퇴원했다. 마이클은 수술 후 딱 한 번, 5분간 나를 면회했다. 퇴원하던 날, 나는 청소기로 거실을 밀었다. 내겐 내 건강 상태와는 상관없이 마이클이 퇴근하고 돌아왔을 때 집이 완벽하게 정돈된 상태여야 한다는 압박이 늘 있었다. 퇴근한 아빠에게 책잡힐까 봐 노심초사했던 엄마처럼. 아빠가 우리 집에 올 때도 그런 기분이었다. 다행히 마이클은 아빠와 정반대의 사람이었다. 하지만 남편의 거절과 비난을 두려워하는 본능은 여전히 남아 있었다. 비록 합리적이진 않더라도.

2주 후, 마이클과 함께 진료를 보러 갔다. 다녀와서는 혼자 갈걸 하는 후회가 들었다. 나는 진찰실 검사대 위에 누웠고, 수술 흉터는 벌겋게 화가 나 있었다. 배가 퉁퉁 부어올라 흉측했다. 마이클이 찡그리며 말했다.

"2만 1,000달러가 날아갔군."

왈칵 눈물이 났다. 남편에게서 고개를 돌렸다. 의사는 동정 어린 시선으로 내 팔을 토닥였다.

수술하고 회복하느라 팟캐스트를 위한 여행은 잠시 중단했었지만, 충분히 회복된 후 곧바로 재개했다. 다음 목적지는 오하이오주 지아거 카운티의 치안 사무소였다.

우리 집에선 당일치기도 가능한 거리였다. 뉴욕에서 날아온 조시, 조나단과 근처 호텔에서 만났다. 지아거 카운티 치안 사무소에는 아빠의 사건과 관련된 녹음테이프 60개가 보관돼 있었다. 이곳으로 오기 전, 조시가 사무실에 연락해 봤지만 도와주겠다는 사람이 아무도 없었다. 그래서 내가 에드워드 웨인 에드워즈의 딸임을 밝히고 직접 연락했다. 그러자 샤론Sharon 이라는 직원이 무척 친절하게 전화를 받으며 기꺼이 도와주겠다고 했다. 조시는 사무실로 빈 테이프 한 상자를 보냈고, 샤론은 법적으로 문제가 되지 않는 선에서 모든 테이프를 복사했다. 그 복사본을 가져오고 각종 회의 기록과 경찰 보고서 등의 파일을 살펴보는 게 이번 방문의 목적이었다.

샤론에게 테이프를 건네받은 조시는 혹시 들어봤는지 물었다. 샤론은 처음 몇 분만 들어봤다며 "정말 소름 끼치더군요. 딱 존 웨인 같았어요"라고 말했다. 아빠가 들었다면, 누군가 자신을 알아봤다며 좋아했을 것이다.

테이프 외에도 가능한 파일을 모두 복사했다. 파일 더미에는 아빠가 감옥에서 주고받은 편지의 사본도 있었다. 동생 제프에게 보낸 편지, 브라이언에게 보낸 편지가 눈에 띄었다. 형사들과 진행한 인터뷰 기록도 있었다.

우리는 집으로 돌아와 녹음테이프를 듣기 시작했다. 그중에는 대니와의 통화 녹음본과 함께 아빠가 대니의 '머리'에 대한 단서를 쥐고 브라이언 형사를 놀리는 끔찍한 대화도 남아 있었다. 가르시아 형사가 조사 과정에서 수집한 테이프도 있었다. 2009년, 아빠의 트레일러에서 발견한 모든 녹음테이프를 지아거 카운티 치안 사무소에 넘겼다. 그리고 거의 10년 만에 되찾았다. 이 테이프들에는 여러 주에서 온 경찰과의 교도소 인터뷰와 자백 등 아빠의 모든 것이 담겨 있었다.

:· 위스콘신

몇 주 후, 우린 가르시아 형사를 인터뷰하기 위해 위스콘신에 있는 제퍼슨 카운티 치안 사무소로 갔다. 가르시아 형사는 9년 전, 우리 집 부엌 식탁에 마주 앉았던 모습 그대로였다. 여전히 군인처럼 꼿꼿한 자세였다. 우린 다 같이 티머시의 아버지 데이브Dave를 만나기 위해 출발했다. 티머시의 어머니는 아들이 살해되고 22년 후, 세상을 떠났다고 했다. 애석하게도 아들의 살인범이 잡히는 건 보지 못했다.

1년 전, 데이브와 데이브의 두 번째 부인 주디Judy를 만난 적이 있었다. 그들은 아빠가 티머시와 켈리 살해 혐의로 체포된 지 9년 만에 가르시아 형사에게 연락을 취해 내 번호를 물었다. 얼마든지 알려주라고 가르시아 형사에게 전했다. 이후 데이브와 주디가 나를 만나고 싶다며 연락해 왔다. 우리 집에 방문해도 될지 물었다. 아들을 죽인 사람의 딸을 만나려는 데이브의 용기에 적잖이 놀랐다. 난 두 번 생각할 것도 없이 대답했다.

"물론입니다! 얼마든지 오세요."

두 사람이 도착했고, 난 너무 떨렸다. 손바닥에 흥건한 땀을 닦고, 악수를 청했다. 데이브와 주디는 내게 포옹하며 활짝 웃어 보였다. 두 사람은 소파에 나란히 앉았다. 난 그들의 발치에 앉아 두 사람을 올려다봤다. 두 사람은 마치 딸자식을 바라보듯 애정 어린 눈빛으로 날 바라봤다.

"오늘 여기 온 거, 아이들에겐 말하지 않았어요."

주디가 입을 뗐다.

가족들이 어떻게 생각할지 몰라 우선 말하지 않았다고 했다. 두 사람 사이엔 서른 명이 넘는 손주가 있었다.

"서른 명! 아이들은 사촌이 엄청 많겠네요."

내가 말했다.

"티머시 삼촌의 존재는 아무도 몰라요."

주디가 덧붙였다.

살았으면 숙모가 됐을 켈리까지, 아이들은 몰랐다. 데이브는 최근 대규모 낙농장을 팔았다고 했다. 본래는 티머시가 물려받을 농장이었는데, 운영이 버거워지면서 굳이 계속 갖고 있을 이유가 없었다는 것이다. 데이브와 주디는 여전히 농장 옆 농가에 살고 있었다. 농가에서는 티머시와 켈리가 묻힌 묘지가 보였다.

두 사람은 내게 어떻게 지내는지 물었다. 내 안부 따위, 그들에게 전할 자격이나 있을까. 인사치레로 그저 "잘 지냅니다"라고 답했다. 하지만 그들은 내 마음을 꿰뚫어 보는 듯했다.

"아빠를 신고해야 했던 고통을 겪게 해서 정말 미안합니다."

데이브가 내 눈을 쳐다보며 말했다.

순간 눈물이 흘렀다. 왜 그들이 내게 화를 낼 거라고 생각했는지 모르겠다. 아빠의 과거는 내 아킬레스건이 될 줄 알았다. 하지만 전혀 그렇지 않았다. 감사함이 밀려왔다. 두 사람의 아량과 관용에 고개가 절로 숙여졌다.

떠나기 전, 두 사람은 날 위스콘신에 있는 자신들의 집으로 초대해 직접 만든 나무 상자를 선물로 건넸다. 어릴 적 칭찬 스티커를 모아두었던 보물상자만 했다. 아빠가 태워버린 그 상자.

데이브의 선물은 한눈에 봐도 무척 정성이 깃들어 있었다. 상판은 참나무와 벚나무로, 손잡이는 나무 구슬로 만들었다. 그해 크리스마스에 자녀들과 손주들에게 줄 선물로 만들고 있다고 했다. 안에는 메모도 들어 있었다.

감사합니다. 당신의 용기와 정직함에 깊은 감사를 전합니다. 당신
은 정말 훌륭한 사람입니다. 베풀어준 친절, 잊지 않겠습니다.
데이브, 주디 올림.

그리고 1년 후, 두 사람의 초대로 위스콘신에 있는 집을 방문했다. 팟캐스트 제작진과 가르시아 형사도 함께였다. 데이브의 이야기를 듣고 녹음해 올 참이었다. 가는 길에 샌드위치 가게에 잠시 들러 점심 거리를 샀다.

데이브와 주디는 우릴 따뜻하게 맞아주었다. 주방에 있는 큰 테이

블에서 샌드위치로 함께 점심을 먹었다. 가르시아 형사, 그리고 데이브와 주디 세 사람은 사건 발생 후 많은 일을 함께 겪었다. 그래서 가르시아 형사에 대한 데이브 부부의 신뢰는 매우 두터웠다. 10년 전, 살인 사건 신고 직통 번호로 전화를 걸었을 때 내 전화를 받은 것도 가르시아 형사였다.

부엌 아일랜드 식탁의 도마식 상판에 감탄하며 내가 어디서 만든 건지 묻자 데이브가 답했다.

"주디와 제가 만든 거예요."

난 미소를 지으며 여태 들어본 어떤 부부의 대화보다도 로맨틱하다고 생각했다.

식사를 마친 후 거실로 자릴 옮겼다. 데이브는 8월 10일, 티머시가 전날 집에 들어오지 않았다는 사실을 알아챈 순간을 떠올리며 말을 꺼냈다. 데이브는 켈리의 부모에게 전화를 걸어 두 사람의 행방을 아는지 물었다. 카니발이 끝난 후 어딘가에서 잠을 자고 있을 거라고 생각했다. 하지만 켈리의 부모도 모르긴 마찬가지였다. 그들 역시 켈리가 집에 없어 걱정하던 참이었다. 데이브는 티머시의 동생 패트릭을 데리고 콩코드 하우스로 갔고, 주차장에서 티머시의 차를 발견했다. 그것만으로도 이상했다. 그러나 결정적으로 뭔가 잘못됐음을 감지했을 땐, 티머시의 지갑과 열쇠가 차 안에 그대로 남아 있는 걸 확인한 순간이었다. 데이브는 티머시와 켈리가 단순히 어디로 간 게 아니라는 걸 직감했지만 경찰은 곧 돌아올 거라며 데이브를 안심시켰다. 하지만 데이브는 불길한 예감을 좀처럼 억누를 수가 없었다. 그때, 데이브가 느꼈을 공포는 그저 상상만 할 수 있을 뿐이었다.

실종 신고가 접수됐고, 수색이 시작됐다. 결혼식 하객들과 콩코드 하우스 직원들부터 조사를 받았다. 주차장에서 밴 한 대가 떠나는 걸 목격했다는 증언이 나왔다. 가족들은 두 달 넘게 티머시와 켈리의 소식을 애타게 기다렸다. 거짓 목격담과 소문은 수사에 방해만 될 뿐이었다. 데이브는 경찰 본부에 정보 센터를 설치했고, 사실상 수사팀의 일원으로 참여했다. 그날 밤, 콩코드 하우스에서는 두 건의 결혼식이 있었다. 데이브는 모든 참석자에 대한 색인 카드를 만들어 보관했다. 조금씩 정보를 축적하고 있었지만 딱히 수확은 없었다.

70일간의 고통스러운 날들이 지나고, 마침내 켈리와 티머시의 시신이 발견됐다. 콩코드 하우스에서 약 13킬로미터 떨어진 곳이었다. 밀워키에 사는 다람쥐 사냥꾼 두 명이 옥수수밭 가장자리에서 우연히 찾아냈다. 입고 있던 옷 그대로 발견된 티머시는 칼에 찔린 채였다. 반면 켈리는 알몸으로 목이 졸린 채 끈으로 묶여 있었다. 강간을 당했을 것으로 추정됐다. 이후 30년간, 데이브는 사람들을 만날 때마다 '혹시 저 사람이 죽였나?' 하는 의구심을 떨쳐버릴 수 없었다고 했다. 범인을 모른다는 건 남은 가족에게 엄청난 고통이었다. 늦게나마 범인을 알게 된 게 데이브에게는 커다란 안도감으로 다가왔다. 하지만 '왜?'라는 질문에는 여전히 답을 얻지 못했다.

녹음이 끝난 후, 데이브에게 최근에는 어떤 목공 작업을 했는지 물었다. 데이브는 지하 작업장으로 날 데려갔고, 입구에 들어서자마자 나는 깜짝 놀랐다. 선반에는 과거와 현재의 크리스마스 선물이 가득 놓여 있었다. 하나하나 정성껏 만든 보물이었다. 크고 작은 상자, 조각상, 명판 등. 가장 최근에 만든 크리스마스 선물인 순록 장식품도 있었다. 데이브는 내게도 한번 만들어보라고 권했다. 영광이었다. 데이브는 내 옆에 서서 내가 나무 블록에 그려진 표시를 따라 톱질하는 걸 지켜봤다. 멋진 노신사 옆에서 톱질을 하는 건, 어릴 적 아빠 옆에서 할 때와는 너무나도 대조적인 느낌이었다. 아빠 역시 각종 도구와 나무로 작업하는 법을 가르쳐줬지만, 그 방식은 몹시 잔인했다.

그런데 그 순간, 톱질하는 자리에 서 있어야 할 사람은 티머시라는 생각이 스쳤다. 살인자의 딸이 아니라. 슬픈 생각을 떨쳐내려 톱질을 완벽하게 하는 데 집중했다.

데이브네 집을 떠나올 때, 가르시아 형사는 내게 줄 게 있다고 했다. 조시와 조나단이 차에서 기다리는 동안, 난 가르시아 형사를 따라 치안 사무소에 잠시 들렀다. 가르시아 형사의 눈빛은 평소와 사뭇 달랐다. 가르시아 형사는 내게 아빠의 조사와 면담 영상이 담긴 CD 세 장을 건넸다. 나를 향한 연민이 느껴졌다. 그리고 내게 사진과 서류가 담긴 상자 하나를 내밀었다. 지아거 카운티 치안 사무소로 자료를 넘길 때 이 상자는 빼놨었다고 했다. 상자 속에서 사진 한 장이 눈에 띄었다. 사진을 집어 들어 좀 더 가까이 살폈다. 아빠와 제프의 사진이었다. 엄지를 입에 문, 어릴 적 제프의 모습이었다. 한 손은 아빠의 뻣뻣한 뺨 위에 올린 채 아빠의 무릎에 앉아 카메라를 바라보고 있었다. 가슴이 뭉클했다. 다리에 힘이 풀려 잠시 앉으며 말했다.

"이건 가져갈게요."

그날 밤, 엄청난 눈보라로 비행기가 뜨지 못했다. 어쩔 수 없이 공항에서 하룻밤을 보냈다. 딱딱한 의자에 웅크리고 앉아 뜬눈으로 밤을 지새웠다. 그날 보고 들은 모든 걸 오래도록 담아두려 애썼다. 아빠와 제프의 사진을 꺼내 하염없이 바라보았다. 두 사람의 부드러운 표정을. 부자지간의 사랑, 주체할 수 없는 슬픔이 밀려왔다. 데이브와 티머시가 함께하지 못한 미래가 가슴에 사무쳤다. 그리고 내 동생 제프가 한없이 가여웠다.

몬태나 그레이트 폴스

1956/2019

 이제는 아빠의 어린 시절에 대한 가장 큰 의문점을 해결할 차례였다. 우리는 캐머런이 아빠에게 관심을 두게 된 사건부터 풀어보기로 했다. 1956년 몬태나주 그레이트 폴스에서 발생한 패트리샤 칼리츠케Patricia Kalitzke 와 로이드 두에인 보글Lloyd Duane Bogle 살인 사건으로, 여전히 미제로 남아 있었다.

 그레이트 폴스로 떠나기 전, 사건에 대한 기억을 되살려야 했다. 온라인에서 사건에 관한 모든 기록을 샅샅이 뒤졌다. 몬태나주 일간지에 실린 AP 기사는 이렇게 보도했다.

 "패트리샤는 남자친구 로이드처럼 살인범 앞에 강제로 무릎을 꿇은 채 머리에 총을 맞은 것으로 보인다. 옷은 그대로 입고 있었다. 카운티 검시관의 사전 조사 결과 살해 전후로 성폭행을 당한 징후는 전혀 없었다."

 그러나 또 다른 기록에 따르면 몸싸움의 흔적, 심지어 성폭행으로 인한 상처가 있었다. 부검 결과 질에서 정액이 발견돼 보존 처리됐다.

당시 질 면봉 검사는 여성 부검의 표준 절차였다.

과거 트레일러에서 발견한 서류 상자 속에 아빠가 이 사건에 관한 기사를 스크랩해 둔 파일이 있었던 게 떠올랐다. 아빠는 이 사건에 대해 속속들이 알고 있었다. 회고록에서 몬태나 관련 부분을 찾아 사건에 대한 언급이 있는지 확인했다. 1956년, 아빠는 당시 아내였던 지넷과 함께 제임스 랭글리라는 가명으로 서부 전역의 주유소를 털며 범죄를 일삼았다. 두 사람은 지넷의 오빠가 살던 그레이트 폴스에 들렀다. 그곳에서 아빠는 무장 강도 범죄를 저질렀고, 이후 빌링스에서 한 번 더 시도했다가 그해 3월 체포됐다.

당시는 그레이트 폴스 살인 사건이 발생한 지 두 달밖에 지나지 않았을 때였다. 게다가 아빠가 애크런에서는 탈옥 혐의로, 플로리다에서는 사기 혐의로 수배 중이었기에 살인 사건에 연루되었는지에 관해서도 조사를 받았을 가능성이 매우 컸다. 살인 사건은 형사들의 머릿속에서 떠나지 않았을 것이다. 하지만 이상하게도 아빠는 회고록에서 해당 살인 사건에 대해 전혀 언급하지 않았다. 포틀랜드 살인 사건은 주저 없이 언급했고, 한 번이라도 더 말하고자 노력했다. 그런 아빠가 그레이트 폴스 살인 사건은 왜 언급하지 않은 걸까? 범죄 패턴도 똑같았다. 악명 높은 살인 사건으로 세상이 떠들썩할 때 경찰에 체포돼 세간에 크게 주목받기.

몬태나에서 강도죄로 체포된 것에 대해 회고록에서 언급한 내용은 조사 과정에 관한 이야기가 전부였다. 제임스 랭글리는 가명이고 진짜 이름은 에드워드 웨인 에드워즈라고 고백하자 형사가 방에서 뛰쳐나갔다고 했다. 그러고는 수배 전단을 들고 와 외쳤다고 했다.

"이자가 당신이군!"

회고록 전반에 걸쳐 그랬듯, 아빠는 지역신문에 실린 기사를 넣었다. "에드워드 에드워즈, 몬태나주 빌링스에서 체포. 최근 빌링스에서 가장 화제가 된 인물."

또 경찰에 구금돼 있는 동안 아빠는 여러 차례 손목을 그었다. 너무 깊지 않게, 딱 생명에 지장이 없을 만큼만. 감옥 대신 병원행을 택하고 싶어서 한 수작이었다. 회고록에는 감옥보다 병원에서 탈출하는 게 더 쉬울 거라고 생각했다고 적었다. 1956년이나 1982년에 모두 성공하지 못한 꼼수였다. 방화죄로 교도소로 이송되기 전, 펜실베이니아에서 알약이 박힌 껌을 삼키며 쇼를 했던 그때였다. 성공 여부에 상관없이 아빠는 습관적으로 거짓말을 하고 탈출을 시도했다.

2019년 1월 어느 맑은 날, 나는 조시, 조나단과 함께 몬태나주 그레이트 폴스에 있는 캐스케이드 카운티 치안 사무소로 갔다. 약속이 된 건 아니었다. 두 사람은 마이크와 장비를 챙겨 함께 들어가고 싶어 했지만, 왠지 거절당할 것 같았다. 난 살인범의 딸로서 방문했기에 쉬이 허락해 줄 거라고 생각했다. 반면, 기자라는 신분을 밝히면 십중팔구 거절당할 게 뻔했다.

그래서 사무소로 혼자 들어가 창구 직원에게 물었다. 난 살인자의 딸이고, 아빠가 오래된 미제 사건의 용의자로 의심돼 찾아왔다고 방문 목적을 설명했다. 입안이 바짝바짝 말랐다. 마치 분필을 먹은 듯했다. 머리가 조여왔다. 창구 직원이 날 빤히 쳐다봤다. 꽤 오래. 뒤통수에서 심벌즈가 울리는 것 같았다.

직원은 존 카드너Jon Kadner 경사를 데리고 왔다. 날 사무실로 안내한 사람이었다. 이야기를 시작하자 눈물이 났다. 카드너 경사는 인내심을 갖고 내 이야기를 끝까지 들어줬다. 이후 상관인 스콧 반 다이켄Scott Van Dyken 부소장에게 짧게 보고했다. 카드너 경사는 다이켄 부소장이 나를 비롯해 조시, 조나단까지 팀 전체와 함께 이야기하고 싶어 한다는 뜻을 전했다.

조시에게 문자를 보내 들어오라고 했다. 두 사람은 장비를 챙겨 들어왔다. 조시는 간단한 필기도구를, 조나단은 큰 마이크와 녹음기를 어깨에 메고 왔다. 흡사 걸어 다니는 녹음 스튜디오 같았다.

치안 사무소는 서부극의 세트장을 보는 듯했다. 다이켄 부소장은 높다란 카우보이모자를 쓰고 우리를 맞았다. 벽에는 사슴뿔이 죽 걸려 있었다. 짚으로 만든 바구니를 걸어놓은 우리 집 주방 같았다. 경찰들은 친절하면서도 조심스레 행동했다. 큰 회의 테이블에 앉으라고 우리에게 손짓했다. 우리의 방문 목적, 곧 아빠가 패트리샤와 로이드의 살해에 책임이 있을 수 있다는 단서를 찾고 있다고 언급하자 고개를 끄덕였다. 우리가 아는 거라곤 사건 당시 아빠가 사건 현장과 같은 지역에 머물고 있었다는 것뿐이었다. 경찰들은 별다른 질문 없이 이야기를 듣기만 했다. 우리에게서 흥미로운 이야기가 나오길 기다리기라도 하는 듯했다. 그러나 우리에겐 그럴 만한 소재가 없었고, 그들은 퍽 실망하는 눈치였다. 우리는 낙담한 채 그곳을 떠났다.

다음 순서는 어떻게든 피하고 싶은 사람, 캐머런 형사였다. 하지만 캐머런 형사는 그레이트 폴스 사건에서 빼놓을 수 없을 만큼 중요한 인물이기에 꼭 만나야 했다.

캐머런 형사의 집에 들어갔을 때 가장 먼저 눈에 들어온 것은 '진범'이라는 빨간색 글씨가 쓰인 커다란 거울이었다. 마치 피로 쓴 것처럼 붉고 섬뜩했다. 〈수많은 미제 사건의 진범, 웨인 에드워즈〉는 캐머런 형사가 만든 6부작 다큐멘터리의 제목이었다. '와, 세상에.' 속으로 이렇게 외쳤다. 집에는 작은 닥스훈트 세 마리가 있었는데, 이 개들이 어쩐지 불길한 거울을 상쇄하는 듯했다.

캐머런 형사는 우릴 부엌 식탁으로 안내했다. 그 위에는 각종 파일과 상자, 서류철이 쌓여 있었다. 1955~1960년까지 아빠의 기록이 담긴 서류철은 겁이 날 정도로 두꺼웠다. 사건을 파헤치기 전, 내 마음속에 가장 큰 숙제로 남은 물음표부터 해결해야 했다. 베르나는 어떻게 됐을까? 캐머런 형사는 아빠가 베르나와 태중의 아기까지 죽였다고 믿고 있었다. 하지만 캐머런 형사에겐 과연 증거가 있을까?

아빠의 회고록에서 모두를 놀라게 한 점은, 등장인물의 실명을 그대로 사용했다는 것이다. 이 덕분에 캐머런 형사는 탐정처럼 사건을 파헤칠 수 있었다. 우선 전화번호부에서 지넷과 테레사Theresa 의 연락처를 찾았다. 이후 두 사람에게 전화를 걸어 통화 내용을 녹음했다. 그리고 그 녹음테이프를 조시와 조나단, 그리고 내 앞에서 틀었다.

회고록에서 아빠는 지넷이 얼마나 헌신적이었는지 상세히 기록했다. 교도소로 면회를 간 지넷은 아빠에게 이렇게 말했다.

"기다릴게요. 당신 곁을 지키며 매일 편지할게요. 그리고 당신이 출소한 뒤엔 내 모든 삶을 바쳐 아이들의 엄마로 살아갈게요. 날 믿어요. 당신이 어떤 상황이든 난 당신을 떠나지 않아요."

이에 아빠는 아래와 같이 답장했다.

"내가 딱 듣고 싶었던 말이야. 인간의 본성에서 신뢰할 만한 것이 있다면, 그건 나에 대한 지넷의 사랑뿐이야."

아빠가 다른 여자들을 어떻게 대했는지 알고 있기에 회고록에 적힌 지넷의 말은 거의 믿지 않았다. 아빠가 지어낸 거라고 생각했다. 하지만 녹음테이프에서 지넷이 직접 말한 것을 듣자 너무 놀라 입이 다물어지지 않았다.

2012년, 지넷은 아직 살아 있었고, 아이다호주 아이다호 폴스에 살고 있었다.

다음은 캐머런 형사와 지넷의 통화를 녹음한 것이다. 아빠와 지넷이 헤어진 지 57년 만이었다.

캐머런 형사: 혹시 에드 에드워즈와 결혼했던 지넷 맞나요?

지넷: 네, 그렇습니다만…. 어떻게든 그때 일은 잊고 살려고 노력했어요(당황한 듯한 목소리).

캐머런 형사: 잠시 통화를 해도 괜찮을까요? 저는…. 에드워즈, 참 끔찍한 인간이었죠.

지넷: 맞습니다. 끔찍했어요. 제가 어떻게 살아남았는지 모르겠네요…. 정말 지배적인 사람이었어요. 어떻게든 그 사람 심기를 건드리지 않으려고 노력했죠.

지넷은 아빠와 만난 지 두 달 만인 1955년 10월 20일에 결혼한 게 사실이라고 했다.

그러면서 아빠의 통제 탓에 결혼 생활 중 친정 엄마와 통화를 한 것도 몇 번 안 된다고 회상했다. 그마저도 지넷 없이 아빠가 먼저 지넷의 친정 엄마한테 전화를 걸어 통화한 후 지넷에게 전화를 바꿔주었다. 그러면 친정 엄마는 늘 울면서 지넷과 이야기를 나눴다. 그리고 지넷이 아빠를 떠나고 몇 년 후, 아빠는 지넷의 친정 엄마에게 전화를 걸어 이렇게 말했다.

"딸이랑 통화하게 해주지. 하지만 누구한테라도 우리가 어딨는지 말하면 당신 딸은 죽어."

조시가 한숨을 내쉬었다. 캐머런 형사가 녹음테이프 재생을 잠시 중단했다. 조나단은 "와"라며 복잡한 심경을 내비쳤다. 난 그들의 얼굴을 바라봤다. 공포에 질린 표정이었다. 모두 말이 없었다. 조시와 조나단은 고개를 가로저으며 너무 놀라 무슨 말을 해야 할지 모르겠다고 했다.

"뭐가 그렇게 놀랍던가요?"

소리치듯 물었다.

녹음테이프 속 아빠의 말도 충격이었지만, 그들의 반응 역시 적잖이 충격적이었다.

조시와 조나단은 탐사보도 전문 기자였다. 두 사람은 이미 대니 사건에 대한 아빠의 자백을 듣고 온 상황이었다. 아빠가 대니에게 무슨 짓을 했는지 다 알고 있었다. 그런 그들이 구태여 아빠가 한 말이나 행동에 그렇게까지 놀랄 일이 뭐였을까? 난 궁금했다.

"뭐가 그렇게 놀라운 거죠? 대체 뭐가?"

나는 재차 물었다.

둘 다 깊은 생각에 빠진 눈치였다. 캐머런 형사는 말없이 두 사람이 고민하는 모습을 지켜봤다. 조시가 먼저 입을 뗐다. 지넷이 아빠에 대해 말하는 걸 들었을 땐 그가 마치 괴물처럼 느껴졌다고 했다. 하지만 집에서 가족들과 함께 있을 때 녹음된 테이프를 들어보면, 속이 좀 꼬이고 나쁜 사람이긴 하지만 악한 사람은 아니라는 생각이 들었다고 했다. 이들은 또 아빠와 루실 이모할머니의 통화 녹음도 들었다. 거기서 아빠는 생모의 삶을 좀 더 깊이 이해하려는 모습을 보였다. 이와 함께 가족의 가치에 관한 강연을 앞두고 연습하는 녹음도, 병원에서 내가 태어나길 기다리면서 남겨둔 녹음도 들었다. 그 속에서 아빠의 목소리는 한없이 친근하고 사랑스럽게 느껴졌다. 이런 모습 때문에 조시와 조나단은 아빠를 마음껏 경멸할 수 없었다. 많은 증거 속에서 확인한 아빠의 행적에도 불구하고 아빠가 사람들에게 불러일으키는 이상한 따뜻함은 장밋빛 베일에 싸여 여전히 남아 있었다. 하지만 지넷의 말은 그 베일을 뚫고 들어와 그들을 놀라게 했다.

그런 아빠의 매력은 주변 사람, 나아가 경찰과 검찰마저 탁월하게 속이는 재주에서 비롯됐다. 지역신문을 떠들썩하게 한 탈옥 사건 당시 아빠는 신문에 나온 자신의 모습을 무척 자랑스러워했다. 이 부분은 아빠의 유산 가운데 가장 큰 수수께끼이자 분노를 유발하는 요인이었다. 사람들은 아빠를 호감 가는 사람으로 여겼다. 사람들은 대개 그런 사람은 흉악한 범죄를 저지를 수 없다고 생각한다. 이 상반된 인격이 한 사람에게서 나올 리 없다고 믿는 것이다. 하지만 아빠가 대니에게 한 짓은 이미 알려진 사실이다. 그것이 끔찍한 범죄가 아니라면 대체 뭐가 끔찍한 범죄란 말인가? 대니 사건에 대해 잘 아는 사람이라면, 아빠의 이전 행각은 전혀 놀랄 일이 아닐 것이다. 하지만 이 충격은 끊임없이 반복된다. 다음과 같은 말과 함께.

"당신 아버지는 참 호감 가는 분이었어요. 모임에 없어서는 안 될 분위기 메이커였죠. 그런 사람이 그렇게 나쁜 사람이었다고요?"

그러면 난 항상 이렇게 말했다.

"네, 정말 나쁜 사람이었어요."

캐머런 형사가 다시 재생 버튼을 눌렀다. 지넷에게 베르나에 관해 묻자 지넷은 전혀 아는 게 없다고 대답했다. 또 패트리샤와 로이드 살인 사건의 단서가 될 만한 어떤 것도 기억하지 못했다. 그저 자신이 살아남은 게 행운이라는 말만 되풀이했다.

이후 캐머런 형사는 감자 농장 딸이었던 테레사에게 전화를 걸었다. 녹음테이프 속 테레사는 1955년, 농장의 일꾼이었던 아빠에 관해 묻는 물음에 퍽 당황한 눈치였다. 테레사는 자신의 이름이 '쓰레기 같은 책'에 실렸다는 사실을 알고 몹시 화를 냈다. 하지만 테레사는 아빠를 또렷이 기억하고 있었다. 아빠가 테레사에게 빚을 지고 있었기 때문이다.

"그 인간을 안다면, 혹은 어디에 있는지 안다면 꼭 전해주세요. 내 돈 60달러 내놓으라고."

테레사가 패스트푸드점 데어리 퀸Dairy Queen에서 아르바이트를 할 때, 아빠가 월급 전체를 '빌린' 적이 있었다. 얼마나 슬픈 이야기로 동정심을 유발했을지 안 봐도 뻔했다. 그 돈은 테레사가 교복을 살 돈이었다. 테레사는 당시 아빠와 함께 살던 베르나도 기억하고 있었다. 그리고 베르나가 아빠의 여동생이 아니라는 사실도 정확히 알고 있었다. 또 아빠를 자신의 친구인 지넷에게 소개해 준 것도, 지넷이 아빠에게 얼마나 푹 빠졌었는지도 기억하고 있었다. 하지만 테레사는 아빠에게 별 호감을 느끼지 못했다. 테레사의 엄마조차 의구심을 표현했다. 아빠를 일꾼으로 고용했을 때, 밭에서 일하는 시간보다 집에서 '물 마시는' 시간이 더 길었었다는 것이다. 그래서 테레사의 엄마는 늘 "난 그 녀석 안 믿어"라고 말했다고 한다. 테레사는 아빠가 집을 염탐하고 있을지도 모른다고 생각했다. 아빠가 이후 지넷, 베르나와 함께 떠난 것도 기억했다. 그러나 베르나에게 무슨 일이 일어났는지는 전혀 몰랐다. 캐머런 형사는 이제 막다른 골목에 다다르고 있었다.

애초에 우리가 캐머런 형사를 찾아간 건 그레이트 폴스 살인 사건에 관해 묻기 위해서였다. 하지만 캐머런 형사 역시 벽에 부딪힌 듯했다. 형사는 그레이트 폴스에 있는 치안 사무소에 아빠에 대한 집중 조사를 요청했지만, 정작 그곳에서는 블랙웰Blackwell 이라는 공군 병사를 용의자로 보고 추적하는 중이었다.

늦은 시간이었고, 떠날 채비를 했다. 그런데 캐머런 형사가 깜짝 놀랄 만한 이야기를 전했다. 이제 아빠에 대한 추적을 내려놓겠다는 거였다. 순간 너무 놀라 목이 메었다. 캐머런 형사에게 품었던 깊은 분노가 일시에 사라지는 기분이었다. 캐머런 형사의 마음이 느껴졌다. 대체 아빠가 캐머런 형사에게 무슨 짓을 한 걸까? 캐머런 형사는 아빠 때문에 너무나 많은 걸 포기했다. 명성과 직업, 그리고 건강보험까지. 그리고 모든 미제 사건의 범인을 아빠로 몰았다. 문득 이런 생각이 들었다. 캐머런 형사가 아빠의 마지막 희생자라고.

캐머런 형사의 집을 나와 한참을 차에 앉아 있었다. 팟캐스트 프로젝트를 시작한 뒤 어딘가를 방문했다가 나오면 늘 그렇게 했다. 그날 대화로 알게 된 걸 공유하며 생각을 나눴다. 하지만 이번에는 그저 조용히 앉아 있었다. 우울한 분위기가 무겁게 짓눌렀다.

그날 밤, 조시는 존 카드너 경사에게 이메일을 보내 블랙웰에 관해 물었다. 우리가 아는 건 블랙웰이라는 성뿐이었다. 그러나 바로 답장이 왔다. 카드너 경사는 가능한 한 빨리 치안 사무소로 올 수 있는지 물었다.

다음 날, 우린 곧장 치안 사무소로 향했다. 이번에는 그들이 우리에게 질문을 던졌다.

먼저 아빠의 DNA가 사건 현장에서 발견된 DNA와 일치하지 않는다고 했다. 블랙웰의 DNA도 마찬가지였다. 그럼에도 경찰은 아빠나 블랙웰이 어떤 식으로든 연관돼 있을 가능성을 배제하지 않았다. 왜 그랬을까? 우선, 두 사람 다 전과자였다. 그리고 거의 수법이 같았던 1956년 그레이트 폴스 살인 사건과 1960년 포틀랜드 살인 사건 발생 당시 둘 다 사건 현장 인근에 거주하고 있었다.

"아버님과 블랙웰, 둘이 아는 사이였나요?"

카드너의 질문에 난 모른다고 답했다.

아널드 블랙웰Arnold Blackwell은 공군 병사였다. 그레이트 폴스 사고 희생자 로이드 역시 공군 병사였다. 경찰은 아빠가 군인, 구체적으로 공군 병사였는지 물었다.

"글쎄요, 불명예제대를 했고, 종종 군인 행세를 했어요."

이어 경찰은 1956~1960년 사이에 아빠가 다른 남자와 여행을 하거나 어울려 다녔는지 물었다. 그럴 가능성이 있다고 답했다. 아빠가 어린 시절에 다른 사람들로부터 살인자가 되는 법을 배웠을지도 모른다고 생각했다.

"아빠는 제게 여러 번 말했어요. 범죄를 저지르려면, 혼자 해야지 목격자도 밀고자도 없는 법이라고."

어른이 되고 나서도 자주 이런 생각을 했다. '그때 아빠는 왜 어린 내게 그런 말을 한 걸까? 자신의 경험담이었을까? 아마 그럴 거야.'

회의 중에 확실한 결론이 나오진 않았지만, 우리 다섯 명은 아빠가 그레이트 폴스와 포틀랜드 살인 사건 둘 다와 관련이 있다는 것, 그리고 아빠와 블랙웰의 관계가 사건 해결의 실마리가 될 수 있다는 것을 그 어느 때보다 확신하게 됐다.

호텔로 돌아오자 안내 데스크 직원이 누군가 내게 남긴 것이 있다며 붙잡았다. 그러고는 큰 가방 하나와 기내용 캐리어를 건네주었다. 캐머런 형사는 아빠에 관한 자료 전부를 넘긴다며 내가 잘 이어가 주길 바란다는 메모를 남겼다.

슬픈 감정이 견딜 수 없이 밀려들어 나 자신도 놀랐다. 나는 캐머런 형사가 아빠에 대한 조사를 그만두길 누구보다 바라던 사람이었다. 그런데 정작 멈춘다는 소식에는 전혀 엉뚱한 생각이 들었다. '잠깐! 지금 뭐 하는 거야? 포기하면 안 돼!'라고 말하고 싶었다. 물론 그렇게 하진 않았다. 대신, 방으로 들어가 잠을 청했다. 쉬고 싶은 마음이 간절했다. 그사이, 조시와 조나단은 캐머런 형사가 남기고 간 자료를 뒤지기 시작했다.

다음 날 아침, 산더미 같은 자료를 들고 비행기를 타야 했다. 서류철에서 모든 종이를 꺼내 위탁 수하물, 기내용 캐리어, 손가방 구석구석에 끼워 넣었다.

조니와 베르나

2019

             그레이트 폴스 조사를 마치고 집으로 돌아왔을 때, 한 가지 사실이 분명해졌다. 아빠가 포틀랜드에 머물 때 아널드 블랙웰이라는 사람과 연관이 있었는지 확인하려면, 도움을 줄 수 있는 한 사람을 찾아야 했다. 아빠의 회고록에서 '조니'라는 이름으로 등장한 인물이었다.

이를 위해서는 먼저 포틀랜드 살인 사건에 대한 기억부터 되짚어 봐야 했다. 온라인에 관련 기사가 차고 넘쳤다. 1960년 추수감사절 주말에 발생한 이 사건은 포틀랜드에서 가장 악명 높은 2인 살인 사건 중 하나였다. 래리 페이턴과 베벌리 앨런은 키스하기 좋은 한적한 장소에 차를 주차해 놓고 있었다. 래리는 스물세 차례나 칼에 찔려 사망했다. 시신은 차 안에서 발견됐으며, 두개골이 함몰된 상태였다. 사건 현장에서 가장 의아한 부분 중 하나는, 마치 뒷좌석에서 누군가가 총을 쏜 것처럼 앞 유리에 총알이 지나간 구멍이 나 있었다는 점이었다. 베벌리는 실종됐다. 이후 한 달 만에 베벌리는 마을에서 약 64킬로미터 떨어진 계곡에서 시신으로 발견됐다. 강간당한 후 목이 졸린 상태였다. 켈리 드루의 발견 당시 모습과 너무나 흡사했다. 몸서리가 쳐졌다. 티머시와 켈리 사건과 마찬가지로 이 사건 역시 대규모 수사로 이어졌다. 수사 과정에서 2,000명이 넘는 사람이 조사를 받았다. 용의선상에 오른 사람만 수백 명이었다. 경찰은 가해자가 한 명 이상일 거라고 추측했다.

한편, 조시도 필 스탠퍼드Phil Stanford 기자가 쓴 《래리 페이턴-베벌리 앨런 사건 파일The Peyton-Allan Files》이라는 책을 통해 사건을 파악해 나가고 있었다. 스탠퍼드는 유력 용의자로 '28세의 전과자 에드워드 웨인 에드워즈'와 '에드워즈의 22세 친구로 카이로프랙틱을 전공하는 웨인 베르그렌Wayne Berggren'에 관해 기술했다. 스탠퍼드 기자에 따르면, 이들은 사건이 언론에 떠들썩하게 보도될 때 현장을 '기웃거리며' 돌아다녔다. 자, 이제 조니가 누군지 확실해졌다.

범죄 현장은 사진작가, 기자, 호기심 많은 구경꾼으로 가득했다. 보안도 썩 잘돼 있지 않았다. 그래서 아빠와 '조니'가 이들 무리에 섞여 있었다는 건 그리 놀랄 만한 일이 아니었다. 하지만 그즈음 아빠는 화재경보기 불법 작동 혐의로 체포된 적이 있었다. 스탠퍼드 기자는 아빠가 용의선상에 올랐지만 풀려났다며, 래리와 베벌리 사건을 티머시와 켈리 사건과 '거의 똑같은 사건'으로 묘사했다.

조시는 스탠퍼드 기자의 책에 블랙웰이라는 사람에 대한 언급이 없다는 걸 알아차리고, 저자에게 연락해 이에 관해 물었다. 스탠퍼드는 제2판 전자책에는 언급돼 있다고 말했다. 이를 확인한 조시는 해당 내용을 내게 공유했다.

래리와 베벌리가 살해된 지 2년 후, 바버라 블랙웰Barbara Blackwell 이라는 여성이 남편 아널드 블랙웰을 신고했다. 운전 중 경찰의 제지로 차를 세우게 된 바버라는 그 기회를 이용해 남편이 래리와 베벌리 살인 사건의 범인인 것 같다고 말했다. 또 남편이 정신적 이유로 공군에서 전역했으며, 1956년 그레이트 폴스에서 일어난 2인 살인 사건에도 연루된 듯하다고 했다. 이들은 희생자들이 마지막으로 목격된 장소에서 멀지 않은 곳에 살고 있었다. 아널드는 그레이트 폴스에서 택시 운전사로 일했고, 근무 중에도 늘 권총을 소지하고 다녔다. 경찰은 아널드를 용의자로 간주했지만, 증거가 없었다.

이후 바버라가 경찰에 부연해서 언급한 내용이 있었는데, 이게 아널드와 아빠를 연결할 유일한 실마리가 될 것 같았다. 바버라에 따르면, 포틀랜드에 살 때 아널드는 다른 공군 병사를 데려와 바버라와 성관계를 하도록 강요했다. 1962년, 아널드는 아내를 강간하고 총으로 위협해 다른 남자와 성관계를 하도록 강요한 혐의로 유죄판결을 받았다. 그러나 앞서 언급한 두 건의 살인 사건에 대해서는 어떤 혐의도 받지 않았다.

온몸에 소름이 돋았다. 하지만 아빠가 아널드를 알고 있었다고 해도 그리 놀라울 건 없었다.

이후 조시가 오리건주 포틀랜드에 있는 멀트노머 카운티 치안 사무소의 제이 펜시니Jay Pentheny 형사와 연락을 취했을 때, 또 다른 사실이 드러났다.

미국 전역의 경찰 수사관들이 아빠를 찾아갔다. 이들은 관할구역 내 미제 살인 사건의 용의자로 아빠를 지목하고 자백을 종용했다. 펜시니 형사도 그중 한 명이었다. 펜시니 형사는 2011년 3월 9일, 아빠가 사형선고를 받은 다음 날 아빠를 만났다. 펜시니 형사는 그날의 만남을 녹음 파일로 남겨두었고, 그 파일을 조시에게 공유했다. 그리고 조시가 스크립트 형태로 내게 전달했다.

조시는 내가 '조니'를 만나러 가기 전, 스크립트를 꼭 읽어보라고 말했다. 조시는 아이다호 폴스에 있는 웨인 베르그렌의 주소는 찾았지만, 전화번호는 알아내지 못했다. 그래서 그 주소로 내가 직접 찾아가 봐야겠다고 생각했다. 예고 없이 무작정이라도. 차라리 그편이 나을지도 몰랐다. 마이클과 나는 항공편을 예약했고, 비행 중에 스크립트를 펼쳐 들었다.

펜시니 형사는 이렇게 말하며 인터뷰를 시작했다.

"저는 1950년대, 1960년대 오리건에서의 당신의 행적을 이야기해보고자 이곳에 왔습니다."

"좋아요."

"오리건, 캘리포니아, 몬태나에서 총 아홉 건의 강도 사건을 저질렀고, 몬태나에서 체포돼 디어 로지로 이송됐죠?"

"네."

아빠는 짧게 대답한 뒤 라스베이거스 전당포에서 32구경 자동 소총을 구입해 서부 전역의 주유소를 털었다는 이야기를 마치 무용담처럼 들려주었다.

1960년대 행적에 관해 언급할 때는, 마를린 모녀에게 자신이 CIA 요원이라고 속인 방법을 낱낱이 풀어냈다. 정말 터무니없는 이야기였다. 하지만 얼마나 그럴듯하게 속여냈던지, 하루는 마를린 엄마의 집으로 FBI 관계자들이 찾아왔는데, 이에 마를린의 엄마는 사위가 틀림없는 CIA 요원이라며 끝내 FBI의 말을 믿지 않았다.

조시와 조나단 역시 처음에는 아빠에 대해 모순적인 반응을 보였다. 과거를 파면 팔수록 아빠는 놀랍도록 설득력 있는 사람이었다. 때로는 웃어야 할지, 울어야 할지 헷갈릴 정도였다.

아빠는 펜시니 형사에게 커비 진공청소기 회사에서 일했던 이야기를 들려주었다.

"저는 정말 대단한 영업사원이었어요. 그곳에서 전무후무한 실적을 내곤 했죠···. 각종 대회에서도 매번 제가 우승했고요."

순간 걸스카우트에서 쿠키를 팔았던 일이 생각났다. 발이 떨어져 나갈 듯 아팠지만, 아빠는 하루 목표액을 달성하기 전까진 우릴 놔주지 않았다. 아빠는 내가 본인처럼 되길 바랐다. '최고의 영업사원'이 되길 원했다.

새로운 누군가가 등장하지 않을까 하는 기대로 계속해서 읽어나갔다. 펜시니 형사도 마찬가지였다. 그러다 아빠가 다른 사람에 대해 언급하는 부분이 나왔다.

"커비 영업사원이었는데, 이름은 기억이 안 나요···."

아빠는 황당한 이야기를 이어나갔다.

"한 남자가 있었는데···. 커비에서 같이 일하던 사람이었죠···. 그 사람 아내와 셋이 개 경주에 간 적이 있어요. 포틀랜드 외곽에 있는 곳으로 기억합니다···. 아주 즐거운 시간을 보냈죠. 그 남자 차에 같이 타고 집으로 돌아가는 길이었는데, 그 남자가 제게 이런 말을 했어요. 본인이 운전하는 동안 부탁 하나만 들어달라고. 아내를 흥분시켜 달라고 했죠. 저는 대체 무슨 소릴 하는 거냐고 물었어요. 그랬더니 또 똑같은 말을 하더군요. 아내를 흥분시켜 달라고. 그 사람 아내와 뒷자리에 같이 앉아 있었는데, 결국 그 사람 말대로 했어요. 셋 다 점점 더 달아올랐죠. 정말 뜨거운 시간이었어요. 그러고는 저도 그 사람 집으로 함께 갔어요…. 집 안에는 또 다른 사람이 있었는데… 우리 셋은 한 침대에 누웠어요. 남자가 잠든 사이, 아내와 섹스를 했죠."

이후 아빠는 화장실에 가려고 일어났다가 두 사람이 작게 다투는 소리를 들었다. 그러고는 이렇게 말하고 나왔다.
"이봐, 너무 늦었네. 이제 가야겠어. 우리 아내가 있는 집으로…."
혼란스러운 마음에 스크립트를 덮었다. 심장이 두근거렸다. 다른 남자의 아내와 두 사람의 부부 침대에서 관계를 맺은 후 아빠는 다시 마를린에게로 돌아갔다. 아빠가 엄마에게도 그런 짓을 했는지, 아니 몇 번이나 그런 짓을 했는지 궁금했다. 잠시 눈을 감은 채로 호흡을 가다듬었다. 그리고 나 자신에게 위로하듯 이렇게 읊조렸다.
"괜찮아, 계속 읽어. 모두를 위해 꼭 필요한 과정이잖아."
인터뷰에서 펜시니 형사는 아빠에게 함께 어울려 지내던 다른 사람이 있었는지 계속해서 물었다. 공범을 염두에 둔 질문이었다. 이에 아빠는 종종 집으로 사람들을 초대해 파티를 열었다고 답했다. 그들의 나이를 묻자 아빠는 대부분 자신보다 어렸다고 했다. 마를린은 고등학교를 막 졸업한 나이였고, '조니'는 아직 학생이었다. 아빠는 젊은 사람들과 어울리면서 그들에게 거물처럼 보이고 싶었다고 했다. 아빠는 칭찬받길 즐겼고, 사람들에게 늘 좋은 인상을 주려고 애썼다.

존경의 대상이 되고 싶어 젊은이들과 어울렸다니. 너무나 충격적이었다. 빌리를 포함해 케빈 드라이브에 집을 지을 때 아빠가 늘 거느렸던 젊은이들의 나이는 대부분 20대 후반이었다.

펜시니 형사는 집요하게 캐물었지만, 결국 이름을 알아내진 못했다. 하지만 난 스크립트를 읽으며 뭔가 발견했음을 직감했다. 조시도 같은 생각인지 궁금했다.

그래서 전화를 걸었다. 내 예상이 맞았다. 아빠가 커비 동료 부부와 함께 보낸 이야기와 바버라가 남편 아널드에 대해 언급한 이야기 사이에는 분명 유사점이 있었다. 바버라는 아널드가 다른 공군 병사를 집에 데려와 성관계를 강요했다고 했다. 아빠가 바로 그 '공군 병사'임은 쉽게 알아차릴 수 있었다. 드디어 실마리를 찾았다. 조시도 같은 생각이었다.

마이클과 나는 '조니'를 만나기 위해 비행기를 탔다. 조니의 진짜 이름을 알고 있었지만, 여전히 조니가 익숙했다. 아빠의 이름 '웨인'과 같아서 실명을 부르는 게 영 이상했다.

눈이 내리던 2월의 어느 날, 아이다호 폴스 공항에 내려 차를 몰았다. 한 농가에 도착했을 때, 제대로 찾아간 것인지 의심스러웠다. 하지만 차도에는 제설 작업이 돼 있었고 집에서도 인기척이 느껴졌다. 농가의 계단으로 올라가 문을 두드렸다. 한 나이 든 여성과 검정 래브라도 개가 우릴 맞았다. 웨인 베르그렌 씨가 이곳에 사는지 물었다. 여자는 남편에게 전화를 걸었다.

잠시 후, 나이는 들었지만 활력이 넘치는 한 남자가 나타났다. 청바지를 입고 큰 벨트를 차고 있었다. 80세의 '조니'는 아빠보다 훨씬 나이가 들어 보였다.

난 웨인 에드워즈의 딸이라고 자신을 소개한 뒤 아빠를 기억하는지 물었다.

"그 이름을 다시 듣게 될 줄은 몰랐네요! 정말 오래전에 알던 사람이에요."

정말 그랬다. 60년이 다 된 일이었다. 조니는 우리를 집 안으로 안내했다. 조니가 아빠를 알던 시절, 조니의 아내는 여자친구였다고 했다. 동부 해안에 살고 있었기에 아빠의 범죄 행각을 속속들이 알지는 못했다. 그러나 아빠가 도망친 후 조니의 아내 집에도 FBI 관계자가 왔었다고 했다.

거실은 꽤 따뜻했다. 증인으로 동석한 마이클은 안락의자에 몸을 맡긴 채 그저 듣기만 했다. 나는 조니에게 질문을 하기 시작했다. 조니는 1960년에 아빠를 마지막으로 본 이후 아빠의 소식을 모르고 살았다고 했다. 서로 연락이 없었다는 거였다. 그래서 FBI 관계자가 찾아오고 나서야 아빠가 수배 생활을 하고 있다는 걸 알았다고 했다.

난 조니에게 아빠가 1980년 '스위트하트 살인 사건'으로 체포됐고, 이들을 포함해 다섯 명에 대한 살해 사실을 자백했다고 전했다.

"전혀 몰랐네요."

조니가 말했다.

포틀랜드에서 함께 어울릴 때도 아빠의 범죄 이력에 대해서는 전혀 몰랐다고 했다. 조니는 아빠가 참 재밌는 사람이라고 생각했지만,

좀처럼 이해되지 않는 부분도 있었다고 말했다. 처음에는 조니도 아빠가 CIA 요원이라는 사실을 믿었다. 나는 조니에게 아빠의 회고록을 읽어봤는지 물었다. 조니는 책에 대해 전혀 모르고 있었다. 깜짝 놀라며 자신과 관련해 책에 묘사된 내용을 썩 달가워하지 않았다. 조니는 테레사, 지넷과 같은 마을에서 자랐다. 1959년, 아빠가 조니를 포틀랜드에서 고향까지 데려다준 적이 있었는데, 정말 미치광이처럼 빠른 속도로 내달렸다고 한다. 무려 1,300킬로미터의 거리를 하루 만에 운전했다. 조니는 무척 빨리 도착했다고 회상했다. 평소라면 거의 불가능했을 시간이었다. 나도 모르게 피식 웃어버렸다.

"맞아요. 천천히 운전하는 법이 없는 사람이죠."

1959년 당시 아빠가 지넷을 찾으려고 노력했는지, 아이다호 폴스에서 다른 일을 했는지도 궁금했다. 나는 미제 사건 도시 목록에 아이다호 폴스를 추가했다.

조니는 아빠와 볼링 친구였으며, 아빠가 볼링을 정말로 잘 쳤다고 했다.

"웨인은 모든 일에 능숙했어요."

조니는 아빠를 두고 "스릴을 추구하는 사람"이라고 했다. 이는 아빠가 왜 화재경보기 불법 작동을 포함해 온갖 종류의 사건에 휘말렸는지 설명해 주었다. 하지만 조니는 아빠가 살인자라고 생각하진 않았다.

"한번은 웨인이 칼을 꺼내 들길래 내가 빼앗아 버렸지."

그 후 둘은 좋은 친구가 됐다. 조니가 날 올려다보며 말했다.

"나도 몇 번이나 그런 일을 겪었어요. 심심하면 칼을 빼 들곤 했지."

난 조니에게 직접 물었다. 가석방 담당관인 척 전화를 걸어 아빠의 탈출을 도와준 사람이 조니가 맞는지 물어봤다. 그러자 조니는 이렇게 답했다.

"아시다시피 너무 오래전 일이라 잘 기억이 안 나요…. 하지만 가능한 일이긴 하지. 웨인이 출소한 후 내가 공항까지 바래다줬고, 그 차를 몰고 포틀랜드 북서쪽 주거 지역으로 가 그곳에 주차해 뒀어요."

아빠의 회고록에는 아빠와 마를린을 포틀랜드 공항까지 태워다준 사람이 마를린의 어머니라고 나온다. 친구 조니를 보호하려는 의도였던 것 같다. 그래서 실명도 사용하지 않은 것 같았다. 아빠가 자신이나 다른 누군가를 보호하기 위해 숨긴 게 또 뭐가 있는지 궁금했다.

조니는 아빠가 책에서 언급하지 않은 또 다른 이야기를 들려줬다. 아빠를 태워 수표를 현금화하러 다녔다는 것이다. 돈을 손에 넣는 데 시간이 좀 걸렸기에 예정보다 하루 늦게 출발했다.

"어휴, 그 오래전 기억을 너무 많이 끌어내고 있네요."

순간 펜시니 형사와의 면담에서 아빠가 뭔가 인정했던 모습이 떠올랐다. 조니가 가석방 담당관인 척 연기해 준 덕분에 아빠는 감옥에서 나와 볼링 리그의 은행 계좌를 사취했다. 아빠는 그곳의 회계담당자였다. 정말 어처구니가 없었다! 하지만 조니에게 이 사실을 알고 있는지 묻진 않았다. 조니를 비난하려고 간 게 아니었으니까.

난 정말 궁금하던 걸 물었다. 아빠에게 아널드 블랙웰이라는 친구가 있었는지 기억하냐고. 조니는 고개를 가로저으며 답했다.

"전혀 못 들어봤어요. 웨인은 친구가 없었거든요. 거의 외톨이였죠."

아빠는 외톨이였을지는 몰라도 볼링 리그에서 활약했고, 조니와는 서로를 보호할 만큼 충분히 친한 사이였다.

조니의 집에서 나온 뒤, 마이클과 이야기를 나눴다. 조니가 어디까지 숨겼는지는 알 수 없었다. 하지만 조니는 당시 학생이었을 뿐, 아빠처럼 전문 범죄자가 아니었다. 아빠가 블랙웰과 어울렸다면, 조니와 블랙웰은 일면식이 없었을 수 있다. 얼마든지 가능했다. 조니는 그저 아빠의 놀이 파트너였을까? 그렇다면 다른 한 명, 블랙웰은 좀 더 진지한 범죄 파트너? 아빠는 몇 가지 굵직한 사건은 회고록에 쓰지 않았다. 그건 분명했다. 블랙웰도 그중 하나였을 수 있다. 하지만 아빠가 죽은 이상 뭐가 진실인지는 영원히 알 수 없다. 이제는 이 모든 미스터리를 놓아줘야 하나 싶었다. 내가 어떤 미스터리를 풀 수 있을지 궁금해졌다.

∴ 베르나

애석하게도 지넷은 세상을 떠나고 없었다. 너무 늦게 연락이 닿았다. 아직 아이다호 폴스에 사는 지넷의 남자 형제 이름을 알고 있었지만, 주소나 전화번호는 몰랐다. 호텔 안내 데스크에서 오래된 전화번호부를 뒤져보니 동명이인이 세 명 있었다. 마이클과 함께 각 주소로 찾아가 보기로 하고 출발했다.

첫 번째 주소는 시골의 작은 목장에 딸린 농가였다. 문을 열어준 남자에게 간단히 소개를 했다.

"저는 에이프릴 발라시오라고 합니다. 불쑥 찾아와 죄송합니다만…"

남자가 내 말을 끊고 끼어들었다.

"아, 당신 누군지 알아요."

남자는 캐머런 형사의 다큐멘터리에서 본 내 모습을 알아봤다. 한때는 출연을 후회했는데, 이렇게 도움을 주니 나쁘지 않았다. 마이클과 나는 거실에 앉아 우리 아빠에 대해 기억나는 게 있는지, 그리고 베르나라는 여자를 기억하는지 물었다.

남자는 베르나를 기억하고 있었다. 여전히 아빠의 여동생으로 알고 있었다. 하지만 베르나의 소식은 전혀 알지 못했다. 남자의 기억 속에 또렷이 남은 건 아빠의 컨버터블 자동차였다. 둘은 하루 동안 차를 바꿔 타보기도 했다. 순간 섬뜩한 생각이 들었다. 혹시 그날 아빠 소유의 차를 직접 운전하는 모습을 다른 사람에게 들키고 싶지 않았던 건 아니었을까?

다음으로 테레사에게 전화를 걸었다. 테레사는 지넷의 친구로 여전히 아이다호 폴스에 살고 있었다. 전화번호는 캐머런 형사에게서 받았다. 테레사는 날 직접 만나고 싶어 하지 않았다. 한편으로 친구가 사기꾼을 따라 도망친 사건이 이제 와 다시 언급되는 상황에 퍽 놀란 눈치였다. 난 베르나에 대해 구체적으로 물었다. 테레사는 베르나가 속내를 털어놨다고 했다. 자신은 웨인의 여동생이 아니며, 웨인의 아이를 가졌다고. 웨인이 아이를 없애려고 임신한 배를 세게 때렸다고 했단다. 하지만 테레사는 이후 베르나에게 무슨 일이 일어났는지는 알지 못했다.

베르나의 성이 뭔지 알고 싶었지만, 우리가 아는 건 이름과 나이,

그리고 아빠가 베르나를 버리고 떠난 지역뿐이었다. 다음엔 아이다 호 폴스에 있는 본빌 카운티 치안 사무소를 찾아갔다. 거기서 1950년 대에 신원 미상의 여성에 대한 기록이 있는지 물었다. 난 아이다호 폴스에서 젊은 여성을 살해한 것으로 추정되는 용의자의 딸이라고 설명했다. 익숙해질 만도 했지만, '살인자의 딸'이라고 날 소개할 땐 여전히 목이 메어 말을 잇지 못했다. 그 인사말이 내 얼굴이 되게 하긴 싫었지만, 점점 그렇게 돼가는 듯했다. 이것이 내가 치러야 할 대가였을까? 내 정체성이었을까?

하지만 놀랍게도 그런 인사말은 모두의 마음의 문을 열게 했다. 사람들은 날 진지한 눈빛으로 바라봐 주었다. 처음엔 사람들이 날 미치광이라고 생각할까 봐 두려웠다. 내가 캐머런 형사를 그렇게 생각했던 것처럼. 하지만 내가 방문한 치안 사무소 사람들은 하나같이 날 존중해 주었고, 내 이야기를 진지하게 들어주었다. 비록 나는 새로운 사실을 알아 가지 못했더라도.

본빌 카운티 치안 사무소에서는 금속 탐지기를 통과하기 전, 주머니를 비우라고 했다. 우린 코리 페인Korey Payne 부소장의 안내로 창문 없는 작은 방에 들어갔다. 작은 테이블과 의자 세 개가 놓여 있었다. 전형적인 취조실의 모습이었다. 하지만 난 겁먹지 않았다. 질문을 할 사람은 나였기 때문이다. 1955년, 아빠가 아이다호 폴스에서 잠시 살았다고 밝히며 이야기를 시작했다. 아빠는 임신한 젊은 여자를 데리고 이곳에 와 여자를 버렸다. 회고록에는 덴버로 갔다가 그곳에 남겨졌다고 적혀 있었지만, 그 말은 믿지 않았다. 아빠는 다섯 명이나 살해한 사람이었다. 난 베르나라는 이름의 이 젊은 여자가 여섯 번째 희생자라고 믿고 있었다.

"10대 후반에서 20대 초반의 신원 미상 여성 중에 임신한 것으로 추정되거나 임신했던 여성이 있나요?"

뱃속부터 올라오는 아빠에 대한 혐오감을 간신히 숨기며 물었다. 베르나를 찾게 되면 누구에게 좋은 걸까? 누구를 위로할 수 있을까? 답은 나 자신이었다. 난 베르나가 너무 애달팠다. 베르나가 느꼈을 두려움과 막막함이 내 속을 파고드는 듯했다. 베르나에게 무슨 일이 있었는지 알고 싶었다.

신원 미상의 여성 기록이 있었지만, 그 여자는 최근에 살해당했다고 코리 부소장은 전했다. 사건 발생 후 60년이 지난 시체를 찾는 건 불가능에 가까웠다. 코리 부소장은 이렇게 설명했다.

"이 동네에서 시체를 처리하는 건 어렵지 않아요. 특히 50년대에는 눈에 띄지 않게 없애기가 더 쉬웠을 겁니다. 동굴이나 열린 공간, 동물이 너무 많아 증거 인멸이 쉽거든요. 황무지가 많은 곳이면 더 그렇고요. 아이다호에는 황무지가 많아요."

회고록에 따르면, 아빠는 지넷과 베르나와 함께 덴버로 차를 몰고 가 베르나만 그곳에 버려두고 왔다. 만약 그게 사실이라면, 답은 덴버 경찰서의 미제 사건팀에 있을 터였다. 그래서 그쪽에 전화를 걸었다. 조셉 바스케즈Joseph Vasquez 경사와 통화를 할 수 있었다. 하지만 조셉 경사 역시 내 궁금증을 해소하긴 어려울 거라고 했다. 지난 15년간 보관된 기록이 정확하지도, 상세하지도 않다는 이유였다. 조셉 경사는 무척 친절했다. 걱정했던 것처럼 날 무시하지 않았다. 조셉 경사는 콜로라도의 다른 치안 사무소로 연락해 보라고 하면서, 별 소득은 없을 거라고 덧붙였다.

　이젠 베르나를 놓아줘야 했다. 살해됐든 그렇지 않았든, 분명한 건 베르나가 아빠의 피해자라는 점이었다. 만약 살아남았다면, 아빠와 함께했을 때보다 훨씬 더 나은 삶을 살았길 기도했다. 진정한 사랑을 찾아 아이를 낳고 행복하게 살았길 바랐다. 그리고 그 아이(내 이복형제 혹은 자매)도 어딘가에서 건강하게 잘 지내길 기도했다.

리키와 메리

1979/2019

이제 초점을 집 근처로 옮길 때였다. 2009년, 내가 아빠를 신고한 후에도 다른 미제 사건에 대한 온라인 보도가 끊이지 않았다.

2010년 5월 10일 자《애크런 비컨 저널》은 1979년 노스 힐에서 발생한 미제 사건을 다뤘다. 당시 17세였던 메리 레너드Mary Leonard 와 19세였던 리키 비어드Ricky Beard 는 8월 24일 마지막으로 목격된 후 사라졌다. 그리고 6년 후, 이들의 시신은 차량이 발견된 노샘프턴 로드 앤드 포티지 트레일Northampton Road and Portage Trail 로부터 약 10킬로미터 떨어진 곳에서 발견됐다. 메리는 가슴에 자상과 총상을, 리키는 여러 군데 총상을 입은 채였다.

노스 힐? 이곳은 애크런의 에이번 스트리트에 살 때 우리가 살던 동네였다. 머리로 빠르게 셈을 해봤다. 메리가 1979년에 17세였다면, 우리가 그 집에서 살던 마지막 해엔 12세였을 것이다. 곰곰이 생각했다. 메리라는 이름의 베이비시터가 있었는지. 기억이 나질 않았다.

더 많은 정보를 얻기 위해 1979년 기사부터 차례로 죽 살펴봤다.

어느 여름밤, 10대 청소년 메리 레너드와 리키 비어드가 사라졌다. 메리가 고등학교 3학년 진학을 앞둔 때였다. 금요일 밤, 둘은 리키의 흰색 쉐보레 임팔라를 타고 영화〈아미티빌 호러 Amityville Horror〉를 보러 동네 자동차극장에 갔다. 메리의 통금 시간은 자정이었다.

다음 날 아침, 리키와 메리의 가족들은 아이들이 집에 돌아오지 않았다는 사실을 알게 됐다.

경찰은 술집 근처 한적한 곳에서 멀지 않은 농로에서 리키의 차를 발견했다. 지갑은 그대로였다. 차 안에 핏자국도 없었다.

경찰은 두 사람의 납치 가능성을 제기했다. 누군가 두 사람을 리키의 차로 납치한 뒤, 차만 버려두고 도망쳤을 거라고 했다. 하지만 경찰은 차를 증거품으로 압수하지 않고 즉시 가족에게 인계했다. 이후 조수석 앞 유리창에서 22구경으로 추정되는 총알구멍이 발견됐다. 경찰은 이를 뒷좌석에서 쏜 탄알로 추정했다. 포틀랜드 살인 사건이 섬뜩하게 메아리쳤다.

자원봉사자, 블러드하운드, 헬리콥터가 주변 지역 수색에 나섰다. 아무것도 발견되지 않았다. 경찰은 살해가 아닌 단순 가출 가능성도 열어두고 수사를 진행했다. 두 달 후, 경찰은 급기야 심령술사까지 불러들였다. 3개월 후엔 메리 가족이 유명 사설탐정도 고용했다. 하지만 진전이 없었다. 두 젊은이가 아무런 흔적도 없이 사라져 버렸다.

1980년 5월, 경찰은 리키의 차가 발견된 곳에서 불과 3~4킬로미터 떨어진 숲에 시신 두 구가 유기돼 있다는 제보를 받았다. 150명이 여덟 시간 동안 수색했지만, 시신은 발견하지 못했다.

1985년 5월 29일, 5년 전 시신 수색이 진행된 곳에서 불과 수백 미터 떨어진 곳에서 케이블을 매설하기 위해 도랑을 파던 중, 묻혀 있던 두개골이 땅에 떨어져 조각난 사건이 발생했다. 법의학팀의 감식 결과 두 사람의 두개골이었는데, 바로 리키와 메리의 유해였다.《애크런 비컨 저널》은 "애크런 역사상 가장 강도 높은 실종자 수색이 마침표를 찍었다. 이제 살인 사건 수사가 시작될 것"이라고 보도했다.

　　검시관은 10대 커플이 총을 여러 발 맞아 살해됐고, 메리는 자상까지 입었다고 판단했다. 하지만 시신 부패 정도가 너무 심해 강간 여부는 판단할 수 없었다.

　　시신이 발견된 도랑은 10대들을 내쫓기로 유명한 한 남자의 소유지였다. 남자는 자신의 범행이라고 자백했지만, 경찰은 믿지 않았다. 전쟁 부상으로 인해 정신적으로 불안한 사람으로 알려져 있었기 때문이다.

　　2010년 5월 5일 자《애크런 비컨 저널》에 따르면, 이 사건은 아빠가 저지른 살인 사건과 매우 유사했으므로 아빠가 용의선상에 올랐다. 하지만 아빠가 사건 당시 그 지역에 있었다고 단정할 순 없다는 이유로 용의선상에서 배제됐다.

　　기사를 읽으며 이런 생각이 들었다.

　　'아빠가 그날, 그곳에 없었다는 게 확실한가?'

　　우리는 평생 미국 전역을 옮겨 다녔다. 하지만 그 와중에도 애크런은 아빠 삶의 중심지로 멀리 떠났다가도 한 번씩 회귀하는 고향 같은 곳이었다. 1979년 여름, 우린 플로리다에서 콜로라도로 이사했다. 브라이턴에서 새 학년이 시작되기 전, 애크런에 들를 여유가 있었을까?

순간 아빠가 포틀랜드에서 아이다호 폴스까지 하루 만에 운전해서 차로 데려다줬다는 조니의 이야기가 떠올랐다. 브라이턴에서 애크런까지는 그 두 배쯤 되는 거리였지만, 밤새 운전한다면 얼마든지 가능했다. 그쯤은 아빠에게 아무것도 아니었을 것이다.

1979년 8월에 우리 가족이 모두 애크런에 있던 게 맞다면, 내가 씨름했던 기억의 조각을 제대로 맞출 수 있을지도 몰랐다. 애크런에 살 때, 윈네바고는 진입로에 주차돼 있었다. 아마 루실 이모할머니의 차였을 것이다. 어느 날, 오래도록 못 봤던 외할머니, 외할아버지가 찾아왔다. 할머니는 엄마와 달리 늘 예쁘게 차려입었다. 우아한 푸른색 아이섀도에 밝은 분홍색 입술을 하고 늘 보석을 착용했다. 그 옆에 선 엄마는 전혀 꾸미지 않아 초라해 보일 지경이었다.

할머니와 할아버지는 날 데리고 점심을 먹으러 갔다. 내가 가본 어떤 식당보다도 고급스러웠다. 종업원이 스파게티와 미트볼에 치즈를 직접 갈아주는 그런 곳이었다. 할머니는 외사촌들 이야기를 들려줬는데, 할아버지가 들을 수 있도록 큰 소리로 말했다. 사촌들은 거의 못 보고 지냈다. 점심 식사 후, 두 분은 나를 신발 가게로 데려가 마음에 드는 걸 고르라고 했다. 내 옷과 신발은 늘 할인점이나 중고품 가게에서 사는 게 당연하다고 여겨서였을까? 왠지 불편하고 긴장도 됐다. 할머니, 할아버지에게 부담을 주기 싫어 가장 싼 걸로 골랐다. 끈달린 베이지색 샌들 그리고 낮은 웨지힐.

할머니, 할아버지가 집에 날 데리러 왔을 땐 아빠가 윈네바고에 없었다. 밴을 타고 나간 뒤였다. 하지만 외출을 끝내고 돌아왔을 때 아빠가 돌아와 있었다. 매우 화가 난 모습으로.

아빠는 할머니에게 따졌다.

"왜 작은 애들은 안 데려갔어요?"

나도 모르게 고개를 돌렸다. 최소한 내 신발을 사준 것에 대해 감사 인사는 할 줄 알았다.

"에이프릴은 이제 열 살이야. 어린 숙녀가 동생에게서 잠시 떨어져 있는 것도 나쁘지 않지."

할머니가 말했다.

아빠는 할머니, 할아버지가 나만 편애한다고 비난했다. 왜 다른 아이들 선물은 안 사주느냐고. 이건 왜 이렇고, 저건 왜 저렇냐고. 온통 불만투성이였다.

아빠의 폭주에 엄마가 어떻게 반응했는지, 심지어 엄마가 할머니, 할아버지 주변에서 어떻게 행동했는지는 기억조차 나지 않는다. 두 분은 아빠의 비난이 사그라지자 곧바로 차에 올라탔다. 두 분의 딸, 곧 엄마를 한번 안아주지도 않았다. 절대 안지 않았다. 그저 작별 인사만 했다. 난 두 분이 떠나지 않길 바랐다. 마음 한구석에는 따라가고 싶은 마음이 가득했다. 엄마도 그런 마음이었을까 궁금했다. 어린 내 눈에조차 딸의 안전을 걱정하지 않는 할머니, 할아버지 모습이 다소 의아했다. 또 한편으로는 엄마가 날 걱정했을까도 의문이었다.

만약 내가 5학년 때 할머니가 사준 베이지색 샌들을 신고 있었다면(맞는 것 같다), 이는 우리가 1979년 여름에 애크런에 있었다는 걸 의미했다. 그렇다면 아빠는 1979년 8월 애크런에서 살인 사건이 발생했을 당시 애크런에 머물렀을 가능성이 크다. 더구나 루실 이모할머니의 집은 리키와 메리의 차량이 발견된 노샘프턴 로드 앤 포티지 트레일로부터 불과 3킬로미터 남짓 떨어진 곳에 있었다.

난 위의 기억과 오래도록 씨름했다. 과연 이 기억이 단서가 될 수 있을까? 내 기억이 옳다면, 아빠는 사건 발생 당시 같은 지역에 머물고 있었다. 만약 주차된 차 안에서 또 한 쌍의 젊은 연인을 죽인 거라면, 캐머런 형사의 주장이 사실로 드러날 터였다. 하지만 아빠가 죽인 게 아니라면, 내 기억은 증거가 될 수 없었다.

2010년, 리키의 여동생 루앤 비어드 에디Luanne Beard Eddy는 아빠가 살인혐의로 체포됐다는 뉴스를 보고 즉시 애크런 경찰서로 향했다. 그리고 아빠가 리키와 메리 사건의 용의선상에 올랐었는지 물었다. 경찰은 아빠가 1979년에 애크런에 살지 않았다며 루앤의 말을 묵살해 버렸다.

2019년, 조시와 조나단과 함께 루앤을 찾아가 팟캐스트 인터뷰를 진행했다. 함께 이야기하며 더 많은 실마리를 발견할 수 있길 바랐다.

루앤은 우릴 아늑한 거실로 안내했다. 벽에 걸린 가족사진이 눈에 띄었다. 아이들과 찍은 사진, 그리고 어린 시절 부모님, 형제자매들과 찍은 사진이 걸려 있었다. 신문 기사에서 본 리키 얼굴이 기억났다.

조시와 조나단은 루앤에게 질문을 하기 시작했다. 그사이, 난 루앤과 리키의 아버지 빌Bill이 수집한 증거물을 찬찬히 들여다봤다. 빌은 아들과 메리에 관한 모든 정보를 수집했다. 낯선 사람들의 제보에서부터 동영상, 경찰 보고서까지. 사건 당일 두 사람이 갔던 자동차극장 이름이 애스콧Ascot이었다는 사실도 거기서 알게 됐다. 어릴 적, 우리가 즐겨 찾던 곳이었다. 아빠가 가장 좋아하던 곳으로, 루실 이모할머니 집에서 불과 2~3킬로미터 떨어진 곳이었다.

빌은 줄곧 일기를 썼는데, 메모가 여러 개 적혀 있었다. 어느 날의 메모는 무척 짧았다.

"오늘은 메리의 열여덟 번째 생일이구나."

가슴이 쿵 내려앉았다. 눈물이 쏟아졌다.

루앤은 오빠 리키의 실종 이후 부모님이 무너졌다고 말했다. 그들은 사건의 진실을 알고 싶어 했다. 동네에서는 온갖 추측이 난무했다. 아무도 두 사람이 죽었다고 믿고 싶어 하지 않았다. 메리가 임신 후에 가톨릭을 믿는 가족에게 말하기 두려워했던 건 아닐까? 둘이서 몰래 도망친 건 아닐까? 허튼 소문이 끝도 없이 퍼졌다. 두 사람을 봤다는 제보 전화도 걸려왔다. "멕시코에서 당신 오빠를 봤다는 사람이 있어요"라며 말을 걸어오는 사람도 많았다. 하지만 두 사람이 도망친 거라면, 리키는 왜 지갑을 두고 갔을까? 앞 유리창에 난 총알구멍은 어떻게 설명해야 할까? 도무지 말이 되지 않았다. 리키의 어머니 헬렌 비어드Helen Beard는 FBI에 탄원서를 보내 수사에 개입해 달라고 간청했다.

리키의 아빠 빌은 아들이 실종된 지 2년 만에 세상을 떠났다. 살인 사건으로 결론 나는 걸 보지 못했다. 사건 발생 6년 후 리키와 메리의 시신이 발견됐을 때, 리키의 엄마는 그것이 아들의 유해임을 받아들이지 못했다. 빌이 모아둔 증거자료에서 나는 노샘프턴 경찰서의 수사에 협조했던 오하이오주 퇴직 교통경찰에 관한 메모를 발견했다. 사건 당일, 교통경찰은 포티지 트레일에서 리키의 임팔라와 비슷한 차 뒤로 밴이 따라가는 걸 봤다고 했다. 하지만 차가 너무 느리게 가서 그냥 지나쳤다는 것이다. 리키의 차가 발견된 도로가 바로 여기였다. 그리고 메모엔 '밴'이 언급돼 있었다. 난 메모를 큰 소리로 읽었다.

"아빠가 녹색 에코노라인 밴을 갖고 있었어요."

루앤을 올려다보며 말했다.

루앤이 날 쳐다봤다. 순간 방에 적막이 흘렀다. 이게 단서가 될 수 있을까?

흩어진 점은 많았지만, 좀처럼 연결이 안 됐다. 리키도 대니와 빌리, 로이드처럼 총에 맞아 살해됐다. 리키와 래리의 차 둘 다에 뒷좌석에서 쏜 총탄 자국이 있었다. 리키와 메리의 시신은 티머시와 켈리, 베벌리, 패트리샤의 시신과 같은 방법으로 옮겨졌다. 시신이 발견된 곳 또한 지역 내에서 평판이 좋지 않은 남자의 집 인근이었다. 이 남자는 10대들을 수시로 쫓아내던 사람이었다. 대니 사건 당시 대니의 룸메이트 랄프를 모함하려던 수법과 똑같았다. 수상한 남자의 집으로 가는 길을 따라 켈리의 찢긴 옷을 흩뿌려 놓은 것도 마찬가지였다. 켈리와 티머시가 실종된 후, 콩코드 하우스에 있던 한 목격자는 주차장에서 검은색 밴 한 대가 나오는 걸 봤다고 말했다. 그리고 여기, 교통경찰이 리키의 차를 뒤따르는 밴을 목격했다는 메모가 있었다. 우린 점점 진실을 향해 다가가고 있는 걸까?

루앤에 따르면, 시신 발견 당시 신참 형사 밥 스웨인Bob Swain이 두 젊은이의 유해를 지키는 임무를 맡았다. 침통한 가운데 무섭고 외로운 임무였을 터였다. 이때의 인연으로 밥 형사는 리키와 메리의 가족과 연락을 주고받았다. 새로운 정보를 확보하면 곧장 루앤에게 전달했다. 밥 형사는 애크런 경찰서가 수사를 너무 허술하게 했다며 불만을 터뜨렸다.

몇 년 전, 루앤은 자신이 가진 모든 자료를 애크런 경찰서에 넘겼지만, 자료가 모두 폐기됐다는 걸 알게 됐다. 그러나 밥 형사는 피해자 가족만큼이나 사건 해결에 진심을 다했다. 심지어 위스콘신주 교도소에 있던 아빠에게 연락을 취하기도 했다. 지아거 카운티 치안 사무소에서 받은 자료 중에 밥 형사와 주고받은 편지가 있었다. 편지에서 아빠는 밥 형사를 그야말로 갖고 놀았다. 정보를 주겠다며 조롱하고 돈을 요구했다. 하지만 밥 형사도 속지 않았다. 결국 아빠는 애크런 살인 사건에 대한 어떤 정보도 제공하지 않았다.

2014년, 밥 형사는 자살로 생을 마감했다. 64세의 나이로, 아내와 다섯 자녀를 남겨둔 채. 루앤은 오빠를 죽인 범인을 찾는 긴 여정에서 소중한 동료를 잃었다. 이제는 내가 루앤의 동료가 되고 싶었지만, 거짓된 희망을 주고 싶진 않았다.

우리가 떠나오기 전, 루앤은 너무나 가슴 아픈 이야기를 남겼다. 영영 잊지 못할 말이었다. 오빠가 떠난 지 30년이 지났지만, 가족들이 여전히 슬퍼하고 있다는 것. 리키의 형제자매들은 모두 결혼해 자녀가 있고, 사촌도 많았다. 하지만 리키는 자녀도 손주도 영원히 가질 수 없었다. 가족의 일부에 동화되어 살아갈 수 없었다.

"리키가 너무 일찍 세상을 떠나는 바람에 이 소중한 가족을 충분히 사랑하지 못했어요. 그게 가장 큰 비극입니다."

루앤은 이제 할머니가 됐다. 루앤에게는 세쌍둥이 딸이 있는데, 딸들과 손주들 모두 '리키 삼촌'에 대해 알고 있었다. 한 번도 만난 적은 없지만, 여전히 삼촌을 떠올리며 가족으로 생각하고 삼촌에게 무슨 일이 일어났는지 궁금해했다. 사건의 트라우마는 세대를 거쳐 내려

오고 있었다. 아빠는 최소한 다섯 가족에게 트라우마를 남겼다. 그런 내게 루앤이 말했다.

"당신 가족도 마찬가지죠."

루앤은 내가 늘 슬퍼 보인다고 말했다. 루앤은 오빠를, 루앤의 가족은 혈맥 하나를 통째로 잃었다. 하지만 루앤은 나도 잃은 게 있다고 말했다.

"당신은 아버지를 잃었죠."

그건 내가 어릴 적 사랑했던 아빠의 모습일 것이다. 그 아빠는 사라졌다. 루앤과 나는 서로의 상실을 함께 슬퍼하며 사랑하는 사람을 잃은 모든 가족을 위해 울었다. 루앤은 내게 함께 답을 찾으려 노력해주어 감사하다고 말했다. 포옹으로 작별 인사를 하며 계속 연락하자고 했다.

조나단, 조시와 함께 차로 돌아왔고, 좀 더 확실한 단서를 찾지 못해 아쉬웠다. 루앤과의 만남은 내 마음을 무겁게 짓눌렀다. 루앤의 슬픔은 30년이 지난 지금도 여전히 생생했다. 이런 종류의 슬픔은 늘 그런 것일지도 몰랐다. 루앤을 도울 수 있었으면 좋았을 텐데. 아쉬움이 많이 남았다. 아빠가 리키나 메리와 아는 사이였다는 걸 어떤 식으로든 증명할 수만 있다면, 혹은 티머시와 켈리를 만났던 것처럼 두 사람을 만날 이유가 있었다는 것을 밝힐 수만 있다면. 이런 생각이 꼬리를 물고 이어졌다. 그날 밤, 아빠는 애스콧에서 두 사람을 만났을까? 아니면 아빠에게 두 사람과 공통된 지인이 있었을까?

어릴 적 살던 회색 집을 찾고 싶었다. 아장아장 걸어 다닐 때 사다리를 타고 올라가 그림을 그리던 그 집. 전선을 물어 입에 화상을 입었던 그 집. 정확한 주소가 기억나지 않아 노스 힐 여기저기를 꽤 오랫동안 헤맸다. 조시와 조나단의 배려 덕에 다행히 에이번 스트리트로 접어들었다. 드디어 집을 찾았다.

"바로 저기예요!"

황갈색으로 색은 바뀌었지만, 내가 기억하는 흰색 테두리는 여전히 남아 있었다. 그곳엔 빨래 바구니에 다리를 부딪치며 보도블록을 걷는 내 모습이 있었다. 아빠의 차가 내 옆으로 천천히 지나가는 모습도 보였다. "어디 가니 에이프릴?" 하고 묻는 아빠의 목소리도 들렸다. 이곳은 아빠와 내가 꼭 껴안았던 집이었다. 퇴근 후엔 주머니에 한가득 사탕을 넣고 내게 달려와 주던 아빠. 그런 아빠가 있던 집이었다. 어떻게 그런 아빠가 최소 다섯 명의 목숨을 앗아간 사람일 수 있을까? 결혼도 못 하고, 아이도 못 낳고, 조카도 못 보고 떠나버린 다섯 명. 루앤의 말이 옳았다. 나 역시 슬픔 속에 있었다.

리키와 메리도 노스 힐에서 자랐다. 조시에게 두 사람이 어릴 적 살던 집 앞으로 지나가 보자고 했다. 내가 살던 집에서 채 2킬로미터도 안 되는 거리에 있었다. 혹시 메리가 우리 집 베이비시터로 온 적은 없었을까? 마음이 요동쳤다. 누구에게 물어보면 될까? 누가 알고 있을까? 설령 아는 사람이 있다고 해도 뭘 증명할 수 있을까? 영영 알지 못할 사실이 많다는 걸 받아들여야 했다.

티머시의 아빠 데이브, 리키의 여동생 루앤의 눈물을 떠올렸다. 내가 아는 것 외에 뭐가 더 있을지 궁금했다. 우린 그 어떤 미스터리도 풀지 못할지도 몰랐다. 그저 그들의 이야기를 듣고자 온 것일 수도 있었다. 그렇지만 데이브와 주디, 루앤이 내게 보여준 따뜻함과 연민에

나는 감탄을 금치 못했다. 어쩌면 그것이 바로 내가 찾고 있던 것일지
도 몰랐다.

느슨한 결말

2019-2021

∴ 그레이트 폴스, DNA 일치

팟캐스트 방송 2년 후, 1956년 발생한 그레이트 폴스 사건은 마침내 해결됐다. 아니, 적어도 해결된 것으로 간주됐다. 2021년 6월, 몬태나주 캐스케이드 카운티 치안 사무소의 존 카드너 경사는 기존에 확보된 DNA 증거와 용의자의 자녀들이 자발적으로 제공해 준 DNA 표본 덕분에 진범이 드러났다고 밝혔다. 사건 당시 패트리샤의 시신에서 채취한 정액은 앤세스트리닷컴Ancestry.com 이나 23앤드미 23andMe 같은 자발적 DNA 데이터베이스에서 발견된 DNA와 관련돼 있는 것으로 밝혀졌다. 하지만 범인으로 밝혀진 케네스 굴드Kenneth Gould 는 2007년 이미 사망한 뒤였다. 그 남자는 말 조련사로 사건 당시 현장 인근에 살고 있었다. 이 사건 외에 케네스의 범죄 이력은 없었다. 공범이 있는지 여부는 확인되지 않았다.

∷ 포틀랜드, 총상의 미스터리

1960년 래리와 베벌리 사건과 관련해 팟캐스트 팀 전체를 줄곧 괴롭혔던 문제는 포틀랜드 형사들도 퍽 혼란스럽게 했다. 그건 바로 래리의 차 앞 유리에 난 총알구멍이었다. 사건 현장에서는 총도, 총알도 발견되지 않았다. 이 사건 직후 아빠가 포틀랜드에서 체포됐을 때, 놀랍게도 아빠는 팔 위쪽에 총상 흔적이 있었다(어떤 인터뷰에서는 단순히 어깨에 구멍이 난 거라고 말했다). 하지만 아빠는 회고록에서 이 상처에 대해 전혀 언급하지 않았다. 꼭 들어가야 할 내용이 빠졌다고 생각했다. 포틀랜드에서 체포된 후 아빠는 이 상처에 대해 심문을 받았다. 탈옥의 진짜 이유가 이 때문인지도 몰랐다.

2011년, 펜시니 형사와의 인터뷰에서 아빠는 다시 똑같은 질문을 받았다. 질문을 받을 때마다 답이 달랐기 때문에 펜시니 형사에게는 어떻게 말했는지 궁금했다. 이 인터뷰에서 아빠는 마를린에게 총을 쏘라고 시켜 마를린이 그대로 쐈다고 말했다. 그러면서 이 순간을 꽤 사실적으로 묘사했다.

"침대에 누운 채 어디를 쏴야 하는지 보여줬습니다…. 뼈에 맞지 않도록… 총알이 바로 관통했죠. 면봉에 과산화수소를 묻혀 구멍을 깨끗이 청소했어요…. 전혀 아프지 않았습니다."

"당신의 아내가 악명을 떨치고 싶은 당신의 욕구를 충족해 주려고 총을 쐈다는 것, 그게 진실이네요."

"인정받기 위해서였죠."

아빠의 말이 참 친숙하게 느껴졌다. 문득 아빠가 〈진실을 말하다〉

에 출연했을 당시 진행자 개리 무어가 아빠에게 했던 질문이 떠올랐다. 개리는 아빠에게 10대 시절 구치소에서 나왔을 때 이웃들의 반응이 어땠는지 물었다. 그러자 아빠는 이렇게 대답했다.

"날 우러러봤어요···. 더 큰일을 해야겠다는 동기가 생겼죠···. 인정받기 위해 범죄를 저질렀습니다."

믿을 수가 없었다. 바로 그 단어, 인정이었다. 아빠는 10대 이후 줄곧 변하지 않았다. 평생에 걸쳐 가능한 한 가장 파괴적인 방법으로 사람들의 관심과 인정을 좇았다.

총상 이야기는 여러 가지 버전이 있었다. 포틀랜드에서의 탈옥 사건 당시 보도된 신문 기사에는 펜시니 형사에게 말한 것과는 전혀 다른 버전이 실려 있었다. 친구 조니가 깡통을 쏘던 중 실수로 아빠를 쐈다는 것이었다.

그런데 이웃이 그 기사를 읽고 경찰에 연락했다. 그 이웃은 전혀 다른 버전의 이야기를 들려주었다. 같은 동네 사람, 즉 우리 아빠가 총에 맞았으니 치료해 달라며 찾아왔다고 했다. 경찰관 친구를 따라 강도 사건에 출동했다가 다쳤다며, 경찰관 친구를 곤란하게 하고 싶지 않기에 다른 사람에게는 비밀로 해달라고 했다. 이웃집 여성은 아빠를 데리고 대형 슈퍼마켓 프레드 마이어 Fred Meyer 로 가 상처를 소독하고 붕대를 감을 수 있는 응급처치 물품을 구입했다.

어떻게 상처를 입었든 마를린이 붕대를 감아주지 않았을 이유가 없었다. 아빠는 그저 이웃 여자와 섹스하고 싶어서 그랬을 것이다. 다시 한번, 아빠는 관심을 얻기 위해 슬픈 이야기를 꺼내 들었다.

수년간, 어떻게 아빠가 래리 차의 앞 유리에 난 총알 자국과 연결되지 않았는지 궁금했다. 그런데 난 이 질문에 답이 될 수 있는 중요한 정보를 놓치고 있었다. 이 책을 쓰면서 미처 못 보고 넘어간 경찰 보고서를 샅샅이 훑었다. 경찰에 따르면, 프레드 마이어에서 구급 용품을 구입한 영수증은 살인 사건이 나기 2주 전 발행된 것이었다. 사건이 일어난 날 밤, 총알이 날아와 래리 자동차의 앞 유리를 관통하던 그날 밤, 아빠가 총에 맞을 리가 없었다.

그러나 그게 전부였다. 앞 유리에 박힌 총알과 아빠의 자해로 생긴 총상은 아빠의 인생 퍼즐에서 서로 관련 없는 두 조각일 뿐, 아빠가 살인을 하지 않았다는 증거가 될 순 없었다. 살인을 했다는 증거도 될 수 없었다. 이런 현상은 여러 사건에서 공통적으로 발견됐다. 뭔가 의미 있을 것 같은 증거가 결국 아무것도 증명하지 못했다. 아빠는 정녕 범죄 주동자였을까, 그저 운이 좋았던 걸까?

∷ 도일스타운

다이앤은 케빈 드라이브에서 우리 집 뒤편에 살던 이웃이자 내 동생들을 돌봐주던 베이비시터였다. 다이앤은 아빠가 우리 머리 위로 총을 쏘던 날, 그 자리에 함께 있었다. 다이앤의 엄마였던 린은 아빠에 관한 너무나도 섬뜩하고 기괴한 이야기 두 가지를 들려주었다. 그날, 아빠는 린의 집으로 찾아와 엽총을 빌릴 수 있는지 물었다. 총은 누구에게도 빌려준 적이 없다는 린의 대답에 아빠는 린의 남편에게 청했다. 이에 린의 남편은 어릴 때부터 갖고 있던 총을 빌려주었다.

필시 아빠는 가족을 먹여 살리기 위해 사냥을 꼭 해야 한다고 동정심을 유발했을 것이다. 린의 남편은 그 엽총을 다시는 보지 못했다.

두 번째 이야기는 더욱 이상했다. 우리가 케빈 드라이브를 떠나온 지 몇 주 후, 검은색 경찰차를 탄 남자가 린의 집으로 찾아왔다. 콧수염을 기른 남자는 경찰 제복을 입고 검은 모자와 선글라스를 쓰고 있었다. 경찰 배지도 달고 있었다. 전에 이웃에 살던 웨인 에드워즈에 대한 정보를 탐색 중이라며 몇 가지 질문을 했다. 웨인을 알고 있었나요? 웨인에 대해 어떤 이야기를 들려줄 수 있죠? 이에 린은 웨인과 함께 있으면 아내도, 아이들도 몹시 긴장하는 듯했다고 말했다. 아내는 별 표정이 없어 보였다는 말과 함께. 또 아내와 아이들에게 멍 자국이 있었다며 걱정했다. 또 웨인이 남편의 엽총을 빌려 가고는 돌려주지 않았다는 말도 전했다. 제복을 입은 남자는 감사 인사를 남기고 떠났다.

린은 이 남자가 변장한 웨인 에드워즈, 곧 아빠였다는 사실을 한참이 지나서야 알았다.

도일스타운을 떠나온 뒤, 몇 년이 지나서야 아빠는 다시 그곳으로 돌아갔다. 그때 내겐 플로리다에서의 기억만 남아 있었다. 하지만 아빠는 1978년 9월, 프레드 할아버지의 장례식에 참석하기 위해 애크런으로 향했다. 엄마로부터 이 말을 듣는 순간, 모든 퍼즐 조각이 맞춰졌다. 케빈 드라이브 뒤쪽 잡초더미에 서 있던 오래된 경찰차는? 도일스타운을 떠나올 때 이웃집 마당에 숨겨뒀다가 린을 만날 때 다시 사용했을 것이다. 그렇게 몇 번이나 경찰을 사칭하고 다녔을지 아무도 몰랐다.

∴ 애크런

나는 메리 루Mary Lou에게 연락을 취했다. 에이번 스트리트에 살 때 나와 데이비드를 돌보러 와주던 베이비시터였다. 그때 메리는 열네 살로 우리 집에서 한 블록 떨어진 곳에 살고 있었다. 메리의 아들이 팟캐스트를 듣고 내게 연락해 왔다. 하지만 메리는 나와의 만남을 망설였다. 아빠를 생각하면 여전히 불안감이 느껴지는 듯했다. 팟캐스트를 듣고는 공황 발작을 일으켰다. 그러나 결국, 메리는 날 집으로 초대했다. 난 우리 가족에 대한 기억을 말해줄 수 있는지 물었다. 메리는 불안한 기억을 하나둘 끄집어냈다. 한번은 아이를 돌보고 있었는데, 부모님이 들어왔다. 아빠는 메리를 무릎에 앉히고 키스해 달라고 요구했다. 엄마는 긴장한 듯 슬쩍 웃으며 고개를 돌렸다. 얼마 후, 엄마로부터 아이를 돌봐달라는 부탁을 받은 메리는 단칼에 거절하고 다시는 가지 않겠다고 말했다. 하지만 내가 전선을 물어 입에 화상을 입었을 때, 아빠가 메리에게 데이비드를 돌봐달라고 간청했다. 메리는 그때 딱 한 번만 허락했다.

나는 아빠의 추행에 대해 진심 어린 사죄를 건넸다. 그 고통스러운 기억을 나눠주어 고맙다는 말과 함께. 메리는 대화를 통해 카타르시스를 느꼈다고 말했다. 그 후로는 아빠에 대한 기억을 떠올려도 가슴이 두근대지 않는다고 했다. 마치 그 기억을 내게 맡긴 것처럼. 나는 그 기억을 여전히 잘 간직하고 있다. 앞으로도 그럴 것이다.

:· 펜실베이니아

지아거 카운티 치안 사무소의 샤론으로부터 전달받은 문서와 기록에는, 2010년 아빠가 위스콘신주 교도소에 수감돼 있을 때 제프에게 보낸 편지 사본이 들어 있었다. 봉투에는 제프 에드워즈라는 이름이 적혀 있었다. 편지에서 아빠는 "제프 에드워즈 귀하"라고 적힌 편지는 자신이 죽은 후에 열어보라고 썼다.

아빠는 생의 마지막 순간까지 게임을 즐겼다. 아빠가 제프에게 보낸 편지는 몇 쪽에 걸쳐 길게 이어진다. 제프도 아빠에 못지않게 긴 편지를 썼다. 2010년 5월 10일 자 편지에서 제프는 아빠에게 몇 가지 질문을 던졌다. 위스콘신주 교도소에 있었지만, 공식적으로 아무것도 자백하지 않은 상태였다.

제프: "대니를 죽였나요?"
아빠: "답변하지 않겠다."

제프: "펜실베이니아든가 오하이오든가, 둘 중 한 곳에 살 때 날 괴롭히던 흑인 아이가 살해당한 일이 있었죠. 그 사건에 아빠가 관여했나요?"
아빠: "펜실베이니아에서 살해된 흑인 소년, 너희 반 친구였던 그 녀석. 흑인 남자한테 강간당한 뒤 살해당했어. 그 범인은 내가 있던 교도소에서 사형수 신세였지. 이름은 기억 안 나. 제프, 난 아이는 절대 죽이지 않아!"

그리고 제프는 우리 모두 궁금해하던 질문을 던졌다.

제프: "얼마나 많은 사람을 죽였나요? 대체 왜 죽인 거죠?"
아빠: "답변하지 않을게. 여기서 이런 이야기를 할 순 없어. 내가 답한다면, 넌 법에 따라 경찰과 이야기해야 할 거야. 그러니 지금은 모르는 게 나아. 그래야 누가 집 앞에 찾아와도 무시할 수 있고."

"제프 에드워즈 귀하"라고 적힌 편지의 사본은 남아 있지 않았다. 이 편지가 밝혀지지 않은 다른 살인 사건에 대한 단서가 될지도 몰랐다. 아빠는 카세트테이프, 비디오테이프, 편지, 스크랩 등 다양한 방식으로 자신의 삶을 기록하고 있었다. 아빠는 루실 이모할머니에게 말했던 것처럼 자녀들이 자신에 관한 모든 걸 알길 원했다. 그런 아빠가 끝내 밝히지 않은 이야기가 있다는 건, 내가 알던 아빠의 모습과 상반된다.

아빠는 노턴 오하이오 경찰서에도 편지를 보냈는데, 사형제를 실시하는 다른 주에서 자신의 말을 듣고 싶어 한다는 내용이었다. 노턴 경찰이 아빠를 애크런으로 인도하는 데 너무 오랜 시일이 걸려 편지를 보낸 것으로 추정된다. 아빠의 이 말은 실토할 살인 사건이 더 남아 있다는 자백으로 들렸다.

온라인으로 확인할 수 있는 건 모두 찾아봤다. 내가 펜실베이니아와 오하이오에 살았던 기간에 발생한 실종 사건과 미제 살인 사건은 수십 건이었다. 그중에는 젊은 여성과 커플이 관련된 사건도 있었지만, 유독 뇌리에서 떠나지 않는 사건이 몇 개 있었다.

하나는 1978년 4월, 28세의 교사 레슬리 바커Leslie Barker 라는 여성이 애크런에서 살해당한 사건이었다. 레드 바에서 밤을 보낸 레슬리는 자신의 차 안에서 불에 타 죽은 채 발견됐다. 이 기사를 읽는데, 열세 살 때 남자친구가 있던 이웃집 여자아이와 사랑에 빠졌던 아빠의 회고록 속 이야기가 생각났다. 아빠는 경쟁자를 제거하기 위해 잘못된 방법을 택했고, 남자친구의 트럭에 불을 질렀다.

1978년 4월이면 우리가 도일스타운 케빈 드라이브에 살고 있던 때였다. 아빠는 레드 바의 단골이었고, 그곳은 루실 이모할머니가 즐겨 찾는 곳이기도 했다. 아빠는 레드 바에서 레슬리를 만났을까? 아마 그랬다고 생각하는 게 맞을 것 같다.

또 하나는 1981년 9월 22일, 16세의 고등학생 미셸 라이덴바흐Michele Reidenbach 의 실종 사건이었다. 신문 기사에 따르면, 미셸은 젤리노플의 사우스 메인 스트리트에 있는 한 슈퍼인 듀퍼 슈퍼마켓 주차장에서 마지막으로 목격됐다. 그곳은 우리가 당시 살았던 포터스빌에서 약 16킬로미터 떨어진 곳이었다.

피츠버그에서 미제로 남은 살인 사건에는 1977년 3월 17일 18세 소녀 데비 카피올라Debbie Capiola 가 강간 당한 후 목 졸려 죽은 사건, 1981년 10월 26일 15세 소녀 크리스틴 겐터Christine Guenther 가 버스 정류장에서 마지막으로 목격됐다가 닷새 후 사냥꾼에 의해 시신으로 발견된 사건 등이 있었다. 아빠가 피츠버그에서 일하던 기간에도 사건이 여러 건 발생했다.

계속 파헤칠 수도, 그러다 미쳐버릴 수도 있었다. 아빠의 범죄를 밝히려는 나의 시도는 어릴 적 동생들에게 들려주던 유령 이야기 속

벽장과 같았다. 자세히 들여다볼수록 피의 얼룩이 점점 커져만 갔다.

오래된 미제 살인 사건을 해결하기가 얼마나 어려운지, 휴대폰이나 소셜 미디어, 첨단 법의학 기술이 없던 시대엔 살인을 저지르고도 얼마나 쉽게 빠져나갈 수 있었는지. 이 두 가지 생각이 뇌리를 떠나지 않았다. 그러나 지금도 여전히 매일 누군가가 실종되고, 매일 누군가가 살해된 채 미제로 남는다.

난 아직도 형사들로부터 전화를 받는다. 그들은 끈질기게 미제 사건에 대한 답을 찾고 있다. 심지어 아무도 의문을 제기하지 않는 사건에 대해서도. 이들의 노력에도 불구하고 행복한 귀가란 없다. 애타는 부모의 품으로 아이가 돌아오는 일도 없다. 부모는 이미 오래전에 세상을 떠난 경우도 많다. 그럼에도 사건의 해결은 변함없이 중요하다. 아무리 많은 시간이 흘러도 정의는 누구에게나 공평하게 구현되어야 한다.

어쩌면, 아주 어쩌면 내가 다시 돌리려고 했던 녹슨 정의의 바퀴가 새로운 증거를 내놓고, 또 다른 미제 사건의 실마리가 될 수 있을지도 모른다. 그러길 바란다.

에필로그

              홀로 해야 했던 과거로의 여행 중 하나는 뉴캐슬에 가보는 거였다.

    돈 몽고메리는 세상을 떠났지만, 넬리는 여전히 1985년 우리 가족이 비좁게 살던 콘크리트 블록 집에 살고 있었다. 내가 뉴캐슬에 간다고 하자 넬리는 자기 집에서 머물러도 좋다고 했다. 이번에는 거실에서 잠을 청하지 않을 작정이었다. 넬리도 말했다.

    "이번에는 제리가 쓰던 방에서 지내렴."

    집 안으로 들어가자 익숙하고 편안한 느낌이 들었다. 거실은 내가 기억하는 것보다 훨씬 작았다. 뭔가 텅 빈 느낌도 들었다. 그곳에 살 때, 우리 일곱 식구는 캠핑카에서 지냈다. 화장실 거울 앞에 서자 왠지 모를 우울감이 덮쳤다. 거울 속 내 모습을 한참 동안 바라봤다. 이곳에 서서 학교 갈 준비를 하던 그때가 마치 어제 같았다. 반대로 백만 년 전의 일처럼 느껴지기도 했다. 내 모습은 많이 변해 있었다. 아니 그대로였다. 여전히 똑같은 소녀. 내 아픔을 들키지 않으려 비스듬히 턱을 들고 있는.

    다음 날 아침, 어릴 때처럼 넬리네 부엌에서 아침 식사를 준비했다. 처음으로 혼자 살던 아파트에서 만들던 레시피를 기억해 고기 소스를 만들어봤다.

    넬리는 부엌 식탁에 앉아 내가 요리하는 모습을 지켜보며 나와 이런저런 이야기를 나눴다. 내가 교회에서 알고 지내던 사람들 이야기, 넬리의 손주들 이야기. 넬리는 언제나처럼 따뜻하고 친절했다. 하지만 몇 년 전, 마지막으로 봤을 때보다 흰머리가 좀 더 늘었다.

꽃무늬 실크 잠옷과 크림색 털 슬리퍼에 토마토소스가 튀지 않도록 조심하면서 스토브 앞에 서 있는데, 부엌 옆문이 열리는 소리가 들렸다.

내 오랜 친구 마크였다. 34년 만이었다. 별로 변하지 않은 모습이었다. 살이 쪘고 머리숱은 좀 줄었지만, 밝은 미소와 파란 눈동자는 그대로였다. 하지만 잠옷 차림으로 만날 생각은 전혀 없었는데. 마크가 먼저 인사를 건넸다.

"안녕."

"그래, 잘 지냈지?"

마크와는 고등학교 이후 연락이 끊겼었다. 하지만 최근 페이스북에서 다시 만나 메시지만 몇 번 주고받았다. 내 생일에 마크가 먼저 연락해 왔다. 이혼한 상태지만, 새로운 사람과 재혼을 준비 중이라고 했다. 마크는 직업고등학교 전공을 살려 용접공이 됐다. 부모님의 생활비를 벌기 위해 용접 일을 하던 마크. 이제 마크는 연봉을 많이 받는 전문가가 돼 있었다. 무척 자랑스러웠다. 뉴캐슬에 계속 살았다면 내 인생이 어떻게 달라졌을지 한 번씩 궁금했다. 아마도 대학에 갔을 것 같다. 내 스승이자 멘토였던 호크 선생님이 어떻게든 날 대학에 보냈을 것이다.

뉴캐슬로 출발하기 전, 어릴 적 살던 펜실베이니아에 있는 집들을 둘러보고 싶어 마크에게 함께 가줄 수 없는지 물었다.

"내 운전기사 좀 해줄 수 있니? 운전하면서 동시에 주변을 살피기가 어려울 것 같아서. 그곳에 가면 모든 나무랑 도로 표지판을 하나하나 멍하게 쳐다보고 있을 거야."

마크는 그곳 지리를 잘 알았고, 나는 내 기억 속 풍경을 잘 알았다. 좋은 여행 친구가 될 것 같았다.

"좋지! 내가 도움이 된다면 기꺼이."

마크는 흔쾌히 수락했다.

마크가 얼굴이 빨개진 채 서 있었다. 비록 난 잠옷 차림이었지만, 마크는 여전히 부끄러워하고 수줍어하는 모습 그대로였다. 내 추억 여행에 동행할 준비가 된 듯했다. 난 얼른 옷을 갈아입으러 부엌을 나섰다. 제리의 옛 침실에서 스웨터와 청바지를 입었다. 20대 중반까지 이곳에 살았던 제리를 생각했다. 제리는 정말 좋은 사람이었다. 제리나 마크 같은 좋은 사람이 세상에 있다는 것을, 가끔은 억지로라도 떠올려야겠다고 생각했다.

마크의 흰색 쉐보레 말리부를 타고 출발했다. 비가 세차게 내렸다. 흔들리는 와이퍼 사이로 마크가 실눈을 뜨고 앞을 주시했다. 마크는 여전히 좋은 친구였다. 어릴 때처럼.

첫 번째 목적지는 포터스빌 슬리퍼리 록에 있는 집이었다. 아빠가 추위에 떠는 말을 집 안으로 들여와 따뜻하게 해주었던 집, 엄마의 손을 찔렀던 집, 동생들에게 불을 지르라고 시켰던 바로 그 집이었다.

집 주소는 모르고 마을 이름만 알고 있었다. 그러나 마크는 포기하지 않았다.

"한번 찾아보자, 에이프릴. 찾을 수 있을 거야."

포터스빌 로드가 고속도로와 교차점에 있다는 걸 기억해 냈다. 우리가 다니던 교회가 고속도로 끝에 있었고, 우리 집은 길 아래쪽이었다. 집은 숲으로 둘러싸인 텃밭의 가파른 언덕 꼭대기에 있었다.

비 내리는 차창 밖을 유심히 살폈다. 순간 진입로가 눈에 익었다.

"여기야!"

우린 차를 세우고 조금 후진한 다음 가파른 언덕길을 천천히 올랐다. 그 길은, 내가 학교에서 집으로 걸어가던 모든 날을 기억하고 있었다. 그 시절 우리 옆집에는 늙은 말이 풀을 뜯고 있었다. 하지만 말은 오래전에 사라졌고, 집도 없었다. 대신 현대식 벽돌집이 들어서 있었다. 집 앞에 차를 멈추고 내렸다.

"뭐 하는 거야?"

마크가 물었다. 남의 집에 함부로 들어갈까 봐 걱정하는 눈치였다.

"여기까지 와서 차 안에만 있을 순 없잖아!"

난 비를 맞으며 마당으로 들어갔다. 계단을 뛰어 올라가 현관문을 두드렸다. 아무도 없었다. 흠뻑 젖은 채 마크의 차로 돌아왔다.

"넌 정말 그대로구나."

마크는 할 말이 없다는 듯 고개를 가로저으며 웃었다.

다음 목적지는 매코넬스 밀 주립공원 근처에 있던 집이었다. 헛간에서 지냈던 그곳. 내가 직접 만든 임시 다락의 침대와 공기는 물론 옷, 심지어 머리카락까지 스며든 그 곰팡내, 그리고 늘 배가 고팠던 허기까지. 결코 잊을 수 없었다.

마크는 내가 소리치며 지시하는 모든 방향을 말없이 따라가 줬다. 좌회전! 우회전! 마당 주변에 있던 상록수 울타리가 기억났다. 끝이 안 보였던 버드나무도, 들판 위 밤나무도 생각났다.

"유턴해야 해!"

내가 외쳤다. 길을 잘못 든 것 같았다. 그런데 바로 그때, 드디어 찾았다.

"멈춰! 저기가 울타리고, 밤나무도 있던 곳이야. 저긴 헛간 자리고! 예전 우리 집 맞아! 그 옆은 목욕하던 연못이 있던 곳. 그 크고 낡은 집에서 클라리넷도 연주했었지."

하지만 지금은 그냥 큰 공터가 돼 있었다.

매코넬스 밀 주립공원 관리사무소에 들러 집터에 대해 알 만한 사람이 있는지 물었다. 관리인은 집과 헛간이 모두 철거됐다고 전했다. 집은 사라졌지만, 수없이 '장난'을 치던 아빠의 모습은 여전히 내 마음속에 남아 있었다. 휘핑크림 한 접시를 내 얼굴에 그대로 내리꽂던 모습까지도.

마크와 식당에 들러 점심을 먹었다. 난 샐러드를 시켰다. 먹는 것엔 늘 신경을 썼다. 그날 저녁엔 라자냐를 먹을 예정이었기에 점심은 가볍게 먹고 싶었다. 마크도 나와 같은 샐러드를 주문했지만, 저녁은 함께 먹지 않을 예정이었다. 마크는 약혼녀와 약속이 있다고 했다. 마크는 결혼 후 이혼한 이야기를 들려주며 아이들의 반응은 어땠는지, 얼마나 상심했는지 등의 이야기를 털어놓았다. 마크가 새로운 사람을 만나 인생 2막을 함께하게 되어 누구보다 기뻤다. 그즈음, 난 마이클과 이혼을 준비하고 있었다. 마크는 그 모든 과정을 먼저 겪었고, 결국은 잘 마무리했다. 나 역시 그럴 거라고 생각했다.

그날 밤, 넬리의 집으로 돌아와 버섯 라자냐를 만들었다. 제리와 제리의 아내 미셸과 함께 저녁 식사를 했다. 제리와 난 그 어색했던 무도회를 떠올리며 웃음을 터뜨렸다.

"내가 입었던 드레스, 아직도 생생하게 기억나."

"몇 년 만에 무도회에 가느라 체육관으로 다시 들어가는데, 얼마나 기분이 이상하던지."

"그때 고작 스물두 살이었지!"

"얼마나 창피했다고!"

그때, 미셸이 내게 조나단이 기억나는지 물었다. 미셸도 우리 가족에 대한 기억이 있었다. 닭장에 살던 그 불쌍한 아이를, 미셸과 미셸의 할머니가 구해줬었다.

"그때 조나단을 데려가 줘서 얼마나 고마웠는지 몰라요. 정말 다행이었죠."

순간 그때의 기억에 몸서리가 쳐졌다.

익숙한 부엌에 앉아 주위를 둘러봤다. 나와 내 가족을 살뜰히 보살펴 준 이들에게 음식을 대접하니 정말 흐뭇했다. 우리에게 집을 제공해 주고, 늘 우리를 걱정해 준 사람들. 동생이 가출했을 땐 진심으로 안전을 걱정하며 경찰에 신고도 해주었다. 넬리는 아빠, 엄마 모두에게 일자리를 제공했지만 결국 아빠는 신뢰를 저버렸다.

디저트를 먹으며 넬리에게 물었다. 넬리는 당뇨병을 앓고 있어 특별히 설탕 대신 딸기를 넣은 아몬드 우유 치즈케이크를 준비했다.

"아빠를 어떻게 생각했어요?"

"아, 그때 굿윌 기부자들이 전화해서 무척 항의했었어. 한 게을러 빠진 남자가 트럭에 가구를 실어 가는데, 본인은 가만히 있고 어린애들한테만 일을 시킨다고."

"맞아요. 아빠 그랬어요. 우리 일 시켜먹는 덴 선수였죠."

넬리는 아빠가 신뢰할 만한 사람은 아니었다며, 아빠로서도 딱히 좋은 모습은 아니었다고 말했다. 하지만 사람을 죽일 거라고는 상상조차 못 했다고 했다. 그 소식에 완전히 넋이 나간 듯했다. 내 집에 살인자를 들여 함께 살았다고 생각하니 끔찍했을 터였다. 하지만 이날 밤, 우린 어두운 생각에 사로잡히고 싶지 않았다. 그저 함께 있다는 사실에 행복해하고 싶었다.

다음 날 아침, 마크에게 선물을 전했다. 마크의 마당에 튤립을 심어놓았다. 메모도 남겼다.

"우리 우정은 이 튤립과 같아. 한동안 잠이 들었다가도 계절에 맞춰 꽃을 피우지."

이후 매년 봄마다 튤립이 피면, 마크는 날 떠올린다고 했다.

집을 떠나오며 넬리와 포옹했다.

"수십 년 전 너희 가족이 이 집을 떠날 때, 다섯 남매가 어떻게 살아갈지 걱정됐었어."

그 후로 우린 어떻게 살아갔을까? 그때는 아빠의 힘으로 한데 묶인 가족이었다. 지금은 뿔뿔이 흩어져 있다. 더 이상 아빠의 힘에 영향을 받지 않는다. 나와 아빠에 관한 이야기를 할 때는, 안타깝게도 다른 형제자매 이야기도 하지 않을 수가 없다. 물론 모든 동생이 자신의 이야기를 들려주고 싶어 하진 않는다. 기억도 모두 제각각일 것이다. 우리는 각자 자신만의 렌즈를 통해 어린 시절을 기억하고 있으며,

부모가 되어가는 방식도 모두 다르다. 아빠는 큰 애들보다 그 밑에 동생들을 더 친절하게 대했다. 폭력도 거의 쓰지 않았다.

2009년 그날 밤 내가 제보 직통 번호로 전화를 걸었을 때, 이미 판도라의 상자는 열렸다. 몇몇 동생에겐 내가 용서할 수 없는 존재가 됐다. 우리 가족을 분열시킨 원인은 아빠의 범죄가 아니라 그걸 폭로한 나였다. 이 부분에 대해서는 죄책감이 든다. 하지만 아빠의 범죄를 더 빨리 밝히지 못한 점에 대해서도 죄책감을 느낀다. 내가 좀 더 서둘렀다면, 대니는 아직 살아 있을까? 다른 누군가가 목숨을 건졌을까?

어느 날 아침, 꿈에서 해피를 보고 일어났다. 뭔가 불안했다. 꿈에서 해피는 사라졌다. 어딘가에 두고 왔는데, 도무지 기억이 나질 않았다. 해피는 종종 꿈에 나타나는데, 약하고 보호받지 못한 뭔가를 대변하는 듯했다. 어쩌면 내 아이들일 수도, 나일 수도, 혹은 우리 아빠의 희생자일 수도 있었다. 그렇게 눈을 뜨자 우리 집 애견 세 마리가 내게 기대 쿵쾅거리는 심장 소리를 느끼고 있었다. 녀석들은 내 침대에서 같이 잤다. 고단했던 해피의 삶과는 너무도 달랐다. 트레일러 아래에서 벼룩에 뒤덮인 채 새끼 고양이를 품던 해피만 생각하면 지금도 울고 싶어진다.

동물에 대한 나의 사랑은 아빠로부터 물려받은 듯했다. 하지만 아빠는 동물을 어떻게 돌봐야 할지 몰랐다. 난 그때도 동물들에게 단순히 먹이와 물을 주는 것 이상의 보살핌이 필요하다는 걸 알았다. 아빠는 동물뿐 아니라 아이를 돌보는 방법도 몰랐다. 하지만 다섯 자녀는 모두 스스로 자신을 돌보며 자랐다. 훌륭한 삶을 살아가며 지역사회에도 이바지하고 있다. 모두 안정적인 직업을 갖고 멋진 집에서 살아간다. 나 역시 마찬가지다. 하지만 그렇다고 아빠의 범죄 추적을 멈출 순 없다. 아빠는 내가 평생에 걸쳐 풀어야 할 수수께끼다.

아빠의 삶을 조명하며 내 삶에도 빛이 들기 시작했다. 이 지난한 여정을 함께한 많은 사람으로부터 정말 많은 걸 배웠다. 용서의 힘, 그리고 누군가를 용서하지 않으면 그것이 내 속에 딱딱하고 괴로운 마음으로 남는다는 걸 배웠다. 그래서 아빠도 엄마도 용서했다.

그런데 정작 나 자신을 용서하긴 너무나 어려웠다. 아빠를 배신한 나 자신을 용서받고 싶다. 물론 그건 나만 할 수 있는 일이다. 그래서 노력 중이다. 왠지 잘될 것 같다. 열여섯 살 때 상담을 받으며 만난 웬디 선생님, 그분이 해준 말을 자주 떠올린다. 선생님은 내가 겪은 일을 절대 잊지 말라고 했다. 나의 고통스러운 경험을 하나님은 다른 사람을 돕는 도구로 사용할 거라며.

이 여정을 시작한 후 경찰 기록과 사본, 편지, 녹음테이프를 보고 들으며 내 기억 속 깊은 곳을 샅샅이 파헤쳤다. 그러면서도 내가 진정으로 찾고 있는 게 무엇인지 몰랐다. 난 과거의 더러운 물속으로 몸을 담가야 했다. 그러면서 피해자 가족에게 사건의 답을 찾아주는 것뿐 아니라 사람들이 자신의 이야기를 할 수 있도록 영감을 주는 것, 그게 내가 진정으로 원하는 것이라는 사실을 깨달았다. 게다가 전혀 예상치 못한 수확이 있었다. 답을 찾는 과정은 나와 피해자 가족 모두에게 큰 위안을 안겨주었다. 내가 기대했던 것보다 훨씬 더 많은 걸 얻었다…. 그들과의 우정이라는 축복이었다.

이 책을 쓰는 건 내 인생에서 가장 힘든 일이었다. 혼자서는 할 수 없었을 것이다. 이 여정을 가능하게 해준 많은 이들이 있다. 우선, 내 비전을 현실로 만드는 데 도움을 준 조력자 릴리 골든에게 감사의 마음을 전한다. 처음부터 변함없이 지지해 준 제니퍼 게이츠, 훌륭한 조언자로 방향을 제시해 준 편집자 한나 브라텐, 그리고 사이먼 앤드 슈스터 갤러리 팀 전체에 무한한 감사를 표한다. 그리고 내 이야기를 들려줄 기회를 만들어준 조시 딘에게도 깊은 감사를 전한다. 그리고 늘 나를 응원하고 지지해 준 친구들. 성은 밝히지 않겠지만, 본인들은 다 알 거라고 생각한다. 제니퍼, 마크, 폴. 처음부터 끝까지 믿고 함께해 준 것에 진심으로 감사한 마음이다. 밤낮 상관없이 늘 흔쾌히 전화를 받아준 캔터베리 형사님께도 진심 어린 감사를 전한다. 오직 답을 찾겠다는 일념으로 수사를 진행해 준 차드 가르시아 형사님, 그리고 미제 사건을 추적하는 이 땅의 모든 분께 깊은 감사를 표한다.

기억은 눈을 감지 않는다

초판 1쇄 인쇄   2025년 6월 4일
초판 1쇄 발행   2025년 6월 19일

지은이   에이프릴 발라시오
옮긴이   최윤영

책임편집   이정 | **교정교열**   김정현
디자인   정나영
책임마케팅   최혜령, 박지수, 도우리
마케팅   콘텐츠IP사업본부
해외사업   한승빈
경영지원   백선희, 최민선, 권영환, 이기경
제작   재영P&B

펴낸이   서현동
펴낸곳   ㈜오팬하우스
출판등록   2024년 5월 16일 제2024-000141호
주소   서울특별시 강남구 테헤란로 419, 11층(삼성동, 강남파이낸스플라자)
이메일   info@ofh.co.kr

ⓒ에이프릴 발라시오
ISBN   979-11-94930-06-8 (03840)